Bulgarien

5/1989 Reisefreiheit, Massenausreise
11/1989 Sturz des KP-Generalsekretärs Schiwkow
12/1989 KP gibt führende Rolle auf
1/1990 Verfassungsänderung
4/1990 KP wird „Bulg. Sozialistische Partei"
6/1990 freie Wahlen
7/1991 erste nichtkomm. Verfassung
10/1991 Ende d. komm. Herrschaft
4/1992 Privatisierung d. Staatsbetriebe

Jugoslawien

2/1989 Streik albanischer Arbeiter in Kosovo, Ausnahmezustand
4/1990 in Slowenien u. Kroatien freie Wahlen u. Sieg d. Opposition
7/1990 Slowenien u. Kroatien erklären ihre Unabhängigkeit
8/1990 Bosnien-Herzegowina erklärt sich zum „souveränen und demokratischen Staat"
5/1991 Volksabstimmungen bringen Mehrheiten in Kroatien und Slowenien für eine Abspaltung
6/1991 Slowenien u. Kroatien erklären ihren Austritt aus dem Bundesstaat
seit 6/1991 Bürgerkrieg im ehem. Jugoslawien:
6/7/1991 zw. Serben u. Slowenen
8–12/1991 zw. Serben u. Kroaten
ab 4/1992 zw. Serben u. Bosniern.
Internationale Friedensbemühungen
12/1991 diplomatische Anerkennung von Kroatien und Slowenien,
4/1992 von Bosnien-Herzegowina
seit 6/1992 UNO-Sanktionen gegen Serbien

Albanien

7/1990 Massendemonstrationen
1/1991 Wirtschaftskrise, Massenflucht, Demonstrationen für Demokratie
3/1991 Höhepunkt d. Flüchtlingswelle: 25 000 Asylsuchende; Verhängung des Militärrechts
4/1991 erste freie Parlamentswahlen
6/1991 Erste Mehrparteienregierung seit 1944; Aufnahme in die KSZE
8/1991 Flüchtlingswelle nach Italien

UNSERE GESCHICHTE

Herausgegeben von Wolfgang Hug

Band 3

Von der Zeit des Imperialismus bis zur Gegenwart

Von Wolfgang Hug, Joachim Hoffmann, Elmar Krautkrämer,
Franz Bahl und Wilfried Danner

Verlag Moritz Diesterweg

Frankfurt am Main

UNSERE GESCHICHTE

Band 1
Von der Steinzeit bis zum Ende des Mittelalters

Band 2
Vom Beginn der Neuzeit bis zum Ende des 19. Jahrhunderts

Band 3
Von der Zeit des Imperialismus bis zur Gegenwart

Umweltschonendes Papier
weil aus chlorfrei gebleichtem Zellstoff
mit Holzschliff

Bildzusammenstellung: Werner Bautsch, Frankfurt am Main
Kartenzeichnungen: Rudi Hubert, München, Horst Harms, Berlin, und Joachim Zwick, Gießen
Skizzen: Karl-F. Harig, Reinheim, Karl Schilling, Frankfurt am Main und Carmen Lotz, Wiesbaden (nach Vorlagen von Hagen Schneider, Herne)

Genehmigt für den Gebrauch in Schulen.
Genehmigungsdaten teilt der Verlag auf Anfrage mit.

2., ergänzte Auflage

ISBN 3-425-03293-3

Druck: Appl, Wemding
Bindearbeiten: C. Fikentscher KG, Darmstadt
Printed in Germany

Inhaltsverzeichnis

Worauf es ankommt

Unsere Geschichte: Die Zeit vom Imperialismus bis zur Gegenwart, die dieser Band behandelt, geht uns alle an. Es ist die Zeit des Zwanzigsten Jahrhunderts, in dem wir alle leben. Was in diesen hundert Jahren in der Welt geschehen ist, was Menschen getan und gelitten haben, kann man nicht alles überblicken. Auch wir mußten auswählen, weglassen und uns konzentrieren. Dennoch kommt in diesem Buch die große wie die kleine Politik zu Wort. Das Schulbuch handelt von Parteien, Staatsmännern und Armeen wie auch von Industrien, Banken und Behörden, vom Alltag in Familien, in Schulen und Betrieben, von Frauen und von Männern, Kindern, Jugendlichen und Erwachsenen.
Die Welt hat sich in den gut hundert Jahren „vom Imperialismus bis zur Gegenwart“ mehr verändert als jemals zuvor. Bis vor rund hundert Jahren kannte man noch nicht das Auto, nicht das Motor-Flugzeug, nicht das Radio oder gar das Fernsehen. Noch vor fünfzig Jahren betrug das Durchschnittseinkommen bei uns nur ein Viertel dessen, was die Bundesbürger jetzt verdienen, und dabei mußten sie damals fast um die Hälfte länger arbeiten als 1985. Vor sechzig Jahren mußten die Deutschen eine Diktatur ertragen, während wir jetzt in der Bundesrepublik den wohl freiheitlichsten Staat in der deutschen Geschichte haben.
Die Welt erlebte in diesem Jahrhundert Weltkriege mit zusammen mehr als 60 Millionen Toten. Sie wurde aber auch von einer Bevölkerungslawine überrollt, die bislang unvorstellbar war: Vor hundert Jahren gab es rund 1,5 Milliarden Menschen auf der Erde, heute sind es etwa das Vierfache, und ihre Zahl steigt unaufhaltsam weiter. Die Geschichte dieser Zeit brachte Schreckliches wie wohl nie zuvor, den ,,Holocaust'', die Verletzung elementarer Menschenrechte in vielen Ländern – und vielleicht das Ungeheuerlichste: Erstmals in der Geschichte hat die Menschheit Mittel geschaffen, mit denen sie sich selbst auslöschen kann.
Wir alle müssen aufzuklären suchen, wie das geschehen ist und warum es geschah, damit wir für die Zukunft daraus lernen können.

Wozu Geschichte? Vor hundert Jahren war es Ziel des Geschichtsunterrichts, den jungen Menschen ,,Liebe zum deutschen Vaterland und Volk'' sowie ,,die Zuneigung zum deutschen Herrscherhaus'' zu vermitteln. Vor fünfzig Jahren sollte der Geschichtsunterricht ,,Volk und Rasse, Nation und Reich'' als höchste Werte einhämmern und das Denken junger Menschen auf den ,,Führer'' ausrichten. Auf die Frage, was der Geschichtsunterricht *heute* erreichen will, gibt es keine einfache Antwort. Wir meinen, daß man erst durch die Geschichte sich selbst und andere richtig zu verstehen lernt, daß man die Bedingungen für das heutige Leben besser durchschaut und für Krisensituationen in der Zukunft aus der Geschichte Lösungsmöglichkeiten kennt. Dazu helfen Fragen wie:
– Welchen Spielraum ließ und läßt die Geschichte den Betroffenen? Welche Folgen sind vorauszusehen, welche nicht?
– Was haben Völker, Gruppen oder einzelne für einen Fortschritt in der Geschichte zu bezahlen? Wem haben ,,Fortschritte'' Vorteil oder Nutzen, wem Nachteile gebracht?
– Gibt uns die Geschichte einen Grund zur Annahme, daß Katastrophen (wie z. B. der Zweite Weltkrieg) sich nicht wiederholen werden, oder daß, wer lange unten war, einmal nach oben kommen muß?
Der Publizist Sebastian Haffner, der sich viel mit der Geschichte unseres Jahrhunderts auseinandersetzte, meint: ,,Es ist ein Mißverständnis, von der Geschichte eine Lebensanweisung zu erwarten, und ein Mißbrauch, sie als Orakel zu benutzen. Geschichte ist unendlich interessant. Aber auf die Frage, ob alles wirklich so kommen mußte, wie es gekommen ist, gibt die Geschichte keine Antwort. Und auf die Frage, wie es nun weitergehen wird, ist ihre Antwort sphinxhaft [d. h. rätselhaft, schwer zu deuten].''

Geschichte lernen. Es gibt verschiedene Zugänge zur Geschichte. Auch dieses Schulbuch bietet mehrere Zugänge an. Die Zeit, die es behandelt, ist nicht ganz unbekannt; viele haben im Fernsehen, in Büchern, Illustrierten, durch Eltern und Verwandte davon erfahren. Mit dem Schulbuch wird es leichter, sich einen Überblick zu verschaffen, sich Grundkenntnisse anzueignen, einen Durchblick zu gewinnen. Wie in den früheren Bänden hat jedes Kapitel des Buches vier Teile, die jeweils einen bestimmten Zugang zum Kapitelthema erschließen.

1. Der erste Teil – eine *Einführungsseite* – soll eine Beziehung zum Thema herstellen, neugierig dafür machen, Fragen dazu entwickeln. Die Einführungsseite stellt ein Kernproblem des Themas durch ein Bild, eine Quelle, eine Karikatur, einen Widerspruch oder ähnliches dar. Das macht auf zentrale Fragen aufmerksam, um die es in dem Kapitel geht.

2. Der zweite Teil – die *Darstellung* – gibt einen Überblick. Hier kann man sich informieren, was geschehen ist und womit die Ereignisse zusammenhängen. Die Verfasser dieser Teile haben sich bemüht, knapp und anschaulich nach dem Erkenntnisstand der Geschichtsforschung zu berichten. Allerdings weiß man vieles (noch) nicht genau, vieles ist noch nicht erforscht. Über die Geschichte unseres Jahrhunderts wird es lange noch kein abschließendes Urteil geben. Unausgesprochen steht daher über allem: So ist es gewesen, soweit wir heute wissen oder annehmen, es zu wissen. Die roten Ziffern am Ende einzelner Absätze verweisen auf entsprechende Materialien im Aufgabenteil.

3. Der dritte Teil – der *Aufgabenteil* – schließt sich, durch einen roten Balken abgetrennt, an den zweiten an. Die Materialien in diesem Teil bestehen vorwiegend aus „Quellen", die man auswerten muß. Im Vergleich zu den ersten Bänden sind die Materialien hier vielfältiger, widersprüchlicher und komplizierter. Um so mehr sollte man fachgemäß mit ihnen umgehen.

4. Der vierte und letzte Teil – *ein Wiederholungsteil* – enthält Aufgaben zur Festigung des Gelernten, eine Zeittafel und Begriffserläuterungen, außerdem Lesetips, die zur weiteren Beschäftigung mit der Geschichte anregen. Aufgeführt sind Jugendbücher (abgekürzt: JB) zum jeweiligen Thema, Sachbücher (SB), Wissenschaftliche Darstellungen (WD), soweit sie nicht zu schwierig erscheinen, Quellensammlungen zu einem Thema (QS) und Historische Romane (HR).

Regeln für fachgemäße Arbeitsweisen. Wie in jedem Fach gibt es für den Umgang mit Geschichte bestimmte Arbeitsweisen und Verfahren. Sie sind mit diesem Buch zu lernen oder in ihm anzuwenden. Drei Beispiele können das verdeutlichen:

1. Die Arbeit an schriftlichen Quellen.
Quellen stammen von Zeugen und Zeitgenossen der Ereignisse, über die sie berichten. Sie sind im Buch klein gedruckt und durch ein Q am Ende des Textes gekennzeichnet. Um solche Quellen auszuwerten, muß man zum einen ihren Inhalt herausarbeiten und z. B. fragen:
- *Wovon handelt der Text?*
- *Was steht im Mittelpunkt?*
- *Was erfährt man aus dem Text, was nicht?*

Dann sollte man Aufbau und Zweck des Textes untersuchen und z. B. fragen:
- *Was für eine Quellengattung (z. B. ein Brief, eine Rede usw.) ist es?*
- *Wann, von wem und für wen wurde der Text verfaßt?*
- *Was sollte er bewirken?*

Schließlich wird man den Text im geschichtlichen Zusammenhang deuten und interpretieren, indem man z. B. fragt:
- *Was bezeugt (beweist) der Text?*
- *Was erklärt er, was nicht?*
- *Wie ist er einzuschätzen (wichtig, zuverlässig, einseitig usw.)?*

2. Die Arbeit an Abbildungen.
Auch die Bilder sind in mehreren Schritten zu erschließen. Man muß ihren Inhalt klären, indem man z. B. fragt:
- *Was ist im einzelnen zu erkennen?*
- *Um wen oder um was handelt es sich?*
- *Welche Situation ist wiedergegeben?*

Bei vielen Bildern sind Form und Aufbau zu erklären, wobei man z. B. fragt:
- *Was steht im Vordergrund, im Mittelpunkt?*
- *Welche Techniken, welche Ausdrucksmittel sind verwendet?*
- *Welcher Stilrichtung gehört das Werk an?*

Schließlich sind Funktion und Wirkung zu untersuchen mit Fragen wie z. B.:
- *Was wollte der Künstler ausdrücken?*
- *Für wen, für welchen Zweck hat er das Werk geschaffen?*
- *Was gefällt mir, was nicht?*

3. Die Arbeit an Darstellungen.
Auch im Darstellungsteil sollte man sich zunächst den Inhalt der einzelnen Abschnitte klar machen und z. B. fragen:
- *Was ist daraus zu erfahren?*
- *Was ist mir unklar geblieben?*
- *Was will ich mir merken, notieren?*

Dann sollte man die Darstellung hinterfragen und z. B. prüfen:
- *Warum ist gerade das ausgewählt und betont worden?*
- *Was fehlt oder sollte ergänzt bzw., vertieft werden?*
- *Wie – von welchem Standpunkt aus und nach welchen Maßstäben – wurde etwas bewertet und beurteilt?*

Schließlich sollte man die Darstellung in Zusammenhänge einordnen, indem man z. B. fragt:
- *Was weiß ich darüber?*
- *Wo gibt es weitere Informationen dazu?*
- *Was interessiert mich daran am meisten?*

Verzeichnis der Karten

Bildnachweis

Acaluso International, Blumberg,-Laif, Noack, Schunk, Stief Pictures- (4); Archiv für Kunst und Geschichte, Berlin (16); Assossiated Press, Frankfurt (9); Bildarchiv Preuss. Kulturbesitz, Berlin (16); Bundesarchiv, Koblenz (4); Bundesminist. d. Verteidigung, Bonn (1); Camera Press, London (1); dpa-Bildarchiv, Frankfurt (27); Dokumentenkabinett, Vlotho (2); EG-Magazin, Bonn (1); Galerie der Stadt Stuttgart (1); Archiv Gerstenberg, Wietze (1); Guildhall Library, London (1); Historia-Photo, Hamburg (1); H. Hoffmann, München (2); Interfoto, München (1); Bildarchiv Jürgens, Köln (2); Keystone Pressedienst, Hamburg (8); Foto Marburg (1); Musée de l'Homme, Paris (1); Ohrbach Collection, New York (1); H. Pabel, Rimsting (1); Prenzel-Ifa, München (1); Presse- und Informationsamt, Bonn (3); Press Features Peter Hunter, Amsterdam (1); aus: Propyläen Geschichte Europas, Propyläen Verlag, Berlin (1); H. Roger-Viollet, Paris (1); Süddeutscher Verlag, München (32); Sven Simon, Essen (1); Ullstein Bilderdienst, Berlin (31); United States Information Service, Bonn (1); V-Dia-Verlag, Heidelberg (2); I. Wießler, Frankfurt (1).

Erläuterung des Umschlagbildes:

Das von Paul Wallot 1884 bis 1894 in Berlin errichtete Reichstagsgebäude. Der Bau wurde am 27. 2. 1933 durch Brandstiftung weitgehend zerstört (vgl. S. 142). Er erlitt bei Kriegsende 1945 weitere Zerstörungen und wurde nach dem Kriege ohne seine markante Kuppel wiederaufgebaut.

1 Weiße Vorherrschaft über farbige Völker: Der Imperialismus

1.1 Das britische Kolonialreich – ein Beispiel

Ein Herold verliest in Delhi die Proklamation der englischen Königin Viktoria zur Kaiserin von Indien. Unter dem Schirm der englische Vizekönig.

Der britische Kolonialpolitiker und spätere Ministerpräsident der Kapkolonie Cecil Rhodes, 1877:

„Ich behaupte, daß wir die erste Rasse in der Welt sind und daß es für die Menschheit um so besser ist, je größere Teile der Welt wir bewohnen. Ich behaupte, daß jedes Stück Land, das unserem Gebiet hinzugefügt wird, die Geburt von mehr Angehörigen der englischen Rasse bedeutet, die sonst nicht ins Dasein gerufen worden wären. Darüber hinaus bedeutet es einfach das Ende aller Kriege, wenn der größere Teil der Welt in unserer Herrschaft aufgeht ...“ (1) Q

- Wie kamen „die Weißen“ – die europäischen Großmächte – dazu, andere Völker zu unterwerfen?
- Wie haben die Engländer die Völker in ihrem Kolonialreich verwaltet und regiert?
- Was haben sie mit der Kolonialherrschaft bezweckt, was haben sie erreicht?

Die Grundlagen der britischen Herrschaft. In weiten Teilen der Welt – in Nordamerika und Australien, in Indien und Südafrika, in Hongkong wie in Singapur – wird heute englisch gesprochen, es herrschen dort englische Regeln und Gebräuche. Wie kam es dazu? Die ersten Besitzungen in Übersee erwarben die Briten im 16. Jh. in Nordamerika. Aber 1776 machten sich die 13 Neuenglandkolonien unabhängig und bildeten die „Vereinigten Staaten von Amerika". England behielt jedoch Kanada, in das sogar 40 000 englandtreue Nordamerikaner nach 1776 auswanderten. Bis 1850 wuchs die kanadische Bevölkerung auf 2 Mio. Eine andere britische Kolonie war Australien; sie wurde seit 1770 zunächst von Sträflingen, dann auch von freiwilligen Auswanderern besiedelt. Der Wiener Kongreß übertrug 1815 den Engländern die Kapkolonie in Südafrika. Auf dem gleichen Kongreß wurde der Sklavenhandel verboten. Die Briten kontrollierten daraufhin den Handel an den Küsten Afrikas – offiziell, um zu verhindern, daß weiterhin Sklaven gekauft würden, in Wirklichkeit, um den übrigen Kolonialhandel an sich zu ziehen. Dabei entdeckten sie Bodenschätze und wertvolle Naturprodukte wie Palmöl und Kautschuk: ein Grund, um z. B. in Nigeria auch ins Landesinnere vorzudringen. Außer diesen Kolonien in Amerika, Australien und Afrika hatte England seit 1763 die Herrschaft über Indien, ein altes und hochentwickeltes Kulturland mit rund 200 Mio. Einwohnern (um 1850).

Das britische Weltreich wächst. Bis etwa 1870 waren sich die Politiker in England nicht einig, ob sie Kolonien als Last oder als Vorteil betrachten sollten. Die Regierung war nur indirekt beteiligt: Sie hielt sich an den Grundsatz des freien Handels und ließ Siedlern und Händlern freie Hand, wenn auch unter dem Schutz der britischen Flotte. Das änderte sich nach 1874, als Disraeli, der Führer der Konservativen, Premierminister wurde. Er vertrat die Ansicht, es sei Pflicht der Regierung, das britische Kolonialreich so groß wie möglich zu machen. An diesen Grundsatz hielt man sich auch in den folgenden Jahrzehnten bis nach dem Ersten Weltkrieg. Disraeli legte den Grund zum britischen *Empire**, dem Weltreich der Engländer. Zentrale Bedeutung gewann darin Indien. Um den Seeweg nach Asien zu sichern, erwarb der britische Staat 1875 die Aktien des Suezkanals und unterwarf Ägypten seiner „Schutzherrschaft". Die britische Königin nahm 1876 den Titel „Kaiserin von Indien" an. In Afrika sollte eine Bahnlinie vom Kap der Guten Hoffnung bis Kairo in Ägypten gebaut und so der Süden und Osten in einem Verkehrssystem zusammengefaßt werden. Die Buren (Nachkommen niederländischer Einwanderer in Südafrika), die unabhängig bleiben wollten, wurden in einem erbitterten Krieg besiegt. → (3)

Gründe für den Erwerb von Kolonien. Was hat die Engländer (und ebenso die Franzosen, Deutschen, Belgier, Italiener, Russen und Amerikaner) in den letzten Jahrzehnten des 19. Jh. angetrieben, Gebiete in Übersee an sich zu reißen und die Bevölkerung zu unterwerfen? Geschichtsforscher bezeichnen als wichtigsten Grund: Man brauchte Rohstoffe für die industrielle Produktion und suchte Absatzmärkte für die ständig steigende Menge von Industrieprodukten. Dabei traten die Industriemächte untereinander in einen unerbittlichen Wettbewerb. Jeder wollte ein möglichst großes Stück von der Welt an sich bringen, sei es als Kolonialbesitz oder wenigstens als Interessengebiet (*Imperialismus**). Aktiengesellschaften und Banken hofften, durch Kapitalanlagen in Übersee große Gewinne zu machen (z. B. im Bergbau, bei Bahnlinien oder Häfen). Fabrikanten glaubten, mit dem Warenabsatz in Kolonien besser verdienen und ihre Arbeiter besser bezahlen zu können. Und schließlich gebot ein *Sendungsbewußtsein** den kolonisierenden Völkern, die eigene Zivilisation und Lebensart den angeblich zurückgebliebenen Völkern in Übersee als Heil und Fortschritt zu bringen. Sie übersahen, daß die meisten „eingeborenen" Völker vor der Ankunft der Europäer eine eigene Kultur besaßen. → (1) (2)

Indien, die britische Kronkolonie. In Indien beruhte diese alte und lebendige Kultur auf den Religionen des Hinduismus, Buddhismus und Islam. Sie hatten nicht nur großartige Werke der Dichtung, Musik und Baukunst hervorgebracht, sondern bestimmten auch das soziale Leben der Menschen: Jeder gehörte einer Kaste an, war in sie hineingeboren, mußte sein Schicksal geduldig ertragen. Die Oberschicht – Brahmanen und Maharadschas – lebte im vornehmen Reichtum, besaß riesige Ländereien, wo Bauern vor allem Reis, Gemüse, Tee und Gewürze anbauten. Handel und Gewerbe waren hoch entwickelt, indische Waren auch in Europa begehrt. Lange Zeit konnte man in Europa mit den feinen Baumwollstoffen aus Indien nicht konkurrieren.
Der indische Subkontinent war in viele Herrschaftsgebiete und Fürstentümer zerfallen. Die Engländer brachten durch Waffengewalt und Verträge nach und nach alle an sich. So wurde Indien zum wertvollsten Besitz der englischen Krone. Das indische Volk mußte nicht nur durch seine Steuern das Militär und die Beamten der Kolonialmacht bezahlen, sondern weitere Millionen als Tribute an die englische Staatskasse abliefern. Das größte Geschäft machten

englische Kaufleute und Kapitäne. Englische Industriewaren überschwemmten den indischen Markt. Das einheimische Gewerbe – Textil- und Holzverarbeitung, Schiffsbau und Metallgewerbe – ging zugrunde. Die meisten Bauern verloren ihr Land und wurden zu Pächtern oder zu Landarbeitern, die kein regelmäßiges Einkommen mehr fanden. Viele gerieten in Schulden. Indische Plantagen lieferten Rohstoffe wie Baumwolle und Jute. Zur besseren Erschließung des Landes ließen die Engländer Straßen und Eisenbahnen bauen, Häfen anlegen, Verwaltungsgebäude errichten. Sie bauten Schulen, in denen die Söhne aus besseren Familien nach englischem Muster erzogen wurden. All das diente jedoch immer auch dem englischen Vorteil.

Britische Kolonialverwaltung. Soldaten und Beamte sicherten die britische Kolonialherrschaft in Indien. Das Kommando über die Armee, die zu einem Drittel aus Engländern, im übrigen aus Einheimischen bestand, erhielten ausnahmslos britische Offiziere. Die Indien-Armee war ein zuverlässiges Instrument der englischen Herrschaft, zugleich eine schlagkräftige Truppe, so gut wie eine europäische.
Die Verwaltung der Kolonie besorgten besonders ausgebildete Beamte, lange Zeit nur Engländer. Sie waren gut besoldet, angesehen und sorgten für Disziplin und Ordnung. Die einheimischen Fürsten begrüßten die Tätigkeit der britischen Beamten und unterstützten sie; denn die Engländer verstanden es, sich die Sympathie der einheimischen Oberschicht zu verschaffen. So konnten sie gleichsam eine *indirekte Herrschaft** ausüben.
Den Indern der Mittel- und Oberschicht, die sich an englischen Schulen und Hochschulen ausbilden ließen, gewährte man einzelne politische Rechte. Mit englischer Hilfe entstand 1885 der indische „Nationalkongreß" (eine Vereinigung indischer Politiker), aus dem die bis heute stärkste Partei des Landes (Kongreßpartei) hervorging. 1906 bildeten die Führer der muslimischen Bevölkerung Indiens eine entsprechende Organisation: Die Moslem-Liga.

Die Entwicklung des Empire. Großbritannien beherrschte vor dem Ersten Weltkrieg ein Empire, das mehr als 30 Mio. qkm mit über 350 Mio. Menschen umfaßte; nur gut 10% davon waren Briten. Fast ein Viertel der Erdoberfläche und über ein Viertel der Menschheit zählten zu England. Die einzelnen Teile des Kolonialreiches hatten unterschiedliche Rechte. Es gab die „Dominien": ehemalige Siedlerkolonien, die eine selbständige Innenpolitik mit eigenen Parlamenten machen durften; sie blieben in enger Beziehung zu Großbritannien und waren im Krieg seine Verbündeten, waren aber noch nicht gleichberechtigt. Die Mehrzahl der Kolonien unterstand jedoch britischen Gouverneuren, Beamten und Offizieren. Vergeblich forderten vor allem in Indien der Nationalkongreß und die Moslem-Liga mehr politische Mitwirkungsrechte. Unruhen und Aufstände führten zu Überlegungen der Briten über die Zukunft der Kolonialverwaltung. Man dachte an schrittweise Reformen. Ein Teil der indischen Patrioten wollte mehr, während die Gemäßigten zur Zusammenarbeit mit den Engländern bereit waren. Im Ersten Weltkrieg stellte Indien 1,3 Mio. Soldaten für England. Viele erwarteten als Lohn dafür die politische Unabhängigkeit des Landes (vgl. S. 75). Doch diese wurde erst 1947 erreicht. → (4)

(1) Die Aufgaben des „weißen Mannes" für „dankbare Völker"

Rudyard Kipling, in einem Gedicht:

„Nehmt auf Euch des weißen Mannes Bürde, –
schickt die Besten, die Ihr erzieht, hinaus!
Laßt sie schwer bewaffnet wachen
über eine Menge, wankelmütig und wild, –
Eure frisch eingefangenen Völkerschaften,
die halb Kinder sind, halb Teufel.
Nehmt auf Euch des weißen Mannes Bürde, –
gebt den hungernden Mäulern zu essen
und gebietet der Seuche Einhalt." (2) Q

(a) Versucht herauszufinden, welche Völker auf der Abbildung S. 4 gemeint sind.

(b) Welche Auffassung liegt der Darstellung zugrunde? Welche Rolle schreiben sich die kolonisierenden Völker (hier die Engländer) zu?

(c) Vergleicht die Aussage des Urkundenbildes S. 4 mit Rudyard Kiplings Gedicht über die „Bürde des weißen Mannes".

(2) Anspruch und Wirklichkeit britischer Herrschaft

Der englische Kolonialminister in einer Rede, 1878:

„Wenn wir die Blicke auf unser bei weitem größeres Reich in Übersee und seine Bewohner richten ..., erweitern sich die Grenzen und die Maßstäbe. Es entsteht ein weites und edles Bild; der Geist verliert sich im Nachsinnen über das,

Eine anläßlich der ersten Kolonialausstellung in London 1886 verliehene Urkunde zeigt Symbolfiguren für die „dankbaren“ Völker des Empire, die mit Tributen vor Britannias Thron erscheinen.

was unter der wohltätigen Herrschaft Großbritanniens steht . . . Da sehen wir Völker, die um die Erreichung einer höheren Kulturstufe ringen, für die die Überwindung von Sklaverei nur der Vorgeschmack auf die weit höheren Werte von Freiheit und Fortschritt ist, die sie vielleicht einmal gewinnen werden. Wir sehen große Völkerschaften wie diejenigen Indiens, die wie Kinder im Schatten von Unwissen, Armut und Leiden sitzen und von uns Führung und Hilfe erwarten. Uns ist die Aufgabe zugefallen, ihnen weise Gesetze, gute Regierung und ein geordnetes Finanzwesen zu geben, die erst das Fundament eines gedeihlichen menschlichen Zusammenlebens schaffen. Unsere Aufgabe ist es, ihnen ein politisches System zu geben, in dem der Geringste wie der Höchste auf der gesellschaftlichen Stufenleiter frei von Unterdrückung und Benachteiligung leben kann, in dem religiöse und moralische Erleuchtung bis in die dunkelsten Hütten dringen kann. Das ist die wahrhaftige Erfüllung unserer Pflichten; das – und ich wiederhole es – ist die wahre Stärke und Bedeutung des Imperialismus.“ (3) Q

Ein gebürtiger Inder als Abgeordneter im britischen Unterhaus, 1902:

„Ungefähr 200 Millionen Rupien werden zur Zeit pro Jahr dem indischen Volk genommen, um die Gehälter und Pensionen europäischer Beamter innerhalb und außerhalb Indiens zu bezahlen. Die Geldmenge, die nach England abfließt, stellt einen völligen wirtschaftlichen Verlust dar. Was in Indien ausgegeben wird, trägt zum Verbrauch der Ausländer bei, läßt aber die Landeskinder weiterhin darben . . .

Es kann wohl keinen klareren Fall finanzieller Ungerechtigkeit geben als den, daß man die Inder mit den gesamten

Der russische Außenminister Gortschakow (links): „Ich bin nur neugierig, wieviel du noch aufbauen wirst, ehe es zusammenfällt.“ Disraeli: „Das dauert noch eine ganze Zeit, wenn keiner an den Tisch stößt.“ Karikatur im „Kladderadatsch“, 1879.

britischen Zivil- und Militärausgaben belastet, da man doch zugibt, daß diese Ausgaben im Interesse des Weltreiches vonnöten und für die Erhaltung der britischen Macht im Osten von großer Wichtigkeit sind.
Die Amerikaner haben aus Kuba in wenigen Jahren eine sich selbst regierende Republik gemacht. Die Briten behandeln die Inder seit mehr als eineinhalb Jahrhunderten wie Heloten [Unterworfene, Sklaven], und noch besteht keine Aussicht und werden keine Anstrengungen gemacht, daß die feierliche Verpflichtung, Indien zu voller britischer Bürgerschaft zuzulassen, ehrlich erfüllt wird ..." (4) Q

(a) Faßt die Aussagen der beiden Redner in Stichworten zusammen.

(b) Vergleicht „Anspruch" und „Wirklichkeit" und formuliert ein Urteil.

(3) Englische Kolonien im 19. Jahrhundert

Die britischen Kolonien				
Besitzungen in:	1881		1912	
	Fläche (in 1000 qkm)	Bevölkerung (in Mio.)	Fläche (in 1000 qkm)	Bevölkerung (in Mio.)
Europa	0,37	0,17	0,32	0,25
Amerika	9,3	5,3	10,3	9,5
Afrika	0,67	2,1	6,2	35,8
Asien	4,4	243,69	5,28	324,6
Australien/ Ozeanien	8,0	2,6	8,26	6,4
Gesamt	22,39	253,9	30,08	376,69

(a) Stellt fest, in welchen Regionen der Welt England Kolonien besaß. Welche waren flächenmäßig am größten?

(b) Erläutert die Tabelle und übertragt die Angaben in ein Schaubild.

(c) Nennt einige der ehemaligen englischen Kolonien mit ihrem heutigen Namen. Stellt auf der Karte S. 74 fest, wo es noch heute englische Kolonien gibt.

(4) Kritik am englischen Imperialismus

(a) Erläutert die Karikatur des französischen Zeichners.

(b) Zieht Rückschlüsse in bezug auf das Verhältnis zwischen Frankreich und England.

(c) Besprecht die Karikatur S. 15 „So kolonisiert der Engländer."

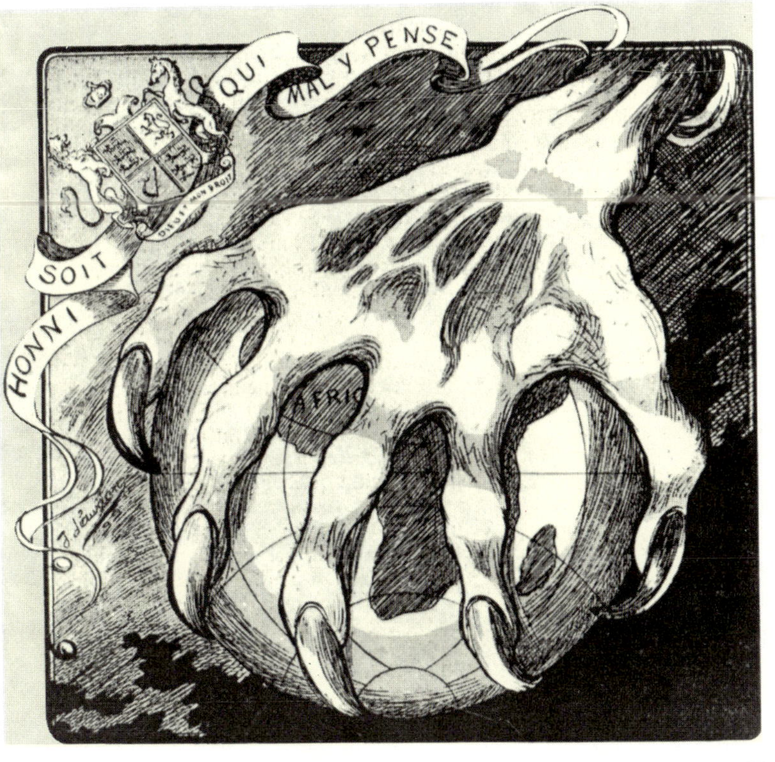

Englands Pranke umfaßt den Erdball. Französische Karikatur von 1899.

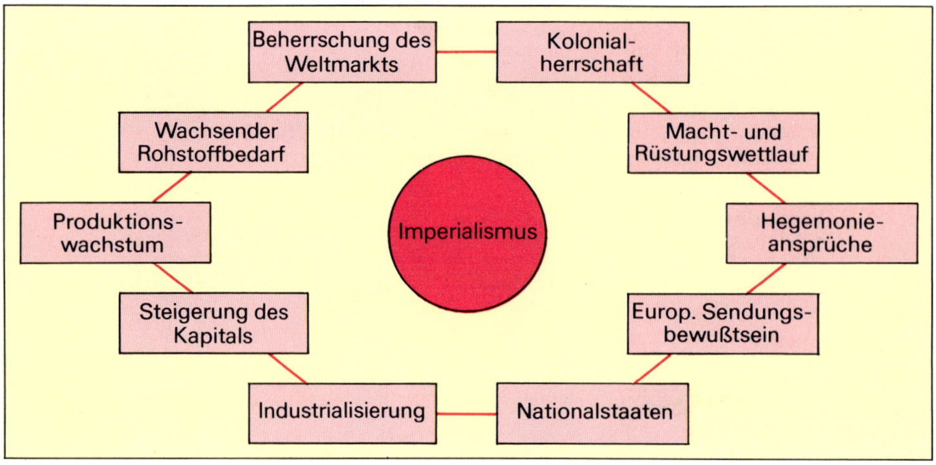

Faktoren des Imperialismus.

1. Erläutere das Schaubild.

2. Ordne folgende Stichworte in eine Tabelle entsprechend dem angegebenen Schema ein:

Anlage von Straßen, Eisenbahnen, Häfen – Einfuhr britischer Waren – Indien-Armee – Kolonialbeamte – Indischer Nationalkongreß – Steuerzahlungen der Inder – Unabhängigkeitsstreben.

Britische Kolonialherrschaft in Indien	
Wirtschaftliche Grundlagen	Wirtschaftliche Folgen
Politische Grundlagen	Politische Folgen

Englische Kolonien im 19. Jahrhundert.

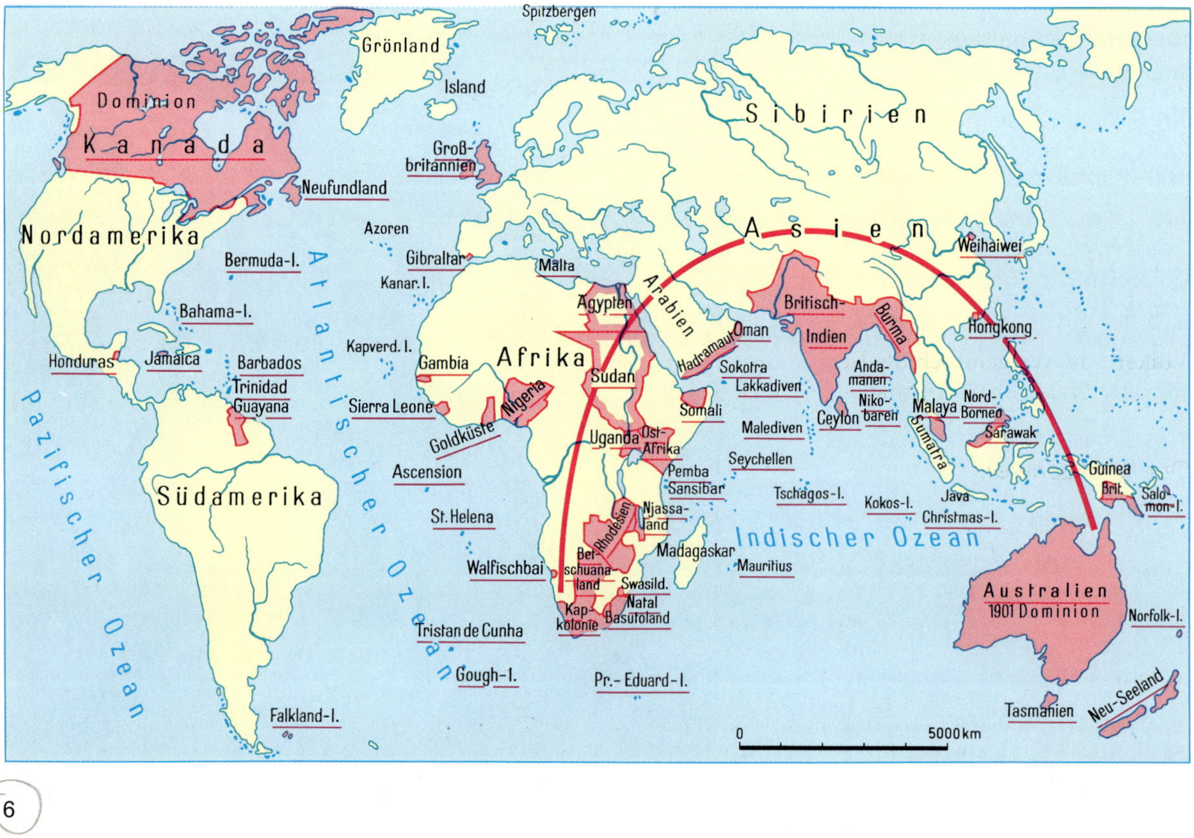

3. Versuche, anhand des folgenden Briefes wirtschaftliche, politische und soziale Ziele der britischen Kolonialpolitik herauszuarbeiten.

1895 schrieb Cecil Rhodes an einen Freund:

„Ich war gestern im Ostende von London und besuchte eine Arbeiterversammlung. Als ich nach den dort gehörten wilden Reden, die nur ein Schrei nach Brot waren, nach Hause ging, da war ich von der Wichtigkeit des Imperialismus mehr denn je überzeugt. Meine große Idee ist die Lösung des sozialen Problems, d. h. um die 40 Millionen Einwohner des Vereinigten Königreichs vor einem mörderischen Bürgerkrieg zu schützen, müssen wir Kolonialpolitiker neue Ländereien erschließen, um den Überschuß der Bevölkerung aufzunehmen, und neue Absatzgebiete schaffen für die Waren, die sie in ihren Fabriken und Minen erzeugen. Das Empire, das habe ich stets gesagt, ist eine Magenfrage. Wenn Sie den Bürgerkrieg nicht wollen, müssen Sie Imperialisten werden." (5) Q

4. Erkläre mit deinen Worten, was man unter einem Weltreich versteht, und zeige an der Karte S. 6 das britische Empire.

Empire: (englisch = Reich.) Bezeichnung für die Gesamtheit der britischen Besitzungen (Dominien, Schutz- und Pachtgebiete, Kolonien), die mit dem Mutterland ein Reich bilden sollten.

Imperialismus: Von lat. imperium = Reich. Weltmachtstreben europäischer Staaten, Erwerb von Kolonien, um Rohstoffquellen und Absatzmärkte für die eigene Industrie zu gewinnen, Sicherung von Machtgebieten und Einflußzonen. Im „Zeitalter des Imperialismus" (ca. 1875 bis 1920) hat das „Wettrennen" um die Aufteilung der Welt die Gegensätze zwischen den Staaten verschärft und den Ersten Weltkrieg mitverursacht.

Indirekte Herrschaft: In Kolonien, in denen einheimische Fürsten zur Zusammenarbeit mit den Kolonialherren bereit waren, behielten sie ihre Stellung, erhielten jedoch Anweisungen der Kolonialmacht. Die Herrschaft wurde also „indirekt" ausgeübt.

Sendungsbewußtsein: Europäer betrachteten die farbigen Völker als rückständig und primitiv und rechtfertigten ihre Herrschaft mit der Behauptung, im Auftrag Gottes zu handeln und den abhängigen Völkern die vermeintlich überlegene Religion, Kultur oder Staatsform zu bringen.

1857	Der britische Staat übernimmt von der Ostindischen Kompagnie die Regierung Indiens
1875	Englische Regierung übernimmt Aktien des Suezkanals
1877	Königin Viktoria wird Kaiserin von Indien
1882	England besetzt Ägypten
1885	Gründung des indischen Nationalkongresses
1899–1902	Burenkrieg

Quellennachweis

(1) The Last Will and Testament of C. J. Rhodes. London 1902, S. 58.
(2) K. Gaigl: Triebkräfte und Probleme des Kolonialismus. Paderborn 1970, S. 13.
(3) Earl of Carnavon. Zitiert aus: Peter Alter: Der Imperialismus. Klett 42191, 2. Aufl., S. 14f.
(4) Dadabhai Naoroji. Zitiert aus: D. Rothermund: Der Freiheitskampf Indiens. Klett 4251, S. 26f.
(5) L. Helbig: Imperialismus – das deutsche Beispiel. Diesterweg 7548, S. 6.

Lesetip

D. K. Fieldhouse: Die Kolonialreiche seit dem 18. Jahrhundert. Fischer Tb. FWG 29 (WD)
H. Kulke/D. Rothermund: Geschichte Indiens. Stuttgart 1982 (WD)
H. Loth: Sklaverei. Die Geschichte des Sklavenhandels zwischen Afrika und Amerika. Hammer Tb. pht 9 (SB)
P. Miquel: So lebten sie zur Zeit der ersten Automobile. Tessloff, Hamburg 1979 (JB)
H. Pleticha: Entdeckungsgeschichte aus erster Hand. Afrika und Asien. Arena. Würzburg 1984 (SB)
G. v. Roon: Europa und die Dritte Welt. Beck Tb. BSR 171 (WD)

1.2 Afrika wird aufgeteilt

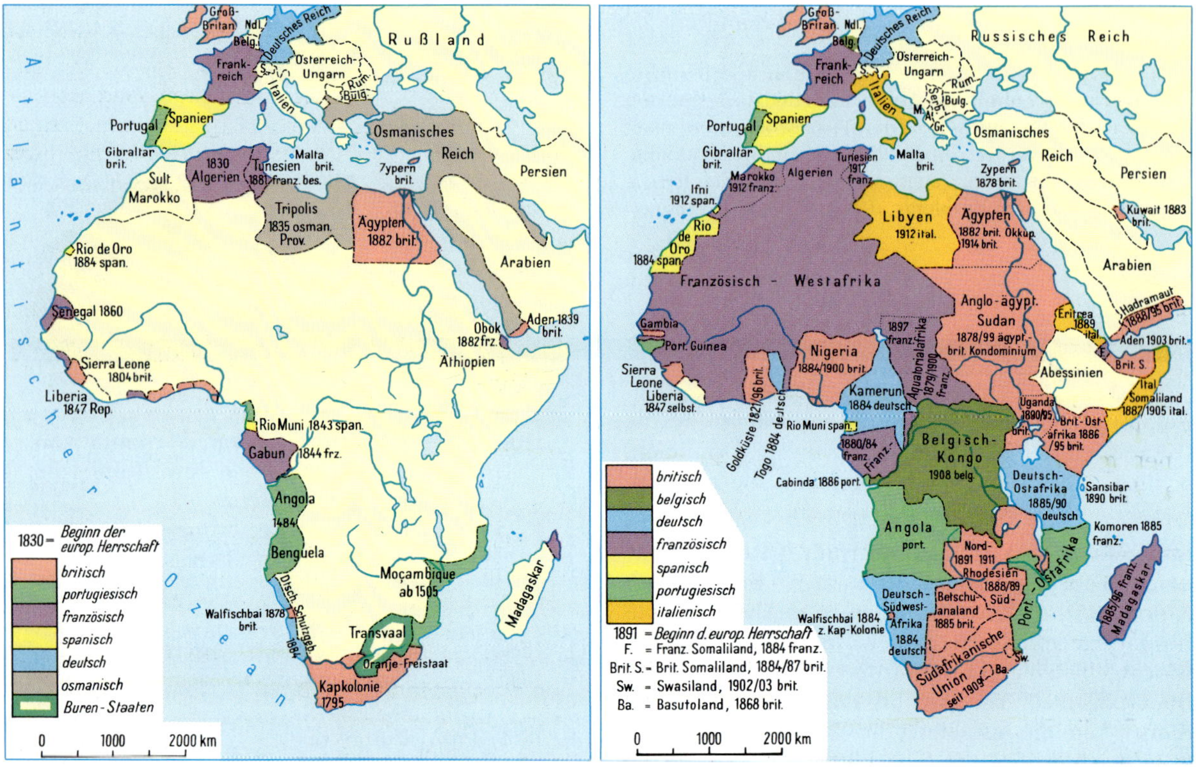

Afrika vor 1884 und zu Beginn des Ersten Weltkriegs.

28 Häuptlinge aus Kamerun richteten 1905 eine Petition an den deutschen Reichstag:

„... Allerunterthänigst bitten wir, unseren allergnädigsten Kaiser Wilhelm von Deutschland und Kamerun von uns höchlichst grüßen zu wollen und Ihm mittheilen zu wollen, daß wir wiederholt sagen, wie wir damals, als Herr Dr. Nachtigall seine deutsche Flagge in unserem Lande aufhißte, gesagt haben, daß wir von da an deutsch sind und deutsch bleiben werden bis an das Ende der Welt ...
Wir erklärten dem Herrn Regierungs-Rath v. Brauchitsch, daß das Volk [von Kamerun] sehr in Armuth herabgekommen sei, und es sei nicht imstande, Steuer zu zahlen; er schloß die Sitzung mit dem Auftrage an uns Häuptlinge, die Sache in einer besonderen Volksversammlung unter uns ‚Duala' noch einmal zu überlegen. Dies geschah, und während der Versammlung des ganzen Duala-Volkes erwähnten zwei angesehene Leute aus dem Volk namens Edimo Elang-Bonaku und Bede Ndumbe a Singi-Bonanjo, daß das Volk nicht im Stande sei, Steuer zu zahlen ... Der Herr Regierungs-Rath v. Brauchitsch erfuhr die Äußerungen der beiden Obengenannten, ließ dieselben verhaften und verurtheilte beide je mit 5 Jahren Freiheitsstrafe und transportierte sie zur Zwangsarbeit nach Camo. Solche Thaten sollen nun Gerechtigkeit sein?" (1) Q

- Was suchten Europäer in Afrika? Wie teilten sie den Kontinent auf?
- Wie ging es den Afrikanern während der Kolonialherrschaft? In welchem Verhältnis standen sie zu den weißen Herren?
- Welche Folgen hat die Kolonialzeit für die heutigen Länder Afrikas?

„Wettlauf" um die Aufteilung Afrikas. Die Europäer hatten im Zeitalter der Entdeckungen erste Stützpunkte an den Küsten von Afrika angelegt und über Jahrhunderte hinweg Geschäfte betrieben, oft das schmutzigste Geschäft, den Sklavenhandel. Gegen Ende des 19. Jh. begannen sie, den ganzen Kontinent untereinander aufzuteilen.

Die Europäer verfolgten ganz verschiedene Interessen in Afrika. Geographen und Forschungsreisende wie Henry M. Stanley oder Heinrich Barth unternahmen kühne Entdeckungszüge ins Landesinnere. Christliche Missionare wie David Livingstone wollten den Schwarzen die „Heilslehre" bringen. Kaufleute und Vertreter von Handelsgesellschaften sicherten sich die Lieferung von Palmöl, Erdnüssen und anderen Rohstoffen. Politiker und Militärs strebten nach der Herrschaft über Land und Leute.

Die größten Gebiete sicherten sich England und Frankreich. Beide wollten aus einzelnen Kolonien einen möglichst geschlossenen Kolonialraum bilden: England vom Kap der Guten Hoffnung bis Kairo (vgl. S. 2), Frankreich von den Küsten Westafrikas (Senegal) zum Sudan. Der spätere Premierminister der Kapkolonie, Cecil Rhodes, dehnte die britische Herrschaft zielstrebig von Südafrika nach Norden aus. Er ließ Eisenbahnlinien bauen, um die Gold- und Diamantenminen Süd- und Ostafrikas leichter ausbeuten zu können. Dem König der Matabele ließ er z. B. alle Rechte zur Ausbeutung der Gold- und Diamantenminen in seinem Land für ewige Zeiten gegen ein Taschengeld, ein paar Flinten und ein Dampfboot abkaufen. → (1)

Frankreich hatte bereits 1830 Algier besetzt und begann nach der Jahrhundertmitte vom Senegal aus, Expeditionen ins Innere Afrikas zu unternehmen. Die Franzosen zwangen algerische Bauern nach einem gescheiterten Aufstand 1871 zur Abtretung von einer halben Mio. km² Land ohne Entschädigung. Portugal sicherte sich seine alten Ansprüche (z. B. auf Angola, Mosambik).

1884 kam es zum Streit zwischen den Großmächten über die Frage, wem das riesige Kongo-Gebiet gehören sollte, das im Auftrag des belgischen Königs erforscht worden war. Bismarck vermittelte in Berlin eine internationale Konferenz. Diese beschloß: Das Kongo-Gebiet sollte dem König von Belgien gehören, im übrigen dürfe jeder Staat sich in Afrika „herrenlose Gebiete" aneignen, wenn er das den übrigen interessierten Mächten mitteilte und deren Einverständnis erhielt. Jetzt begann die endgültige Aufteilung Afrikas. Das Deutsche Reich hatte bereits 1884 Togo, Kamerun und Deutsch-Südwestafrika zu Schutzgebieten erklärt und eroberte in erbitterten Kämpfen das Gebiet von Deutsch-Ostafrika. Als Frankreich und England das Gebiet der Somali untereinander aufteilten, sicherte sich Italien seinen Anteil mit den Kolonien Eritrea und Somaliland.

Behandlung der Afrikaner. Das Hauptinteresse der Kolonialherren an Afrika galt der wirtschaftlichen Ausbeutung. Man fand in Afrika wertvolle Bodenschätze, z. B. Kupfer, Gold, Diamanten, Zinn, Bauxit, Uran und Phosphate. In den Bergwerken, die europäische Ingenieure anlegten, schufteten schlecht bezahlte einheimische Arbeitskräfte. Noch schlechter waren die Löhne auf den *Plantagen**, auf denen man Kaffee und Kakao, Erdnüsse, Kautschuk und andere „Kolonialwaren" erzeugte. Die Plantagenwirtschaft hatte zur Folge, daß weniger Nahrungsmittel für den Eigenbedarf angebaut wurden und man sich in vielen Kolonien auf ein einziges Produkt beschränkte (*Monokultur**). Häufig mußten die Afrikaner Zwangsarbeit leisten. Zwischen Weißen und Schwarzen bestand eine *Rassenschranke**. → (2)(4)

Widerstand von Afrikanern wurde mit militärischer Übermacht niedergeschlagen. Vergeblich versuchten Männer wie Samori Ture in Westafrika oder Muhammed Ahmad (der sich im Sudan als Mahdi, eine Art Erlöser des Volkes, ausgab), ihr Land zu einigen und zu befreien. Sie erlitten am Ende blutige Niederlagen. Die Engländer richteten im Krieg gegen die aufständischen Buren in Südafrika erstmals in der Geschichte Konzentrationslager ein. Ein weiteres Beispiel für die Brutalität der Kolonialkriege bilden die Vorgänge in Deutsch-Südwestafrika (heute Namibia), wo Hereros gegen deutsche Truppen kämpften. Ein Historiker berichtet:

„Die Versuche, die Hauptgruppen der Herero im Kampf zu schlagen, scheiterten in der Regel schon dadurch, daß die deutschen Truppen beim Anmarsch angegriffen, häufig sogar umklammert wurden und in verlustreichen Gefechten nicht selten von Vernichtung bedroht waren oder sich zurückziehen mußten. In der zweiten Phase . . . unternahm der Generalleutnant von Trotha den Versuch einer Kesselschlacht. Den Herero gelang zwar der Durchbruch, der Fluchtweg wies aber in die wasserlose Omaheke. Die deutsche Verfolgung wurde darauf angelegt, daß die Hererokrieger und -familien in dieser Wüstensteppe umkamen. Wenn auch die totale Vernichtung mißlang . . ., so war das Ergebnis dieser Kriegführung sowie der Kriegsgefangenenbehandlung, daß von geschätzten 60–80 000 Herero 1906 nur noch 16 000 lebten und damit zwischen 75 und 80% der Herero umgekommen waren." (2) → (5)

In Europa gab es auch Kritik an brutalen Formen der Kolonialpolitik. Diese Kritik – sie kam in Deutschland von den Sozialdemokraten und vom Zentrum, in England von der Labour-Party – und die Arbeit von vernünftigen Kolonialbeamten bewirkten, daß auch

Reformen in den Kolonien eingeführt wurden: Schulen entstanden, Hospitäler, Straßen und Eisenbahnlinien. Das nützte unabhängig von den Interessen der Kolonialherren vielen Afrikanern. Zwar sind diejenigen, die eine Schule besuchten, ihrer eigenen Kultur entfremdet worden, doch lernten sie europäische Wissenschaft und auch fortschrittliche Ideen kennen. Solche Männer führten später afrikanische Unabhängigkeitsbewegungen. Die meisten weißen Missionare, Lehrer und Kolonialbeamten betrachteten die Schwarzen zwar als förderungswürdige, aber noch unmündige Kinder. → (3)

Bilanz der Kolonialherrschaft. Ein Afrikaner beurteilt in einer von der UNESCO herausgegebenen Geschichte Afrikas das „koloniale Erbe" in wirtschaftlicher Hinsicht folgendermaßen:

„Im Endergebnis wurden sämtliche wirtschaftlichen Fortschritte der Kolonialzeit zu einem ungerechtfertigt hohen Preis zu Lasten der Afrikaner erkauft: Zwangsarbeit, Beschlagnahme von Grund und Boden, Umsiedlung der Bevölkerung, hohe Sterbeziffern in den Minen und Plantagen, brutale Unterdrückung der durch diese Maßnahmen ausgelösten Widerstands- und Protestbewegungen.
Zweifellos kam es während der Kolonialzeit zu einer Verbesserung der Lebensqualität, vor allem für jene Afrikaner, die in den städtischen Zentren lebten. Die Hauptursachen hiervon waren die Einrichtung von Spitälern, ärztlichen Diensten und Wasserversorgungsanlagen, ferner die allgemeine Verbesserung der hygienischen Bedingungen und Wohnverhältnisse sowie die Abschaffung der Sklaverei und die Vermehrung der Arbeitsmöglichkeiten.
Noch heute besteht aber zwischen den städtischen und den ländlichen Gebieten Afrikas ein abgrundtiefer Graben, und es steht außer Frage, daß dieser Graben durch das Kolonialsystem hervorgerufen und vertieft worden ist." (3)

Deutsche Geschichtsforscher sprechen vom „Janusgesicht" der Kolonialherrschaft. Sie habe alte Formen der Unterdrückung wie die Sklaverei beseitigt, aber neue Formen der Ausbeutung geschaffen. Sie brachte wohltätige Einrichtungen moderner Zivilisation, schuf aber auch neue soziale Mißstände und unterwarf die farbigen Völker der weißen Fremdherrschaft. → (4)

---

(1) Eroberung und Widerstand aus afrikanischer Sicht

„Als die Franzosen 1883 in das Gebiet des Damel von Kajoor (im heutigen Senegal) eindrangen und um die Erlaubnis ersuchten, eine Eisenbahn durch das Land zu bauen, schrieb Lat Dior, der Häuptling von Kajoor, an die französische Regierung: ‚Solange ich lebe, werde ich mich mit allen Mitteln dem Bau dieser Eisenbahn widersetzen. Deshalb werde ich jedes die Eisenbahn betreffende Schreiben von Ihnen mit Nein beantworten. Selbst wenn ich gestorben bin, wird Ihnen mein Pferd Malau dieselbe Antwort erteilen.'
Machemba, der König der Yao in Tanganjika (Tansania), erklärte dem deutschen Kommandeur Hermann von Wißmann: ‚Ich habe deine Worte gehört, kann aber keinen Grund finden, warum ich dir gehorchen sollte – eher würde ich vorher sterben ... Wenn es Freundschaft ist, was du begehrst, bin ich immer dafür zu haben, heute und immer; aber dein Untertan sein kann ich nicht ... Solltest du Krieg wünschen, dann bin ich bereit, aber nie, dein Untertan zu sein ... Ich falle dir nicht zu Füßen, denn du bist ein Geschöpf Gottes genau wie auch ich. Du bist Sultan dort in deinem Lande. Doch höre, ich sage nicht zu dir, du solltest mir gehorchen, denn ich weiß, du bist ein freier Mann ... Und ich, ich will nicht zu dir kommen; bist du stark genug, so komm und fange mich.'
Wobogo, der König der Mossi, erklärte 1895 dem französischen Hauptmann Destenave: ‚Ich weiß, die Weißen wollen mich töten, um mein Land in Besitz zu nehmen. Trotzdem behauptest du, daß sie mir helfen würden, es zu organisieren. Ich finde, mein Land ist gut so, wie es ist. Ich brauche die Weißen nicht. Ich weiß, was ich benötige, was ich will. Ich habe meine eigenen Händler. Sei froh, daß ich dir nicht den Kopf abschlagen lasse. Reise deshalb sofort ab und kehre vor allem nie wieder.'" (4) Q

(a) Sammelt aus den Äußerungen der afrikanischen Stammesführer die Argumente gegen eine Unterwerfung unter die Europäer.

(b) Besprecht die Behauptung: Afrika war den Europäern hilflos ausgeliefert.

(c) Erklärt das Bild.

Relief im Königspalast von Dahomey.

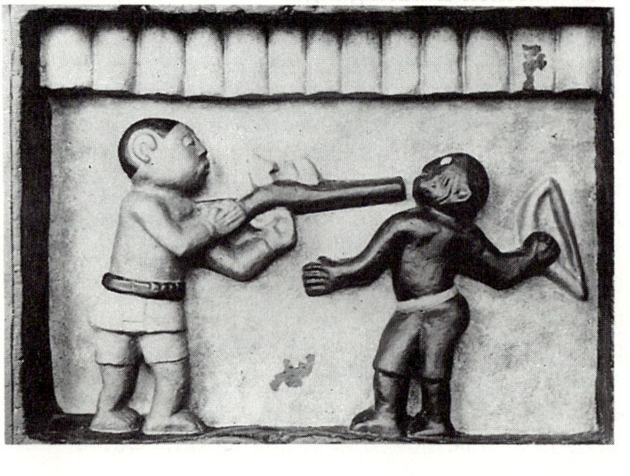

Carl Peters bei einer Besichtigungsfahrt.

(2) Beurteilung der Europäer durch Afrikaner

Der moderne schwarzafrikanische Dichter David Diop in dem Gedicht „Die Zeit der Qualen“:

„Der Weiße hat meinen Vater getötet,
mein Vater war stolz.
Der Weiße hat meine Mutter geschändet,
meine Mutter war schön.
Der Weiße hat meinen Bruder
unter die Sonne der Straßen gekrümmt,
mein Bruder war stark.
Der Weiße hat seine geröteten Hände,
gerötet von schwarzem Blut,
mir zugewandt
mit Herrenstimme:
He Boy! Einen Knaben, ein Handtuch und Wasser!“ (5)

Ein Afrikaner berichtet über die erste Begegnung mit europäischen Eindringlingen:

„Unsere Väter lebten behaglich in der Lualaba-Ebene. Sie hatten Vieh und Ackerfrüchte; sie hatten Salzbecken und Bananenbäume. Plötzlich erblickten sie ein großes Schiff auf der See. Es hatte weiße Segel, die wie Messer blitzten. Weiße Männer kamen aus dem Wasser, die sprachen in einer Weise, die niemand verstand. Unsere Ahnen fürchteten sich, sie sagten, das seien Vumbi: Geister, die zur Erde zurückkämen. Sie trieben sie mit Pfeilschauern in die See zurück. Aber die Vumbi spieen mit Donnergetöse Feuer. Sehr viele Menschen wurden getötet. Unsere Ahnen flohen. Die Häuptlinge und Seher sagten, daß diese Vumbi früher die Besitzer des Landes waren. Unsere Väter verließen die Lualaba-Ebene, weil sie eine Rückkehr des Schiffs Ulungu fürchteten. Sie zogen sich zum Fluß Lukala zurück. Andere blieben nahe der See. Das große Schiff kam zurück, und wieder erschienen weiße Männer. Sie fragten nach Hühnern und Eiern; sie gaben Kleider und Perlen. Wieder kamen die Weißen zurück. Sie brachten Mais und Maniok, Messer und Beile, Erdnüsse und Tabak. Von dieser Zeit bis heute haben die Weißen uns nichts als Krieg und Elend gebracht.“ (6) Q

(a) Wie verliefen erste Begegnungen zwischen Europäern und Afrikanern?

(b) Faßt zusammen, wie Europäer beurteilt werden.

(c) In welcher Weise veränderten Europäer das Leben der Afrikaner? Vgl. auch den Text „Bilanz der Kolonialherrschaft“ S. 10.

(3) Beurteilung von Schwarzen durch Weiße

Carl Peters, ein Vorkämpfer deutscher Kolonialpolitik:

„Ich habe gefunden, daß diesen Völkern [im Innern Afrikas] nur die männliche Energie und gegebenenfalls rücksichtslose Gewalt imponiert, und daß nur, wenn man ihnen imponiert, man mit ihnen auskommen kann ... Man kann hieraus schließen, daß bei diesen ganz andere Motive wirksam sind als bei uns. Dies ist uns ... immer wieder klar geworden. Gaben wir den Häuptlingen Tribute oder Geschenke, so konnten wir darauf rechnen, daß sie sich Übergriffe gegen uns erlauben würden. Trieb ich selbst Tribute von ihnen ein, so blieben sie klein und bescheiden. Gebe ich einem schwarzen Häuptling einen Ochsen, so wird er sofort geneigt sein, mir meine ganze Herde wegzunehmen; gebe ich ihm aber einen Hieb mit der Peitsche, so wird er geneigt sein, umgekehrt mir Ochsen zum Geschenk zu machen.“ (7) Q

Deutsche „Fachleute“ auf dem Deutschen Kolonialkongreß 1910:

„Einig sind wir uns alle darüber, auch die Missionen, daß die Negerseele nicht so ist, wie wir sie haben wollen und brauchen können; denn nur aus dieser Überzeugung leitet sich ja unsere Berechtigung her, die Negerseele zu beeinflussen und von ihrem bisherigen Entwicklungsgange abzudrängen.“

„Ich glaube, daß es auch von seiten der Mission nicht bestritten wird, daß der Neger der Aufsicht bedürftig sei. Deshalb schicken wir ja weiße Leute als Missionare nach Afrika, und wir sind überzeugt, daß die Eingeborenen diese Aufsicht noch lange gebrauchen werden.“ (8) Q

(a) Wie werden die Afrikaner beurteilt? Welche Eigenschaften werden betont?

(b) Nehmt Stellung zur Ansicht von Carl Peters.

(4) Wie man Kolonialerwerb und Erschließung von Kolonien begründete

Carl Peters über die Notwendigkeit von Kolonien für Deutschland:

„Ich erkannte, was die Wechselwirkung zwischen Mutterland und Kolonien handelspolitisch und volkswirtschaftlich bedeute und was Deutschland jährlich verliere dadurch, daß es seinen Kaffee, seinen Tee, seinen Reis, seinen Tabak, seine Gewürze, kurz, alle seine Kolonialartikel von fremden Völkern sich kaufen müsse; welchen Wert es für die einzelnen Persönlichkeiten in England habe, daß ein jeder in den Kolonien Gelegenheit finden könne, seinen Unterhalt zu verdienen und sich ein unabhängiges Vermögen zu machen, im Staatsdienst oder außerhalb desselben.“ (9) Q

Eine deutsche Firma begründete den Bau einer Eisenbahnlinie in Togo, 1896:

„So wird auch die Bahn in Togo die eingeborenen Stämme in nähere Beziehung zueinander führen. Durch die Händler und auch durch das zahlreiche, geschulte und hoffentlich bald zum Christentum bekehrte Fahrer-Personal der Bahn selber werden andere Anschauungen verbreitet; auch wird unser Geld in das Land kommen, die Verbindung mit der Küste, zum Sitze europäischer Kultur, wird günstiger, und durch alles dieses werden in dem Neger geistige und körperliche Fähigkeiten und Kräfte, andererseits aber auch Bedürfnisse geweckt werden, die bisher unbewußt und unbekannt in ihm schlummerten.

Er wird anfangen, es den Händlern an Geschicklichkeit nachtun zu wollen, er wird Wert auf Kleidung und Häuslichkeit legen; europäische Hausgeräte und Werkzeuge werden noch mehr als bisher die primitiven Negergerätschaften verdrängen, und so wird die Bahn unter anderem besonders den civilisatorischen, erzieherischen Erfolg haben, den Eingeborenen ‚im Busch‘ aus seiner grenzenlosen Bedürfnislosigkeit herauszureißen. Und gerade diese Bedürfnislosigkeit ist ja ein Hauptgrund für viele seiner Fehler, z. B. Faulheit, Trunksucht usw.

Ein Eingeborener, der des Verdienstes halber die Arbeit liebt, steht schon auf einer viel höheren kulturellen Stufe, als heute noch eine Menge der Bewohner Togos. Bei solchen arbeitenden und den Bedürfnissen der Kulturmenschen nicht mehr fremd gegenüber stehenden Stämmen wird auch die Mission, die im Kampf für Gesittung stets in erster Reihe steht, leichtere Arbeit finden und neue, schöne Erfolge ihrer bisherigen gesegneten Tätigkeit hinzufügen können – um so mehr das Umsichgreifen des Islams es dem Christentum zur Pflicht macht, immer größere Gebiete zu missionieren.“ (10) Q

(a) Wie begründet Peters den Erwerb von Kolonien?

(b) Vergleicht die beiden Schaubilder über den Wert der Kolonien für Deutschland. Was wird im oberen, was im unteren ausgesagt?

(c) Was ist am oberen Schaubild (aus einem Buch von 1938) richtig bzw. falsch? Wer könnte Interesse an der falschen Darstellung gehabt haben?

[1938]

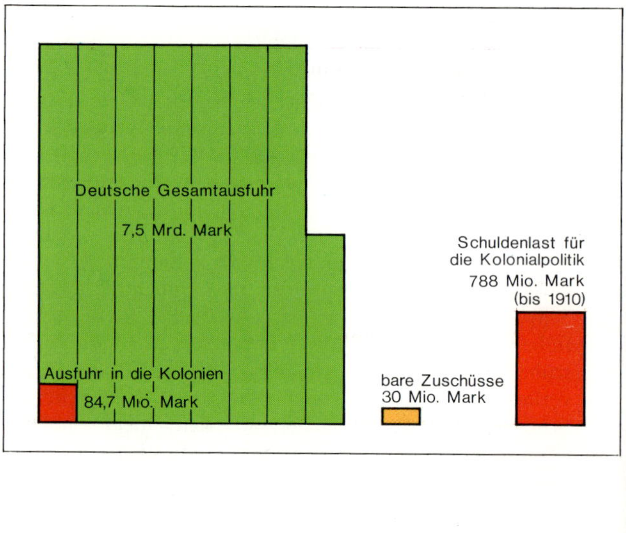

Behandlung von Schlafkranken in Afrika um 1900. Die Schlafkrankheit ist eine von Stechfliegen übertragene Infektionskrankheit, die mit Abmagerung, Fieber und Hautausschlägen beginnt und unter geistigem und körperlichem Verfall zur Schlafsucht und zum Tode führt. Die Entdeckung eines Serums gegen die Schlafkrankheit durch deutsche Ärzte war ein großer Erfolg der Medizin.

(d) Welche Vorteile soll die Eisenbahn der einheimischen Bevölkerung, welche den Kolonialherren bringen?

(e) Bezeichnungen „Neger", „Eingeborene" werden von den Afrikanern abgelehnt. Ersetzt sie durch bessere.

(5) Behandlung der Afrikaner

Aus Strafakten:

„Der Eingeborene Class mit 20 Schlägen ‚wegen Verbreitung falscher, die Rinderpest-Impfung schädigender Gerüchte'.
Der Eingeborene Hendrik Simson mit 15 Schlägen wegen ‚Fortlaufen aus dem Dienst aus Angst vor verdienter Strafe'.
Der Eingeborene Jahn Blum mit 5 Monaten Zwangsarbeit und 25 Hieben: ‚Grober Verstoß gegen die Gefängnisordnung und mutwillige Beschädigung von Inventargegenständen.'
Der Buschmann Jakob Krumm mit 25 Stockschlägen, ‚weil er als Führer dem Hauptmann von Estorff entlaufen ist'.
Der Kaffer Hosieb mit 25 Stockschlägen, ‚weil er dreimal die Ochsen hat weglaufen' lassen." (11) Q

Ein Afrikaner erinnert sich:

„Die Deutschen begannen die Leute zu quälen, indem sie sie zwangen, sehr hart zu arbeiten. Sie mußten sehr schwere Baumstämme von den Matimira-Wäldern bis zur Boma [Ostafrika] tragen, um dort Bauholz daraus zu machen, das ist eine Strecke von ungefähr 32 Kilometern. Das Ergebnis war, daß viele von ihnen umkamen, bevor sie mit ihren Traglasten das Ziel erreicht hatten. Jeder Versuch, von der harten Arbeit zu entkommen, wurde sehr schwer bestraft: oft mit dem Tod." (12) Q

Lied in einem „Demokratischen Liederbuch" von 1898:

„Was treiben wir Deutschen in Afrika?
Hört, hört!
Die Sklaverei wird von uns allda
zerstört.
Und wenn so ein Kaffer von uns nichts will,
den machen wir flugs auf ewig still.
Piff paff, piff paff, hurra!
O glückliches Afrika!

Wir pred'gen den Heiden das Christentum.
Wie brav!
Und wer's nicht will glauben, den bringen wir um.
Piff, paff!
O selig die ‚Wilden', die also man lehrt
die ‚Christliche Liebe' mit Feuer und Schwert.
Piff paff, piff paff, hurra!
O glückliches Afrika!

Wir haben gar ‚schneidige Missionär'.
Juchei!
Den Branntwein, den Krupp und das Mausergewehr,
die drei.
So tragen ‚Kultur' wir nach Afrika.
Geladen! Gebt Feuer! Halleluja!
Piff paff, piff paff, hurra!
O glückliches Afrika!" (13) Q

(a) Sprecht über das Bild und die Texte; unterscheidet dabei zwischen positiven und negativen Auswirkungen der Europäer-Herrschaft in Afrika.

(b) Urteilt über die Behandlung von Afrikanern unter dem Gesichtspunkt „Würde des Menschen".

(c) Untersucht das Lied nach den Regeln S. VII.

1. Berichte über die Aufteilung Afrikas unter die europäischen Staaten am Ende des 19. Jh. Gliedere den Bericht in folgende Punkte: Motive der Aufteilung, Durchführung der Besetzung, Auswirkungen (gute und schlechte) für Afrikaner.

2. Nimm Stellung zur Behauptung: Die Europäer sind zur „Entwicklungshilfe" verpflichtet, um den Schaden wiedergutzumachen, den sie früher ihren Kolonien zugefügt haben.

3. Erläutere die beiden Karikaturen S. 15.

Anteile der Industrieländer 1970–1974.

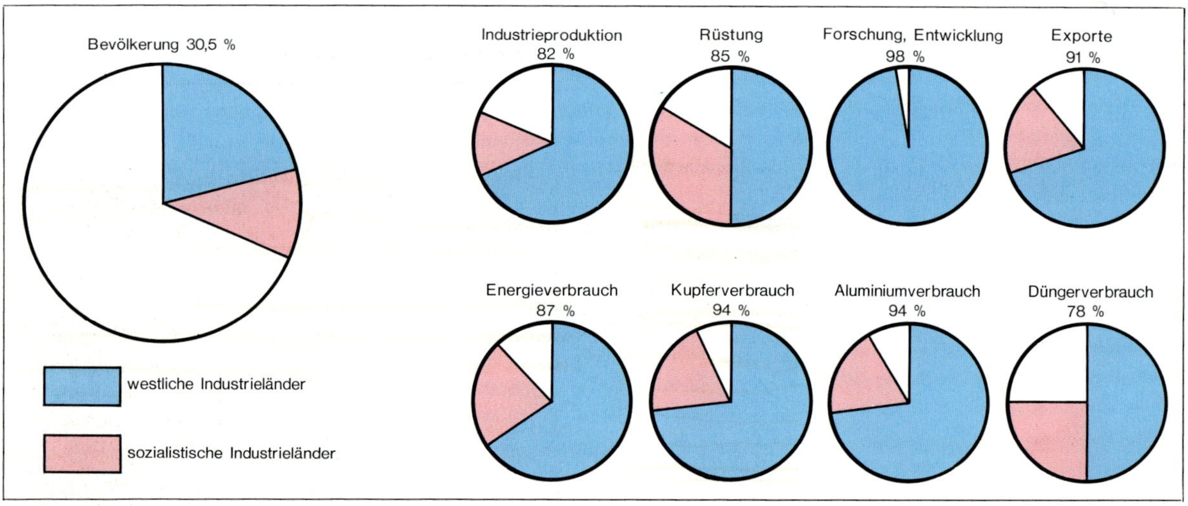

Monokultur: Wird in einem Land überwiegend ein Agrarprodukt angebaut (z. B. Kakao in Ghana, Baumwolle in Ägypten, Zucker in Nordostbrasilien), spricht man von Monokultur. Sie verhindert in der Regel eine ausgeglichene wirtschaftliche Entwicklung und macht das Land von schwankenden Weltmarktpreisen abhängig.

Plantagen: Großflächiger Anbau von landwirtschaftlichen Erzeugnissen mit dem Ziel rationeller Bewirtschaftung. Da zur Anlage von Plantagen Kapital nötig ist, sind sie oft im Besitz großer Konzerne, die ein Heer von Landarbeitern beschäftigen.

Rassenschranke: Zwischen Weißen und Farbigen, besonders zwischen Weißen und Schwarzen bestand in der Zeit der Kolonialherrschaft eine völlige Trennung der Rassen (z. B. beim Essen, in Schulen, in der Kirche).

Quellennachweis

(1) Gekürzt aus: Entwicklungspolitische Korrespondenz. Materialien zur Hundertjahr-Feier. Hamburg 1983, S. 171 ff.

(2) H. Bley: Kolonialherrschaft und Sozialstruktur in Deutsch-Südwestafrika 1884–1914. Hamburg 1968, S. 190 f.

(3) Albert Adu Boahen: Das koloniale Erbe. In: Geschichte Afrikas, UNESCO-Kurier 5/1984, S. 33 f.
(4) Ders.: Afrika unter fremder Herrschaft. In: Geschichte Afrikas, UNESCO-Kurier 5/1984, S. 14 f.
(5) Aus: Schwarzer Orpheus, Fischer Tb 350, S. 15 f.
(6) C. K. Haveaux, zitiert aus: F. Ansprenger: Kolonisierung und Entkolonisierung in Afrika. Stuttgart 1970, S. 7.
(7) C. Peters: Gesammelte Schriften, Bd. I. München 1943, S. 274 f.
(8) Zit. aus: E. Meueler, (Hrsg.): Unterentwicklung. Rowohlt Tb 6907, S. 39 ff.
(9) C. Peters, in H. Krieger: Materialien für den Geschichtsunterricht, Bd. V, Diesterweg 7334, S. 100 f.
(10) Geschichte mit Pfiff 4/1983: Imperialismus 1880–1914. Weltmächte, Weltmärkte, S. 12.
(11) F. Müller: Kolonien unter der Peitsche. Berlin (Ost) 1962, S. 88 f.
(12) Zit. aus: E. Meueler, a. a. O., S. 34.
(13) Zit. aus: Imperialismus. Beltz, Weinheim u. Basel 1978, S. 31.

Lesetip

K. Graudenz/M. Schindler: Die deutschen Kolonien. München 1982 (SB)
J. Ki-Zerbo: Die Geschichte Schwarz-Afrikas. Fischer Tb. 6417 (WD)
H.-O. Meissner: Der Kongo gibt seine Geheimnisse preis. Klett, Stuttgart o. J. (SB)
Ders.: Durch die sengende Glut der Sahara. Klett, Stuttgart o. J. (SB)
M. Selber: Hendrik Witbooi. Rotfuchs 215 (JB)
W. Westphal: Geschichte der deutschen Kolonien. München 1984 (SB)
R. Weiss/H. Mayer: Afrika den Europäern. Von der Berliner Kongokonferenz ins Afrika der neuen Kolonisation. Wuppertal 1985 (SB)

1851	Englisches Protektorat über Lagos/Nigeria
1869	Eröffnung des Suezkanals
1881	Französisches Protektorat über Tunesien
1884/85	Berliner Kongo-Konferenz
1884/85	Erwerb von Deutsch-Südwestafrika, Togo, Kamerun, Deutsch-Ostafrika
1899–1902	Burenkrieg

Karikatur von Th. Th. Heine im „Simplizissimus“, 1905.

So kolonisiert der Deutsche,

So kolonisiert der Engländer,

1.3 Wirtschafts-Imperialismus in aller Welt

Zum Beispiel in den USA (1885):

„In allen Bereichen der Wirtschaft wird heute mehr produziert, als konsumiert werden kann ... Vergeblich suchen wir in anderen Erdteilen nach einem Volk, das bereit ist, die Erzeugnisse, die wir auf unseren Farmen, Webstühlen, Hochöfen und Mineralölquellen über unseren eigenen Bedarf hinaus produzieren, abzunehmen. Die zentral- und südamerikanischen Nationen hingegen bieten nicht nur lockende und profitable Märkte . . .“ (1) Q

Zum Beispiel in Rußland (1881):

„Man baue nur zwei Eisenbahnen, man beginne damit – die eine nach Sibirien und die andere nach Mittelasien, und man wird sofort die Folgen sehen . . . Überall, wo sich in Asien der Russe niederläßt, wird das Land sofort russisch. Mögen wir doch nur ein wenig einsehen (aber wirklich einsehen), daß Asien die Hoffnung unserer Zukunft ist, daß dort unser Reichtum und unser Ozean liegt.“ (2) Q

Zum Beispiel in Deutschland (1897):

„Die Zeiten, wo der Deutsche dem einen seiner Nachbarn die Erde überließ, dem andern das Meer und sich selbst den Himmel reservierte, wo die reine Doktrin wohnt – diese Zeiten sind vorbei. Wir betrachten es als eine unserer vornehmsten Aufgaben, gerade in Ostasien die Interessen unserer Schiffahrt, unseres Handels und unserer Industrie zu fördern und zu pflegen.“ (3) Q

Zum Beispiel in Großbritannien (1893):

„Es ist unsere Aufgabe, in all diesen neuentdeckten Ländern dem britischen Handel, britischen Unternehmungen und britischem Kapital die Wege zu ebnen, besonders in einer Zeit, in der . . . die Ausweitung des Handels durch die gewaltige Ausbreitung der Doktrinen des Protektionismus [Schutzzollpolitik] gehindert wird.“ (4) Q

„Imperialismus heißt nicht nur Kolonialismus, d. h. imperialistische Staaten müssen nicht notwendigerweise Kolonien besitzen. Wirtschaftlicher Imperialismus liegt auch dann vor, wenn das ausgebeutete Land keine Kolonie ist, sondern eine eigene Regierung hat und ganz normal ‚Handel‘ getrieben wird. Nur: dieser Handel vollzieht sich so, daß die eine Partei die Bedingungen bestimmt, unter denen gehandelt wird, und die andere Partei gezwungen wird, nach diesen Bedingungen mitzumachen. Ein Beispiel für ein Land, das in dieser Weise imperialistisch ausgebeutet wurde, ist China. Andere Beispiele sind die Türkei oder auch Mittelamerika ...“ (5)

- Wie versuchten wirtschaftlich mächtige Staaten, z. B. die USA, andere Teile der Welt in ihre Abhängigkeit zu bringen?
- Wie gingen die Großmächte in gleicher Absicht in China vor?
- Wo versuchte das Deutsche Reich, seinen Einfluß auszudehnen?

Imperialismus der US-Regierungen. Viele Amerikaner lehnten – in Erinnerung an die eigene Geschichte vor 1776 – den Imperialismus und Kolonialismus ab. Aber die Regierung machte gegen Ende des 19. Jh. dennoch fremde Gebiete von den USA abhängig. Dies hatte vor allem wirtschaftliche Gründe: Farmer und Industrielle suchten neue Märkte. Die Regierung schloß Handelsverträge mit Japan, China, Hawaii, Samoa und mit lateinamerikanischen Staaten in Mittel- und Südamerika. Als die Kubaner sich 1895 in einem Aufstand gegen ihre spanischen Kolonialherren erhoben, half ihnen die Regierung der USA; viele Zuckerplantagen der Insel gehörten US-Bürgern. Man wollte „im Hause des Nachbarn Ordnung und Freiheit wiederherstellen, um es danach nicht mehr zu räumen", wie es in einer Geschichte der USA heißt. Spanien verlor den Krieg und mußte im Frieden von Paris (1898) Kuba, Puerto Rico, Guam und die Philippinen an die Vereinigten Staaten abtreten. Damit hatten die Amerikaner nicht nur Gebiete in der nahen Karibischen See erworben, sondern auch weit über den Pazifik hinweg ausgegriffen. Während des Krieges war auch noch Hawaii besetzt worden.

Als nächstes strebten die Vereinigten Staaten nach der Kontrolle über die Meerenge von Panama; sie wurde vor allem von der Kriegsmarine gefordert. Der Präsident der USA erwarb die Erlaubnis zum Bau eines Kanals durch Panama, aber Kolumbien wollte die sechs Meilen breite Zone nicht abtreten, auch nicht für Geld. Da unterstützten die USA in Panama eine Revolution. Die Provinz sollte sich von Kolumbien befreien und zu einem unabhängigen Staat erklären: zur Republik Panama. Dies gelang. Mit Panama konnten die USA nun einen Vertrag abschließen. Sie bezahlten 10 Millionen Dollar, garantierten die Unabhängigkeit von Panama und erhielten eine zehn Meilen breite Zone zur dauernden Nutzung. 1906 begannen die Arbeiten am Kanal. Zu Beginn des Ersten Weltkrieges (1914) wurde der Kanal eröffnet; der Seeweg von New York nach San Francisco war um 7000 Seemeilen verkürzt.

Die USA waren so mächtig geworden, daß sie sich als Schutzmacht von Staaten in Mittelamerika erklärten. Einige dieser Staaten waren gegenüber europäischen Banken hochverschuldet und konnten ihre Verpflichtungen, z. B. Zinszahlungen, nicht mehr erfüllen. Die USA schritten „mit Polizeigewalt" ein, übernahmen die Schulden der zahlungsunfähigen Nachbarn, zugleich aber auch ihre Kontrolle, so z. B. in der Dominikanischen Republik, auf Kuba (seit 1902 selbständige Republik), in Haiti und Nicaragua.

Dieses „Recht" auf *Intervention** wurde mit der Monroe-Doktrin begründet und sicherte den USA bis zum Zweiten Weltkrieg die unbestrittene Führung in Mittelamerika. → (1)

China, das „Reich der Mitte". Um 1800 regierte der Kaiser von China mit seinen Beamten das mächtigste Reich in Ost- und Zentralasien. In keinem Staat der Erde lebten so viele Menschen: fast 300 Millionen, und deren Zahl wuchs bis 1850 um weitere 100 Millionen. Heute hat China über 1 Mrd. Einwohner. Selbstbewußt schrieb der Kaiser an den Vertreter Englands, der ein Handelsgeschäft mit chinesischen Kaufleuten abschließen wollte:

„Die majestätische Tugend Unserer kaiserlichen Dynastie dringt in sämtliche Länder unter dem Himmel. Könige aller Völker, zu Lande und zur See, haben Uns ihre kostbaren Tribute gezahlt. Seid überzeugt, Wir besitzen alles, was Wir brauchen. Eure fremden Güter sind Uns wertlos, und Wir benötigen nichts von dem, was Uns euer Land schicken will. Dies ist Unsere Antwort! Es geziemt euch, Unsere Worte zu achten: Unterwerft euch in Zukunft treu und ergeben Unserem Thron, damit euer Land Frieden und Wohlstand erlange." (6) Q

Es gab aber trotz dieser Ablehnung des Kaisers schon einen lebhaften Handel zwischen Chinesen und ausländischen Kaufleuten, vor allem aus England. Die Einfuhr z. B. von Zinn, Blei und Wollstoffen bezeichnete man in China als Tributgeschenke fremder Völker, die durch „Gegengeschenke", d. h. durch die Ausfuhr z. B. von Tee oder Seide erwidert wurden. Die Hafenstadt Kanton bildete den wichtigsten Umschlagsplatz.

„Ungleiche Verträge" mit dem Kaiser von China. Die Engländer benutzten ihre Handelsbeziehungen dazu, Opium, ein gefährliches Rauschgift, nach China einzuführen. Sie brachten das Gift in großen Mengen aus Bengalen, das zum englischen Kolonialreich gehörte. Die chinesischen Behörden versuchten, die Einfuhr des Giftes zu verhindern und das Opiumrauchen streng zu verbieten. Vergeblich. Der Schmuggel blühte, gefördert durch bestechliche chinesische Beamte. Der Staat konnte sich nicht mehr durchsetzen. Als schließlich ein kaiserlicher Kommissar in Kanton 19179 Kisten und 1229 Säcke Opium beschlagnahmen und verbrennen ließ, erklärte England den Chinesen den Krieg. Im Opiumkrieg (1839–1842) ließen die „Fremdlinge" zum erstenmal die Chinesen rücksichtslos ihre militärische Überlegenheit spüren. Englische Kriegsschiffe fuhren in den Perlfluß bei Kanton und in den Jangtsekiang, während Landetruppen die Grenzfestungen und Hafenstädte erstürmten. Die Chinesen mußten erkennen, daß sie keine Möglichkeit besaßen, die „fremden Teufel" aus dem Land zu vertreiben. → (2)

feste haltung eig. wie ein Grundgesetz

Im Frieden von Nanking (1842) mußte China seine Niederlage teuer bezahlen: Es mußte Hongkong an England abtreten, 21 Millionen Silberdollar Kriegsentschädigung zahlen und außer Kanton vier weitere „Vertragshäfen" den englischen Kaufleuten öffnen, die dort Niederlassungen gründeten. In den nächsten Jahren folgten weitere Knebelverträge (*Ungleiche Verträge**), zuerst mit England, dann auch mit Frankreich, Rußland, Deutschland und später mit Japan. Sie schränkten die Staatshoheit Chinas immer mehr ein. → (3)

Die Macht der Europäer. Die europäischen Großmächte behandelten China fast wie eine ohnmächtige Kolonie. Wenn sie China nicht – wie zum Beispiel Afrika – unter sich aufteilten, dann lag es vor allem an der Größe des Landes und an der Konkurrenz der Europäer untereinander. Trotzdem mußte das „Reich der Mitte" immer deutlicher spüren, wie es von den Europäern wirtschaftlich ausgebeutet und politisch gedemütigt wurde.

China behielt zwar formell seine Unabhängigkeit, wurde aber in Wirklichkeit zu einer *Halbkolonie** herabgewürdigt. Ausländische Mächte kontrollierten den Zoll, die Schiffahrt, das Versicherungswesen und die Währung des Landes. Ausländische Unternehmer verschafften sich Vorrechte für den Betrieb von Bergwerken und Fabriken, den Bau von Eisenbahnen und Schiffahrtslinien. Als sich im chinesischen Volk, das in seinem Nationalstolz zutiefst verletzt war, Geheimbünde wie die *Boxer** zum Widerstand gegen die „fremden Teufel und ihre Missionare" bildeten und einige ihrer Anhänger den deutschen Gesandten ermordeten (1900), wurde ein internationales Expeditionskorps nach China entsandt, das die Boxeraufstände rasch niederwarf.

China mußte versprechen, die Schuldigen selbst zu bestrafen, eine Kriegsentschädigung von 450 Millionen Dollar zu bezahlen und sich beim deutschen Kaiserhaus zu entschuldigen. Rußland hatte die Gelegenheit der Boxerunruhen benutzt und die Mandschurei besetzt. → (4)

Japans neue Bedeutung. Amerikanische Kriegsschiffe hatten 1853 den Inselstaat Japan gezwungen, sich dem Handel zu öffnen. Während jedoch China aufgrund seiner „Ungleichen Verträge" in wirtschaftliche und politische Abhängigkeit geriet, entschlossen sich die Japaner, den Anschluß an die moderne industrielle Entwicklung zu suchen. Der japanische Kaiser verkündete 1868 moderne Grundsätze für das Land: Die Staatsbürger sollen gleich sein; die Privilegien der Adels- und Kriegerkaste, die bisher regiert hatte, mußten aufgehoben werden. Alle Japaner erhielten Freizügigkeit und das Recht auf freie Berufswahl. Durch die allgemeine Wehrpflicht entstand eine nationale Armee. Die allgemeine Schulpflicht, die gleichzeitig eingeführt wurde, sollte die Jugend fördern und für den gemeinsamen Staat erziehen. Die führenden Männer stellten sich ganz in den Dienst des Staates und bildeten eine Elite, die dem Volk als Vorbild, dem Kaiser als Instrument dienen sollte.

Viele Japaner aus allen Schichten besuchten zu Studienzwecken das westliche Ausland. Die Regierung gewann ausländische Berater für den Aufbau der Wissenschaft, des Schulwesens, der Armee und Marine, der Eisenbahn und des Nachrichtenwesens, bis 1890 schon über 3000 europäische und amerikanische Fachleute. Man übernahm aus Europa das Rechtswesen und die Diplomatie. Unter Ministerpräsident Ito verkündete der Kaiser im Jahr 1889 eine Verfassung für das japanische Kaiserreich, die ihm, dem „heiligen und unverletzlichen Tenno", zwar eine starke Stellung einräumte, aber auch ein Parlament schuf, sowie politische Parteien und eine freie Presse zuließ.

Japan, dessen Bevölkerung von 1867 bis 1913 von 26 auf 53 Mio. wuchs, sollte sich nun auch territorial erweitern. Der Blick richtete sich vor allem auf Korea, das die Japaner in einem Krieg gegen China neben anderen Gebieten besetzten. Die europäischen Großmächte zwangen Japan, einen Teil seiner Beute abzutreten. Es behielt Formosa und etliche Inseln. Korea wurde „unabhängig", doch versuchten Russen wie Japaner, sich ihren Einfluß hier zu sichern. Das führte 1905 zum russisch-japanischen Krieg. Nach seinem überraschenden Sieg erhielt Japan 1905 in dem durch die USA vermittelten Frieden außer dem ehemals russischen Pachtbesitz von Liautung mit den Häfen Dairen und Port Arthur die Südhälfte von Sachalin sowie die Konzession für den Bau einer Eisenbahn durch die südliche Mandschurei. Korea kam unter japanische Schutzhoheit und wurde 1910 von Japan vollständig annektiert.

Der „kranke Mann am Bosporus". Das Osmanische Reich hatte für europäische Großmächte eine wichtige geographische Lage: Es lag am Bosporus, der Meerenge, die Rußland als Ausgang aus dem Schwarzen Meer und als Zugang zum Mittelmeer begehrte. Mit seinen Ländern in Palästina und Arabien grenzte das Osmanische Reich an den Seeweg nach Indien und zum Fernen Osten.

Gesellschafts- und Wirtschaftsformen dieses ehemals so mächtigen Reiches waren veraltet; 1875 mußte der Sultan den Staatsbankrott erklären; alle Staatseinnahmen waren ab 1881 an eine internationale Schuldenverwaltung verpfändet. In mehreren

Kriegen am Ende des 19. Jh. verlor das Osmanische Reich große Gebiete; teilweise an Nachbarstaaten (z. B. an Rußland), teilweise an neugegründete Staaten (z. B. an Rumänien, Serbien, Bulgarien). Aus eigener Kraft konnte sich das Osmanische Reich zunächst nicht modernisieren, deshalb ,,halfen" europäische Staaten. Sie hatten die Hoffnung, einen großen Markt für ihre Industriewaren zu bekommen, schlossen deshalb Wirtschaftsverträge mit der türkischen Regierung und schickten Berater (z. B. Militärsachverständige). → (5)

Die deutsche Regierung konnte erreichen, daß deutsche Firmen und Banken die Erlaubnis zum Bau der großen und wichtigen Eisenbahn von Istanbul nach Bagdad (*Bagdadbahn**) erhielten und daß das türkische Militär zum großen Teil mit deutschen Waffen ausgerüstet wurde. Damit erreichte die deutsche Warenausfuhr nach der Türkei 1914 einen Wert von etwa 98 Millionen Mark.

Mit Kaiser Wilhelm II. (vgl. S. 28) machte erstmals ein christlicher Monarch im Osmanischen Reich einen Staatsbesuch. Dabei wurde begeistert von der Freundschaft zwischen den Muslimen und den Deutschen gesprochen.

(1) **Die Ausdehnung der amerikanischen Herrschaft**

(a) Nennt die Gebiete in der Welt, die von den USA abhängig wurden.

(b) Welche dieser Länder gehören heute noch zu den USA? In welchen Ländern haben die USA einen besonderen Einfluß?

(c) Was wißt ihr über das derzeitige Verhältnis zwischen der Regierung in Kuba und der Regierung der USA?

Die Expansion der USA.

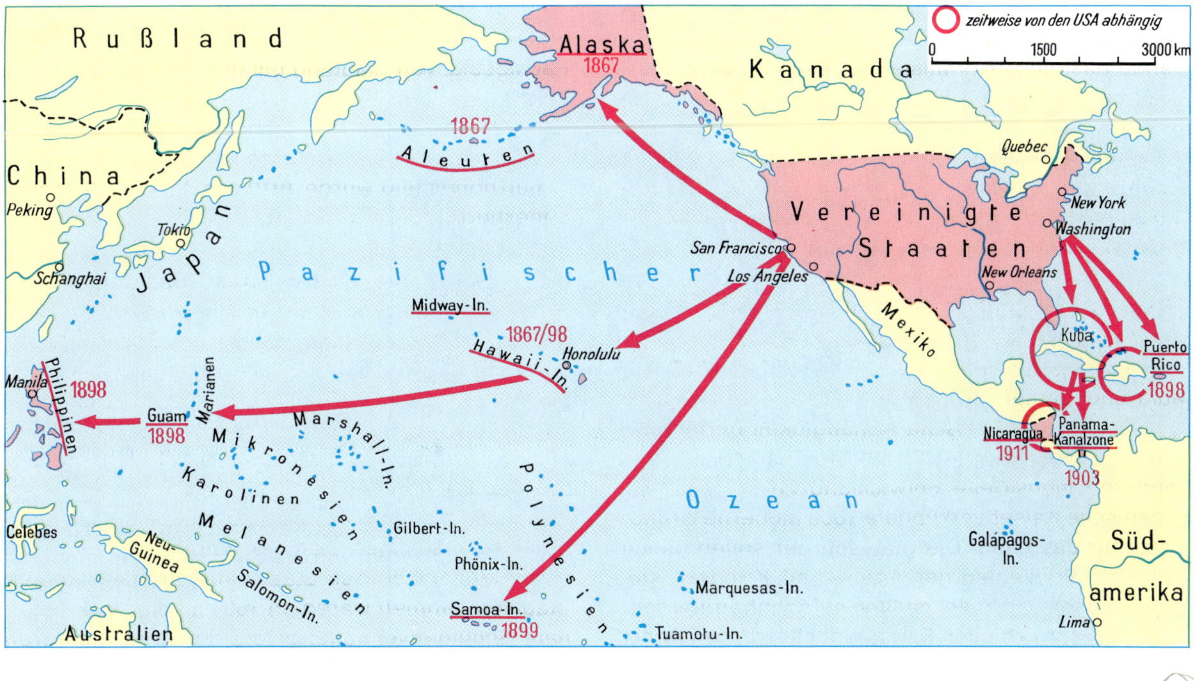

Zeitgenössische Karikatur auf den Opiumkrieg.

(2) Der „Opiumkrieg"

(a) Besprecht die Karikatur über den Opiumkrieg. Lest dazu den Text S. 17.

(b) Versucht den Krieg zu beurteilen: aus englischer, aus chinesischer Sicht.

(c) Wie beurteilt ihr einen solchen Krieg?

(3) „Ungleiche Verträge"

In Verträgen mit europäischen Staaten wurden „vereinbart":

- Befreiung der Europäer von der Gerichtsbarkeit des chinesischen Staates,
- Einschränkung der chinesischen Zollhoheit,
- für Niederlassungen der Europäer Zuständigkeit europäischer Verwaltung und Polizei,
- freie Schiffahrt für Ausländer auf den chinesischen Flüssen,
- besondere Rechte für christliche Missionare.

(a) Begründet, warum mit diesen Verträgen der Kaiser von China nicht mehr die vollständige Macht (Souveränität) in seinem Staat hatte.

(b) Stellt auf der Karte S. 21 fest, in welchen Gebieten für Europäer ein Vertragshafen war.

(c) Schreibt auf, welche Städte Chinas von europäischen Mächten besetzt wurden.

(4) Boxer-Aufstand gegen die „fremden Teufel", 1900

Ein Mitglied der Boxerbewegung:

„Die westliche Zivilisation ist in unseren Augen ... wie ein Ding von gestern. Die chinesische Zivilisation dagegen ist ungezählte Jahrtausende alt ... Auch bei uns gab es eine Zeit, da wir unsern ‚Kampf ums Dasein', unsre Jagd

Die „Boxer" und die „fremden Teufel": Europäer werden totgeschlagen, europäische Bücher verbrannt. Die Chinesen halten sich die Nasen zu, um vom Gestank europäischer Literatur nicht vergiftet zu werden. Chinesischer Holzschnitt aus einer Schmähschrift gegen europäische Missionare.

China und Japan zwischen 1840–1914.

nach Reichtum, unsern Machthunger, unser Hasten und Hetzen und unsere Qual hatten. Auch wir hatten unsere klugen Erfindungen ..., aber wir haben lange genug gelebt, um zu erkennen, wie wenig notwendig und wie nutzlos alles das ist ... So werden Sie überall in China dasselbe Maß und denselben gleichartigen Geist der Befriedigung finden ... Und nun kommt ihr, aus eurer westlichen Welt zu uns mit dem, was ihr eure ‚neuen Ideen' nennt. Ihr bringt uns eure Religion – ein Kind von neunzehnhundert Jahren; ihr fordert uns auf, Eisenbahnen zu bauen ... Ihr wollt Fabriken bauen und dadurch unsere schönen Künste und Gewerbe verdrängen ... Gegen alles das erheben wir Einspruch. Wir wollen allein gelassen werden, wir wollen die Freiheit haben, unser schönes Land und die Früchte unsrer alten Erfahrung zu genießen. Wenn wir euch bitten, wegzugehen, so weigert ihr euch und bedroht uns gar, wenn wir euch nicht unsere Häfen, unser Land, unsere Städte geben. Daher sind wir Mitglieder der Gesellschaft der sogenannten ‚Boxer' nach reiflicher Überlegung zu der Erkenntnis gekommen, daß die einzige Möglichkeit, euch los zu werden, darin liegt, daß wir euch töten." (7) Q

(a) Wie begründeten Boxer ihre Revolte? Wie wollten sie diese durchführen?

(b) Welche Gefahren drohten den Europäern in China?

Aus der Rede Kaiser Wilhelms II. an die Soldaten, die den Boxeraufstand niederwerfen sollten:

„Große überseeische Aufgaben sind es, die dem neu entstandenen Deutschen Reiche zugefallen sind, Aufgaben weit größer, als viele Meiner Landsleute es erwartet haben. Das Deutsche Reich hat seinem Charakter nach die Verpflichtung, seinen Bürgern, wofern diese im Ausland bedrängt werden, beizustehen. Die Aufgaben, welche das alte Römische Reich Deutscher Nation nicht hat lösen können, ist das neue Deutsche Reich in der Lage zu lösen. Das Mittel, das ihm dies ermöglichte, ist unser Heer ... Eine große Aufgabe harrt eurer; ihr sollt das schwere Unrecht, das geschehen ist, sühnen. Die Chinesen haben das Völkerrecht umgeworfen, sie haben in einer in der Weltgeschichte nicht erhörten Weise der Heiligkeit des Gesandten, den Pflichten des Gastrechts hohngesprochen. Es ist das um so empörender, als dies Verbrechen begangen worden ist von einer Nation, die auf ihre uralte Kultur stolz ist. Bewährt die alte preußische Tüchtigkeit, zeigt euch als Christen im freudigen Ertragen von Leiden, möge Ehre und Ruhm euren Fahnen und Waffen folgen, gebt an Manneszucht und Disziplin aller Welt ein Beispiel. Ihr wißt es wohl, ihr sollt fechten gegen einen verschlagenen, tapferen, gut bewaffneten, grausamen Feind. Kommt ihr an ihn, so wißt: Pardon wird nicht gegeben, Gefangene werden nicht gemacht. Führt eure Waffen so, daß auf tausend Jahre hinaus kein Chinese mehr es wagt, einen Deutschen scheel anzusehen. Wahrt Manneszucht. Der Segen Gottes sei mit euch, die Gebete eines ganzen Volkes, Meine Wünsche begleiten euch, jeden einzelnen. Öffnet der Kultur den Weg ein für allemal!
Nun könnt ihr reisen! Adieu Kameraden!" (8) Q

(c) Wie beurteilt ihr die Rede? Welche Sätze erscheinen euch besonders bedenklich?

(d) Beschreibt das Bild unten. Welche Meinung hatte der Maler von diesem Truppeneinsatz? Begründet eure Antwort. Warum war das Bild so beliebt?

(5) Der Zerfall des Osmanischen Reiches

(a) Vergleicht die Grenzen des Osmanischen Reiches von 1812 und 1900; schreibt auf, wer die Gebiete erhielt, die das Osmanische Reich verlor.

(b) Schlagt in einem Geographie-Atlas nach, welche Staaten es heute auf dem Gebiet des ehemaligen Osmanischen Reiches gibt.

(c) Informiert euch mit Hilfe des Registers über die Türkei.

(6) Wie hängen Wirtschafts- und Machtpolitik zusammen?

Ein liberaler englischer Schriftsteller, 1902:

„The Germans to the front!" Deutsche Marinesoldaten im Boxerkrieg. Gemälde von Carl Röchling (1900). Der Titel des Bildes geht auf den Ausspruch eines englischen Admirals zurück. Reproduktionen des Gemäldes hingen vor dem Ersten Weltkrieg in vielen nationalgesinnten deutschen Bürgerhäusern.

Die Auflösung des Osmanischen Reiches.

„Es wird von allen Geschäftsleuten zugegeben, daß mehr Waren erzeugt werden können, als mit Gewinn zu verkaufen sind, und daß es mehr Kapital gibt, als lohnende Anlagen finden kann. Dieser Stand der Dinge bildet die Wurzel des Imperialismus ... Daher kommen wir zu dem Schluß, daß der Imperialismus den Versuch der großen Industrie-Kapitäne darstellt, erweiterte Absatzmöglichkeiten für unverkäufliche Produkte zu finden; sie wollen die Waren, die sie zu Hause nicht verkaufen können, und das Kapital, das sie im Inland nicht anlegen können, in ausländischen Märkten unterbringen." (9) Q

Lenin, der Führer der Bolschewisten in Rußland, 1917:

„Der Imperialismus ist der Kapitalismus auf einer Entwicklungsstufe, auf der die Herrschaft der Monopole und des Finanzkapitals sich herausgebildet, der *Kapitalexport** eine hervorragende Bedeutung gewonnen, die Verteilung der Welt durch die internationalen Trusts begonnen hat und die Aufteilung des gesamten Territoriums der Erde zwischen den größten kapitalistischen Ländern abgeschlossen ist." (10) Q

Ein amerikanischer Wirtschaftshistoriker, 1927:

„1. Die neuen maschinellen Erfindungen vergrößerten die Produktion so enorm, daß neue Märkte erschlossen werden mußten, um die überschüssige Erzeugung abzusetzen, und die ungeheuren Bevölkerungsmassen Afrikas und Asiens kamen nun als Kunden in Betracht. Die Verbesserungen der Transportmöglichkeiten und der Verkehrswege zu Wasser und zu Lande waren für die Beschleunigung der Aufschwung neuer Märkte von unschätzbarem Wert.
2. Da die industrielle Revolution die Bevölkerungszahl und damit die inländischen Absatzmöglichkeiten vergrößerte, gleichzeitig auch neue überseeische Märkte entdeckt wurden, erwies es sich wiederum als nötig, neue Rohstoffquellen zu erschließen ...
3. Mit dem ungeheuren Anwachsen der Industrie und des Transportwesens sammelten sich gleichzeitig Kapitalien an, die neue Anlagemöglichkeiten suchten. In dem Maße, wie das überschüssige Kapital sich in Europa vermehrte, sanken die Zinssätze, und die Finanzleute waren gezwungen, nutzbringende Anlagemöglichkeiten in weiter Ferne zu suchen." (11)

(a) Arbeitet heraus, wie in den drei Texten der „Imperialismus" erklärt wird.

(b) Worin stimmen sie überein, worin unterscheiden sie sich?

(c) Welche Erklärung überzeugt euch am meisten? Begründet das Urteil.

1. Man spricht in bezug auf die amerikanische Politik in Mittelamerika in der Zeit um 1900 von „Dollarimperialismus". Versuche, den Ausdruck zu erklären, vielleicht an einem Beispiel.

2. In einem Aufruf an die chinesische Bevölkerung schrieb die Regierung von Kanton 1841:

„Wir stellen fest, daß ihr englischen Barbaren die Gewohnheiten und die Natur von Wölfen habt. Die Profitgier hat euch veranlaßt, in unser Land zu kommen!" Q

Worauf beziehen sich diese Sätze? Inwieweit stimmst du ihnen zu?

3. Zähle Bestimmungen aus „Ungleichen Verträgen" auf. Worin bestand die „Ungleichheit"?

4. Wie krank war am Ende des 19. Jh. der „kranke Mann am Bosporus"?

Bagdadbahn: Eisenbahnlinie durch die Türkei und den Irak, deren Bau 1903 begonnen wurde; sie sollte Mitteleuropa mit dem Vorderen Orient verbinden. Der Bau führte zum Interessengegensatz zwischen Deutschland und England.

Boxer: Mitglieder eines Geheimbundes in China, die sich selbst „Faustkämpfer für Freiheit und Einigkeit" nannten und sich gegen das Eindringen fremder Ideen und fremder Macht in China wehrten. 1900 versuchten sie, in einem Aufstand die Ausländer aus China zu verjagen, und wurden blutig niedergeschlagen.

Halbkolonie: Ein Land, das dem Namen nach ein selbständiger, souveräner Staat bleibt, dessen Regierung aber von fremden Mächten eingeschränkt und dessen Wirtschaft weitgehend von ausländischen Interessen abhängig ist.

Intervention: Eingriff einer ausländischen Regierung in die Hoheitsgewalt eines anderen Staates unter dem Vorwand, mit Gewalt geordnete Verhältnisse wiederherzustellen oder aufrechtzuerhalten.

Kapitalexport: Investitionen von Privatleuten, Banken oder Aktiengesellschaften im Ausland mit dem Ziele, das Geld dort anzulegen, wo es höhere Erträge verspricht als im eigenen Land (z. B. weil im entsprechenden Ausland Rohstoffe oder Arbeitskräfte billiger sind).

Ungleiche Verträge: Bezeichnung für die Staatsverträge zwischen europäischen Mächten und China, die den Europäern einseitige Vorteile sicherten, die Hoheitsgewalt Chinas einschränkten und die chinesische Wirtschaft an die europäischen Handelsinteressen fesselten. Man spricht auch von „Knebelverträgen".

1840–42	Opiumkrieg in China
1853	„Öffnung" Japans
1860	Errichtung europäischer Gesandtschaften in Peking
1898	Pachtverträge mit China, z. B. Hongkong an Großbritannien für 99 Jahre verpachtet
	Krieg zwischen USA und Spanien
1900	Boxeraufstand – Boxerkrieg
1903	Bau der Bagdadbahn begonnen
1904/05	Russisch-japanischer Krieg

Quellennachweis

(1) S. O. Thacher vor einem Unterausschuß des Außenpolitischen Ausschusses des amerikanischen Senats, April 1885; zit. aus: W. Mommsen: Imperialismus, ein Quellen- und Arbeitsbuch. Hamburg 1977, S. 205.
(2) F. M. Dostojewski im „Tagebuch eines Schriftstellers", Januar 1881; zit. aus: Materialien für den Geschichtsunterricht, Bd. V, a. a. O., S. 96.
(3) B. v. Bülow im Reichstag, Dezember 1897; zit. aus: W. Mommsen: Imperialismus, a. a. O., S. 130.
(4) Lord Salisbury vor dem Oberhaus, Februar 1893; zit. aus: W. Mommsen: Imperialismus, a. a. O., S. 65.
(5) Imperialismus. Beltz, a. a. O., S. 43.
(6) Kaiser Tao-Kuang an den englischen Kapitän Elliot, 1838. Zitiert aus: Geschichtliche Weltkunde, Bd. 2, Diesterweg 3312, S. 229.
(7) Interview der englischen Zeitung „Daily Express" mit einem Mitglied der Boxerbewegung. Zitiert aus: Keller, Niemetz, Reichert: China im Unterricht. Freiburg, Würzburg 1980, S. 58.
(8) E. Johann (Hrsg.): Reden des Kaisers. München 1977, S. 70 f.
(9) J. A. Hobson: Imperialism. London 1902. Zitiert aus: M. Neher: Der Imperialismus. Würzburg 1974, S. 71.
(10) W. I. Lenin: Der Imperialismus als höchstes Stadium des Kapitalismus. Zitiert aus: M. Neher: Der Imperialismus, a. a. O., S. 74 f.
(11) H. U. Faulkner: Amerikanische Wirtschaftsgeschichte, Band 2, 1929. Zitiert aus: H. Krieger: Materialien, Band V, a. a. O., S. 82.

Lesetip

H. Dettmer: Grundzüge der Geschichte Japans. Wiss. Buchges. Darmstadt 1985 (WD)
J. Mabire: Blutiger Sommer in Peking. Wien 1978 (SB)
E. P. Snow: So fing es an. Knaur Tb. 3573 (SB)
G. F. Willing: Neueste Geschichte Chinas. Von 1840 bis zur Gegenwart. Schöningh, Paderborn 1975 (WD)

2 Mittelmächte gegen Entente: Der Erste Weltkrieg

2.1 Ursachen und Ausbruch des Krieges

Kaisermanöver in Schlesien 1906. Wilhelm II. erklärt dem jungen Winston Churchill das Manövergelände.

Ein Vertreter der amerikanischen Botschaft in Berlin an seine Vorgesetzten im Mai 1914:

„Das ist ein *Militarismus**, der wahnsinnig geworden ist. Wenn nicht jemand erreichen kann, daß sich andere Einsichten durchsetzen können, wird es eines Tages eine furchtbare Weltkatastrophe geben. Niemand in Europa kann es schaffen. Dafür gibt es zuviel Haß, zuviel Mißtrauen ... Das Problem ist überwältigend und von unübersehbaren Konsequenzen. Ich wünschte nur, es könnte gelöst werden ...“ (1) Q

- Welche Gegensätze trieben die Großmächte in den Krieg? Warum wurde daraus ein Welt-Krieg?
- War der Krieg unvermeidlich – und wer hat ihn verschuldet?
- Kriegsursachen – Kriegsanlaß: Worin unterscheiden sie sich?

Weltmachtstreben und Flottenpolitik in Deutschland. Nach Bismarcks Entlassung 1890 nahm der deutsche Kaiser Wilhelm II. (1888–1918) starken Einfluß auf die Politik des Reiches. Wilhelm war als Monarch begabt und im Volk beliebt, aber politisch sprunghaft und von fast krankhaftem Ehrgeiz getrieben. „Mein Neffe William", sagte der englische König Eduard VII. einmal über ihn, „muß immer wie ein Pfau radschlagen; kann er es nicht, so fühlt er sich unterlegen und unglücklich." Unter Wilhelm II. war die deutsche Außenpolitik nicht mehr auf Ausgleich der Interessen, sondern darauf gerichtet, die eigene Macht in der Welt zu erweitern. Wirtschaftlich erlebte das Deutsche Reich einen steilen Aufschwung.

Die deutsche Industrie exportierte 1913 Fertig- und Halbfertigwaren im Wert von rund 7,5 Mrd. Mark; für rund 8 Mrd. Mark wurden Rohstoffe und Nahrungsmittel eingeführt. Das deutsche Volksvermögen stieg jährlich um 3–4 Mrd. Mark und erreichte 1913 den Betrag von 310 Mrd. Mark (England ca. 300 Mrd. Mark, Frankreich ca. 170 Mrd. Mark). Das Volkseinkommen betrug um 1900 im Deutschen Reich rund 33 Mrd. Mark im Jahr; davon war die Hälfte von Industrie und Handel erwirtschaftet, während die Landwirtschaft nur noch etwa ein Fünftel davon aufbrachte. Die deutsche Wirtschaft drängte auf die Weltmärkte. Außenpolitisch strebte das Reich nach Weltgeltung. Im Außenministerium forderte man für die Deutschen „einen Platz an der Sonne". Deutschland, so dachten viele, sollte auch *Weltmacht** werden. → (1)

Eine wichtige Rolle spielte der Ausbau der Flotte. „Bitter not ist uns eine deutsche Flotte", und: „Der Ozean ist unentbehrlich für Deutschlands Größe", hatte Wilhelm II. 1899/1900 in öffentlichen Reden betont. Der Chef des Marineamtes, Admiral von Tirpitz, verlangte den Bau von zwei Dutzend Schlachtschiffen. Durch ein Kräfteverhältnis von 2 : 3 im Vergleich zur britischen Flotte sollte die deutsche Marine ein Risiko für jede andere Macht darstellen. Tirpitz gewann durch eine lautstarke Propaganda die deutsche Öffentlichkeit. Sein „Flottenverein" besaß mit 1 Mio. Mitgliedern den nötigen Einfluß auf das Parlament und argumentierte, der Bau der Kriegsflotte würde Arbeitsplätze sichern und neue schaffen. Tirpitz begründete den Flottenbau mit den Worten:

„Unter den gegebenen Umständen gibt es nur ein Mittel, um Deutschlands Handel und Kolonien zu schützen: Deutschland muß eine Flotte von solcher Stärke haben, daß selbst für die größte Flotte ein Krieg mit ihm ein solches Risiko in sich schließen würde, daß ihre eigene Überlegenheit gefährdet wäre." (2) Q

Der Reichstag bewilligte das Geld für den Bau von insgesamt 34 Linienschiffen, 11 großen und 34 kleinen Kreuzern. → (2)

Zwei Bündnisblöcke. Die deutsche Regierung verlor durch ihre herausfordernde Flottenpolitik das Vertrauen Englands, das seine Rolle als stärkste Seemacht behaupten wollte. Ein Bündnis mit England wäre für das Deutsche Reich lebenswichtig gewesen. Die Chancen verspielten die deutschen Diplomaten, weil sie den Engländern nicht entgegenkamen in der irrigen Meinung, London sei auf Berlin angewiesen, nicht umgekehrt. Im Berliner Auswärtigen Amt äußerte man auf die Frage nach einem Bündnis mit England: „Wir können warten. Die Zeit läuft für uns."

So geriet Deutschland allmählich in die Isolierung. Mit Frankreich war das Deutsche Reich seit dem Krieg von 1870/71 (vor allem wegen der Annexion von Elsaß-Lothringen) verfeindet. Bismarcks Bündnis mit Rußland wurde aufgegeben, weil man sich allzu eng an Österreich-Ungarn anschloß; Habsburg aber lag mit dem Zarenreich im Streit, weil beide den Balkan in ihre Abhängigkeit bringen wollten: Rußland, indem es als slawische Großmacht das Nationalbewußtsein aller Slawen schürte, Österreich durch die Aneignung einzelner Gebiete. Die Franzosen gewannen hingegen das Zarenreich durch Kapitalhilfen und ein Militärabkommen 1894 zum Bündnispartner und verständigten sich auch mit England, was 1904 zu einer *Entente** (= „Einvernehmen") der beiden Staaten führte. Als schließlich England und Rußland 1907 ihre Streitfragen um Einflußzonen in Asien bereinigten, standen sich in Europa zwei ungleiche Blöcke gegenüber: Die erweiterte Entente (England-Frankreich-Rußland) und der 1882 geschlossene Dreibund (Deutschland-Österreich-Italien). Ein Historiker urteilt:

„In Deutschland verbreitete sich das Gefühl, eingekreist zu sein, wobei die Angst vor der ständig wachsenden Stärke Rußlands besondere Beklemmungen verursachte. Insbesondere für Deutschland, für Österreich und für Rußland wuchs die Versuchung, sich aus einer scheinbar mißlichen Lage durch einen im rechten Moment ausgelösten Krieg zu befreien." (3)

Friedenspolitik als Alternative? Schon seit Mitte des 19. Jh. gab es sogenannte „Friedensvereine". Auf privaten Friedenskongressen forderten Männer wie Victor Hugo und Alexander von Humboldt die Einrichtung internationaler Schiedsgerichte und die allgemeine Abrüstung. Die Friedensbewegung fand in bürgerlichen Kreisen jedoch wenig Anklang. Das Wort *Pazifist** galt als Schimpfwort. Auch Bertha von Suttner, die in vielen Büchern für die Friedensidee warb und dafür den 1895 gestifteten Friedensnobelpreis erhielt, blieb ungehört. Da schlug Zar Nikolaus II. Friedensvereinbarungen der Großmächte vor. Er ließ 1898 eine Erklärung veröffentlichen, in der er den Mächten empfahl, „auf dem Wege internationaler Beratung die wirksamsten Mittel zu suchen, um allen Völkern die Wohltaten des wahren und dauernden Friedens zu sichern und vor allem der fortschreitenden Entwicklung der gegenwärtigen Rüstungen ein Ende zu setzen".

In den Jahren 1899 und 1907 traten zwei Friedenskonferenzen in Den Haag zusammen, um Formen für die internationalen Beziehungen zu finden. Auf technischem und wirtschaftlichem Gebiet bestanden bereits internationale Organisationen (Westeuropäischer Telegraphenverein 1855, Weltpostverein 1878, Internationales Arbeitsamt 1901 und andere).

Die Haager Kongresse brachten Abkommen über die Behandlung von Kriegsgefangenen und das Verbot von Giftgas. Das wichtigste Ergebnis war ein Vertrag über die Schlichtung von Streitigkeiten und die Einsetzung des Ständigen Schiedsgerichtshofes in Den Haag. Deutschland allerdings verlangte und erreichte, daß alle Fragen von „lebenswichtigem Interesse" und alle „Ehrensachen" von der Schiedsgerichtsbarkeit ausgenommen blieben. Den russischen Vorschlag im Juli 1914, die Krise um Serbien (vgl. unten) dem Haager Schiedsgericht vorzulegen, erklärte Kaiser Wilhelm II. für „Blödsinn".

Imperialistische Machtkonflikte schienen unvermeidlich, da die großen und kleinen Kolonialmächte bei ihrem Wettlauf um den Erwerb von Kolonien und die „Aufteilung der Welt" in immer schärfere Gegensätze zueinander gerieten. Die Franzosen verstärkten ihre Ausdehnungspolitik in Nordafrika. Dort hatte Frankreich bereits Algerien und Tunesien erobert und zur Kolonie gemacht. 1905 mußte der Sultan von Marokko das französische Protektorat über sein Land anerkennen. Um die deutschen Interessen an diesem Gebiet anzumelden, landete Kaiser Wilhelm II. 1905 in Tanger, und als die Franzosen ihre Herrschaft über Marokko ausdehnten, drohte die Entsendung eines deutschen Kanonenbootes nach Agadir 1911 einen offenen Krieg auszulösen. Aber der Gegensatz wurde noch einmal durch Verhandlungen beigelegt.

Auf dem Balkan stießen Interessen von Deutschland und Österreich-Ungarn mit denen von Großbritannien und vor allem von Rußland zusammen. Als der Sultan 1908 von revolutionären „Jungtürken" praktisch entmachtet wurde, nahm die Regierung in Wien Bosnien und Herzegowina für die Donaumonarchie in Besitz. Rußland protestierte, aber Österreich wurde vom Deutschen Reich unterstützt. Der Zar mußte nachgeben, schloß sich aber um so enger an die Entente an.

Als die Italiener 1911 die Türken in Tripolis angriffen, um den Rest des Osmanischen Reiches in Nordafrika zu erobern, nutzten 1912 die Balkanstaaten die Gelegenheit, durch einen Krieg mit russischer Hilfe den Türken die letzten Besitzungen auf dem Balkan abzujagen. Bulgarien gewann das größte Gebiet, worauf die übrigen Balkanstaaten in einem erneuten Krieg die Bulgaren besiegten. Eine Ausweitung des Krieges wurde vermieden, weil Deutschland und England für den Frieden eintraten und die Interessen von Rußland und Österreich berücksichtigt wurden.

„Die Wirkung der Balkankriege auf die europäischen Mächte war ein allgemeines Wettrüsten, das Deutschland mit der Heeresvorlage vom März 1913 und Frankreich mit der gleichzeitig entworfenen Wiedereinführung der dreijährigen Dienstzeit eröffnete. Es entsprang der selbst unter führenden Militärs verbreiteten und durch die raschen Entscheidungen der Balkankriege genährten Vorstellung, daß ein europäischer Krieg schnell vorübergehen werde. Man müsse für die erste Schlacht, die Entscheidungsschlacht, nur ausreichend gerüstet sein." (4)

Der Funke im Pulverfaß. Am 28. Juni 1914 wurden in Sarajewo der österreichische Thronfolger Franz Ferdinand und seine Gemahlin auf offener Straße erschossen. Die polizeilichen Untersuchungen ergaben, daß der Attentäter im Dienst einer serbischen Untergrundbewegung stand, die auf dem Balkan ein Großserbisches Reich schaffen wollte. In einer Woge von Serbenhaß und vaterländischer Erregung verlangte man in Österreich stürmisch, daß mit den Serben „abgerechnet" werde. Aber Serbien war mit Rußland befreundet. Ein österreichischer Angriff auf Serbien konnte nur mit deutscher Rückendeckung geschehen. Am 6. Juli sicherte der deutsche Reichskanzler Bethmann Hollweg der Regierung in Wien die unbedingte Bündnistreue des deutschen Kaisers zu. Gestützt auf diese „Blankovollmacht" richtete Österreich an Serbien am 23. Juli ein Ultimatum, d. h. eine mit Gewaltandrohung verbundene befristete Forderung, und erklärte, als die serbische Regierung ausweichend antwortete, am 28. Juli den Krieg. Als diese Kriegserklärung in Rußland bekannt wurde, drängten die dortigen Militärs auf die Generalmobilmachung, d. h. den Aufmarsch aller Truppen. Das bedeutete die Bedrohung sowohl Deutschlands wie Österreichs. Der englische Außenminister Grey versuchte in letzter Stunde, eine Vermittlungskonferenz einzuberufen. Er scheiterte, weil die Militärs in Deutschland nicht mehr warten wollten; jeder Zeitgewinn begünstigte Rußland militärisch. →(3)

Für den Fall eines Zweifrontenkrieges stützten sich die deutschen Militärs auf einen Plan, den General Schlieffen 1892 entworfen hatte: Deutsche Truppen sollten sofort Frankreich angreifen, mit einem starken rechten Flügel im Norden über Belgien vordringen und die französische Armee von hinten einkreisen. Als man Ende Juli in Paris die Frage nach der Neutralität Frankreichs nicht klar beantwortete, ließ sich Berlin nicht mehr aufhalten:

„Am 1. August folgte die allgemeine Mobilmachung in Deutschland und Frankreich und die Kriegserklärung des Deutschen Reiches an Rußland. Bereits am 2. August marschierten deutsche Truppen in Luxemburg ein, am 3. August auch in Belgien. Die belgische Armee setzte sich zur Wehr. Am gleichen Tag erklärte das Deutsche Reich auch an Frankreich den Krieg. Die Verletzung der belgischen Neutralität und die gefährliche Bedrohung Frankreichs führten schließlich am 4. August zum Eintritt Englands in den Krieg." (5)

Beide Seiten – *Mittelmächte** und Entente – gaben einander die Schuld am Ausbruch des Krieges (*Kriegsschuld**), und jeder war überzeugt, im Recht zu sein. →(4)

(1) Machtansprüche des Deutschen Reiches

Der deutsche Kaiser Wilhelm II. in Reden zwischen 1896 und 1900:

„Aus dem Deutschen Reich ist ein Weltreich geworden. Überall in fernen Teilen der Erde wohnen Tausende unserer Landsleute. Deutsche Güter, deutsches Wissen, deutsche Betriebsamkeit gehen über den Ozean. Nach Tausenden von Millionen beziffern sich die Werte, die Deutschland auf der See zu fahren hat. An Sie, meine Herren, tritt die erste Pflicht heran, Mir zu helfen, dieses größere Deutsche Reich auch fest an unser heimisches zu gliedern."

„Der Dreizack gehört in unsere Faust ... So ist es mein Wunsch, der Welt den Frieden zu erhalten, ... desgleichen aber nach außen die Ehre des Reiches in jeder Weise hochhalten zu können, unserer vaterländischen Arbeit und der Industrie der produzierenden Stände die Absatzgebiete zu sichern und zu erhalten, die wir brauchen."

„Der Ozean ist unentbehrlich für Deutschlands Größe. Aber der Ozean beweist auch, daß auf ihm in der Ferne, jenseits von ihm, ohne Deutschland und ohne den deutschen Kaiser keine große Entscheidung mehr fallen darf." (6) Q

Kaiser Wilhelm II. (1909).

Der deutsche Außenminister in einer Rede vor dem Reichstag, 1897:

„Wir müssen verlangen, daß der deutsche Missionar und der deutsche Unternehmer, die deutschen Waren, die deutsche Flagge und das deutsche Schiff in China geradeso geachtet werden wie diejenigen anderer Mächte. (Lebhaftes Bravo!) Wir sind endlich gern bereit, in Ostasien den Interessen anderer Großmächte Rechnung zu tragen, in der sicheren Voraussicht, daß unsere eigenen Interessen gleichfalls die ihnen gebührende Würdigung finden. Mit einem Wort: Wir wollen niemand in den Schatten stellen, aber wir verlangen auch unseren Platz an der Sonne." (7) Q

(a) Welchen Eindruck gewinnt ihr von Wilhelm II. aus den Texten und dem Bild?

(b) Stellt Sachaussagen und Propagandaworte aus den Texten einander gegenüber.

(2) **Rüstungs- und Flottenpolitik**

Der Bau von Großkampfschiffen 1905 bis 1913:

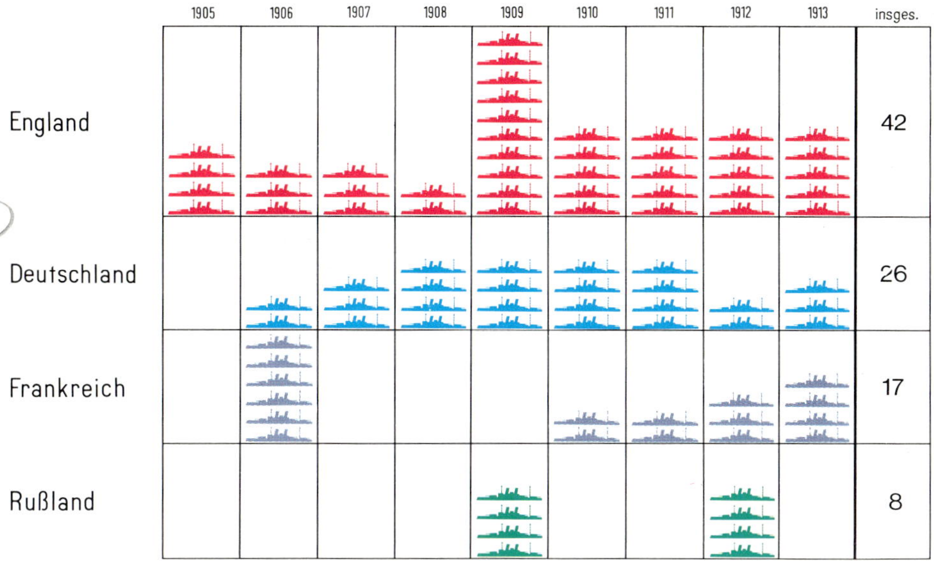

Rüstungsausgaben (in Mio. Goldmark):

	1905	1910	1913
Österreich-Ungarn	460	660	720
Frankreich	990	1170	1325
Deutsches Reich	1065	1370	2100
Rußland	1070	1435	2050
Großbritannien	1260	1370	1490

„Wie sollen wir uns da die Hand geben?" Karikatur im „Simplizissimus", 1912.

(a) Vergleicht die Rüstungsausgaben der „Entente" mit denen von Deutschland und Österreich-Ungarn.

(b) Sprecht über den Flottenbau anhand des Schaubildes. Erläutert die Karikatur.

(c) Welche Haltung spricht aus der Abbildung der „Manöverszene" auf S. 25?

(d) Was wißt ihr über den Stand der Verhandlungen über Rüstungsbegrenzung heute (vgl. S. 342)?

(3) **Die Julikrise: Ein Attentat und seine Folgen**

Der deutsche Botschafter in Wien, Graf Tschirschky, telegraphierte am 30. 6. 1914 an den Reichskanzler von Bethmann Hollweg. Das Telegramm wurde Kaiser Wilhelm II. vorgelegt und von diesem mit Randbemerkungen versehen:

„Graf Berchtold sagte mir heute, alles deute darauf hin, daß die Fäden der Verschwörung, der der Erzherzog zum Opfer gefallen sei, in Belgrad zusammenliefen. Die Sache sei so wohl durchdacht worden, daß man absichtlich ganz jugendliche Leute zur Ausführung des Verbrechens ausgesucht habe, gegen die nur mildere Strafe verhängt werden könnte. Der Minister sprach sich sehr bitter über die serbischen Anzettelungen aus.

hoffentlich nicht

Hier höre ich, auch bei ernsten Leuten, vielfach den Wunsch, es müsse einmal

Das Attentat in Sarajewo am 28. Juni 1914. Wenige Minuten nach dem Attentat wird Gavrilo Princip, der Mörder des österreichischen Thronfolgerpaares, verhaftet und abgeführt.

jetzt oder nie

wer hat ihn dazu ermächtigt? das ist sehr dumm! geht ihn gar nichts an, da es lediglich Österreichs Sache ist, was es hierauf zu thun gedenkt.

Nachher heißt es dann, wenn es schief geht, Deutschland hat nicht gewollt! Tschirschky soll den Unsinn gefälligst lassen! Mit den Serben muß aufgeräumt werden, und zwar bald. versteht sich alles von selbst, und sind Binsenwahrheiten.

gründlich mit den Serben abgerechnet werden. Man müsse den Serben zunächst eine Reihe von Forderungen stellen und falls sie diese nicht akzeptierten, energisch vorgehen. Ich benutze jeden solchen Anlaß, um ruhig, aber sehr nachdrücklich und ernst vor übereilten Schritten zu warnen. Vor allem müsse man sich erst klar werden, was man wolle, denn ich hörte bisher nur ganz unklare Gefühlsäußerungen. Dann solle man die Chance irgendeiner Aktion sorgfältig erwägen und sich vor Augen halten, daß Österreich-Ungarn nicht allein in der Welt stehe, daß es Pflicht sei, neben der Rücksicht auf seine Bundesgenossen die europäische Gesamtlage in Rechnung zu ziehen und speziell sich die Haltung Italiens und Rumäniens in allen Serbien betreffenden Fragen vor Augen zu halten." (8) Q

Der Botschafter Österreich-Ungarns in Berlin überreichte Kaiser Wilhelm am 5. Juli eine persönliche Botschaft aus Wien und teilte danach in einem Telegramm seiner Regierung mit:

„Nach dem Déjeuner [Frühstück], als ich nochmals Ernst der Situation mit großem Nachdruck betonte, ermächtigte mich seine Majestät, unserem allergnädigsten Herrn zu melden, daß wir auch in diesem Fall auf die volle Unterstützung Deutschlands rechnen können. Wie gesagt, müsse er vorerst Meinung des Reichskanzlers anhören, doch zweifle er nicht im geringsten daran, daß Herr von Bethmann Hollweg vollkommen seiner Meinung zustimmen werde. Insbesondere gelte dies betreffend eine Aktion unsererseits gegenüber Serbien. Nach seiner [Kaiser Wilhelms] Meinung muß aber mit dieser Aktion nicht zugewartet werden. Rußlands Haltung werde jedenfalls feindselig sein, doch sei er hierauf schon seit Jahren vorbereitet, und sollte es sogar zu einem Krieg zwischen Österreich-Ungarn und Rußland kommen, so könnten wir davon überzeugt sein, daß Deutschland in gewohnter Bundestreue an unserer Seite stehen werde." (9) Q

Telegramm des deutschen Reichskanzlers vom 6. 7. 1914 an die deutsche Botschaft in Wien:

„Was Serbien anbelange, so könne Seine Majestät [der deutsche Kaiser] zu den zwischen Österreich-Ungarn und diesem Lande schwebenden Fragen naturgemäß keine Stellung nehmen . . . Kaiser Franz Joseph könne sich aber darauf verlassen, daß seine Majestät im Einklang mit seinen Bündnispflichten und seiner alten Freundschaft treu an der Seite Österreich-Ungarns stehen werden." (10) Q

(a) Vergleicht die drei Telegramme miteinander. Worin stimmen sie überein, worin nicht? Beurteilt die Randnotizen Wilhelms II.

(b) Was versteht man unter „Blankovollmacht",

und welche Bedeutung kam der deutschen Erklärung zu?

(c) Erörtert denkbare Alternativen, die nach eurer Meinung für die deutsche Politik gegenüber Österreich-Ungarn möglich gewesen wären.

(4) Kriegsursachen: Schuld und Verantwortung

Die Frage nach der Kriegsschuld ist unter den Fachleuten bis heute umstritten.

Ein Historiker (Gerhard Ritter) schreibt: „Es hat niemanden an führender Stelle gegeben, der einen Weltkrieg herbeiführen wollte.“ Ein anderer (Egmont Zechlin): „Durch seine Konsequenz und Zielstrebigkeit im Handeln fällt Deutschland gewiß der größte Anteil an der Auslösung des Krieges zu.“ Ein dritter (Walther Hubatsch) meint: „Es ist keine Rede davon, daß man auf deutscher Seite den Krieg vorbereitet hat.“ Wieder ein anderer (Fritz Fischer) schreibt: „Es handelt sich bei dem im Juli 1914 von den deutschen Politikern ausgelösten Krieg zweifelsohne ... um den Versuch, bevor die gegnerischen Mächte zu sehr erstarkt waren, diese zu unterwerfen.“

Empfang des französischen Staatspräsidenten Poincaré durch Zar Nikolaus II. in Reval am 21. Juli 1914.

Kaiser Wilhelm II. bei der Proklamation des Krieges und in seiner Thronrede vom 4. August 1914:

„So muß denn das Schwert entscheiden. Mitten im Frieden überfällt uns der Feind. Drum auf! Zu den Waffen! Jedes Schwanken, jedes Zögern wäre Verrat am Vaterlande ...“ (11) Q

„Uns treibt nicht Eroberungslust, uns beseelt der unbeugsame Wille, den Platz zu bewahren, auf den Gott uns gestellt hat. In aufgedrungener Notwehr, mit reinem Gewissen und reiner Hand ergreifen wir das Schwert. An die Völker und Stämme des Deutschen Reiches ergeht mein Ruf, zu verteidigen, was wir in friedlicher Arbeit geschaffen haben. Ich kenne keine Parteien mehr, ich kenne nur Deutsche! Zum Zeichen dessen, daß Sie fest entschlossen sind, ohne Parteiunterschied, ohne Standes- und Konfessionsunterschied mit mir durch dick und dünn, durch Not und Tod zu gehen, fordere ich die Vorstände der Parteien auf, vorzutreten und mir dies in die Hand zu geloben.“ (12) Q

Vor dem 1. August 1914

Nach dem 1. August 1914

„Der deutsche Siegfried“ und seine Nachbarn. Der Hahn symbolisiert Frankreich, der Löwe England; der Bär Rußland. Im Mittelpunkt jeweils der deutsche „Siegfried“. Zeitgenössische deutsche Karikatur.

Erklärung des SPD-Abgeordneten Haase im Namen seiner Partei im Reichstag am 4. August 1914:

„Die Folgen der imperialistischen Politik, durch die eine Ära des Wettrüstens herbeigeführt wurde und die Gegensätze zwischen den Völkern sich verschärften, sind wie eine Sturmflut über Europa hereingebrochen. Die Verantwortung hierfür fällt den Trägern dieser Politik zu; wir lehnen sie ab ... Aber es gilt, die Kultur und Unabhängigkeit unseres eigenen Landes sicherzustellen. Da machen wir wahr, was wir immer betont haben: Wir lassen in der Stunde der Gefahr das eigene Vaterland nicht im Stich." (13) Q

(a) Welche Rechtfertigung gibt der deutsche Kaiser für den Krieg? Wie urteilen die Historiker?

(b) Erklärt die Karikatur S. 31 genau; arbeitet heraus, inwiefern sie der Propaganda diente.

(c) Die Erklärung des SPD-Abgeordneten nennt tiefere Ursachen für den Ersten Weltkrieg. Vergleicht sie mit den Informationen aus Kapitel 1.3.

1. Beschreibe die Zeichnung, die nach einem Entwurf Wilhelms II. gemacht wurde. Ihr Titel: „Völker Europas, wahret Eure heiligsten Güter!" Die Figur, die im Osten auf den Wolken daherschwebt, soll Buddha sein. Erläutere die Geisteshaltung, die aus dieser Zeichnung deutlich wird.

2. Die deutsche Handelsflotte vervierfachte ihre Tonnage (d.h. ihr Transportvolumen) in der Zeit zwischen 1890 und 1913. Was sagt das über Industrie und Handel in Deutschland?

3. Im Jahr 1913 gaben die europäischen Großmächte zusammen etwa zwei Mio. Goldfranken für den Haager Gerichtshof und die damaligen Internationalen Organisationen aus, im gleichen Jahr 9 Mrd. für militärische Zwecke. Welche Schlüsse ziehst du daraus? Wie beurteilst du dieses Mißverhältnis?

4. Kriegsursachen – Kriegsanlaß: Unterscheide die beiden Begriffe in bezug auf den Ausbruch des Ersten Weltkrieges und berücksichtige dabei die Gesichtspunkte „Imperialismus", „Nationalismus", „Attentat von Sarajewo", „Julikrise", „Blankovollmacht".

5. Zeige an der Karte die Mitgliedstaaten der „Entente" und der „Mittelmächte" sowie ihre Verbündeten. Erkläre das Kräfteverhältnis zwischen ihnen im Ersten Weltkrieg.

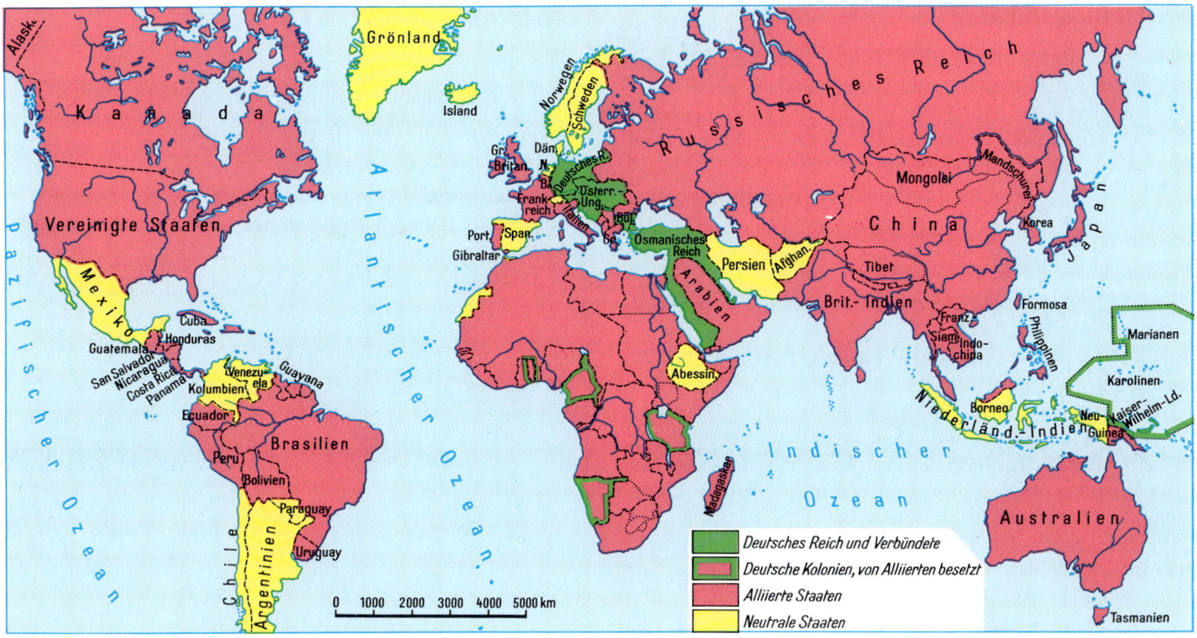

Mächtegruppierung im Ersten Weltkrieg.

Entente: (französisch = „Einvernehmen"). Verständigung der französischen und englischen Regierung über ihre gegenseitigen Interessen in den Kolonien durch Abkommen von 1904, das später zu einem Militärbündnis erweitert wurde. 1907 trat Rußland dem Bündnis bei. Die Entente bildete den Kern der Kriegskoalition (der „Alliierten") gegen die „Mittelmächte" im Ersten Weltkrieg.

Kriegsschuld: Im Friedensvertrag von Versailles (vgl. S. 69) wurde dem Deutschen Reich und seinen Verbündeten die Alleinschuld am Ersten Weltkrieg aufgebürdet. Dagegen hat die spätere Geschichtsforschung gezeigt, daß alle europäischen Großmächte durch Imperialismus, Nationalismus oder Militarismus zur Verschärfung der Gegensätze beigetragen haben. Die deutsche Mitschuld wird heute – anders als nach 1918 – nicht bestritten, aber unterschiedlich beurteilt.

Militarismus: Vorherrschen militärischer Wertvorstellungen und Verhaltensweisen in Staat und Gesellschaft mit Kriegsverherrlichung, Vorrang der Rüstungspolitik, bevorzugter Stellung des Militärs in der Öffentlichkeit und hohem Einfluß der führenden Militärs auf die Regierung.

Mittelmächte: Bezeichnung für die europäischen Zentralmächte Deutschland und Österreich-Ungarn, später auch für seine Verbündeten im Ersten Weltkrieg (Türkei und Bulgarien).

Pazifist: Wörtlich „friedliebender Mensch". Er tritt für bedingungslose Friedensbereitschaft der Regierungen und Parlamente ein, zugleich für umfassenden Gewaltverzicht, häufig auch für Wehrdienstverweigerung.

Weltmacht: Ein Staat, der eine Vormachtstellung in einem großen Teil der Welt ausübt und ohne dessen Einwilligung keine weitreichenden politischen Entscheidungen in seinem Einflußbereich getroffen werden können.

1875	Gründung des Weltpostvereins
1882	Dreibund
1894	Abkommen zwischen Frankreich und Rußland
1899/1907	Haager Friedenskonferenzen
1904/1907	Entente
1. 8. 1914	Kriegserklärung des Deutschen Reiches an Rußland
3. 8. 1914	Kriegserklärung an Frankreich
4. 8. 1914	Kriegserklärung Englands an das Deutsche Reich

Quellennachweis

(1) Oberst E. M. House an Wilson. Zitiert nach: Propyläen-Weltgeschichte, Band 9. Berlin 1960, S. 46.
(2) Aus der Begründung zur Vorlage des Flottengesetzes im Reichstag 1900. Zitiert nach H. Krieger: Materialien, Bd. V, a. a. O., S. 113.
(3) J. Rohlfes: Das 19. Jahrhundert. Informationen zur politischen Bildung 163. Bonn 1975, S. 30.
(4) W. Baumgart: Deutschland im Zeitalter des Imperialismus. Ullstein Tb. DG 4, 1972, S. 110.
(5) J. Hoffmann: Der Imperialismus und der Erste Weltkrieg. Diesterweg 7213, S. 58.
(6) Weltgeschichte im Aufriß, Band 2, Diesterweg 7379, S. 344.
(7) Ebenda, S. 345.
(8) Zit. nach J. Geiss: Juli 1914. München 1965, S. 39f.
(9) Aus dem Telegramm des k. u. k. Graf Szögeny an das österreichisch-ungarische Ministerium des Äußeren; abgedr. in: H. Krieger: Materialien, Band V, a. a. O., S. 134.
(10) Telegramm des deutschen Reichskanzlers vom 6. 7. 1914. In: Geschichte in Quellen, Band V, Weltkriege und Revolutionen 1914–1945, München [2]1975, S. 14.
(11) E. Johann (Hrsg.): Reden des Kaisers, a. a. O., S. 126.
(12) Geschichtliche Quellenhefte mit Überblick, Heft 10, Diesterweg 7350, S. 76, gekürzt.
(13) Erklärung des SPD-Abgeordneten Haase. In: Geschichte in Quellen, a. a. O., S. 37.

Lesetip

V. Cowles: Wilhelm II. Heyne Tb. 12/26 (SB)
R. Frank: Der Junge, der seinen Geburtstag vergaß. Ein Roman gegen den Krieg. Ravensb. Tb. 1505 (JB)
F. Hartau: Wilhelm II. Rowohlt Bildmonographie 264 (SB)
L. Reiners: In Europa gehen die Lichter aus. dtv 1699 (SB)
B. v. Suttner: Lebenserinnerungen, Reden und Schriften. Fischer Tb. 2053 (QS)
B. Tuchmann: August 1914. Bastei Lübbe Tb. 65035 (SB)

Französische Kürassiere werden beim Marsch zur Front 1914 in den Straßen von Paris von der Bevölkerung verabschiedet.

2.2 Kriegsverlauf und Kriegswirkungen

Abschied von gefallenen Kameraden auf dem Friedhof Bouillonville. Der Mann zwischen den Kreuzen starb einen Tag später.

Kriegsverluste (in Mio.): Kannst du dir eine Million Menschen überhaupt vorstellen?

	Gefallene	Verwundete	Gefangene
Deutschland	1,8	4,2	0,6
Frankreich	1,4	3	0,4
England	0,9	2,1	0,2
Italien	0,5	0,9	0,5
Österreich-Ungarn	1,2	3,6	2,2
Rußland	1,7	5,0	2,5
Türkei	0,3	0,4	
USA	0,1	0,2	

(Angaben aus „Der Große Ploetz", S. 848)

- Welche Ziele verfolgten die kriegführenden Staaten? Waren die Ziele so viele Opfer wert?
- An welchen Fronten wurde gekämpft? Warum dauerte der Krieg volle vier Jahre?
- Kriegswirklichkeit – was bedeutete das für die Soldaten und die Zivilbevölkerung?

„In Europa gehen die Lichter aus“, soll der britische Außenminister Grey am 4. August gesagt haben, als der Krieg zur blutigen Wirklichkeit geworden war. Kaiser Wilhelm appellierte in einer Thronrede am 4. August an die Abgeordneten des Reichstages, Parteigegensätze zurückzustellen und dem Vaterland die Treue zu halten. Sämtliche Parteien folgten seiner Aufforderung, schlossen einen „Burgfrieden“ zur Beilegung aller innenpolitischen Kämpfe und bewilligten die geforderten Mittel zur Finanzierung des Krieges. → (1)
Der Krieg sollte teuer zu stehen kommen. Am Ende des Krieges hatte das Reich mehr als 160 Mrd. Mark Schulden; fast 100 Mrd. Kriegsanleihen hatte das Reich aufgenommen; die Mark verlor 80–90% des Geldwertes durch den Krieg. Die spätere Inflation und Wirtschaftskrise (vgl. S. 107f.) waren dadurch verursacht. Fast die Hälfte aller erwachsenen Männer in Deutschland stand im Dienst der Streitkräfte; fast zwei Millionen mußten ihr Leben lassen. Insgesamt forderte der Erste Weltkrieg 10 Mio. Tote und 20 Mio. Verwundete. Die gesamten Kriegskosten werden auf über 730 Mrd. Mark geschätzt.

Marneschlacht und Schlacht bei Tannenberg. Die deutsche Führung wollte mit Hilfe des Schlieffenplans die zahlenmäßige Unterlegenheit der Mittelmächte durch einen schnellen Sieg im Westen ausgleichen. Um keinen Zweifrontenkrieg zu führen, wollte man die Ostfront gegen die Russen, die ihre Truppen aus der Tiefe des Landes heranführen mußten, zunächst mit begrenzten Kräften verteidigen. Entsprechend begann der deutsche Angriff: Der starke rechte Flügel der Westfront drang über Belgien nach Nordfrankreich ein und stieß dann nach Süden gegen Paris vor. In den ersten Septembertagen war die Marne erreicht, und die französische Hauptstadt geriet in die Reichweite deutscher Geschütze.
Aber Frankreich mobilisierte den Widerstand der ganzen Nation. Hier stellte sich der erste Irrtum der militärischen Planer heraus: Der Krieg war nicht wie 1870/71 durch einzelne Erfolge rasch zu beenden. Diesmal würde der Gegner erst aufgeben, wenn er wirklich mit all seinen Kräften am Ende war. Die Franzosen aber boten alles, selbst Polizei und Taxifahrzeuge, zum Gegenangriff auf. Und da zeigte sich der zweite Irrtum der deutschen Führung: Man hatte den Gegner unterschätzt. Auf zwei deutsche Divisionen kamen drei der Gegner. Der weite Vormarsch hatte die Kräfte verzehrt. Den vorgerückten Truppen war der Nachschub nicht gefolgt. Es fehlten Munition, Verpflegung, Futter für die Pferde. Nachrichtenverbindungen klappten nicht. Man hatte schwere Verluste erlitten. Jetzt mußte auf Drängen des Chefs der am meisten gefährdeten 2. Armee der Rückzug befohlen werden.

„Für die deutschen Soldaten, die eben noch vorgestürmt waren, bedeutete der Rückzugsbefehl etwas ganz Unbegreifliches. Zum erstenmal machte sich bei einzelnen deutschen Truppenteilen eine tiefe Niedergeschlagenheit bemerkbar. Die Franzosen aber sprachen vom ‚Wunder an der Marne‘ und sahen diesen Tag, den 9. September 1914, als die Wende des Krieges an.“ (1)

Im Osten waren inzwischen zwei russische Armeen rascher, als man erwartet hatte, zum Angriff aufmarschiert. Nur durch eine riskante Täuschung gelang es dem Oberbefehlshaber der Ostfront, Paul von Hindenburg, die Russen bei Tannenberg zu schlagen und Ostpreußen zu befreien. Da der Angriff der Österreicher in Galizien unter großen Verlusten scheiterte, erstarrte die Ostfront von der Memel bis zu den Karpatenpässen im Stellungskrieg.

Materialschlachten im Stellungskrieg. Nach dem Scheitern des Schlieffenplans und einem vergeblichen Versuch, die französischen Linien in Flandern zu durchbrechen, lief sich die Front auf beiden Seiten im Stellungskrieg fest. Auf der Linie Flandern–Somme–Verdun–Vogesen entstand eine 700 km lange, ununterbrochene Kette von Schützengräben, die auf beiden Seiten mehrfach gestaffelt und mit Unterständen und Stacheldrahtverhauen gesichert waren. In diesem Stellungskrieg konnte nur noch die Überlegenheit des Materials den Ausschlag geben (*Materialschlacht**).
Es gab stunden- und tagelanges Trommelfeuer auf die Stellungen, um dem nachfolgenden Angriff der Infanterie den Weg zu bahnen. An manchen Tagen feuerte die Artillerie mehr Munition als 1870/71 während des ganzen Krieges, manchmal waren es auf 15 km Front 350 000 Granaten am Tag. Hier kamen im verlustreichsten Monat 135 000 deutsche, 135 000 englische und 75 000 französische Soldaten ums Leben. → (2)
1915 war Italien auf der Seite der Alliierten in den Krieg eingetreten und hatte eine 3. Front im Süden geschaffen, wo beide Seiten in mehr als 10 Schlachten am Isonzo vergeblich einen Durchbruch versuchten. Auch hier kam es zu schweren Verlusten.

Der Wirtschaftskrieg erzwingt die Kriegswirtschaft. Mit Kriegsausbruch verhängten die Engländer eine vollständige Blockade über die deutschen Küsten. Die Versorgung des Reiches, abhängig von der Einfuhr von Rohstoffen und Lebensmitteln, konnte nur durch eine staatliche Zwangswirtschaft aufrecht erhalten werden. Die Zivilbevölkerung mußte sich einschränken. Was dem Krieg diente, wurde be-

schlagnahmt – von Kirchenglocken bis zu metallenen Türklinken. Ein besonderer Mangel herrschte an Kohle und Stahl. Die Bevölkerung erhielt Lebensmittelkarten, die zum Einkauf einer festgelegten Nahrungsmenge im Monat berechtigten. Wegen Mangels an Kunstdünger gingen die Ernteerträge zurück. Milch und Fleisch blieben streng rationiert. Als im Jahr 1916 auch die Kartoffelernte schlecht ausfiel, kamen Steckrüben auf den Tisch. Wer etwas zu tauschen hatte, zog zum „Hamstern" hinaus aufs Land. Reiche Leute versorgten sich auf dem „Schwarzen Markt", wo es zu Phantasiepreisen fast alles gab.
Das tägliche Leben litt je länger je mehr unter den Folgen des Krieges. Alle vorhandenen Arbeitskräfte wurden zum Einsatz in Rüstungs- oder Versorgungsbetrieben erfaßt, in wachsender Zahl auch die Frauen. Immer mehr Schulen wurden zu Lazaretten für verwundete Soldaten umgewandelt. Mit wachsender Angst schauten Frauen und Mütter auf die Verlustlisten, die an Rathäusern aushingen. Der Begeisterungstaumel des Kriegsbeginns „Viel Feind, viel Ehr!" verflog, Ernüchterung folgte. Die Zahl derer wuchs, die jeden Preis zahlen wollten, „wenn nur endlich das Schießen aufhörte". → (3)

Durchhalten bis zum Sieg? Die Kriegsmüdigkeit der Bevölkerung und einzelner Truppenteile stand in schroffem Gegensatz zum Durchhaltewillen der politischen und militärischen Führer. Die Mittelmächte wie die Alliierten hofften, zum Winter 1916/17 einen endgültigen Sieg über die Gegenseite zu erringen. Keine Seite gab zwar ihre Kriegsziele verbindlich bekannt, denn sowohl in Deutschland als auch in anderen Staaten bestanden neben nationalistischen Kreisen, die ihre Maximalforderungen stellten, auch gemäßigte Gruppen. Doch bekannt war, daß England die Wiederherstellung des europäischen Gleichgewichts und Frankreich die Wiedergewinnung von Elsaß-Lothringen verlangte, während das Deutsche Reich dies nicht nur ablehnte, sondern darüber hinaus im Westen belgische Industrie- und Küstengebiete, im Osten Teile von Kurland und Polen beanspruchte. Im Dezember 1916 kam es auf Vermittlung des amerikanischen Präsidenten Wilson, der als leidenschaftlicher Demokrat einen Ausgleich anstrebte, zu einem ersten Friedensangebot der Mittelmächte. Es war sehr allgemein gehalten. Die Gegenseite vermißte jede konkrete Aussage und wies das Angebot als einen „Vorschlag ohne Aufrichtigkeit und Bedeutung" zurück. Sie forderte außer der Abtretung von Elsaß-Lothringen auch die Auflösung der Donaumonarchie und des Osmanischen Reiches als Bedingung für einen Frieden. Im Juli 1917 einigten sich die Abgeordneten der SPD, des Zentrums und einer liberalen Partei, im deutschen Reichstag einen *Verständigungsfrieden** zu fordern. Ihre Friedensresolution enthielt die Kernsätze:

„Der Reichstag erstrebt einen Frieden der Verständigung und dauernden Versöhnung der Völker. Mit einem solchen Frieden sind erzwungene Gebietsabtrennungen, politische und wirtschaftliche und finanzielle Vergewaltigungen unvereinbar." (2) Q

Die Resolution blieb ein Stück Papier, denn die Oberste Heeresleitung (OHL) unter Generalfeldmarschall von Hindenburg und Generalquartiermeister Ludendorff hatte kurz zuvor den Rücktritt des Kanzlers erzwungen und setzte bei seinem Nachfolger durch, daß er die Resolution überging.

Die Wende des Krieges. Vergeblich hatte die deutsche Marine versucht, die Blockade der deutschen Häfen durch die englische Flotte mit dem Einsatz von *U-Booten** zu durchbrechen. 1915 mußte die deutsche Regierung auf Druck der USA den U-Boot-Krieg einschränken. Eine Seeschlacht mit Einsatz der Großkampfschiffe vor dem Skagerrak (31. 5./1. 6. 1916) brachte keine Entscheidung. Nun setzte im Frühjahr 1917 die OHL durch, daß die Reichsregierung trotz schwerster Bedenken den Unterseebooten befahl, alle Schiffe in britischen Gewässern, auch neutrale Handelsschiffe, anzugreifen.

„Am 1. Februar 1917 wurde der uneingeschränkte U-Boot-Krieg wieder aufgenommen. In Amerika faßte man den Schritt als Rechtsbruch und als offenen Angriff auf die Vereinigten Staaten auf. Die Empörung steigerte sich, als im März bei Versenkungen amerikanische Staatsbürger umkamen. Wilson zögerte, sein Land in den Krieg zu führen. Allmählich jedoch verfestigte sich bei ihm die Meinung, daß, solange Deutschland seine Machtpolitik trieb, kein Friede des Ausgleichs zu schließen sei, vielmehr Amerika selbst für den Frieden und die bedrohte Demokratie kämpfen müsse. Am 2. April 1917 erklärte der Präsident vor beiden Häusern des Kongresses den Kriegszustand, am 6. stimmte der Kongreß für den Krieg." (3)

Im Sommer 1918 standen rund 600 000 amerikanische Soldaten auf französischem Boden, die zusammen mit den gewaltigen Materiallieferungen der USA und der neuen Wunderwaffe der Alliierten, den gepanzerten „Tanks", den Zusammenbruch der deutschen Front im Westen herbeiführten. Österreich-Ungarn und Bulgarien suchten einen Sonderfrieden mit den Alliierten. In Deutschland war die Stimmung verzweifelt. Am 28. September forderten Hindenburg und Ludendorff die Reichsregierung auf, unverzüglich um einen Waffenstillstand zu ersuchen. Vor Offizieren der OHL erklärte Ludendorff am 1. Oktober 1918: „Die Oberste Heeresleitung und das deutsche Heer sind am Ende. Der Krieg ist nicht mehr zu gewinnen, vielmehr steht die endgültige Niederlage unmittelbar bevor. Ich stehe nunmehr auf dem Standpunkt, daß schnellstens Schluß gemacht werden muß." → (4)

(1) **Kriegsbegeisterung**

Abfahrt deutscher Soldaten zur Westfront 1914. Beachte die Aufschriften auf dem Eisenbahnwaggon.

(a) Vergleicht das obige Bild mit dem Bild auf S. 34; erklärt die Aufschriften am Eisenbahnwaggon.

(b) Was fällt beim Vergleich der beiden Bilder auf?

(c) Was haltet ihr von „vaterländischer Begeisterung" und „nationaler Gesinnung"?

(2) **Die Wirklichkeit des Krieges**

Aus dem Brief eines 19jährigen Soldaten vom 21. August 1916:

„An der Somme, 21. August 1916: Furchtbar ist es hier zu sein. Drei Tage und vier Nächte habe ich in vorderster Stellung gelegen. Es ist entsetzlich. Am 17. abends erhielten wir Befehl, die vierte Stellung zu besetzen. Bald wurden wir in die dritte und schließlich in die zweite Stellung vorgezogen. Der Weg dahin ist schon unbeschreiblich. An einem zerschossenen Kloster vorbei gehts in die Höhe. Der ganze Himmel ist ein unaufhörliches Zucken und Leuchten. Die Luft ist erfüllt vom Krachen und Donnern der Abschüsse, vom Platzen berstender Granaten, vom Heulen und Pfeifen der Geschosse, die hin und herfliegen. Granaten haben die Straßen zerrissen ... Endlich sind wir genügend weit vor, und jetzt heißt's eingraben. Von einem Granatloch zum andern wird nach der Seite gearbeitet, bis ein zusammenhängender Graben entsteht ... In Regen und Kälte, ohne Mantel und Decke,

Ein Schützengraben an der vordersten Linie an der Westfront 1914.

ohne etwas Warmes zu trinken, nur auf Selterswasser angewiesen, haben wir dann drei Tage vorn zugebracht. Erlaßt mir die Schilderung des Zustandes der Kompanie von verfrorenen, todmüden, durch das schwere Feuer niedergedrückten Leuten." (4) Q

(a) Sprecht über die Erfahrungen, die viele Soldaten an der Front machen mußten, und konfrontiert sie mit dem Plakat der „Vaterlandspartei".

(b) Zeigt an der Art der Kriegführung in den Materialschlachten, wie sich die Industrialisierung auf Kriegstechnik und Kriegsfolgen auswirkte.

(c) Stellt am Kriegerdenkmal eurer Gemeinde fest, wie viele Bürger aus eurem Ort im Ersten Weltkrieg das Leben verloren haben und wo sie gefallen sind.

(3) Die „Heimatfront"

(a) Wie hat der Krieg die Rolle der Frauen verändert? Denkt an verschiedene Wirtschaftsbereiche und an die Stellung der Frauen im öffentlichen Leben.

(b) Erklärt das Bild von Käthe Kollwitz und besprecht seine Wirkung.

(c) „Bewirtschaftung", „Rationierung": Was versteht man darunter? Warum kam es dazu?

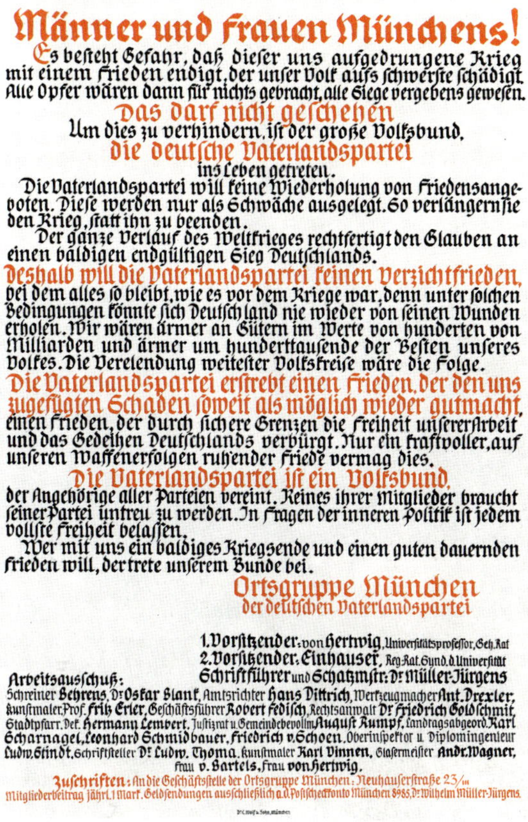

Männer und Frauen Münchens!

Es besteht Gefahr, daß dieser uns aufgedrungene Krieg mit einem Frieden endigt, der unser Volk aufs schwerste schädigt. Alle Opfer wären dann für nichts gebracht, alle Siege vergebens gewesen.

Das darf nicht geschehen

Um dies zu verhindern, ist der große Volksbund,

die deutsche Vaterlandspartei

ins Leben getreten.

Die Vaterlandspartei will keine Wiederholung von Friedensangeboten. Diese werden nur als Schwäche ausgelegt. So verlängern sie den Krieg, statt ihn zu beenden.

Der ganze Verlauf des Weltkrieges rechtfertigt den Glauben an einen baldigen endgültigen Sieg Deutschlands.

Deshalb will die Vaterlandspartei keinen Verzichtfrieden, bei dem alles so bleibt, wie es vor dem Kriege war, denn unter solchen Bedingungen könnte sich Deutschland nie wieder von seinen Wunden erholen. Wir wären ärmer an Gütern im Werte von hunderten von Milliarden und ärmer um hunderttausende der Besten unseres Volkes. Die Verelendung weitester Volkskreise wäre die Folge.

Die Vaterlandspartei erstrebt einen Frieden, der den uns zugefügten Schaden soweit als möglich wieder gutmacht, einen Frieden, der durch sichere Grenzen die Freiheit unserer Arbeit und das Gedeihen Deutschlands verbürgt. Nur ein kraftvoller, auf unseren Waffenerfolgen ruhender Friede vermag dies.

Die Vaterlandspartei ist ein Volksbund,

der Angehörige aller Parteien vereint. Keines ihrer Mitglieder braucht seiner Partei untreu zu werden. In Fragen der inneren Politik ist jedem vollste Freiheit belassen.

Wer mit uns ein baldiges Kriegsende und einen guten dauernden Frieden will, der trete unserem Bunde bei.

Ortsgruppe München
der deutschen Vaterlandspartei

1. Vorsitzender: von Hertwig, Universitätsprofessor, Geh. Rat
2. Vorsitzender: Einhauser, Reg.-Rat, Synd. d. Universität
Schriftführer und Schatzmstr.: Dr. Müller-Jürgens

Arbeitsausschuß:
Schreiner Behrens, Dr. Oskar Blank, Amtsrichter Hans Dittrich, Werkzeugmacher Ant. Drexler, Kunstmaler Prof. Fritz Erler, Geschäftsführer Robert Fedisch, Rechtsanwalt Dr. Friedrich Goldschmit, Stadtpfarr. Dek. Hermann Lembert, Justizrat u. Gemeindebevollm. August Rumpf, Landtagsabgeord. Karl Scharnagel, Leonhard Schmidbauer, Friedrich v. Schoen, Oberinspektor u. Diplomingenieur Ludw. Stindt, Schriftsteller Dr. Ludw. Thoma, Kunstmaler Karl Vinnen, Glasermeister Andr. Wagner, Frau v. Bartels, Frau von Hertwig.

Zuschriften: An die Geschäftsstelle der Ortsgruppe München: Neuhauserstraße 23/III
Mitgliederbeitrag jährl. 1 Mark. Geldsendungen ausschließlich a. d. Postscheckkonto München 8985, Dr. Wilhelm Müller-Jürgens.

Oben: Ein Plakat der „deutschen Vaterlandspartei".
Unten links: Mit der Fortdauer des Krieges mußten immer mehr Frauen die Arbeitsplätze der Männer übernehmen. Viele arbeiteten in Munitionsfabriken. – Rechts: Die Lithographie von Käthe Kollwitz zeigt eine Frau, welche die Nachricht vom Soldatentod ihres Mannes erhält.

Angriff britischer Infanterie mit Panzern in der Schlacht bei Cambrai im Sommer 1918.

(4) Kriegsverlauf – Frontverlauf

(a) Was sagt die Karte über den Verlauf des Krieges? Versucht, anhand der Karte den Kriegsverlauf zu gliedern.

(b) Auf welchem Gebiet lagen die Kriegsschauplätze? Was bedeutete das für die Zivilbevölkerung der betroffenen Gebiete?

(c) Stellt fest, welche Staaten in Osteuropa 1918 ihre Unabhängigkeit erklärten („proklamierten").

West-, Ost- und Südfront 1914/18.

1. Berichte über Auswirkungen des Krieges auf die Soldaten an der Front und auf die Zivilbevölkerung in der Heimat.

2. Welche Kriegsziele verfolgten die Mittelmächte, welche Frankreich, welche England?

3. Der Dichter Gottfried Benn kritisierte einmal die Art einer bestimmten Geschichtsschreibung folgendermaßen:

„Da findet sich: einmal Seesieg, zweimal Waffenstillstand, dreimal Bündnis, einer marschiert, einer verbündet sich, einer vereinigt seine Truppen, einer verstärkt etwas, einer rückt heran, einer nimmt ein, einer zieht sich zurück, einer erobert ein Lager, einer wird kriegsgefangen, einer entschädigt einen, einer bedroht einen, einer wird zurückgedrängt ... alles dies auf einer einzigen Seite, das Ganze ist zweifellos die Krankengeschichte eines Irren." (5)

Was meinst du dazu? Vergleiche mit der Darstellung in diesem Buch.

4. Informiere dich S. 66 über den Waffenstillstand und das Kriegsende.

Materialschlacht: Die großen Schlachten im Ersten Weltkrieg, in denen die Gegner versuchten, durch Masseneinsatz von hochentwickelten Waffen (z. B. schwere Kanonen, Granatwerfer, Maschinengewehre, Handgranaten) die Entscheidung für sich zu erzwingen. Die Technik begann, den Krieg zu beherrschen; gleichzeitig stieg die Zahl der Opfer ins Unermeßliche.

U-Boot-Krieg: Der Einsatz deutscher Unterseeboote diente vor allem dem Angriff auf gegnerische oder auch neutrale Handelsschiffe mit dem Ziel, das vom Seetransport abhängige Großbritannien zu schädigen und zum Verzicht auf die gegen Deutschland gerichtete Blockade zu zwingen.

5.–12. 9. 1914	Marneschlacht
26.–30. 8. 1914	Schlacht bei Tannenberg
23. 5. 1915	Kriegseintritt Italiens auf der Seite der Entente
Febr.–Juli 1916	Schlachten bei Verdun
Juni–Nov. 1916	Schlachten an der Somme
31. 5./1. 1916	Seeschlacht am Skagerak
1. 2. 1917	Beginn des uneingeschränkten deutschen U-Boot-Krieges
6. 4. 1917	Kriegserklärung der USA an das Deutsche Reich
24./25. 10. (6./7. 11.) 1917	Oktoberrevolution in Rußland
Anf. Sept. 1918	Rückverlegung der deutschen Front
11. 11. 1918	Waffenstillstand

Verständigungsfrieden: Beendigung eines Krieges ohne Sieger und Besiegte durch ein Abkommen, dem beide Partner freiwillig zustimmen. Im Unterschied dazu spricht man von Gewaltfrieden oder Siegfrieden, wenn die Bedingungen einseitig vom Sieger diktiert werden.

Quellennachweis

(1) G. Binder: Epoche der Entscheidungen. Wiesbaden 1966, S. 85.

(2) Aus der Friedensresolution vom 19. 7. 1917. In: Geschichtliche Quellenhefte mit Überblick, Heft 10, a. a. O., S. 90.

(3) K. Dederke: Reich und Republik. Deutschland 1917–1933. Stuttgart [5]1984, S. 2.

(4) Brief von Friedel Oehme, stud. jur., geb. 1897. Zitiert aus: J. Hoffmann: Der Imperialismus, a. a. O., S. 65 f.

(5) Ch. Friedrich: Aus Geschehen wird Geschichte. In: Funk-Kolleg-Geschichte, Band 1. Fischer Tb. 6858, Frankfurt 1981, S. 301, leicht gekürzt.

Lesetip

Aufrufe und Reden deutscher Professoren im Ersten Weltkrieg. Reclam Tb. 9787 (QS)

U. Cartarius: Deutschland im Ersten Weltkrieg. dtv 2931 (WD)

S. Haffner: Die sieben Todsünden des Deutschen Reiches im Ersten Weltkrieg. (SB)

J. Mihaly: ... da gibt's ein Wiedersehn! Kriegstagebuch eines Mädchens 1914–1918. dtv 10485 (Q)

E. M. Remarque: Im Westen nichts Neues. KiWi Tb. 50 (HR)

A. Rumpf: Feldpostkarten 1914–1918. Bastei Lübbe Tb. 60023 (QS)

3 Weltrevolution oder „Sozialismus in einem Land“: Die Sowjetunion

3.1 Die Oktoberrevolution

Das Lenindenkmal in Taschkent. In der ehemaligen Sowjetunion standen so viele Lenin-Denkmäler, daß kleine Kinder meinten, LENIN sei ein anderes Wort für Denkmal.

Antrag der norwegischen Sozialdemokraten (1917):

„Dem Norwegischen Komitee, das über die Teilung des Nobelpreises für Friedensarbeit zu entscheiden hat, ist der Antrag unterbreitet worden, den diesjährigen Nobelfriedenspreis Lenin und Trotzki zu verleihen ...“ (1) Q

Fragen eines Geschichtswissenschaftlers (1981):

„Die Oktoberrevolution – eine Verschwörung gegen Sozialismus und Demokratie? Das Sowjetregime – ein auf den Kopf gestellter Zarismus, eine Neuauflage der russischen Despotie?“ (2)

- Welche Ursachen führten in Rußland zum gewaltsamen Umsturz, zur Revolution?
- Welche Ziele verfolgten die revolutionären Gruppen? Wer setzte sich durch?
- Wie brachte Lenin die Bolschewisten an die Macht?

Lenin und die Bolschewisten. Im Ersten Weltkrieg kämpfte Rußland erfolglos gegen das Deutsche Reich und Österreich-Ungarn. Der schärfste Feind des Zarenregimes lebte zu dieser Zeit im Exil in der Schweiz. Er nannte sich Lenin, hieß aber Wladimir Iljitsch Uljanow (1870–1924). Als Rechtsanwalt in St. Petersburg war er wegen revolutionärer Umtriebe 1895 nach Sibirien verbannt worden. Dort trat er in die 1898 gegründete Allrussische Sozialdemokratische Arbeiterpartei ein. Nach seiner Rückkehr aus der Verbannung verließ er Rußland. → (1)

Auf dem II. Kongreß seiner Partei in Brüssel und London 1903 kam es zu Auseinandersetzungen: Lenin wollte eine disziplinierte Kampfpartei, deren Mitglieder sich der Führung bedingungslos unterwerfen sollten. Andere wünschten eine Massenpartei mit innerparteilicher Demokratie. Lenin unterlag zunächst, doch bei der Debatte über das Parteistatut verließen Anhänger der demokratischen Richtung den Kongreß, so daß Lenin bei weiteren Abstimmungen die knappe Mehrheit errang. Von nun an nannten sich die Anhänger Lenins *Bolschewiki** („Mehrheitler") und die anderen *Menschewiki** („Minderheitler"). In der Gesamtpartei blieben die Bolschewiki weiterhin in der Minderheit, aber Lenin war entschlossen, die Menschewisten aus der Partei auszuschließen. Das gelang 1912 auf einer Parteikonferenz in Prag. Seitdem traten die Bolschewiken als selbständige Partei auf.

Die Bolschewiken wollten die Revolution, sie lehnten Reformen ab, zu denen die Menschewiki bereit waren. Arbeiter riefen 1905 in St. Petersburg den Generalstreik aus und organisierten einen bewaffneten Aufstand. In den Fabriken schlossen sie sich zu sogenannten *Sowjets**, d. h. Räten, zusammen. Der Zar, der zu Beginn der Unruhen schon Zugeständnisse gemacht hatte (Grundrechte, Parlament, Wahlen), ließ den Aufstand von Truppen niederschlagen. Alle Sowjets wurden aufgelöst, viele Menschen nach Sibirien deportiert, darunter Trotzki, der Vorsitzende des Petersburger Sowjet. Trotzki hieß eigentlich Leo Dawidowitsch Bronstein, war Sohn eines Gutsbesitzers und hatte sich zunächst den Menschewisten angeschlossen.

Die Februarrevolution. 1912, 1913, 1914 kam es zu neuen Streiks in Rußland. Allein in den ersten Monaten des Jahres 1914 beteiligten sich daran über 1 Million Arbeiter. Als der Krieg im Sommer 1914 ausbrach, schien das russische Volk zunächst einig. Aber die Niederlagen an der Front und die schlechte Versorgung der Bevölkerung im dritten Kriegswinter führten wieder zu Demonstrationen und Streiks. Im Februar 1917 erhoben sich Arbeiter in Petrograd, wie St. Petersburg seit 1914 hieß. Soldaten der Garnison schlossen sich den Aufständischen an. Sie öffneten Gefängnisse und ließen die Häftlinge frei. In Moskau besetzten Revolutionäre den Kreml. Da zwangen liberale Gruppen des Parlaments (der Reichsduma) den Zaren zur Abdankung. Er wurde gefangengesetzt, Rußland zur Republik erklärt. Die neue Regierung (*Provisorische Regierung**) konnte sich auf liberale Monarchisten, Vertreter des Großbürgertums und auf gemäßigte Sozialisten (Menschewiki) stützen. Sie gewährte alle bürgerlichen Freiheiten, amnestierte politische Häftlinge und Verbannte und ließ Wahlen zu einer Verfassunggebenden Versammlung ausschreiben. Das Bürgertum sollte – wie in Westeuropa – Träger der politischen Macht werden, eine soziale Revolution wollte man verhindern. Die Provisorische Regierung vertrat die Interessen des wohlhabenden Bürgertums. Die Lage der Arbeiter und Bauern änderte sich nicht. Auch der Krieg wurde erfolglos fortgesetzt. So verbreitete sich erneut revolutionäre Unruhe im Volk. → (2)

Lenin kommt nach Petrograd. Wie 1905 gründeten Revolutionäre wieder Sowjets, d. h. Arbeiter- und Soldatenräte, die in Fabriken, Werkstätten und Kasernen gewählt wurden. Die Sowjets forderten gesetzgebende und ausführende Gewalt. Sie veranlaßten die Übernahme von Fabriken durch Arbeiter. In vielen Dörfern enteigneten Bauernsowjets die Grundbesitzer und verteilten das Land. Im April 1917 traf Lenin, über Deutschland und Schweden kommend, in der russischen Hauptstadt ein. Er führte den revolutionären Kampf der Bolschewisten, denen viele neue Mitglieder zuliefen. Mit der Parole: „Alle Macht den Sowjets! Schluß mit dem Krieg! Friede, Freiheit, Brot!" fanden sie die Unterstützung der Arbeiter und Soldaten. Nach einer gewaltsamen Demonstration gegen die Kriegspolitik der Provisorischen Regierung wurde die Bolschewistische Partei verboten. Ein illegaler Kongreß beschloß nunmehr die Vorbereitung des Aufstandes. Hier trat erstmalig Stalin in den Vordergrund, da Lenin nach Finnland geflohen und Trotzki verhaftet war. Stalin (Josef Wissarionowitsch Dschugaschwili) stammte aus Tiflis (Georgien) und war als Berufsrevolutionär in der Partei tätig.

Im Juli 1917 trieb die Provisorische Regierung die russischen Soldaten in eine letzte Offensive an der Front; sie scheiterte. Die Meutereien im Heer nahmen zu, Unruhen auf Straßen und in Fabriken mehrten sich. Die Regierung mußte die politische Tätigkeit der Bolschewisten wieder dulden. Im Oktober errangen sie im Petrograder Sowjet die Mehrheit. Trotzki, aus der Haft entlassen, wurde Präsident des Militärausschusses des Sowjet. Nun kehrte

Lenin aus seinem finnischen Versteck zurück, um den Aufstand zu leiten. Trotzki erwies sich als genialer Organisator und sorgte dafür, daß der Aufstand mit einem einberufenen 2. Allrussischen Sowjetkongreß zeitlich zusammenfiel. Er hatte inzwischen durchgesetzt, daß die Petrograder Garnison dem Sowjet der Stadt unterstellt wurde. So verfügten die Bolschewiki auch über Truppen. Ein Revolutionskomitee des Sowjet übernahm die Leitung des Aufstandes. → (3)

Der rote Okober. Alljährlich feierte die ehemalige Sowjetunion am 6. November den Jahrestag der „Oktoberrevolution". Jener Tag war 1917 nach dem alten russischen Kalender[1] der 24. Oktober. In der Nacht vom 24. zum 25. Oktober besetzten *Rote Garden** und reguläre Truppenverbände die Telefonzentrale, Die Post, Bahnhöfe, Elektrizitäts- und Gaswerke, Erdöl- und Kornspeicher, Brücken, Banken und Ministerien in der Hauptstadt. Der Kreuzer „Aurora" von der Baltischen Flotte schloß sich dem Aufstand an und gab einen Schuß auf den umstellten Winterpalast in Petrograd ab. Rotgardisten und Matrosen drangen ein und nahmen die dort versammelten Minister fest. Nur Kerenski, der Ministerpräsident, konnte fliehen. Am Morgen des 25. Oktober hatten die Bolschewisten die Macht errungen.
Gleichzeitig trat der 2. Allrussische Kongreß der Sowjets zusammen. In diesem hatten die Bolschewiki zunächst nicht die absolute Mehrheit, aber sie wurden von Teilen der Sozialrevolutionäre und Menschewiki unterstützt. Als die gemäßigten Sozialisten aus Protest gegen den Aufstand die Versammlung verließen, rief Trotzki: ,,Eure Rolle ist ausgespielt. Schert euch hin, wo ihr von nun an hingehört! Auf den Kehrichthaufen der Geschichte!" Den Rumpfkongreß beherrschten die Bolschewisten.

Der Rat der Volkskommissare und die ersten Dekrete. Am nächsten Tag ging aus dem Kongreß die erste Sowjetregierung hervor. Sie nannte sich ,,Rat der Volkskommissare". Lenin übernahm den Vorsitz, Trotzki das Auswärtige, Stalin das Kommissariat für Nationalitätenfragen. In ihrem ersten Dekret erklärte die Sowjetregierung ihre Bereitschaft zu sofortigem Waffenstillstand und anschließenden Friedensverhandlungen. Am 15. Dezember (28. Dezember) 1917 wurde ein Waffenstillstand geschlossen. Doch als es in den folgenden Friedensverhandlungen zu keiner Einigung kam, setzten die Mittelmächte den Krieg fort. Am 3. März 1918 mußte die Sowjetregierung den Friedensvertrag von Brest-Litowsk unterzeichnen: Rußland mußte seine Staatshoheit in Polen, Litauen und Kurland aufgeben. Estland und Livland wurden von einer deutschen Polizeimacht besetzt und wenig später vom russischen Staatsverband getrennt. Finnland wurde selbständig. Die ebenfalls für unabhängig erklärte Ukraine blieb von deutschen Truppen besetzt. → (5)
Wie dem Waffenstillstandsdekret stimmte der Allrussische Sowjetkongreß dem Dekret der Sowjetregierung zur Enteignung der Gutsbesitzer sowie der Kirchen und Klöster zu. Allein im europäischen Rußland wechselten in völlig ungeordneter Form 28 Mio. ha Land den Besitzer. Ein anderes Dekret verfügte die Übergabe der Fabriken an die Arbeiter, und zwar auch derjenigen, die sich im Auslandsbesitz befanden. Die Auslandsschulden des Staates wurden annulliert. Das empörte die westeuropäischen Länder, denn 1914 waren 90% der russischen Bergwerke, 40% der Maschinenfabriken, 50% der Chemieindustrie und 42% des Bankkapitals in Händen ausländischer Aktionäre.

,,Die Sowjetregierung liquidierte zunächst die Institutionen des alten Staates. Die bisherige Justiz wurde nach und nach durch sogenannte Volksgerichte ersetzt. An Stelle der Polizei trat eine vorwiegend aus Arbeitern rekrutierte Miliz. Die Kirche wurde vom Staat und die Schule von der Kirche getrennt; fortan war der Unterhalt der Popen [Geistliche] Privatsache der Bürger. Die Zivilehe wurde eingeführt und die Frau rechtlich in jeder Hinsicht dem Manne gleichgestellt. Der Achtstundentag wurde dekretiert, die Verwaltung der Betriebe einer Kontrolle der Arbeiter unterstellt oder ganz von den Arbeitern übernommen. Das Eisenbahnwesen und die Handelsflotte wurden verstaatlicht. Das Sowjetregime führte das Monopol des Außenhandels ein . . . Sämtliche Privatbanken wurden nationalisiert und zu einer Staatsbank vereinigt." (3)

Eine Erklärung, unterschrieben von Lenin und Stalin, gewährte den nationalen Minderheiten das Recht, sich von Rußland zu trennen und unabhängige Staaten zu bilden.

Die Errichtung der bolschewistischen Diktatur. Die Bolschewisten hatten als Minderheit die Staatsmacht erobert. Nun versuchten sie mit Gewalt, diese Macht zu sichern und auf ganz Rußland auszudehnen. Nichtbolschewistische Zeitungen wurden verboten. Die neue politische Polizei, Tscheka genannt, verfolgte politische Gegner. Tausende fielen dem Terror zum Opfer.
Am 25. November (8. Dezember) 1917 fanden die Wahlen zur Verfassunggebenden Versammlung statt, die noch von der gestürzten Provisorischen Regierung angesetzt worden waren. 9 Millionen wählten Bolschewisten, aber 21 Millionen gemäßigte Sozialisten. So erhielten die Bolschewisten nur

1 Der westliche (gregorianische) Kalender wurde in Rußland erst im Februar 1918 eingeführt.

ein Viertel der Sitze. Um die Macht nicht zu verlieren, verfügte die Sowjetregierung kurzerhand am 5. Januar (18. Januar) 1918 die Auflösung der Verfassunggebenden Versammlung. So endete die Demokratie in Rußland, noch bevor sie verwirklicht war. Die Sowjetregierung machte Moskau zur Hauptstadt des Landes. Die Partei der Bolschewiki hieß jetzt „Kommunistische Partei Rußlands". →(4)

(1) Lenin (Wladimir Iljitsch Uljanow) – sein Weg nach oben

Der Führer der russischen Sozialrevolutionäre, Victor Tschernow, über Lenin, 1917:

„Lenin ist ein typisches Erzeugnis, ja ein Opfer der unnormalen Bedingungen, die in Rußland bisher geherrscht haben. Er ist seinen Anlagen nach eine bedeutende Figur, doch schonungslos zerbröckelt und verunstaltet ... Lenin ist der revolutionären Sache ergeben, aber die Revolution verkörpert sich für ihn in seiner eigenen Person. Er sagt mit jeder Bewegung, jeder Geste: ‚Die Revolution, das bin ich.' Er hält sich für ein so reines Gefäß der Revolution, daß es für ihn keinen Unterschied gibt zwischen seiner persönlichen Politik und dem Interesse der Partei, dem Interesse des Sozialismus." (4) Q

Lenin im September 1917:

„Hinter uns ist die Mehrheit der Klasse, der Avantgarde der Revolution, der Avantgarde des Volkes ... Hinter uns ist die Mehrheit des Volkes. Der Sieg ist uns sicher, denn das Volk ist am Rande der Verzweiflung, wir aber weisen dem Volk einen sicheren Ausweg ... Es wäre naiv, eine ‚formelle' Mehrheit für die Bolschewiki abzuwarten. Keine Revolution wartet darauf." (5) Q

(a) Wie urteilt Tschernow über Lenin?

(b) Arbeitet aus den Worten Lenins und dem Text S. 43 die Aufgaben der Bolschewistischen Partei heraus.

(2) Nach der Februarrevolution: eine Notstandsdemokratie

Der Präsident der Duma an den Zaren:

„Die Lage ist ernst. In der Hauptstadt ist Anarchie. Die Regierung ist gelähmt. Verkehr, Versorgung und Heizung sind in voller Verwirrung. Die allgemeine Unzufriedenheit wächst. Auf den Straßen wird ordnungslos geschossen. Truppenteile beschießen sich gegenseitig. Es ist unumgänglich nötig, sofort einer Persönlichkeit, die das Vertrauen des Landes genießt, die Bildung einer neuen Regierung anzuvertrauen. Eine Verzögerung ist unmöglich. Jedes Zaudern wäre der Tod.
Petrograd, 26. Februar (11. März) 1917 *Rodsjanko*"
(6) Q

Befehl Nr. 1 des Petrograder Sowjet vom 1. (14.) 3. 1917:

„Der Sowjet der Arbeiter- und Soldatendeputierten hat beschlossen:
1. In allen Kompanien, Bataillonen, Regimentern, Depots, Batterien, Eskadronen und allen selbständigen Dienststellen der verschiedenen militärischen Verwaltungen und auf den Schiffen der Kriegsflotte sind unverzüglich Komitees aus gewählten Vertretern der Mannschafts-Dienstgrade der oben genannten Truppenteile zu wählen ...
2. In allen politischen Angelegenheiten untersteht jede militärische Einheit dem Sowjet der Arbeiter- und Soldatendeputierten und den eigenen Komitees.
3. Die Befehle der militärischen Kommission der Reichsduma sind zu befolgen, mit Ausnahme solcher Fälle, wo sie den Befehlen und Beschlüssen des Sowjet der Arbeiter- und Soldatendeputierten widersprechen.
4. Die Waffen aller Art, als da sind: die Gewehre, die Maschinengewehre, die Panzerspähwagen und die übrigen sollen sich zur Verfügung und unter der Kontrolle der Komitees der Kompanien und Bataillone befinden und dürfen unter keinen Umständen an die Offiziere ausgehändigt werden, auch nicht auf deren Verlangen hin ..." (7)
Q

Erklärung der Provisorischen Regierung vom 3. (16.) 3. 1917:

„Bei seiner Tätigkeit wird sich das Kabinett von folgenden Prinzipien leiten lassen:
1. Vollständige und sofortige Amnestie aller politischen und religiösen Vergehen einschließlich terroristischer Angriffe, militärischer Revolten, Verbrechen in der Landwirtschaft usw.
2. Freiheit der Rede, der Presse, Vereins-, Versammlungs- und Streikfreiheit und Ausdehnung der politischen Freiheit auf Personen, die im Militärdienst stehen, soweit es die militärische Technik zuläßt.
3. Abschaffung aller benachteiligenden Unterschiede infolge der Zugehörigkeit zu bestimmten Ständen, Religionsgemeinschaften und Nationalitäten.
4. Sofortige Vorbereitungen zur Einberufung einer Konstituierenden Versammlung auf der Grundlage des allgemeinen, gleichen, geheimen und direkten Wahlrechts, welche die Verwaltungs- und Verfassungsform des Landes bestimmen soll.
5. Ersetzung der Polizei durch eine Volksmiliz mit gewählter Leitung, die den Organen der lokalen Selbstverwaltung untersteht ..." (8) Q

Der Newski-Prospekt in Petrograd im Juli 1917. Kerenski-Soldaten eröffnen das Feuer auf Demonstranten.

(a) Erörtert Gründe, die zur Februarrevolution führten.

(b) Worin seht ihr die revolutionäre Bedeutung der Sowjets?

(c) Welche „bürgerlichen Freiheiten" beschloß die Provisorische Regierung?

(d) Inwiefern kann man von einer „Doppelherrschaft" von Sowjets und Provisorischer Regierung sprechen? Vgl. Skizze S. 48.

Lenin spricht vor revolutionären Arbeitern und Soldaten in Moskau. Neben der Rednertribüne rechts steht Trotzki.

(3) Lenins Aufruf zum Handeln (24. Oktober 1917) – und das Ergebnis

„Genossen! Ich schreibe diese Zeilen am Abend des 24. Die Lage ist äußerst kritisch. Es ist sonnenklar, daß jetzt jede Verzögerung des Aufstandes den Tod bedeuten würde. Mit der Aufbietung meiner ganzen Kraft bemühe ich mich, die Genossen zu überzeugen, daß jetzt alles an einem Faden hängt, daß auf der Tagesordnung Fragen stehen, die nicht durch Konferenzen, durch Kongresse (selbst nicht durch Rätekongresse) entschieden werden, sondern durch die Völker, durch die Masse, durch den Kampf der bewaffneten Massen ... Man muß unter allen Umständen heute abend, heute nacht die Regierung verhaften, indem man die Junker entwaffnet (indem man sie besiegt hat, wenn sie Widerstand leisten) usw. Man darf nicht warten!! Man kann alles verlieren!! Die Geschichte wird eine Verzögerung den Revolutionären nicht verzeihen, die heute siegen können (und bestimmt siegen werden), während sie morgen Gefahr laufen, vieles zu verlieren, ja Gefahr laufen, alles zu verlieren ... Die Regierung schwankt. Man muß ihr den Rest geben, koste es, was es wolle!" (9) Q

(a) Besprecht Inhalt und Form dieses Briefes.

(b) Beim Angriff auf den Winterpalast des Zaren, wo die Provisorische Regierung ihren Sitz hatte, fanden sechs Revolutionäre den Tod. Das waren die einzigen Opfer der „Oktoberrevolution" in Petrograd. Was sagt das
- *über die Provisorische Regierung?*
- *über Planung und Durchführung der Aktionen?*

(c) Was sagt der folgende Aufruf?

„An die Bürger Rußlands. Die Provisorische Regierung ist gestürzt. Die Staatsmacht ist in die Hände des Organs des

Petrograder Arbeiter- und Soldatenrats, des Militärischen Revolutionskomitees, übergegangen, das an der Spitze des Petrograder Proletariats und der Garnison steht. Die Sache, für die das Volk gekämpft: das sofortige Angebot eines demokratischen Friedens, die Aufhebung des gutsherrlichen Grundbesitzes, die Arbeiterkontrolle über die Produktion, die Bildung einer Räteregierung – diese Sache ist gesichert.
Es lebe die Revolution der Soldaten, der Arbeiter und der Bauern!
25. Oktober, 10 Uhr morgens.“ (10) Q

(4) Die Auflösung der Verfassunggebenden Versammlung

Aus der Sicht des amerikanischen Botschafters Kennan:

„Die nichtkommunistischen Abgeordneten waren gegen 13 Uhr bereit, die Sitzung zu beginnen. Die Bolschewisten verzögerten jedoch die Eröffnung bis 17 Uhr, wahrscheinlich, um ganz sicher zu sein, daß die Straßen von Petrograd ganz in ihrer Hand und keine Volksdemonstrationen mehr möglich waren. Als die Sitzung schließlich eröffnet wurde, versuchten die Bolschewisten gleich am Anfang, die Leitung der Versammlung im Sturm an sich zu reißen ... Als die Sozialrevolutionäre sich jedoch behaupteten und einen ihrer Abgeordneten, Tschernow, zum Präsidenten wählten, gingen die Bolschewisten zur Störtaktik über. Sobald jemand sprach, der nicht zu ihren Anhängern gehörte, vollführten sie einen wilden Lärm. Jede Art von Unruhe bis zum lauten Getöse war ihnen recht. Lenin selbst war anwesend und fungierte als Dirigent seiner Partei ...
Um 4.40 wurde die Sitzung schließlich unter dem zunehmenden Druck der Matrosen geschlossen. Von einem Schwall von Beschimpfungen und Drohungen ihrer Bewacher überschüttet, begannen die Abgeordneten, den Palast zu verlassen ...
Bis zum nächsten Morgen, gegen 10 Uhr, hatte die Sowjetregierung eine Verordnung erlassen, welche die Versammlung auflöste. Die Eingänge des Taurischen Palais wurden verriegelt, den Abgeordneten der Eintritt untersagt. So endete Rußlands erste und einzige Verfassunggebende Versammlung ...“ (11) Q

Aus der Sicht Lenins:

„Das Volk konnte damals, als es für die Kandidaten der Partei der Sozialrevolutionäre stimmte, nicht zwischen den rechten Sozialrevolutionären, den Anhängern der Bourgeoisie, und den linken Sozialrevolutionären, den Anhängern des Sozialismus, seine Wahl treffen. So kam es, daß sich diese Konstituierende Versammlung, die die Krönung der bürgerlichen parlamentarischen Republik sein sollte, der Oktoberrevolution und der Sowjetmacht unvermeidlich in den Weg stellen mußte.
In der Tat führen die Parteien der rechten Sozialrevolutionäre und Menschewiki außerhalb der Konstituierenden Versammlung den erbittertsten Kampf gegen die Sowjetmacht, fordern in ihrer Presse offen zum Sturz der Sowjetmacht auf, bezeichnen die zur Befreiung von der Ausbeutung notwendige, gewaltsame Unterdrückung des Widerstandes der Ausbeuter durch die werktätigen Klassen als Willkür und Ungesetzlichkeit, nehmen die im Dienste des Kapitals stehenden Saboteure in Schutz und gehen so weit, daß sie unverhüllt zum Terror aufrufen, mit dessen Anwendung ‚unbekannte Gruppen‘ bereits begonnen haben. Es ist klar, daß der übriggebliebene Teil der Konstituierenden Versammlung infolgedessen nur die Rolle einer Kulisse spielen könnte, hinter der der Kampf der Konterrevolutionäre für den Sturz der Sowjetmacht vor sich gehen würde. Deshalb beschließt das Zentralexekutivkomitee: Die Konstituierende Versammlung wird aufgelöst.“ (12) Q

(a) Beschreibt anhand der Texte, was geschehen ist.

(b) Wie beurteilt Kennan, wie Lenin das Vorgehen der Bolschewisten?

(c) Im Schulgeschichtsbuch der ehemaligen DDR wird im Kapitel über die Oktoberrevolution die Verfassunggebende Versammlung überhaupt nicht erwähnt. Wie ist das zu erklären?

(5) Der Friede von Brest-Litowsk

Rußlands Verluste im Frieden von Brest-Litowsk:

26% seines Territoriums
27% des anbaufähigen Landes
26% des Eisenbahnnetzes
33% der Textilindustrie
73% der Eisenindustrie
75% der Kohlenbergwerke (13)

(a) Erklärt, warum Rußland 1/4 seines Territoriums, aber 1/3 bis 3/4 seiner Industrie durch den Frieden verlor.

(b) Warum sahen die Bolschewisten im Frieden von Brest-Litowsk nur eine vorübergehende Regelung?

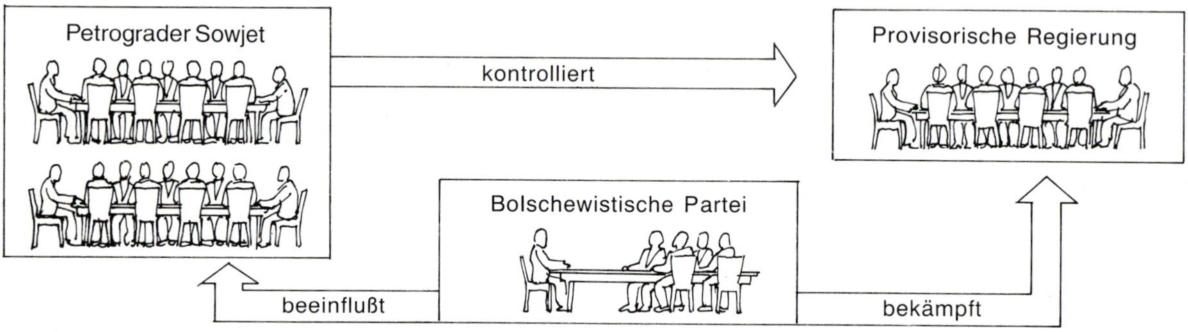

1. Nenne Ziele der Bolschewisten und berichte, wie sie verwirklicht wurden.

2. Erläutere die oben stehende Grafik:

3. Was weißt du über diese drei Männer?

Stalin 1879–1953 | Lenin 1870–1924 | Trotzki 1879–1940

4. Nimm Stellung zu folgender Beurteilung der Oktoberrevolution in einem Buch der ehemaligen DDR:

„Der Sieg der Großen Sozialistischen Oktoberrevolution war der Anfang vom Ende aller bisherigen, auf Ausbeutung des Menschen durch den Menschen gegründeten Gesellschaftsordnungen. Die Vorgeschichte der Menschheit war abgeschlossen, die wahre Menschwerdung, die Epoche des Sozialismus und Kommunismus, begann ihren Siegeslauf. Ihr das Tor aufgestoßen zu haben – darin liegt die weltgeschichtliche Bedeutung der Großen Sozialistischen Oktoberrevolution, und das macht sie zur bedeutendsten Revolution der Menschheit." (14)

Bolschewiki: Anhänger Lenins in der russischen Sozialdemokratie. Der Name kommt vom russ. Wort „bolschenstwo" = Mehrheit, die sie bei einer Abstimmung auf dem II. Parteikongreß 1903 erreicht hatten. Sie wollten die Lehren von Marx durch Revolution verwirklichen. Lenin schuf eine straff geführte Parteiorganisation von Berufsrevolutionären und bildete so eine Kaderpartei.

Menschewiki: Benannt nach dem Zufallsergebnis der Abstimmung 1903 (vom russ. Wort „menschinstwo" = Minderheit). In den Zielen gemäßigte, zu Reformen bereite und demokratisch aufgebaute Sozialdemokratische Arbeiterpartei Rußlands. Sie wurde 1921 verboten.

Provisorische Regierung: Von der Reichsduma nach der Februarrevolution 1917 gebildete vorläufige

Regierung Rußlands, zuerst unter Ministerpräsident Lwow bürgerlich-liberal orientiert, nach Eintritt der Sozialisten von Kerenski geführt. Ihr politisches Ziel war ein Frieden an der Seite der Westmächte (Entente) und bürgerliche Freiheiten nach westlichem Muster.

Rote Garden: Bolschewistische Bürgermiliz, durch Bewaffnung freiwilliger Verbände der Arbeiterschaft in Petrograd und anderen Städten gebildet. Aus ihnen ging 1918 die Rote Armee hervor. 1966 entstanden im kommunistischen China ebenfalls Rote Garden – vorwiegend aus Schülern und Studenten – als Vorkämpfer der „Kulturrevolution".

Sowjets: Wörtlich „Räte", d. h. Ausschüsse der Arbeiterselbstverwaltung. Erstmals 1905 als überparteiliche Streikkomitees entstanden, bildeten sich spontan Sowjets während der Februarrevolution, und zwar in Betrieben wie auch in Dörfern (Bauernräte) und in militärischen Einheiten (Soldatenräte). Der „Petrograder Sowjet der Arbeiter- und Soldatendeputierten" bildete eine Art Gegenregierung. Die lokalen Räte erhielten im Allrussischen Sowjetkongreß eine gesamtstaatliche Organisation.

Febr./März 1917	„Februarrevolution", Abdankung des Zaren, Bildung der Provisorischen Regierung
April 1917	Lenin kehrt nach Petrograd zurück, Aprilthesen
Juli 1917	Kerenski Ministerpräsident, letzte Offensive gescheitert
Okt./Nov. 1917	Oktoberrevolution, 2. Allruss. Sowjetkongreß Dekret über den Frieden Dekret über den Grund und Boden
Januar 1918	Auflösung der Verfassunggebenden Versammlung
März 1918	Friede von Brest-Litowsk

Quellennachweis

(1) Zitiert aus: Funk-Kolleg Geschichte. Studienbegleitbrief 9. Weinheim-Basel 1980, S. 17.
(2) D. Geyer in: Funk-Kolleg Geschichte 2, S. 207 f.
(3) V. Gitermann: Die Russische Revolution. In: Propyläen Weltgeschichte, Bd. 9, S. 163.
(4) Zitiert nach: R. Wittram: Studien zum Selbstverständnis des 1. und 2. Kabinetts der Provisorischen Regierung. Göttingen 1971, S. 103 ff.
(5) Lenin, Werke Bd. 26, Berlin 1961, S. 2 ff.
(6) Zitiert in: Die russische Revolution 1917 – Dokumente, hrsg. v. M. Hellmann, München 1964, S. 119.
(7) Zitiert aus: Weltgeschichte im Aufriß, Bd. 3/1; Diesterweg 7380, S. 104 f.
(8) Zitiert nach: Hellmann (Hrsg.): Die russische Revolution 1917, a. a. O., S. 152 f.
(9) Lenin, Werke, Bd. 21, a. a. O., S. 243 ff.
(10) Zitiert aus: Geschichtliche Weltkunde, Quellenlesebuch Bd. 3, Diesterweg 3303, S. 55 f.
(11) G. Kennan: Amerika und die Sowjetmacht. Stuttgart 1959, Bd. 1, S. 341 ff.
(12) Zitiert nach: Geschichte in Quellen, Bd. V, a. a. O., S. 84 f.
(13) Angaben nach: G. v. Rauch: Geschichte des bolschewistischen Rußland. Wiesbaden 1956, S. 111.
(14) Die Oktoberrevolution und Deutschland. Berlin 1958, S. 17.

Lesetip

I. Bayer: Boris und Natascha. Signal Vl., Baden-Baden 1973 (JB)
E. H. Carr: Die Russische Revolution. Lenin und Stalin 1917–1929. Stuttgart 1982 (WD)
E. Crankshaw: Winterpalast. Heyne Tb. Geschichte 37 (SB)
M. Hellmann (Hrsg.): Die Russische Revolution. dtv 2903 (QS)
G. v. Rauch: Lenin – Grundlegung des Sowjetsystems. Musterschmidt, Pers. u. Gesch. 8 (WD)
H. Weber: Lenin. Rowohlt Bildmonographie 168 (SB)

3.2 Bürgerkrieg und Festigung der Sowjetmacht

„Du, hast Dich schon als Freiwilliger gemeldet?" Plakat von D. S. Moor 1920.

„Hilf!" Plakat zur Hungersnot 1921.

Freiwillige Rotarmisten 1920 bei der Ausbildung.

Hungernde Familie an der Wolga 1921.

- Wie lange hat es gedauert, bis ganz Rußland in kommunistischer Hand war?
- Welche Rückschläge erlitten die Kommunisten, und wie setzten sie sich dennoch durch?
- Wie ging es der Bevölkerung in den ersten Jahren sowjetischer Herrschaft, und wie verhielt sie sich?

Die „Gegenrevolution der Weißen". Die Bolschewisten hatten die Macht noch lange nicht in allen Teilen des Zarenreiches. Im Frühjahr 1918 stellte Admiral Koltschak, der ehemalige Befehlshaber der russischen Schwarzmeerflotte, in Westsibirien eine gegenrevolutionäre Armee auf. Ihr schloß sich die gut ausgerüstete tschechoslowakische Legion mit 40 000 Mann an. Sie war nach Wladiwostok unterwegs, von wo sie nach Frankreich gebracht werden sollte. Die „Weißen", wie man die Gegner der „roten" Bolschewisten nannte, bildeten in Omsk eine konterrevolutionäre Regierung. Sie bemächtigten sich der sibirischen Bahnlinie und drangen über den Ural nach Westen vor. Als sie sich Jekaterinburg näherten, ermordeten die Bolschewisten die dort gefangengehaltene Zarenfamilie.
Koltschaks Armee erhielt über Wladiwostok alliierte Hilfe. Über Murmansk und Archangelsk im Norden, wo britische und französische Truppen die Waffen- und Munitionsvorräte (als Ersatz für die Verstaatlichung ausländischer Firmen) beschlagnahmten, kam weitere Unterstützung, ebenso aus Odessa im Süden. Britische Truppen besetzten Batum, Tiflis und Baku. Die Franzosen landeten auf der Krim; sie halfen, eine ukrainische Armee aufzustellen. Auch Japan griff in die Kämpfe ein. Aber es fehlte den „Weißen" eine einheitliche Führung und ein politisches Konzept, um die Bevölkerung für sich zu gewinnen. → (1)

Die Rote Armee behauptet sich. Trotzki schuf in kürzester Zeit aus der bolschewistischen Arbeiter- und Bauernmiliz eine „Rote Armee", der sowohl Teile der zaristischen Truppen als auch Freiwillige angehörten. Dadurch, daß er fast 40 000 zaristische Offiziere wieder mit der Truppenführung betraute, gewann die Rote Armee an Schlagkraft. Geschulte Polit-Kommissare sollten die Offiziere überwachen und den revolutionären Geist der Soldaten anfeuern. Die Roten siegten in der Ukraine und drängten Koltschaks Truppen über den Ural zurück. Längs der sibirischen Bahn flohen sie nach Osten, von der Roten Armee verfolgt. Auch vom Baltikum her waren die „Weißen" vorgedrungen und standen im Oktober 1919 vor Petrograd. Eine bolschewistische Gegenoffensive warf sie zurück. Im Frühjahr 1920 war die Masse der „weißen" Heere geschlagen. Die Truppen der Westmächte verließen das Land. Nur das Gebiet zwischen der Mandschurei und dem Pazifik blieb bis 1922 unter japanischer Kontrolle.
Der polnische Staat, der wieder selbständig geworden war, wollte seine alten Grenzen (von 1772) wieder haben. Deshalb drangen polnische Truppen im April 1920 in die Ukraine ein. Die Westmächte, besonders Frankreich, schickten den Polen Kriegsmaterial und militärische Hilfe, so daß die Rote Armee, die im Gegenschlag bis vor Warschau vorgerückt war, zurückweichen mußte. Die Sowjetregierung mußte um Waffenstillstand bitten. Im Frieden von Riga (18. 3. 1921) trat Rußland große weißrussische und ukrainische Gebietsteile an Polen ab.
Inzwischen waren in den übrigen Gebieten des ehemaligen Zarenreiches, z. T. durch das Eingreifen der Roten Armee, Sowjetrepubliken entstanden, die von moskautreuen Kommunisten geführt wurden. Sie schlossen sich Ende 1922 zu einer Union der Sozialistischen Sowjetrepubliken (UdSSR) – kurz Sowjetunion genannt – zusammen. → (2)

„Kriegskommunismus". Revolution und Bürgerkrieg hatten vieles zerstört. Die alte Ordnung war zusammengebrochen. Obdachlose Kinder und Jugendliche durchzogen das Land. Kirchen und Klöster waren geschlossen, Geistliche verhaftet worden. Viele Familien gingen auseinander, Scheidungen waren formlos, ohne Gerichtsurteil möglich. Die überstürzten Enteignungen hatten der Wirtschaft schwer geschadet. Die Industrieproduktion war auf einen Bruchteil des Vorkriegsstandes gesunken. Unzählige Menschen hungerten. Millionen starben im Winter 1921/22 den Hungertod. Die neu entstandenen kleinen Landwirtschaftsbetriebe produzierten keine Überschüsse mehr. Die Getreideproduktion sank von 72,5 Mio. t im Jahre 1913 auf 42 Mio. t 1921. Die Bauern mußten alle Erzeugnisse abliefern, so daß ihnen oft selbst das Lebensnotwendige fehlte.
Der Schwung der Revolution war erlahmt. An die Stelle spontaner Mitarbeit verschiedenster Gruppen, auch aus dem Bürgertum, traten mehr und mehr Zwang und Reglementierung durch die Parteiführung und ihre Bürokratie. Die Arbeiter, die von der Revolution ihre Befreiung erwartet hatten, mußten härter arbeiten als zuvor im kapitalistischen System. Während sie hungerten, mußten sie zusehen, wie die Funktionäre in Staat, Partei und Wirtschaft höhere Lebensmittelrationen erhielten. Im Frühjahr 1921 kam es in weiten Gebieten des Landes zu Unruhen, Streiks und Aufständen. Die Bevölkerung forderte freie Wahlen und Gleichheit der Lebensmittelrationen. In den Fabriken bildeten sich sozialrevolutionäre und menschewistische Zirkel. Fabrikarbeiter forderten freigewählte Betriebsvertretungen. In Kronstadt hielten 15 000 unzufriedene Matrosen eine Massenversammlung ab. Man rief: „Sowjets ohne Bolschewiki!" Damit begann ein Aufstand, den die Regierung blutig unterdrücken ließ. In Petrograd wurde das Standrecht ausgerufen. Mit Massenverhaftungen, Erschießungen und Deportationen wurden die Menschen eingeschüchtert.

Die *Tscheka** (der heutige KGB) wurde immer mächtiger.

Lenins „Neue Ökonomische Politik" (NEP). Lenin mußte erkennen, daß sich die kommunistische Ordnung bei einer zerrütteten Wirtschaft nicht verwirklichen ließ. Im März 1921 verkündete er auf dem X. Parteitag die „Neue Wirtschaftspolitik". Etwas mehr Freiheit sollte herrschen. Die Bauern brauchten nicht mehr alle Erzeugnisse abzuliefern. Private Kleinunternehmen in Handel und Industrie waren erlaubt. Kleine und mittlere Betriebe wurden den früheren Besitzern zurückgegeben. Ärzte und Rechtsanwälte durften privat praktizieren. Eine neue Währung regte den Waren- und Geldmarkt wieder an, die Wirtschaft erlebte einen ersten Aufschwung. Wollten die Bolschewisten den Kapitalismus wieder zulassen? Lenin sagte: „Gewiß, wir sind einige Schritte zurückgewichen, aber doch nur, um Anlauf für einen besseren Sprung nach vorn zu gewinnen." Der NEP sollte die Versorgung der Bevölkerung verbessern und den Widerstand gegen das kommunistische System schwächen. → (3)

Die sowjetische Außenpolitik. Nach dem Bürgerkrieg war die Sowjetunion isoliert. Die meisten Staaten verweigerten dem neuen Regime die Anerkennung, auch Deutschland. Die Sowjetregierung bemühte sich, diese Isolierung zu überwinden. So gelang bald die Normalisierung des Verhältnisses zu den Nachbarstaaten im Süden und Osten, und Handelsverträge mit vielen Ländern trugen zur Besserung der wirtschaftlichen Lage bei. Als 1922 in Rapallo mit Deutschland ein Vertrag zustande kam, war die Isolierung an entscheidender Stelle durchbrochen. In den folgenden Jahren anerkannte ein Land nach dem anderen die Sowjetregierung. Die USA vollzogen diesen Schritt erst 1933, die Schweiz 1946.

Neben dieser offiziellen Außenpolitik gab es für die Sowjets eine zweite Form der internationalen Beziehungen. Man bediente sich der kommunistischen Parteien im Ausland, die sich auf Initiative Lenins und Trotzkis im März 1919 mit der KPdSU zu einer „Kommunistischen Internationale" (*Komintern*)* zusammengeschlossen hatten. Ein Exekutivkomitee der Komintern nahm seinen Sitz in Moskau. So gewann die bolschewistische Partei die Führung des internationalen Kommunismus. Während die diplomatisch geführte Außenpolitik die staatliche Anerkennung der Sowjetunion sicherte, sollte die Komintern die Weltrevolution vorantreiben. So doppelgleisig blieb die sowjetische Außenpolitik.

Von Lenin zu Stalin. Manche Bolschewisten wollten jetzt – entsprechend der neuen Wirtschaftspolitik (NEP) – mehr Demokratie in der Partei haben. Trotzki sammelte eine oppositionelle Gruppe um sich, die als „Fraktion" in der Partei auftrat. Stalin, sein Gegner und Generalsekretär der Partei seit 1922, verbündete sich mit dem Chef der Tscheka. Lenin war krank, eine Spaltung der Partei drohte. Am 21. Januar 1924 starb er. In seinem Testament warnte er die Partei vor Stalin, von dem er befürchtete, daß er die ungeheure Macht in seiner Hand mißbrauchen könnte. Stalin gelang es, die Veröffentlichung des Testamentes zu verhindern. So blieb er im Amt: Die machtvollste Persönlichkeit des sowjetischen Regimes. → (4)

(1) Der Bürgerkrieg und seine Folgen

(a) Erläutert das Schaubild im Zusammenhang mit dem Bürgerkrieg.

(b) Was sagt die Karte S. 53 links oben über den Kriegs- und Frontverlauf im Bürgerkrieg?

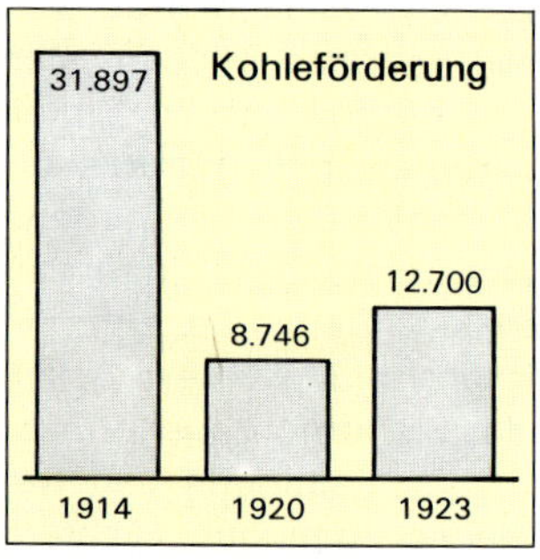

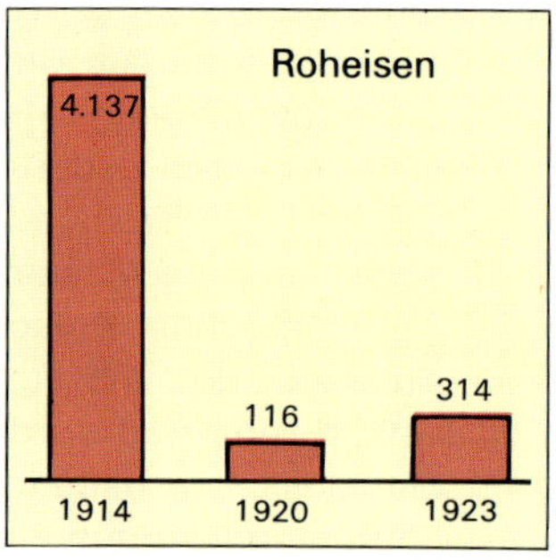

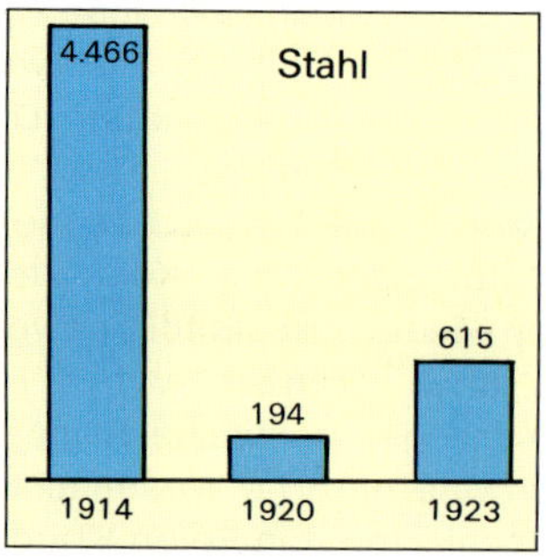

Kohleförderung und Eisen- bzw. Stahlproduktion in Rußland 1914 bis 1923 in 1000 to.

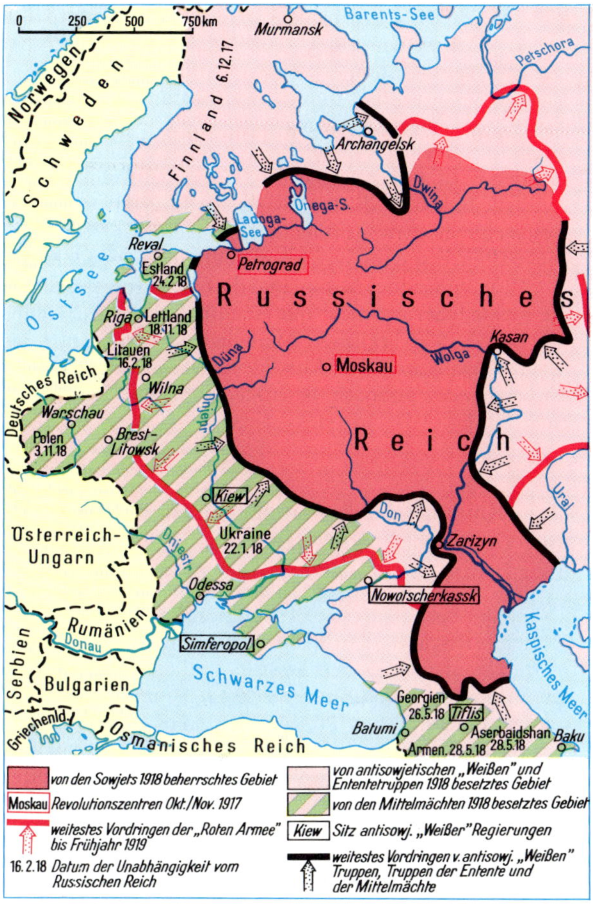

Links: Der Bürgerkrieg in Rußland. – Rechts: Gebietsveränderungen durch den Frieden von Riga, 1921.

(c) Die vom britischen Außenminister Curzon zur Beilegung des sowjetisch-polnischen Konflikts vorgeschlagene Grenze ist nach ihm „Curzon-Linie" benannt. Vergleicht ihren Verlauf mit der im Frieden von Riga festgelegten Grenze und mit der heutigen Ostgrenze Polens (Karte S. 217).

(2) Die Union der Sozialistischen Sowjetrepubliken (UdSSR)

Nach dem Abfall der Randstaaten ging aus dem Russischen Reich 1917 die Russische Sozialistische Föderative Sowjetrepublik (RSFSR) hervor. Fast 50% der Bevölkerung, d. h. 65 von 140 Millionen, gehörten nichtrussischen Völkerschaften an. Im Dezember 1922 begründete der X. Allrussische Sowjetkongreß die Union der Sozialistischen Sowjetrepubliken (UdSSR) als Bundesstaat. Nach der Verfassung von 1923 bestand die Union aus Autonomen Sowjetrepubliken und Autonomen Gebieten.

(a) Vergleicht die ehemalige Russische Sowjetrepublik (Fläche, Bevölkerungszahl, Wirtschaft) mit anderen ehemaligen Sowjetrepubliken.

(b) Inwiefern bildet die Sowjetunion einen „Vielvölkerstaat"?

(c) Vergleicht mit der heutigen Gliederung der UdSSR.

(3) Lenin und die Wirtschaft

Lenin am Vorabend der Februarrevolution 1917:

„Entweder Tod oder die fortgeschrittenen kapitalistischen Länder einholen und überholen. Wir sind hinter den fortgeschrittenen Ländern um 50 bis 100 Jahre zurückgeblieben. Wir müssen diese Distanz in zehn Jahren durchlaufen. Entweder wir bringen das zuwege oder wir werden zermalmt." (1)

Lenin im Dezember 1920:

„Kommunismus – das ist Sowjetmacht plus Elektrifizierung des ganzen Landes. Sonst wird das Land ein kleinbäuerliches Land bleiben, und das müssen wir klar erkennen. Wir sind schwächer als der Kapitalismus, nicht nur im Weltmaßstab, sondern auch im Innern unseres Landes. Das ist allbekannt. Wir haben das erkannt, und wir werden es dahin bringen, daß die wirtschaftliche Grundlage aus einer kleinbäuerlichen zu einer großindustriellen wird. Erst dann, wenn das Land elektrifiziert ist, wenn die Industrie, die Landwirtschaft und das Verkehrswesen eine moderne großindustrielle technische Grundlage erhalten, erst dann werden wir endgültig gesiegt haben ... Man muß jedoch wissen und darf nicht vergessen, daß die Elektrifizierung nicht mit Analphabeten durchzuführen ist ... Wir brauchen Menschen, die nicht nur des Lesens und Schreibens kundig sind, sondern kulturell hochstehende, politisch bewußte, gebildete Werktätige ..." (2) Q

Hans Raupach, Verfasser eines Buches „Wirtschaft und Gesellschaft Sowjetrußlands 1917 bis 1977", über Lenins NEP:

„Nach der Beendigung des Revolutionskrieges konnte die Zwangswirtschaft nicht mehr weitergehen ... Es gehört zu den staatsmännischen Leistungen Lenins, in realistischer Einschätzung der allgemeinen Lage und der Verhaltensweise bäuerlicher Produzenten, daß er das Steuer herumriß. Durch die Verkündigung der Neuen Ökonomischen Politik wurde die private Initiative der Kleinproduzenten in Landwirtschaft und Gewerbe sowie der Kleinhandel wieder zugelassen. Die so zustande gekommene Wirtschaftsverfassung: die ‚Kommandohöhen' Banken, Verkehr, Schwerindustrie, Außenhandel verstaatlicht und die Kleinbetriebe in privaten Händen, bezeichnete Lenin als ‚Staatskapitalismus' ..." (3)

Schulung von Bauern durch den örtlichen Dorfsowjet.

Lenin-Mausoleum an der Kremlmauer.

(a) Welche Ziele verfolgte Lenin mit dem Grundsatz „Kommunismus – das ist Sowjetmacht plus Elektrifizierung des ganzen Landes"?

(b) Erläutert den Begriff „Staatskapitalismus".

(c) Hans Raupach schreibt in bezug auf die NEP: „So blieb der Gründer des Sowjetstaates der großen Mehrheit des Volkes als Anwalt einer maßvollen Entwicklung in Erinnerung." Darüber kann man streiten. Versucht es!

(4) Lenins Testament und sein Testamentsvollstrecker

Lenin in seinem Testament über Stalin:

„Nachdem Genosse Stalin Generalsekretär wurde, vereinigte er eine enorme Macht in seinen Händen, und ich bin nicht sicher, daß er es immer versteht, diese Macht mit der notwendigen Vorsicht zu gebrauchen. Andererseits zeichnet sich Genosse Trotzki nicht nur durch seine außergewöhnlichen Fähigkeiten aus, wie er in seinem Kampf mit dem Zentralkomitee in der Frage des Volkskommissariats für Straßen und Verkehr bewiesen hat, sondern er ist auch sicherlich der fähigste Mann im augenblicklichen Zentralkomitee. Aber er neigt auch dazu, durch sein zu weit gehendes Selbstvertrauen sich zu sehr für die rein administrative Seite der Dinge zu interessieren. 25. 12. 1922.

P. S. Stalin ist zu grob, und dieser Fehler, der unter uns Kommunisten durchaus erträglich ist, wird vollkommen untragbar in dem Büro des Generalsekretärs. Ich schlage daher den Genossen vor, ein Mittel zu finden, um Stalin aus dieser Stellung zu entfernen und einen anderen zu ernennen, der sich von Stalin in jeder Weise nur durch Überlegenheit unterscheidet – nämlich geduldiger, loyaler, höflicher, aufmerksamer gegen die Genossen und weniger launisch ist und so weiter.

4. Januar 1923. Lenin." (4) Q

Stalins Treueid auf Lenin, 26. 1. 1924:

„Genossen! Wir Kommunisten sind Menschen besonderen Schlages. Wir sind aus einem besonderen Stoff gemacht ... Es gibt keinen höheren Titel als den, Mitglied der Partei zu sein, die von dem Genossen Lenin gegründet und geleitet wurde. Es ist nicht jedem gegeben, Mitglied einer solchen Partei zu sein. Es ist nicht jedem gegeben, die Entbehrungen und die Stürme zu ertragen, die den Mitgliedern einer solchen Partei nicht erspart sind. Die Söhne der arbeitenden Klasse, die Söhne der Not und des Kampfes, die Söhne unvorstellbarer Entbehrungen und heldenhafter Leistungen, sie, vor allem sie, sollen Mitglieder einer solchen Partei sein ...

Als er uns verließ, hieß uns der Genosse Lenin, den stolzen Titel, Mitglied einer solchen Partei zu sein, hoch und rein zu halten. Wir geloben dir, Genosse Lenin, daß wir dieses dein Gebot getreulich erfüllen werden ...

Als er uns verließ, hieß uns der Genosse Lenin, die Einigkeit in der Partei zu hegen und zu schützen wie unsern Augapfel. Wir geloben dir, Genosse Lenin, daß wir auch dieses dein Gebot getreulich erfüllen werden ...

Als er uns verließ, hieß uns der Genosse Lenin, die Diktatur des Proletariats zu schützen und zu stärken. Wir geloben dir, Genosse Lenin, daß wir unsere Kraft nicht schonen werden, um auch dieses dein Gebot getreulich zu erfüllen ...

Als er uns verließ, hieß uns der Genosse Lenin, die Union der Sowjetrepubliken zu stärken und zu vergrößern. Wir geloben dir, Genosse Lenin, daß wir auch dieses dein Gebot treulich erfüllen werden ..." (5) Q

(a) Gliedert den „Treueid" und gebt den Abschnitten jeweils eine Überschrift.

(b) Welche Warnungen sprach Lenin aus und wie hat er sie begründet?

(c) Wer regierte in der Nachfolge Lenins die Sowjetunion?

1. Gib Gründe für das Scheitern der „weißen Gegenrevolution" und die Erfolge der Roten Armee an.

2. Übersetze und erläutere den offiziellen Namen der ehemaligen Sowjetunion (UdSSR), der in kyrillischer Schrift CCCP lautet (kyrillisch C=S, P=R).

3. Was sagen dir die Bilder S. 50?

4. Nenne einige Maßnahmen der NEP, die im Widerspruch zur kommunistischen Ideologie stehen, und erkläre, womit sie zusammenhängen.

NEP: Abkürzung für „Neue Ökonomische Politik". Von Lenin eingeführt zur Gesundung der durch Weltkrieg, Revolution und Bürgerkireg völlig zerrütteten Wirtschaft. Die Landwirtschaft, das Kleingewerbe, Kleinhandel und selbst mittlere Betriebe wurden privatisiert. Da die Großindustrie in Staatsbesitz blieb, sprach Lenin von „Staatskapitalistischer Wirtschaft". Die NEP wurde mit dem Fünfjahresplan von 1928 zugunsten erneuter Zentralisierung und totaler Sozialisierung beendet.

Komintern: Abkürzung für „Kommunistische Internationale". Im März 1919 durch Zusammenschluß linkssozialistischer Parteien und Gruppen mit dem Ziel gegründet, die Weltrevolution zur Errichtung der Diktatur des Proletariats voranzutreiben. Schon bald der Kontrolle und Führung der Bolschewiki und spätestens ab 1924 der Sowjetregierung unterworfen. 1943 aufgrund des Kriegsbündnisses der UdSSR mit den Weltmächten aufgelöst. Als Nachfolgeorganisation schuf Stalin 1947 die „Kominform", die 1956 aufgelöst wurde.

Tscheka: Als Nachfolgeorganisation der zaristischen Geheimpolizei (Ochrana) gegründet, um Gegenrevolution und Sabotage zu verfolgen. Sie diente zur Beseitigung jeglicher Opposition durch Terror. Der Name 1922 in GPU, 1934 in NKWD (Volkskommissariat des Innern) geändert, seit 1954 KGB (Komitee für Staatssicherheit).

1918–1919	Armee der Weißen gegen Rote Armee
10. 7. 1918	Ermordung der Zarenfamilie
März 1919	Erster Kongreß der Komintern
28. 2. 1921	Aufstand von Kronstadt
März 1921	Friede von Riga Beginn der NEP
14. 4. 1922	Vertrag von Rapallo
30. 12. 1922	Bildung der UdSSR
24. 1. 1924	Tod Lenins

Quellennachweis

(1) Zitiert aus: H. Raupach: Wo liegen die Probleme der Sowjetwirtschaft in: Die Sowjetunion, Der Bürger im Staat 1981, S. 131.

(2) Zitiert aus: Weltgeschichte im Aufriß, Bd, 3/1, a. a. O., S. 154.

(3) H. Raupach, in: Die Sowjetunion, a. a. O., S. 132.

(4) Zitiert nach: D. Shub: Lenin. Wiesbaden 1957, S. 441 f.

(5) I. Deutscher: Josef Stalin. Eine politische Biographie. 2 Bde., Berlin 1979, S. 292.

Lesetip

G. Hilger: Stalin – Aufstieg der Sowjetunion zur Weltmacht. Musterschmidt, Pers. u. Gesch. 17 (WD)

K. Mehnert: Ein Deutscher in der Welt. Erinnerungen 1906–1981. Fischer Tb. 3478 (Q)

B. Pasternak: Doktor Schiwago. Fischer Tb. 587 (HR)

R. Payne: Stalin. Heyne Biographie 48 (SB)

M. Rubel: Stalin. Rowohlt Bildmonographie 224 (SB)

M. Scholochow: Der stille Don. 2 Bde., dtv 1313/14 (HR)

3.3 Stalins Gewaltherrschaft

Links: Molotow, Woroschilow, Stalin und Kalinin tragen die Urne bei der Beisetzung Kirows am 1. Dezember 1934. – Rechts: Eines der prominentesten Opfer der stalinistischen Terrorwelle, Sowjetmarschall Tuchatschewski.

Trotzki über Stalin:

„Er besitzt praktischen Sinn, Ausdauer und Beharrlichkeit in der Verfolgung seiner Ziele. Sein politischer Horizont ist äußerst beschränkt, sein theoretisches Niveau vollkommen primitiv. Sein zusammengestoppeltes Buch ‚Die Grundlagen des Leninismus', in dem er versucht, den theoretischen Traditionen der Partei einen Tribut zu zollen, wimmelt von schülerhaften Fehlern. Die Unkenntnis der fremden Sprachen zwingt ihn, das politische Leben der anderen Staaten aus Berichten Dritter zu verfolgen. Nach der Art seines Verstandes ist er ein hartnäckiger Empiriker [Erfahrungsmensch], dem jede schöpferische Einbildungskraft fehlt ..." (1) Q

Milovan Djilas über Stalin:

„Bei Stalin war jedes Verbrechen möglich, denn es gibt kein einziges, das er nicht begangen hätte. Mit welchem Maß wir ihn auch messen wollen, ihm wird jedenfalls – hoffen wir, für alle Zeiten – der Ruhm zufallen, der größte Verbrecher der Geschichte zu sein" (2) Q

Ein modernes Geschichtslexikon über Stalin:

„Stalins Aufstieg zur absoluten Macht: Ausschaltung Trotzkis (1925–29), der Opposition Kamenew-Sinowjew (1925–27), Bucharin (1929); 1. Fünfjahresplan (1929): Gewaltsame Kollektivierung der Landwirtschaft, Aufbau einer staatlichen Industrie; Stalinismus als terroristische Diktatur, gestützt u. a. auf zentralisierte Bürokratie, Partei, Geheimpolizei, Zwangslager, ausgeübt in immer neuen Wellen von ‚Säuberungen' ..." (3)

- Was für ein Mensch, was für ein Staatsmann war Stalin?
- Wie wurde die Sowjetunion unter Stalins Herrschaft zur Industriemacht?
- Was heißt *Stalinismus**, und warum wird der Stalinismus abgelehnt?

Ideologische Gegensätze. Nach Lenins Tod verband sich Stalin zunächst mit zwei einflußreichen Männern des Politbüros der Partei, Sinowjew und Kamenew. Aber in der Auseinandersetzung um die richtige Wirtschaftspolitik einigten diese sich mit Trotzki, der als Kriegskommissar und Mitglied im Politbüro viel Macht und Einfluß besaß. Zusammen traten sie für beschleunigte Sozialisierung, eine militärisch straffe Organisation der Arbeit mit Zwangsverpflichtungen der Bauern ein. Auf diese Weise, so argumentierte Trotzki, werde die Revolution in Gang gehalten und auch auf die kapitalistischen Länder im Westen übergreifen. Trotzki war überzeugt, daß die Sowjetmacht nur durch permanente (anhaltende) Revolution und letztlich durch eine Weltrevolution bestehen könne. Stalin vertrat dagegen eine andere Theorie: „Sozialismus in einem Land". Die Bolschewisten sollten nicht auf die übrige Welt schauen, sondern den Sozialismus in Rußland entwickeln. Wenn das gelungen sei, würde er genügend Anziehungskraft für die übrige Welt haben. Rußland habe genug Bodenschätze und Menschen, um eine sozialistische Wirtschaft aufzubauen. → (1)

Ausschaltung der „linken und rechten Opposition". Um Trotzkis Einfluß zu brechen, bewirkte Stalin, daß er von seinem Posten als Kriegskommissar zurücktreten mußte. Im Kampf gegen die „Trotzkisten", die er als „linke Opposition" abstempelte, wandte Stalin alle Mittel der Verleumdung und Verfolgung an. Trotzki verlor alle Parteiämter und wurde 1928 aus der Partei ausgestoßen, nach Alma Ata verbannt und bald danach in die Türkei ausgewiesen. Von dort ging er später nach Mexiko, wo er 1940 ermordet wurde. Sinowjew mußte sein Parteiamt an Kirow, einen engen Vertrauten Stalins, abtreten und sollte zusammen mit Kamenew die Partei verlassen. Nur ihre demütige Unterwerfung konnte die beiden noch einmal retten. Die Mitglieder des Politbüros, die sich gegen die „Säuberung" der Partei von den „linken Oppositionellen" wandten, wurden selbst als „rechte Opposition" diffamiert. Sie machten sich auch dadurch verdächtig, daß sie für eine Stärkung des bäuerlichen Wohlstands und für Kapitalbildung durch freiwilliges Sparen eintraten. Als Herr über den ganzen Parteiapparat, den Stalin mit willenlos ergebenen „Apparatschiks" besetzte, ließ er die „Rechtsabweichler", Männer wie Bucharin und Rykow, verurteilen. 1929 hatte Stalin sein Ziel erreicht: die Alleinherrschaft.

Kollektivierung der Landwirtschaft. Noch war die Ernährung der städtischen Bevölkerung mangelhaft. Die Bauern forderten höhere Preise, andernfalls wollten sie nichts mehr in die Städte liefern. Das veranlaßte Stalin 1928, eine große Agrarrevolution durchzuführen. Die Großbauern, Kulaken genannt, sollten verschwinden. Sie erschienen ihm als eine gefährliche gegenrevolutionäre Klasse. Also wurden sie enteignet und entweder umgebracht oder mit ihren Familien nach Sibirien verbannt bzw. in Zwangsarbeitslager gesteckt. Das enteignete Land wurde in *Kolchosen**, großen Gütern, zusammengefaßt. Die *Kollektivierung** verschonte auch mittlere Bauern nicht. → (2)

Die „Zweite Revolution" der Sowjetunion. Am 1. Oktober 1928 setzte Stalin den ersten „Fünfjahresplan" zur Industrialisierung der Sowjetunion in Kraft. In den folgenden Jahren vollzog sich eine Entwicklung, die man die „Zweite Revolution" des Landes nennt: eine beschleunigte Industrialisierung, staatlich geplant und gelenkt. Die alten Industriezentren wurden erweitert, neue entstanden (Magnitogorsk im Ural und Kusnezk in Sibirien). Ein Schwerpunkt lag in der Produktion landwirtschaftlicher Maschinen. An der unteren Wolga (Stalingrad, heute Wolgograd) wurde ein riesiges Traktorenwerk aus dem Boden gestampft. Neue Verkehrswege erschlossen das Land. Ein Kanalsystem verband Moskau mit dem Weißen Meer und dem Ural. Das Eisenbahnnetz wurde um 20 000 km erweitert.
Bis 1933 stieg die Zahl der Industriearbeiter von 11 auf über 22 Millionen. Die gesamte industrielle Produktion verdoppelte sich. Da die ganzen Bemühungen der Schwerindustrie galten, blieben Konsumgüter knapp. 1933 begann der zweite „Fünfjahresplan". Er sollte die Produktion von Konsumgütern verdoppeln, was die Versorgung der Bevölkerung zwar besserte, aber noch nicht sicherstellte. Weiter lag das Hauptgewicht bei der Schwerindustrie. Hinzu kam, daß Rußland militärisch aufrüstete. Um die Planziele zu erreichen, wurden immer neue Wege gefunden, die Arbeiter zu höheren Leistungen anzutreiben: Wettbewerbe unter Belegschaften, Auszeichnung einzelner „Helden der Arbeit", Steigerungen der Normen und Strafen, wenn das Soll nicht erfüllt war. → (3)
Im ganzen konnte die „Zweite Revolution" auf stolze Erfolge verweisen. 1937 z. B. besaß die Sowjetunion genug technische Spezialisten und Ingenieure. Eine neue Intelligenzschicht war herangewachsen. Das war auf einen großzügigen Ausbau des Schul- und Hochschulwesens zurückzuführen. Das Analphabetentum war fast verschwunden. Auch die Entwicklung des Gesundheitswesens war beachtenswert. Viele neue Krankenhäuser, Sanatorien, Polikliniken und Ambulatorien standen zur Verfügung, Tausende von Ärztinnen und Ärzten waren ausgebildet.

Aber der Prozeß war auch mit einer Verfälschung sozialistischer Prinzipien verbunden. Während unter Lenin noch jeder Funktionär nicht mehr als ein Arbeiter verdienen sollte, erhielten nun Parteiführer und Intelligenzler Spitzeneinkommen. Damit entstand eine neue Elite, die auf Wahrung ihrer Privilegien bedacht war. Die Erziehung der Jugend erfolgte in einem nationalistischen Geist. →(4)

Opposition gegen den Stalinismus. Die „Zweite Revolution" war von einem politischen Terror begleitet, wie ihn Rußland zuvor nie erlebt hatte. Nach Ablauf des ersten Fünfjahresplanes war Stalins Ansehen tief gesunken. Unzufriedenheit breitete sich aus. Der Wunsch nach Änderung der herrschenden Verhältnisse bewegte auch Funktionäre der Parteispitze. Denkschriften kursierten, in denen die Absetzung des Diktators gefordert wurde. Daran war Trotzki nicht unbeteiligt. In seinem türkischen Exil verfaßte er das „Bulletin" der Opposition. Es gelangte nach Rußland und fand Zustimmung bei intellektuellen Bolschewisten; denn Trotzki hatte in der Partei und Verwaltung noch Anhänger. In der Jugendorganisation, dem „Komsomol", und selbst im Politbüro traten Unruhen und Spannungen auf. 1934 wurde der Parteisekretär in Leningrad, Kirow, ermordet. Stalin leitete die Untersuchungen persönlich. Er wollte entdeckt haben, daß weitere Anschläge gegen hohe Parteiführer geplant gewesen seien.

Die großen „Säuberungsprozesse". Das war der Anlaß, mit den ehemaligen Anhängern Trotzkis aufzuräumen. Sinowjew und Kamenew wurden beschuldigt, das Attentat auf Kirow veranlaßt zu haben. Sie wurden 1936 zum Tode verurteilt, ohne daß sie sich verteidigen konnten. Danach ließ Stalin viele seiner bislang engsten Mitarbeiter, darunter auch die meisten Männer des Politbüros Lenins, aburteilen und bis auf wenige Ausnahmen hinrichten. In der Partei und im „Komsomol", in Städten und auf dem Land, in Betrieben und Verwaltungsbehörden setzte eine Jagd nach angeblichen Kirowmördern, Saboteuren und Terroristen ein. Ein neues Gesetz brachte die Kollektivhaftung der Familienmitglieder. Wer es unterließ, einen „verdächtigen" Verwandten anzuzeigen, verfiel der Strafe. Die Gefängnisse füllten sich. Hunderttausende wurden mit ihren Familien nach Sibirien deportiert. Die Zwangsarbeitslager erhielten immer neuen Zustrom. Sie stellten die billigsten Arbeitskräfte bei der Errichtung von Kanälen, Stauwerken und Industrieanlagen.

Alle größeren Städte erlebten Schauprozesse. Parteimitglieder mußten Kritik und Selbstkritik üben. Die Geheimpolizei wandte raffinierte Foltermethoden an, um Geständnisse zu erzwingen. 1937 wurden 17 führende Parteimitglieder hingerichtet, angeblich waren sie Anhänger Trotzkis gewesen und hatten die Beseitigung Stalins geplant. Stalin wollte jede Möglichkeit einer Opposition beseitigen. →(5)

Die Rote Armee war die stärkste Macht im Staat, und Marschall Tuchatschewski bei Soldaten und in der Bevölkerung beliebt. Im höheren Offizierscorps regte sich Widerstand gegen den stalinistischen Terror, aber es ist nicht erwiesen, ob Tuchatschewski dabei eine Rolle spielte. Er wurde im Sommer 1937 in aller Heimlichkeit hingerichtet. Das gleiche Schicksal traf bald danach zwei weitere Marschälle. Etwa 20 000 Offiziere, d. h. ein Viertel des ganzen Offizierscorps, wurden verhaftet, Tausende, darunter der größte Teil vom Dienstrang eines Oberst aufwärts, wurden erschossen. Die Schlagkraft der Roten Armee litt noch Jahre unter den Folgen dieser „Säuberungen".

Der Abschluß der „Säuberungen". Im März 1938 fand der dritte und letzte „Trotzkistenprozeß" statt. Unter den zum Tode Verurteilten befanden sich auch der Parteitheoretiker Bucharin und der Chef der Geheimpolizei. Stalin hatte nun seine Herrschaft endgültig gefestigt. Er konnte seine weitere Innen- und Außenpolitik ohne Furcht vor Widerstand durchführen. →(6)

Nach Ausbruch des Zweiten Weltkrieges mußte Stalin den Terror einschränken. Die expansionistische Politik im Bündnis mit Hitler, später die Mobilisierung des Volkes im „Großen Vaterländischen Krieg" gegen Hitler veranlaßten den Diktator, die Zügel im Inneren zu lockern. Als Bündnispartner in der Anti-Hitler-Koalition (vgl. S. 202) mußte Stalin versuchen, der Welt, vor allem Briten und Amerikanern, als Demokrat zu erscheinen.

(1) „Sozialismus in einem Land“ oder „Permanente Revolution“?

Stalin in einer Rede am 9. 6. 1925:

„. . . Also, ist die Errichtung der sozialistischen Wirtschaft in unserem Lande möglich ohne den vorherigen Sieg des Sozialismus in anderen Ländern, ohne daß das siegreiche Proletariat des Westens direkte Hilfe mit Technik und Ausrüstung leistet? Ja, sie ist möglich. Und sie ist nicht nur möglich, sondern auch notwendig und unausbleiblich. Denn wir bauen bereits den Sozialismus auf, indem wir die verstaatlichte Industrie entwickeln und sie mit der Landwirtschaft zusammenschließen, indem wir das Genossenschaftswesen auf dem Lande entfalten und die bäuerliche Wirtschaft in das allgemeine System der sowjetischen Entwicklung einbeziehen, indem wir die Sowjets beleben und den Staatsapparat mit den Millionenmassen der Bevölkerung verschmelzen, indem wir eine neue Kultur aufbauen und ein neues gesellschaftliches Leben entfalten . . .“ (4) Q

Trotzkis Kritik an der Lehre Stalins, 1936:

„Wie die Bourgeoisie nicht friedlich in die sozialistische Demokratie hineinwachsen kann, so kann auch ein sozialistischer Staat nicht friedlich in das kapitalistische Weltsystem hineinwachsen. Auf der Tagesordnung der Geschichte steht nicht die friedliche sozialistische Entwicklung eines Landes, sondern eine lange Kette welterschütternder Kriege und Revolutionen . . .“ (5) Q

(a) Stellt die beiden Positionen in Form von Thesen einander gegenüber.

(b) Inwiefern kam Stalins These vom „Sozialismus in einem Land“ den Bedürfnissen der Bevölkerung in der Sowjetunion entgegen?

(c) Wer behielt recht: Stalin oder Trotzki?

(2) Kollektivierung der Landwirtschaft

Anteil der Kollektivwirtschaften an der landwirtschaftlichen Gesamtfläche (1928–1937) in %:

1928	2,3
1930	33,6
1931	76,8
1937	99,1

Entwicklung der Maschinen-Traktoren-Stationen (MTS) (1928–1937):

	MTS	Traktoren	Mähdrescher
1928	6	18 000	2
1932	2446	148 000	14 000
1937	5818	365 800	104 900

Churchill über ein Gespräch mit Stalin, 1942:

„Sagen Sie mir, fragte ich, bereitet Ihnen der Krieg persönlich ebenso große Schwierigkeiten, wie Sie sie bei der Einführung der Kollektiv-Landwirtschaften überwinden mußten? – Nein, nein, erwiderte er, die Kollektivierung der Landwirtschaft hat einen furchtbaren Kampf gekostet . . . Zehn Millionen, sagte er, die Hände hochhebend. Es war furchtbar, vier Jahre habe ich kämpfen müssen. Es war für Rußland einfach notwendig, den Boden mit Traktoren zu bearbeiten; nur so konnten wir die periodischen Hungersnöte vermeiden. Wir mußten unsere Landwirtschaft mechanisieren Aber als wir den Bauern Traktoren gaben, waren diese nach ein paar Monaten ruiniert. Nur Kollektivwirtschaften mit Maschinenstationen können mit Traktoren umgehen. Wir gaben uns die größte Mühe, das den Bauern begreiflich zu machen. Es war zwecklos, mit ihnen zu diskutieren . . . Es war alles sehr schlimm und schwierig – aber notwendig. – Wie spielte es sich ab?, fragte ich. – Ja nun, sagte er, viele haben eingewilligt, mit uns mitzutun, einigen wurde in den Provinzen Tomsk, Irkutsk und noch weiter nördlich eigener Boden zur Kultivierung gegeben, aber die große Masse war sehr unbeliebt und ist von ihren Knechten umgebracht worden . . .“ (6) Q

(a) Was sagen die Tabellen über die Kollektivierung der Landwirtschaft in der Sowjetunion? Erklärt den Begriff „Kolchose“ (vgl. S. 64).

(b) Wie rechtfertigte Stalin sein Vorgehen im Gespräch mit Churchill? Was gestand er ein, was verschwieg er?

(c) Informiert euch auf S. 297 über Probleme der Landwirtschaft in der ehemaligen Sowjetunion.

(3) Das industrielle Wachstum

Die Industrieproduktion der Sowjetunion:

	1913	1928	1940
Gesamtwert	16	18	139
davon Leichtindustrie v. H.	67	61	39
davon Schwerindustrie v. H.	33	39	61
davon Maschinenbau	9		36

Produktion von Eisen, Stahl und Walzgut (in Mio. Tonnen):

	1913	1940
Roheisen	4,2	14,9
Stahl	4,3	18,3
Walzgut	3,5	13,1

Kohleförderung, Stahl- und Stromerzeugung (1913–1937):

	1913	1917	1928	1932	1937
Kohle (in Mio. Tonnen)	29,1	31,3	35,5	64,4	128,0
Stahl (in Mio. Tonnen)	4,2	3,1	4,3	5,9	17,7
Elektroenergie (in Mrd. kWh)	1,9	2,6	5,0	13,5	36,2

Die UdSSR im internationalen Vergleich:

Jahr	UdSSR	Deutsches Reich	Frankreich	Großbrit.	USA	Japan
Kohleförderung in Mill. t						
1929	41,8	177,0	53,8	262,0	552,3	34,3
1937	112,6	154,5	44,3	244,3	448,8	45,3
1938	232,9	186,2	46,5	230,7	355,3	33,0
Roheisenerzeugung in Mill. t						
1929	4,3	15,3	10,4	7,6	42,6	1,1
1937	14,5	16,0	7,9	8,6	37,7	2,6
1938	14,7	18,6	6,2	6,9	19,5	0,7
Index der gesamten Industrieproduktion						
1929	100	100	100	100	100	100
1937	372	117,2	81,9	123,6	102,7	168,9
1938	413	126,1	76,1	115,5	80,0	74,7

(7)

Stalin in einer Rede 1931:

„Wer jetzt nicht ausschreitet, der bleibt zurück. Wer zurück bleibt, der gibt sich geschlagen. Wir wollen uns nicht geschlagen geben. Nein! Das wollen wir nicht ... Ihr erinnert euch an die Verse des Dichters vor der Revolution: ‚Arm bist du, Mütterchen Rußland, aber du bist voll des Überflusses. Mächtig bist du, aber du bist hilflos, Mütterchen Rußland'.
... Wir hängen fünfzig oder hundert Jahre hinter den fortgeschrittenen Völkern dieser Erde zurück. Wir müssen das in zehn Jahren nachholen. Entweder tun wir das, oder die anderen werden uns zerschmettern." (8) Q

(a) Übertragt die Angaben einzelner Tabellen auf ein Schaubild und erklärt sie.

(b) Was meint ihr zu den Argumenten Stalins in seiner Rede 1931? Vergleicht sie mit den Worten Lenins S. 54.

(c) Im zweiten „Fünfjahresplan" wurde der Ausbau der Eisenhütten und Kohlenbergwerke im Ural, in Sibirien und Transkaukasien bevorzugt. Das hatte sowohl volkswirtschaftliche als auch strategische Gründe. Versucht, sie zu erklären.

(4) **Veränderungen der Gesellschaftsstruktur**

Prozentsatz der lese- und schreibkundigen Jugendlichen und Erwachsenen in der Sowjetunion:
1910 25%
1926 51%
1931 81%
1959 99,8%

Oberes Schaubild: Gliederung der russischen Bevölkerung am Vorabend der „Oktoberrevolution". Unteres Schaubild: Gliederung der Beschäftigten in der UdSSR 1937.

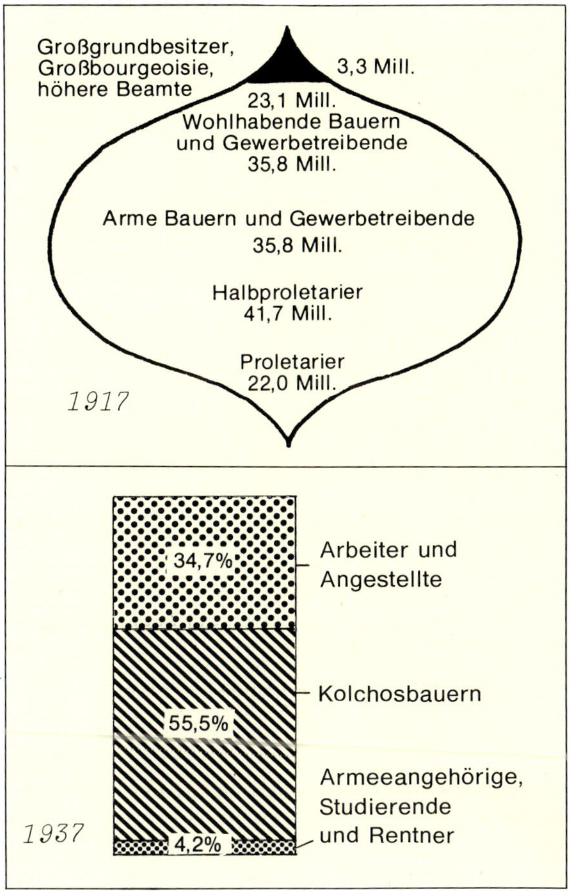

Stalin in einem Rückblick 1936:

„Entsprechend den Veränderungen in der Wirtschaft der Sowjetunion hat sich auch die Klassenstruktur unserer Gesellschaft verändert. Die Klasse der Gutsbesitzer war bekanntlich schon mit der siegreichen Beendigung des Bürgerkriegs liquidiert worden. Was die anderen Ausbeuterklassen betrifft, so haben sie das Schicksal der Gutsbesitzer geteilt. Verschwunden ist die Kapitalistenklasse in der Landwirtschaft. Verschwunden sind die Händler und Spekulanten auf dem Gebiet des Warenumsatzes. Alle

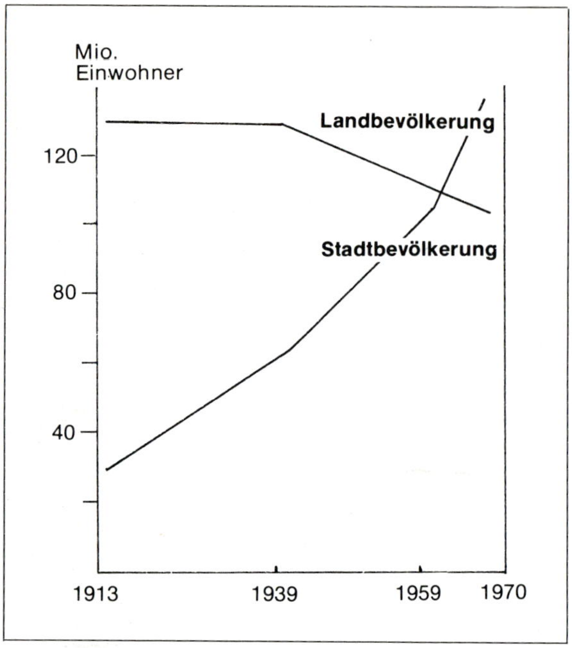

Bevölkerungsentwicklung in der Sowjetunion.

Rechts: „Der Arbeiter und die Kolchosbäuerin" (1937) von Vera Muchina (1889–1953).

Ausbeuterklassen sind somit liquidiert. Geblieben ist die Arbeiterklasse. Geblieben ist die Klasse der Bauern. Geblieben ist die Intelligenz. Es wäre aber verfehlt zu glauben, daß diese sozialen Gruppen während dieser Zeit keine Veränderungen durchgemacht hätten ..." (9) Q

(a) Besprecht, wie und warum sich die Zahl der Analphabeten in der Sowjetunion verändert hat.

(b) Erläutert den Wandel im Gesellschaftsaufbau der Sowjetunion und nehmt Stellung zu Stalins Äußerungen von 1936.

(c) Was sagt das Denkmal über das Verhältnis zwischen Stadt- und Landbevölkerung, was sagt das Schaubild?

(5) Die „Säuberungen"

Wolfgang Leonhard, ein gebürtiger Wiener, der von 1935 bis 1945 in der Sowjetunion lebte und an der Komintern-Schule ausgebildet wurde, schrieb nach seiner Übersiedlung in die Bundesrepublik Deutschland, wie er die „Säuberungen" vom Kinderheim aus erlebte (1937):

„Man merkte den Lehrern in der Schule, den Pädagogen im Heim, ja sogar den Referenten der Komintern bei ihren Besuchen die ständige Angst an, in der sie lebten. Diejenigen, die noch nicht verhaftet worden waren – sie nannten sich selbst manchmal die ‚Übriggebliebenen' –, verhielten sich unterschiedlich.
Die meisten waren von einer ständigen Angstpsychose befallen; sie liefen wie gehetztes Wild umher, immer darauf bedacht, nur ja das Richtige zu tun, um einer Verhaftung zu entgehen.
Aber was war ‚das Richtige'?
‚Am wichtigsten ist es jetzt, möglichst überhaupt nichts zu sagen, vor allem natürlich keine einzige politische Äußerung zu tun. Selbst wenn sie noch so linientreu ist. Schweigen, Schweigen und nochmals Schweigen, das ist das Gebot der Stunde', meinten die einen.
‚Es gibt heute nichts Gefährlicheres, als schweigend umherzulaufen, denn dadurch erweckt man den Anschein, geheime Gedanken zu haben und überhaupt ein Volksfeind zu sein. Gerade in der heutigen Situation ist es besonders wichtig, aktiv zu wirken und täglich im Sinne der Prawda zu allen Fragen klar seine Meinung zu äußern', meinten die anderen." (10) Q

Alexander Solschenyzin über die Foltermethoden im „Archipel GULAG":

„... 27. Das Prügeln, keine Spuren hinterlassend. Geprügelt wird mit Gummiknüppeln, geprügelt wird mit Teppichklopfern, geprügelt wird mit Sandsäcken. Arg ist der Schmerz, wenn sie auf Knochen schlagen, zum Beispiel mit

Stiefeln gegen das Schienbein, wo über dem Knochen nur Haut ist. Der Brigadekommandeur Karpunitsch-Brawen wurde 21 Tage hintereinander geprügelt. (Heute sagt er: ‚Noch dreißig Jahre später tut mir jeder Knochen weh und der Kopf.' Auf Eigenes und Vernommenes rückblickend, kam er auf insgesamt 52 Folterarten.) Oder auch noch so: Die Hände des Untersuchungshäftlings werden in einer Sondervorrichtung festgeschraubt – so daß die Handflächen fest am Tisch aufliegen –, und dann hauen sie mit der scharfen Kante eines Lineals auf die Gelenke. Da heulst du auf! Soll beim Prügeln das Zähneausschlagen gesondert angeführt werden? (Karpunitsch verlor acht Stück.) –
29. Und die Zwangsjacke?
30. Und das Brechen des Rückgrats?" (11) Q

Ein Urteil über den Parteikongreß der KPdSU 1939:

„Es war eine niedergedrückte und servile Versammlung. Es gab keine Debatte, keine Kritik, keine Diskussion. Redner nach Redner gab ein gehorsames Echo der Parteilinie so wieder, wie sie von den Verfassern der Hauptreferate niedergelegt worden war – von Stalin, Molotow und Shdanow. Die Redner wetteiferten miteinander in der Findung neuer Formeln zur Lobpreisung der Größe Stalins – das Protokoll wimmelte von kleinen Gedichten, die von den Delegierten aus allen Ecken und Enden zu Ehren des Führers gesammelt worden waren. Sowohl Stalin als auch Shdanow erwähnten einige jener Ereignisse, von denen die Partei in den vergangenen Jahren erschüttert worden war. Stalin zufolge war die Säuberung von ‚ernstlichen Fehlern' begleitet gewesen. ‚Leider wurden mehr Fehler begangen, als anzunehmen war. Es unterliegt keinem Zweifel', fuhr er fort, ‚daß wir die Methode der Säuberung im Massenmaßstab nicht mehr anzuwenden brauchen'." (12)

(a) Besprecht, wie die „Säuberungen" sich auf das Verhalten der Bevölkerung in der Sowjetunion auswirkten.

(b) Was erfährt man von Solschenyzin über den „Archipel GULAG"?

(c) Stalin rechtfertigte die „Säuberungen" damit, sie hätten dem Schutz der Revolution vor einer Gegenrevolution gedient. Er verglich die Geheimpolizei mit dem Sicherheitsausschuß der Jakobiner in der Französischen Revolution. Was meint ihr dazu?

(6) **Personenkult**

Aus einer Biographie Stalins:

„Jetzt [1929] stand Stalin auf der Höhe seiner Macht. Der Kampf war zu Ende. Alle seine Rivalen waren beseitigt. Kein Mitglied des Politbüros würde nochmals daran denken, ihm seine Stellung streitig zu machen. Als das Jahr zu Ende ging, feierte Stalin seinen fünfzigsten Geburtstag, als ob er ein bedeutendes geschichtliches Ereignis gewesen wäre. Aus jedem Winkel Rußlands kamen die Tribute für den Führer. Jeder Parteisekretär im Lande hielt eine maßlos übertriebene und geschmacklose Festrede über

Die Unterschrift lautet in der Übersetzung: „Unsere Heimat soll blühen und gedeihen!"

Stalins Tugenden. Die Mauern von Moskau waren mit großen Plakaten bedeckt, die sein Bild zeigten. Statuen und Büsten Stalins in allen Größen und in jedem Material füllten die öffentlichen Plätze, die Säle öffentlicher Gebäude und die Schaufenster bis herunter zum kleinsten Friseur. Die Propagandisten schrien sich heiser: Stalin ist der Lenin unserer Tage!" (13) Q

(a) Beschreibt, erklärt und beurteilt das Plakat.

(b) Wie ist die „Verehrung" Stalins zu erklären?

(c) Vergleicht die Rolle Stalins in der Propaganda mit seiner Beurteilung in den Texten S. 57.

1. Setze aus den folgenden Silben die Formeln zusammen, mit denen die Theorien von Trotzki und Stalin zusammengefaßt werden:
ei – in – Land – lis – lu – ma – mus – nem – nen – per – Re – So – ten – tion – vo – zia

2. Erkläre, wie sich Stalin bei der Ausschaltung der „Linken und rechten Opposition" als „Mann der Mitte" darstellte.

3. Unterscheide Ziele und Methoden der Kollektivierung der Landwirtschaft in der Sowjetunion.

4. Dem Bergarbeiter Stachanow gelang es 1935, an einem Tag das Zwanzigfache seiner Norm zu erfüllen. Bald mußte jeder Betrieb seinen Stachanow haben, der die Arbeiter antrieb. – Erkläre an diesem Beispiel die Methoden der „Ausbeutung der Menschen" im sowjetischen Wirtschaftssystem.

5. Berichte, gegen wen die „Säuberungen" gerichtet waren und mit welchen Methoden sie durchgeführt wurden.

6. Auf dem XX. Parteitag der KPdSU erklärte am 25. 2. 1956 der damalige Partei- und Regierungschef N. Chruschtschow:

„Stalin hielt sich nicht damit auf, die Menschen zu überzeugen, aufzuklären und geduldig mit ihnen zusammenzuarbeiten, sondern er zwang anderen seine Ansichten auf und verlangte absolute Unterwerfung unter seine Meinung. Wer sich ihm widersetzte ..., wurde unweigerlich aus dem Führungskollektiv ausgeschlossen und anschließend sowohl moralisch als auch physisch vernichtet." Q

Wie charakterisierte Chruschtschow den „Stalinismus"?

Fünfjahresplan: Instrument der zentralen Wirtschaftsplanung und -lenkung in kommunistischen Ländern, erstmals in der Sowjetunion 1929. Alle Betriebe erhalten ein Plansoll, das zu erfüllen ist. Solche Pläne sind später auch von anderen kommunistischen Ländern und vom Dritten Reich übernommen oder nachgeahmt worden.

Kolchose: Zusammenschluß mehrerer Bauernhöfe oder Dorfgemeinden zu einem genossenschaftlich organisierten Großbetrieb. Das Privateigentum an Land, Vieh und Geräten war bis auf einen geringen Anteil (ca. 0,5 ha Land, evtl. 1 Kuh und Kleinvieh) an die Kolchose abzugeben.

Stalinismus: Periode der persönlichen, unumschränkten Herrschaft Stalins in der UdSSR, etwa 1929–1953. Ausschaltung aller möglichen Gegner und Konzentration der Macht in der Parteispitze durch Terror, Verhaftungen, Schauprozesse, Deportationen und Morde. Stalin selbst begründete den Terror mit dem Zwang zur raschen Modernisierung des Landes und zur Abwehr gegenrevolutionärer Kräfte.

1925	Absetzung Trotzkis als Kriegskommissar
1928	Beginn der Zwangskollektivierung. Kampf gegen „linke Opposition"
1929	Ausschaltung der „rechten Opposition". 1. Fünfjahresplan
1933	2. Fünfjahresplan
1936–38	Die „Große Säuberung"
1953	Stalins Tod

Quellennachweis

(1) L. Trotzki: Mein Leben. Berlin 1930, S. 490.
(2) M. Djilas: Gespräche mit Stalin. Frankfurt 1962, S. 237.
(3) I. Geiss: Geschichte griffbereit 2: Personen, S. 270.
(4) Zitiert aus: Weltgeschichte im Aufriß, 3/1, a. a. O., S. 165.
(5) L. Trotzki: Verratene Revolution, 1936; zitiert aus: Weltgeschichte im Aufriß, 3/1, a. a. O., S. 169.
(6) W. Churchill: Der Zweite Weltkrieg IV,2, S. 103 f. Zitiert aus: G. v. Rauch: Machtkämpfe und soziale Wandlungen in der Sowjetunion 1923–1961, Klett 4261, S. 15.
(7) H. Raupach in: Die Sowjetunion, a. a. O., S. 133.
(8) Zitiert bei I. Deutscher: Stalin. Stuttgart 1962, S. 350 f.
(9) Zitiert aus: Weltgeschichte im Aufriß, 3/1, a. a. O., S. 203.
(10) W. Leonhard: Die Revolution entläßt ihre Kinder. Köln 1955, S. 37 f.
(11) A. Solschenyzin: Der Archipel GULAG. Bern/München 1974, S. 119.
(12) L. Shapiro: Die Geschichte der Kommunistischen Partei der Sowjetunion. Frankfurt 1963, S. 457 f.
(13) I. Deutscher: Stalin, a. a. O., S. 340.

Lesetip

J. Carmichael: Säuberung. Ullstein Tb. 38018 (SB)
N. Däs: Wölfe und Sonnenblumen. Oetinger, Hamburg 1978 (JB)
A. Rachmaninowa: Studenten, Liebe, Tscheka, Tod. Bastei Lübbe Tb. 10134 (Q)
A. Solschenizyn: Der Archipel GULAG. 3 Bde., rororo 4196–98 (HR)
L. Trotzki: Mein Leben. Fischer Tb. 6627 (Q)
H. Wilde: Leo Trotzki. Rowohlt Bildmonographie 157 (SB)

4 Ringen um Frieden und Demokratie: Die „Zwischenkriegszeit"

4.1 Friedensverträge und Völkerbund

Clemenceau, Wilson und Lloyd George (von links nach rechts) in Versailles.

Der Völkerbund sollte nach einer Erklärung des amerikanischen Präsidenten Wilson folgenden Grundsätzen folgen:

„1. Daß keine Nation mit einer anderen Krieg führen soll, solange nicht alle anderen Möglichkeiten zur Beseitigung eines Konfliktes voll und ganz ausgeschöpft sind;
2. daß unter keinen Umständen irgendeine Nation mit Gewalt versuchen soll, die infolge dieses Friedens geschaffenen territorialen Regelungen gewaltsam zu stören oder die politische Unabhängigkeit irgendeines Staates der Welt zu beeinträchtigen." (1) Q

- Alle wollten (und wollen) den Frieden, aber um welchen Preis?
- Verständigungsfriede oder Siegerdiktat: Was war der Versailler Friedensvertrag?
- Wie sollte der Völkerbund den Frieden sichern?

Der Waffenstillstand. Im März 1918 hatte die deutsche Reichsregierung der Sowjetmacht in Brest-Litowsk als Sieger den Frieden diktiert. Auch Rumänien mußte sich in Bukarest einem solchen Siegfrieden unterwerfen. An der Westfront zeichnete sich dagegen seit Sommer 1918 die deutsche Niederlage ab. Durch die Unterstützung der USA waren die Alliierten an Truppen und Material weit überlegen. Der amerikanische Präsident Wilson hatte schon Anfang des Jahres in 14 Punkten die Bedingungen für eine weltweite Friedensregelung formuliert. Deutschland z. B. sollte alle besetzten Gebiete im Osten und Westen räumen, Elsaß-Lothringen abtreten; die Donaumonarchie und das Osmanische Reich waren aufzulösen. In der Hoffnung auf einen Sieg hatte die Reichsregierung abgelehnt. Doch dann blieb die deutsche Märzoffensive stecken. Im August konnte die deutsche Front den Angriffen der britischen Panzer und der gut ausgerüsteten Amerikaner nicht mehr standhalten. Österreich-Ungarn und Bulgarien suchten einen Sonderfrieden mit den Alliierten (vgl. S. 37). Eine neue deutsche Regierung unter Reichskanzler Prinz Max von Baden folgte dem Druck der Obersten Heeresleitung (OHL) und bat am 4. Oktober 1918 den US-Präsidenten, einen Waffenstillstand zu vermitteln.
Wilson gab zu erkennen, daß man nur mit einer deutschen Regierung verhandeln werde, die „für die Mehrheit des deutschen Volkes spricht". Jetzt beschloß der Reichstag eine Verfassungsänderung, wonach Reichskanzler und Reichsminister dem Parlament verantwortlich wurden. Damit erhielt Deutschland das parlamentarische Regierungssystem. Als Vertreter dieser Regierung unterzeichnete am 11. November 1918 Matthias Erzberger bei Compiègne den *Waffenstillstand**, nachdem Kaiser Wilhelm II. zum Thronverzicht gezwungen worden war. → (1)

Friedensverhandlungen der Siegermächte. Am 18. Januar 1919 trat in Paris die Friedenskonferenz zusammen. 27 Nationen waren vertreten, aber die Hauptverhandlungen führten die USA, Großbritannien, Frankreich und Italien. Diese vier Mächte verfolgten unterschiedliche Ziele: Die USA interessierte vor allem der Völkerbund, England wollte das „Gleichgewicht der Kräfte" in Europa erhalten, und Frankreich sorgte sich um seine Sicherheit, wollte vor allem Deutschland schwächen. Die besiegten Mittelmächte saßen nicht am Verhandlungstisch. Rußland, wo der Bürgerkrieg tobte, war von der Konferenz ausgeschlossen, es galt als neue Gefahr. So blieb der Frieden ein Kompromiß, der den Keim neuer Konflikte enthielt.

Der Friedensvertrag von Versailles. Am 28. Juni 1919 unterzeichneten die Vertreter Deutschlands den *Friedensvertrag**. Das Reich verlor seine Kolonien. Elsaß-Lothringen mußte an Frankreich abgetreten bzw. zurückgegeben werden. Das linksrheinische Gebiet blieb von alliierten Truppen besetzt, außerdem sollte ein 50 km breiter Streifen östlich des Rheins entmilitarisiert bleiben. Das Saargebiet wurde für 15 Jahre dem Völkerbund unterstellt, danach sollte seine Bevölkerung über den Anschluß an Frankreich oder Deutschland abstimmen. In der Zwischenzeit durfte Frankreich die saarländischen Kohlengruben ausbeuten. Eupen und Malmedy fielen an Belgien, Nordschleswig wurde Dänemark zugesprochen, das Hultschiner Land der neu geschaffenen Tschechoslowakei.
Der wiedererrichtete polnische Staat erhielt fast die ganzen Provinzen Posen und Westpreußen sowie Teile von Pommern. So war Polen durch einen „Korridor" mit der Ostsee verbunden. Weil Polen einen Hafen brauchte, wurde Danzig zur Freien Stadt mit Vorrechten für Polen erklärt. In Oberschlesien entschied eine Volksabstimmung, welche Gebiete bei Deutschland blieben und welche zu Polen kamen. Der Gesamtverlust Deutschlands betrug in Europa schließlich 70 000 qkm mit nahezu 6,5 Mio. Einwohnern.
Deutschland durfte nur ein 100 000-Mann-Heer behalten und über keine schweren Waffen, keine großen Kriegsschiffe und keine Luftwaffe verfügen. Die deutsche Entwaffnung sollte „nur der Beginn einer allgemeinen Rüstungsbegrenzung für alle Nationen" sein. Besondere Schwierigkeiten bereiteten die Reparationsfragen (Reparation = Kriegsentschädigung). Der Kriegsschaden wurde auf 15–25 Billionen Dollar geschätzt. Man wußte, daß Deutschland diese Summe nicht würde zahlen können, aber man begründete den Anspruch damit, daß man Deutschland die alleinige Schuld am Krieg gab.
→ (2)

Die Friedensverträge mit den Verbündeten Deutschlands. Die Donaumonarchie wurde aufgelöst. Österreich wurde auf einen damals wirtschaftlich kaum lebensfähigen Staat von 6,5 Mio. Einwohnern reduziert, von denen fast 2 Mio. in Wien lebten. Über 3 Millionen Deutschösterreicher lebten in den Randgebieten der neuen Tschechoslowakei. Diese „Sudetendeutschen" waren von ihrem Mutterland abgetrennt. Südtirol mit ausschließlich deutscher Bevölkerung wurde Österreich genommen und Italien angegliedert. Österreich wollte sich dem Deutschen Reich anschließen, doch das verbot der Friedensvertrag. → (3)
Ungarn und Bulgarien mußten weite Gebiete abtreten, vor allem an das neu entstandene Jugoslawien. Das Osmanische Reich wurde zerschlagen: Der

Nahe Osten kam unter britische und französische *Mandatsherrschaft**. Die Resttürkei sollte zu einer britisch-französischen Kolonie werden. Doch nach dem Sturz des Sultanats erreichte der türkische Staatspräsident Kemal (Atatürk) – unterstützt von den USA und von Sowjetrußland – einen besseren Frieden: Nur die Meerengen wurden internationaler Kontrolle unterstellt, auf Reparationen wurde verzichtet. → (5)

Der Völkerbund. Wilson, der Präsident der USA, bemühte sich auf der Friedenskonferenz der Siegermächte besonders um die Schaffung des *Völkerbundes**. Alle zukünftigen Streitfragen sollten durch den Völkerbund friedlich gelöst werden. Ein ständiger internationaler Gerichtshof sollte Streitigkeiten zwischen Staaten friedlich beilegen. Alle deutschen Kolonien sowie die nichttürkischen Teile des Osmanischen Reiches übernahm der Völkerbund als Mandatsgebiete. Ihre Verwaltung wurde Großbritannien, Frankreich und Japan übertragen.

Alle Beschlüsse des Völkerbundes, ausgenommen solche zur Tagesordnung, mußten einstimmig zustande kommen. Ein Mitglied, um dessen Fall es ging, konnte sich der Stimme enthalten. Die wichtigsten Entscheidungen sollte der „Ständige Rat" des Bundes treffen, bestehend aus den Vertretern der USA, Großbritanniens, Frankreichs, Italiens und Japans.

Die Teilnehmer an der Friedenskonferenz galten als „ursprüngliche Mitglieder". Andere Staaten wurden zum Beitritt eingeladen, jedoch nicht Sowjetrußland. Deutschland und seine ehemaligen Verbündeten sollten bald zugelassen werden. Dem Beitritt Deutschlands jedoch widersetzte sich Frankreich noch mehrere Jahre. Im Januar 1920 nahm der Völkerbund seine Tätigkeit auf. In Deutschland galt er vielen als eine „Organisation der Sieger". In den Augen der Russen war er eine „Vereinigung der kapitalistischen Staaten" gegen den Kommunismus.

In den USA lehnte der Senat die Ratifizierung der Friedensverträge und somit auch der Völkerbundsatzung ab, d. h. die USA wurden nicht Mitglied des von ihrem Präsidenten geschaffenen Bundes. Das hatte Folgen für Frankreich, weil die Beistandsabkommen, die Amerika und England mit Frankreich abgeschlossen hatten, an die Ratifizierung des Vertrages durch die USA gebunden waren. Nun stand Frankreich ohne die britische und amerikanische Beistandsgarantie da und sah sich gezwungen, eigene Wege für seine Sicherheit zu finden. → (4)

Die Bündnispolitik Frankreichs. Die Franzosen fühlten sich weiterhin von Deutschland bedroht. Es war erkennbar, daß sich die deutsche Militärführung mit der Entwaffnung nicht abfand. Sie hörten deshalb nicht auf, die britische und amerikanische Beistandsgarantie zu fordern, verlangten zum besseren Schutz die Rheingrenze und widersetzten sich der Abrüstung. Frankreich blieb das höchstgerüstete Land in Europa. Deutschland konnte ja wieder erstarken! Immer wieder drängte die französische Regierung auf Reparationszahlungen, auch um die eigenen Kriegsschulden in Großbritannien und den USA zu tilgen. Ein Sicherheitsgürtel (cordon sanitaire) sollte Deutschland einschließen. Deshalb schloß Frankreich 1921 ein Bündnis mit Polen. Die beiden Staaten versprachen sich Hilfe, falls Deutschland angriff. Frankreich wollte den Polen auch helfen, falls Rußland angriff. 1926 schloß Frankreich einen Garantievertrag mit der Tschechoslowakei, der Hilfe für den Fall eines deutschen Angriffes versprach. Schon 1920/21 hatten sich die Tschechoslowakei, Rumänien und Jugoslawien verbündet. Gleichzeitig hatte Polen mit Rumänien einen Beistandspakt abgeschlossen, der gegen Sowjetrußland gerichtet war. So dirigierte Frankreich ein Bündnissystem, das gegen Deutschland wie gegen Rußland wirksam war.

(1) Waffenstillstand oder Kapitulation?

Am 3. 10. 1918 richtete die OHL folgendes Telegramm an die Reichsregierung:

„Die OHL bleibt auf ihrer am Sonntag, dem 29. 9. d. J. gestellten Forderung der sofortigen Herausgabe des Friedensangebotes an unsere Feinde bestehen ... Der Gegner ... führt ständig neue frische Reserven in die Schlacht. Noch steht das deutsche Heer festgefügt und wehrt siegreich alle Angriffe ab. Die Lage verschärft sich aber täglich und kann die OHL zu schwerwiegenden Entschlüssen zwingen. Unter diesen Umständen ist es geboten, den Kampf abzubrechen, um dem deutschen Volke und seinen Verbündeten nutzlose Opfer zu ersparen. Jeder versäumte Tag kostet Tausenden von tapferen Soldaten das Leben.
gez. von Hindenburg, Generalfeldmarschall" (2) Q

Die Alliierten stellten für einen Waffenstillstand folgende Bedingungen:

„Räumung aller besetzten Gebiete im Westen und Elsaß-Lothringens innerhalb von 15 Tagen; Besetzung des linksrheinischen Gebietes durch alliierte Truppen binnen

25 Tagen; dazu drei alliierte Brückenköpfe bei Köln, Mainz und Koblenz; Auslieferung eines großen Teils des Kriegsmaterials, der Unterseeboote und der Hochseeflotte; Beibehaltung der Blockade; Rückführung der alliierten Kriegsgefangenen ohne Verpflichtung zur Gegenseitigkeit; Aufhebung der Friedensverträge von Brest-Litowsk und Bukarest; Räumung der besetzten Ostgebiete – jedoch erst nach Aufforderung." (3) Q

(a) Warum entschloß sich die deutsche Reichsregierung, um Waffenstillstand zu bitten?

(b) Nehmt Stellung zu den Waffenstillstandsbedingungen der Alliierten. Überlegt, was für oder gegen ihre Annahme sprach.

(c) Rechtsgerichtete Kreise behaupteten später, die deutsche Armee sei durch einen „Dolchstoß" von hinten zur „Kapitulation" gezwungen worden. Was meint ihr dazu?

Der französische Marschall Foch (2. von rechts), Verhandlungsführer der Alliierten während der Waffenstillstandsverhandlungen bei Compiègne.

(2) Der Versailler Vertrag

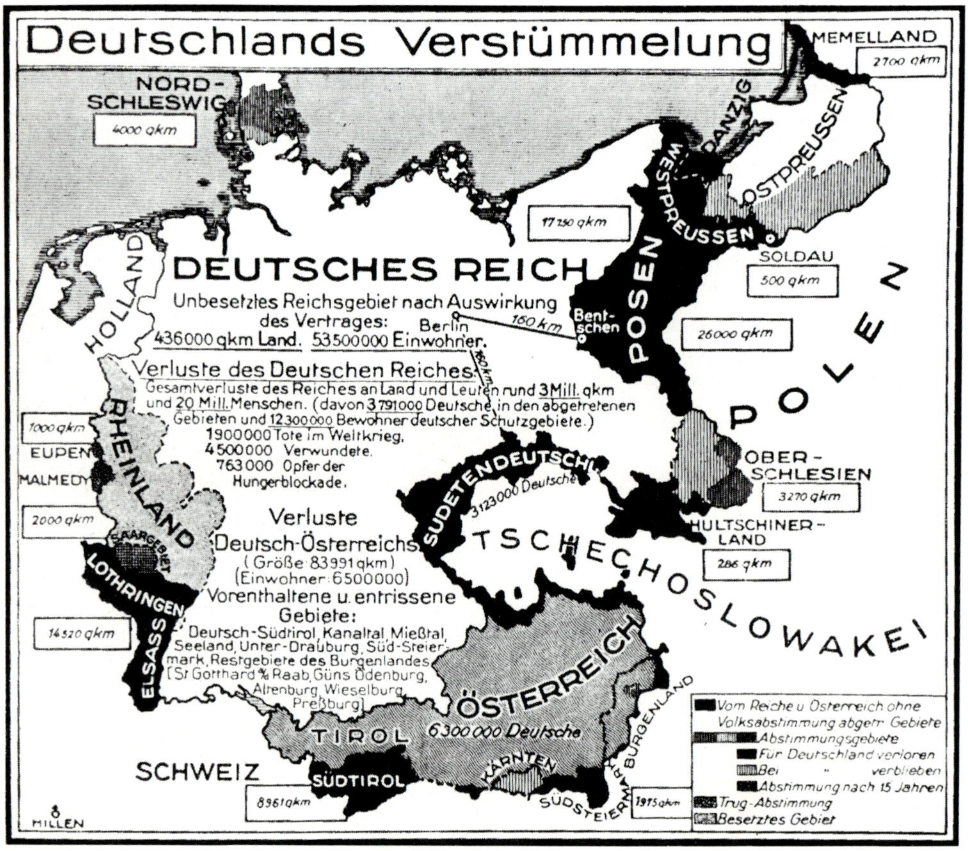

Eine offizielle Wandkarte, die 1928 im Auftrag der deutschen Reichsregierung für den Schulgebrauch herausgegeben wurde.

Art. 231 des Vertrages lautete:

„Die alliierten und assoziierten Regierungen erklären, und Deutschland erkennt an, daß Deutschland und seine Verbündeten als Urheber für alle Verluste und Schäden verantwortlich sind, die die alliierten und assoziierten Regierungen und ihre Staatsangehörigen infolge des Krieges, der ihnen durch den Angriff Deutschlands und seiner Verbündeten aufgezwungen wurde, erlitten haben." (4) Q

Der deutsche Delegationsleiter erklärte 1919 bei der Beratung der Friedensbedingungen:

„Es wird von uns verlangt, daß wir uns als die allein Schuldigen am Kriege bekennen. Ein solches Bekenntnis wäre in meinem Munde eine Lüge. Wir sind fern davon, jede Verantwortung dafür, daß es zu diesem Weltkriege kam, und daß er so geführt wurde, von Deutschland abzuwälzen, ... aber wir bestreiten nachdrücklich, daß Deutschland, dessen Volk überzeugt war, einen Verteidigungskrieg zu führen, allein mit der Schuld belastet ist." (5) Q

Clemenceau empfing die deutsche Abordnung, als sie erstmals den Verhandlungssaal in Versailles betreten durfte, mit den Worten:

„Meine Herren Delegierte des Deutschen Reiches! Es ist hier weder der Ort noch die Stunde für überflüssige Worte. Sie haben vor sich die Versammlung der Bevollmächtigten der kleinen und großen Mächte, die sich vereinigt haben, um den fürchterlichsten Krieg auszufechten, der ihnen aufgezwungen worden ist. Die Stunde der Abrechnung ist da. Sie haben uns um Frieden gebeten. Wir sind geneigt, ihn Ihnen zu gewähren ... [Wir sind aber einmütig entschlossen], sämtliche uns zu Gebote stehenden Mittel anzuwenden, um jede uns geschuldete berechtigte Genugtuung zu erlangen." (6) Q

(a) Den Alliierten ging es ursprünglich darum, mit dem Artikel 231 die hohen Reparationskosten zu rechtfertigen. Wie wurde der Artikel aber von den meisten Deutschen verstanden?

(b) Untersucht die Karte auf S. 68: Was sagt sie über die tatsächlichen Friedensbestimmungen? Wie werden die Bestimmungen beurteilt? Wie beurteilt ihr sie heute?

(c) Erörtert die Wirkung der Worte Clemenceaus. Wie sind sie zu erklären?

Südost- und Ostmitteleuropa 1914 und 1919.

(3) Die Auflösung der Donaumonarchie und die Neuordnung Osteuropas

Wilson hatte als Punkt 10 seiner „14 Punkte" gefordert:

„Den Völkern Österreich-Ungarns, deren Platz unter den Nationen wir gesichert und geschützt zu sehen wünschen, sollte die freieste Möglichkeit zu autonomer Entwicklung gegeben werden." (7) Q

(a) Nennt die Staaten, die sich aus der Donaumonarchie bildeten oder die Teile von ihr erhielten.

(b) Mit welchem Argument wurde die Auflösung der Donaumonarchie begründet?

(c) Die Nationalversammlung des neuen Bundesstaates „Österreich" beschloß den Anschluß an das Deutsche Reich. Im Friedensvertrag untersagten die Siegermächte diesen Anschluß. Warum wohl? Wie paßte das zu dem von Wilson geforderten „Selbstbestimmungsrecht der Völker"?

(d) Nennt außenpolitische Probleme Polens und der baltischen Staaten nach dem Ersten Weltkrieg. Wiederholt dazu S. 66.

(4) Was sollte der Völkerbund bewirken?

Wilson über den Völkerbund bei der Vorlage des Satzungsentwurfs:

„Vieles Schreckliche, meine Herren, hat uns dieser Krieg gebracht, aber auch manches sehr Schöne. Das Unrecht hat eine Niederlage erlitten, aber die übrige Welt ist sich mehr als je zuvor der Majestät des Rechtes bewußt geworden. Von nun an können Völker, die einander beargwöhnten, als Freunde und Kameraden in einer einzigen Familie zusammenleben, und sie wünschen, es zu tun. Der Dunst des Mißtrauens, der Ränke ist zerstreut worden ... Die Menschen sehen einander ins Auge und sagen: Wir sind Brüder und haben ein gemeinsames Ziel. Wir haben es uns früher nicht klargemacht, jetzt aber machen wir es uns klar, und dies ist unser Bund der Brüderlichkeit und der Freundschaft." (8) Q

Der Völkerbundspalast in Genf.

Aus der Völkerbundsatzung:

„Artikel 10. Die Bundesmitglieder verpflichten sich, die Unversehrtheit des Gebiets und die bestehende politische Unabhängigkeit aller Bundesmitglieder zu achten und gegen jeden äußeren Angriff zu wahren ...
Artikel 11. Ausdrücklich wird hiermit festgestellt, daß jeder Krieg und jede Bedrohung mit Krieg, mag davon unmittelbar ein Bundesmitglied betroffen werden oder nicht, eine Angelegenheit des ganzen Bundes ist und daß dieser die zum wirksamen Schutz des Völkerfriedens geeigneten Maßnahmen zu ergreifen hat. Tritt ein solcher Fall ein, so beruft der Generalsekretär unverzüglich auf Antrag irgendeines Bundesmitgliedes den Rat." (9) Q

Walther Rathenau, der spätere deutsche Außenminister, in einem Brief 1920:

„Der Völkerbund soll eingesetzt werden, um zu verhindern, daß auf der Welt zwischen den Völkern Unfug geschieht. Krieg ist Unfug.
Man hat mehrere neue Staaten geschaffen und mehreren alten Staaten ihren Lebensraum beträchtlich verkleinert. Es kann kommen, daß Staaten vor dem Völkerbund erscheinen und sagen: Ich kann weder leben noch sterben. Ich habe keine Nahrung, keine Rohstoffe, keine Arbeit, keine Guthaben, keine Schiffe, keine Kolonien. Ich soll mehr zahlen, als ich besitze. Ich bin überschuldet und verhungert. Es muß mir jemand helfen; jemand, der mehr hat, als er braucht, muß mir etwas von dem geben, was er hat.
Wird der Völkerbund antworten: Komm, es soll dir geholfen werden. Hier ist ein Verband opferwilliger Nationen, die die Lebensbedingungen eines jeden prüfen und aus ihrem Überfluß dem spenden, der zu wenig hat. Wir selbst haben ja die neuen Lebensbedingungen der Nationen schaffen helfen, deshalb werden wir denjenigen nicht verlassen, der zu kurz gekommen ist. Wird der Völkerbund diese menschliche und schöne Antwort geben?
Oder wird er eine diplomatische Antwort geben?" (10) Q

(a) Welche „Schlüsselworte" gebraucht Wilson? Sprecht über den „Ton" seiner Rede.

(b) Besprecht anhand der Art. 10 und 11 der Völkerbundsatzung, was der Begriff „kollektive Sicherheit" bedeutet.

(c) Welche Probleme werden – nach Walther Rathenau – auf den Völkerbund zukommen?

(5) Die Neuordnung im Nahen Osten

Während des Krieges versprachen die Briten dem Araberfürsten Hussein, dem die heiligen Stätten von

Der Nahe Osten um 1920.

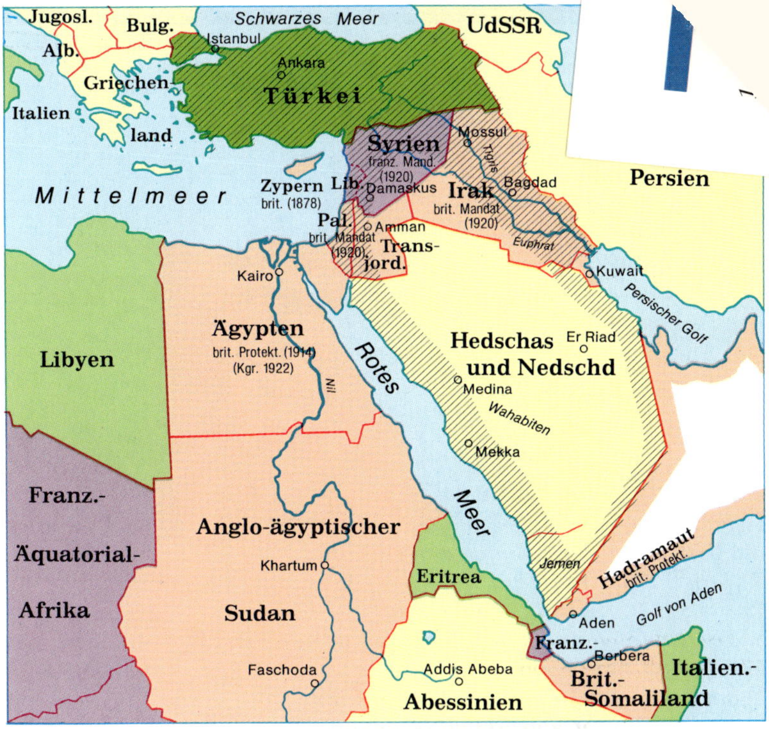

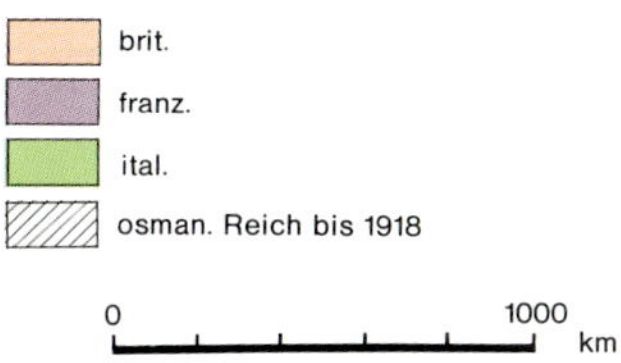

Mekka und Medina unterstanden, ihm zur Unabhängigkeit zu verhelfen, sobald das Osmanenreich aufgelöst werde. Aber auch Ibn Saud, der das Innere der arabischen Halbinsel erobert hatte, genoß die britische Gunst. Er hoffte, nach dem Krieg sein Reich weiter ausdehnen zu können. Zudem gab 1917 die britische Regierung gegenüber der *zionistischen Bewegung** der Juden die verbindliche Erklärung ab, die „Schaffung einer nationalen Heimstätte in Palästina für das jüdische Volk“ zuzulassen und zu unterstützen. Diese Erklärung, benannt nach dem damaligen britischen Außenminister Balfour, wurde zur Grundlage des jüdischen Anspruchs auf Westpalästina.

Aufgrund des Artikels 22 der Völkerbundsatzung erhielt 1920 Großbritannien das Mandat über den Irak (Mesopotamien) und Palästina, Frankreich das Mandat über Syrien. Daß sich ein syrischer Nationalkongreß entschieden gegen diese Regelung ausgesprochen hatte, wurde nicht beachtet. Prinz Feisal, der Sohn Husseins, der 1917 in Damaskus seine Residenz errichtet hatte, wurde nun von den Franzosen davongejagt. Um ihn zufriedenzustellen, setzten die Briten ihn als König des Irak ein. Sein Bruder Abdullah wurde von den Briten als Emir mit Transjordanien abgefunden. Damit war Palästina geteilt.

Frankreich bildete aus seinem Mandatsgebiet die Staaten Syrien und Libanon. Sie wurden erst nach dem Zweiten Weltkrieg unabhängig. Palästina erhielt keine Selbstverwaltung der Gesamtbevölkerung und blieb dem britischen Kolonialministerium unterstellt. Hier gelang es nur der jüdischen Bevölkerung, für ihr Siedlungsgebiet Selbstverwaltungsorgane zu bilden.

Prinz Feisal hatte 1918 mit Chaim Weizmann, Führer der zionistischen Bewegung, vereinbart, die jüdische Besiedlung Palästinas zu dulden und sogar zu fördern, allerdings mit dem Vorbehalt, daß die Araber ihre Unabhängigkeit erlangen würden. Durch die Mandatsregelung sah sich Feisal an diese Zusage nicht mehr gebunden. Er unterstützte jetzt El Husseini, den Großmufti von Jerusalem, der in Palästina den arabisch-jüdischen Gegensatz schürte. Ibn Saud konnte 1924 die Ostseite der arabischen Halbinsel erobern. Nur der Jemen konnte seine Selbständigkeit behaupten, während der Süden und die künftigen Ölgebiete am Persischen Golf noch unter britischer Kontrolle blieben. 1936 erhielt Ibn Sauds Herrschaftsgebiet den Namen Saudiarabien.

(a) Zeigt auf der Karte die Gebiete unter britischer und unter französischer Mandatsherrschaft und gebt an, wann sie unabhängig wurden.

(b) Was besagt die „Balfour-Erklärung“? Schlagt im Lexikon nach.

(c) Nennt geschichtliche Ursachen des Nahostkonflikts (vgl. auch S. 326).

1. Nenne Bestimmungen des Versailler Vertrages und ordne sie nach folgenden Gesichtspunkten:
– Abzutretende Gebiete
– Besetzte deutsche Gebiete
– Rüstungsbegrenzungen
– Reparationen

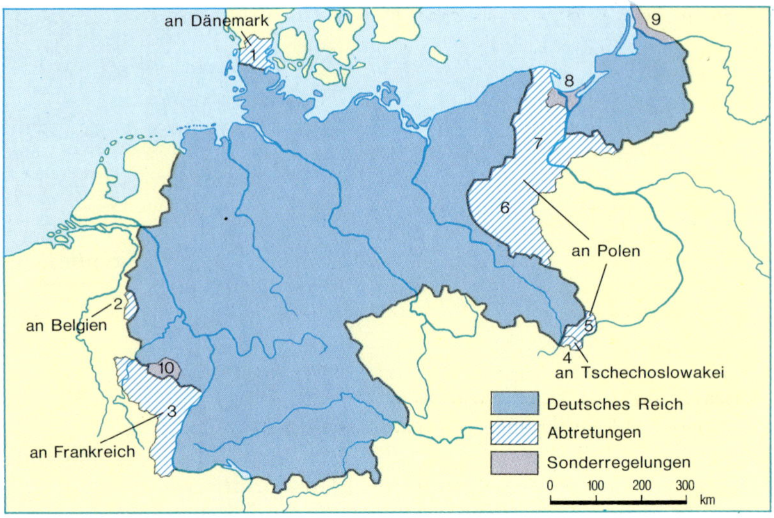

2. Gib an, welche Gebiete das Deutsche Reich abtreten mußte, am besten in der Reihenfolge der Ziffern auf der Karte.

3. Der Erste Weltkrieg brachte das Ende von zwei großen Reichen. Um welche handelt es sich? Seit wann bestanden sie? Was wurde aus ihnen?

4. Versuche, in einer Skizze den Aufbau des Völkerbundes darzustellen. Nenne einige Mitglieder des Völkerbundes.

Friedensvertrag: Vertragliche Beendigung des Kriegszustandes, Wiederherstellung friedlicher Beziehungen. Der Versailler Friedensvertrag ist der längste und komplizierteste Friedensvertrag der Geschichte (440 Artikel). Da deutsche Vertreter von den Verhandlungen ausgeschlossen waren und die Sieger dem Deutschen Reich die alleinige Kriegsschuld zusprachen, galt der Vertrag vielen Deutschen als „Versailler Diktat".

Mandatsgebiete: Ehemalige deutsche Kolonien oder Teile des Osmanischen Reiches, die nach Art 22, der Völkerbundsatzung vorübergehend anderen Staaten zur treuhänderischen Verwaltung anvertraut wurden (lat. mandare = anvertrauen).

Völkerbund: Internationale Organisation zur Friedenssicherung nach dem Ersten Weltkrieg, auf der Grundlage der 14 Punkte Wilsons entwickelt, als Bestandteil in die Friedensverträge aufgenommen (von USA nicht ratifiziert). Nach Scheitern des Völkerbundes im Zweiten Weltkrieg wurden 1945 die Vereinten Nationen als Nachfolgeorganisation gegründet.

Waffenstillstand: Einstellung der Kampfhandlungen zwischen Kriegsgegnern für begrenzte Zeit unter genauen Bedingungen (z. B. Truppenabzug, Einhaltung von „Demarkationslinien"). Er geht in der Regel einem Friedensschluß voraus.

Zionismus: Nach dem Tempelberg Zion in Jerusalem benannt, von Theodor Herzl Ende des 19. Jh. gegründete jüdische National-Bewegung zur Gründung eines jüdischen Staates in Palästina. Seit 1897 Zionistenkongresse; seit ca. 1920 verstärkte Einwanderung von Juden in Palästina, organisiert von der Jewish Agency.

8. 1. 1918	Wilsons 14 Punkte
4. 10. 1918	Deutsches Waffenstillstandsangebot
11. 11. 1918	Unterzeichnung des Waffenstillstands
29. 4. 1919	Völkerbundsatzung angenommen
28. 6. 1919	Versailler Friedensvertrag unterzeichnet
20. 3. 1921	Abstimmung in Oberschlesien

Quellennachweis

(1) Zitiert nach: E. Krautkrämer: Internationale Politik im 20. Jh., Bd. 1; Diesterweg 5181, S. 1.
(2) Zitiert aus: Geschichtliche Weltkunde, Quellenlesebuch Bd. 3, a. a. O., S. 38 f.
(3) K. Dederke: Reich und Republik, a. a. O., S. 30 f.
(4) Versailler Vertrag, Art. 231, in: Ursachen und Folgen. Vom deutschen Zusammenbruch 1918 und 1945 bis zur staatlichen Neuordnung Deutschlands in der Gegenwart, hrsg. v. Michaelis und Schraepler, Bd. 3, Berlin 1960, S. 405.
(5) Zit. aus: G. Diemer: Europa zwischen den Weltkriegen. Würzburg 1975, S. 39.
(6) Geschichte in Quellen, Bd. V, a. a. O., S. 126.
(7) ebenda, S. 105.
(8) Wilson am 14. 2. 1919, zitiert aus: G. Diemer: Europa zwischen den Weltkriegen. a. a. O., S. 50.
(9) Zitiert aus: Krautkrämer: Internationale Politik Bd. 1, Diesterweg 5181, S. 4.
(10) Rathenau am 10. 10. 1920 in einem Brief an F. E. Mason. Zitiert aus G. Diemer: Europa zwischen den Weltkriegen, a. a. O., S. 48.

Lesetip

K. Schwabe: Th. Woodrow Wilson. Musterschmidt, Pers. u. Gesch. 62 (WD)
F. Steuben: Der Thronfolger. Ibn Saud erkämpft sein Recht. dtv 7450 (JB)

Der Sozialdemokrat Scheidemann spricht 1919 bei einer Kundgebung gegen den Gewaltfrieden (vgl. S. 99).

4.2 Großbritanniens Demokratie und Commonwealth

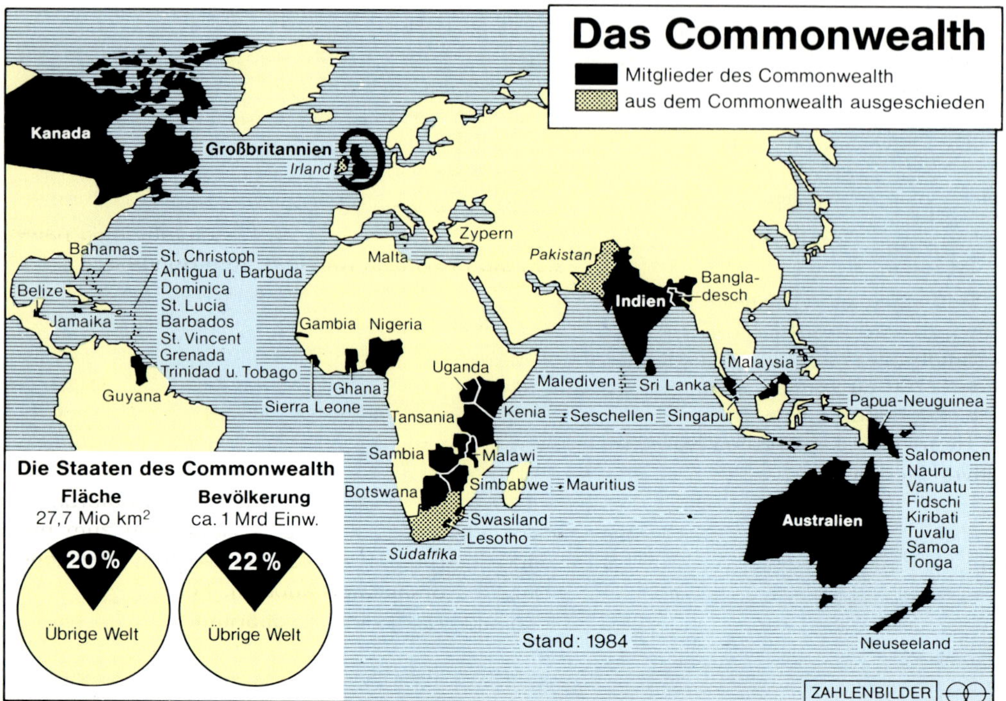

 788 124

Krisen und Revolutionen bedrohten in der Zwischenkriegszeigt den Bestand der Demokratie in Europa. Daß diese politische Grundordnung dennoch überlebte, ist vor allem dem „Mutterland“ der demokratischen Verfassungen zu verdanken: Großbritannien. Hier gab es „eine Stabilität des politischen Systems, die radikale Parteien ohne Chancen ließ und jeder extremen Politik nach links oder rechts entgegenwirkte.“ (1)
Dabei hatte auch England nach dem Krieg schwerste Probleme zu meistern. Die Industrie war in Rückstand geraten, das Land hatte seine Vorrangstellung verloren und war gezwungen, sein Empire grundlegend umzugestalten.

- Wie konnten die Engländer ihre Demokratie erhalten und festigen?
- In welcher Form haben sie ihr Weltreich weiterentwickelt?
- Indien war britische Kronkolonie. Wie verlief Indiens Weg in die Unabhängigkeit?

Wirtschaftliche Schwierigkeiten. England hatte zwar den Krieg gewonnen, seine Wirtschaft befand sich jedoch in keiner günstigen Lage. New York, wirtschaftliches Zentrum des Hauptgläubigerlandes, überschattete den alten Bankenmittelpunkt der Welt, London. Angesichts der wachsenden Industrialisierung anderer Staaten geriet das älteste Industrieland der Erde in Umstellungsschwierigkeiten. So sank der Export der britischen Stahlindustrie von jährlich 2,75 Mio. t vor dem Kriege auf rund 0,75 Mio. t Ende der zwanziger Jahre. Der Anteil Englands an der Fertigwaren-Ausfuhr der 12 größten Industrieländer verminderte sich von 30 v. H. im Jahre 1913 auf 23 v. H. im Jahre 1929. Eine Massenarbeitslosigkeit kennzeichnete die Zwischenkriegsjahre: Ständig waren etwa 1 Mill. Arbeitnehmer arbeitslos.
Dennoch blieb die Stabilität des politischen Systems erhalten. 1926 kam es zu einer Machtprobe zwischen dem 8 Mio. Mitglieder umfassenden Trade Union Congress (TUC), der Gewerkschaftsunion, und der konservativen Regierung. Als die Bergarbeiterlöhne gesenkt werden sollten, rief die TUC den Generalstreik aus. Aber sie war bemüht, Gewalttätigkeiten zu vermeiden, und gab schließlich nach. Offensichtlich wollten die Gewerkschaften keine harte Auseinandersetzung. Der Grund für diese gemäßigte Haltung kann darin gesehen werden, daß es den Gewerkschaften in der Vergangenheit gelungen war, Erfolge durch eine vorsichtige Politik zu erzielen. Bereits vor 1914 waren ihre Rechte, für die Arbeiterschaft zu sprechen und für die Interessen der Mitglieder zu kämpfen, gesetzlich anerkannt und gebilligt worden.

Das Parteiensystem bleibt stabil. Das traditionelle englische System von zwei regierungsfähigen Parteien, von denen eine die Regierung, die andere die Opposition stellt, blieb erhalten. Die Arbeiterpartei, die ursprünglich als Parlamentsvertretung der Gewerkschaften gegründete Labour Party, trat im Parlament als Gegenpart der Konservativen an die Stelle der Liberalen. Künftig vertraten die Konservativen, die größtenteils von der Industrie finanziert wurden, die Oberschicht aus Grundbesitzern und Großunternehmern sowie die Masse des Mittelstandes, die beide die bestehende Verteilung von Einkommen und Eigentum erhalten wollten. Auch ein Teil der Arbeiterschaft, der bereit war, sich mit der gegebenen sozialen und wirtschaftlichen Ordnung abzufinden, wählte die Konservativen.
Die Labour Party, auf eine Veränderung der Sozialstruktur bedacht, vertrat einen Teil des Mittelstandes, vorwiegend Gehaltsempfänger, und die breite Masse der Arbeiterschaft. → (1)

Großbritanniens Weg vom Empire zum Commonwealth. Das britische Weltreich war 1918 noch größer geworden. England verwaltete nach Kriegsende auch ehemals deutsche Kolonien (Deutsch-Ostafrika, Deutsch-Südwestafrika) und ehemals türkische Gebiete im Vorderen Orient (Irak, Palästina). Das Empire umfaßte nahezu ein Viertel der Erde. Den 46 Millionen Engländern standen 470 Millionen Menschen in den Kolonialgebieten gegenüber. Großbritannien kontrollierte ein Viertel der Weltschiffahrt und ein Fünftel des Welthandels.
Das Kolonialreich bestand aus *Dominien**, Protektoraten, Kolonien und Mandatsgebieten. 1868 hatten sich die Provinzen Kanadas zum Bundesstaat „Dominion of Canada" zusammengeschlossen, und 1901 bildeten die sechs Einzelstaaten Australiens das „Commonwealth of Australia". 1907 wurde Neuseeland zum Dominion, und 1909 folgte die „Union südafrikanischer Kolonien". 1921 erhielt auch Irland den Status eines Dominions. Die Dominien machten ihre selbständige Innenpolitik, gestützt auf eigene Parlamente und Regierungen, unterhielten jedoch enge Beziehungen zum britischen Mutterland und erkannten den englischen König als Staatsoberhaupt an. Folglich galten sie auch als Verbündete Großbritanniens im Kriegsfall.
Schon vor dem Ersten Weltkrieg trat der Premierminister der Südafrikanischen Union dafür ein, aus den Dominien und Großbritannien ein *Commonwealth** gleichberechtigter Staaten zu bilden. Der Krieg förderte den Prozeß der Umbildung des Empires. Die Regierungschefs der Dominien traten auf Konferenzen gleichberechtigt neben dem britischen Premierminister auf, und sie unterzeichneten selbständig die Friedensverträge. In den Völkerbund traten die Dominien als selbständige Mitglieder ein. Noch bestand das Empire weiter, von dem das Commonwealth nur ein Teil war. → (2) (3)

Indien will unabhängig werden. In der größten Kolonie des Empire stieß die britische Herrschaft am Ende des 19. Jh. zunehmend auf Ablehnung. Der indische „Nationalkongreß" und die „Moslem-Liga" forderten die Selbstregierung des Landes. Im Ersten Weltkrieg stellte Indien 1,3 Millionen Soldaten für England, dafür sollte es Teil des Empire mit eigener Regierung werden. Tatsächlich wurde Indien dann Mitglied des Völkerbundes und unterzeichnete auch die Friedensverträge von Paris, aber den Dominionstatus erhielt es nicht. Die Regierungsgewalt blieb weiterhin in britischer Hand. So nahm die Opposition gegen die Kolonialherrschaft zu, zumal Indien wirtschaftlich von England ausgebeutet wurde. Mahatma Gandhi organisierte den passiven Widerstand (vgl. S. 113). Mit gewaltlosen Massendemonstrationen lehrte er bürgerlichen Ungehorsam. Mehrmals mußte Gandhi ins Gefängnis, doch meistens brachte der Mahatma (der Erhabene) durch Hungerstreik die Briten zum Nachgeben. 1935 schließlich verabschiedete das britische Parlament eine Verfassung für Indien, die den Indern ein Parlament und die republikanische Staatsform brachte. Indien sollte sich weitgehend selbst regieren. Aber das reichte nun nicht mehr aus, um den Nationalismus zufriedenzustellen. 1947 erhielt Indien die volle Unabhängigkeit. → (4)

(1) Demokratie durch Wahlrecht

„Seit 1918 sind in England alle Männer über 21 wahlberechtigt. Zum erstenmal erhielten damals die Frauen – allerdings nur die über 30jährigen – das Wahlrecht. Seit 1928 sind auch Frauen ab 21 Jahren wahlberechtigt ... Trotzdem war 1928 die Gleichheit der Bürger noch nicht hergestellt. Selbständige Geschäftsleute konnten an ihrem Wohnort und im Wahlkreis ihres Geschäftes wählen ... Die Wahl findet immer an einem Werktag statt. Gewählt ist derjenige Kandidat in jedem Wahlkreis, der die relativ meisten Stimmen auf sich vereinigt, egal, ob sein Anteil über oder unter der Hälfte der abgegebenen Stimmen liegt (relatives Mehrheitswahlrecht), egal, wie nahe ihm der nächste Bewerber auf den Fersen blieb.
Beispiel: Vertreter der Partei A erhielt 34%, B 33% und C 32%, dann ist Vertreter A im Wahlkreis der Wahlsieger. Erreichten alle Vertreter der Partei C immer nur den zweiten oder dritten Platz in allen Wahlkreisen, eventuell mit ca. 32% der Stimmen, so zieht kein Vertreter dieser Partei ins Parlament ein, obwohl die Partei insgesamt etwa 30% der Gesamtstimmen erhielt.
Das britische Wahlrecht begünstigt also mit dieser k.o.-Methode die großen Parteien sehr stark ..." (2)

Wahlergebnis der Unterhauswahlen 1924:

	Gesamtzahl der abgegeb. Stimmen	gewählte Abgeordnete	Anteil in v. H. an den abgegeb. Stimmen
Konservative	8 039 598	419	48,3
Liberale	2 928 747	40	17,6
Labour	5 498 077	151	33,0
Kommunisten	55 346	1	0,3
Sonstige	126 511	4	0,8 (3)

(a) Erklärt, was man unter „Mehrheitswahlrecht" versteht. Worin seht ihr seine Vorteile oder Nachteile?

(b) Wie demokratisch war das Wahlrecht in England nach dem Ersten Weltkrieg?

(c) Erklärt, wieso damals die Demokratie in England stabil blieb. Lest dazu den Text S. 75.

(2) Irland, „die älteste britische Kolonie", wird unabhängig

„Seit der Eroberung Irlands durch Heinrich II. von England (1171/72) bestand zwischen beiden Ländern eine enge, aber spannungsreiche Verbindung. Jahrhundertelang widersetzten sich die auf ihre keltische Abstammung stolzen Iren der britischen Herrschaft, aber erst im 20. Jahrhundert führte ihr Kampf um nationale Selbständigkeit zur Entstehung eines unabhängigen irischen Staates. Die sozialen und ökonomischen Ursachen der ‚irischen Frage' waren durch die zögernden liberalen Reformen des 19. Jahrhunderts (Katholikenemanzipation, Landreform) nicht zu beheben gewesen. Im Jahre 1858 entstand die radikale Bewegung der Fenians, deren Ziel die Errichtung einer unabhängigen Republik Irland war; der gemäßigtere Flügel des irischen Nationalismus trat für das Recht auf politische Selbstverwaltung (Home Rule) ein. Als der ‚grünen Insel', die seit 1801 dem ‚Vereinigten Königreich von Großbritannien und Irland' angehört hatte, im Jahre 1914 endlich die Selbstregierung zugestanden wurde, genügte dies zur Beruhigung der Lage längst nicht mehr. Nach dem Osteraufstand von 1916 in Dublin, der von den Briten blutig niedergeschlagen wurde, schwenkte die öffentliche Meinung in Irland zur militanten Freiheitspartei ‚Sinn Fein' (‚Wir selbst') über. Ein aus britischer Sicht illegales irisches Parlament verabschiedete im April 1919 die erste Verfassung. Nach neuen, durch den anhaltenden Widerstand der Untergrundarmee IRA erzwungenen Verhandlungen erhielt Irland 1921 den Status eines Dominions. Die sechs vorwiegend protestantischen Grafschaften Nordirlands blieben Teil des Vereinigten Königreichs." (4)

1937 trat in Irland eine neue Verfassung in Kraft, die 1945 von England anerkannt wurde. Der Staat erhielt 1949 den neuen Namen „Irish Republic", nachdem er zuvor seine Bindung an das Commonwealth offiziell gelöst hatte.

(a) Stellt in einer Skizze die Stufen der irischen Geschichte dar.

(b) Informiert euch über politische Konflikte im heutigen Nordirland und die Rolle der IRA (Gemeinschaftskundebuch, Zeitung).*

Die O' Connells-Brücke in Dublin, wo beim Aufstand 1916 die heftigsten Kämpfe zwischen den irischen Freiheitskämpfern und den englischen Truppen stattfanden.

(3) Das Commonwealth

Aus dem Beschluß der Reichskonferenz 1926:

„Sie [Großbritannien und die Dominien] sind autonome Gemeinschaften innerhalb des britischen Empire, einander gleich im Status, in keiner Weise einer der anderen in irgendeinem Aspekt ihrer inneren oder äußeren Angelegenheiten untergeordnet, obwohl vereinigt durch eine gemeinsame Treue zur Krone und frei assoziiert als Mitglieder des Britischen Commonwealth of Nations." (5) Q

Aus dem Beschluß des britischen Parlaments („Westminster-Statut") 1931:

„Da die Krone das Symbol der freien Vereinigung der Glieder des Commonwealth of Nations ist und da diese geeint sind durch die gemeinsame Treue zur Krone, würde es mit der rechtmäßigen konstitutionellen Position aller Mitglieder des Commonwealth in ihren Beziehungen untereinander übereinstimmen, wenn jede Änderung im Gesetz, die die Thronfolge oder die königlichen Titel berührt, von nun an der Zustimmung sowohl der Parlamente aller Dominien als auch des Parlaments des Vereinigten Königreichs bedarf." (6) Q

(a) Zählt zehn Staaten auf, die dem Commonwealth angehören. Welche Staaten sind aus dem Commonwealth ausgeschieden?

(b) Arbeitet aus den Quellentexten die Grundsätze heraus, nach denen die Beziehungen zwischen Großbritannien und den Dominien geregelt sind.

(c) Versucht, die Bedeutung des Commonwealth (für Großbritannien, für die übrigen Mitglieder) einzuschätzen.

(4) Gandhis Kampf für die Unabhängigkeit Indiens

„In Gandhi sah sich Großbritannien einer rätselhaften unergründlichen Erscheinung gegenüber, deren Macht nicht zu messen war, weil dafür die Maßstäbe nirgendwo zu finden waren. Gandhi war ein erklärter Rebell, der öffentlich die indischen Soldaten zur Desertion, die Beamten zum Verlassen ihrer Posten aufrief, weil es Sünde sei, ‚dieser Regierung zu dienen'. Er war ein Verschwörer, der dem fremden Herrn schriftlich mitteilte, wann und wo er britisches Recht brechen werde. Er führte eine politische Bewegung des Aufruhrs, von der er offen sagte und schrieb, daß sie eine religiöse und streng moralische sei, die ‚mit Bedacht auf den Sturz der Regierung zielt'. Er bekämpfte eine fremde Macht, der er testierte, daß sie das Gute wolle, aber ungewollt das Böse tue. Als er zu sechs Jahren Gefängnis verurteilt wurde, erhob er sich und sagte: ‚Kein Richter hätte ein milderes Urteil fällen können.' Wenn seine Anhänger verhaftet wurden, beglückwünschte er sie. ‚Wir müssen die Tore der Gefäng-

Mahatma Gandhi mit Anhängern in Neu-Delhi.

nisse breiter machen und die Zellen betreten, wie ein Bräutigam das Brautgemach betritt. Nur im Gefängnis kann man für die Freiheit werben und manchmal auch am Galgen.''' (7)

(a) Wer war Mahatma Gandhi? Informiert euch im Lexikon.

(b) Warum war Gandhi der englischen Kolonialmacht letztlich überlegen?

(c) Gandhi vertrat das Prinzip des „Gewaltlosen Widerstands". Von welchen Gruppen wird dieses Prinzip auch heute vertreten? Wie steht ihr dazu?

1. Berichte über die Parteienentwicklung in England.

2. Nenne Unterschiede zwischen einer Kolonie und einem Dominion.

3. Stelle in einem Schaubild die Zusammensetzung des „Commonwealth" dar.

4. Berichte, wodurch Gandhi berühmt wurde.

Commonwealth (englisch = Gemeinwohl): Bezeichnung für den losen Zusammenschluß der ehemaligen Kolonien mit dem englischen Mutterland. Die Mitgliedstaaten sind praktisch souverän, betrachten aber den britischen König bzw. die Königin als Staatsoberhaupt und handeln in ihrer Außenpolitik als Verbündete Englands.

Dominion: Ehemalige weiße Siedlerkolonie Englands, die schrittweise die Unabhängigkeit (mit eigenem Parlament und eigener Regierung) erhielt.

IRA: Irish Republican Army. Radikale irische Untergrundorganisation, die mit Gewaltmaßnahmen (Attentaten usw.) die Bildung einer gesamtirischen Republik (Vereinigung von Nordirland mit der Republik Irland) erzwingen und zugleich die Gesellschaftsordnung in sozialistischem Sinn verändern will.

1921	Irland wird Dominion und Republik
1926/31	Gründung des Commonwealth
1935	Verfassung für Indien

Quellennachweis

(1) Nach: K. D. Bracher: Die Krise Europas. Propyläen Geschichte Europas, Band 6. Frankfurt 1976, S. 107.
(2) H. H. Rass: Großbritannien. Eine politische Landeskunde. Berlin 1969, S. 107 u. 111.
(3) Nach Parker: Das 20. Jahrhundert I, Bd. 34 der Fischer-Weltgeschichte. Frankfurt a. M. 1967, S. 130.
(4) Schmidt Zahlenbilder Nr. 796 110, 1982
(5) Zitiert aus: H. Höpfl: Geschichte Englands und des Commonwealth. Frankfurt 1973, S. 248.
(6) Ebenda, S. 249.
(7) Ebenda, S. 240 f.

Lesetip

L. Fischer: Mahatma Gandhi. Heyne Tb. 12/109 (SB)
Mahatma Gandhi: Mein Leben. Suhrkamp Tb. 953 (Q)
F. Hetmann: Eine schwierige Tochter. Geschichte einer irischen Rebellin. Fischer Tb. 7531 (JB)
J. Schmidt-Liebich: Daten der englischen Geschichte. dtv 3134 (WD)

4.3 Der Aufstieg der USA zur Weltwirtschaftsmacht

Manhattan Harbor. Gemälde von George Grosz (vgl. S. 127).

- Wie wurden die USA zur reichsten Nation der Welt? Was hat den wirtschaftlichen Aufstieg des Landes nach dem Ersten Weltkrieg begünstigt?
- Damals prägten die USA den Lebensstil der modernen Konsumgesellschaft (und sie tun es noch heute) – aber wie?
- Der Wirtschaftsaufstieg der USA führte zur Weltwirtschaftskrise. Wie hat die US-Regierung die Krise bewältigt?

Erst Schuldner, dann Gläubiger Europas. Der Aufstieg der USA zur Weltmacht begann schon um die Jahrhundertwende: Spanien verlor Cuba, Kolumbien mußte das Panamagebiet abtreten, wo ein Satellitenstaat der USA entstand. Die USA bauten dort den Panamakanal, den sie danach auch verwalteten. Alle mittelamerikanischen Staaten gerieten in wirtschaftliche Abhängigkeit von den USA, die sich zur „Schutzmacht" von Nord- und Südamerika erklärten. Aber noch floß mehr Kapital von Europa in die USA als umgekehrt. Erst als sich im Ersten Weltkrieg England und Frankreich auf die Wirtschaft der USA stützten, gewannen sie als Warenlieferant die erste Stelle. Nach dem Krieg steigerten die USA ihre Exporte, jetzt auch in die Länder des Fernen Ostens. Wie mächtig die USA geworden waren, zeigte z. B. die Washingtoner Konferenz über die Abrüstung zur See 1921/22. Hier wurde die Flottenstärke der Großmächte festgelegt, wobei die USA und England (größte Seemacht) gleich stark sein sollten. Die USA sprachen in der Weltpolitik neben England das entscheidende Wort.

Deutschland mußte Reparationen (Kriegsentschädigungen) an England und Frankreich zahlen (vgl. S. 66). Dadurch konnten England und Frankreich ihre Schulden in den USA tilgen. Auf amerikanischen Banken häufte sich Kapital, während die europäische Wirtschaft dringend Geld brauchte. So machten amerikanische Banken ein gutes Geschäft, indem sie Kredite nach Europa vergaben. Allein in Deutschland erhielten Staat und Privatwirtschaft von 1924 bis 1930 Kredite im Wert von 2,6 Milliarden Dollar.

Wirtschaftsblüte und Massenkonsum. In den USA herrschte eine Hochkonjunktur. Viele wirtschafteten auf Pump. „Investieren, Produzieren, Konsumieren" – waren Schlagworte der „Konsumgesellschaft", die dort entstand. 1919 fuhren in den USA 7 Millionen Autos, zehn Jahre später schon 30 Millionen. Highways (Autobahnen) durchschnitten weite, bisher unberührte Gebiete, und überall gab es neue Tankstellen, in den Städten erstmalig Verkehrsregelungen durch Ampeln, in den Haushalten elektrische Geräte, Kühlschränke, Waschmaschinen, Staubsauger, vor allem das Radio. Man kaufte häufig auf Raten, konsumierte jetzt und zahlte später. Die Werbung heizte den Konsum an. Reklameschilder beherrschten das Straßenbild. Eine Sensationspresse befriedigte und förderte mit Bild- und Unterhaltungsgeschichten den Massengeschmack. Lebensmittel wurden billiger, die Vorratshaltung durch Konserven erleichtert. Durch die „Prohibition" wurde der öffentliche Ausschank von Alkohol verboten (1918 bis 1933), doch der Alkoholkonsum nahm dennoch zu, ebenso das Gangsterunwesen. Das Kino eroberte, seit Ende der Zwanziger Jahre der Tonfilm erfunden war, die Städte. Hollywood wurde zur „Traumfabrik" für Millionen und Abermillionen Menschen. In den Kaufhäusern konnte man alles kaufen, vor allem Massenartikel, die den Lebensstil der breiten Schichten bestimmten und immer mehr „standardisierten". → (1)

Durch Frederick W. Taylors Ideen wurde die Betriebsführung in Verwaltung, Handel und Produktion modernisiert. Unzählige Büros und Büroberufe entstanden. Die Schreibmaschine, Buchungs- und Rechenmaschinen setzten sich durch. In den Büros wie im Handel fanden immer mehr Frauen Arbeit. Von 1914 bis 1930 stieg die Zahl der berufstätigen Frauen in den USA von 2 auf 10 Millionen, das waren 22% der Beschäftigten. Zugleich änderte sich die Rolle der Frau in der Gesellschaft. Sie sollte jung, schön, „sexy" erscheinen, z. B. durch Seidenstrümpfe und Bademoden.

Das Bild der amerikanischen Gesellschaft zeigte sich widersprüchlich, attraktiv, dynamisch. Das galt auch für die Kultur. Architekten, Photographen, Maler und Komponisten beschritten ganz neue Wege. Opern und Musicals von George Gershwin oder Cole Porter eroberten das Publikum. Ernest Hemingway und Thornton Wilder schrieben ihre Romane und Kurzgeschichten.

Die große Krise. Den Europäern erschien Amerika wieder als das Land der unbegrenzten Möglichkeiten. Sie sahen nicht die Schattenseiten, z. B. daß die Farmer verarmten, weil die Preise für landwirtschaftliche Produkte fielen. Eine Million Farmer mußten damals ihren Besitz aufgeben. Die Ungleichheit der Einkommen nahm gewaltig zu. 52% der Familien lebten unter dem Existenzminimum, aber 5% verfügten über ein Viertel aller Einkommen.

1928/29 war die Konjunktur überhitzt. Infolge einer zunehmenden Überproduktion lagerten massenhaft unverkäufliche Waren. Die Aktienkurse sanken, bis sie Ende Oktober 1929 endgültig zusammenbrachen. Die USA erlebten ihre schwerste Wirtschaftskrise. Diese griff auf Europa über und wirkte wieder zurück auf Amerika. Fabriken mußten schließen, Banken brachen zusammen. Ein Heer von fast 15 Millionen Arbeitslosen entstand. Jetzt vergrößerte sich die Not der Landbevölkerung, und das Elend in den Großstädten war unbeschreiblich. → (2)

Roosevelt und die New Deal-Gesetze. Im November 1932 wurde der Demokrat Franklin D. Roosevelt mit überwältigender Mehrheit zum Präsidenten gewählt. Er wollte dem amerikanischen Volk ein „New Deal" geben. New Deal bedeutet im Kartenspiel die

Neuverteilung der Karten. Roosevelt wollte also Amerika einen neuen Anfang ermöglichen. Er bekämpfte die Wirtschaftskrise durch Schaffung von Arbeitsplätzen, dies besonders im Wohnungs-, Straßen- und Brückenbau. Ein großes Projekt war die Elektrifizierung des Tennessee-Tales. Der Kongreß ermächtigte Roosevelt zu solchen Maßnahmen, ohne daß deshalb eine Diktatur drohte. Immer wieder warb Roosevelt auf Kundgebungen und im Rundfunk um das Verständnis der Bevölkerung. Er ließ einen freiwilligen Arbeitsdienst aufstellen, in dem Männer für freie Unterkunft und Verpflegung und etwas Geld arbeiteten. Der Dollar wurde abgewertet, um den Export zu erleichtern. Die Zahl der Arbeitslosen ging zurück. → (3)

Auf dem Weg zur Führungsmacht der freien Welt. Die USA fühlten sich als stärkste Wirtschaftsmacht der Welt mitverantwortlich für den Zustand dieser Welt. So brachte Außenminister Kellog 1928 einen Kriegsächtungspakt (*Kellog-Pakt**) der wichtigsten Staaten zustande, und 1932 verkündeten die USA, daß sie keine Vereinbarungen in der Welt anerkennen werden, die mit Gewalt entstanden seien. Der Völkerbund übernahm diesen Grundsatz.
1933 trat in London eine Weltwirtschaftskonferenz zusammen. England und Frankreich wollten die internationale Währungsordnung wieder festigen. Gold sollte die wichtigen Währungen wie vor dem Ersten Weltkrieg decken. Die Wechselkurse sollten nicht länger vom Markt abhängen, d. h. schwanken, sondern amtlich feststehen. Aber die USA waren nicht bereit, sich europäischen Wünschen zu fügen. Im Zweiten Weltkrieg allerdings, zehn Jahre später, schufen sie eine neue Weltwährungsordnung. Jetzt besaßen die USA über 80% der Goldrücklagen der Welt. Der Dollar wurde zur Leitwährung der westlichen Welt. → (4)

(1) Auto und „Wolkenkratzer“ – ein neuer Lebensstil

Durch die Serienfertigung konnten große Stückzahlen zu billigen Preisen gefertigt werden. Zwischen 1908 und 1927 baute allein Ford 10 Millionen seines berühmten „Model T“, ein sparsam ausgestattetes, aber leistungsfähiges Auto. Sein Preis betrug 1924 rund 290 Dollar; das entsprach etwa einem Zehntel des Jahreseinkommens einer Familie. Schon 1914 hatte Ford den 8-Stundentag eingeführt und den Tageslohn von 2,50 auf 5 Dollar erhöht. 1929 wurden in den USA 5,3 Millionen Automobile

Serienproduktion des „Model T“ am Fließband bei Ford.

produziert; drei Viertel davon wurden auf Raten verkauft. Auf fünf Einwohner kam ein Auto, was ungefähr den Verhältnissen in der Bundesrepublik um 1965 entspricht.

„Diese ganze Entwicklung gab wiederum der Bauindustrie ungeahnten Auftrieb. Sie hatte für neue Wohnhäuser in den Vorstädten, für Verbindungsstraßen für den Fernverkehr sowie zwischen den Wohngegenden und den Arbeitsstätten und für neue Fabrik- und Geschäftsbauten zu sorgen. Denn nicht zuletzt waren die zwanziger Jahre die Zeit der repräsentativen Wolkenkratzer. Die hohen Grundstückspreise in den Geschäftszentren vermögen ihre Entstehung nur zum Teil zu erklären. Vielmehr hat man sie wohl zu Recht als Denkmäler einer spezifisch amerikanisch-modernen Baugesinnung mit den europäischen Kathedralen verglichen, die mittelalterlichen Bürgergeist ausdrückten. Die Wolkenkratzer repräsentierten den Geist des Wettbewerbs, der beinahe grenzenlosen Leistungsfähigkeit, des anspruchsvollen Selbstbewußtseins und der aufwendigen Selbstdarstellung einer modernen, reichen und am äußeren Erfolg orientierten Gesellschaft: Jede Stadt, die etwas auf sich hielt, legte sich damals nach dem berühmten Vorbild von New York ihre Silhouette, ihre ‚Skyline' zu. In New York selbst gab es ein spannendes Wettrennen der aus dem Boden schießenden Giganten der modernen Architektur, das 1931 endlich mit dem 371 m hohen Empire State Building beschlossen wurde, in dessen 102 Stockwerken 25 000 Menschen Platz fanden. Außerhalb der Großstädte florierte der Baumarkt besonders in solchen Gegenden, die einer Wohlstandsgesellschaft angenehmen Aufenthalt für Erholung und Alter versprachen, namentlich also California und Florida, wo es zu wilder Grundstücksspekulation kam: Miami vervierfachte seine Größe während der zwanziger Jahre; eine Ausgabe der Miami ‚Daily News' brachte es im Sommer 1925 durch die vielen Grundstücksinserate auf einen Umfang von 504 Seiten!" (1)

(a) Nennt Bedingungen für die Steigerung der Automobilproduktion.

(b) Was hat sich durch die Verbreitung des Autos für die Menschen verändert? Denkt z. B. an die Lage von Arbeitsplatz und Wohnung, an Freizeitgestaltung, Landschaftsbild.

(c) Diskutiert Vor- und Nachteile der damaligen Entwicklung im Städtebau der USA.

(2) War die große Wirtschaftskrise zu vermeiden?

Ein Historiker beschreibt die Entwicklung nach der Wahl des Republikaners Hoover zum Präsidenten der USA 1929:

„Die Kunde, daß Hoover ins Weiße Haus einziehen werde, erzeugte eine Hochkonjunktur an der Börse. Der Durchschnittswert gängiger Papiere schnellte von 117 auf 225. Allein während des Januar 1929 wurden für eine Milliarde Dollar neue Aktien ausgeschrieben. Die Spekulation erreichte ihren Höhenpunkt.

Hungerdemonstration in Philadelphia während der Wirtschaftskrise. Tausende von Arbeitslosen zogen nach Washington, um vom Kongreß eine Arbeitslosenunterstützung zu fordern.

Und doch war alles Lug und Trug. Die Nation lebte vom Kredit. Während sich ihr Lohnindex [statistische Meßziffer] seit 1923 nur um zwölf Prozent, die Spekulationsgewinne dagegen um 310 Prozent gesteigert hatten, betrug die Gesamtschuldensumme rund 150 Millionen Dollar. Dabei wurden weiter Abzahlungsgeschäfte und Anleihen beansprucht. Dabei schrumpfte der Außenhandel. Dabei konnten die Kriegsschulden nicht eingetrieben werden. Dabei lag die Landwirtschaft hoffnungslos darnieder, und 1,5 Millionen Menschen waren dauernd arbeitslos.
Am 29. Oktober folgte der Zusammenbruch ... Über fünftausend Banken schlossen ihre Schalter. Millionen verloren alle Ersparnisse, Hypotheken verfielen, Grundstücke wurden wertlos, zahllose Firmen machten bankrott. Die Drosselung der Kaufkraft zwang Fabriken, ihre Produktion einzuschränken, Gehälter und Löhne zu kürzen, Arbeiter zu entlassen. Der Außenhandel sank von neun auf drei Milliarden." (2)

Ein Wirtschaftswissenschaftler vertritt die Auffassung:

„... Der Ausbruch der Weltwirtschaftskrise von 1929 ist durch eine ganze Reihe von Ursachen bedingt und durch fehlerhafte Maßnahmen zu ihrer Überwindung, wie insbesondere die Deflationspolitik (vgl. S. 131), weiter verschärft worden. Nach der heute herrschenden Auffassung muß aber doch wohl als der entscheidende Grund der Zusammenbrüche der Volkswirtschaften das Zurückbleiben der Massenkaufkraft gegenüber den in den Jahren der Hochkonjunktur stark erweiterten Produktionsmöglichkeiten gelten. Die Krise wurde überwunden, als sich die

Welt-Industrieproduktion 1929–1932 (Durchschnitt 1929 = 100):

Jahr	Welt mit UdSSR	Welt ohne UdSSR	USA	Deutschland	Frankreich	England	Japan	Italien
1929	100,0	100,0	100,0	100,0	100,0	100,0	100,0	100,0
1930	88,6	86,5	80,7	85,9	99,1	92,3	94,8	91,9
1931	79,1	74,8	68,1	67,6	86,1	83,8	91,6	77,6
1932	69,8	63,8	53,8	53,3	71,6	83,5	97,8	66,9

deutsche und die amerikanische Regierung dazu entschlossen, das Defizit an Nachfrage durch die Einleitung großer öffentlicher Arbeitsbeschaffungsmaßnahmen auszugleichen ..." (3)

(a) Stellt Ursachen der Wirtschaftskrise zusammen und versucht, ihre Bedeutung abzuschätzen.

(b) Vergleicht die Angaben der Tabelle und erklärt, inwiefern man von einer „Weltwirtschaftskrise" sprechen konnte.

(c) Erörtert anhand der Texte, welche Möglichkeiten und Maßnahmen eine Wirtschaftskrise verhindern oder überwinden können.

(3) **Was bedeutet „New Deal"?**

„Die New-Deal-Gesetze kurbelten die Wirtschaft durch Staatsaufträge schrittweise an und beseitigten allmählich die größte Not in diesem mit reichsten Naturschätzen ausgestatteten Land. Gesetze führten ferner eine staatliche Überwachung der Banken und Börsen ein. Sie sorgten für den Farmer, ... regelten die Arbeitszeit (40-Stunden-Woche) und garantierten Mindestlöhne für den Arbeiter ... Schließlich ist das Tennessee-Tal-Projekt (T. V. A.) zu nennen: Es ist der erste geglückte Versuch, die Rechte der Einzelstaaten zugunsten eines gemeinsamen Entwicklungsplanes einzuschränken. Ein über sieben Einzelstaaten stehendes Amt bekam die Vollmacht, Pläne zu verwirklichen, die das Notstandsgebiet des gesamten Tennessee-Einzugsbereichs in eine wirtschaftlich blühende Landschaft verwandelten. Staudämme wurden gebaut und damit den Überschwemmungskatastrophen entgegengetreten und Strom für neue Industrien erzeugt. Kanalbauten förderten den Handel, Erholungsgebiete den Fremdenverkehr. Die fortgeschrittene Bodenzerstörung wurde erfolgreich bekämpft. Dieses T. V. A.-Projekt fand international Beachtung und Nachahmung. Inzwischen sind im trockeneren Westen der USA ähnliche Projekte verwirklicht." (4)

Roosevelt in seiner Antrittsrede am 4. 3. 1933:

„Unsere vordringliche Aufgabe ist es, der Bevölkerung Arbeit zu geben. Das ist kein unlösbares Problem, wenn wir es klug und mutig anpacken. Es kann durchgeführt werden, zum Teil durch direkten, von der Regierung gelenkten Arbeitseinsatz, wobei wir die Aufgabe behandeln werden wie den Ausbruch eines Krieges, aber zugleich mit diesen Arbeitsaufträgen dringende Projekte ausführen, die den Verbrauch unserer natürlichen Schätze anregen und umgestalten ...

Ich werde den Kongreß um das eine dauernde Mittel bitten, um der Krise zu begegnen – breite exekutive Gewalt, um Krieg gegen den Notstand zu führen, in dem Ausmaß, wie sie mir gegeben würde, wenn ein Feind in unser Land eingefallen wäre. Wir haben den Glauben an die Zukunft echter Demokratie nicht verloren. Das Volk der Vereinigten Staaten hat nicht versagt ... Es hat Disziplin und Führung gefordert. Es hat mich zum gegenwärtigen Instrument seiner Wünsche gemacht. Im Sinne dieses Auftrages übernehme ich die Führung.
In dieser Hingabe einer Nation erbitten wir demütig den Segen Gottes. Möge er jeden und alle von uns schützen. Möge er mich leiten in kommenden Tagen." (5) Q

(a) Erklärt, wie mit dem „New Deal" die Wirtschaftskrise überwunden wurde.

(b) Erörtert die Frage, inwiefern die New-Deal-Gesetze die politischen Verhältnisse (Einfluß des Staates auf Wirtschaft und Gesellschaft, Stellung des Bundes gegenüber den Einzelstaaten usw.) veränderten.

Franklin Delano Roosevelt bei seinem Amtsantritt am 4. März 1933.

(c) Könnte der New Deal ein Rezept zur Bewältigung moderner Krisen (z. B. Umwelt-, Beschäftigungskrise) sein? Sprecht darüber!

(4) Roosevelt und der Weltfriede

Aus der „Quarantäne-Rede" Präsident F. D. Roosevelts (1937, Auszug):

„Friede, Freiheit und Sicherheit für neunzig Prozent der Weltbevölkerung werden durch die restlichen zehn Prozent bedroht, die drauf und dran sind, die gesamte internationale Rechtsordnung zu zerschlagen. Die neunzig Prozent, die in Frieden leben wollen, im Einklang mit Gesetzen und moralischen Prinzipien, die im Laufe der Jahrhunderte fast allgemeine Geltung erlangt haben, können und müssen einen Weg finden, um ihren Willen durchzusetzen. Es scheint leider zuzutreffen, daß die Epidemie der allgemeinen Gesetzlosigkeit immer mehr um sich greift. Wenn eine ansteckende Krankheit sich zu verbreiten beginnt, verordnet die Gemeinschaft eine Isolierung der Patienten, um die eigene Gesundheit vor der Epidemie zu schützen." (6) Q

(a) Erläutert die Rede (vgl. S. 92 u. 172).

(b) Vergleicht Roosevelts Worte mit denen Wilsons S. 70.

(c) Wie lange blieb der Frieden in der Welt in den Jahren nach dieser Rede erhalten?

1. Was sagt dir die Tabelle über die USA als Gläubigerland nach dem Ersten Weltkrieg?

Europäische Kriegsschulden an die USA (in Auswahl, Stand 1920):

Frankreich	$ 3 404 818 945
Großbritannien	$ 4 277 000 000
Italien	$ 1 648 034 050
Österreich	$ 24 055 708
Polen	$ 159 666 972
Rußland	$ 192 601 297

2. Erläutere anhand folgender Stichworte, was man unter „Konsumgesellschaft" verstehen kann: Automobil – Kaufhäuser – Ratenkäufe – Waschmaschine – Kino – Bildzeitung – Konserven – Serienproduktion.

3. Nenne einzelne Aspekte zu folgenden Phasen der Wirtschaftskrise in den USA:
– Ursachen und Entstehung
– Ausbruch und Auswirkung
– Überwindung

4. Worauf läßt sich die heutige Führungsrolle der USA in der (westlichen) Welt nach deiner Meinung zurückführen?

Fließband: Förderbänder bringen alle erforderlichen Einzelteile zu einem Montageband, auf dem das fertige Produkt zusammengesetzt wird. Der einzelne Arbeiter hat nur wenige Handgriffe des Fertigungsvorganges zu tun, die sich stets wiederholen. Das beschleunigt und verbilligt die Produktion, kann Arbeitsvorgänge erleichtern, aber auch monoton machen.

Kellog-Pakt: Völkerrechtlicher Vertrag, mit dem der Krieg als Mittel zur Lösung internationaler Streitfälle verurteilt wird, vom amerikanischen Außenminister Kellog 1928 angeregt und nach ihm benannt. Insgesamt 63 Staaten waren beigetreten. Der Vertrag enthielt keine Bestimmungen über Maßnahmen gegen mögliche Aggressoren.

1919	Die USA lehnen den Versailler Vertrag und den Beitritt zum Völkerbund ab
1928	Kellog-Pakt
25. 10. 1929	Zusammenbruch der Börse, Weltwirtschaftskrise beginnt
1933	Beginn des New Deal
1933–1945	Franklin D. Roosevelt Präsident der USA

Quellennachweis

(1) E. Angermann: Die Vereinigten Staaten von Amerika. dtv Weltgeschichte des 20. Jh., Bd. 7. München 1966, S. 84 f.
(2) Dahms: Geschichte der Vereinigten Staaten. S. 463 f.
(3) Nöll von der Nahmer: Weltwirtschaft und Weltwirtschaftskrise, in: Propyläen Weltgeschichte, Bd. 9, a. a. O., S. 384.
(4) Informationen zur politischen Bildung 156: Die Vereinigten Staaten von Amerika. Bonn 1973, S. 14.
(5) Zitiert nach E. Krautkrämer/F. Tent: Die Vereinigten Staaten von Amerika. Diesterweg 7558, S. 85.
(6) Zitiert aus: USA – Ploetz. Würzburg 1976, S. 143.

Lesetip

D. Junker: Franklin D. Roosevelt. Musterschmid, Pers. u. Gesch. 105/106 (WD)
G. Schomaekers: Daten zur Geschichte der USA. dtv 3249 (WD)
USA-Ploetz. Geschichte der Vereinigten Staaten zum Nachschlagen. Freiburg/Würzburg 1985 (SB)

4.4 Italien: Faschismus gegen Bolschewismus und Demokratie

Der „Marsch auf Rom". Zweiter von links Mussolini, neben ihm die beiden späteren Marschälle Balbo (links) und de Bono (ganz rechts). Mussolinis Begleiter tragen die Uniform der Faschistischen Partei (Schwarzhemden).

Harry Graf Kessler, ein deutscher Diplomat, in seinem Tagebuch (29. 10. 1922):

„Die Faschisten haben durch einen Staatsstreich die Gewalt an sich gerissen in Italien. Wenn sie sie behalten, so ist das ein geschichtliches Ereignis, das nicht bloß für Italien, sondern auch für ganz Europa unabsehbare Folgen haben kann. Der erste Zug im siegreichen Vormarsch der Gegenrevolution.
Hier kommt ganz offen eine antidemokratische, imperialistische Regierungsform wieder zur Macht. In einem gewissen Sinne kann man Mussolinis Staatsstreich mit dem Lenins im Oktober 1917 vergleichen, natürlich als Gegenbild. Vielleicht leitet er eine Periode neuer europäischer Wirren und Kriege ein." (1) Q

- Der Faschismus als „Gegenrevolution": Was heißt das? Warum bekämpften Faschisten den Bolschewismus und die westliche Demokratie?
- Wie kam der Faschistenführer Mussolini an die Macht?
- Womit bot sich der Faschismus Italiens anderen Ländern als Vorbild an?

Die Sozialisten werden stark. Nach dem Krieg war auch in Italien die Wirtschaft zerrüttet; die Preise stiegen, die Währung zerfiel. Viele Arbeiter und heimkehrende Soldaten ließen sich von sozialistischen Ideen überzeugen. Bauern begannen, die Güter großer Grundherren aufzuteilen. In den Städten des Nordens besetzten Arbeiter Fabriken, räumten sie jedoch wieder, als Rohstofflieferungen und Lohnzahlungen ausblieben. In Mailand und Turin entstand eine „Rote Garde". Die Novemberwahlen 1919 brachten den Sozialisten ein Drittel der Parlamentssitze, sie stellten die stärkste Fraktion. Ende 1920 herrschten sie in einem Viertel der Gemeinden und in 25 von 69 Provinzen; am stärksten waren sie im industriellen Norden. Ein Parteikongreß beschloß 1919 den Anschluß an die Kommunistische Internationale. Sollte auch Italien eine „proletarische Revolution" erleben? Viele Parteimitglieder lehnten die Komintern ab, in der Folge spaltete sich die Arbeiterbewegung in Sozialisten und Kommunisten.

Aufstieg der Faschisten. Schon während des Krieges waren in italienischen Städten Kampfbünde gegründet worden, die eine nationalistische Propaganda betrieben. Sie nannten sich „Fasci" (daher der Name *„Faschisten"**). Nach dem Krieg schlossen sich entlassene Offiziere und Soldaten den „Fasci" an. Im Frühjahr 1919 gründete Benito Mussolini (1883–1945) – ehemals Lehrer, dann Journalist und Weltkriegsoffizier – in Mailand die „Fasci di Combattimento", eine Kampforganisation, die dadurch besonders schlagkräftig wurde, daß sie sich mit einer Elitetruppe der italienischen Kriegsarmee verband. Mussolinis „Fasci" forderten ein italienisches Großreich. Ihr Programm enthielt aber auch sozialistische Forderungen. Der Kampf, sagte Mussolini, richte sich gegen den Kommunismus und gegen die Friedensverträge. Diese hatten Italien nur kleine Gebietsgewinne gebracht. Die italienischen Nationalisten waren erbittert darüber, daß die Alliierten die Westküste der Adria mit Dalmatien an Jugoslawien gaben. In der Stadt Fiume errichtete der italienische Dichter D'Annunzio mit seinen Anhängern im September 1919 das erste faschistische Regime. Seine „Legionäre" trugen schwarze Hemden, gezeichnet mit einem Totenkopf und gekreuzten Knochen, und sie grüßten in „römischer Art" mit dem erhobenen rechten Arm. Mussolini ahmte des Dichters Pose und demagogische Redekunst nach. → (1)

Die Faschisten erhielten Unterstützung aus dem Besitzbürgertum und den Mittelschichten. Vor allem Fabrikanten und Großgrundbesitzer, aber auch viele Ladenbesitzer und Zwischenhändler fühlten sich von den Sozialisten bedroht. Sie wollten eine starke Regierung, die den Sozialismus niederhielt. Einige Mitglieder der Regierung sympatisierten mit der faschistischen Bewegung, deren Stoßtrupps jetzt Konsumgenossenschaften, Gewerkschaftshäuser, Gemeindeverwaltungen und sozialistische Parteibüros terrorisierten. Nach den Maiwahlen 1921 erhielten die Faschisten 35 Sitze im Parlament. Ihnen standen jedoch über 450 Abgeordnete der sozialistischen und bürgerlichen Parteien gegenüber.

Der „Marsch auf Rom". In immer mehr Städten wütete der Terror der Schwarzhemden. Im August 1922 riefen die Sozialisten den Generalstreik aus, um eine Machtergreifung der Faschisten zu verhindern. Nun bildete Mussolini, der sich jetzt „Duce" (Führer) nennen ließ, eine Privatarmee (*Miliz**) aus den Stoßtrupps der Partei. Dann erklärte er, die Monarchie vor der sozialistischen Revolution retten zu wollen. Damit brachte er den König und einflußreiche Generäle hinter sich. Er forderte, die Faschisten an der Regierung zu beteiligen. Um der Forderung Nachdruck zu verleihen, sollte die Miliz nach Rom marschieren. Als die Regierung den Belagerungszustand der Hauptstadt ausrief, weigerte sich der König, die Verordnung zu unterzeichnen, und beschloß statt dessen die Bildung einer neuen Regierung mit Beteiligung der Faschisten.

Mussolini forderte für sich den Posten des Ministerpräsidenten. In Telegrammen an den König unterstützten der Unternehmerverband, der Wirtschaftsverband und die Bankiersvereinigung die Forderung. Der König gab nach. Am Morgen des 30. Oktober traf Mussolini in Rom ein. Der Einzug der Miliz folgte. König und Duce nahmen gemeinsam den Vorbeimarsch der Schwarzhemden ab. Mussolini beteiligte zwar die bürgerlichen Parteien an der Regierung, aber als Ministerpräsident, als Außen- und Innenminister sowie als Chef der Miliz bestimmte er selbst die Politik. → (2)

Faschistische Mehrheit und Ausschaltung der Opposition. In den folgenden Monaten betrieb Mussolini die volle Machtergreifung. Er machte seine Miliz zu einem Organ des Staates, auch vom Staat besoldet. Die Monarchie blieb erhalten. Neben das Parlament trat der faschistische „Großrat", der die wesentlichen politischen Entscheidungen traf. Ein neues Wahlgesetz bestimmte, daß die Partei, die 25% der Stimmen erhielt, zwei Drittel der Abgeordneten stellte. Es hätte des Gesetzes nicht bedurft, denn die Wahlen von 1924 brachten den Faschisten im „Nationalen Block" 60% der Stimmen. Das war nicht nur auf das Bürgertum zurückzuführen, das sich vor dem Sozialismus gerettet fühlte. Im Süden wählte die Bevölkerung der verarmten Gebiete die Faschisten, weil sie sich eine bessere Zukunft erhoffte.

Nach dem Zusammentritt des neuen Parlaments regte sich eine sozialistische Opposition. Der Abgeordnete Matteotti forderte die Ungültigkeitserklärung der Wahlen und die Wiederherstellung der politischen Freiheit. Er wurde von Mitgliedern einer Terrorbande ermordet, die sich „Tscheka" (nach dem Vorbild der russischen Geheimpolizei) nannte. Sie erhielt ihre Weisungen von Mussolini oder dem Polizeichef General de Bono. Der Mord löste in weiten Kreisen der Bevölkerung, selbst bei Faschisten, Entrüstung aus. Die Parteiführung reagierte mit einer neuen Terrorwelle.

Die Macht des Duce blieb unerschüttert. Er besaß die Unterstützung des Königs, der Kirche, der Industrie und der Banken, die ein Wiederaufleben des Sozialismus fürchteten. Eine „Säuberung" der Partei von „unzuverlässigen" Personen folgte. Die Pressefreiheit wurde aufgehoben. 1926 wurden alle oppositionellen Parteien und Organisationen aufgelöst. Das „Gesetz zur Verteidigung des Staates" verbot die Verbreitung oppositioneller Meinungen. Ein Sondergerichtshof verfolgte „antifaschistische Umtriebe". Gegen seine Urteile gab es keine Rechtsmittel. Die Richter waren linientreue Faschisten ohne juristische Vorbildung. Viele Gegner des Regimes mußten auswandern, andere wurden nach kleinen, abgelegenen Inseln deportiert. → (3)

Die Macht ist gesichert. Auf die Wirtschaft nahm der Staat starken Einfluß. Die Arbeitnehmer wurden in großen, staatlich organisierten und geleiteten Verbänden der einzelnen Berufsschichten (*Syndikaten**) zusammengefaßt. Die Gewerkschaften wurden ebenso zerschlagen wie die Unternehmerverbände. Vier Jahre nach dem Marsch auf Rom war die faschistische Herrschaft gesichert. Die wesentlichen Befugnisse des Parlamentes gingen endgültig auf den faschistischen „Großrat" über. Nach seinem Vorschlag hatte der König den Ministerpräsidenten zu ernennen oder zu entlassen.

Die Macht des faschistischen Staates gründete auf mehreren Säulen: der staatlichen Verwaltung, der Polizei und der Armee, ferner auf der faschistischen Staatspartei und schließlich auf den Syndikaten. Eine Jugendorganisation sollte die faschistische Erziehung gewährleisten. Der „Balilla" für die 8–14jährigen schloß sich die „Avantguardia" für die 14–18jährigen an. Nach einem zweijährigen Dienst bei den „Jungfaschisten" folgte die Aufnahme in die Partei oder die Miliz.

Mit der katholischen Kirche schloß Mussolini 1929 einen Vertrag, der die Unabhängigkeit des Vatikanstaates gewährleistete. Dieser „Lateranvertrag" sicherte den Faschisten die Loyalität der Katholiken Italiens.

Der Faschismus gewann die Masse der Bevölkerung vor allem auch deshalb, weil das Land tatsächlich einen wirtschaftlichen Aufschwung erlebte. Große Projekte wie die Trockenlegung der Pontinischen Sümpfe, der Ausbau des Straßennetzes, die Errichtung von Wasserkraftwerken und der Ausbau neuer Städte verringerten die Zahl der Arbeitslosen. Steuererleichterungen für Kinderreiche sollten den Bevölkerungszuwachs fördern. Die Armee wurde vergrößert und modernisiert, ein Flottenprogramm in Angriff genommen. Die Rüstungsindustrie lief bald auf Hochtouren. Anfang der dreißiger Jahre besaß Italien neben Frankreich die stärkste Luftwaffe auf dem Kontinent. Nach dem Willen des Duce sollte Italien eine Weltmacht werden.

(1) Wie traten die Faschisten auf?

Die zehn Gebote des Milizsoldaten:

„1. Der Faschist, besonders der Milizsoldat, darf nicht an einen ewigen Frieden glauben.
2. Strafen sind immer verdient.
3. Auch der Wachtposten vor einem Benzinfaß dient dem Vaterland.
4. Der Kamerad ist dein Bruder: 1. weil er mit dir lebt, 2. weil er denkt und fühlt wie du.
5. Gewehr und Patronentasche sollen nicht während der Ruhezeit vernachlässigt, sondern für den Krieg bereit gehalten werden.
6. Sage niemals: die Regierung zahlt's; denn du selbst bist es, der zahlt, und die Regierung hast du selbst gewollt und du trägst ihre Uniform.
7. Gehorsam ist der Gott der Heere; ohne ihn ist kein Soldat denkbar, wohl aber Unordnung und Niederlagen.
8. Mussolini hat immer Recht.
9. Der Freiwillige hat keine Vorrechte, wenn er nicht gehorcht.
10. Eines muß dir über allem stehen: das Leben des Duce." (2) Q

(a) Erklärt am Bild S. 85 das Auftreten der Faschisten.

(b) Was sagen die „Zehn Gebote des Milizsoldaten" aus?

(c) Diskutiert über faschistische Grundsätze, die in den „Zehn Geboten" stecken.

(2) Der Duce und sein Programm

Aus einer Rede Mussolinis in Neapel am 24. 10. 1922:

„Die Politiker fragen uns, was wir wollten. Wir haben sehr klar geantwortet: Auflösung der Kammer, Wahlreform und Neuwahlen in kürzester Frist ... Genauer: wir verlangen das Außenministerium, das Kriegs-, Marine- und Arbeitsministerium und das Ministerium für öffentliche Arbeiten. Ich bin sicher, daß niemand von Euch diese Forderungen für übermäßig halten wird ... Wir Faschisten wollen nicht durch die Hintertür an die Macht gelangen ...
Wir haben unseren Mythos geschaffen. Der Mythos ist ein Glaube, eine Leidenschaft; es ist nicht notwendig, daß er Wirklichkeit ist. Er ist insofern wirklich, als er ein Ansporn ist, eine Hoffnung, ein Glaube, Mut. Unser Mythos ist die Nation, die Größe der Nation! Und diesen Mythos, diese Größe wollen wir in vollkommene Wirklichkeit verwandeln, ihr ordnen wir alles andere unter." (3) Q

In einer Schrift über die „Doktrin des Faschismus" schreibt Mussolini 1932:

„Alles in allem: der Faschismus ist nicht nur Gesetzgeber und Gründer von Einrichtungen, sondern Erzieher und Förderer des geistigen Lebens. Er will nicht die Formen des menschlichen Lebens, sondern seinen Inhalt, den Menschen, den Charakter, den Glauben neu schaffen. Und zu diesem Zwecke fordert er Zucht und Führung, die in die Geister eindringt und darin unbestritten herrscht. Sein Zeichen ist daher das Rutenbündel, das Symbol der Einheit, der Kraft und der Gerechtigkeit.
Gegen Pazifismus: Kampf und Leben sollen sein. Losgelöst von der Betrachtung der gegenwärtigen Politik, glaubt der Faschismus nicht an die Möglichkeit noch an die Nützlichkeit des ewigen Friedens. Er lehnt daher jede Politik, die einen Verzicht auf Kampf bedeutet, als Feigheit ab. Der Kampf allein bringt die menschliche Willenskraft auf die höchste Spannung, verleiht ihren Trägern die Würde des Adels. ..." (4) Q

(a) Arbeitet die konkreten und die ideologischen Ziele des Faschismus heraus, die in den Texten genannt sind.

(b) Inwiefern kann man von einem „religiösen Charakter" des Faschismus sprechen?

(3) Was heißt „Faschismus"?

Der deutsche Historiker Arthur Rosenberg 1934:

„1922 war der Faschismus zu der großen Einheitsfront aller aktiven, bürgerlichen und antisozialistischen Kräfte des Landes geworden. Hinter Mussolini standen die Kapitalisten, die Mittelklassen, die Intellektuellen; mit gemischten Gefühlen die Gutsbesitzer, ein erheblicher Teil der Arbeitslosen, die in den Stoßtrupps Erwerb und Betätigung gefunden hatten, und auch einzelne Arbeitergruppen. Die sozialistischen und kommunistischen Organisationen waren zertrümmert, die alten bürgerlichen Parteien in schneller Auflösung begriffen. Der Staatsapparat hatte sich längst daran gewöhnt, in Mussolini den nationalen Führer zu sehen, weder das Militär noch die Polizei dachten ernstlich daran, gegen den Faschismus zu kämpfen. Auch das italienische Königtum erkannte allmählich, daß die liberal-feudale Periode vorüber war, und machte noch rechtzeitig seinen Frieden mit Mussolini ..." (5) Q

Definition des Faschismus durch die Komintern (1924):

„Der Faschismus ist eine der klassischen Formen der Konterrevolution in der Verfallsepoche der kapitalistischen Gesellschaftsordnung, in der Epoche der proletarischen Revolution, im besonderen dort, wo das Proletariat den Machtkampf aufgenommen, aber weil es ihm an revolutionärer Erfahrung mangelt und weil keine führende revolutionäre Klassenpartei da ist, nicht verstanden hat, die proletarische Revolution zu organisieren und die Erhebung der Massen bis zur Errichtung der proletarischen Diktatur zu steigern. Der Faschismus ist das Kampfinstrument der Großbourgeoisie gegen das Proletariat, zu dessen Niederwurf die legalen staatlichen Machtmittel nicht mehr ausreichen; er ist das außerlegale Kampfmittel der Großbourgeoisie zur Aufrichtung und Festigung ihrer Diktatur. Aber seiner sozialen Struktur nach ist der Faschismus eine kleinbürgerliche Bewegung." (6) Q

Definition im Taschenhandbuch zur Geschichte, 1979:

„Der Faschismus ist in erster Linie nicht durch eigene Gedanken, sondern durch seine Anti-Haltung bestimmt: Er ist antimarxistisch, antidemokratisch, antiparlamentarisch, antiliberal, antisemitisch. Er verfolgt nationalistische und imperialistische Ziele. Der autoritär oder totalitär gelenkte Einheitsstaat wird getragen von der das ganze öffentliche Leben durchdringenden faschistischen Partei. Durch den Zusammenschluß von Unternehmern und Arbeitnehmern in von Staat und Partei gelenkten Verbänden, Kooperationen, wurde jede Interessenvertretung verhindert, die nicht den Zielen von Partei und Staat entspricht. Disziplin, Unterordnung, Hingabe an den Staat und Verherrlichung der Gewalt werden vom Bürger verlangt. Die faschistischen Bewegungen wurden vornehmlich von Mittelstand und Kleinbürgertum gestützt." (7)

(a) Arbeitet in Stichworten heraus, wie die drei Texte jeweils den Faschismus kennzeichnen.

(b) Welche Aussagen stimmen überein, in welchen Aussagen unterscheiden sich die Texte?

(c) Belegt einzelne Aussagen der Texte über den Faschismus mit konkreten Maßnahmen der Faschisten in Italien.

1. *Ein Italiener (G. Zibordi) bezeichnete den Faschismus 1922 als „eine Konterrevolution des eigentlichen Bürgertums gegen eine ‚rote' Revolution". Was ist damit gemeint?*

2. *Erkläre, wie es 1924 zu folgender Zusammensetzung des Parlaments in Italien kam:*

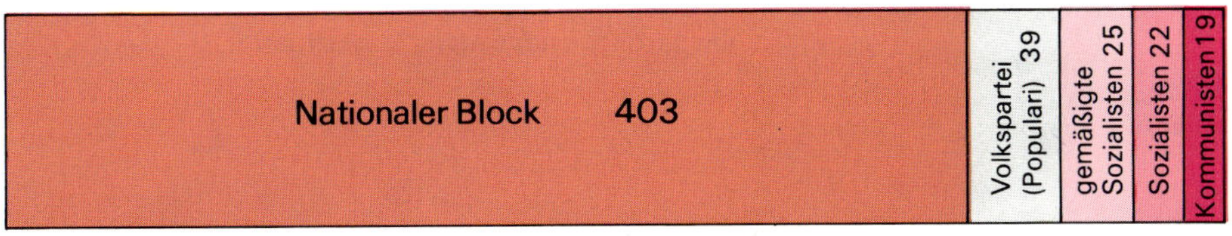

3. *Berichte über die Zerstörung der Demokratie und des Rechtsstaates durch die Faschisten in Italien.*

4. *Erläutere das „Symbol" der Faschisten:*

Faschismus: Von „Fasci", abgeleitet von lateinisch fasces = Rutenbündel (den von Liktoren getragenen Abzeichen der Konsuln in der römischen Republik). Sie symbolisieren die vereinigte und ungeteilte Gewalt, zugleich sind sie Sinnbild für den kämpferischen Charakter und den weltweiten Machtanspruch der Bewegung. Nach den „fasci" genannten Kampfverbänden ist die Partei der „Faschisten" benannt. Die Bezeichnung wird auf ähnliche Bewegungen in anderen Ländern, besonders den deutschen Nationalsozialismus übertragen.

Miliz: Von lat. militia = Militärdienst. Im Unterschied zur Berufsarmee oder dem „stehenden Heer" eine Truppe, die entweder aus freiwilligen Bürgern („Bürgerwehr") oder Soldaten, die sich einem Kommandeur unterstellen, besteht. In der Schweiz das heute bestehende Militärsystem mit kurzen, regelmäßig wiederkehrenden Dienstzeiten.

Syndikat: Zusammenschluß von Arbeitgebern und Arbeitnehmern einer bestimmten Berufsgruppe in einem Verband zur einvernehmlichen Regelung gegensätzlicher Interessen. Nicht zu verwechseln mit „Syndikalismus", einer Sonderform der Arbeiterbewegung, die sich gegen politische Organisation der Arbeiter in einer Partei wendet.

1919	Gründung der „Fasci di Combattimento" durch Mussolini
1920	Terroraktionen der faschistischen Stoßtrupps
1922	Marsch auf Rom, Mussolini Regierungschef
1925	Verfolgung der Opposition
1929	Lateranvertrag

Quellennachweis

(1) H. Graf Kessler: Tagebücher 1918–1937. Frankfurt 1961, S. 343.

(2) I. Balbo: Der Marsch auf Rom. Tagebuch der Revolution 1922. Zitiert nach: Geschichte in Quellen Bd. V, München S. 153.

(3) B. Mussolini: Schriften und Reden I, Zürich 1935; zitiert aus: W. Kampmann: Der Faschismus in Italien. Klett 4226, S. 22 f.

(4) B. Mussolini: Der Faschismus. München 1935; zitiert aus W. Kampmann, a. a. O., S. 19.

(5) Politische Texte: Faschismus und Kapitalismus. Hrsg. v. W. Abendroth u. a. Frankfurt 1967, S. 112.

(6) Zitiert aus W. Kampmann, a. a. O., S. 73 f.

(7) E. Görlitz: Taschenhandbuch zur Geschichte. Paderborn 1979, S. 142 f.

Lesetip

G. de Luno: Benito Mussolini. Rowohlt Bildmonographie 270 (SB)

4.5 Revolution und Expansion im Fernen Osten

Sun Yat-sen, der „Vater der Chinesischen Revolution", geb. 1866, lebte als Arzt seit 1895 im Exil, organisierte seit 1898 in Japan eine radikale Reformbewegung zur Erneuerung Chinas. 1911 wurde er nach dem Sturz der Mandschu-Dynastie Präsident der ersten „Provisorischen Regierung" Chinas. Er gründete die chinesische Nationale Volkspartei „Kuomintang", starb 1925.

Tschiang Kai-schek, geb. 1887, unterstützte als General seit 1911 Sun Yat-sen und wurde 1925 sein Nachfolger als Führer der Kuomintang. Bekämpfte die Kommunisten in China bis zum japanischen Angriff 1937. Den Vormarsch der Japaner konnte er erst mit Hilfe der USA aufhalten. Nach dem Sieg der Kommunisten in China 1949 floh Tschiang nach Formosa („Nationalchina"), wo er bis zu seinem Tod 1975 regierte.

- Wie und warum wurde der Kaiser von China gestürzt?
- Was hat der „Vater der chinesischen Revolution", Sun Yat-sen, gewollt, was hat er erreicht?
- Wie hat der Inselstaat Japan versucht, seine Macht auszudehnen?

Kaiserliche Herrschaft – nationale Opposition. In China regierte seit 1644 die Mandschu-Dynastie. Der Staat war nach der von Konfuzius († 478) begründeten Staatsreligion geordnet, nichts sollte sich ändern. Die Masse der Bevölkerung lebte in Armut, ausgenutzt von der kleinen Schicht des Landadels und der Beamten. Und die Bevölkerung nahm ungeheuer zu, was die wirtschaftlichen Schwierigkeiten vergrößerte und die sozialen Gegensätze verschärfte. Von den europäischen Mächten wurde China wie ein riesiges Kolonialgebiet behandelt. Aber die Europäer verbreiteten auch westliche Ideen. Viele Chinesen – vor allem solche, die im Ausland studiert hatten, aber auch Bewohner der großen Hafenstädte – begriffen die Rückständigkeit des Landes. Das Mandschu-Regime in Peking schien zu keinen Reformen fähig. Es lastete wie eine Fremdherrschaft auf dem Volk. Revolutionäre Bewegungen entstanden, es kam zu Aufständen, die meist von Südchina ausgingen. Zunächst konnte sich die kaiserliche Staatsmacht jedoch halten. Aber sie stützte sich, je mehr die chinesische Wirtschaft vom Ausland abhing, zunehmend auf die ausländischen Mächte. Die Unzufriedenheit wuchs – selbst in der Armee, die von westlichen Militärs ausgebildet wurde. → (1)

Die Revolution von 1911. Immer häufiger versuchten oppositionelle Gruppen zu putschen. 1905 gründeten geflohene Revolutionäre in Tokio den ,,chinesischen Revolutionsbund'', aus dem später die ,,Nationale Volkspartei'' hervorging. Sie wurde von Sun Yat-sen geführt, einem europäisch gebildeten jungen Arzt. Die Bewegung gewann schnell Anhänger in China. Sie wollte das Kaiserhaus stürzen und eine Republik errichten. Dabei wurde sie von Kaufleuten und Industriellen unterstützt, die daran interessiert waren, daß China die ,,ungleichen Verträge'' abschüttelte (vgl. S. 20). Die Agitation dieses Bundes und anderer Geheimgesellschaften entfesselte 1911 einen Aufstand, der schnell auf das ganze Land übergriff. In Nanking bildete sich eine Gegenregierung, die erreichte, daß im folgenden Jahr die Monarchie gestürzt und China Republik wurde. Peking blieb Hauptstadt. Doch die neue Zentralregierung war machtlos. Das Land zerfiel in Herrschaftsbereiche von Militärbefehlshabern, die sich untereinander bekämpften.

Sun Yat-sens ,,Nationale Volkspartei'', die Kuo Min Tang (KMT), trieb die nationale Revolution weiter. 1918 kam die Provinz Kanton unter die Herrschaft der Kuo Min Tang. Sun rief das chinesische Volk auf, sich von dem fremden Einfluß zu lösen und die Zusammenarbeit mit den imperialistischen Mächten abzulehnen. Weitere Provinzen unterstellten sich bald der Kantoner Regierung, die zum Rivalen der Pekinger Zentralregierung wurde. → (2)

Mao Tse-tung und die Anfänge des chinesischen Kommunismus. Viele Chinesen waren von der russischen Revolution beeindruckt. Angesichts des im Lande herrschenden Elends mußte der Marxismus als die große Heilslehre erscheinen. 1918 wurde an der Pekinger Universität eine ,,Gesellschaft zum Studium des Marxismus'' gegründet, geleitet vom Direktor der Universitätsbibliothek. Einer seiner Schüler und Mitarbeiter, Mao Tse-tung, wurde Mitglied der Gesellschaft und widmete sich mit großer Hingabe dem Studium marxistischer Schriften. Mao (geb. 1893) stammte aus einer Bauernfamilie in der südchinesischen Provinz Hunan und hatte sich als Schüler der revolutionären Bewegung Sun Yat-sens angeschlossen. 1912 kam er in das Lehrerseminar von Hunan und wurde Mitarbeiter der ,,Neuen Jugend'', einer von fortschrittlichen Professoren und Studenten der Pekinger Universität herausgegebenen Zeitschrift. Er gründete eine ,,Studiengruppe'', deren Mitglieder später fast alle Kommunisten wurden. Seit 1918 war Mao Angestellter der Bibliothek in Peking. In der ,,Neuen Jugend'' konnten er und seine Gesinnungsgenossen ihre Ideen verbreiten. Sie organisierten auch Arbeiterstreiks in den Industriestädten. Mao selbst ging in seine Heimatprovinz Hunan, um die Bauern für seine Ideen zu gewinnen.

Im Sommer 1921 gründeten 9 Männer aus verschiedenen Teilen des Landes, darunter Mao Tse-tung, die Kommunistische Partei Chinas (KPCh). Sie geriet sogleich unter den Einfluß Moskaus.

Sun Yat-sens Bündnis mit Moskau und den Kommunisten. Die Sowjetunion bemühte sich um Sun Yatsen. Dieser stand den Kommunisten zwar reserviert gegenüber, aber er nahm die sowjetische Hilfe gern an. Ein Bündnis mit der Sowjetunion konnte seinen Widerstand gegen die imperialistischen Mächte nur stärken. 1923 schloß daher Sun mit der Sowjetunion ein Abkommen, das die Zusammenarbeit von KMT und KPCh festlegte.

Die chinesischen Kommunisten arbeiteten nur widerwillig mit der Kuo Min Tang zusammen, aber sie mußten der Weisung Moskaus folgen. Die Sowjetunion schickte militärische und politische Berater nach Kanton. Dafür ging Suns General Tschiang Kaischek zum Studium von Partei und Militär nach Moskau. Nach seiner Rückkehr übernahm Tschiang – keineswegs ein Freund der Sowjetunion und der Kommunisten – als Präsident die Militärakademie bei Kanton. Die politische Ausbildung an der Akademie lag in den Händen von Tschou En-lai, einem

Mitglied der KPCh, später zeitweise Maos Rivale, nach 1949 Außenminister und zuletzt Regierungschef der Chinesischen Volksrepublik (vgl. S. 305).

Das Regime Tschiang Kai-scheks. 1925 starb Sun Yat-sen. Er war gerade dabei, die friedliche Einigung des ganzen Landes herbeizuführen. Sein Nachfolger Tschiang Kai-schek wollte China gewaltsam unter die Herrschaft der KMT bringen. 1928 war Peking eingenommen. Während des Feldzuges sah Tschiang seine führende Stellung immer mehr durch den Einfluß der Kommunisten bedroht, die den Versuch machten, die KMT zu unterwandern. 1927 kam es zum Bruch: Die russischen Berater mußten das Land verlassen, die Kommunisten wurden aus der Nationalregierung ausgeschlossen. Tschiang bemühte sich zunächst um Reformen, doch bald glich sein Regime einer *Militärdiktatur**. Korruption breitete sich aus, *Bodenreformen** wurden rückgängig gemacht, die freie Presse und die Gewerkschaften unterdrückt. Kritik und Widerstand unterlagen harter Bestrafung. Der Aufbau der Armee und die Waffenkäufe verschlangen große Summen. Dadurch geriet Tschiang unter den Einfluß der amerikanischen und europäischen Großfinanz. Diese Abhängigkeit zwang ihn erst recht zu einer antikommunistischen Politik.

Die Mandschurei wird zum Satellitenstaat Japans. Die Japaner hatten im Ersten Weltkrieg als Verbündete Großbritanniens gegen Deutschland gekämpft und die deutschen Kolonien in Ostasien erobert. Der Völkerbund übertrug nach dem Krieg das Mandat über diese Gebiete an Japan. Während des Krieges hatte sich Japan auch Vorrechte in China gesichert, die es nur zögernd zurückgab. Vor allem hielt es Truppen in der östlichen Mandschurei stationiert. Als Tschiang Kai-schek 1928 Peking eingenommen und seine Macht in China ausgeweitet hatte, drängten die Japaner darauf, die ganze Mandschurei unter Kontrolle zu bekommen, und zwar der Rohstoffe wegen, aber auch um zu verhindern, daß dieses Gebiet unter russischen Einfluß käme. Als Vorwand zum Angriff diente 1931 eine – den Chinesen angelastete – Explosion bei Mukden. Die Japaner besetzten bis 1932 alle Städte der südlichen Mandschurei. China appellierte an den Völkerbund und die Staaten des Kriegsächtungspaktes (vgl. S. 81), die Japan aufforderten, seine Truppen zurückzuziehen und die friedliche Beilegung des Streites zu suchen. Doch die Japaner setzten den Vormarsch fort; sie bombardierten zum ersten Mal in der Kriegsgeschichte städtische Wohnviertel. Besondere Entrüstung in der Welt löste die Bombardierung von Tsingtau im Oktober 1931 und von Schanghai im Februar 1932 aus.

1932 entsandte der Völkerbund eine Kommission zur Untersuchung des Streites. Als sie eintraf, waren vollendete Tatsachen geschaffen: Die Mandschurei hatte sich zum neuen selbständigen Staat Mandschukuo erklärt, der unter japanischem Protektorat stand. Pu Yi, der letzte Kaiser der Mandschu-Dynastie, sollte den Thron des neuen Reiches besteigen, dem noch die südliche Provinz Jehol einverleibt wurde, so daß es dicht an Peking heranreichte. Die Armee des neuen Staates wurde von Japan bewaffnet und von japanischen Offizieren geführt. Japan besaß nun außer Korea auch die Mandschurei und damit eine Basis zum weiteren Vordringen in China. → (3)

Japans Angriff auf China 1937. In Japan wollten führende Offiziere direkt Politik machen. Sie konnten sich 1936 durchsetzen und die politische Führung in den Griff bekommen. Sie verfolgten eine Politik der Expansion: Japan sollte ganz Asien beherrschen. Einflußreiche Industriefamilien unterstützten die Armeeführung. Das Land erhielt faktisch eine Militärdiktatur, während die Verfassung mit Kaiser (Tenno) und Parlament formell bestehen blieb. Das bedeutete Einschränkung der Meinungsfreiheit, Kontrolle der Hochschulen, Pressezensur, Behinderung der Gewerkschaften und Parteien. Eine politische Polizei erstickte jede Opposition.

Im Sommer 1937 begann der japanische Angriff auf China. Peking und andere Städte im Norden waren bald erobert. Die Sowjetunion schloß einen Freundschaftsvertrag mit China, der sie verpflichtete, China mit Waffen und Krediten zu helfen. Trotzdem mußten die Chinesen weiter zurückweichen. Den japanischen Angriffen war keine Kriegserklärung vorangegangen. Schanghai wurde konzentriert zu Lande, von der See und aus der Luft angegriffen, wobei großte Teile der Stadt in Trümmer fielen.

China rief den Völkerbund an, der eine Konferenz nach Brüssel einberief. Japan weigerte sich, daran teilzunehmen, und die Konferenz ging ohne Ergebnis auseinander. Man debattierte im Völkerbund, doch Sanktionen blieben aus. Völkerbund und Kriegsächtungspakt erwiesen sich als wirkungslos. Japan konnte unbehelligt seine Angriffe fortsetzen, Nanking und das westliche China bis zum Jangtse erobern und die wichtigsten Hafenstädte besetzen. → (4)

(1) Bevölkerung und Landbedarf in China

(ab 1940 UNO-Statistik)

	Mio
1730	179
1810	354
1870	425
1930	475
1940	440
1950	550
1960	650
1970	772
1975	825
1982	1080

Bevölkerungsentwicklung in China.

China umfaßt eine Fläche von knapp 10 Mill. qkm. Fast 90% der Chinesen bewohnen die östlichen Provinzen des Landes, die nur ein gutes Drittel der Gesamtfläche Chinas ausmachen. Über 85% der Chinesen lebten vor der Revolution von der Landwirtschaft. Damals besaßen Großgrundbesitzer und Großbauern, die zusammen weniger als 10% der Bevölkerung ausmachten, über zwei Drittel des gesamten Grundbesitzes. Kleinbauern und Landarbeiter besaßen im Durchschnitt weniger als 0,5 ha zur eigenen Bewirtschaftung.

(a) Untersucht die Bevölkerungsentwicklung in China (z. B.: In welchem Zeitraum hat sich die chinesische Bevölkerung seit dem 18. Jh. jeweils verdoppelt?)

(b) Nehmt Stellung zu folgender Behauptung: „Wer es in China politisch versäumt, das Problem der Bodenreform zu lösen, zimmert sich den eigenen Sarg." Denkt an die chinesischen Kaiser – und an Tschiang Kai-schek!

(c) Informiert euch auf S. 309 über heutige Wirtschaftsprobleme in China.

(2) Revolution in China

Sun Yat-sens Prinzipien:

„Die beherrschende politische Kraft wurde [in China nach 1911] Sun Yat-sens Kuo Min Tang (KMT, ‚Nationale Volkspartei') die aus der revolutionären Bewegung von 1912 hervorgegangen war. Ihr Programm waren die ‚Drei Grundlehren vom Volk':

– die ‚Nationale Grundlehre' (Wiederherstellung der Souveränität Chinas),
– die ‚Grundlehre von den Rechten des Volkes' (Schaffung einer Verfassung, und zwar in drei Stufen: Militärregierung, Vormundschaftsregierung, Verfassungsmäßige Regierung) und
– die ‚Grundlehre von der Befriedigung der materiellen Bedürfnisse des Volkes'. Unter anderem sollte das ‚Land den Pflügern' übereignet, also eine Bodenreform durchgeführt werden." (1)

Von einem reichen Chinesen, der 1911 in Nanking die Erstürmung der Stadt durch die Revolutionäre erlebte, wird erzählt:

„Großkaufmann Wang Hung-chang stand ... auf der Seite der Rebellen, zumindest seit dem Frühjahr. Da hatte nämlich die Pekinger Zentralregierung beschlossen, die Eisenbahnen zu verstaatlichen. Das Geld sollte durch Anleihen bei europäischen und amerikanischen Großbanken aufgebracht werden. Herr Wang sah darin einen weiteren Ausverkauf des Reichs der Mitte an die ‚weißen Teufel', zudem hatte er ein nicht geringes Sümmchen in Eisenbahnaktien investiert! Der Sturz der Mandschu-Kaiser konnte der Wirtschaft nur gut tun, eine neue Regierung konnte die längst überfälligen Reformen für Handel und Wandel durchführen. So hatte Herr Wang manchen Anführer bei sich versteckt, zumal sein Sohn Gu Tsu, der in Tokio studierte, schon lange der Bewegung des Herrn Sun Yat-sen beigetreten war. Trotzdem hat Wang Angst, als er nun ein abgehacktes Schreien hört: ‚Tod allen Mandschus!' Wie sollte er sich den siegreichen Rebellen als Freund zu erkennen geben? Kurz entschlossen nimmt er ein scharfes Messer und schneidet seinen Zopf, auf den er selbst sehr stolz ist, ab. Der Zopf, vor dreihundert Jahren von den siegreichen Mandschukaisern für jeden Mann als verbindliche Haartracht eingeführt, ist zum verkappten Symbol der Unterdrückung geworden. Herr Wang befiehlt seinen Dienern, es ihm gleich zu tun. Sie gehorchen, meist unter Tränen." (2)

(a) Gebt die „drei Grundlehren" der Partei Sun Yat-sens mit eigenen Worten wieder.

(b) Was sagt die Geschichte von dem Großkaufmann Wang über Ursachen und Auswirkungen der „nationalen Revolution"?

(c) Vergleicht die Veränderung der Haartracht mit ähnlichen Vorgängen in der europäischen Geschichte (z. B. Verbot der Bärte durch Peter den Großen; Verbrennen eines Zopfes auf dem Wartburgfest 1817).

(3) Japans schnelle Entwicklung

Bevölkerungsentwicklung:

1846 (zur Zeit der „Öffnung Japans“) hatte das Land 26 207 625 Einwohner

1872	33 110 000	1914	54 142 441
1884	37 450 727	1924	61 081 954
1894	41 813 215	1930	64 450 005
1904	47 219 566		

1983 hatte Japan 117 169 690 Einwohner; die Bevölkerungsdichte betrug 314,7 je qkm. (3)

Japan, eine Weltmacht:

„Im August 1914 brach in Europa der große Krieg aus. Dank der großen Fortschritte, die Japan in den vergangenen 50 Jahren erziehlt hatte, konnte es sich zum ersten Mal in europäische Fragen einschalten. Als der Krieg im Jahre 1918 endete, war Japan eine Weltmacht geworden. Seine bedeutenden Land- und Seestreitkräfte verliehen den politischen Forderungen des Landes Nachdruck. Die japanischen Delegierten rangierten in Versailles unmittelbar hinter denen Englands, Frankreichs und der Vereinigten Staaten. Im Völkerbund erhielt Japan einen der ständigen Ratssitze ...“ (4)

Industrieller Aufstieg:

	1919	1929
Elektrizität	1 Mio Kilowatt	4 Mio Kilowatt
Stahl	0,5 Mio Tonnen über	2 Mio Tonnen
Kohle	31 Mio Tonnen	40 Mio Tonnen

„Ein Kennzeichen dieser schnellen industriellen Entwicklung war das gleichzeitige Entstehen von zwei völlig verschiedenen Organisationstypen: der kleinen Werkstatt, gewöhnlich eines Familienbetriebes, und der großen Fabrik. Im Jahre 1930 gab es mehr als eine Million Kleinbetriebe mit weniger als fünf Beschäftigten; die Zahl der darin Beschäftigten belief sich auf über 2,5 Millionen. Die Kleinbetriebe erzeugten 30 Prozent der japanischen Gesamtproduktion. Im Gegensatz dazu standen die gewaltigen Anlagen zur Erzeugung von Stahl und Eisen, Zement, Chemikalien, schweren Maschinen und ähnlichen Gütern. Auch einige Textilfabriken, die für den Export produzierten, rechneten hierzu.“ (5)

(a) Stellt anhand der Bevölkerungstabelle fest, in welchem Zeitraum sich die Bevölkerung Japans jeweils verdoppelt hat. Vergleicht mit der Entwicklung in anderen Ländern.

(b) Worauf ist nach eurer Meinung das wirtschaftliche Wachstum Japans zurückzuführen.

(c) „Japan – eine Weltmacht“. Nehmt Stellung zu dieser These.

(4) Die japanische Expansionspolitik

„Der 1937 unternommene Versuch, China in die Knie zu zwingen, überstieg die Kräfte der japanischen Armee; immerhin jedoch befanden sich von 1938 bis 1945 etwa 65% des chinesischen Wirtschaftspotentials in japanischer Hand. Die sich lang hinziehenden Kämpfe auf dem Festland überraschten sowohl die japanischen Militärs wie auch die zivilen Führer in Japan, denn man hatte – entsprechend früheren Erfahrungen – nur mit einer kurzen Kriegsdauer gerechnet. Selbst als deutlich wurde, daß der Krieg nicht zu gewinnen war, verrannten sich die Japaner in eine ausweglose Situation, denn nach ihrer Meinung konnte nur ein Sieg die Ehre des Vaterlandes retten. Bis 1940 kostete jeder Tag die Japaner 4 Millionen $; insgesamt befanden sich etwa 1,5 Millionen Japaner auf dem Festland.“ (6)

(a) Arbeitet anhand der Karte und des Textes S. 92 die Stufen der japanischen Ausdehnung heraus.

(b) Erklärt mit Hilfe des Textes S. 92, warum der Völkerbund machtlos blieb.

(c) Wie beurteilt ihr die damalige Politik Japans?

Die gewaltsame Expansion Japans.

1. Berichte über Ursachen und Entwicklung der „nationalen Revolution" in China.

2. Nenne chinesische Politiker aus der Revolutionszeit und sprich über ihre Bedeutung
a) für China,
b) für die Welt.

3. Erläutere anhand der folgenden schematischen Darstellung eines chinesischen Dorfes um 1920 Probleme des Landes und seiner Regierung.

4. Zeige an der Karte S. 94 die Länder und Gebiete, die 1918, 1933, 1940 zu Japan gehörten bzw. von Japan beherrscht wurden.

Ein Dorf vor der Revolution

Beispiel: Gemeinde in der Provinz Kiangsu

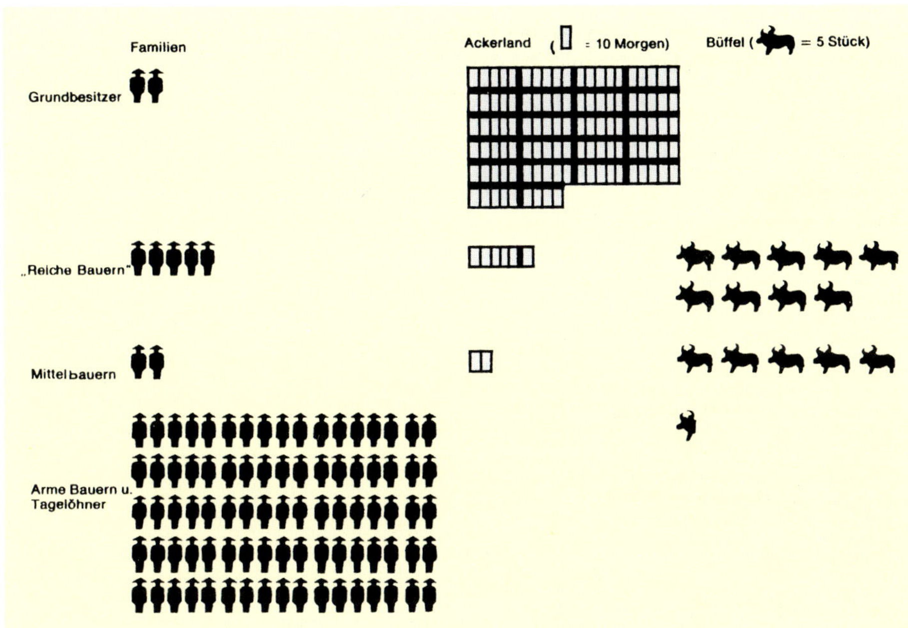

Bodenreform: Umverteilung des Grundbesitzes durch Enteignung der Großgrundbesitzer – entweder gegen Entschädigung oder ohne – mit dem Ziel, das Land gerechter zu verteilen, armen oder besitzlosen Bauern und Landarbeitern eigenes Land zu verschaffen und sowohl soziales Elend auf dem Land zu beheben, als auch den landwirtschaftlichen Ertrag zu steigern.

Militärdiktatur: Ausübung der (meist unbeschränkten) Regierungsgewalt durch Befehlshaber der Streitkräfte. Der Regierung einer Militärdiktatur können auch zivile Minister angehören, sofern die wirkliche Macht bei den Militärs liegt.

1905	Gründung des Chinesischen Revolutionsbundes
1911	Beginn der Revolution in China
1912	Abdankung des Kaisers, Gründung der KMT
1921	Gründung der KPCh
1925	Tod Sun Yat-sens
1928	Einmarsch Tschiang Kai-scheks in Peking
1931	Japan besetzt die Mandschurei
1932	Mandschukuo wird japanisches Protektorat
1937	Japanischer Angriff auf China

Quellennachweis

(1) Informationen zur politischen Bildung 198, Die Volksrepublik China, S. 5.
(2) Sturm überm Drachenthron. Chinas Weg zur Republik. Geschichte mit Pfiff 11/1981, S. 4f.
(3) Zahlen aus: A. Zischka: Japan in der Welt. Leipzig 1936, S. 366; zitiert aus: Materialien für den Geschichtsunterricht, Band V, a. a. O., S. 280.
(4) W. G. Beasley: Japan. Geschichte des modernen Japan. Köln und Berlin 1962, S. 157.
(5) Ebenda, S. 170.
(6) Informationen zur politischen Bildung: Japan. Bonn 1971, S. 8.

Lesetip

H. Erlinghagen: Japan. Eine Landeskunde. Beck Tb. BSR 198 (WD)
H. Plate: Über die Ketten der Lutingbrücke. Maos rote Rebellen auf dem langen Marsch. Engelbert, Balve 1974 (JB)
Han Suyin: China 1890–1938. Eine historische Bildreportage. (SB)
Dies.: Zwischen zwei Sonnen. Goldmann Tb. 6880 (Q)

Japanische Truppen greifen, unterstützt von Artillerie und Bombenflugzeugen, die von den Chinesen verteidigte Provinzhauptstadt Hankau an.

5 Deutschlands unvollendete Demokratie: Die Weimarer Republik

5.1 Von der „Novemberrevolution" zur demokratischen Verfassung

Ein Plakat von César Klein zur Nationalversammlung.

Friedrich Ebert in seiner Antrittsrede als Reichspräsident am 11. 2. 1919:

„Freiheit und Recht sind Zwillingsschwestern. Die Freiheit kann sich nur in fester staatlicher Ordnung gestalten. Sie zu schützen und wiederherzustellen, wo sie angetastet wird, das ist das erste Gebot derer, die die Freiheit lieben. Jede Gewaltherrschaft, von wem sie auch kommt, werden wir bekämpfen bis zum Äußersten ...
Den Frieden zu erringen, der der deutschen Nation das Selbstbestimmungsrecht sichert, die Verfassung auszubauen und zu behüten, die allen deutschen Männern und Frauen die politische Gleichberechtigung unbedingt verbürgt, dem deutschen Volke Arbeit und Brot zu schaffen, sein ganzes Wirtschaftsleben so zu gestalten, daß die Freiheit nicht Bettlerfreiheit, sondern Kulturfreiheit werde, das sei unseres Strebens Ziel." (1) Q

- Wann wurde Deutschland erstmals eine Republik? Unter welchen Umständen kam es dazu?
- Gab es nur einen Weg zur Demokratie: die parlamentarische Staatsform? Oder war das umstritten? Wurde für Alternativen gekämpft?
- Welchen Aufbau, welche Verfassung erhielt die Weimarer Republik?

Das Ende der Monarchie. Die Menschen in Deutschland ersehnten das Kriegsende schon lange. Ende Oktober 1918, kurz vor dem Waffenstillstand (vgl. S. 66), erhielt die deutsche Hochseeflotte den Befehl, zu einem sinnlosen Angriff gegen die Engländer auszulaufen. Die Matrosen verweigerten den Gehorsam: In Kiel kam es zu einem bewaffneten Aufstand. Arbeiter schlossen sich den Matrosen an. Schnell griffen die Unruhen auf andere Großstädte über. Arbeiter- und Soldatenräte entstanden, die die Macht an sich rissen. Im Namen eines ,,provisorischen Arbeiter-, Soldaten- und Bauernrats" rief Kurt Eisner in München am 7. November 1918 mit dem ,,Freistaat Bayern" die erste Republik in Deutschland aus. Der deutsche Kaiser sollte abdanken. Als er sich weigerte, erklärten die Sozialdemokraten, aus der Regierung auszutreten. In Berlin bereiteten radikale Gruppen die Revolution vor. Da veröffentlichte der Reichskanzler Prinz Max von Baden eigenmächtig eine Proklamation, der Kaiser habe abgedankt. Er übertrug das Reichskanzleramt dem Sozialdemokraten Friedrich Ebert. Der Kaiser ging, die Abdankung akzeptierend, nach Holland ins Exil. Fast gleichzeitig verschwanden auch die deutschen Landesfürsten.

Der Rat der Volksbeauftragten. Am frühen Nachmittag des 9. November rief der Sozialdemokrat Scheidemann von einem Fenster des Reichstagsgebäudes die deutsche Republik aus. Zwei Stunden später proklamierte Karl Liebknecht, der Führer der *Spartakisten**, vom Balkon des Berliner Schlosses die freie sozialistische Republik. Doch Ebert handelte schnell: Er bildete eine Regierung aus je drei Mehrheits- und Unabhängigen Sozialdemokraten (s. u.). Sie nannten sich ,,Rat der Volksbeauftragten".

Am 10. November versammelten sich die Vertreter der Berliner Arbeiter- und Soldatenräte im Zirkus Busch. Sie wählten einen Vollzugsrat, der den Rat der Volksbeauftragten als Regierung bestätigte. Damit hatte Deutschland eine durch die Träger der Revolution bestätigte Regierung. → (1)

Als Ebert nach der Versammlung in die Reichskanzlei kam, wurde er von der Obersten Heeresleitung angerufen. General Groener – Nachfolger Ludendorffs – erklärte, daß er und Hindenburg die neue Regierung als rechtmäßig anerkennen würden. Nach einer Pause fragte Ebert:

,,Und was erwarten Sie von uns?"

,,Der Feldmarschall [Hindenburg] erwartet, daß die Regierung das Offizierskorps bei der Aufrechterhaltung der Disziplin und Ordnung in der Armee unterstützt. Er erwartet, daß die Nahrungsmittelversorgung der Armee gesichert und daß jegliche Unterbrechung des Eisenbahnverkehrs verhindert wird."

,,Und was sonst noch?"

,,Das Offizierskorps erwartet, daß die Reichsregierung den Bolschewismus bekämpfen wird, und stellt sich der Regierung dafür zur Verfügung." (2) Q

Reichskanzler Ebert war einverstanden. Durch diese Absprache konnte die Heeresleitung die Disziplin der Truppe aufrechterhalten, und Eberts Regierung hatte den Schutz der Armee. Die Sozialdemokraten konnten regieren, aber sie mußten die militärische Führung im Amt lassen und sich der Beamtenschaft der kaiserlichen Regierung bedienen. So wurde ein revolutionäres Chaos verhindert; verhindert wurde aber auch eine echte Demokratisierung.

Inzwischen unterzeichnete am 11. November 1918 die deutsche Delegation in Compiègne den Waffenstillstand (vgl. S. 66). Der Rückzug der Armee in die Heimat begann.

Räteregierung oder Parlamentarisches System? Eine Gruppe entschiedener Kriegsgegner und Anhänger der Revolution hatte sich während des Krieges von der SPD getrennt und 1917 die Unabhängige Sozialdemokratische Partei (USPD) gebildet. Die radikalste Gruppe war im *Spartakusbund** zusammengeschlossen, genannt nach den von Rosa Luxemburg herausgegebenen ,,Spartakusbriefen".

Unabhängige und Spartakisten glaubten, daß die Novemberunruhen erst der Beginn einer Revolution seien. Sie sahen in der russischen Oktoberrevolution das große Vorbild. Lenin forderte die deutschen Arbeiter auf, sich um den Führer der Spartakisten, Karl Liebknecht, zu scharen. Liebknechts Ziel war die proletarische Revolution.

Vom 16. bis 21. Dezember 1918 fand in Berlin der erste deutsche Kongreß der Arbeiter- und Soldatenräte statt. Hier ging es um die Frage, ob die politische Macht in die Hände der Räte übergehen oder aus freien Wahlen eine Verfassunggebende Nationalversammlung hervorgehen sollte. ,,Alle Macht den Räten!" (*Räterepublik**) forderten Unabhängige und Spartakisten; die Mehrheitssozialdemokraten wollten freie Wahlen und die Errichtung eines parlamentarischen Systems.

Der Kongreß entschied sich mit großer Mehrheit (400 : 50 Stimmen) für Wahlen zu einer Verfassunggebenden Nationalversammlung; sie sollten am 19. Januar 1919 stattfinden. → (2)

Gründung der KPD und Berliner Januaraufstand. Wenige Tage nach dem Kongreß verweigerte eine Volksmarinedivision, die das Berliner Schloß besetzt hielt, der Regierung den Gehorsam. Ebert rief

Truppen des Reichsheeres zu Hilfe, aber deren Angriff blieb ohne Erfolg. Dennoch kam es zu einem Kompromiß. Die Matrosen der Volksmarinedivision gaben die Gefangenen frei, und die Reichsregierung ließ die Truppen aus Berlin abziehen. Empört über den Truppeneinsatz gegen Revolutionäre zogen sich die Vertreter der USPD aus der Regierung zurück; dafür traten Mehrheitssozialisten ein, darunter Gustav Noske, der Wehrexperte der SPD-Fraktion. Er unterstützte die Bildung von Freiwilligenverbänden (*„Freikorps“**), wobei er auf die „Sturmtrupps“, Eliteeinheiten des kaiserlichen Heeres, zurückgriff. Mit ihrer Hilfe konnte Noske hoffen, Berlin wieder unter die Kontrolle der Regierung zu bringen.

Am 31. Dezember 1918 fand in Berlin eine Reichskonferenz des Spartakusbundes statt, aus der am 1. 1. 1919 die KPD (Kommunistische Partei Deutschlands) hervorging. Inzwischen wuchs die Unzufriedenheit mit dem „Rat der Volksbeauftragten“, der nichts gegen das Großkapital und den Großgrundbesitz unternahm, während die Bevölkerung bittere Not litt. Spontan erhoben sich in den ersten Januartagen 1919 Berliner Arbeiter; sie besetzten Zeitungsredaktionen und Verkehrsknotenpunkte. Am 6. Januar war die Stadt in der Hand der Aufständischen, geführt von Kommunisten und USPD-Leuten. Da befahl die in einen Vorort geflohene Reichsregierung den Einsatz von Truppen und Freikorps. Nach tagelangen Kämpfen schlugen die Freikorps den Januaraufstand nieder. Karl Liebknecht und Rosa Luxemburg wurden ermordet. Nach dem Verlust ihrer führenden Persönlichkeiten wurde die KPD immer stärker von Moskau gelenkt. Ebert und Noske galten den Kommunisten nach der Niederschlagung des Aufstandes als „Verräter des Proletariats“, Noske wurde als „Bluthund“ verschrien.

Die Weimarer Nationalversammlung. Kaum eine Woche nach der Niederwerfung des Januaraufstands fanden die Wahlen zur Nationalversammlung statt. Das Wahlalter war von 25 auf 20 herabgesetzt worden, auch Frauen und Soldaten durften wählen. Die Wahlbeteiligung betrug 83%. Die Kommunisten enthielten sich der Wahl. Die SPD erhielt 37,8%, die USPD nur 7,6% der Stimmen. Zweitstärkste Partei wurde das Zentrum, gefolgt von den liberalen Demokraten, der DDP. Am 6. Februar 1919 trat die Nationalversammlung in Weimar zusammen. In Berlin war eine ungestörte Arbeit nicht sicher. Die Versammlung wählte Friedrich Ebert mit 277 von 379 Stimmen zum Reichspräsidenten. Die neue Regierung setzte sich aus SPD, DDP und Zentrum zusammen. Diese sogenannte *„Weimarer Koalition“** verfügte über 70% der Stimmen, also über weit mehr als zwei Drittel. Ministerpräsident wurde der Sozialdemokrat Scheidemann. → (3)

Der im Juni vorgelegte Friedensvertrag stieß in der Nationalversammlung zunächst auf einmütige Ablehnung. Als die Alliierten drohten, den Krieg fortzusetzen und ganz Deutschland zu besetzen, gelang es der Regierung, eine Mehrheit für die Unterzeichnung zu gewinnen. Die Rechtsparteien lehnten ab und erklärten später, sie hätten die Lasten des „Schanddiktats“ nicht mitzuverantworten. In Wirklichkeit hatten auch sie keinen Ausweg gewußt.

Die Weimarer Reichsverfassung. Am 11. August 1919 verabschiedete die Nationalversammlung die neue Reichsverfassung. Die Republik blieb ein Bundesstaat. Das Volk – Männer und Frauen ab 20 Jahren – wählte in gleicher, geheimer und direkter Wahl den Reichstag. Es wählte auch Volksvertretungen in den Ländern, aus denen Landesregierungen hervorgingen. Im Reichsrat waren die Länder vertreten und an der Gesetzgebung im Reich beteiligt. Doch das Schwergewicht der Gesetzgebung lag beim Reichstag. Das Volk wählte auch den Reichspräsidenten in direkter Wahl. Der ernannte den Reichskanzler und die Reichsminister. Sie sollten das Vertrauen des Parlaments haben. Der Reichstag konnte eine Regierung stürzen, aber der Reichspräsident konnte Kanzler ernennen, ohne die Zustimmung des Reichstags einzuholen. Besondere Macht erhielt der Reichspräsident durch den Artikel 48 der Verfassung:

„Der Reichspräsident kann, wenn im Deutschen Reiche die öffentliche Sicherheit und Ordnung erheblich gestört oder gefährdet wird, die zur Wiederherstellung der öffentlichen Sicherheit und Ordnung nötigen Maßnahmen treffen, erforderlichenfalls mit Hilfe der bewaffneten Macht einschreiten. Zu diesem Zwecke darf er vorübergehend die . . . festgesetzten Grundrechte ganz oder zum Teil außer Kraft setzen.“ Q (vgl. S. 139 f., 142).

Die neue Verfassung enthielt alle demokratischen Grundrechte und Grundpflichten. Neu waren soziale Rechte wie Gleichberechtigung der Frau, Schutz der Jugend, Arbeitslosenhilfe und die Anerkennung der Tarifpartner zur Regelung der Lohn- und Arbeitsbedingungen. → (4)

Dem Grundsatz demokratischer Gleichheit entsprechend wurde das Schulwesen reformiert. Künftig mußten alle Kinder die vierjährige Grundschule besuchen, auch die Gymnasiasten, die bisher z. T. eine private Vorschule absolviert hatten. Volksschüler brauchten kein Schulgeld mehr zu bezahlen. Die Schulen unterstanden nur noch der Aufsicht des Staates. Lehrer und Lehrerinnen wurden als Staatsbeamte besser besoldet und sollten einheitlich ausgebildet werden.

(1) **Die „Novemberrevolution"**

Philipp Scheidemann schildert in seinen Memoiren die Vorgänge im Berliner Reichstag am 9. 11. 1918:

„Schon stand ich im Fenster. Viele Tausende von Armen reckten sich, um Hüte und Mützen zu schwenken. Mächtig hallten die Zurufe der Massen mir entgegen. Dann wurde es still.
Ich sprach nur wenige Sätze, die mit großem Beifall aufgenommen wurden:
‚Arbeiter und Soldaten!
Furchtbar waren die vier Kriegsjahre. Grauenhaft waren die Opfer, die das Volk an Gut und Blut hat bringen müssen. Der unglückselige Krieg ist zu Ende. Das Morden ist vorbei. Die Folgen des Kriegs, Not und Elend, werden noch viele Jahre lang auf uns lasten.
Der Kaiser hat abgedankt. Er und seine Freunde sind verschwunden. Über sie alle hat das Volk auf der ganzen Linie gesiegt!
Der Prinz Max von Baden hat sein Reichskanzleramt dem Abgeordneten Ebert übergeben. Unser Freund wird eine Arbeiterregierung bilden, der alle sozialistischen Parteien angehören werden. Die neue Regierung darf nicht gestört werden in ihrer Arbeit für den Frieden, in der Sorge um Brot und Arbeit.
Arbeiter und Soldaten! Seid euch der geschichtlichen Bedeutung dieses Tages bewußt. Unerhörtes ist geschehen. Große und unübersehbare Arbeit steht uns bevor.
Alles für das Volk, alles durch das Volk! Nichts darf geschehen, was der Arbeiterbewegung zur Unehre gereicht.
Seid einig, treu und pflichtbewußt!
Das Alte und Morsche, die Monarchie ist zusammengebrochen. Es lebe das Neue! Es lebe die Deutsche Republik!'
Schier endloser Jubel ertönte. Dann setzten sich die Massen in Bewegung nach dem Schloß. Die bolschewistische Welle, die an diesem Tage unser Vaterland bedrohte, war gebrochen! Die Deutsche Republik war in den Köpfen und Herzen der Massen lebendig geworden."
(3) Q

Aus einem Aufruf der Spartakisten in Berlin vom 10. 11. 1918:

„Arbeiter und Soldaten! Eine jahrtausende alte Knechtschaft geht zu Ende; aus den unsäglichen Leiden eines Krieges steigt die neue Freiheit empor. Vier lange Jahre haben die Scheidemänner, die Regierungssozialisten, euch durch die Schrecken eines Krieges gejagt, haben euch gesagt, man müsse ‚das Vaterland' verteidigen, wo es sich

2. Extraausgabe Sonnabend, den 9. November 1918.

Vorwärts
Berliner Volksblatt.
Zentralorgan der sozialdemokratischen Partei Deutschlands.

Der Kaiser hat abgedankt!

Der Reichskanzler hat folgenden Erlaß herausgegeben:

Seine Majestät der Kaiser und König haben sich entschlossen, dem Throne zu entsagen.

Der Reichskanzler bleibt noch so lange im Amte, bis die mit der Abdankung Seiner Majestät, dem Thronverzichte Seiner Kaiserlichen und Königlichen Hoheit des Kronprinzen des Deutschen Reichs und von Preußen und der Einsetzung der Regentschaft verbundenen Fragen geregelt sind. Er beabsichtigt, dem Regenten die Ernennung des Abgeordneten Ebert zum Reichskanzler und die Vorlage eines Gesetzentwurfs wegen der Ausschreibung allgemeiner Wahlen für eine verfassungsgebende deutsche Nationalversammlung vorzuschlagen, der es obliegen würde, die künftige Staatsform des deutschen Volk, einschließlich der Volksteile, die ihren Eintritt in die Reichsgrenzen wünschen sollten, endgültig festzustellen.

Berlin, den 9. November 1918. Der Reichskanzler.
Prinz Max von Baden.

Es wird nicht geschossen!

Der Reichskanzler hat angeordnet, daß seitens des Militärs von der Waffe kein Gebrauch gemacht werde.

Parteigenossen! Arbeiter! Soldaten!

Soeben sind das Alexanderregiment und die vierten Jäger geschlossen zum Volke übergegangen. Der sozialdemokratische Reichstagsabgeordnete Wels u. a. haben zu den Truppen gesprochen. Offiziere haben sich den Soldaten angeschlossen

Der sozialdemokratische Arbeiter- und Soldatenrat.

Kundgebung
des
neuen Reichskanzlers Ebert

Mahnung
zur
Ruhe und Ordnung!

Mitbürger! Der bisherige Reichskanzler, Prinz Max von Baden, hat mir unter Zustimmung sämtlicher Staatssekretäre die Wahrnehmung der Geschäfte des Reichskanzlers übertragen. Ich bin im Begriffe, die neue Regierung im Einvernehmen mit den Parteien zu bilden und werde über das Ergebnis der Öffentlichkeit in Kürze berichten. Die neue Regierung wird eine Volksregierung sein. Ihr Bestreben wird sein müssen, dem deutschen Volke den Frieden schnellstens zu bringen und die Freiheit, die es errungen hat, zu befestigen. Mitbürger! Ich bitte Euch alle um Eure Unterstützung bei der schweren Arbeit, die unserer harrt. Ihr wißt, wie schwer der Krieg die Ernährung des Volkes, die erste Voraussetzung des politischen Lebens, bedroht. Die politische Umwälzung darf die Ernährung der Bevölkerung nicht stören, es muß erste Pflicht aller in Stadt und Land bleiben, die Produktion von Nahrungsmitteln und ihre Zufuhr in die Städte nicht zu verhindern, sondern zu fördern. Nahrungsmittelnot bedeutet Plünderung und Not mit Elend für Alle. Die Ärmsten würden am schwersten leiden, die Industriearbeiter am bittersten betroffen werden. Wer sich an Nahrungsmitteln oder sonstigen Bedarfsgegenständen oder an den für ihre Verteilung benötigten Verkehrsmitteln vergreift, versündigt sich auf das Schwerste an der Gesamtheit. Mitbürger! Ich bitte Euch alle dringend, verlaßt die Straßen! Sorgt für Ruhe und Ordnung.

Berlin, den 9. November 1918.

Der Reichskanzler
Ebert.

Das Plakat benutzt ein Foto Karl Liebknechts vom 5. Januar 1919. An diesem Tag sprach Liebknecht in der Siegesallee anläßlich der größten Massendemonstration, die Berlin bis dahin gesehen hatte.

nur um die nackten Raubinteressen des Imperialismus handelte: Jetzt, da der deutsche Imperialismus zusammenbricht, suchen sie für die Bourgeoisie zu retten, was noch zu retten ist, und suchen die revolutionäre Energie der Massen zu ersticken.
Es darf kein ‚Scheidemann' mehr in der Regierung sitzen; es darf kein Sozialist in die Regierung eintreten, solange ein Regierungssozialist noch in ihr sitzt. Es gibt keine Gemeinschaft mit denen, die euch vier Jahre lang verraten haben.
Nieder mit dem Kapitalismus und seinen Agenten! Es lebe die Revolution! Es lebe die Internationale!" (4) Q

(a) Interpretiert die beiden Quellen nach den Regeln auf S. VII.

(b) Wiederholt S. 37 u. 98, wie die innenpolitischen Vorgänge mit der militärischen Entwicklung zusammenhingen.

(c) Arbeitet heraus, wie Scheidemann und wie die Spartakisten die Situation am 9./10. November 1918 darstellen. An wen wenden sie sich?

(d) Erläutert die Plakate.

(2) Räterepublik oder Parlamentarische Demokratie?

Aus der Rede des Mehrheitssozialisten Cohen auf dem Rätekongreß:

„Im Augenblick können die Räte ihre Gewalt nur auf die Bajonette stützen, und das ist eine sehr unsichere Lage, die zu einem Bürgerkrieg führen kann, ohne daß man ihn will. Die Diktatur will nur ein kleiner Teil der Arbeiterschaft, während die große Masse sie ablehnt. Im Interesse unseres Landes, das wirklich einmal jetzt ‚unser' Land geworden ist und das wir alle aus tiefster Seele lieben, dem wir in seiner größten und höchsten Not nur um so fester die Treue halten wollen, im Interesse des deutschen Volkes, besonders der Arbeiterschaft, und im Interesse auch der neuaufzubauenden Menschheitsorganisation vom Standpunkt der Demokratie und des Sozialismus aus brauchen wir die Nationalversammlung, die den Willen des deutschen Volkes feststellt." (5) Q

Aus der Rede des Unabhängigen Sozialisten Däumig auf dem Rätekongreß:

„Als der 9. November kam und dank unserer Vorbereitungen in den Betrieben und Kasernen die alte Welt hinweggefegt wurde, da strömten sie in Scharen herbei, um nur ja dieses Rätesystems teilhaftig zu werden. Ich führe das nur an dafür, daß, wenn die revolutionäre

Ein vermutlich regierungsamtliches Plakat aus dem Jahr 1918. Das Plakat zeigt einen drohenden Anarchisten gegenüber dem disziplinierten Volk. Die Rolle in der Hand der Engelsfigur weist auf die bevorstehende Nationalversammlung hin.

Barrikadenkämpfe im Berliner Zeitungsviertel im Januar 1919.

Situation reif ist, auch in der heutigen Zeit, wo nun einmal das Proletariat Träger der Revolution ist, weil keine andere Klasse revolutionär sein kann, ganz naturnotwendig das Rätesystem sich aufzwingt, und es wäre Verblendung, wenn man sich gegen die historische Notwendigkeit dieses Rätesystems wehren und sperren wollte. Es ist nun einmal so. Die bürgerliche Demokratie mit ihrem Stimmzettel und ihren Parlamenten ist keine Ewigkeitserscheinung; sie hat ihre historische Bedingtheit, und wie der Sozialismus als neues Grundprinzip der Welt aufzieht, so ist selbstverständlich auch damit verbunden, daß dieser bürgerlichen Demokratie die proletarische Demokratie folgen muß, die ihren organisatorischen Ausdruck in dem Rätesystem findet ... Die Diktatur ist zweifellos mit dem Rätesystem verbunden. Aber was sich in Rußland durch die historischen Gesetze aufzwang, braucht noch lange nicht in Deutschland der Fall zu sein ..." (6) Q

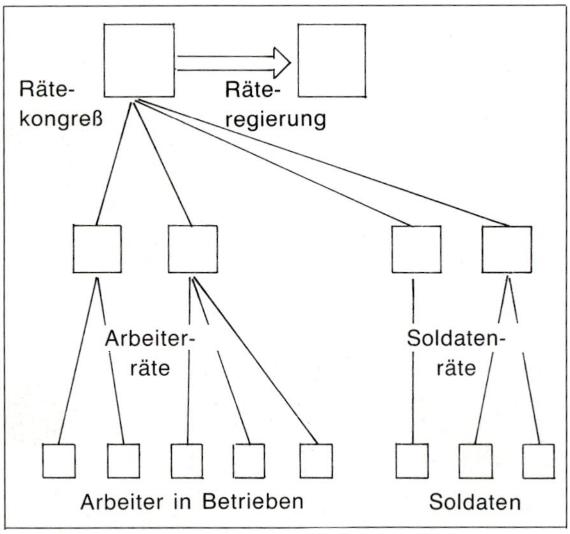

(a) Vergleicht, wie Cohen, Däumig und das Plakat die politischen Verhältnisse einschätzen.

(b) Stellt dem Rätemodell in einer Grafik den Aufbau einer Parlamentarischen Demokratie gegenüber.

(c) Diskutiert eure Meinung zur „Rätedemokratie" (vgl. auch Begriffserläuterung S. 105).

(3) Die Parteien in der Weimarer Republik

Aus programmatischen Aussagen einzelner Parteien:

„Die Stellung des Zentrums zu den innerstaatlichen Angelegenheiten wird durch die christliche Staatsauffassung und durch den überlieferten Charakter als Verfassungspartei bestimmt."

„Die SPD kann sich aber nicht darauf beschränken, die Republik vor den Anschlägen ihrer Feinde zu schützen. Sie kämpft um die Herrschaft des im freien Volksstaat organisierten Volkswillens über die Wirtschaft, um Erneuerung der Gesellschaft im Geiste sozialistischen Gemeinsinns."

„Die KPD steht auf dem Boden des Rätesystems. Sie unterstützt alle Bestrebungen, die Räteorganisation schon vor der Eroberung der politischen Macht als proletarische Kampforganisation für den Sozialismus auszubauen und in ihr alle Hand- und Kopfarbeiter zusammenzufassen und sie zu schulen für die Diktatur des Proletariats ..." (7) Q

Ergebnis der Wahlen vom 19. Januar 1919:

Wahlberechtigte: 36,8 Millionen
Wahlbeteiligung: 82,7%
gültige Stimmen: 30,4 Millionen

Partei	% der erhaltenen Stimmen	Sitze in der Nationalversammlung
USPD	7,6	22
SPD	37,9	163
DDP	18,5	75
Zentrum	19,7	91
DVP	4,4	19
DNVP	10,3	44
Splitterparteien	1,6	7

Die „bürgerlichen" Parteien:

Das Zentrum vertrat die Interessen der katholischen Bevölkerung und nannte sich vorübergehend „Christliche Volkspartei"; bis 1930 pflegten Katholiken aller sozialen Schichten das Zentrum zu wählen. Viele Parteien hatten sich nach dem Kriegsende neu gebildet, wobei sie teilweise an Parteitraditionen der Wilhelminischen Ära anknüpften. Links vom Zentrum stand die Deutsche Demokratische Partei (DDP). Sie war die Partei des liberalen Bürgertums und stand auf dem Boden der demokratischen Republik. Die Deutsche Volkspartei (DVP) verkörperte den deutschen Rechtsliberalismus. Sie wurde von Gustav Stresemann gegründet und war Nachfolger der Nationalliberalen Partei des Bismarckreiches. Sie vertrat Interessen des Mittelstandes und besonders der Großindustrie. Bei vielen Anhängern der DVP blieb der antiparlamentarische Geist lebendig. Doch gelang es Stresemann, seine Fraktion für die Bejahung der Republik zu gewinnen. Die Deutschnationale Volkspartei (DNVP) entstand aus rechtsstehenden konservativen Gruppen. Sie war monarchistisch eingestellt und unterstützte die Belange des Großgrundbesitzes; sie vereinte viele, die mit der Republik und der Demokratie unzufrieden waren.

(a) Erklärt die Abkürzungen der Parteibezeichnungen: USPD, SPD, DDP, DVP, DNVP.

(b) Übertragt die Angaben der Tabelle in ein Schaubild und schreibt zu jeder Partei in Stichworten, welche Ziele und welche Gruppen der Bevölkerung sie vertrat.

(c) Vergleicht die beiden „Arbeiterparteien".

Ebert begrüßt am 10. Dezember 1918 von der Front heimkehrende Truppen am Brandenburger Tor in Berlin.

(4) „Bonn ist nicht Weimar“: ein Verfassungsvergleich

Weimarer Republik

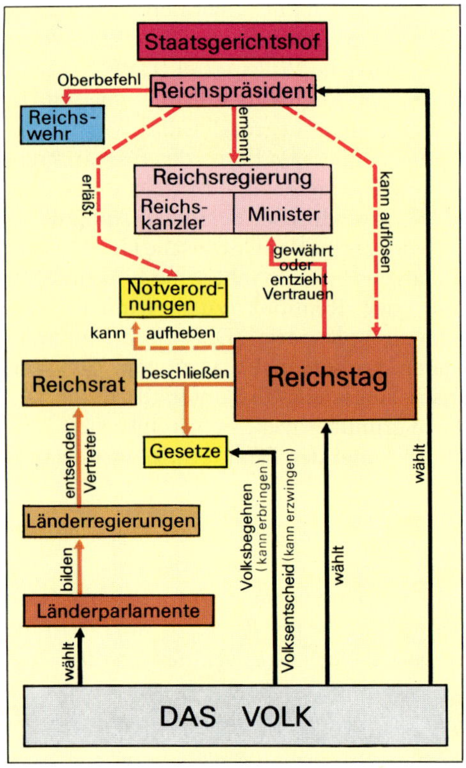

Bundesrepublik Deutschland

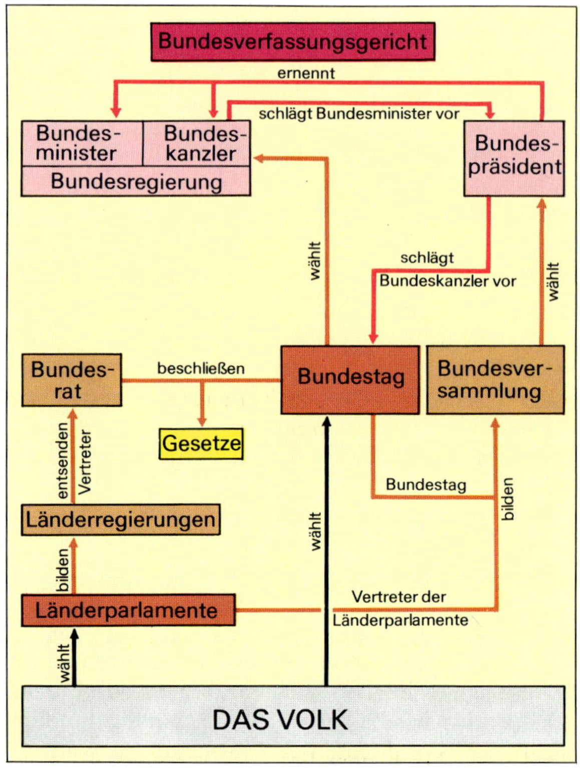

	Weimarer Reichsverfassung	Grundgesetz der Bundesrepublik Deutschland
Präsident	Volkswahl auf 7 Jahre Oberbefehl über die Reichswehr Notverordnungsrecht	Wahl durch Bundesversammlung auf 5 Jahre Kein Oberbefehl über die Bundeswehr Kein Notverordnungsrecht
Parlament und Regierung	Verhältniswahlrecht Keine Hervorhebung der Parteien Reichskanzler vom Reichspräsidenten ernannt einfaches Mißtrauensvotum	Modifiziertes Verhältniswahlrecht, 5%-Sperrklausel Anerkennung der Rolle der Parteien Bundeskanzler vom Bundestag gewählt konstruktives Mißtrauensvotum
Sicherung der Verfassung	Verfassungsänderung leicht möglich Wertneutrale Verfassung Beamte und Richter nicht zur Verfassungstreue verpflichtet	Verfassungsänderung erschwert Verfassung an Grundwerte gebunden Treuepflicht fordert von Beamten und Richtern Eintreten für freiheitlich demokratische Grundordnung

(a) Erläutert den Staatsaufbau nach den beiden Verfassungen.

(b) Was ergibt der Verfassungsvergleich?

(c) Versucht, die Unterschiede zwischen dem Grundgesetz und der Weimarer Reichsverfassung zu erklären und in ihrer Wirkung einzuschätzen.

1. Wer gehörte dem „Rat der Volksbeauftragten" an? Wer hat den Vorsitzenden ernannt? Von wem wurden die Mitglieder bestätigt?

2. Berichte über Inhalt und Bedeutung des „Ebert-Groener-Pakts".

3. Nenne Gründe für das Scheitern der radikalen Linken in der Revolution.

4. Ordne die folgenden Parteien den Interessengruppen zu:

(1) DDP	(a) Arbeitnehmer, Gewerkschaft
(2) KPD	(b) Katholiken
(3) DNVP	(c) Rechtsliberaler Mittelstand und Großindustrie
(4) Zentrum	(d) Liberales Bürgertum
(5) SPD	(e) Monarchisten, Großgrundbesitzer, Konservative
(6) DVP	(f) Anhänger der Revolution

5. Entwirf ein vereinfachtes Schaubild der Weimarer Reichsverfassung und erläutere es.

Freikorps: Nach dem Ersten Weltkrieg meist von Offizieren, die nicht in die Reichswehr (vgl. S. 66, 128) übernommen wurden, als Freiwilligenverbände gegründet; politisch rechtsradikal. Von der Reichsregierung unterstützt und im Grenzschutz im Osten des Reiches (Baltikum, Oberschlesien) sowie im Reich gegen linksradikale Aufstände eingesetzt.

Räterepublik: Staatsform ohne Gewaltenteilung. Vertreter der Arbeiter, Soldaten und Bauern werden mit überparteilichen Listen in Betriebs-, Wohn- oder Verwaltungseinheiten gewählt, sind an Aufträge und Weisungen der Wähler gebunden („imperatives Mandat") und jederzeit abwählbar. Die jeweiligen Räteorgane (Zentralrat o. ä.) besitzen volle Gewalt. Das Rätesystem erstrebt eine „direkte" Demokratie.

Spartakusbund: Am 1. 1. 1916 als linke Opposition gegen Kriegspolitik der SPD gegründet, geführt von Karl Liebknecht und Rosa Luxemburg (die das Spartakusprogramm prägt und anstelle einer bolschewistischen Kaderpartei einen demokratischen Kommunismus anstrebt). Die Spartakisten scheitern in der „Novemberrevolution" und im Januaraufstand, verschmelzen mit der KPD.

Weimarer Koalition: Regierungsbündnis zwischen SPD, Zentrum und DDP seit der Weimarer Nationalversammlung; schafft stabile Verhältnisse bis zum Verlust der absoluten Mehrheit 1920. Später durch Einbeziehung der DVP zur „Großen Koalition" erweitert (1923, 1928–1930).

3. 10. 1918	Prinz Max von Baden Reichskanzler
28. 10. 1918	Verfassungsreform: Parlamentarische Monarchie
3./4. 11. 1918	Matrosenaufstand in Kiel
9. 11. 1918	Ausrufung der Deutschen Republik. „Rat der Volksbeauftragten"
11. 11. 1918	Waffenstillstand
16.–20. 12. 1918	Rätekongreß in Berlin
1. 1. 1919	Gründung der KPD
5.–15. 1. 1919	Januaraufstand in Berlin
19. 1. 1919	Wahlen zur Weimarer Nationalversammlung
28. 6. 1919	Unterzeichnung des Versailler Vertrags
11. 8. 1919	Weimarer Reichsverfassung tritt in Kraft

Quellennachweis

(1) W. Besson: Friedrich Ebert. Göttingen 1963, S. 75.
(2) W. Groener: Lebenserinnerungen. Göttingen 1957, S. 467.
(3) Ph. Scheidemann: Memoiren eines Sozialdemokraten, Bd. II. Dresden 1928, S. 312.
(4) Zitiert nach: W. Herbst u. a. (Hrsg.): Die Novemberrevolution in Deutschland (Dokumente). Berlin (Ost) 1958, S. 113.
(5) Dokumente der deutschen Politik und Geschichte, Bd. 2, S. 424.
(6) Aus: Die deutsche Revolution 1918–1919. Zitiert aus: Weltgeschichte im Aufriß, Bd. 3/1, a. a. O., S. 224 f.
(7) Zitiert aus: H. Kaack: Geschichte und Struktur des deutschen Parteiensystems. Opladen 1971, S. 137 ff.

Lesetip

W. Besson: Friedrich Ebert. Musterschmidt, Pers. u. Gesch. 30 (WD)
U. Czisnik: Gustav Noske, Musterschmidt, Pers. u. Gesch. 53 (WD)
W. Fährmann: Zeit zu hassen, Zeit zu lieben. Arena, Würzburg 1985 (JB)
S. Haffner: 1918/1919. Eine deutsche Revolution. Rowohlt 7455 (SB)
E. Hetmann: Rosa Luxemburg. Fischer Tb. 3711 (SB)
H.-G. Kluckert: Aufbau und Zerstörung der Demokratie. Die Weimarer Republik 1919–1933. Erlebte Geschichte, lebendige Politik. Freiburg 1983 (SB)
K. Kordon: Die Roten Matrosen oder: Ein vergessener Winter. Beltz, Weinheim 1985 (JB)

5.2 Krisenjahre der jungen Republik

Wahlplakat der Deutschnationalen (1924), mit dem die Sozialdemokraten verleumdet werden.

Reichskanzler Wirth am 25. 6. 1922 vor dem Reichstag:

„Da steht (nach rechts) der Feind, der sein Gift in die Wunden eines Volkes träufelt. – Da steht der Feind – und darüber ist kein Zweifel: dieser Feind steht rechts!" Q

Der englische Botschafter in Berlin am 31. 12. 1923 in seinem Tagebuch:

„Nun geht das Krisenjahr zu Ende. Die inneren und äußeren Gefahren waren so groß, daß sie Deutschlands ganze Zukunft bedrohten ... Wenn man zurückblickt, sieht man klarer, wie nah dieses Land am Abgrund stand." Q

- Wie standfest war die Demokratie in Deutschland, und wie anfällig war die Weimarer Republik für Krisen?
- Was hatten die Gegner der Republik gegen den demokratischen Staat, und welche Ziele verfolgten sie?
- Wie ist die Weimarer Republik in den ersten Krisenjahren mit ihren Gegnern fertig geworden?

Die Münchener Räteregierung. In München bestand seit dem 8. November eine Regierung aus SPD und USPD mit dem Unabhängigen Kurt Eisner an der Spitze. Der bayerische König floh ins Ausland. Der neuen Regierung fehlte jedoch die politische Autorität. Bei den Landtagswahlen am 12. Januar 1919 erwies sich, daß sie auch kein Vertrauen beim Volk besaß. Eisners USPD erhielt nur 3 von 180 Sitzen. Eisner blieb zwar noch im Amt, wurde aber am 21. Februar von einem ehemaligen Leutnant der bayerischen Armee auf offener Straße erschossen. Er war auf dem Wege zum Landtag, wo er den Rücktritt seiner Regierung anbieten wollte.

Nun erhoben sich die Revolutionäre: Kommunisten, Anarchisten und der linke Flügel der Unabhängigen, die am 7. April in München die Räterepublik ausriefen. In der Proklamation hieß es: „Die Diktatur des Proletariats, die nun zur Tatsache geworden ist, bezweckt die Verwirklichung eines wahrhaften sozialistischen Gemeinwesens, in dem jeder arbeitende Mensch sich am öffentlichen Leben beteiligen soll, einer gerechten sozialistisch-kommunistischen Wirtschaft."

Der eilig gebildeten „Roten Armee" mangelte es an Disziplin. Es kam zu sinnlosen Geiselmorden. Die rechtmäßige Regierung Hoffmann (SPD) floh nach Bamberg. Sie ließ Freiwilligenverbände aufstellen und bat die Reichsregierung um militärische Hilfe. Am 1. und 2. Mai 1919 marschierten Freikorps und reguläre Truppenverbände in München ein. Sie „rächten" sich an den „Rotarmisten" durch die Erschießung mehrerer hundert Geiseln und Gefangenen. Auf so blutige Weise wurde in München „die Ordnung wiederhergestellt".

Bedrohung von rechts und von links. Immer häufiger vertraten rechtsgerichtete Politiker den Standpunkt, daß die Armee im Felde unbesiegt geblieben sei, daß ihr aber die politischen Kräfte der Heimat in den Rücken gefallen seien. Im November 1919 mußten Hindenburg und Ludendorff vor einem parlamentarischen Untersuchungsausschuß über die Ursachen des Zusammenbruchs aussagen. Dabei erklärte Hindenburg, die deutsche Armee sei „von hinten erdolcht worden". So entstand die *„Dolchstoßlegende"**, die von der rechten Presse hochgespielt wurde. → (2)

Anfang 1920 putschte eine Freikorpsbrigade („Brigade Ehrhardt") in Berlin. Sie wurde vom Reichswehrgeneral v. Lüttwitz unterstützt. Der Chef der Reichswehr weigerte sich, Truppen gegen die Putschisten einzusetzen. Die Reichsregierung zog sich nach Stuttgart zurück. Die Putschisten besetzten Berlin. Der Ostpreußische Landschaftsdirektor (Regierungspräsident) Kapp ernannte sich zum Kanzler. Die Gewerkschaften proklamierten den Generalstreik, der Putsch brach zusammen. Gleichzeitig kam es im Ruhrgebiet zu größeren Arbeiteraufständen. Eine „Rote Armee" entstand, die weite Teile des Ruhrgebietes besetzte. Gegen sie setzte Wehrminister Noske die Reichswehr ein. Die aufständischen Arbeiter unterlagen. Noske mußte zurücktreten; seine Partei (die SPD) und die Gewerkschaften kritisierten, daß er auf revoltierende Arbeiter, aber nicht auf putschende Militärs habe schießen lassen. → (1)

Im Juni 1920 fanden Neuwahlen zum Reichstag statt. Das Ergebnis: Linksparteien und Rechtsparteien erhielten viele Stimmen. Die Weimarer Koalition verlor ihre Mehrheit. In der neuen Regierung, einem Minderheitskabinett unter Reichskanzler Wirth, war die SPD nicht mehr vertreten.

Die KPD war bis dahin eine unbedeutende Partei, die auf 2% der Stimmen kam. Die bedeutendere Linkspartei war die USPD mit 18% der Stimmen. Die Frage, ob die USPD der Kommunistischen Internationale beitreten sollte, führte zur Spaltung. Auf dem Parteitag im Oktober 1920 beschloß ein großer Teil der USPD die Vereinigung mit der KPD. Eine Rest-USPD blieb noch selbständig, bis sie 1922 der SPD beitrat.

Die KPD war nun zu einer starken Massenpartei von ca. 400 000 Mitgliedern geworden. Die Zentrale – unter dem Einfluß Moskaus – glaubte, nun die Revolution auslösen zu können. Sie organisierte 1921 in Mitteldeutschland und Hamburg bewaffnete Aufstände der Arbeiter, die aber auch hier von Truppen niedergeschlagen wurden.

Ruhrkampf und Inflation. Der Staat hatte sich, um die Kriegskosten finanzieren zu können, bei der Bevölkerung ungeheuer verschuldet. Nach dem Krieg kamen die Reparationen hinzu, die Deutschland in harter Währung, in Goldmark, bezahlen mußte. Aber woher das Geld nehmen? Die Reichsbank erhöhte laufend die Menge des umlaufenden Geldes, was den Wert der Mark drückte. Es kam zu einer galoppierenden Inflation (Geldentwertung).

Frankreich fürchtete, daß Deutschland nicht mehr zahlen könnte, und besetzte Anfang 1923 das Ruhrgebiet. Die Reichsregierung verkündete den *„passiven Widerstand"**. Die Eisenbahner streikten. Viele Betriebe lagen still. Die Bevölkerung des besetzten Gebietes mußte vom Reich finanziell unterstützt werden. Das kostete schließlich täglich 40 Millionen Goldmark. Dadurch galoppierte die Inflation noch schneller.

Die Deutschen mußten den „passiven Widerstand" aufgeben. Die Regierung trat zurück. In der Stunde der Not schlossen sich Sozialdemokraten, Zentrum und die DVP zur Großen Koalition zusammen.

Gustav Stresemann von der DVP wurde Reichskanzler und beendete den aussichtslosen Ruhrkampf. Im November 1923 erhielt Deutschland eine neue Währung: die „Rentenmark". Eine Rentenmark entsprach dem Wert von einer Billion Inflationsmark. Das neue Geld behielt seine Kaufkraft. Aber der kleine Mann hatte seine Ersparnisse verloren und war verarmt. Der Staat allerdings war durch Inflation und Währungsreform seine Schulden im Inland losgeworden. → (3)

Der Hitlerputsch. In den letzten Wochen der Inflationszeit 1923 brachen in Deutschland erneut Unruhen aus: In Hamburg erhoben sich Arbeiter unter Führung der Kommunisten; in Sachsen und Thüringen, wo ebenfalls Aufstände drohten, griff die Reichswehr ein. Ein Reichskommissar, von Berlin eingesetzt, bildete die Landesregierungen um.
Aus Protest gegen die Beendigung des Ruhrkampfes verkündete die bayerische Regierung den Ausnahmezustand. Sie wollte die bayerische Monarchie wiedererrichten und stützte sich auf nationale Wehrverbände und auf die bayerischen Kontingente der Reichswehr. Generalstaatskommissar von Kahr übernahm die gesamte Regierungsgewalt. Bayern sollte sich aus dem Reich lösen. Unter den Wehrverbänden war auch die SA (Sturmabteilungen), die Kampftruppe der Nationalsozialistischen Deutschen Arbeiterpartei (NSDAP). Ihr Führer, Adolf Hitler, glaubte, die Macht an sich reißen zu können: nicht um die Monarchie zu errichten, sondern um die Berliner Reichsregierung zu stürzen. Kahr konnte Hitler als „Trommler" gut gebrauchen. In der Nacht vom 8. zum 9. November 1923 versuchte Hitler in München mit Hilfe seiner SA einen Putsch. Er hatte General Ludendorff für den Plan gewonnen. Von Bayern aus sollte mit Unterstützung der Reichswehr der „Marsch auf Berlin" folgen. Aber die Reichswehr machte nicht mit, der Putsch mißlang. Hitler und seine engsten Anhänger kamen wegen Hoch- und Landesverrat vor Gericht. Das Urteil lautete: 5 Jahre Festungshaft. Doch Hitler verbrachte nur 9 Monate in milder Haft, er wurde vorzeitig entlassen. In der Haft schrieb er „Mein Kampf", die spätere „Bibel" der Nationalsozialisten. → (4)

Reichskanzler Stresemann war harten Angriffen ausgesetzt. Die Rechtsparteien warfen ihm *„Erfüllungspolitik"** vor, weil er die Auflagen des Friedensvertrages erfüllte. Die Linksparteien tadelten, daß die Regierung wohl gegen die Aufstände in Sachsen und Thüringen, nicht aber gegen die Rechten in Bayern vorgegangen war. Stresemann stellte die Vertrauensfrage im Reichstag und trat zurück, als die Mehrheit nicht zustimmte. Die SPD war lange Zeit in keiner Regierung mehr vertreten. Die Regierungen der folgenden Jahre besaßen keine parlamentarische Mehrheit.

(1) Warum scheiterte der Kapp-Putsch?

Die „Regierung" Kapp:

„Während General v. Lüttwitz die Lage in Berlin militärisch unter Kontrolle hatte, saß Kapp in der Reichskanzlei und war ratlos. Eine Kabinettsliste besaß er nicht; sich selbst ernannte er zum Reichskanzler und preußischen Ministerpräsidenten, Lüttwitz zum Reichswehrminister, den früheren Berliner Polizeipräsidenten v. Jagow zum preußischen Innenminister, aber viel mehr an Personal besaß er nicht. Die Beamten der Reichskanzlei hatten ihm kühl erklärt, seine Legitimation nicht anerkennen zu können, und unter Mitnahme der Staatssiegel das Haus verlassen. Zwar hatte Kapp einige Kundgebungen ausgearbeitet, aber es fand sich weder eine Schreibmaschine noch eine Stenotypistin; endlich requirierten Soldaten eine Schreibmaschine in einem Geschäft, und Kapps Tochter tippte die Texte, aber mittlerweile war es Sonnabendabend geworden und längst zu spät für die Wochenendausgaben der Hauptstadtpresse. Und so ging es weiter; die Reichskanzlei füllte sich mit Postenjägern und pensionierten Generalen, die auf Verwendung hofften." (1)

Die Reichsregierung:

„Fern von Berlin, ohne militärische Macht, konnte die rechtmäßige Reichsregierung sich nur an das deutsche Volk wenden. Sie tat dies unmittelbar, durch ihre Aufrufe zu Widerstand und Ungehorsam gegen die Anordnungen der Aufrührer. Und der Allgemeine Deutsche Gewerkschaftsbund, der Eisenbahnerbund, die Deutsche Demokratische Partei, die USP und andere Organisationen des politischen Lebens riefen, das Bemühen der Regierung unterstützend, den Generalstreik aus. Diese Parole wurde überall befolgt ...
Bereits am zweiten Tage von Kapps Herrschaft tauchten unüberwindliche Schwierigkeiten auf: Die Beamten der obersten Reichsbehörden verweigerten dem Usurpator den Gehorsam – es war der einzige bedeutsame Fall eines Beamtenstreiks in der deutschen Geschichte. Drohende

Aufruf der Reichskanzlei

Kapp und Lüttwitz sind zurückgetreten.

Das verbrecherische Abenteuer in Berlin ist beendet.

Vor der ganzen Welt ist im Kampfe der letzten Tage der unwiderlegliche Beweis geführt worden, daß die Demokratie in der deutschen Republik keine Täuschung ist, sondern die alleinige Macht, die auch mit dem Versuch der Militärdiktatur im Handumdrehen fertig zu werden versteht.

Das Abenteuer ist beendet!

Der verbrecherisch unterbrochene Aufbau von Staat und Wirtschaft muß wieder aufgenommen und zum Erfolg geführt werden. Dazu ist vor allem nötig, daß die Arbeiterschaft ihre starke Waffe, den

Generalstreik niederlegt.

In zahlreichen Städten ist die Arbeit bereits wieder aufgenommen. Nun gilt es, alle Teile der

Wirtschaft wieder in Gang zu setzen.

Zu allererst die Kohlenförderung, ohne die es überhaupt kein Wirtschaftsleben gibt. Arbeiter, seid jetzt ebenso tatkräftig und friedfertig zur Stelle wie bei der Abwehr der Volksverführer! Jeder Mann an die Arbeit!

Die Reichsregierung wird mit aller Kraft die Aufnahme des Wiederaufbaues fördern,

die Hochverräter

die Euch zum Generalstreik gezwungen haben,

der strengsten Bestrafung zuführen

und dafür sorgen, daß nie wieder eine Soldateska in das Geschick des Volkes eingreifen kann.

Den Sieg haben wir gemeinsam errungen! Ans Werk!

Der Reichspräsident. Ebert. **Die Reichsregierung.** Bauer.

Erlasse der Gegenrevolutionäre gegen Streik und Dienstverweigerung blieben ohne Wirkung. Der Kreis um Kapp konnte sich nicht erweitern ... Selbst die militärischen Führer des Staatsstreiches bliesen jetzt zum Rückzug. Indem Kapp in klarer Entstellung der Tatsachen seine Ziele als erreicht bezeichnete, erklärte er am 17. März – vier Tage nach Beginn seines Putsches – seinen ‚Rücktritt' als Kanzler und flüchtete." (2)

(a) Was könnt ihr aus dem „Aufruf der Reichskanzlei" über den Kapp-Putsch erfahren?

(b) Erklärt, worauf die Schwäche der „Regierung" Kapp und die Stärke der Reichsregierung beruhte.

(c) Erörtert am Beispiel des Kapp-Putsches die Chancen eines Widerstands gegen einen Staatsstreich.

(2) „Der Feind steht rechts!"

Aus dem Interview eines Freikorpsoffiziers im Winter 1919/1920:

„... Wissen Sie, daß sich uns alten Soldaten das Herz im Leibe umgewendet hat, als so im Nu die schwarzweißrote Fahne abgeschafft wurde? Wissen Sie, daß unter dieser Fahne, die man einfach auf den Kehrichthaufen geschmissen hat, tausende, zehntausende, hunderttausende Soldaten, Mannschaften und Offiziere in Feindesland bestattet liegen ...? Ja, heulen könnte man, daß sie einem diese Fahne genommen haben ... Ich mache kein Hehl daraus, daß ich Monarchist bin. Mein Gott, wenn man dreißig Jahre lang seinem König und Kaiser treu gedient hat, dann kann man nicht plötzlich sagen: von morgen an bin ich Republikaner ... Aber fürchten Sie nichts: Ich halte es für unmöglich, die Monarchie im Augenblick wieder aufzurichten. Das verbietet uns allein schon die Entente. Aber was in zehn Jahren sein kann, wie sich da die Verhältnisse verändert haben können – das wissen wir alle nicht. Natürlich: ein kaiserliches oder königliches Regime, wie wir es vor dem Kriege gehabt haben, das paßt dann bestimmt nicht mehr. Eine demokratische Monarchie ließe sich indessen wohl vorstellen ..." (3) Q

Walther Rathenau, Reichsaußenminister im Kabinett Wirth, meinte 1922 zu einem Bekannten:

„Wenn ich mich jetzt Unter den Linden aufstelle und rufe: Hoch die große alte Zeit! Hoch Bismarck, hoch Kaiser und Reich, hoch das glorreiche alte Preußen! dann werde ich vielleicht verhaftet, die Männer aber blicken mit Rührung auf mich, und die Frauen werfen mir Kußhändchen zu. Schreie ich jedoch: Hoch die Republik! so lacht alles." ... Q

Politische Morde:

„Am 26. August 1921 wurde Matthias Erzberger auf einem Spaziergang im Schwarzwald von zwei ehemaligen Offizieren niedergeschossen. Als die Täter befragt wurden, warum sie diesen Mann ermordet hätten, sagten sie: Das ist der Lump, der das Waffenstillstandsabkommen unterzeichnet hat. Er hat Deutschlands Schande verursacht! Weshalb dieser Zivilist und nicht Hindenburg unterschrieben hatte, wußten sie nicht.
Das gleiche Schicksal wie Erzberger traf im Juni 1922 den Außenminister Walther Rathenau. Heimtückisch hatte man ihn durch einen Telefonanruf aus seinem Haus im Berliner Grunewald herausgelockt. Als er einige Minuten später im offenen Wagen durch eine einsame Villenstraße in sein Ministerium fuhr, überholte ihn ein Militärfahrzeug. Gewehrschüsse knallten, eine Handgranate detonierte. Rathenau lag tödlich getroffen in seinem Blute. Warum wurde der Außenminister ermordet? Für die jungen Leute, die das Attentat durchführten, war Rathenau ein Landesverräter." (4)

(a) Arbeitet aus den beiden Quellentexten heraus, welche „Ideale" die Gegner der Republik anstrebten.

(b) Warum wurden Mitglieder der Reichsregierung als „Vaterlandsverräter", „Novemberverbrecher", „Erfüllungspolitiker" bezeichnet und manche von ihnen umgebracht?

(c) Untersucht anhand der Tabelle die politische Einstellung der Richter in der Weimarer Republik. Wie ist diese Einstellung zu erklären und einzuschätzen?

Die Sühne der politischen Morde	Politische Morde begangen von Linksstehenden	Rechtsstehenden	Gesamtzahl
Gesamtzahl der Morde	22	354	376
davon ungesühnt	4	326	330
teilweise gesühnt	1	27	28
gesühnt	17	1	18
Zahl der Verurteilungen	38	24	
Geständige Täter freigesprochen	–	23	
Geständige Täter befördert	–	3	
Dauer der Einsperrung je Mord	15 Jahre	4 Monate	
Zahl der Hinrichtungen	10	–	
Geldstrafe je Mord	–	2 Papiermark	

(5)

(3) Das Elend der Inflation

Ein US-Dollar kostete:

1. Juli 1914	4,20 Reichsmark
Dezember 1918	8,—
Mai 1921	62,75
Sommer 1921	100,—
Sommer 1922	500,—
November 1922	6 000,—
Januar 1923	10 500,—
Februar 1923	40 000,—
Juni 1923	150 000,—
15. November 1923	1 260 Milliarden
20. November 1923	4 200 Milliarden
danach:	4,20 Rentenmark

Am 5. November 1923 kosteten in Berlin:

	Papiermark	Goldmark
1 kg Roggenbrot	78 Mrd.	0,78
1 kg Kartoffeln	6,4 Mrd.	0,06
1 kg Rindfleisch	240 Mrd.	2,40
1 kg Butter	420 Mrd.	4,20
10 km Eisenbahnfahrt	172 Mrd.	0,33
1 Fahrschein der Straßenbahn	10 Mrd.	0,08
1 Inlands-Brief	1 Mrd.	0,01

(6)

Zeitgenossen erinnern sich:

„Eine wilde Jagd setzte nach den Auszahlungen der Löhne und Gehälter ein, die in immer kürzer werdenden Abständen erfolgten. Dann kam die Zeit, da die Geschäftsleute nach dem letzten Stande des Dollars ihre Preise heraufsetzten. Alle Welt beeilte sich, das morgens erhaltene Geld bis mittags auszugeben.
Die tollsten Monate begannen. Die Papierfabriken arbeiteten Tag und Nacht. 1723 Druckmaschinen spieen ohne Pausen die Noten mit Milliarden und Billionenwerten aus. Ungezählte Maschinen druckten Notgeld für die Behörden und Konzerne. Die Wagen mit Geld fuhren durch die Straßen. Aber die Zeiten der Überfälle auf Geldtransporte, die Ende 1919 und 1920 überall vorkamen, waren vorbei. Das Geld übte keine Anziehungskraft mehr aus." (7) Q

„25. Dezember 1923. Das auffallendste Kennzeichen der neuen Lage ist die erstaunliche Ruhe und Besserung, die unter der Berührung des Zauberstabes der Währungsstabilität eingetreten ist ... Die Lebensmittel in den großen Städten sind plötzlich in Hülle und Fülle vorhanden – Kartoffeln und Getreide werden in großen Mengen auf den Markt gebracht, während die Butter, die man bis jetzt nur in besseren Stadtvierteln bekam, jetzt zu einem bestimmten, wenn auch hohen Preise überall erhältlich ist. Die Schlachthäuser haben jetzt reichlich zu tun – Viehladungen treffen von überall ein – und die Polonäsen [hier: Menschenschlangen] vor den Schlächterläden und Lebensmittelgeschäften sind verschwunden. Die wirtschaftliche Entspannung hat eine politische Beruhigung mit sich gebracht. Von Diktatur und Putschen wird nicht mehr geredet, und selbst die äußersten Flügelparteien haben für den Augenblick aufgehört, Unruhe zu stiften." (8) Q

(a) Arbeitet aus den Materialien zu dieser Aufgabe heraus, was man unter „galoppierender Inflation" versteht.

(b) Wie würdet ihr euch in einer solchen Situation verhalten?

(c) Beendigung des Ruhrkampfes und Überwindung der Inflation: Wie hängt beides zusammen, und wie wirkte sich die Währungsreform aus?

(4) Die Anfänge Hitlers

„Adolf Hitler war der Sohn eines österreichischen Zollbeamten. Mit vierzehn Jahren verlor er den Vater. Nachdem er einige Jahre die Realschule in Linz besucht hatte, versuchte er vergeblich, zum Studium an der Wiener Kunstakademie aufgenommen zu werden. Als das mißlang, verzichtete er auf eine ordentliche Berufsausbildung und verdiente sein Brot von 1909 bis 1913 in Wien mit Gelegenheitsarbeiten, wobei er in einem Armenhospital wohnte. In diesen Jahren bildete sich seine Gesinnung. Von einem berühmten Dasein als Maler und Architekt träumend, fühlte er sich trotz seines ärmlichen Daseins nicht als Proletarier. Unter dem Einfluß von zwei Wiener Volksbewegungen wurde er von einem Haß gegen Gewerkschaften und Sozialisten sowie vom Antisemitismus ergriffen.

Die Führer des Hitler-Putsches nach einer Gerichtsverhandlung vor dem Münchener Sondergericht im März 1924. Von links nach rechts: Pernet, Weber, Frick, Kriebel, Ludendorff, Hitler, Brückner, Röhm, Wagner.

Bei Kriegsausbruch 1914 war er in München. Er meldete sich kriegsfreiwillig. In der Truppe fand er erstmalig den Rückhalt und die Ordnung, die er bisher nicht gekannt hatte. Als Meldegänger an der Westfront erhielt er das EK II und EK I [Eisernes Kreuz = Kriegsauszeichnung]. Bei Kriegsende lag er gasblind in einem Lazarett in Pommern, wo er ‚beschloß, Politiker zu werden'. Im Winter 1918/19 erlebte er in München die Niederschlagung der Rätediktatur. Im Auftrag der bayerischen Reichswehrführung wurde er als politischer Agent (V-Mann) zur Propagandatätigkeit innerhalb und außerhalb der Truppe geschult und eingesetzt. In dieser Tätigkeit stieß er zur Deutschen Arbeiterpartei, deren Ausbau und Organisation er übernahm und die in Bayern bald eine wachsende Zahl von Anhängern gewann.
1920 gab er der Bewegung den Namen ‚Nationalsozialistische Deutsche Arbeiterpartei'. Im Programm der Partei von 1920 verbanden sich nationale Forderungen (Gleichberechtigung Deutschlands, Erwerb von Kolonien, Anschluß Österreichs) mit ausgesprochen sozialistischen Gedanken (Verstaatlichungen, Bodenreform, Gewinnbeteiligung der Arbeiter, Brechung der ‚Zinsknechtschaft'). Damit waren alle Schichten angesprochen. Auch war der Antisemitismus als Forderung im Parteiprogramm enthalten (die Juden sollen die Staatsbürgerrechte verlieren). Mit dieser Partei begann Hitler den Kampf gegen die ‚Novemberverbrecher'." (9)

Sebastian Haffner über Hitler in der Zeit vor dem Putsch:

„Er wußte jetzt, daß er etwas konnte, was kein anderer konnte. Er wußte auch bereits, zumindest auf innenpoliti-

schem Gebiet, genau, was er wollte; und er konnte nicht umhin zu bemerken, daß von den anderen, zunächst weit prominenteren Politikern der rechten Szene, auf der er in den folgenden Jahren eine Figur wurde, keiner wirklich genau wußte, was er wollte. Beides zusammen mußte ihm ein Gefühl der Einzigartigkeit geben, für das er immer schon, auch und gerade als Gescheiterter und ‚Verkannter', eine Anlage gehabt hatte. Daraus entwickelte sich allmählich der wohl wirklich größte und umwälzende Entschluß seines politischen Lebens, der Entschluß, ‚Der Führer' zu werden." (10)

Aus der Anklageschrift vom 8. 1. 1924 im Prozeß gegen die Anführer des Hitlerputsches:

„Hitler war die Seele des ganzen Unternehmens. Er entwarf den Plan zu dem Unternehmen, setzte sich bei der Ausführung an die Spitze, er erklärte den Sturz der Regierung im Reich und in Bayern, er verteilte die neuen Ämter und nahm für sich selbst die oberste Leitung der Reichspolitik allein in Anspruch. Er war bemüht, das Unternehmen zu festigen und zu erweitern und es auch dann noch fortzuführen, als ihm die völlige Aussichtslosigkeit vollkommen klar sein mußte." (11) Q

(a) Skizziert eine Stufenfolge in Hitlers Werdegang zum „Führer" der Nationalsozialisten.

(b) Was hebt S. Haffner, was hebt die Anklageschrift gegen Hitler besonders hervor? Was fällt bei dem Foto auf?

(c) Besprecht, wo Hitler seine Anhänger und Sympathisanten finden konnte.

1. Ein hoher Beamter äußerte über die Weimarer Republik: „Man dient der Republik, aber man liebt sie nicht." Was heißt das?

2. Besprich die Aussage, die Absicht und mögliche Wirkung des Plakates auf S. 106.

3. Berichte, worauf sich das unten abgebildete Plakat und die danebenstehende Abbildung beziehen und wie die Ereignisse endeten.

4. Nimm Stellung zur „Proklamation an das deutsche Volk!" auf S. 111

Dolchstoßlegende: Sachlich unhaltbare Behauptung, daß die Niederlage der Mittelmächte im Ersten Weltkrieg nicht auf Überlegenheit der Gegner, sondern auf Versagen der politischen Führung und auf zersetzende Wirkung sozialistischer und pazifistischer Kräfte auf die „im Felde unbesiegte" Armee zurückzuführen sei. Der Vorwurf, erstmals von Hindenburg im Nov. 1919 formuliert, wurde von konservativ-nationalistischen Kreisen zur Propaganda gegen die Republik genutzt und trug zur Abneigung gegen den neuen Staat bei.

Erfüllungspolitik: Von den Regierungen der Kanzler Wirth und Stresemann angestrebte strikte Einhaltung der Versailler Vertragsbestimmungen, bes. in bezug auf Reparationszahlungen und Rüstungsbeschränkungen, mit dem Ziel, guten Willen zu zeigen, um so die Grenzen der Leistungsfähigkeit des Deutschen Reiches unter Beweis zu stellen und eine schrittweise Revision der Bestimmungen zu erreichen. Von den Gegnern der Weimarer Republik wurde diese Politik als Verzichtpolitik denunziert; Erzberger und Rathenau wurden als ihre Vertreter ermordet.

Passiver Widerstand: Versuch, durch gewaltlosen Widerstand und Leistungsverweigerung oder Boykott den Gegner zum Abbruch seiner Gewaltherrschaft oder Unterdrückungsmaßnahme zu veranlassen. Von Gandhi gegen die britische Kolonialmacht, von der deutschen Bevölkerung im Ruhrkampf gegen Franzosen und Belgier angewandt.

März 1920	Kapp-Putsch
März-Mai 1920	Aufstand an der Ruhr
Januar 1923	Ruhrbesetzung
9. 11. 1923	Hitlerputsch in München
15. 11. 1923	Währungsreform

Quellennachweis

(1) H. Schulze: Weimar. Deutschland 1917–1933. Berlin 1982, S. 215 f.
(2) A. Schwarz: Die Weimarer Republik, in: Handb. der deutschen Geschichte, hrsg. v. Brandt/Meyer/Just, Bd. IV, 3, S. 62.
(3) Zitiert aus: O.-E. Schüddekopf: Das Heer und die Republik. Hannover/Frankfurt 1955, S. 51.
(4) C. Hagener: Die Weimarer Republik. Braunschweig 1963, S. 95.
(5) H. Pross: Die Zerstörung der deutschen Politik. Dokumente 1871–1933. Fischer Tb. 264, S. 140.
(6) Geschichte mit Pfiff 1/1980, S. 8.
(7) R. Gaette, in: Arbeit und Wirtschaft, Heft III, Frankfurt 1964, S. 47 f.
(8) Viscount d'Abernon: Memoiren, Bd. II. Leipzig o. J., S. 329 f.
(9) E. Krautkrämer, E. Radbruch: Wandel der Welt. Bad Homburg [6]1976, S. 161.
(10) S. Haffner: Anmerkungen zu Hitler. München 1978, S. 23 f.
(11) Zitiert aus: E. Deuerlein: Der Aufstieg der NSDAP 1919–1933 in Augenzeugenberichten. Düsseldorf 1968, S. 203.

Lesetip

E. Deuerlein: Der Aufstieg der NSDAP in Augenzeugenberichten. dtv 2701 (QS)
W. Maser: Adolf Hitler. Moewig Tb. 4325 (SB)
E. Schulin: Walther Rathenau. Musterschmidt, Pers. u. Gesch. 104/104 a (WD)
H. Steffahn: Adolf Hitler. Rowohlt Bildmonographie 316 (SB)

5.3 Fortschritte in der Außenpolitik

Stresemann (3. v. rechts) und Briand (ganz rechts) bei einem der Gipfeltreffen während der Konferenzen über die deutsch-französische Verständigung im Hotel Splendid in Lugano. In der Bildmitte der englische Außenminister Joseph Austen Chamberlain.

Erich Eyck, ein Historiker, über Stresemann:

„Die äußere Erscheinung des deutschen Ministers mit seinem Stiernacken, dem fast kahlen Schädel und der zuweilen überlauten scharfen Stimme konnte auf den ersten Augenblick weder Chamberlain noch Briand sehr behagen; sie entsprach zu sehr dem Bild des Deutschen, wie man ihn im Ausland nicht liebte. Aber sie waren beide geschulte und erfahrene Parlamentarier und hatten Verständnis für die Kunst, mit der Stresemann alle Register zu ziehen verstand, vorsichtig tastend, wenn er fühlte, daß die Situation gefährlich war, aber auch nachdrücklich, ja rhetorisch, wenn er das Bedürfnis empfand, der anderen Seite die Wichtigkeit eines bestimmten Gesichtspunktes recht deutlich zu machen. Sie überzeugten sich allmählich, daß er, so hartnäckig er auch für seine Forderungen kämpfte, doch ehrlich eine Verständigung erstrebte und dieses Ziel nie aus den Augen ließ." (1)

- Welche Ziele hatte die deutsche Außenpolitik: Frieden und Völkerverständigung oder Vorteile für das eigene Land – oder vielleicht beides?
- Wie gelangte Deutschland aus der Isolierung und der Rolle eines besiegten Landes wieder zur internationalen Gleichberechtigung?
- Wem waren diese Fortschritte in der Außenpolitik zu verdanken?

Der Vertrag von Rapallo. 1922 trat in Genua eine Konferenz von 28 Staaten zusammen, um die wirtschaftlichen Probleme Europas zu beraten. Im Vordergrund stand die Reparations- und Schuldenregelung. Auch Sowjetrußland war eingeladen. Die Sowjetregierung hatte gleich nach der Revolution die zaristischen Schulden für nichtig erklärt, was die feindliche Haltung der Westmächte gegenüber Rußland verstärkte. Noch war Sowjetrußland außenpolitisch isoliert (vgl. S. 67).
Nun ergab sich eine Möglichkeit, die russische Schuldenfrage zu lösen. In Versailles waren Rußland grundsätzlich Reparationsansprüche gegen Deutschland zugestanden worden. Nun hätte Rußland seine Ansprüche gegen Deutschland an die Westmächte abtreten können, um damit seine Schulden zu verrechnen. Die deutschen Vertreter in Genua erkannten diese Gefahr. Sie begannen mit der sowjetischen Delegation zu verhandeln. Außenkommissar Tschitscherin und der deutsche Außenminister Rathenau einigten sich in Rapallo, einem Vorort Genuas. Die Westmächte wurden von dem deutsch-russischen Vertrag überrascht. → (1) (3)
Der *Vertrag von Rapallo** nützte beiden Staaten. Rußland durchbrach seine Isolierung; in den nächsten Jahren erkannten die meisten europäischen Staaten die Sowjetunion an. Deutschland lockerte mit Rapallo die Fesseln des Versailler Vertrages.

Das Vertragswerk von Locarno. Der britische Außenminister Chamberlain und sein französischer Kollege Briand waren überzeugt, daß Deutschland die harten Friedensauflagen von Versailles auf Dauer nicht tragen würde. Sie suchten nach Wegen, um den deutsch-französischen Gegensatz abzubauen. In Deutschland war Gustav Stresemann damals (1924) Außenminister. Auch er wollte dem französischen Nachbarn entgegenkommen, weil nur so Erleichterungen für Deutschland erreichbar schienen. Es kam zu Verhandlungen, an denen neben Frankreich, Deutschland und Großbritannien auch Italien, Belgien, Polen und die Tschechoslowakei teilnahmen. Am 16. Oktober 1925 wurde der *Vertrag von Locarno** abgeschlossen. Deutschland, Frankreich und Belgien bestätigten sich die Unverletzlichkeit der Grenzen, wie sie durch den Versailler Friedensvertrag festgesetzt worden waren. Deutschland akzeptierte die unbefristete Entmilitarisierung des Rheinlandes. Weiterhin hieß es: „Deutschland und Belgien und ebenso Deutschland und Frankreich verpflichten sich gegenseitig, in keinem Falle zu einem Angriff oder zu einem Einfall oder zum Kriege gegeneinander zu schreiten.“ → (2)

Der deutsch-sowjetische Vertrag von Berlin. Nach Locarno bemühte sich die Sowjetregierung erneut um Zusicherung, daß Deutschland auch wirklich neutral bliebe, wenn Rußland gezwungen sei, Krieg zu führen; denn Rußland fühlte sich von Polen und Rumänien bedroht, die mindestens der französischen Unterstützung sicher waren (vgl. S. 67). Im April 1926 kam in Berlin ein Freundschafts- und Neutralitätsvertrag zustande. Die Sowjetunion und das Deutsche Reich verpflichteten sich, neutral zu bleiben, falls einer von ihnen angegriffen würde. Deutschland sollte sich auch keiner Koalition anschließen, die einen wirtschaftlichen oder finanziellen Boykott der Sowjetunion anstrebte. Der Vertrag sollte zunächst für fünf Jahre gelten und dann erneuert und gegebenenfalls weiter ausgestaltet werden.
Stresemanns Außenpolitik war es gelungen, die Tür zur Aussöhnung mit den Westmächten aufzustoßen und zugleich die freundschaftlichen Beziehungen zur Sowjetunion zu stärken. Er betrieb konsequent eine Politik des Gleichgewichts und der außenpolitischen Sicherung für Deutschland.

Deutschland im Völkerbund. Im September 1926 konnte Stresemann an der Spitze der deutschen Abordnung unter begeistertem Beifall der Vollversammlung in den Sitzungssaal des Völkerbundes einziehen. In seiner Antrittsrede bekannte er sich zur Völkerverständigung und Zusammenarbeit der Nationen. Briand als Sprecher der Versammlung feierte in seiner Antwort die Idee eines geeinten Europa und die deutsch-französische Versöhnung als dessen Voraussetzung. Wie Stresemann verließ auch er unter stürmischem Beifall die Tribüne.
Die Regierungen der europäischen Staaten zeigten sich in diesen Jahren vom Geist der Versöhnung bewegt. Westeuropäische Industrielle erstrebten seit Jahren eine engere Zusammenarbeit und die Überwindung der nationalen Grenzen im wirtschaftlichen Bereich. Im September 1929 schlug Briand dem Völkerbund vor, für die Völker Europas „ein föderatives Band“ zu schaffen. Ein konkreter Plan, den er im Mai 1930 vorlegte, sah im wesentlichen die Schaffung einer europäischen Konferenz, eines ständigen politischen Komitees und eines Sekretariats vor. Eine Aufgabe von Souveränitätsrechten der Nationen war nicht geplant. Der inzwischen verstorbene Stresemann hatte sich noch begeistert für das Projekt ausgesprochen. In Großbritannien, Deutschland und in Frankreich selbst fand der Plan nicht die notwendige Unterstützung, so daß die Sache im Sand verlief. Europa sollte noch einmal unendlich viele Opfer bringen, bis die Europäer zur Einigung bereit waren. → (4)

(1) Wie man den Rapallo-Vertrag einschätzte

Der deutsche Reichskanzler Joseph Wirth (links) und die russischen Verhandlungspartner Krassin und Tschitscherin (2. von rechts) während der Konferenz in Rapallo.

Der französische Ministerpräsident schrieb an seinen Botschafter in London:

„Der Abschluß des deutsch-russischen Vertrages bildet in deutlichster Form eine Bedrohung des Friedens. Dieser Vertrag ist nur die Bekundung der natürlichen Neigung, die Deutsche und Russen dazu treibt, sich einander in gemeinsamer feindseliger Absicht gegen die Signatarmächte des Vertrages von Versailles, und besonders gegen Frankreich und England, zu nähern ...
Wenn es auch nicht sicher ist, daß der Vertrag von Rapallo geheime Anlagen enthält ..., so steht doch fest, daß ein russisch-deutsches Bündnis keine eingebildete Gefahr ist ... Die allgemeine Neigung der deutschen Politik zu einer Annäherung an Rußland muß die Anbahnung eines militärischen Zusammenwirkens der beiden Länder begünstigen, ohne daß darum der Abschluß eines diesbezüglichen Übereinkommens notwendigerweise vorausgesetzt werden muß.“ (2) Q

„In Deutschland machte der Vertrag mit der Sowjetunion Furore, weil sich hier zum ersten Mal wieder eine gewisse außenpolitische Operationsfreiheit andeutete; die Befürworter der alten preußisch-deutschen Schaukelpolitik zwischen Ost und West, bei der immer ein Bündnispartner gegen den anderen ausgespielt worden war, glaubten, mit der Sowjetunion im Rücken der Entente gegenüber fester auftreten zu können: ‚Ich glaube, daß von Moskau aus das Unheil von Versailles korrigiert werden kann‘, äußerte der neue deutsche Botschafter bei der Sowjetregierung, Graf Brockdorff-Rantzau. In der Reichstagsdebatte vom 29. April 1922 verteidigten Wirth und Rathenau den Vertrag, als ob mit ihm Versailles bereits erledigt sei, und die große Mehrheit im Reichstag stimmte quer durch die Parteien zu ...“ (3)

(a) Stellt zusammen, wie und warum der deutsch-sowjetische Vertrag geschlossen wurde. Welche Stimmung zeigen die Verhandlungspartner auf dem Foto?

(b) Wie wurde der Vertrag von westlichen, wie von deutschen Politikern beurteilt?

(c) Informiert euch auf S. 254 über den Moskauer Vertrag, den die Bundesrepublik 1970 mit der Sowjetunion schloß.

(2) Wem nützte der Locarno-Vertrag?

Im Artikel 1 des „Rheinpakts“ zwischen Frankreich, Großbritannien, Belgien und Deutschland hieß es:

„Die Hohen Vertragschließenden Teile garantieren ... in der in den folgenden Artikeln bestimmten Weise die

Aufrechterhaltung des sich aus den Grenzen zwischen Deutschland und Belgien und zwischen Deutschland und Frankreich ergebenden territorialen Status quo, die Unverletzlichkeit dieser Grenzen, wie sie durch den in Versailles am 28. Juni 1919 unterzeichneten Friedensvertrag oder dessen Ausführung festgesetzt sind.“ (4)

Aus der Rede Briands auf der Schlußsitzung:

„Wenn wir hier nichts weiter getan hätten als Verträge auszuhandeln, um dann ein jeder in sein Land zurückzukehren und es einem glücklichen Zufall zu überlassen, seine Versprechungen zu erfüllen, dann würden wir nur eine leere Geste vollführt haben. Wenn dieser Geste nicht ein neuer Geist entspricht, wenn sie nicht den Anfang einer Ära des Vertrauens bezeichnet, dann wird sie die Wirkung nicht haben, die wir erwarten. Zwischen unseren beiden Nationen gibt es noch Reibungsflächen und schmerzliche Punkte. Der Pakt, den wir gezeichnet, möge ein Balsam auf diese Wunden sein. Die Schwierigkeiten, die noch bestehen, müssen ausgeglichen werden. Ich bin sicher, Frankreich wird die ganze Tragweite dieses Aktes begreifen und ein Gefühl der Befriedigung wird entstehen. Dann können wir gemeinsam arbeiten, auf allen Gebieten das Ideal zu verwirklichen, das wir im Herzen tragen: ein Europa, das sein Geschick erfüllt, indem es treu bleibt seiner Tradition der Zivilisation und der Noblesse.“ (5)

Der deutsche Dolmetscher berichtet über den Abschluß der Konferenz:

„Weder Sieger noch Besiegte“, wiederholte Chamberlain. „Wir haben die Verantwortung für die Paraphierung der Verträge übernommen, weil wir glauben, daß nur auf dem Wege friedlichen Nebeneinanderlebens der Völker jene Entwicklung gesichert werden kann, die für keinen Erdteil so wichtig ist wie für das große europäische Kulturland“, hatte Stresemann ausgerufen. „Locarno ist nicht das Ende, sondern der Anfang einer Periode vertrauensvoller Zusammenarbeit“, hatte Chamberlain noch einmal zum Schluß nach der Paraphierung unter dem brausenden Beifall aller Anwesenden verkündet.
Durch die an dem warmen Oktoberabend weit geöffneten Fenster des kleinen Saales drang der Beifall auf den Vorplatz hinaus, auf dem sich schon seit Stunden eine erwartungsvolle, dicht gedrängte Menge versammelt hatte. Sie nahm ihn auf, und bald wurde im Saal jede Unterhaltung durch das brausende Rufen und Beifallsklatschen unmöglich gemacht, das von draußen hereindrang. Im selben Augenblick begannen die Glocken von Madonna del Sasso zu läuten, und am Ufer des Sees stiegen die Raketen eines großartigen Friedensfeuerwerkes auf. Stürmisch verlangte die Menge, die Delegierten zu sehen. Luther [deutscher Reichskanzler], Chamberlain, Briand und Stresemann traten auf den schmalen Balkon. Der Beifall wuchs zum Orkan. (6)

Deutschnationales Plakat gegen den Locarnovertrag.

(a) Arbeitet die Erwartungen der Politiker heraus, die sie an den Locarno-Vertrag knüpften.

(b) Welche „politische Stimmung“ bewirkte der Abschluß des Vertrages?

(c) Zeigt an dem Plakat S. 117, wie rechtsgerichtete Kreise in Deutschland die Verständigungspolitik Stresemanns betrachteten. Das Plakat zeigt einen schwarzen Soldaten der französischen Besatzungsarmee am Rhein.

(d) Stresemann äußerte sich nach Abschluß des Vertrages: „Ich sehe in Locarno die Erhaltung des Rheinlandes und die Möglichkeit der Wiedergewinnung deutschen Landes im Osten.“ In welcher Richtung sollte also der Versailler Vertrag revidiert werden?

(3) Die Reparationsfrage

Nach der Währungsreform im November 1923 (vgl. S. 108) wurden die deutschen Verpflichtungen neu geregelt, und zwar auf Grund eines Gutachtens des amerikanischen Finanzexperten Dawes (*Dawes-Plan**). Deutschland sollte jährlich ca. 2,5 Mrd. Goldmark zahlen. Das führte zur Verteuerung von Krediten und zu hohen Zinsen in Deutschland. Die Folge war, daß von 1924 bis 1928 ein Strom von ausländischen Krediten in die deutsche Wirtschaft und die öffentlichen Haushalte floß.

„Die in den Vereinigten Staaten öffentlich ausgeschriebenen Auslandsanleihen beliefen sich auf 11,6 Milliarden Dollar, von denen Europa 40 Prozent, Kanada fast 29 Prozent und Lateinamerika 22 Prozent erhielten. In Europa wurde das amerikanische Kapital noch durch britische, schweizer und holländische Geldmittel vermehrt. Deutschland erhielt in den sechs Jahren zwischen 1924 und 1929 von diesen Ländern zusammen mehr als 4 Milliarden Dollar, die zur Hälfte aus den Vereinigten Staaten kamen und eine größere Summe ausländischer Mittel darstellten, als die ganze übrige Welt in diesen Jahren empfing.“ (7)

(a) Stellt anhand der Grafik dar, wie sich die Höhe der Reparationszahlungen veränderte.

(b) Erörtert die Fortschritte, die der Dawes-Plan (vgl. Begriffserläuterung, S. 120) brachte.

(c) Untersucht die Bedeutung der hohen Kredite für die deutsche Wirtschaft (vgl. S. 122 und S. 131).

(4) Hoffnung auf den Völkerbund

Wortlaut des Telegramms des Völkerbund-Generalsekretärs an Stresemann vom 8. 9. 1926:

„Auf Anordnung des Präsidenten der Völkerbundsversammlung habe ich die Ehre, Ihnen zu eröffnen, daß die Versammlung in ihrer Sitzung vom 8. September Deutschlands Aufnahme unter die Mitglieder des Völkerbunds beschlossen und die Entschließung des Völkerbundsrates gebilligt hat, derzufolge Deutschland ein dauernder Sitz im Völkerbundsrat zugestanden wird.“ (8) Q

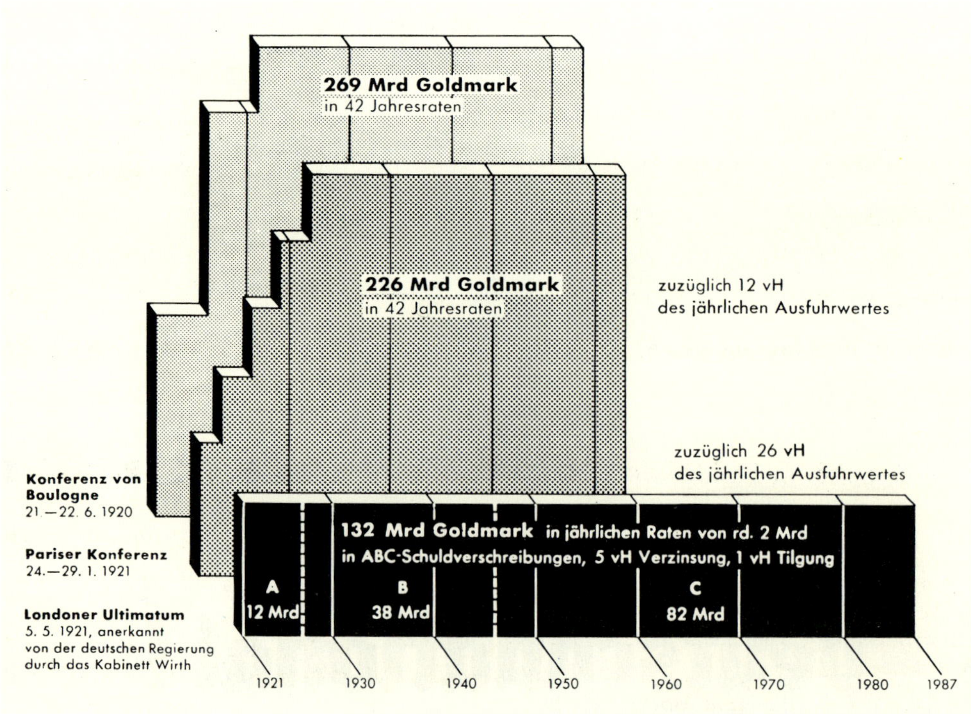

Reparationsforderungen der Alliierten nach dem Ersten Weltkrieg.

Verwirklichung des Dawes-Planes. Der erste amerikanische Kredit für Deutschland. Beamte der Reichsbank beim Verladen des am 23. Dezember 1924 in Berlin eingetroffenen Goldes.

Aus der Rede Stresemanns am 10. 9. 1926 im Völkerbund:

„Deutschland tritt mit dem heutigen Tage in die Mitte von Staaten, mit denen es zum Teil seit langen Jahrzehnten in ungetrübter Freundschaft verbunden ist, die zum andern Teil im letzten Weltkrieg gegen Deutschland verbündet waren.
Es ist von geschichtlicher Bedeutung, daß Deutschland und diese letzteren Staaten sich jetzt im Völkerbund zu dauernder, friedlicher Zusammenarbeit zusammenfinden. Diese Tatsache zeigt deutlicher, als Worte und Programme es können, daß der Völkerbund berufen sein kann, dem politischen Entwicklungsgang der Menschheit eine neue Richtung zu geben. Gerade in der gegenwärtigen Epoche würde die Kultur der Menschheit auf das schwerste bedroht sein, wenn es nicht gelänge, den einzelnen Völkern die Gewähr zu verschaffen, in ungestörtem friedlichen Wettbewerb die ihnen vom Schicksal zugewiesenen Aufgaben zu erfüllen." (9) Q

Aus der Rede Briands im Völkerbund im Anschluß an Stresemann:

„Das Zeichen des heutigen Tages ist der Friede für Deutschland und für Frankreich. Das will heißen: zu Ende ist die Reihe der schmerzlichen und blutigen Zusammenstöße, von denen alle Blätter der Geschichte künden. Zu Ende ist der Krieg zwischen uns. Vorüber sind die schweren Wolken der Trauer! ... Fort mit den Gewehren! Fort mit den Maschinengewehren! Fort mit den Kanonen! Platz für die Versöhnung, für das Schiedsgericht und für den Frieden! ... Ihnen aber, meine Herren Vertreter Deutschlands, möchte ich nur noch eines sagen: Was Heldentum und Kraft anbetrifft, brauchen sich unsere Völker keine Beweise mehr zu liefern. Auf den Schlachtfeldern der Geschichte haben beide eine reiche und ruhmvolle Ernte gehalten. Sie können sich von jetzt an um andere Erfolge auf anderen Gebieten bemühen ..." (10) Q

(a) Was meint ihr zu den Worten Stresemanns?
(b) Schreibt heraus, was in den Reden Stresemanns und Briands auch für heute gilt.
(c) Überlegt, weshalb sich die Erwartungen Briands und Stresemanns nicht erfüllten.

1. Erkläre den Ausdruck „Der Streich von Rapallo" und nenne Bestimmungen der deutsch-sowjetischen Verträge von Rapallo bzw. von Berlin.

2. Schreib in Stichworten einen Lebenslauf von Stresemann oder von Briand.

3. Entwirf einen Artikel über Frieden und Völkerverständigung für die Schülerzeitschrift (oder zeichne einen Plakatentwurf zu diesem Thema) mit Bezügen zur Außenpolitik der Weimarer Republik.

4. Erkläre, was der Locarno-Vertrag und die Aufnahme in den Völkerbund für Deutschland bedeuteten.

Dawes-Plan: Nach dem Gutachten eines vom amerikanischen Bankier Dawes geleiteten Ausschusses beschloß die Londoner Konferenz eine jährliche deutsche Reparationszahlung von 2,5 Mrd. Goldmark, zahlbar in Geld und Sachleistungen. Zugleich erhielt Deutschland eine Auslandsanleihe in Höhe von 800 Mill. Mark sofort und weitere Auslandskredite, vor allem von den USA, zugesagt.

Locarno-Vertrag: Am 16. 10. 1925 abgeschlossenes Sicherheitsabkommen zur Anerkennung der Grenzen zwischen Deutschland und den westlichen Nachbarn (Frankreich, Belgien) unter Garantie von England und Italien. Verzicht auf gewaltsame Revision der Grenzen. Der Vertrag kam dem französischen Sicherheitsbedürfnis entgegen und trug zur Versöhnung („Geist von Locarno") im Westen bei. Die deutschen Ostgrenzen wurden jedoch nicht anerkannt.

Rapallo-Vertrag: Vertrag zwischen dem Deutschen Reich und der Sowjetunion über gegenseitigen Verzicht auf Kriegsentschädigung, über diplomatische Anerkennung und wirtschaftliche Zusammenarbeit. Aus dem „Geist von Rapallo" erwuchs auch die geheime Zusammenarbeit zwischen Reichswehr und Roter Armee. Der Reichswehr ging es dabei um die Erprobung bestimmter Waffen, die im Versailler Vertrag für Deutschland verboten waren (Flugzeuge, Panzer).

16. 4. 1922	Rapallo-Vertrag
April 1924	Dawes-Plan
16. 10. 1925	Locarno-Vertrag
8./10. 9. 1926	Aufnahme Deutschlands in den Völkerbund

Quellennachweis

(1) E. Eyck: Geschichte der Weimarer Republik, Bd. 2, Erlenbach/Zürich 1962, S. 49.
(2) Zitiert nach: Ursachen und Folgen, a. a. O., Band VI, Nr. 1403 c.
(3) H. Schulze: Weimar, a. a. O., 237 f.
(4) Zitiert aus: E. Krautkrämer: Internationale Politik im 20. Jh., a. a. O., Bd. 1, S. 39.
(5) Suarez: Briand, Bd. 6. Paris 1952, S. 61. Zitiert nach E. Eyck, a. a. O., S. 56.
(6) P. Schmidt: Statist auf diplomatischer Bühne 1923–45. Bonn 1949, S. 91.
(7) Aus H. Holborn: Der Zusammenbruch des europäischen Staatensystems. Stuttgart 1954, S. 123 f.
(8) Übersetzung in: H. Schulze: Weimar, a. a. O., S. 280.
(9) G. Stresemann: Vermächtnis, Bd. III, S. 573.
(10) W. Stresemann: Rede über Briand und Stresemann. Zitiert in: H. Schulze: Weimar, a. a. O., S. 281.

Lesetip

Th. Eschenburg/U. Frank-Planitz: Gustav Stresemann. Eine Bildbiographie. Stuttgart 1978 (SB)
F. Hirsch: Gustav Stresemann. Musterschmidt, Pers. u. Gesch. 36 (WD)
W. Michalka/G. Niedhard: Die ungeliebte Republik. Dokumente zur deutschen Innen- und Außenpolitik Weimars 1918–1933. dtv 2918 (QS)

5.4 „Goldene“ Zwanziger Jahre?

„Großstadt“ (1927/28). Mittelteil eines Triptychons von Otto Dix. Dargestellt ist der Tanz in einer Bar. Auf den beiden Seitenflügeln des Triptychons hat Dix dieser übersättigten Welt Krüppel und Bettler gegenübergestellt.

- Warum spricht man von „goldenen“ Zwanziger Jahren? Trifft diese Bezeichnung zu?
- Wie haben sich Wirtschaft, Gesellschaft und Kultur in der Weimarer Zeit entwickelt?
- Welche inneren Widersprüche brachten die Weimarer Republik in Gefahr?

Wirtschaftliche Entwicklung. Die erfolgreiche Außenpolitik Stresemanns trug Früchte. Deutschland galt international wieder als vertrauenswürdig. Auslandskapital strömte herein, zumal die Zinsen nirgends so hoch waren wie hier. Die Industrie nutzte die Kredite zur Rationalisierung, schaffte neue Maschinen an, modernisierte die Anlagen und fand rasch Anschluß an die Weltkonjunktur. Elektro- und Chemiefirmen gewannen ihre alte Vorrangstellung am Weltmarkt zurück. Gerade in diesen Branchen hatten sich Großkonzerne gebildet. IG-Farben umfaßte $^9/_{10}$ aller chemischen Unternehmen in Deutschland und war der größte Industriegigant in Europa. AEG, Siemens und Bosch beherrschten die Elektrobranche. Die Vereinigten Stahlwerke stellten neben Krupp den mächtigsten Konzern der Schwerindustrie dar, dem $^2/_5$ aller Kohle-, Eisen- und Stahlwerke angehörten. Rund die Hälfte des deutschen Aktienkapitals war in Besitz von 1,5% aller Aktiengesellschaften. Über den ,,Reichsverband der deutschen Industrie" beeinflußten Unternehmer die Politik und die öffentliche Meinung.

Die Gewerkschaften waren seit 1918 als Vertreter der Arbeiterschaft anerkannt. Es gab Schlichtungsinstanzen; der Achtstundentag wurde durchgesetzt. Die Löhne der Arbeiter wie auch die Beamtengehälter stiegen nach 1924 um rund ein Drittel, sie lagen damit 1929 aber nur wenig über dem Niveau von 1913. Die Arbeitslosigkeit sank nur 1925 und 1927 kurze Zeit unter eine Million. 1927 beschloß der Reichstag ein Gesetz zur Arbeitsvermittlung und Arbeitslosenversicherung – ein wichtiger Beitrag zum sozialen Fortschritt. Um das Wohnungselend zu lindern, bauten öffentlich geförderte Siedlungsgesellschaften Wohnsiedlungen, z. T. in aufgelockerter Form. In vielen Städten entstanden neue Kliniken, Theater, Schulen und Sportanlagen. Das Verkehrsnetz – Straßenbahnlinien, U-Bahnen und Autostraßen – wuchs. Am wenigsten konnten die Bauern, Kleinhändler und Kleinhandwerker mit der Entwicklung Schritt halten. Eine weltweite Agrarkrise erfaßte auch die deutsche Landwirtschaft. Viele Höfe wurden zwangsversteigert. Aber auch die industrielle Produktion lebte sozusagen ,,auf Pump". Von 25 Mrd. Mark Auslandsschulden waren 12 Mrd. kurzfristige Kredite. Besorgt schrieb Stresemann einem Oberbürgermeister:

,,Daß der preußische Staat für den Umbau des Berliner Opernhauses 14 Millionen Mark gegeben hat und vielleicht über 20 Millionen geben wird, bringt die ganze Welt zu der Auffassung, daß wir offenbar im Goldüberfluß leben. Kein Siegerstaat hat sich etwas derartiges geleistet. Daß Herr Adenauer [Oberbürgermeister in Köln] ein wunderbares Messehaus baut und sich rühmt, die größte Orgel der Welt eingebaut zu haben, hat denselben Effekt ... Haben Sie bitte die Güte, mir zu sagen, was ich den Vertretern fremder Mächte antworten soll, wenn sie mir sagen, daß diese Dinge den Eindruck machen, als wenn Deutschland den Krieg nicht verloren, sondern den Krieg gewonnen hätte. Ich bin gegenüber diesen Vorwürfen mit meinem Latein zu Ende." (1) Q

Sozialer Wandel. Der Zuzug in die Großstädte hielt seit der Industrialisierung an, am stärksten in den Raum von Groß-Berlin, in das Ruhrgebiet und in das Gebiet von Leipzig und Chemnitz. Land- und Forstwirtschaft beschäftigten immer weniger Menschen, über 40% aller Erwerbstätigen arbeiteten nun in Industrie und Handwerk. Gegenüber der Vorkriegszeit hatte die Zahl der erwerbstätigen Frauen sprunghaft zugenommen. Die Besitzverhältnisse waren durch die Revolution von 1918/19 kaum verändert worden. Allerdings hatten die adligen Großgrundbesitzer Privilegien verloren. Im Offizierscorps, in der Ministerialbürokratie und im diplomatischen Dienst war der Adel indes weiterhin führend. Man blickte verächtlich auf die Berufspolitiker herab, unter denen es viele Aufsteiger aus einfachen Verhältnissen gab. Der Republik stand man eher ablehnend gegenüber. Auch im Großbürgertum hatte der demokratische Staat wenig Freunde. Großindustrielle fürchteten die Ausweitung des Sozialismus. Die leitenden Angestellten, die Manager, hielten sich meist von der Politik zurück. Auch der *Mittelstand** war enttäuscht von der liberalen Demokratie und fühlte sich durch die Entwicklung bedroht. Aus Angst vor der ,,Deklassierung" schlossen sich viele Mittelständler den rechtsgerichteten Parteien an; sie erhofften von einem starken Staat den Schutz ihrer Interessen. Die Arbeiterschaft fand im Bewußtsein der Zusammengehörigkeit einen Ersatz für die geringe Anerkennung, die der einzelne im Betrieb und bei der Arbeit erlebte. Aber die ,,Unterschicht" war keineswegs einheitlich. Das zeigte sich schon darin, daß nur etwa ein Drittel der Beschäftigten gewerkschaftlich organisiert war, etwa 5,5 Mill. bei den Freien Gewerkschaften, zeitweise 1,3 Mill. im christlichen Gewerkschaftsbund. Im Lebensstil, in der Wohnungseinrichtung oder den Freizeitbeschäftigungen paßte man sich dem Bürgertum an. Die meisten Arbeiter wünschten sich, daß ihre Kinder einmal ,,etwas Besseres" werden. Dabei waren die Aussichten der Jugend schlecht. Als die stärksten Geburtsjahrgänge (die um 1910 Geborenen) auf den Arbeitsmarkt drängten, stieg die Arbeitslosigkeit steil in die Höhe. → (1) (2)

Das kulturelle Leben. Künste und Wissenschaften erlebten in den zwanziger Jahren der Weimarer Republik eine Blütezeit. Zahlreiche Nobelpreise gingen damals an deutsche Wissenschaftler. Baukunst und Malerei erhielten starke Impulse von dem 1919 in Weimar gegründeten und 1925 nach Dessau verlagerten *Bauhaus**. Sein Gründer und Leiter war der Architekt Walter Gropius. Er setzte einen Stil „neuer Sachlichkeit" durch, indem er die Bauwerke dem Material entsprechend gestaltete und seine Schüler lehrte, Kunst mit der Technik zu verbinden. Am Bauhaus lehrten auch die Maler Wassily Kandinsky und Paul Klee. Diese Maler gingen bei ihren Kunstwerken nicht mehr vom Gegenstand aus, den sie darstellen wollten, sondern von Farbe und Form und begründeten damit die sogenannte „abstrakte Kunst". Aber auch die „gegenständlichen" Künstler schufen in dieser Zeit hervorragende Werke, so der Bildhauer und Grafiker Ernst Barlach, der alte Max Liebermann – eine durch Witz und Schlagfertigkeit bekannte Berliner Persönlichkeit –, die Maler Max Beckmann, Otto Dix und George Grosz mit ihren gesellschaftskritischen Themen oder Käthe Kollwitz, die in ihren von Mitgefühl geprägten Zeichnungen Szenen aus dem Leben des Proletariats festhielt.

Musik, Theater und Literatur waren durch eine höchst widersprüchliche Entwicklung geprägt. Einerseits mußten sich anspruchsvolle und insbesondere kritische Werke gegen Vermarktungstendenzen und Massenliteratur („Heftchenromane") sowie gegen Zensur- und Boykottmaßnahmen durchsetzen. Andererseits übten Musik und Theater eine große Anziehungskraft auf die Zeitgenossen aus und machten deutsche Künstler und ihre Werke auch international bekannt.

An der Berliner Musikhochschule lehrte der Komponist Paul Hindemith. Dirigenten wie Bruno Walter, Wilhelm Furtwängler, Otto Klemperer und Erich Kleiber machten die Berliner Staatsoper und die Berliner Philharmonie weltberühmt.

Der längst anerkannte Dramatiker Gerhart Hauptmann galt als „Dichter der Republik". Er vollendete damals „Dorothea Angermann" (1926) und „Vor Sonnenuntergang" (1932). 1925 wurde Carl Zuckmayers „Der fröhliche Weinberg" uraufgeführt (1927 „Der Schinderhannes", 1931 „Der Hauptmann von Köpenick"). Bertolt Brecht gab mit seinen gesellschaftskritischen Stücken der Schauspielkunst neuen Stil und neue Funktion („Trommeln in der Nacht", 1922, „Die Dreigroschenoper", 1928).

1929 erhielt Thomas Mann, der 1924 seinen Roman „Der Zauberberg" veröffentlicht hatte, den Nobelpreis für den Roman „Buddenbrooks", der bereits 1901 erschienen war. Schriftsteller wie Carl von Ossietzky und Kurt Tucholsky kämpften in ihren Werken künstlerisch gegen militaristische und antidemokratische Strukturen der bürgerlichen Gesellschaft und gegen den aufkommenden Nationalsozialismus. → (3)

Hindenburg wird Reichspräsident. Im Februar 1925 starb Reichspräsident Friedrich Ebert. Im zweiten Wahlgang wurde Hindenburg, der „Sieger von Tannenberg" und Chef der OHL im Ersten Weltkrieg, mit 78 Jahren zum Reichspräsidenten gewählt. Hindenburg nahm die Verfassung des demokratischen Staates ernst. Er setzte sich für die Zusammenarbeit aller Volksschichten beim friedlichen Wiederaufbau Deutschlands ein. Trotz seiner konservativ-nationalen Grundhaltung sperrte er sich nicht gegen die Verständigungspolitik der Regierung. Enge Beziehungen verbanden ihn mit seinen adligen Standesgenossen und mit den Offizieren der Reichswehr. So bekam das Militär noch größeren Einfluß auf die Politik.

Die Reichswehr als „Staat im Staate". In Deutschland war die allgemeine Wehrpflicht 1919 abgeschafft worden. Das hatte der Friedensvertrag verlangt. Das neue Berufsheer durfte nur 100 000 Mann haben. Offiziere und Mannschaften mußten sich auf eine Dienstzeit von 12 Jahren verpflichten. Nur ausgewählte Leute wurden genommen. General von Seeckt, der Chef des Truppenamtes, machte aus der kleinen Berufsarmee eine hochspezialisierte Elitetruppe. Sie war konservativ, der preußische Geist lebte da weiter. In der Reichswehr hatte Demokratie nichts zu suchen. Das einzige Machtinstrument der Republik bildete einen Staat im Staate. Nur „rechte" Regierungen konnten sich auf die Reichswehr ganz verlassen.

Noch einmal Große Koalition. Anfang 1928 scheiterte wieder einmal die Regierung, und zwar am Reichsschulgesetz, besonders an der Frage, ob Konfessionsschule oder Gemeinschaftsschule die Regelschule sein sollte. Nach den Neuwahlen fand sich noch einmal eine Große Koalition aus SPD, Zentrum, Demokraten und DVP zusammen. Die SPD stellte mit Hermann Müller den Reichskanzler. Gustav Stresemann blieb Außenminister.

1929 zeigte sich, daß der Strom von Auslandsanleihen aufhören würde. In Paris trat eine neue Konferenz über Reparationen unter Vorsitz des Amerikaners Young zusammen. Der *Young-Plan** brachte eine Erleichterung: Deutschland sollte bis 1939 jährlich 2 Mrd. zahlen, danach sollten die Raten etwas ansteigen. 1988, nach 58 Jahren, sollte die Schuld erloschen sein. Stresemann setzte durch, daß Frankreich als Gegenleistung die Besetzung des Rheinlandes beendete (vgl. S. 66). Die Rechtsparteien bekämpften den Außenminister schärfer als je zuvor. Die ständigen Auseinandersetzungen – auch Widerstände in der eigenen Partei – ruinierten Stresemanns Gesundheit. Er starb am 3. Oktober 1929, kurz nachdem er sich im Völkerbund leidenschaftlich für die Vereinigung Europas ausgesprochen hatte. → (4)

(1) **Gesellschaft im Wandel**

Bevölkerung im Deutschen Reich (in v. H.):

Jahr	Gesamt-bevölkerung	unter 2000 (ländliche Gemeinden)	2000 bis unter 5000 (Landstädte)	5000 bis unter 20 000 (Kleinstädte)	20 000 bis unter 50 000 (Mittelstädte)	50 000 bis unter 100 000 (Mittelstädte)	100 000 und mehr (Großstädte)
1871	100	62,6	12,8	11,5	3,8	3,8	5,5
1910	100	38,5	11,2	13,6	8,2	5,6	22,9
1925	100	35,6	10,8	13,1	8,0	5,7	26,8
1933	100	32,9	10,6	13,1	7,7	5,3	30,4

(2)

Verteilung der Erwerbspersonen auf die Wirtschaftsbereiche im Deutschen Reich in v. H.:

	Land- und Forst-wirtschaft	Industrie u. Handwerk	Handel, Verkehr, Dienst-leistungen
1800	80	15	5
1882	42,2	35,6	22,2
1907	33,9	39,9	26,2
1925	30,3	42,3	27,4
1933	28,8	40,5	30,7

(3)

(a) Erläutert die beiden ersten Tabellen, indem ihr die langfristige Entwicklung erklärt und feststellt, was die Angaben zu den Verhältnissen im Jahr 1925 aussagen.

(b) Übertragt die Angaben über den Aufbau der Gesellschaft 1925 in ein Schaubild (z. B. eine „Zwiebel") und besprecht sie.

(c) Vergleicht mit dem Gesellschaftsaufbau in der Bundesrepublik (S. 244).

1932 wertete der deutsche Soziologe Geiger das Material der Berufszählung von 1925 aus. Er versuchte, in einer Übersicht eine Momentaufnahme der deutschen Gesellschaft zu geben, wobei er sowohl die materielle Situation als auch die Einstellung (Mentalität) der Betreffenden kennzeichnete:

Schicht-bezeichnung	Anteil (v. H.)	zugehörige Gruppen	Mentalität
Oberschicht	0,92	Großunternehmer, -grundbesitzer, -rentner	Von der „Krise des kapitalistischen Denkens" erfaßt
Alter Mittelstand	17,77	mittlere u. kleine Selbständige in Handel, Handwerk u. Landwirtschaft	im Verteidigungszustand, um ihr Prestige u. ihre wirtschaftliche Situation zu sichern
Neuer Mittelstand	17,95	Beamte und Angestellte (v. a. mittlere und untere)	ideologische Unsicherheit uneinheitliche Mentalität
Kleinbürger	12,65	„abgeglittener alter Mittelstand", „Tagewerker für eigene Rechnung"	uneinheitliche Mentalität, Nationalsozialisten, Stahlhelm, Zentrum und Kommunisten teilen sich in diese Schicht
Unterschicht	50,71	Arbeiter in Industrie u. Landwirtschaft	gemilderte marxistische Mentalität; bei „Jungarbeitern" deuten sich Veränderungen der Mentalität an

(4)

(2) **Arbeitskräfte – männlich/weiblich**

„Der deutsche Industriearbeiter reihte sich ziemlich tief in die internationale Skala der Reallöhne ein. Nimmt man den britischen Reallohn als Basis, so folgten die Länder im Juli 1930 folgendermaßen aufeinander: Vereinigte Staaten 190, Kanada 150, Dänemark 113, Schweden 109, Großbritannien 100, Irland 93, Holland 82, Deutschland 73, Polen 61, Österreich 48, Jugoslawien 45, Spanien 40, Italien 39. Der deutsche Arbeiter erhielt an realer Kaufkraft wenig mehr als ein Drittel dessen, was der amerikanische und knapp drei Viertel des Betrages, den der englische Kollege verdiente: die Arbeiter der beiden Industrienationen, mit denen Deutschland in schärfstem Wettbewerb stand. Und er war froh, überhaupt noch in Lohn und Brot zu stehen; denn in den goldenen zwanziger Jahren grassierte die Arbeitslosigkeit wie nie zuvor, sei es vor dem Kriege, sei es in der Inflation. Nur in den elf Monaten des Jahres 1925 zählte das Reich weniger als eine Million Arbeitslose, im Dezember wurde mit 1,4 Millionen die Schicksalsgrenze der ersten Million überschritten. 1926 pendelte die Arbeitslosenzahl zwischen 2 und $2^1/_2$ Millionen, 1927 lag sie in den drei Monaten August bis Oktober unter, in neun Monaten über der Millionengrenze, 1928 bewegte sie sich zwischen 1,2 und 2 Millionen; im Dezember 1929 wurde die 3-Millionen-Grenze, im Dezember 1930 die 4-Millionen-Grenze und im Dezember 1931 die 6-Millionen-Grenze überschritten.“ (5)

1925 arbeiteten 1 326 000 Mädchen und Frauen als „Hausgehilfin“. Das waren 3,8% aller Erwerbstätigen bzw. etwa jeder 25. Beschäftigte. Die meisten waren als „Dienstmädchen“ beschäftigt, 10% waren Köchinnen. Fast 60% der Hausgehilfinnen verdienten zwischen 25 und 40 Mark im Monat[1], 30% erhielten noch weniger. Fast ein Drittel begann den Arbeitstag schon vor 6 Uhr morgens; für fast die Hälfte endete er zwischen 20 und 22 Uhr. Nur ein Viertel erhielt einen mehr als 14tägigen Jahresurlaub.

[1] Eine Mark hatte ungefähr die Kaufkraft von 10 DM heute.

„Im Oktober 1931 betrug der durchschnittliche Tarifstundenlohn einer Metallarbeiterin 62,3 Prozent vom Lohn des gelernten und 71,9 Prozent vom Lohn des ungelernten Arbeiters ... Textilarbeiterinnen hatten zu arbeiten für einen Lohn, der jetzt 14 bis 16 Mark die Woche bei voller Beschäftigung, d. h. 54 Stunden, beträgt.“ (7) Q

(a) Erörtert anhand des Textes oben und S. 122 die Lage der Arbeiter in der Weimarer Republik.

(b) Sprecht anhand der Tabelle über Streikursachen, Streikrecht, Streikfolgen – damals und heute.

(c) Welche Schlüsse zieht ihr aus den Informationen über die Hausgehilfinnen? Erklärt, weshalb die Sozialdemokraten den Ausdruck „Dienstmädchen“ ablehnten.

(3) **Judentum und Antisemitismus in der Weimarer Republik**

Jüdische Bevölkerung in Deutschland:

„Die Emanzipation der deutschen Juden, die seit über tausend Jahren in Deutschland beheimatet sind, war rechtlich zwar bereits im Bismarckreich abgeschlossen, in der praktischen Durchführung jedoch erst mit der Schaffung der Weimarer Republik. Der zahlenmäßige Anteil der Juden an der Gesamtbevölkerung war schon vor 1933 rückläufig:
1871 betrug der prozentuale Anteil 1,05% (383 000)
1925 betrug der prozentuale Anteil 0,90% (564 000)
1933 betrug der prozentuale Anteil 0,76% (503 000)
Die Mehrheit der deutschen Juden lebte 1933 in Großstädten (fast ein Drittel allein in Berlin). Diese Konzentrierung auf die Städte ebenso wie auf bestimmte Berufe (Kaufleute, Juristen, Mediziner usw.) war das Erbe der in den einzelnen Berufen nur zögernd gefallenen Schranken für Juden. Der weitaus überwiegende Teil der jüdischen Bevölkerung gehörte dem Mittelstand an und hatte unter den schweren wirtschaftlichen Belastungen der Nachkriegsjahre genauso zu leiden wie die nichtjüdische Bevölkerung.“ (8)

*Antisemitismus** in den Grundsätzen der DNVP von 1920:

„Nur ein starkes deutsches Volkstum, das Art und Wesen bewußt wahrt und sich von fremdem Einfluß freihält, kann die zuverlässige Grundlage eines starken deutschen

Arbeitskämpfe 1924–1929:

Jahr	Von Streiks betroffene Betriebe	Verlorene Arbeitstage	An Streiks beteiligte Personen	Von Aussperrungen betroffene Personen
1924	18 147	13,5 Mio	681 832	981 689
1925	16 387	11,3 Mio	510 172	267 725
1926	2 160	0,87 Mio	60 369	44 342
1927	8 144	2,95 Mio	232 704	270 513
1928	5 672	8,5 Mio	328 529	451 867
1929	7 879	1,8 Mio	150 745	83 798

(6)

Staates sein. Deshalb kämpfen wir gegen jeden zersetzenden, undeutschen Geist, mag er von jüdischen oder anderen Kreisen ausgehen. Wir wenden uns nachdrücklich gegen die seit der Revolution immer verhängnisvoller hervortretende Vorherrschaft des Judentums in Regierung und Öffentlichkeit. Der Zustrom Fremdstämmiger über unsere Grenzen ist zu unterbinden." (9) Q

Aus dem Leitartikel „Macht ganze Arbeit mit den Juden!" im Völkischen Beobachter (Parteiblatt der NSDAP) vom 10. 3. 1920:

„Es muß ganze Arbeit gemacht werden. Die Ostjuden müssen unverzüglich hinausgeschafft werden, gegen alle übrigen Juden muß sofort mit rücksichtslosen Maßnahmen vorgegangen werden. Solche Maßnahmen wären z. B. Einführung von Judenlisten in jeder Stadt bzw. in jeder Gemeinde, sofortige Entfernung der Juden aus allen Staatsämtern, Zeitungsbetrieben, Schaubühnen, Lichtspieltheatern usw. – kurz gesagt – es muß dem Juden jede Möglichkeit genommen werden, weiterhin seinen unheilvollen Einfluß zu üben. Damit die beschäftigungslosen Semiten nicht insgeheim wühlen und hetzen können, wären sie in Sammellager zu verbringen." (10) Q

Jüdische Persönlichkeiten und ihre Betätigungsgebiete:

„Rechtswissenschaft: Georg Jellineck, Hermann Staub, Martin Wolff;
Medizin: Paul Ehrlich, Otto Meyerhof, Otto Warburg;
Physik: Albert Einstein, James Franck, Gustav Hertz;
Chemie: Otto Wallach, Richard Wilstätter, Fritz Haber;
Literatur und Dichtung: Hugo von Hofmannsthal, Jakob Wassermann, Arnold und Stefan Zweig, Franz Werfel;
Kritik und Publizistik: Fritz Engel, Alfred Kerr, Kurt Tucholsky;
Dirigenten: Leo Blech, Otto Klemperer, Bruno Walter;
Sänger: Richard Tauber, Joseph Schmidt;
Theaterregisseure: Otto Brahm, Leopold Jessner, Max Reinhardt;
Schauspieler: Elisabeth Bergner, Ernst Deutsch, Fritz Kortner, Max Pallenberg.
Von den bis 1936 insgesamt verliehenen 183 Nobelpreisen fielen über 11 Prozent an Juden in aller Welt; an Juden aus Deutschland und Österreich fast 9 Prozent." (11)

Ernst Toller, Deutscher und Jude:

„Ich denke an meine frühe Jugend, an den Schmerz des Knaben, den die anderen Buben ‚Jude' schimpften, an mein kindliches Zwiegespräch mit dem Bild des Heilands, an die schreckliche Freude, die ich empfand, wenn ich nicht als Jude erkannt wurde, an die Tage des Kriegsbeginns, an meinen leidenschaftlichen Wunsch, durch den Einsatz meines Lebens zu beweisen, daß ich Deutscher sei, nichts als Deutscher. Aus dem Feld hatte ich dem Gericht geschrieben, es möge mich aus den Listen der jüdischen Gemeinschaft streichen. War alles umsonst? Oder habe ich mich geirrt? Liebe ich nicht dieses Land, habe ich nicht in der reichen Landschaft des mittelländischen Meers gebangt nach den kargen, sandigen Kiefernwäldern, der Schönheit der stillen versteckten Seen des deutschen Nordens? Rührten mich nicht die Verse Goethes und Hölderlins, die ich als wacher Knabe las, zu dankbarer Ergriffenheit? Die deutsche Sprache, ist sie nicht meine Sprache, in der ich fühle und denke, spreche und handle, Teil meines Wesens, Heimat, die mich nährte, in der ich wuchs?
Aber bin ich nicht auch Jude? Gehöre ich nicht zu jenem Volk, das seit Jahrtausenden verfolgt, gejagt, gemartert, gemordet wird, dessen Propheten den Ruf nach Gerechtigkeit in die Welt schrien, den die Elenden und Bedrückten aufnahmen und weitertrugen für alle Zeiten, dessen Tapferste sich nicht beugten und eher starben, als sich untreu zu werden? . . . Die Worte ‚Ich bin stolz, daß ich ein Deutscher bin', oder ‚Ich bin stolz, daß ich ein Jude bin', klingen mir so töricht, wie wenn ein Mensch sagte, ‚Ich bin stolz, daß ich braune Augen habe'.
Soll ich dem Wahnwitz der Verfolger verfallen und statt des deutschen Dünkels den jüdischen annehmen? Stolz und Liebe sind nicht eines, und wenn mich einer fragte, wohin ich gehöre, ich würde antworten: eine jüdische Mutter hat mich geboren, Deutschland hat mich genährt, Europa mich gebildet, meine Heimat ist die Erde, die Welt mein Vaterland." (12) Q

(a) Interpretiert den Text von Ernst Toller. Erläutert Probleme der „Emanzipation" und „Assimilierung" jüdischer Mitbürger in Deutschland.

(b) Wie wird die antisemitische Haltung begründet?

(c) Besprecht den Verlust, den Deutschland durch die Vertreibung und Vernichtung der Juden erlitt.

(4) Antidemokratisches Denken in der Weimarer Republik

Politische Hetze:

„Der Haß auf die Vertreter der Weimarer Republik war nicht auf die nihilistischen Aktivisten beschränkt, er beherrschte einen großen Teil der Bevölkerung und der öffentlichen Meinung. In der Hamburger ‚Reichsflagge' konnte man lesen: ‚Gott erhalte Ebert, Wirth und Scheidemann, Erzberger hat er schon erhalten', und die folgende deutsch-völkische Stammtischlyrik erfreute sich erheblicher Verbreitung: ‚Haut immer feste auf den Wirth / Haut seinen Schädel, daß es klirrt / Auch Rathenau, der Walther / Erreicht kein hohes Alter / Knallt ab den Walther Rathenau / Die gottverfluchte Judensau!' " (13) Q

In einem studentischen Liederbuch von 1929 finden sich Lieder wie dieses „Deutsche Weihelied":

„1. Wir heben unsre Hände aus tiefster, bittrer Not. Herr Gott, den Führer sende, der unsern Kummer wende mit mächtigem Gebot, mit mächtigem Gebot.
2. Erwecke uns den Helden, den seines Volks erbarm; des Volks, das nachtbeladen, verkauft ist und verraten in unsrer Feinde Arm.

„Stützen der Gesellschaft" (1928). Gemälde von George Grosz. „Die goldenen zwanziger Jahre" erlebte Grosz in Berlin. In seinen Bildern attackierte er in klassenkämpferischer Absicht Militarismus, Kapitalismus und Bourgeoisie.

3. Erwecke uns den Helden, der stark in aller Not, sein Deutschland mächtig rühret, dein Deutschland gläubig führet ins junge Morgenrot.
4. Wir weihen Wehr und Waffen und Haupt und Herz und Hand! Laß nicht zuschanden werden dein lichtes Volk der Erden und meiner Mutter Land!" (14) Q

Der Schriftsteller Ernst Jünger, Infanterieoffizier während des Krieges, Träger des Ordens Pour le mérite, gewann Einfluß auf große Teile der jungen Generation:

„Wir sind nicht gewillt, diesen Krieg aus unserem Gedächtnis zu streichen, wir sind stolz auf ihn. Wir sind durch Blut und Erinnerung unlöslich verbunden. Und schon wächst in unsere Lücken eine neue und kühnere Jugend hinein. Wir brauchen für die kommenden Zeiten ein eisernes, rücksichtsloses Geschlecht. Wir werden wieder die Feder durch das Schwert, die Tinte durch das Blut, das Wort durch die Tat, die Empfindsamkeit durch das Opfer ersetzen – wir müssen es, sonst treten uns andere in den Dreck." (15) Q

Aus der *Jugendbewegung**:

1920: „Die verantwortliche Regierung soll führen, sich durchsetzen, zur Gefolgschaft zwingen. Nicht der ‚Vertreter', der Funktionär, der Taktiker aus Grundsatz gilt, sondern der politische Führer, der sich persönlich hinstellt und einsetzt, der wagt, der führt und fordert, aus der sorgenden Verantwortung für die Gesamtheit des Volkes und der Gesellschaft." (16) Q

1930: „Die kritische Einstellung gegen den entarteten Parlamentarismus der letzten Jahre, gegen das herrschende Regierungssystem, gegen diesen Staatsbetrieb, gegen den Klüngel der Parteien und Fraktionen, gegen die Mechanik der Wahlen zu den Volksvertretungen ist allgemein. Die Jugend setzt auf dieses System keine Hoffnung mehr." (17) Q

(a) Wie stand die Jugend zur Weimarer Republik? Warum nahm sie diese Haltung ein?

(b) Besprecht die Bedeutung des „Führers" in dem „Deutschen Weihelied" der Studenten. Vergleicht mit dem Aufstieg des Faschismus in Italien S. 86.

(c) Deutet die Karikatur und das Bild „Stützen der Gesellschaft" und vergleicht sie mit den oben angeführten Texten.

(d) Erläutert das Bild von Otto Dix auf S. 121 nach den Regeln S. VII

„Sie tragen die Buchstaben der Firma – aber wer trägt den Geist?" Karikatur von Th. Th. Heine.

Reichspräsident von Hindenburg nach seiner Vereidigung beim Abschreiten der Ehrenkompanie vor dem Reichstagsgebäude am 12. Mai 1925. Links neben ihm General von Seeckt.

1. Vergleiche den Aufbau der Gesellschaft in der Weimarer Republik mit dem Aufbau der Bundesrepublik Deutschland anhand der folgenden Tabelle:

Schichten der Gesellschaft (in v. H.)			
Oberschicht	0,92	ca. 2	Oberschicht
Alter Mittelstand Neuer Mittelstand Kleinbürger	17,77 17,95 12,65	ca. 5 ca. 14 ca. 29 ca. 29	Obere Mitte Mittlere Mitte Untere Mitte Unterste Mitte/ Oberes Unten
Unterschicht	50,71	ca. 17 ca. 4	Unten Sozial Verachtete
Weimarer Republik für das Jahr 1925		Bundesrepublik für die Zeit um 1975	

2. Berichte über die Entwicklung der Löhne, der Arbeitslosigkeit und Arbeitskämpfe in der Weimarer Republik.

3. Art. 118 der Weimarer Reichsverfassung lautete:

„Jeder Deutsche hat das Recht, innerhalb der Schranken der allgemeinen Gesetze seine Meinung durch Wort, Schrift, Druck, Bild oder in sonstiger Weise frei zu äußern . . . Eine Zensur findet nicht statt . . .“ Q

Wie wirkte sich dieses Grundrecht aus? Hätte man es beschränken sollen?

4. Nenne bedeutende jüdische Persönlichkeiten aus der Weimarer Republik.

5. Vergleiche Reichswehr und Bundeswehr. Berücksichtige, daß man die Reichswehr einen „Staat im Staat“ nennen konnte.

Reichswehr: (Berufsarmee) Gesamtbevölkerung:	100 000 Mann: Heer 15 000 Mann: Marine 62,5 Mio (1925)
Bundeswehr: (Allgem. Wehrpflicht) Gesamtbevölkerung:	340 000 Mann: Heer 104 000 Mann: Luftwaffe 37 500 Mann: Marine 61,0 Mio (1985)

Antisemitismus: Ablehnung und Bekämpfung der Juden aus rassischen, religiösen oder sozial-wirtschaftlichen Motiven. Er ist bis in das Altertum zurückzuverfolgen. Gegen Ende des 19. Jh. verbreitet sich der ökonomisch und jetzt auch weltanschaulich begründete Antisemitismus in fast ganz Europa. Er verschärfte sich in Deutschland durch ostjüdische Einwanderung nach 1918. Konservative und völkisch-nationalistische Kreise lasteten den Juden nur negative Eigenschaften an. Obwohl Juden keine Rasse darstellen, sondern zu der Sprachgruppe der Semiten (wie die Araber) gehören, verbreiteten die Nationalsozialisten schließlich einen rassistischen Antisemitismus als kollektives Vorurteil gegen Juden als Ursache allen Unheils („Sündenbockfunktion") und begründeten damit den schrecklichsten Völkermord.

Bauhaus: 1919 von Gropius in Weimar gegründete Hochschule für Bau und Gestaltung, 1925 nach Dessau verlegt, 1933 aufgehoben. Suchte alle Gestaltungsformen (von der Kunst bis zu den Gebrauchsgegenständen) werkgerecht im Einklang von Zweck und Schönheit durchzubilden.

Jugendbewegung: Eine aus Überdruß an der bürgerlichen Zivilisation am Anfang des 20. Jh. entstandene Vereinigung von Jugendlichen, zuerst im „Wandervogel" organisiert, mit dem Ziel einer eigenständigen natürlichen Lebensform. Das Programm wurde 1913 in der Formel vom „Hohen Meißner" formuliert: „Jugend will aus eigener Bestimmung, vor eigener Verantwortung, mit innerer Wahrhaftigkeit ihr Leben gestalten." Seit dem Ersten Weltkrieg wurden Bindung und Führertum vorrangig.

Mittelstand: Breite Mittelschicht der Bevölkerung mit durchschnittlichen Besitz- und Einkommensverhältnissen, die sich im 19. und frühen 20. Jh. der bürgerlichen Staats- und Gesellschaftsordnung einfügt, dann durch Krisen verunsichert wird und um den sozialen Status sowie die eigenen wirtschaftlichen Interessen fürchtet.

Youngplan: Internationales Zahlungsabkommen zur Regelung der deutschen Reparationszahlungen. Der Youngplan wurde 1932 durch das Abkommen von Lausanne aufgehoben.

1924–1929	Stresemann Außenminister
1925	Ebert gestorben, Hindenburg zum Reichspräsidenten gewählt
1924–1929	Wirtschaftlicher Aufstieg
1928–1930	Große Koalition

Quellennachweis

(1) Stresemann an den Oberbürgermeister von Duisburg 1927. G. Stresemann: Vermächtnis, Bd. III, a. a. O., S. 263.
(2) Nach: Bolte: Deutsche Gesellschaft im Wandel. Opladen 1966, S. 223.
(3) Nach: Bolte/Neidhardt/Holzer: Deutsche Gesellschaft im Wandel, Bd. II. Opladen 1970, S. 372.
(4) Nach Bolte/Neidhardt/Holzer: a. a. O., S. 283.
(5) K. Pritzkoleit: Das kommandierte Wunder. Deutschlands Weg im 20. Jh. Wien, München, Basel 1959, S. 619 f.
(6) ebenda, S. 620.
(7) A. Kuhn/v. Rothe: Frauen im Faschismus. Bd. 1, 1982, S. 46 f.
(8) W. Scheffler: Judenverfolgung im Dritten Reich. Berlin 1964, S. 14.
(9) Zitiert aus: K. Dederke: Reich und Republik. Deutschland 1917–1933. Stuttgart [5]1984, S. 114.
(10) Ebenda, S. 113.
(11) Aus W. Scheffler, a. a. O., S. 15 f.
(12) E. Toller. Eine Jugend in Deutschland. Reinbek bei Hamburg 1963, S. 161 f.
(13) Zitiert aus: H. Schulze; Weimar, a. a. O., S. 242.
(14) Allg. deutsches Kommersbuch. Lahr 1929, S. 122.
(15) E. Jünger: In Stahlgewittern. Aus dem Tagebuch eines Stoßtruppführers. 5. Aufl. Berlin 1924, S. XIV.
(16) Stimmen der Jugend (kath.) Heft 5, Mai 1930. Zitiert aus: K. Dederke: Reich und Republik, a. a. O., S. 109.
(17) Wille und Werk, Heft 7, 1930, S. 54. Zitiert aus: Dederke, a. a. O., S. 108.

Lesetip

E. Leonhard/J. Mihaly: Berlin. Breitenbachplatz. Erinnerungen an die berühmte „Künstlerkolonie". Herder Tb. 1259 (QS)

E. Toller: Eine Jugend in Deutschland. Rowohlt Tb. 4178 (Q)

Zeit-Bild: Die „Goldenen" Zwanziger Jahre. 1923–1929. Ueberreuter, Wien 1982 (SB)

5.5 Krise und Zusammenbruch der Republik

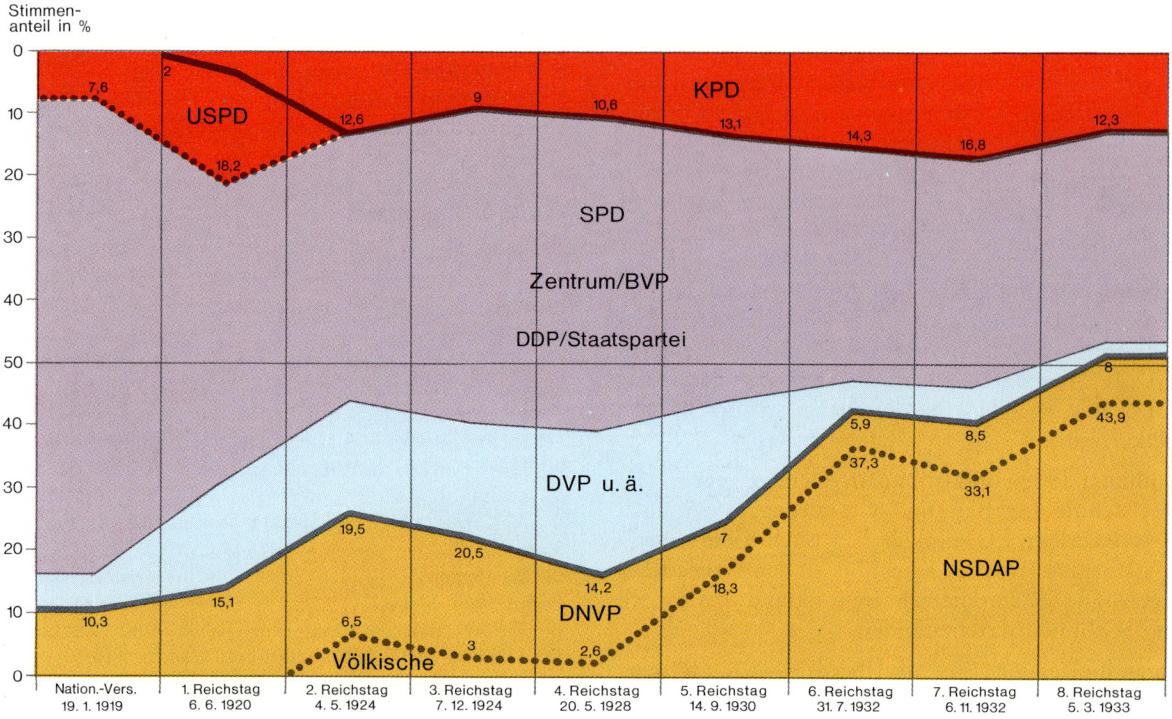

Stimmenanteile bei den Reichstagswahlen.

Ein Wahlplakat zur Reichspräsidentenwahl 1932 warnte: „Wenn du Hitler deine Stimme gibst, so wählst du Haß, Parteigeist, Unerfahrenheit, Bonzenherrschaft, Selbstzerfleischung und weitere Verelendung des deutschen Volkes."

- Zu viele Nazis oder zu wenige Demokraten: Woran ist die Weimarer Republik zugrunde gegangen?
- Welche Rolle spielten die wirtschaftlichen Verhältnisse, die Auswirkungen der Weltwirtschaftskrise?
- Wer trägt die Schuld am Sieg der Nationalsozialisten: Wer ist hauptschuldig, mitschuldig, wer ist schuldlos daran?

Das Ende des parlamentarischen Systems. Reichskanzler Müller mußte im März 1930 mit seinem Kabinett zurücktreten, weil sich die Koalitionsparteien nicht über die Höhe des Sozialversicherungsbeitrages einigen konnten. Der Reichspräsident ernannte den Zentrumspolitiker Heinrich Brüning zum Kanzler. Seine Regierung des „Bürgerblocks" besaß keine Mehrheit im Parlament. Trotzdem brachte Brüning eine Vorlage zur Sanierung von Staatshaushalt und Sozialversicherung ein. Der Reichstag lehnte ab: Kommunisten, SPD, Deutschnationale und Nationalsozialisten stimmten dagegen. Nun erhielt Brüning von Hindenburg die Zusicherung, daß er seine Maßnahmen mit Hilfe von *Notverordnungen** durchsetzen könne. Das tat Brüning. Der Reichstag allerdings konnte eine Notverordnung mit Mehrheitsbeschluß wieder aufheben. Die SPD stellte den entsprechenden Antrag. Nun beschritt Brüning einen Weg, der die „Präsidialdiktatur" einleitete: Er ließ durch den Reichspräsidenten den Reichstag auflösen. Bis zu Neuwahlen (nach 60 Tagen) konnte er ohne Parlament regieren.
Auch in den folgenden Jahren regierte Brüning mit Notverordnungen. Bei den Reichstagswahlen im September 1930 gewann die *NSDAP** 107 (statt bisher 12) Mandate; sie wurde zweitstärkste Fraktion. Auch die Kommunisten gewannen 23 Mandate hinzu. Brüning, der fast zwei Jahre lang als Kanzler regierte, wurde von Sozialdemokraten und Demokraten geduldet. Sie fürchteten, bei einer erneuten Parlamentsauflösung weitere Wählerstimmen und Mandate zu verlieren. → (1)

Die Weltwirtschaftskrise erfaßt Deutschland. Schon im Herbst 1928 klagten Industrie und Handel über Absatzschwierigkeiten. Der folgende Winter war streng und lang, die Arbeitslosenzahl stieg auf 2,4 Millionen. Sie sank zwar im folgenden Sommer wieder auf 1 Million, aber die Absatzschwierigkeiten nahmen zu. Dann brach im Oktober 1929 die New Yorker Börse zusammen (vgl. S. 80). Der Börsenkrach versetzte auch die deutsche Wirtschaft in Panik. Viele Unternehmer entließen Arbeiter und Angestellte. Im Januar 1930 gab es bereits 3,2 Millionen Arbeitslose. Die Zahl ging im Sommer nicht wesentlich zurück. Die Lage hatte sich noch dadurch verschlechtert, daß amerikanische Banken die Kredite zurückforderten, die sie deutschen Banken und Unternehmen gegeben hatten. Auch der Export von Industriegütern ging zurück.
Ein deutliches Zeichen für die Krise in Europa war der Zusammenbruch von Großbanken, der Österreichischen Kreditanstalt im Mai 1931, dann der Darmstädter- und Nationalbank. Die Reichsbank konnte nicht helfen. Sparer stürmten die Banken, um ihr Geld zu retten. Die Regierung mußte Bankfeiertage verordnen, d. h. Tage, an denen die Bankschalter geschlossen blieben.
Auch in England und Frankreich passierte ähnliches. Überall war das Vertrauen der Bürger in die Banken erschüttert. Man „hortete" Spargeld daheim oder kaufte Sachwerte, vor allem Grundstücke oder Häuser, zumal deren Preise fielen. Weil die Banken kaum mehr Geld bekamen, konnten sie der Wirtschaft auch keine Kredite geben. So folgten weitere Produktionseinschränkungen und noch größere Arbeitslosigkeit. Das ganze glich einem Teufelskreis, aus dem man nicht herauskam. Im Winter 1932/33 zählte man in Deutschland über 6 Millionen Arbeitslose. → (3)

Wirtschafts- und Außenpolitik Brünings. In dieser Wirtschaftskrise waren auch die Steuereinnahmen gering. Brüning wollte den Staat nicht völlig verschulden, er verordnete eiserne Sparsamkeit. So vergab die öffentliche Hand keine Aufträge mehr an die Industrie, senkte Fürsorgesätze, Arbeitslosenhilfe und die Beamtengehälter. Jeder, der noch Arbeit hatte, mußte Lohnkürzungen hinnehmen. Auch das minderte die Kaufkraft und vermehrte die Arbeitslosigkeit. Brünings „Deflationspolitik" verschärfte die Krise.
1931 erklärte Reichskanzler Brüning, daß Deutschland die fällige Reparationsrate nicht zahlen könne. Wenn Deutschland nicht zahlte, konnten auch England und Frankreich ihre Kriegsschulden bei den USA nicht abzahlen. Der amerikanische Präsident Hoover schlug vor, alle internationalen Kriegsschuldzahlungen für ein Jahr auszusetzen. Dann trat 1932 in Lausanne wieder eine Reparationskonferenz zusammen. Deutschland erklärte, daß es nicht länger zahlen könne und wolle. Man erließ dem Deutschen Reich die Reparationsschuld bis auf einen Betrag von 3 Mrd., der aber nie bezahlt wurde. Das Abkommen von Lausanne bewies, daß Deutschland eine Revision (Änderung) des Versailler Vertrags durchaus auf dem Verhandlungsweg erreichen konnte.

Hindenburgs Wiederwahl und der Sturz Brünings. 1932 war die Amtszeit Hindenburgs abgelaufen. Die republikfeindlichen Rechten stellten Hitler im zweiten Wahlgang als Kandidaten auf. Daraufhin einigten sich die demokratischen Parteien, auch die SPD, auf Hindenburg als das kleinere Übel. Er erhielt rund 53,0% der gültigen Stimmen. Hitler erreichte 36,8%. Für die Kommunisten kandidierte ihr Führer Ernst Thälmann, auf den 10,2% der Stimmen fielen.

Wenige Tage nach der Wahl ließ Brüning die SA und SS (vgl. S. 140) verbieten. Gegen dieses Verbot protestierten Reichswehrführung und der Sohn Kaiser Wilhelms II., Kronprinz Wilhelm, bei Hindenburg. Sie wollten das angeblich „wundervolle Menschenmaterial" und die „wertvolle Erziehung" in den SA und SS-Verbänden erhalten. Ostpreußische Großgrundbesitzer und besonders General Schleicher rieten Hindenburg, seinem Kanzler das Vertrauen zu entziehen. Am 30. Mai 1932 wurde Brüning entlassen. Auf Vorschlag von Schleicher ernannte Hindenburg einen Gegner der Republik zum Kanzler: Franz von Papen. Seine Regierung bestand überwiegend aus Adligen. Papen hob das SA- und SS-Verbot auf. Dafür versprach Hitler, seine Regierung zu dulden. In einem Staatsstreich beseitigte Papen im Juli 1932 die sozialdemokratische preußische Landesregierung und übernahm selbst das Amt eines Reichskommissars für Preußen (sog. „Preußenschlag"). Noch im gleichen Monat fanden Neuwahlen zum Reichstag statt. → (2)

Das Untergraben der demokratischen Machtpositionen wurde erleichtert durch das Verhalten der KPD, die – angewiesen von der Komintern – vor allem ihren alten Rivalen, die Sozialdemokratie, bekämpfte und sich auch nicht scheute, im Preußischen Landtag und beim Berliner Verkehrsstreik von 1932 mit den Nationalsozialisten gemeinsame Sache zu machen.

Wahlkampf und Wahlsieg der NSDAP. Josef Goebbels, Hitlers Fachmann für *Propaganda**, startete einen Wahlkampf, wie ihn Deutschland noch nicht erlebt hatte. Er benutzte die modernen Medien (Radio, Schallplatte, Film) für seine Wahlpropaganda. Auf einem „Freiheitsflug über Deutschland" jagte Hitler im Flugzeug von Stadt zu Stadt und von Versammlung zu Versammlung. Das alles zahlte sich aus. Die Nationalsozialisten gewannen 230 Sitze (37,4%). Als stärkste Fraktion stellten sie nun den Reichstagspräsidenten (Hermann Göring). Berauscht vom Wahlsieg glaubten sie, ihre Zeit sei gekommen. Mit den Kommunisten verhinderten sie bei der Eröffnung des Reichstages, daß der Kanzler das Wort ergriff. Papen aber hatte sich wieder von Hindenburg die Reichstagsauflösung besorgt. Das hatten die Nationalsozialisten bezweckt. Doch in den Novemberwahlen verloren sie 34 Sitze, während die Kommunisten weitere 11 hinzugewannen.

Die Wahlkämpfe des Jahres 1932 waren vom Terror der Rechts- und Linksradikalen gekennzeichnet. Nationalsozialisten machten mit ihren Kampftruppen die Straßen unsicher. Straßenschlachten zwischen Nationalsozialisten und Kommunisten waren an der Tagesordnung. Die Zustände ähnelten einem Bürgerkrieg. Allein im Wahlmonat Juli gab es 99 Tote und 125 Verletzte. → (4) (5)

Von Papen zu Hitler. Als auch nach den Novemberwahlen 1932 die radikalen Parteien – NSDAP und KPD – die Mehrheit im Reichstag behielten, plante Papen, die Verfassung außer Kraft zu setzen und eine Zeitlang ohne Parlament zu regieren. Hindenburg lehnte ab, weil er einen möglichen Bürgerkrieg befürchtete, entließ Papen und bestellte Schleicher als Kanzler. Dieser hoffte, den sozialistisch gesinnten Flügel von der NSDAP abspalten und mit Unterstützung der Gewerkschaften regieren zu können. Aber nun einigten sich Papen und Hitler hinter dem Rücken Schleichers auf die Bildung einer Koalitionsregierung aus konservativen Politikern, Deutschnationalen und Nationalsozialisten. Schleicher trat zurück, und am 30. Januar 1933 empfing der Reichspräsident das neue Kabinett. Hitler sprach den Eid: „Ich schwöre, ich werde meine Kraft für das Wohl des deutschen Volkes einsetzen, die Verfassung und die Gesetze des Reiches wahren, die mir obliegenden Pflichten gewissenhaft erfüllen und meine Geschäfte unparteiisch und gerecht gegen jedermann führen."

Am Abend zogen die nationalsozialistischen Verbände in großen Fackelzügen an der Reichskanzlei vorbei. Vom Fenster aus grüßte Hitler die „braunen Bataillone". An einem anderen Fenster stand Hindenburg, aber es schien, als habe er nicht begriffen, was geschehen war. → (6)

(1) **Woher gewannen die Nationalsozialisten Anhänger?**

Reichstagswahlen	20.5. 1928	14.9. 1930	31.7. 1932	6.11. 1932	5.3. 1933
Wähler der NSDAP (in Mio.)	0,8	6,4	13,7	11,7	17,3
Reichstagsmandate der NSDAP	12	107	230	196	288
Anteil der Stimmen für die NSDAP in %	2,6	18,3	37,4	33	43,9

Sozialstruktur der NSDAP vor 1933
(Erwerbstätige im Reich und in der NSDAP nach sozialen und Berufs-Gruppen):

Erwerbstätige	Im Reichsgebiet (Volkszählung von 1925)	v. H.	In der NSDAP vor dem 14. 9. 1930	v. H.	Unter den neuen NSDAP-Mitgliedern (zw. 14. 9. 1930 und 30. 1. 1933)	v. H.
Arbeiter	14 443 000	45,1	34 000	28,1	233 000	33,5
Selbständige						
a) Landwirte	2 203 000	6,7	17 100	14,1	90 000	13,4
b) Handwerker und Unternehmer	1 785 000	5,5	11 000	9,1	56 000	8,4
c) Kaufleute	1 193 000	3,7	9 900	8,2	49 000	7,5
d) Freie Berufe	477 000	1,5	3 600	3,0	20 000	3,0
Beamte						
a) Lehrer	334 000	1,0	2 000	1,7	11 000	1,7
b) Andere	1 050 000	3,3	8 000	6,6	36 000	5,5
Angestellte	5 087 000	15,9	31 000	25,6	148 000	22,1
Mithelfende Fam.-Angehörige (meist weibl.)	5 437 000	17,3	4 400	3,6	27 000	4,9
Insgesamt	32 009 000	100	121 000	100	670 000	100

(1)

Aus einem Aufruf der NSDAP zur Reichspräsidentenwahl 1932:

„Hitler ist die letzte Hoffnung derer, denen man alles nahm, Haus und Hof, Ersparnisse, Existenz, Arbeitskraft, und denen nur eines blieb, der Glaube an ein gerechtes Deutschland, das seinen Volksgenossen wieder Ehre, Freiheit und Brot geben wird. Hitler ist für Millionen das erlösende Wort, weil sie heute verzweifeln und nun in diesem Namen einen Weg sehen zu neuem Leben und neuem Schaffen.“ (2) Q

Von 1930 bis 1933 stieg die Mitgliederzahl der NSDAP von 129 000 auf 849 000. 43 v. H. der neuen Mitglieder befanden sich im Alter zwischen 18 und 30 Jahren. Die Partei versprach: feste Preise für die Bauern, Stellen für die Arbeitslosen, Befreiung des Mittelstandes vom Wettbewerb mit übermächtigen Konkurrenten, Arbeit und Karriere für die Jugend, Aufrüstung für die Armee, Aufträge für die großen Wirtschaftsbetriebe. Und alle ihre Versprechungen faßte sie zusammen in dem allgemeinen Aufruf: „Deutschland erwache!“

(a) Übertragt die Angaben der Wahltabelle S. 132 in ein Säulendiagramm und erläutert es.

(b) Arbeitet einzelne Ziele bzw. Versprechungen der Nationalsozialisten heraus.

(c) Was könnt ihr der Tabelle „Sozialstruktur der NSDAP“ entnehmen? Welche Gruppen sind in der Partei „überrepräsentiert“?

(2) Das Bündnis der Rechten

Seit 1928 war Alfred Hugenberg Vorsitzender der Deutschnationalen. Im Herbst 1929 organisierte Hugenberg zusammen mit dem Führer des „Stahlhelms“ (Bund der Frontsoldaten) und dem Vorsitzenden des „Alldeutschen Verbandes“ ein Volksbegehren gegen den Young-Plan (vgl. S. 129); er gewann für den Propagandafeldzug auch Hitler und dessen NSDAP. Die Aktion war erfolglos, aber sie hatte Hitler populär gemacht. Hugenberg bemühte sich weiterhin um eine Einheitsfront der Rechten. Im Oktober 1931 organisierte er eine Massenkundgebung von DNVP, NSDAP, Stahlhelm und Alldeutschem Verband in Bad Harzburg. Wieder war Hitler beteiligt, aber auch Schacht, v. Seeckt, Kronprinz Wilhelm. Die „Harzburger Front“ betrieb – zunächst noch vergeblich – den Sturz Brünings und der Republik. Hinter Hugenberg stand ein ganzes „Presseimperium“, er besaß viele Tageszeitungen und Zeitschriften, ein Nachrichtenbüro, das die meisten Provinzzeitungen belieferte, sowie die Filmgesellschaft UFA, in der die Wochenschau für die Kinos produziert wurde. Die Tendenz der Hugenberg-Presse zeigt folgendes Beispiel:

„Wir hassen mit ganzer Seele den augenblicklichen Staatsaufbau, seine Form und seinen Inhalt, sein Werden und sein Wesen. Wir hassen diesen Staatsaufbau, weil in ihm nicht die besten Deutschen führen, sondern weil in ihm ein Parlamentarismus herrscht, dessen System jede verant-

Ergebnisse der Reichstagswahlen 1928–1932 (in v. H.): (4)

	20. 5. 1928	14. 9. 1930	31. 7. 1932	6. 11. 1932
Rechtsradikale und Verbündete				
NSDAP	2,6	18,3	37,4	33,0
DNVP	14,2	7,0	5,9	7,2
„Mittlere" Parteien				
DVP	8,7	4,5	1,1	1,7
DDP	4,9	3,7	1,0	0,9
Zentrum	11,9	11,7	12,4	11,9
BVP	3,9	3,0	3,2	2,9
SPD	28,7	24,5	21,5	20,4
Linksradikale				
KPD	10,6	13,1	14,2	16,8

wortungsvolle Führung unmöglich macht ... Wir hassen diesen Staatsaufbau, weil er uns die Aussicht versperrt, unser geknechtetes Vaterland zu befreien und das deutsche Volk von der erlogenen Kriegsschuld zu reinigen, den notwendigen Lebensraum im Osten zu gewinnen, das deutsche Volk wieder frei zu machen, Landwirtschaft, Industrie, Gewerbe und Handwerk gegen den feindlichen Wirtschaftskrieg zu schützen und wieder lebensfähig zu gestalten. Wir wollen einen starken Staat, in dem die verantwortungsvolle Führung der Beste hat und nicht verantwortungsloses Bonzen- und Maulheldentum führt." (3) Q

Ein Historiker urteilt über „Hitler und die Industrie":

„Wenn auch die Unterstützung Hitlers durch deutsche Industrielle nicht überschätzt werden darf – Hitler war keineswegs, wie es die kommunistische Propaganda damals und heute behauptet, ein ‚Produkt' der deutschen Schwerindustrie –, so muß doch auf die beträchtlichen Zahlungen einzelner Industriemagnaten hingewiesen werden. Kirdorf zahlte zwischen 1930 und 1933 600 000–700 000 Reichsmark an die NSDAP; Flick und Vögler förderten die Partei ab 1932, Sir Henry Deterding, der Herr des Shell-Konzerns, schon ab 1930. Hugenberg ließ Hitler von den ihm zufließenden politischen Geldern der großen Industriekonzerne jährlich etwa ein Fünftel zukommen. Schacht knüpfte für Hitler Verbindungen zur Kommerz- und Privatbank sowie zur Deutschen Bank. Sie alle finanzierten, in der Hoffnung, mit Hitler besser über die Schwierigkeiten der Wirtschaftskrise hinwegzukommen, die großen Wahlkämpfe der Partei, namentlich des Jahres 1932. Thyssen, schon vor 1923 mit der NSDAP verbunden, ermöglichte Hitler darüber hinaus den Bau des Braunen Hauses in München." (5)

(a) Erklärt, wie die Deutschnationalen unter Hugenberg die Nationalsozialisten ideell und praktisch unterstützten.

(b) Inwieweit wurde Hitler von der Industrie gefördert?

(c) Zeigt an der Tabelle und am Schaubild S. 130 die Entwicklung der Wahlergebnisse und erklärt, was sie für das Parlamentarische System bedeuteten.

(3) Auswirkungen der Weltwirtschaftskrise

Ein amerikanischer Journalist berichtete 1931:

„Nach dem Unterstützungsgesetz (1932 noch einmal gekürzt) bezieht in Berlin ein beschäftigungsloser Arbeiter mit Frau und Kind 51 Mark im Monat. Nach Berechnungen des Arbeitsamtes Neukölln kommen Miete, Beleuchtung, Beheizung und unvermeidliche Nebenausgaben auf ein unerbittliches Minimum von 32,50 Mark im Monat. Für die Ernährung dreier Menschen blieben also 18,50 im Monat übrig ... Nach einer Statistik des Arbeitsamtes kann der Berliner Unterstützungsempfänger 45 Pfund Brot für 6 Mark kaufen, einen Zentner Kartoffeln für 2,50, 9 Pfund Margarine für 3 Mark, 15 Liter Milch für 4,50, 20 Pfund Kohl für 2 Mark, 10 Heringe, Salz und Zucker für 1 Mark, und damit wären die 18,50 Mark aufgebraucht ... Eine Tagesverpflegung für eine Person besteht aus 6 kleinen Kartoffeln, 5 mitteldicken Scheiben Brot, einem kleinen Stück Kohl, das ungefähr faustgroß ist, und einem Stückchen Margarine von etwa 16 Kubikzentimetern. An 3 Sonntagen können die Erwachsenen noch einen Hering essen. Für das Kind ist an allen Sonntagen ein Hering vorhanden, außerdem täglich ein halber Liter Milch." (6) Q

Unzulängliche Sozialhilfe:

„Die Empfänger von Wohlfahrtsunterstützungen vegetierten meist nur. Oft aus der Wohnung gewiesen, im Freien oder in Wartesälen nächtigend, sich von Gratisspeisungen und z. T. auch von Abfall nährend und in Lumpen gehüllt, hofften sie nur auf ein Wunder, und viele lernten an Wunder glauben. Es gab aber damals auch Menschen, die nicht von der öffentlichen Wohlfahrt unterstützt wurden, weil entweder die Gemeinde zu arm war oder weil sie sich aus Schamgefühl nicht an die Wohlfahrt wenden wollten. Wenn sich niemand ihrer annahm, starben sie, bettelten oder stahlen." (7)

Die Entwicklung der Arbeitslosigkeit in Deutschland.

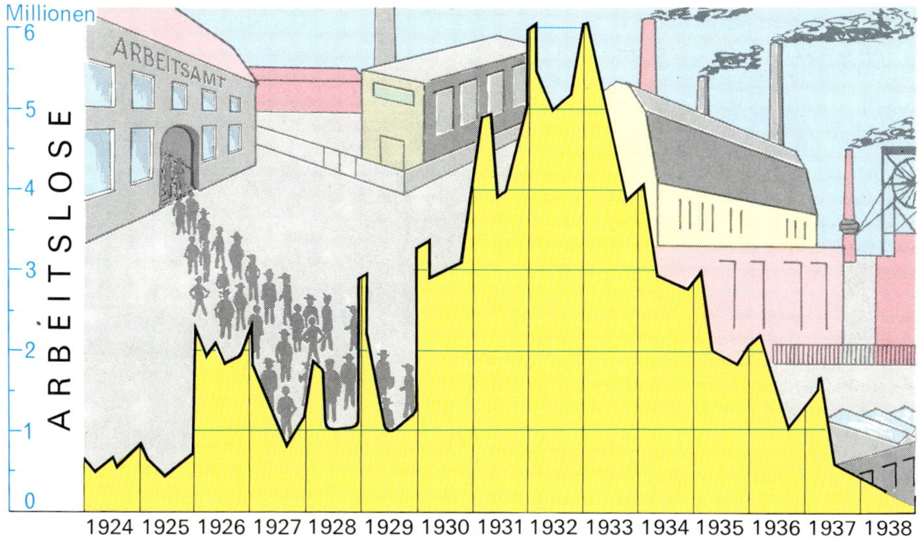

Entwicklung der Produktion in Deutschland:

	1924	1925	1926	1927	1928	1929	1930	1931	1932	1933	1934	1935	1936	1937	1938
Steinkohle (in Mio. t)	119	133	154	154	151	163	142	118	105	110	125	143	158	185	186
Rohstahl (in Mio. t)	8	10	10	13	12	13	10	6	4	5	9	13	15	16	19

(a) Besprecht die Auswirkungen der Weltwirtschaftskrise in Deutschland
– auf die Beschäftigung
– auf die Versorgung
– auf die Produktion.

(b) Wie ist der Ansturm auf die Banken zu erklären (denkt an die Inflation von 1923!) und wie wirkte er sich aus?

(c) Erörtert die menschlichen Probleme der Arbeitslosigkeit – damals und heute.

(d) Worin seht ihr die politische Gefahr der Massenarbeitslosigkeit?

Eine Suppenküche der Heilsarmee für Arbeitslose und ihre Familien in einem Arbeiterviertel 1931.

(4) Hitlers Kampfmethoden

Hitler in „Mein Kampf“:

„Die breite Masse des Volkes besteht weder aus Professoren noch aus Diplomaten. Das geringe abstrakte Wissen, das sie besitzt, weist ihre Empfindungen mehr in die Welt des Gefühls. Dort ruht entweder ihre positive oder negative Einstellung. Sie ist nur empfänglich für eine Kraftäußerung in einer dieser Richtungen und niemals für eine zwischen beiden schwebende Halbheit. Ihre gefühlsmäßige Einstellung bedingt aber gleichzeitig ihre außerordentliche Stabilität. Der Glaube ist schwerer zu erschüttern als das Wissen, Liebe unterliegt weniger dem Wechsel als Achtung, Haß ist dauerhafter als Abneigung, und die Triebkraft zu den gewaltigsten Umwälzungen auf dieser Erde lag zu allen Zeiten weniger in einer die Masse beherrschenden wissenschaftlichen Erkenntnis als in einem sie beseelenden Fanatismus und manchmal in einer sie vorwärtsjagenden Hysterie.
Wer die breite Masse gewinnen will, muß den Schlüssel kennen, der das Tor zu ihrem Herzen öffnet. Er heißt nicht Objektivität, also Schwäche, sondern Wille und Kraft.
Die Gewinnung der Seele des Volkes kann nur gelingen, wenn man neben der Führung des positiven Kampfes für die eigenen Ziele den Gegner dieser Ziele vernichtet.“ (8)
Q

„Jede Propaganda hat volkstümlich zu sein und ihr geistiges Niveau einzustellen nach der Aufnahmefähigkeit des Beschränktesten unter denen, an die sie sich zu richten gedenkt. Damit wird ihre rein geistige Höhe je tiefer zu stellen sein, je größer die zu erfassende Masse der Menschen sein soll ... Je bescheidener dann ihr wissenschaftlicher Ballast ist, und je mehr sie ausschließlich auf das Fühlen der Masse Rücksicht nimmt, um so durchschlagender der Erfolg ... Die Aufnahmefähigkeit der großen Masse ist doch nur sehr beschränkt, das Verständnis klein, dafür jedoch die Vergeßlichkeit groß. Aus diesen Tatsachen heraus hat sich jede Propaganda auf nur sehr wenige Punkte zu beschränken und diese schlagwortartig solange zu verwerten, bis bestimmt auch der Letzte unter einem solchen Worte das Gewollte sich vorzustellen vermag.“ (9) Q

Einer der wirksamsten Propagandisten der nationalsozialistischen Ideologie war Joseph Goebbels, seit 1926 „Gauleiter“ der Partei in Berlin. Drei Jahre später wurde er „Reichspropagandaleiter“ der NSDAP und im März 1933 Reichsminister für Volksaufklärung und Propaganda.

Die Arbeitslosigkeit gab der SA („Sturmabteilung“), einer halbmilitärischen Organisation der Nationalsozialisten, einen erheblichen Auftrieb. In den „Sturmlokalen“ konnten Arbeitslose, die Mitglieder wurden, Essen und eine Übernachtungsmöglichkeit erhalten. Uniform und straffe Befehlsgewalt gaben ihnen das Gefühl, in einer „verschworenen Gemeinschaft“ wieder etwas zu gelten. Aufgabe der SA war der Terror. In Saalschlachten und Straßenkämpfen, in Paraden und Aufmärschen sollten die „Braunhemden“ die Stärke der nationalsozialistischen Bewegung beweisen. Besonders abstoßend war der Mordfall von Potempa:

„In der Nacht zum 10. August 1932 drangen neun uniformierte SA-Männer in die Wohnung eines kommunistischen Bergmanns ein und trampelten ihn vor den Augen seiner Mutter zu Tode. Ein Sondergericht in Beuthen verurteilte fünf der Täter am 22. August zum Tode. Das Urteil von Beuthen nahm die NSDAP zum Anlaß, einen Proteststurm zu entfesseln ... Hitler richtete an die Täter ein Telegramm: ‚Meine Kameraden! Angesichts dieses ungeheuerlichsten Bluturteils fühle ich mich mit Euch in unbegrenzter Treue verbunden ...‘ Die Regierung Papen bewirkte dann auch im September die Umwandlung der Todesurteile in Zuchthausstrafen.“ (10)

(a) Interpretiert die Auszüge aus Hitlers „Mein Kampf“.

(b) Besprecht die Wirkung der NS-Propaganda auf die Massen. Wäre sie nach eurer Meinung auch heute möglich?

(c) Wie standen die Nationalsozialisten zur Gewalt? Worauf ist diese Einstellung zurückzuführen?

(5) Wahlpropaganda – Wahlkampf

Aus einem Interview mit einem ehemaligen Mitglied der KPD:

„W.: Nach 1930, als die Nazis immer mehr Stimmen gewannen, haben ja einige Leute schon vorausgesehen,

Nationalsozialistisches Wahlplakat (1932).

Sozialdemokratisches Wahlplakat (1930).

was auf sie zukommt. Was haben Sie denn zu dieser Zeit in Ihrer politischen Gruppe getan?
Schätzle: Nach 1930, besser gesagt, mit dem Wachsen der Arbeitslosigkeit, kam auch eine Verschärfung der politischen Gegensätze. Wegen dieser Gegensätze ist es dann auch in Stuttgart zu harten Auseinandersetzungen mit den Nazis gekommen. Unsere Devise war – und das hat sich auch bewahrheitet – daß, wenn Hitler an die Regierung kommt, alle demokratischen Errungenschaften verlorengehen und daß er zielstrebig auf den Krieg hinarbeitet. Das ist keine Weisheit, die man sich nachträglich aneignen konnte, sondern Hitler hat das in seinem Buch ‚Mein Kampf' deutlich geschrieben, jedermann konnte das nachlesen. Deswegen lasse ich das Argument nicht gelten, wenn heute die ältere Generation sagt: ‚Wir haben nichts davon gewußt.' Hitler hat dann auch so ohne weiteres die Macht übernehmen können, weil die Meinung weit verbreitet war: ‚Lassen wir ihn ruhig mal regieren, er soll mal zeigen, was er kann.' Das hat natürlich dazu beigetragen, daß die Abwehrfront gegen den Faschismus gelähmt wurde. Dies war die Stunde der Kapitulation.
W.: Und was haben Sie nun im Kommunistischen Jugendverband getan, um Ihre Warnungen an den Mann zu bringen?
Schätzle: Wir haben Versammlungen und Kundgebungen abgehalten und Flugblätter verteilt. Ich habe unter anderem auch an einer Zeitung mitgearbeitet, einer nur kleinen, abgezogenen Zeitung, die an die Reichswehr gerichtet war und die wir vor den Kasernen verteilt haben. Und in dieser Zeitung stand geschrieben: ‚Laßt euch nicht vom Faschismus verführen, denn der Hitler bedeutet Krieg!' Und das hat mir und noch zwei Stuttgartern wegen Vorbereitung zum Hochverrat eineinhalb Jahre Gefängnis eingebracht. Das war im Sommer 1932, also noch unter der Regierung von Papen ..." (11) Q

(a) Vergleicht die Wahlplakate und kennzeichnet sie nach ihrem Inhalt, ihrem Stil und der Zielgruppe, an die sich die jeweilige Partei vor allem wandte.

(b) Von wem wurde Hitler bekämpft, geduldet, unterstützt?

(c) Nehmt Stellung zur Meinung älterer Menschen, sie hätten von Hitlers Zielen nichts gewußt.

(6) Der 30. Januar 1933

Hitler vor dem Reichsgericht 1930:

„Die nationalsozialistische Bewegung wird in diesem Staate mit den verfassungsmäßigen Mitteln das Ziel zu erreichen suchen. Die Verfassung schreibt uns nur die Methoden vor, nicht aber das Ziel. Wir werden uns auf diesem verfassungsmäßigen Wege die ausschlaggebenden Mehrheiten in den gesetzgebenden Körperschaften zu

Links: Heinrich Brüning. – Rechts: Reichswehrminister General v. Schleicher im Gespräch mit Reichskanzler v. Papen.

erlangen suchen, um in dem Augenblick, wo uns das gelingt, den Staat in die Form zu gießen, die unseren Ideen entspricht!"(12) Q

Goebbels 1928:

„Wir gehen in den Reichstag hinein, um uns im Waffenarsenal der Demokratie mit deren eigenen Waffen zu versorgen. Wir werden Reichstagsabgeordnete, um die Weimarer Gesinnung mit ihrer eigenen Unterstützung lahmzulegen. Wenn die Demokratie so dumm ist, uns für diesen Bärendienst Freifahrkarten und Diäten zu geben, so ist das ihre Sache ... Wir werden mit hartem Schritt den marmornen Boden der Parlamente betreten, wir kommen nicht als Freunde, auch nicht als Neutrale. Wir kommen als Feinde! Wie der Wolf in die Schafherde einbricht, so kommen wir. Jetzt seid ihr nicht mehr unter euch!" (13) Q

Melitta Maschmann erlebte den 30. 1. 1933 als Schülerin in Berlin:

„Am Abend des 30. Januar nahmen meine Eltern uns Kinder – meinen Zwillingsbruder und mich – mit in das Stadtzentrum. Dort erlebten wir den Fackelzug, mit dem die Nationalsozialisten ihren Sieg feierten. Etwas Unheimliches ist mir von dieser Nacht her gegenwärtig geblieben. Das Hämmern der Schritte, die düstere Feierlichkeit roter und schwarzer Fahnen, zuckender Widerschein der Fakkeln auf den Gesichtern und Lieder, deren Melodien aufpeitschend und sentimental zugleich klangen.
Stundenlang marschierten die Kolonnen vorüber, unter ihnen immer wieder Gruppen von Jungen und Mädchen, die kaum älter waren als wir. In ihren Gesichtern und in ihrer Haltung lag ein Ernst, der mich beschämte. Was war ich, die ich nur am Straßenrand stehen und zusehen durfte, mit diesem Kältegefühl im Rücken, das von der Reserviertheit der Eltern ausgestrahlt wurde? Kaum mehr als ein zufälliger Zeuge, ein Kind, das noch Jungmädchenbücher zu Weihnachten geschenkt bekam. Und ich brannte doch darauf, mich in diesen Strom zu werfen, in ihm unterzugehen und mitgetragen zu werden ...
Irgendwann sprang plötzlich jemand aus der Marschkolonne und schlug auf einen Mann ein, der nur wenige Schritte von uns entfernt gestanden hatte. Vielleicht hatte er eine feindselige Bemerkung gemacht. Ich sah ihn mit blutüberströmten Gesicht zu Boden fallen, und ich hörte ihn schreien. Eilig zogen uns die Eltern fort aus dem Getümmel, aber sie hatten nicht verhindern können, daß wir den Blutenden sahen. Sein Bild verfolgte mich tagelang. In dem Grauen, das es mir einflößte, war eine winzige Zutat von berauschender Lust: ‚Für die Fahne wollen wir sterben', hatten die Fackelträger gesungen. Es ging um Leben und Tod. Nicht um Kleider oder Essen oder Schulaufsätze, sondern um Tod und Leben. Für wen?

Nationalsozialistische Kampfverbände und Angehörige des „Stahlhelm" marschieren am Abend des 30. Januar 1933 durch das Brandenburger Tor in Berlin.

Auch für mich? Ich weiß nicht, ob ich mir diese Frage damals gestellt habe, aber ich weiß, daß mich ein brennendes Verlangen erfüllte, zu denen zu gehören, für die es um Leben und Tod ging." (14) Q

(a) Untersucht: Wie „legal", d. h. verfassungsgemäß, kam Hitler an die Macht?

(b) Die konservativen Politiker glaubten, Hitler „eingerahmt" zu haben. Was sollte das bedeuten – und was geschah in Wirklichkeit?

(c) Arbeitet die Wirkung der Aufmärsche am 30. 1. 1933 heraus.

1. Nenne und erkläre Ursachen für das Ende des parlamentarischen Systems der Weimarer Republik und gehe dabei auch auf die beiden folgenden Artikel der Weimarer Reichsverfassung ein:

Art. 25: „Der Reichspräsident kann den Reichstag auflösen, jedoch nur einmal aus dem gleichen Anlaß."
Art. 48: „. . . Der Reichspräsident kann, wenn im Deutschen Reiche die öffentliche Sicherheit und Ordnung erheblich gestört oder gefährdet wird, die zur Wiederherstellung der öffentlichen Sicherheit und Ordnung nötigen Maßnahmen treffen . . . Die Maßnahmen sind auf Verlangen des Reichstages außer Kraft zu setzen . . ." Q

2. Berichte über die Wahlerfolge der NSDAP seit den Septemberwahlen 1930 und versuche zu begründen, wie sie zustande kamen.

3. Wiederhole Ursachen und Auswirkungen der Wirtschaftskrise in den USA (S. 82 f.) und vergleiche mit der Entwicklung in Deutschland.

4. Was versteht man unter „Notverordnung", „Präsidialkabinett", „Preußenschlag"?

5. Nimm Stellung zur Aussage der Karikatur auf der nächsten Seite:

Hitlers Legalitätsversprechen. Karikatur in „Der Wahre Jacob“ vom 27. Februar 1932.

Nationalsozialistische Deutsche Arbeiterpartei (NSDAP): 1919 gegründet, seit 1920 mit der Bezeichnung NSDAP, seit 1921 unter Führung von Adolf Hitler. Eine faschistische Kaderpartei, bis 1928 bedeutungslos, wurde in der Weltwirtschaftskrise zur stärksten Partei im Deutschen Reichstag. Zentralistisch aufgebaut, besaß zahlreiche Sonderorganisationen (SA = Schutzabteilung, als uniformierte und bewaffnete Kampftruppe; SS = Schutzstaffel; 1925 als Leibgarde des „Führers“ gebildet).

Notverordnung: Durch den Reichspräsidenten nach Art. 48 der Weimarer Reichsverfassung erlassene Verordnung mit Gesetzeskraft, die auch Grundrechte vorübergehend ganz oder teilweise außer Kraft setzen konnte. Notverordnungen heben die Gewaltenteilung auf.

Propaganda: (Lat. propagare = verbreiten). Planmäßige politische Werbung, von den Nationalsozialisten besonders durch den Einsatz moderner Kommunikationsmittel (Presse, Rundfunk) und großartig inszenierte Massenveranstaltungen ins Maßlose gesteigert.

27. 3. 1930	Auflösung der Großen Koalition
29. 3. 1930	Brüning Reichskanzler
14. 9. 1930	Reichstagswahlen. Sprunghafter Anstieg der NSDAP
1929–1933	Wirtschaftskrise, Arbeitslosigkeit
13. 7. 1931	Bankenkrise
10. 4. 1932	Hindenburgs Wiederwahl zum Reichspräsidenten
30. 5. 1932	Rücktritt Brünings. F. v. Papen Reichskanzler
20. 7. 1932	„Preußenschlag“
31. 7. 1932	Reichstagswahlen, NSDAP stärkste Partei
2. 12. 1932	K. v. Schleicher Reichskanzler
30. 1. 1933	Adolf Hitler Reichskanzler

Quellennachweis

(1) Zitiert aus: Broszat: Der Staat Hitlers. dtv Weltgeschichte des 20. Jahrhunderts, Bd. 9. München 1969, S. 51.
(2) Aufruf der NSDAP zur Reichspräsidentenwahl 1932.
(3) Aus der Zeitung „Der Tag“ vom 4. 9. 1928. Zitiert nach Krummacher/Wucher (Hrsg.): Die Weimarer Republik. München, Wien, Basel 1965, S. 260.
(4) Zitiert aus: K. Dederke: Reich und Republik, a. a. O., S. 320 f.
(5) A. Hillgruber: Die Auflösung der Weimarer Republik. Hannover 1960, S. 29.
(6) Knickerbocker: Deutschland oder so. Berlin 1932. Zitiert nach: Benecke: Wirtschaftliche Depressionen und politischer Radikalismus. München 1968, S. 75.
(7) K. Dederke: Reich und Republik, a. a. O., S. 197.
(8) A. Hitler: Mein Kampf, Bd. 1, 1925. Zitiert nach der Ausgabe München 1934, S. 371.
(9) Ebenda, S. 197 f.
(10) K. Dederke: Reich und Republik, a. a. O., S. 254.
(11) B. Wenke: Interviews mit Überlebenden. Stuttgart 1980, S. 22 f.
(12) Berliner Börsenzeitung vom 25. 9. 1930. Zitiert aus: Krummacher/Wucher, a. a. O., S. 306.
(13) „Der Angriff“ vom 30. 4. 1928. Zitiert aus: Krummacher/Wucher, a. a. O., S. 306.
(14) M. Maschmann: Fazit. München 1979, S. 8 f.

Lesetip

Als Hitler kam. 50 Jahre nach dem 30. Januar 1933. Erinnerungen prominenter Augenzeugen. Herder Tb. 978 (QS)
W. J. Bütow: Hindenburg. Bastei Lübbe Tb. 61078 (SB)
W. Filmer/H. Schwan: Was von Hitler blieb. 50 Jahre nach der Machtergreifung. Ullstein Tb. 33026 (SB)
E. Lohe: Heinrich Brüning. Musterschmidt, Pers. u. Gesch. 51 (WD)
W. Treue (Hrsg.): Deutschland in der Weltwirtschaftskrise in Augenzeugenberichten. dtv 1161 (QS)
H. Vinke: Carl von Ossietzky. Dressler, Hamburg 1978 (JB)

6 Die Herrschaft des Nationalsozialismus: Das „Dritte Reich“

6.1 Der Ausbau der NS-Diktatur

Das Verhängnis. Zeichnung von A. P. Weber, 1932.

Goebbels zu Hitlers Geburtstag am 20. 4. 1933:

„Mein Führer! Millionen und Millionen der besten Deutschen senden dir in dieser Stunde ihre Grüße und halten dir auf offenen Händen ihr Herz dankerfüllt entgegen. Du hast Deutschland aus seiner tiefsten Erniedrigung wieder emporgeführt zu Ehre und Geltung! Heute sollst du wissen, daß hinter dir, und wenn es not tut, auch vor dir eine geschlossene und entschlossene Kämpferschar steht, die jederzeit bereit ist, für dich und deine Idee ihr Letztes hinzugeben. Dir gehört unser ganzes Herz. Wir wünschen dir und uns zu deinem Geburtstag, daß das Schicksal dich dem Vaterlande noch viele Jahrzehnte erhalten und daß du immerdar unser bester Freund und Kamerad bleiben mögest ... Wir reichen dir dabei unsere Hände und geloben, daß du für uns immer das sein wirst, was du uns heute bist: Unser Hitler! (1) Q

- Nazi – wer war das eigentlich, und wer könnte das heute sein?
- Wie war es möglich, daß die Nationalsozialisten 1933 in Deutschland an die Macht kamen?
- Mit welchen Mitteln gewannen sie das Volk?
- Wie gingen sie gegen politische Gegner vor? In welcher Weise festigten sie ihre Diktatur?

Die „Machtergreifung". Im Kabinett Hitler saßen neben rechtskonservativen Ministern, die schon in der Regierung Papen waren, nur zwei weitere Nationalsozialisten: Göring als Reichskommissar für das preußische Innenministerium und Dr. Frick als Reichsinnenminister. Hindenburg und die Rechtskonservativen glaubten, die unheimlichen Nazis „eingerahmt" zu haben (vgl. S. 132). Aber Göring beherrschte bereits in einem bedenklichen Maße den Beamtenapparat des Reiches und Preußens, vor allem die preußische Polizei, und Hindenburg ebnete Hitler durch weitere Präsidialerlasse den Weg. → (1)

Schon am 1. Februar 1933 erreichte Hitler von Hindenburg die Auflösung des Reichstages. Er konnte entscheidende sieben Wochen ohne Parlament regieren. Eine Notverordnung vom 4. Februar erlaubte rigorose Einschränkungen der Presse- und Meinungsfreiheit. Zeitungs- und Versammlungsverbote folgten. Göring wies die Polizeibehörden an, „gegenüber den nationalen Verbänden, in deren Kreisen die wichtigsten staatserhaltenden Kräfte vertreten sind, das beste Einvernehmen herzustellen", dagegen aber „dem Treiben staatsfeindlicher Organisationen mit den schärfsten Mitteln entgegenzutreten" und, „wenn nötig, rücksichtslos von der Schußwaffe Gebrauch zu machen". Schlägertrupps der SA und des „Stahlhelm" erhielten eine weiße Armbinde mit der Aufschrift „Hilfspolizei".

In der Nacht vom 27. zum 28. Februar 1933 brannte das Reichstagsgebäude. Die Nationalsozialisten behaupteten, die Kommunisten hätten den Brand gelegt und damit ein Signal zum Aufstand gegeben. Das war eine Propagandalüge, mit deren Hilfe die Nazis Kommunisten, Sozialdemokraten und linke Kritiker verfolgen konnten. Am 28. Februar erging die von Hitler schon vorbereitete „Verordnung des Reichspräsidenten zum Schutz von Volk und Staat". Das Gesetz blieb bis 1945 eine Grundlage des Naziterrors. Diese Verordnung setzte wichtige Grundrechte außer Kraft (Freiheit der Person, Unverletzbarkeit der Wohnung, Postgeheimnis, Meinungsfreiheit, Versammlungsfreiheit, Vereinsfreiheit, Sicherheit des Eigentums).

Der Nazi-Terror begann. Bereits in der Nacht zum 28. Februar wurden kommunistische Funktionäre und linke Intellektuelle, vor allem Literaten, verhaftet. Nach zwei Wochen waren allein in Preußen 10 000 Menschen inhaftiert. SA und SS errichteten erste *„Konzentrationslager" (KZ)**. Die KZs blieben während der ganzen Nazi-Herrschaft ein schreckliches Instrument der Gewalt, das außerhalb der richterlichen und rechtsstaatlichen Kontrolle stand. → (4)

Der Reichstag kapituliert. Während sich der SA-Terror steigerte und die Zahl der Verhafteten allein in Preußen auf 25 000 stieg, legte Hitler dem Reichstag ein „Gesetz zur Behebung der Not von Volk und Reich" vor (Ermächtigungsgesetz). Artikel 1 lautete: „Reichsgesetze können außer in dem in der Reichsverfassung vorgesehenen Verfahren auch durch die Reichsregierung beschlossen werden."

Die Abstimmung im Reichstag erfolgte am 23. März 1933. Der Sitzungssaal war von SA und SS abgesperrt. Außer den Nationalsozialisten stimmten dem Ermächtigungsgesetz auch das Zentrum, die Bayerische Volkspartei und die übriggebliebenen Liberalen zu. Allein die SPD, deren Vorsitzender Wels eine mutige Rede hielt, lehnte die Entmachtung des Reichstages ab. Die KPD-Abgeordneten waren teils verhaftet, teils untergetaucht. Das Ermächtigungsgesetz machte Hitler auch von Hindenburg unabhängig. Er brauchte die Notverordnungen des Reichspräsidenten nicht mehr. → (3)

„Gleichschaltung" und Verfolgung. Einer Diktatur standen nicht nur die Parteien, sondern auch die deutschen Länder im Wege. Hitler ernannte deshalb „Reichsstatthalter" zur Umbildung der Landesregierungen, die von Nationalsozialisten übernommen wurden. Ein Gesetz zur *Gleichschaltung** der Länder gab – dem Ermächtigungsgesetz entsprechend – auch den Länderregierungen das Gesetzgebungsrecht. Ohne formelles Verbot wurden die Mandate der KPD in allen Parlamenten für ungültig erklärt und das Vermögen der Partei beschlagnahmt. Dann beseitigte Hitler die Gewerkschaften und die SPD. Er ließ am 2. Mai 1933 die Gewerkschaftsbüros besetzen und die Funktionäre verhaften, viele wurden mißhandelt. Ähnliche Aktionen liefen gegen die SPD, die am 22. Juni verboten wurde. Die anderen Parteien lösten sich „freiwillig" auf. Auch die Beamtenschaft, die Berufsverbände und Vereine wurden „gleichgeschaltet", d. h. Nationalsozialisten übernahmen die Führungspositionen. Viele Verbände und Vereine wurden in der Folge aufgelöst. → (5)

Der neue „Reichsminister für Volksaufklärung und Propaganda" Joseph Goebbels, Gauleiter der NSDAP in Berlin, sorgte für die „Gleichschaltung" der Massenmedien und der Kultur. Dem Propagandaministerium unterstand eine „Reichskulturkammer", gegliedert in Reichspressekammer, Reichsrundfunkkammer, Reichsschrifttumskammer, Reichsmusikkammer und Reichskammer für bildende Künste. Wer auf einem der „erfaßten Gebiete" tätig sein wollte, mußte der entsprechenden Kammer angehören. Im Mai schon wurden öffentlich sogenannte „zersetzende" Bücher verbrannt, wobei Studenten Fackelzüge abhielten und Professoren haßerfüllte Reden hielten. Viele im Geistes- und Kulturleben führende Persönlichkeiten mußten Deutschland verlassen, unter ihnen die Schriftsteller Bert Brecht, Heinrich und Thomas Mann, Arnold und Stefan Zweig, die Professoren Albert Einstein und Fritz Haber. Innerhalb von zwei Jahren wurden über 1100 Hochschullehrer entlassen.

Morde vollenden die Diktatur. Noch war die Reichswehr nicht in der Hand der Nationalsozialisten. Die SA, von ehemaligen Freikorpsleuten geführt, betrachtete sich als künftiges „Volksheer" und damit als berufenen Waffenträger des neuen Regimes. Sie wurde zum Rivalen der Reichswehr. In den Köpfen vieler SA-Männer spukten auch sozialistische Ideen, wie sie tatsächlich im NS-Parteiprogramm vorkamen. Man sprach von der „zweiten Revolution", die kommen müsse.

Am 30. Juni 1934 ließ Hitler den „Stabschef" der SA Ernst Röhm und andere hohe SA-Führer erschießen. Hitler selbst leitete die Aktion. Gleichzeitig ließ er konservative Gegner des Regimes beseitigen, etwa 200 Menschen, darunter auch General von Schleicher mit Frau. Ein Gesetz erklärte die Mordaktion nachträglich für rechtens, weil es sich angeblich um Staatsnotwehr gehandelt habe. Man behauptete, die Ermordeten hätten hoch- und landesverräterische Angriffe geplant. Jetzt war die mächtige SA ungefährlich geworden. Die Reichswehrführung bedankte sich bald. Am 2. August 1934, als Hindenburg starb, ließ sie die Armee auf Hitler vereidigen. Der hatte durch ein Gesetz am Tag zuvor das Präsidenten- und Kanzleramt vereinigt und sich zum „Führer und Reichskanzler" gemacht. → (6)

Als Hitler mit den Morden bei der „Röhmaffäre" seine Diktatur vollendete, zeigten sich viele eher erfreut als erschreckt. Es hieß: „Hitler ist doch der Kerl, der durchgreift." Der „Führer" galt allgemein als untadelig. Schwächen des Regimes wurden den Unterführern, den „Bonzen" in der Partei angelastet, gegen die man Hitler in Schutz nahm. „Wenn das der Führer wüßte!" war eine stehende Redensart angesichts von Rechtsbrüchen der SA-, SS- oder Gestapo-Leute.

Nach der Entmachtung der SA gewann eine andere Organisation zunehmende Bedeutung. Die *SS (Schutzstaffel)** war 1925 als Leibwache Hitlers begründet worden. „Reichsführer SS" war Heinrich Himmler. Er machte die SS zur eigentlichen Gewaltorganisation des Regimes. Sie sollte als „Orden nordischen Blutes" die neue Nazi-Elite sammeln und heranbilden.

Schon 1933 war Himmler Kommandeur der politischen Polizei in allen deutschen Ländern, seit 1934 auch der in Preußen von Göring geschaffenen *Gestapo (Geheime Staatspolizei)**. 1936 wurde er zum „Chef der deutschen Polizei" ernannt und faßte Kriminalpolizei und politische Polizei zur „Sicherheitspolizei" zusammen. Jetzt hatten die Nationalsozialisten über die SS auch den ganzen Polizeiapparat in der Hand. Man sprach später von einem „SS-Staat". Hitler war zum scheinbar allmächtigen Diktator geworden. → (7)

Wahlergebnisse Wahlberechtigte (Mill.) Wahlbeteiligung (in %)	7. Reichstag 6. 11. 1932 44,4 80,6%		8. Reichstag 5. 3. 1933 44,7 88,8%	
	Mandate	% der Stimmen	Mandate	% der Stimmen
NSDAP	196	33,1	288	43,9
DNVP/Stahlhelm	52	8,9	52	8,0
Zentrum	70	11,9	73	11,2
Bayer. Volkspartei	20	3,1	19	2,7
Deutsche Staatspartei	2	1,0	5	0,9
DVP	11	1,9	2	1,1
SPD	121	20,4	120	18,3
KPD	100	16,9	81	12,3
Sonstige	12	2,8	7	1,6
Gesamtzahl der Abgeordneten	584		647	(2)

(1) Wie kamen die Nationalsozialisten an die Macht?

Ein Jude, Jahrgang 1916, der später ins KZ kam, auf die Frage: „Haben Sie schon vor 1933 Hitler-Reden gehört oder gelesen?"

„Ja, ich habe sie gehört und gelesen. Aber so ganz ernst hat sie damals wohl niemand genommen, oder kaum jemand. Und dann hat man die üblichen Worte gebraucht: ‚Es wird nichts so heiß gegessen, wie es gekocht wird'." (3) Q

Melitta Maschmann (später BDM-Führerin) über ihre Erwartungen als Schülerin 1933:

„Ich glaubte den Versprechungen der Nationalsozialisten, daß sie die Arbeitslosigkeit und damit die Not von sechs Millionen Menschen beseitigen würden. Ich glaubte ihnen, daß sie das deutsche Volk aus der Zersplitterung von mehr als vierzig politischen Parteien zu einer Einheit zusammenführen und daß sie die Folgen des Versailler Diktats überwinden würden." (4) Q

Ein Historiker über die Machtübernahme durch die Nationalsozialisten:

„Die Übernahme der Regierung durch Hitler war gemäß der Verfassung absolut legal verlaufen. Sie spiegelte den Wählerwillen erheblich demokratischer als jede Regierung seit Brüning; denn es handelte sich um ein Kabinett auf der Basis einer breiten Parlamentsmehrheit. Trotzdem spürte jeder, daß sich etwas Revolutionäres abspielte. Das Gros des deutschen Volkes sah der verkündeten Revolution des nationalen Sozialismus mit Hoffnung und Zuversicht, mit gläubigem Vertrauen und bald genug auch mit Begeisterung entgegen." (5)

(a) Welche Antworten geben die Texte und die Tabelle S. 143 auf die Frage: Wie kamen die Nationalsozialisten an die Macht?

(b) Vergleicht die Antworten und ergänzt sie mit Ergebnissen aus dem Kapitel 5.5. (S. 136).

(c) Erörtert die Frage nach der „Legalität" von Hitlers Machtergreifung.

(2) Der „Tag von Potsdam"

Der „Tag von Potsdam", der 21. 3. 1933, an dem feierlich der Reichstag eröffnet wurde, aus der Sicht eines Teilnehmers:

„Das Geläut der Glocken von Potsdam geleitet unsere Staatsmänner und segnet den Mann, ohne den dieser große und einzigartige Tag der Geschichte unseres Volkes nicht gekommen wäre. Von fern heran klingt das Lied der Deutschen auf und wird von der Masse näher und näher getragen, bis auch zu der Garnisonskirche sein wuchtiger Klang emporbrandet: ‚Deutschland, Deutschland über alles, über alles in der Welt.'
Gemeinsam betreten der Reichspräsident und der Reichskanzler das Gotteshaus. Die Kronleuchter flammen auf, und stehend, in feierlicher Stille, empfängt der versammelte Reichstag die führenden Männer des Reiches, durchdrungen von der Größe und Einmaligkeit des Augenblicks. Das Orgelspiel braust auf und ergießt sich über alle Sender ins deutsche Land, in die Herzen der Millionen und Abermillionen. Ganz Deutschland ist Zeuge dieser Stunde." (6) Q

Hitler begrüßt den Reichspräsidenten von Hindenburg bei seiner Ankunft zum Staatsakt in Potsdam am 21. März 1933.

Der „Tag von Potsdam" aus der Sicht eines anderen Zeugen:

„Welch großartige Inszenierung durch den Meisterregisseur Goebbels! Die Fahrt Hindenburgs, der Regierung

Hitler und seine angeblichen „Ahnherren" auf einer Propagandapostkarte von 1933.

und der Abgeordneten geht von Berlin bis Potsdam durch ein einziges geschlossenes Spalier jubelnder Millionen. Ganz Berlin scheint auf der Straße zu sein. Regierung und Abgeordnete gehen von der Nikolai- zur Garnisonskirche zu Fuß. Glockenläuten und Kanonenschießen. Hindenburg betritt mit Hitler zusammen die Garnisonskirche. Der Rundfunksprecher weint fast vor Rührung.
Dann verliest Hindenburg seine Botschaft. Einfach, stark, aus schlichtem Herzen kommend und deshalb wohl zu schlichten Herzen sprechend ...
Dann spricht Hitler. Es ist nicht zu leugnen: er ist gewachsen. Aus dem Demagogen und Parteiführer, dem Fanatiker und Hetzer scheint sich – für seine Gegner überraschend genug – der wirkliche Staatsmann zu entwickeln. Also doch ein Genie, in dessen rätselhafter Seele ungeahnte und unerhörte Möglichkeiten liegen? Die Regierungserklärung zeichnet sich durch auffallende Mäßigkeit aus. Kein Wort des Hasses auf die Gegner, kein Wort von Rassenideologie, keine Drohung nach innen oder außen. Nur was sie wollen, davon spricht Hitler: Erhaltung der großen Tradition unseres Volkes, Festigkeit der Regierung statt ewigen Schwankens, Berücksichtigung aller Erfahrungen im Einzel- und Gemeinschaftsleben, die sich in Jahrtausenden als nützlich für die Wohlfahrt der Menschen erwiesen haben.
Hindenburg legt an den Gräbern der preußischen Könige Kränze nieder. Der greise Feldmarschall reicht seinem Gefreiten aus dem Weltkrieg die Hand. Der Gefreite neigt sich tief über die Hand des Feldmarschalls. Kanonen donnern über Potsdam – über Deutschland.
Niemand kann sich der Erschütterung entziehen. Auch Vater ist tief beeindruckt. Mutter stehen die Tränen in den Augen. Ich gehe schweigend aus dem Zimmer, aus dem Haus, hinaus in den Wald. Ich muß allein sein." (7) Q

(a) Schildert mit eigenen Worten den „Tag von Potsdam". Vergleicht die beiden Berichte.

(b) Wie wurde die Machtübernahme der Nationalsozialisten symbolisch dargestellt – und wie wirkte das auf die Bevölkerung?

(c) Welche Rolle spielte Hindenburg für die NS-Propaganda?

(3) Das „Ermächtigungsgesetz"

Gesetz zur Behebung der Not von Volk und Reich vom 24. 3. 1933:

„Der Reichstag hat das folgende Gesetz beschlossen, das mit Zustimmung des Reichsrats hiermit verkündet wird, nachdem festgestellt ist, daß die Erfordernisse verfassungändernder Gesetzgebung erfüllt sind:

Artikel 1
Reichsgesetze können außer in dem in der Reichsverfassung vorgesehenen Verfahren auch durch die Reichsregierung beschlossen werden. Dies gilt auch für die in den Artikeln 85 Abs. 2 und 87 der Reichsverfassung bezeichneten Gesetze.

Artikel 2
Die von der Reichsregierung beschlossenen Reichsgesetze können von der Reichsverfassung abweichen, soweit sie nicht die Einrichtung des Reichstags und des Reichsrats als solche zum Gegenstand haben. Die Rechte des Reichspräsidenten bleiben unberührt." (8) Q

Aus der Stellungnahme des Abgeordneten Wels (SPD) zum Ermächtigungsgesetz am 23. 3. 1933:

„Nach den Verfolgungen, die die Sozialdemokratische Partei in der letzten Zeit erfahren hat, wird billigerweise niemand von ihr verlangen oder erwarten können, daß sie für das hier eingebrachte Ermächtigungsgesetz stimmt. Die Wahlen vom 5. März haben den Regierungsparteien die Mehrheit gebracht und damit die Möglichkeit gegeben, streng nach Wortlaut und Sinn der Verfassung zu regieren. Wo diese Möglichkeit besteht, besteht auch die Pflicht. Kritik ist heilsam und notwendig. Noch niemals, seit es einen deutschen Reichstag gibt, ist die Kontrolle der öffentlichen Angelegenheiten durch die gewählten Vertreter des Volkes in solchem Maße ausgeschaltet worden, wie es jetzt geschieht und wie es durch das neue Ermächtigungsgesetz noch mehr geschehen soll. Eine solche Allmacht der Regierung muß sich um so schwerer auswirken, als auch die Presse jeder Bewegungsfreiheit entbehrt ... Die Verfassung von Weimar ist keine sozialistische Verfassung. Aber wir stehen zu den Grundsätzen des Rechtsstaates, der Gleichberechtigung, des sozialen Rechts, die in ihr festgelegt sind. Wir deutschen Sozialdemokraten bekennen uns in dieser geschichtlichen Stunde feierlich zu den Grundsätzen der Menschlichkeit und der Gerechtigkeit, der Freiheit und des Sozialismus. Kein Ermächtigungsgesetz gibt Ihnen die Macht, Ideen, die ewig und unzerstörbar sind, zu vernichten." (9) Q

(a) Erläutert, warum Hitler mit dem Ermächtigungsgesetz diktatorisch regieren konnte und die parlamentarische Demokratie aushöhlte.

(b) Wie argumentierte der Sprecher der SPD gegen das Ermächtigungsgesetz? Sprecht darüber.

(c) Informiert euch auf S. 142 über die Haltung der anderen Parteien zum Ermächtigungsgesetz und stellt fest, was mit den Parteien unter der NS-Herrschaft geschah.

(4) Der braune Terror beginnt

Ein Augenzeuge beobachtet, wie politische Gefangene abgeführt werden:

„Ich zählte gegenüber den etwa hundert Gefangenen rund hundertdreißig Mann schwerbewaffnete Polizei und SA-Hilfspolizei. Der ganze Zug war vorn, seitlich und hinten gesichert, wie man früher im Film die Züge der nach Sibirien verbannten Russen gesehen hat. Ein deprimierender Eindruck, da man ganz genau wußte, daß hierunter nur ein ganz geringer Teil wirkliche ‚Schwerverbrecher' waren. Die meisten sahen gut in Haltung, Ausdruck,

Von SA bewachte Häftlinge beim Appell in dem 1933 eingerichteten Konzentrationslager Oranienburg bei Berlin. Zweiter von links: Fritz Ebert, der Sohn des ehemaligen Reichspräsidenten und spätere Oberbürgermeister von Ostberlin. Neben ihm führende Mitglieder der Berliner SPD und leitende Mitarbeiter des Rundfunks.

Anzug aus und gehörten zum Mittelstand. Man sah auch einzelne ‚Leute aus der Gesellschaft': Redakteure zum Beispiel, Beamte, Akademiker. Der ganze Zug schritt schweigend dahin, umlagert und gefolgt von einer dichten schweigenden Menge. Unter den Gefangenen war ein Beinverkrüppelter, der mühsam hinkte: ein Arbeiter. Man sah: hier wurde ein ‚Schaustück' aufgeführt, das abschreckend wirken sollte, aber sicher nur das Gegenteil bewirkt hat.“ (10) Q

(a) Wie gingen die Nationalsozialisten gegen politische Gegner vor? Nennt Beispiele.

(b) Versucht zu erklären, warum sich die Bevölkerung in Deutschland kaum gegen den braunen Terror wehrte.

(c) Besprecht, welche Möglichkeiten des Widerstands es damals vielleicht gegeben hätte.

Umrahmt von Reden und Feuersprüchen wurden am 10. Mai 1933 die Werke der von den Nationalsozialisten verfemten „weltbürgerlich-jüdisch-bolschewistischen Zersetzungsliteratur“ vernichtet. Öffentliche und Leihbibliotheken mußten wilde und organisierte „Säuberungen“ über sich ergehen lassen.

Der Weg des „gleichgeschalteten“ Staatsbürgers.

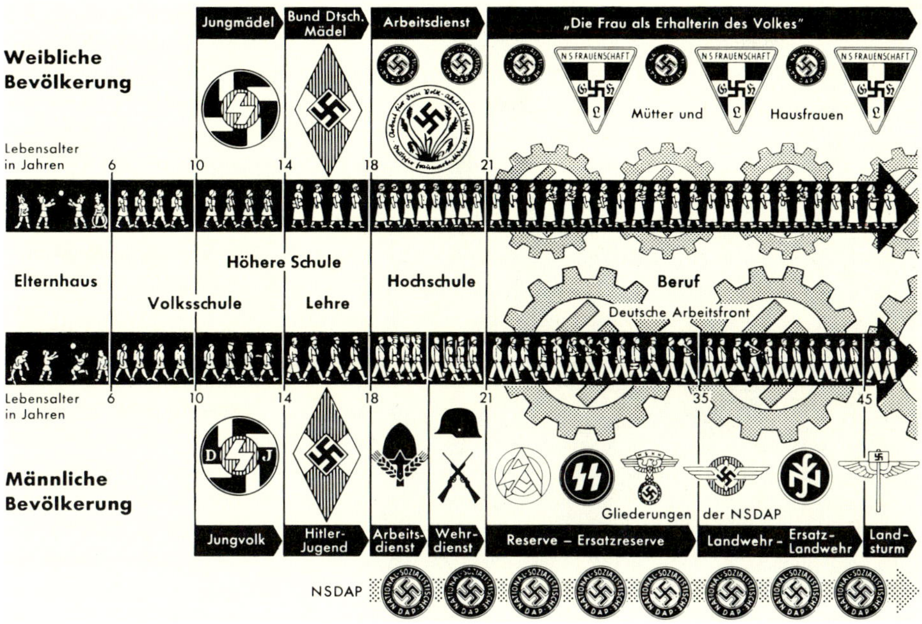

(5) „Gleichschaltung“ – was bedeutete das?

Aus einer Erklärung Hitlers vor den Reichsstatthaltern am 6. 7. 1933:

„Die politischen Parteien sind jetzt endgültig beseitigt. Dies ist ein geschichtlicher Vorgang, dessen Bedeutung und Tragweite man sich vielfach noch gar nicht bewußt geworden ist. Wir müssen jetzt die letzten Überreste der Demokratie beseitigen, insbesondere auch die Methoden der Abstimmung und der Mehrheitsbeschlüsse, wie sie heute noch vielfach bei den Kommunen, in wirtschaftlichen Organisationen und Arbeitsausschüssen vorkommen, und die Verantwortung der Einzelpersönlichkeiten überall zur Geltung bringen. Der Erringung der äußeren Macht muß die innere Erziehung der Menschen folgen.“ (11) Q

Gesetz über den Neubau des Reiches vom 30. 1. 1934:

„Die Volksabstimmung und die Reichstagswahl vom 12. November 1933 haben bewiesen, daß das deutsche Volk über alle innenpolitischen Grenzen und Gegensätze hinweg zu einer unlöslichen, inneren Einheit verschmolzen ist.

Der Reichstag hat daher einstimmig das folgende Gesetz beschlossen, das mit einmütiger Zustimmung des Reichsrates hiermit verkündet wird, nachdem festgestellt ist, daß die Erfordernisse verfassungsändernder Gesetzgebung erfüllt sind:

Artikel 1. Die Volksvertretungen der Länder werden aufgehoben.

Artikel 2. (1) Die Hoheitsrechte der Länder gehen auf das Reich über.
(2) Die Landesregierungen unterstehen der Reichsregierung.

Artikel 3. Die Reichsstatthalter unterstehen der Dienstaufsicht des Reichsministers des Innern.

Artikel 4. Die Reichsregierung kann neues Verfassungsrecht setzen.“ (12) Q

(a) Erläutert das Schema, indem jeder einen Lebenslauf nach nationalsozialistischen Vorstellungen erfindet.

(b) Erklärt, was von den Nazis „gleichgeschaltet“ wurde. Erklärt auch, wie und warum das geschah.

(c) Besprecht, welche Macht im „totalen Staat“ der NS-Zeit die Reichsregierung hatte.

(6) „Recht ist, was dem Volke nützt“: Die „Röhmaffäre“

Bericht des Staatssekretärs Dr. Meissner über die Vorgänge des 30. 6. 1934:

„Der Plan Hitlers, unangemeldet und überraschend in Wiessee anzukommen, gelingt. Der Mann des Flugplatzes Hangelar, der von Röhm gewonnen war, Flüge des Führers und deren Ziel sofort zu melden, war plötzlich erkrankt und konnte die verabredete Nachricht nicht – wie verabredet – an den Adjutanten Röhms durchsagen. So trifft Hitler mit seiner Begleitung und Sicherheitseskorte in den frühen Morgenstunden des 30. Juni völlig überraschend in München ein, wo er einige der Mitverschwörer Röhms verhaften und erschießen läßt, fährt mit seinem Führerbegleitkommando nach Wiessee weiter und verhaftet dort unter persönlichen Beschimpfungen Röhm und die um ihn versammelten SA-Führer; sie werden in die Strafanstalt Stadelheim bei München überführt und dort ohne Verfahren erschossen. Röhm hatte es abgelehnt, von

Ernst Röhm (links) beim Appell der SA auf dem Tempelhofer Feld in Berlin (1933).

der ihm gegebenen Möglichkeit, Selbstmord zu begehen, Gebrauch zu machen, und ein gerichtliches Verfahren gefordert." (13) Q

Hitler am 13. 7. 1934 vor dem Reichstag:

„Wenn mir jemand den Vorwurf entgegenhält, weshalb wir nicht die ordentlichen Gerichte zur Aburteilung herangezogen hätten, dann kann ich ihm nur sagen: In dieser Stunde war ich verantwortlich für das Schicksal der deutschen Nation und damit des deutschen Volkes oberster Gerichtsherr ... Ich habe den Befehl gegeben, die Hauptschuldigen an diesem Verrat zu erschießen, und ich gab weiter den Befehl ... bei jedem Versuch des Widerstands der Meuterer gegen ihre Verhaftung, diese sofort mit der Waffe niederzumachen ..." (14) Q

Hermann Göring nach der „Röhmaffäre":

„Wir sehen das Recht nicht als etwas Primäres an, sondern das Primäre ist und bleibt das Volk ... Das Recht und der Wille des Führers sind eins ..." Q

Der Staatsrechtler Carl Schmitt:

„... Der Führer schützt das Recht vor dem schlimmsten Mißbrauch, wenn er im Augenblick der Gefahr kraft seines Führertums als oberster Gerichtsherr unmittelbar Recht schafft ... Der wahre Führer ist immer auch Richter." (15) Q

(a) Vergleicht Hitlers Erschießungsbefehle und seine Rechtfertigungen mit den Grundsätzen, die in einem Rechtsstaat gelten.

(b) Nehmt Stellung zu den Grundsätzen „Recht ist, was dem Volke nützt!" und „Was dem Volk nützt, bestimmt der Führer!". Wie wurden diese Grundsätze begründet?

(7) Die SS, Elite im Staat?

Über Heinrich Himmler:

„Heinrich Himmler, ‚Reichsführer SS', wird 1936 Chef der gesamten Polizei im Deutschen Reich. Was er von Recht und Gesetz hält, das erklärt er am 11. Oktober 1936 so: ‚Ich habe mich dabei von vornherein auf den Standpunkt gestellt, ob ein Paragraph unserm Handeln entgegensteht, ist mir völlig gleichgültig; ich tue zur Erfüllung meiner Aufgabe grundsätzlich das, was ich nach meinem Gewissen in meiner Arbeit für Führer und Volk verantworten kann und dem gesunden Menschenverstand entspricht. Ob die anderen Leute über die Brechung der Gesetze jammerten, war in diesen Monaten und Jahren, in denen es um Leben und Sterben des deutschen Volkes ging, gänzlich gleichgültig.' Himmlers SS soll das ‚Lebensrecht des deutschen Volkes' sichern, nicht das Recht des Bürgers. Sie tut das, ohne sich an Gesetze und Verordnungen gebunden zu fühlen. Gegner gibt es viele, sichtbare und unsichtbare, offen und heimlich kämpfende. Angeblich lauert überall der ‚Staatsfeind' in Gestalt von Kommunisten und Sozialdemokraten, Christen oder Gewerkschaftlern, vor allem aber in Gestalt des Juden. Himmlers SS und Polizei geht es nicht um den Schutz des Rechtes, sondern darum, die neuen Herrscher und ihre angebliche

Himmler spricht zu Angehörigen der SS.

Revolution zu sichern. Jeder Gegner der nationalsozialistischen Bewegung gilt als Feind des Staates. Ein solcher Staatsfeind muß, wo er sich zeigt, ‚kaltgestellt' oder ‚ausgemerzt' werden. Je rücksichtsloser man vorgeht, um so größer ist der Schrecken, um so größer ist die Furcht der übrigen. Je größer aber die Furcht, desto geringer ist die Gefahr eines wirksamen Widerstandes. Gestapo, Kriminalpolizei und Sicherheitsdienst (SD), unterstützt von Hunderttausenden geheimer Mitarbeiter, stellen einen riesigen Überwachungsapparat dar." (16)

(a) Arbeitet heraus, wozu die SS da war. Lest dazu den Text S. 143 und die Begriffserläuterung.

(b) Besprecht die Einstellung Himmlers (Reichsführer SS und oberster Polizeichef) zu Recht und Gesetz.

(c) Die SS – Elite des deutschen Volkes? Nehmt Stellung dazu. Berücksichtigt Auftreten und Erscheinungsbild, Einstellungen und Verhalten der SS bzw. ihres Führers Heinrich Himmler.

1. Wie Goebbels berichtet, soll Hitler beim Betreten der Reichskanzlei am 30. Januar 1933 gesagt haben: „Hier bringt mich lebend niemand mehr heraus." Wie denkst du darüber?

2. Ende Januar 1933 hatte die NSDAP 850 000 Mitglieder. Von März bis Mai 1933 traten 1,7 Millionen neue Mitglieder in die Partei ein. Welche Schlüsse ziehst du daraus? Man nannte diese neuen PG's (Parteigenossen) ironisch „Märzgefallene". Warum?

3. Aus Anlaß der 40. Wiederkehr der deutschen Kapitulation am 8. Mai 1945 schrieb Marion Gräfin Dönhoff in der Wochenzeitung „Die Zeit":

„Hitlers Doppelstrategie: Terror und Erfolg, erwies sich als unwiderstehlich. Gleich im ersten Jahr sind 35 Konzentrationslager in Deutschland eingerichtet und mit deutschen politischen Gegnern gefüllt worden. Und auch die Erfolge ließen nicht auf sich warten. Rasch sank die Zahl der Arbeitslosen, nach wenigen Jahren waren tatsächlich sechs Millionen wieder in den Wirtschaftsprozeß eingegliedert: Vollbeschäftigung war erreicht — vor allem durch Aufrüstung."

Erkläre, welche Bedeutung „Terror und Erfolg" für den Ausbau der nationalsozialistischen Diktatur hatten.

4. Berichte über die „Röhmaffäre" und beurteile die Maßnahmen Hitlers unter rechtlichen, politischen, moralischen Gesichtspunkten.

„Drittes Reich": Die Nationalsozialisten verstanden darunter den nationalsozialistischen Staat als „Drittes Reich" nach dem Heiligen Römischen Reich („Erstes Reich") und dem Bismarckreich („Zweites Reich").

Gestapo (Geheime Staatspolizei): Politische Polizei im „Dritten Reich" (vgl. Tscheka in der Sowjetunion); sie war dem Chef der Polizei und „Reichsführer SS" Himmler unterstellt, besaß Sondervollmachten und war von gerichtlicher Kontrolle weitgehend unabhängig. Überwachte mit Hilfe von Spitzeln die Bevölkerung und ging mit Verhaftungen, Folter und Mord gegen politische Gegner vor.

Gleichschaltung: Verharmlosendes Schlagwort zunächst zur Umschreibung der von den Nationalsozialisten erzwungenen Umbildung von Parlamenten und Regierungen in den Ländern sowie der Gemeindeverwaltungen im März/April 1933. Anschließend erfolgte die Ausschaltung der Opposition, die Auflösung der Parteien, die Durchdringung aller politischen und gesellschaftlichen Organisationen (Gewerkschaften, Berufsverbände, Presse usw.) mit nationalsozialistischen Grundsätzen, die Besetzung der Ämter mit „linientreuen" Parteileuten.

Konzentrationslager (KZ): Einrichtungen in totalitären Staaten zur Inhaftierung politischer Gegner ohne ordentliche Gerichtsbarkeit. Im „Dritten Reich" entstanden „wilde" KZs unmittelbar nach der Machtergreifung; seit 1934 von der SS ausgebaut und systematisch organisiert. Häftlinge wurden schwerer Zwangsarbeit, medizinischen Experimenten, Foltern unterworfen, oft mit Todesfolge; außerdem Morde und Hinrichtungen. Seit 1942 Erweiterung der KZs durch „Vernichtungslager" zum Massenmord an Juden, Zigeunern u. a. Gruppen. SS-Mannschaften zur Bewachung (1945 ca. 40 000 Mann).

SS (Schutzstaffel): Elitetruppen zum persönlichen Schutz Hitlers in der „Kampfzeit", danach unter Heinrich Himmler Partei-Polizei mit Ordenscharakter (schwarze Uniform, SS-Dolch usw.). Umfaßte 1933 ca. 50 000 Mann. Wurde nach der „Röhmaffäre" zur mächtigsten Organisation im „Dritten Reich", Träger des NS-Terrors, zuständig für KZs und verantwortlich für Morde an Juden u. a. Minderheiten. Der SS angegliedert waren der „Sicherheitsdienst" (SD) mit Spitzel- und Polizeiaufgaben sowie eine „Verfügungstruppe", seit 1939 „Waffen-SS" genannt, die von 19 000 auf 900 000 Mann (bei Kriegsende) anwuchs.

30. 1. 1933	Hitler wird Reichskanzler
27. 2. 1933	Reichstagsbrand
5. 3. 1933	Reichstagswahlen
21. 3. 1933	„Tag von Potsdam"
24. 3. 1933	„Ermächtigungsgesetz"
März/April 1933	Gleichschaltung der Länder
2. 5. 1933	Beseitigung der Gewerkschaften
10. 5. 1933	Bücherverbrennungen
bis Juli 1933	Auflösung/Verbot der Parteien
30. 6.–2. 7. 1934	„Röhmaffäre"
2. 8. 1934	Tod Hindenburgs, Hitler „Führer und Reichskanzler" Wehrmacht auf den „Führer" vereidigt

Quellennachweis

(1) J. Goebbels. Zitiert aus: E. Beier-Lindhardt: Der Führer regiert. Langensalza 1935, S. 40.
(2) K. D. Erdmann: Gebhardt, Handbuch der deutschen Geschichte, Bd. 4, a. a. O., S. 832 f.
(3) Zitiert aus: B. Wenke: Interviews mit Überlebenden. Stuttgart 1980, S. 144.
(4) M. Maschmann: Fazit. Kein Rechtfertigungsversuch. Stuttgart 1963, S. 2.
(5) H. Diwald: Propyläen Geschichte der Deutschen. Frankfurt 1978, S. 186.
(6) E. Beier-Lindhardt: Der Führer regiert, a. a. O., S. 27 f.
(7) Tagebuchaufzeichnung zum 21. 3. 1933. Zit. aus: Weltgeschichte im Aufriß, Bd. 3/1, a. a. O., S. 369 f.
(8) A. Krink: Die NS-Diktatur. Diesterweg 7553, S. 37.
(9) Zitiert aus: Geschichte in Quellen, Bd. V, a. a. O., S. 283.
(10) W. Tausch: Breslauer Tagebuch. Berlin 1975, S. 108.
(11) Ursachen und Folgen. Bd. IX, a. a. O., S. 82
(12) Zitiert aus: W. Hofer: Der Nationalsozialismus. Dokumente 1933–1945. Fischer Tb. 6084, S. 63.
(13) Zitiert aus: W. Hofer: Der Nationalsozialismus, a. a. O., S. 65.
(14) Zitiert aus: A. Krink: Die NS-Diktatur, a. a. O., S. 52 f.
(15) Zitate in: W. Hofer: Der Nationalsozialismus, a. a. O., S. 101 f.
(16) K. Winter: Leben im „Dritten Reich" (Zeitgeschehen. Erlebte Geschichte, lebendige Politik, hrsg. v. E. Krautkrämer und P.-L. Weinacht). Freiburg 1982, S. 53.

Lesetip

I. Bayer: Ehe alles Legende wird. Signal Vl., Baden-Baden 1979 (QS)
Bartsch/Kammer: Jugendlexikon Nationalsozialismus. Rowohlt Tb. 6288 (JB)
P. Borowski: Adolf Hitler. Dressler. Hamburg 1978 (JB)
W. Görlitz: Adolf Hitler. Musterschmidt, Pers. u. Gesch. 21/22 (WD)
W. Hofer (Hrsg.): Der Nationalsozialismus. Fischer Tb. 6084 (QS)
E. Rechlin: Wollweberstraße Nr. 2. Eine Jugend in Deutschland vor dem Zweiten Weltkrieg. Loewes, Bayreuth 1981 (JB)

Hitler 1934 vor einer Ehrenkompanie der Reichswehr.

6.2 Ideologie und Wirklichkeit im „Dritten Reich"

Hitler bei einer Jugendkundgebung in Berlin.

Inge Scholl, Schwester von Hans und Sophie Scholl (vgl. S. 197), erinnert sich an die Jahre nach 1933:

„Wir liebten das Vaterland und konnten kaum sagen, warum. Man hatte bisher ja auch nie viele Worte darüber gemacht. Aber jetzt, jetzt wurde es groß und leuchtend an den Himmel geschrieben. Und Hitler, so hörten wir überall, Hitler wolle diesem Vaterland zu Größe, Glück und Wohlstand verhelfen; er wolle sorgen, daß jeder Arbeit und Brot habe; nicht ruhen und rasten wolle er, bis jeder einzelne Deutsche ein unabhängiger, freier und glücklicher Mensch in seinem Vaterland sei. Wir fanden das gut, und was immer wir dazu beitragen konnten, wollten wir tun. Aber noch etwas anderes kam dazu, was uns mit geheimnisvoller Macht anzog und mitriß, das waren die kompakten marschierenden Kolonnen der Jugend mit ihren wehenden Fahnen, den vorwärtsgerichteten Augen und dem Trommelschlag und Gesang. War das nicht etwas Überwältigendes, diese Gemeinschaft? So war es kein Wunder, daß wir alle, Hans und Sophie und wir anderen, uns in die Hitlerjugend einreihten ...

Einmal sagte eine fünfzehnjährige Kameradin im Zelt, als wir uns nach einer langen Radtour unter einem weiten Sternenhimmel zur Ruhe gelegt hatten, ziemlich unvermittelt: ‚Alles wäre so schön – nur die Sache mit den Juden, die will mir nicht hinunter.' Die Führerin [der BDM-Gruppe] sagte, daß Hitler schon wisse, was er tue, und man müsse um der großen Sache willen manches Schwere und Unbegreifliche akzeptieren. Das Mädchen jedoch war mit dieser Antwort nicht ganz zufrieden ...
In jenen Tagen hörten wir auch eine Geschichte von einem jungen Lehrer, der auf rätselhafte Weise verschwunden war. Er war vor eine SA-Gruppe gestellt worden, und alle mußten an ihm vorbeiziehen und ihm ins Gesicht spucken – auf Befehl. Darauf hatte den jungen Lehrer niemand mehr gesehen. Er war in einem Konzentrationslager verschwunden. ‚Aber was hatte er denn getan?', fragten wir seine Mutter mit angehaltenem Atem. ‚Nichts, nichts', rief die Frau verzweifelt. ‚Er war eben kein Nationalsozialist, er konnte halt da nicht mitmachen, das war sein Verbrechen.'" (1) Q

Verhaftung politischer Gegner durch die SA, 1933.

- Wie war es möglich, daß die Nationalsozialisten das deutsche Volk weitgehend beherrschen, unterdrücken – oder für sich gewinnen konnten?
- Warum ließen sich so viele Deutschen bewegen mitzumachen, und für welche Ziele wurden sie von der NS-Führung eingespannt?
- Wie veränderte die NS-Herrschaft den Alltag der Menschen?

Der totalitäre Führerstaat. Auf den „Führer" war alles ausgerichtet. Ihm unterstanden Partei, Staat und Gesellschaft. Alles schien straff organisiert, unter einheitlicher Leitung; jeder einzelne war erfaßt: ein *totalitärer Staat**. Wie funktionierte er wirklich? S. Haffner schreibt:

„Die Macht sollte total sein, aus einem Guß, in Partei und Staat. Das war sie nicht. Groß war der Einfluß des Menschen an der Spitze . . . Unter ihm aber war Unordnung, wühlende Konkurrenz, und jeder nahm sich soviel Macht, wie er irgend sammeln konnte. Die Höflinge um den Diktator herum und die Gewaltigen in der Provinz, Minister, Gauleiter, Statthalter, Oberpolizisten, sie alle bildeten Machtzentren, regierten gegeneinander, hatten ihre eigene Kulturpolitik, ihre eigenen Spionagesysteme, ihre eigenen Druck- und Erpressungsmittel. Bis zu einem gewissen Grad entsprach das Hitlers Absichten; das Gegeneinanderausspielen von Menschen und Mächten ist ja ein alter Tyrannentrick." (2) → (1)

Hitlerjugend und BDM. Die Nazis organisierten alles und jeden. Wer 10 Jahre alt geworden war, mußte Mitglied der Hitlerjugend (HJ) werden. Die Jungen von 10 bis 14 dienten beim „Jungvolk", die Mädchen beim „Jungmädelbund", dann wurden die Jungen in die eigentliche HJ aufgenommen, die Mädchen in den BDM (Bund Deutscher Mädel). Die staatliche Jugendorganisation sorgte für die weltanschauliche und vormilitärische Ausbildung aller Jugendlichen. Im „Dienst", zweimal wöchentlich nachmittags oder abends, wurde man nationalsozialistisch geschult und lernte das Leben des Führers kennen, marschieren, Kleinkaliberschießen, Krieg spielen, Härte und Ausdauer bei Geländespielen. Man trieb auch Sport. Es gab Zeltlager und Lagerfeuer. Alle Unterführer waren Jugendliche. So konnten 14- bis 16-jährige eine ganze Schule kommandieren. → (2) (3)

Die Rassenlehre. Hitlers Buch „Mein Kampf" (vgl S. 108) war das Lehrbuch der nationalsozialistischen Weltanschauung. Kein wissenschaftliches Buch, sondern das Bekenntnis eines Mannes, der ein paar Grundüberzeugungen hatte, z. B. daß die Deutschen einer „Herrenrasse" angehörten und andere versklaven dürfen.
Als die Industriestaaten im letzten Jahrhundert die Welt unter sich aufteilten, begründeten das viele mit einer angeblichen Überlegenheit der weißen Rasse, als deren Kern sich die „arische Rasse" rein erhalten habe. Auch die Deutschen galten als Arier. Ein beliebter Spruch lautete: „Am deutschen Wesen wird die Welt genesen."
Viele Jahrhunderte hindurch waren Juden in den Ländern Europas in Gettos gehalten, nicht selten verfolgt worden. Das war aus religiösen und wirtschaftlichen Gründen geschehen. Als fanatischer Anhänger der „Rassenlehre" behauptete Hitler, daß die Juden als Angehörige einer „minderwertigen Rasse" das deutsche Volk verderben.

„Das Recht des Stärkeren." Der englische Naturforscher Darwin hatte im vorigen Jahrhundert die Meinung vertreten, daß bei Tieren und Pflanzen nur der Stärkere überlebt: Ein Kampf ums Dasein findet statt. In diesem Kampf bleibt übrig, wer sich am besten an die Lebensbedingungen anpaßt. Das sind die Besten und Stärksten. Sie pflanzen sich fort. So entsteht eine „natürliche Auslese". → (4)
Nun haben Anhänger von Darwin diese Lehre, den Darwinismus, auf Menschen übertragen. Weiße Kolonialherren, Kapitalisten und Imperialisten sahen sich bestätigt: Man sei im Recht, schwächere Völker und selbst sozial schwache Schichten im eigenen Land auszubeuten und zu unterdrücken. Auch die Nazis glaubten sich berufen, die Welt zu beherrschen. Das bedeutete: Aufrüstung, Angriffspolitik, Krieg, Eroberung neuen „Lebensraums". Zugleich vermischte die Ideologie (Weltanschauung) der Nationalsozialisten den Darwinismus mit dem in der „Rassenlehre" begründeten Antisemitismus (vgl. S. 129). Das bedeutete: Verfolgung und Ausrottung der Juden.

Entrechtung und Verfolgung der Juden. Der brutale Charakter des NS-Regimes zeigte sich am deutlichsten in der Behandlung der Juden. Die „Nürnberger Gesetze" von 1935 bestimmten, daß die jüdischen Mitbürger nur noch Staatsangehörige waren, nicht mehr Staats- oder Reichsbürger. Das konnten nur noch „Arier" sein. Einzelbestimmungen legten fest, wer als Jude oder als Mischling zu gelten hatte. Ehen zwischen Juden und Nichtjuden waren verboten, Liebe zwischen „Ariern" und Juden galt als „Rassenschande". Jüdische Ärzte und Rechtsanwälte durften ab 1938 ihren Beruf nicht mehr ausüben. Viele Juden wurden verhaftet oder ausgewiesen. Als der Sohn eines Betroffenen in Paris einen Angehörigen der deutschen Botschaft erschoß, war das ein willkommenes Signal für ein Pogrom größten Ausmaßes: Die NS-Partei inszenierte die „Reichskristallnacht". Zwischen dem 9. und 11. November 1938 zündeten SA-Männer und Parteimitglieder an vielen Orten jüdische Gotteshäuser an und zerstörten jüdische Geschäfte und Wohnungen. Der Sachschaden betrug mehrere 100 Mio. RM. Über 30 000 Juden wurden in Konzentrationslager verschleppt, rund 100 von ihnen fielen dem NS-Terror zum Opfer. Erstmalig gab es Unwillen in breiten Schichten der Bevölkerung: „Eine ordentliche Regierung läßt keine Schaufensterscheiben zerschlagen!" An der nun folgenden „Zwangsarisierung“ aller jüdischen Unternehmen, Geschäfte und Handwerksbetriebe bereicherten sich aber dennoch viele, die jetzt jüdische Wirtschaftsbetriebe für wenig Geld erwarben. → (5)

Das Verhältnis zu den Kirchen. In den ersten Monaten nach der „Machtergreifung“ gab sich Hitler betont christlich. Mit dem Vatikan schloß er im Juli 1933 ein „Reichskonkordat“, das der katholischen Kirche große Zugeständnisse machte. Sie selbst mußte dafür versprechen, den Geistlichen und Ordensleuten die Mitgliedschaft in politischen Parteien zu untersagen. Die evangelischen Landeskirchen wollte Hitler möglichst in einer einheitlichen „Reichskirche“ zusammenfassen. Ein dem Nationalsozialismus wohlgesonnener Geistlicher wurde zum „Reichsbischof“ gewählt.
Gegen eine von den Nationalsozialisten beherrschte Kirche leisteten Geistliche wie der Pfarrer Martin Niemöller jedoch Widerstand. Ein „Pfarrernotbund“ und Laien vereinigten sich zur „Bekennenden Kirche“. Auch mit der katholischen Kirche kam es bald zur offenen Auseinandersetzung, als der Papst Verletzungen des Reichskonkordats scharf kritisierte. Der nationalsozialistische Staat antwortete mit der Schließung von Klosterschulen. Viele Geistliche kamen ins Konzentrationslager. → (6)

Die Wirtschaftspolitik. Hitler brauchte die Industrie zur Aufrüstung, und die Industrie erhoffte von Hitler die Disziplinierung der Arbeiterschaft und wirtschaftlichen Aufschwung. Alle öffentlichen Maßnahmen zur Arbeitsbeschaffung hätten grundsätzlich der „Wehrhaftmachung“ zu dienen, die in fünf Jahren vollendet sein müsse, erklärte Hitler seinen Ministern schon am 8. Februar 1933. Die Arbeitsbeschaffungsprogramme, für die insgesamt etwa 1,5 Mrd. Mark ausgegeben wurden, dienten aber zunächst mehr der Beschäftigung von Arbeitslosen als der Förderung produktiver Wirtschaftszweige. Immerhin hatten Ende 1933 drei von sechs Millionen Arbeitslosen wieder Arbeit. Der Bau von Autobahnen und die Aufhebung der Kraftfahrzeugsteuer, beides Anreize für den Autokauf, förderten schon eher die industrielle Entwicklung. Aber gleichzeitig gehörten sie zur Aufrüstung, indem sie das militärische Transportwesen stärkten. Die Aufrüstung war der eigentliche Motor der „Staatskonjunktur“. Sie steigerte den Lebensstandard, wenn auch nur in bescheidenem Umfang. → (7)
Deutschland sollte wirtschaftlich von keinem anderen Land abhängen. Es sollte „autark“, d. h. von Einfuhren unabhängig werden. In der Weltwirtschaftskrise haben viele Länder eine „Autarkiepolitik“ versucht. Die NS-Regierung verfolgte diese Politik weiter, Deutschland blieb vom Welthandel abgekapselt. Der Staat kontrollierte den Devisenverkehr und machte Aus- und Einfuhren genehmigungspflichtig, um sie zu überwachen. „Generalbevollmächtigte“ lenkten die Rohstoffzuweisung und bald auch den Einsatz der Arbeitskräfte. Ein „Reichspreiskommissar“ sorgte für den Preis- und Lohnstopp. Von 1933 bis 1939 stiegen die Schulden des Reiches von 13 auf über 50 Mrd. RM.

Die „Volksgemeinschaft“ – ein Volk von „Mitläufern“? Der Diktator ließ keine Gelegenheit aus, sich als Mann des Volkes zu zeigen: neben seinem Chauffeur, mit Kindern, mit „Werktätigen der Faust und der Stirn“, vor allem auf Massenkundgebungen. Er zeigte sich anspruchslos, ein Mann, der einfache Kost aß, große Hunde liebte und immer für das deutsche Volk arbeitete. Das deutsche Volk jubelte, wo immer Hitler auftrat.
Der deutsche Alltag war organisiert: in der Nachbarschaft, am Wohnort, am Arbeitsplatz, oft selbst in der Freizeit. Die Arbeitnehmer zum Beispiel galten als „Gefolgschaftsmitglieder“ ihres Betriebs, mußten ein „Arbeitsbuch“ besitzen und waren so registriert. In vielen Sparten war ein Berufs- oder Betriebswechsel untersagt. Die Einkommens- und Vermögensunterschiede vergrößerten sich. Wenige Großverdiener machten hohe Gewinne. Wenn es auch Unzufriedenheit über die knappen Löhne gab, ein Rückblick auf die Zeit der Massenarbeitslosigkeit besänftigte viele.
Dem Ausländer, der 1936 zur Olympiade nach Berlin kam, schien Deutschland zwar ein autoritär regiertes, aber zufriedenes Land zu sein. Von Widerstandsgruppen war nichts zu merken. Es gab sie tatsächlich nur noch vereinzelt. Verhaftungen und Prozesse hatten 1935 das Ende der Kommunisten, Sozialdemokraten und Gewerkschaften besiegelt. Der Terror hatte gesiegt, viele mutlos gemacht.
Ein großer Teil der Bevölkerung lebte in Frieden mit der NS-Diktatur, wenn auch nicht ohne Angst. Allerdings konnte der totalitäre Staat sein Ziel, alle Bereiche der Gesellschaft umzuformen, noch nicht erreichen.
Viele versuchten, sich ins Private zurückzuziehen. Es gab zwar keine politische Opposition, aber im kleinen Kreis wurden Partei und Regierung um so heftiger kritisiert, je arroganter und brutaler sie ihre Macht ausübten. Man spricht von einer inneren „Verweigerung“ oder „Resistenz“, die vor allem in Betrieben, auf dem Land und in kirchlichen Kreisen weit verbreitet waren. Die vielgerühmte „Volksgemeinschaft“ war mehr Propaganda als Wirklichkeit. → (8)

(1) „Wir organisieren uns tot“

Der Aufbau des Führerstaates aus der Sicht der Nationalsozialisten:

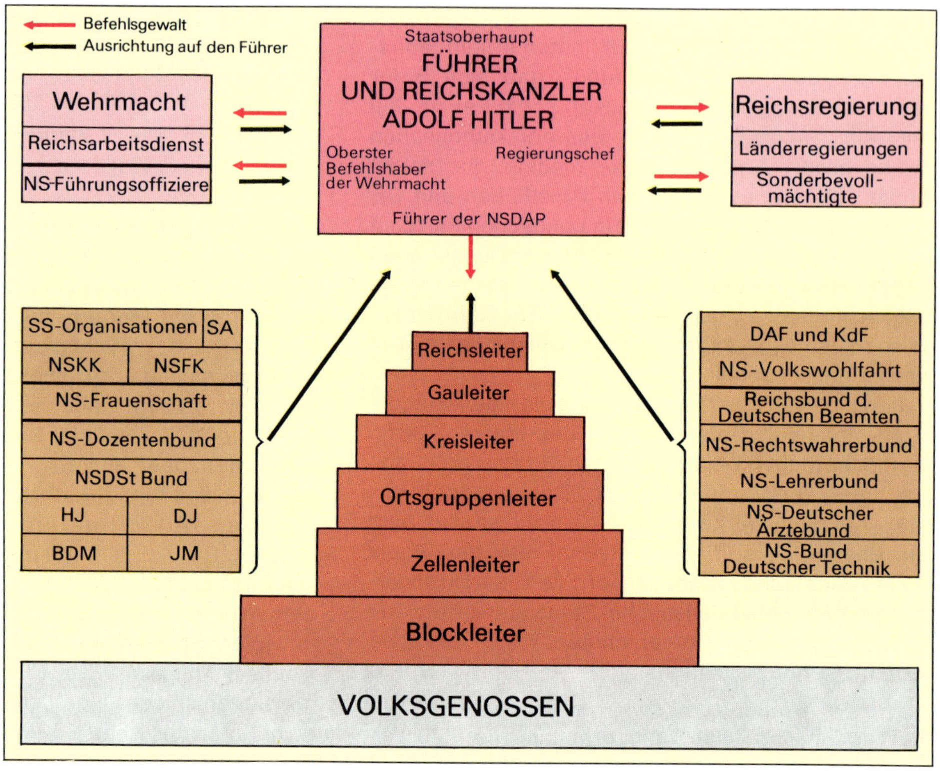

10–15% der Deutschen waren Mitglieder der NSDAP (die Zahl stieg bis 1945). Auf 10 bis 15 Parteigenossen (PG's) kam ein „Politischer Leiter“. Auf der untersten Ebene stand der „Blockwart“, zuständig für die politische Kontrolle eines Wohnblocks.

Aus den Deutschlandberichten der verbotenen SPD („Sopade“):

„Von jedem Blockwart wird eine umfangreiche Kartothek geführt, die eingehende Angaben über jeden einzelnen Bewohner des Blocks enthält, z. B. über folgende Punkte: politische Tätigkeit, bezogene Zeitungen, Mitgliedschaft in Nazi-Organisationen, frühere Mitgliedschaft bei inzwischen verbotenen Parteien usw. ...“ (3) Q

Lagebericht des Landrats von Bad Kreuznach, Dezember 1935:

„Die Tätigkeit der Partei und ihrer Gliederungen war im Berichtsmonat besonders rege ... Die Werbung für die NS-Frauenschaft hatte nur unter den Frauen von Parteigenossen und Beamten mäßige Erfolge. Im übrigen begegnet der mehr oder weniger ausgeübte Druck zum Beitritt in die verschiedenen NS-Gliederungen ... einer immer größer werdenden Ablehnung. In der Bevölkerung hört man oft: ‚Wir organisieren uns tot‘ ...“ (4) Q

(a) Erklärt, wie die NS-Führung versuchte, jeden einzelnen zu „erfassen“.

(b) Erläutert mit Hilfe der Angaben S. 147, 152 u. 162 die Abkürzungen im Schaubild. Fragt gegebenenfalls den Lehrer, wenn ihr keine Angaben findet.

(c) Wie denkt und urteilt ihr über die Methoden zur Überwachung jedes einzelnen?

(2) Hitlerjugend und Bund Deutscher Mädel

Hitler auf einer Wahlkundgebung im Sudetenland am 2. 12. 1938:

„Diese Jugend, die lernt ja nichts anderes als deutsch denken, deutsch handeln. Und wenn nun dieser Knabe und dieses Mädchen mit ihren zehn Jahren in unsere Organisationen hineinkommen und dort nun so oft zum erstenmal überhaupt eine frische Luft bekommen und fühlen, dann kommen sie vier Jahre später vom Jungvolk in die Hitlerjugend, und dort behalten wir sie wieder vier Jahre, und dann geben wir sie erst recht nicht zurück in die Hände unserer alten Klassen- und Standeserzeuger, sondern dann nehmen wir sie sofort in die Partei oder in die

Arbeitsfront, in die SA oder in die SS, in das NSKK [=NS-Kraftfahrerkorps] und so weiter. Und wenn sie dort zwei Jahre oder anderthalb Jahre sind und noch nicht ganz Nationalsozialisten geworden sein sollten, dann kommen sie in den Arbeitsdienst und werden dort wieder sechs und sieben Monate geschliffen, alle mit einem Symbol, dem deutschen Spaten. Und was dann nach sechs oder sieben Monaten noch an Klassenbewußtsein oder Standesdünkel da oder da noch vorhanden sein sollte, das übernimmt dann die Wehrmacht zur weiteren Behandlung auf zwei Jahre. Und wenn sie dann nach zwei oder drei oder vier Jahren zurückkehren, dann nehmen wir sie, damit sie auf keinen Fall rückfällig werden, sofort wieder in SA, SS und so weiter. Und sie werden nicht mehr frei, ihr ganzes Leben." (5) Q

Die Hitlerjugend wird Staatsjugend:

„Am 1. Dezember 1936 machte das ‚Gesetz über die Hitler-Jugend' die Parteijugend zur Staatsjugend. In § 2 hieß es: ‚Die gesamte deutsche Jugend ist außer in Elternhaus und Schule in der Hitler-Jugend körperlich, geistig und sittlich im Dienste des Nationalsozialismus zum Dienst am Volk und zur Volksgemeinschaft zu erziehen.' Die ‚Reichsjugendführung' wurde ‚Oberste Reichsbehörde' und Hitler unmittelbar unterstellt.
Knapp drei Jahre später, im März 1939, verordnete die Regierung für alle Jungen und Mädchen die ‚Jugenddienstpflicht' – gleichgestellt mit Arbeits- und Wehrdienstpflicht. Jetzt mußten Eltern ihre zehnjährigen Kinder zur HJ anmelden. Taten sie das nicht, hatten sie ‚mit Geldstrafen bis zu 150 RM oder mit Haft' zu rechnen." (6)

Mitgliederentwicklung der HJ (nach deren eigenen Angaben)

Jahr	Bevölkerung: Gesamtzahl der 10- bis 18jährigen	Zahl der HJ-Mitglieder	davon Mädchen (JM, BDM)
1932		107 956	24 000
1933	7 529 000	2 300 000	593 000
1934	7 682 000	3 577 000	1 334 000
1935	8 172 000	3 900 000	1 616 000
1936	8 656 000	5 400 000	2 485 000
1937	9 060 000	5 800 000	2 759 000
1938	9 109 000	7 000 000	3 304 000
1939	8 870 000	8 700 000	3 426 000

(7)

Fahnenlied der HJ:

„Vorwärts! Vorwärts! schmettern die hellen Fanfaren.
Vorwärts! Vorwärts! Jugend kennt keine Gefahren.
Deutschland, du wirst leuchtend stehn,
mögen wir auch untergehn ...

Links: Zwei Angehörige der Hitlerjugend (HJ). – Rechts: Eine marschierende Gruppe des Bundes Deutscher Mädel (BDM)

Unsre Fahne flattert uns voran,
in die Zukunft ziehn wir Mann für Mann.
Wir marschieren für Hitler durch Nacht und Not,
mit der Fahne der Jugend für Freiheit und Brot.
Unsre Fahne flattert uns voran.
Unsre Fahne ist die neue Zeit.
Und die Fahne führt uns in die Ewigkeit.
Ja, die Fahne ist mehr als der Tod!" (8) Q

Karl-Heinz Janßen erinnert sich an seine „Pimpfenzeit" [„Pimpf" = Angehöriger des „Jungvolks"]:

„Wir waren Hitler-Jungen, Kindersoldaten, längst ehe wir mit zehn Jahren für wert befunden wurden, das Braunhemd zu tragen. Schon vorher waren wir dauernd ‚im Einsatz'. Wir sammelten Altpapier und Altmetalle, suchten Heilkräuter, schwangen fürs *Winterhilfswerk** die Sammelbüchse, bastelten Spielzeug für Babies ... Wir waren aufs ‚Dienen' vorbereitet, ehe wir als Pimpfe zwei- oder dreimal die Woche und oft auch noch am Sonntag zum ‚Dienst' befohlen wurden: ‚Du bist nichts, dein Volk ist alles!" (9) Q

(a) Beschreibt Uniform und Auftreten der HJ- und BDM-Mitglieder. Was drückt das Lied aus?

(b) Nennt und beurteilt die Ziele, die Hitler für die Erziehung der Jugend formulierte.

(c) Viele Jungen und Mädchen gingen gern in die HJ und zum BDM. Versucht, das zu erklären.

(3) Schule im „Dritten Reich"

Nationalsozialistischer Schulalltag:

„Der nationalsozialistische Alltag reicht weit in das schulische Geschehen hinein. Das beginnt schon beim morgendlichen Gruß in der Klasse. Jeder Lehrer muß mit dem Hitlergruß vor die Klasse treten, und diese antwortet mit einem lauten ‚Heil Hitler'. Nicht nur mittwochs und samstags, sondern auch an anderen Tagen müssen die Lehrer beim Stellen der Hausaufgaben auf den ‚Dienst' ihrer Schüler Rücksicht nehmen. Für versäumte Hausaufgaben haben die Schüler jetzt zugkräftige Entschuldigungen, die besonders bei dem Lehrer ohne Parteiabzeichen wirken. Das war ziemlich einfach. Gab uns unser Lateinlehrer einen endlosen Abschnitt aus Cäsar auf, so übersetzten wir einfach nicht und entschuldigten uns damit, daß wir am Nachmittag Dienst in der Hitlerjugend gehabt hätten ...
In vielen Schulen herrscht Kasernenton. Es gibt Lehrer, die mit ihrer Klasse morgens erst den strammen Hitlergruß ein paarmal üben. Schüler, die mit ihrem Lehrer oder gar dem Schulleiter sprechen, müssen dabei militärische Haltung einnehmen, das heißt: Hacken zusammen, Hände an die Hosennaht!
An der Oberschule einer Stadt unterrichtet z. B. der Sportlehrer Klamm. Wegen der Bedeutung seines Faches fühlt er sich bald als die wichtigste Person der Schule. In seinen Augen ist der Vierzehnjährige, der im Schwimmbad nicht vom Fünfmeterturm springt, ein Versager. Ein Primaner steht auf dem Zehnmeterturm und wagt es einfach nicht, hinunterzuspringen. Weder Zureden noch Befehle helfen. Beschämt steigt er die Leiter hinab. Klamm gibt ihm dafür in Leibeserziehung wegen mangelnden Mutes eine 5. Hierdurch ist seine Reifeprüfung gefährdet. Wer nicht aus zehn Meter Höhe ins Wasser springt, der hat die erforderliche Reife nicht, meint Klamm. Wenige Monate später tritt nach Dauerregen der Fluß vor der Stadt über die Ufer. Ein Kind wird von den Fluten weggerissen und droht zu ertrinken. Jener Schüler, der nicht vom Zehnmeterturm springen wollte, stürzt sich in den Strom und rettet unter Einsatz des eigenen Lebens bei Aufbietung aller Kräfte das gefährdete Kind." (10)

Baldur von Schirach, Der Kinderfreund (eine Lesebuchgeschichte):

„Weit weg von unserer Heimat hat unser Führer Adolf Hitler ein schönes Landhaus. Es liegt hoch oben in den Bergen und ist von einem Gitter umschlossen. Davor stehen oft viele Menschen, die den Führer gern sehen und begrüßen möchten.
Als der Führer eines Tages wieder einmal herauskam und die Leute freundlich grüßte, waren alle voll Jubel und Freude und streckten ihm die Hände entgegen. Ganz vorn stand ein kleines Mädchen mit Blumen in der Hand, das sagte mit seiner hellen Kinderstimme: ‚Ich habe heute Geburtstag!'

Ein beliebtes Propagandamotiv: Hitler als Freund der Kinder.

Seite aus einem Bilderbuch für deutsche Kinder aus dem Jahre 1935. So sollten schon die Kleinsten ihre jüdischen Nachbarn sehen, die im Text aufgefordert werden, Deutschland — „tempo, tempo" — zu verlassen. Auch hier steht bereits auf dem Wegweiser: „Die Juden sind unser Unglück!"

Da nahm der Führer das blonde Mädelchen bei der Hand und ging langsam mit ihm durch das Gitter hinein in sein Haus. Hier bekam es Kuchen und Erdbeeren mit dicker, süßer Sahne. Und die Kleine aß und aß, bis sie nicht mehr konnte. Darauf sagte sie artig: ‚Ich danke auch schön!' und ‚Auf Wiedersehen!' Und dann machte sie sich auf einmal ganz groß, schlang ihre Ärmchen um den Hals des Führers und – nun gab das kleine Mädchen dem großen Führer einen langen Kuß." (11) Q

Tischgebet in einer Kindergruppe in Köln:

„Führer, mein Führer, von Gott mir gegeben,
beschütz' und erhalte noch lange mein Leben!
Hast Deutschland gerettet aus tiefster Not,
Dir danke ich heute mein täglich Brot.
Bleib lang noch bei mir, verlaß mich nicht,
Führer, mein Führer, mein Glaube, mein Licht!
Heil, mein Führer!" (12) Q

(a) Erklärt, wie die Nazis Schule und Erziehung beeinflußten.

(b) Wer von euch wäre gern (ungern) im „Dritten Reich" zur Schule gegangen? Begründet eure Meinung.

(c) Inwiefern können Schulbücher und Bilderbücher eine Geschichtsquelle sein?

(4) Aus der Ideologie des Nationalsozialismus

Hitler über die politischen Ziele der Nationalsozialisten:

„... Erstens muß unser Volk von dem hoffnungslos wirren Internationalismus befreit und bewußt und systematisch zum fanatischen Nationalismus erzogen werden ... Zweitens werden wir unser Volk, indem wir es dazu erziehen, gegen den Irrsinn der Demokratie zu kämpfen und wieder die Notwendigkeit von Autorität und Führertum einzusehen, von dem Unsinn des Parlamentarismus fortreißen. Drittens werden wir, indem wir das Volk von dem jämmerlichen Glauben an eine Hilfe von draußen, das heißt von dem Glauben an Völkerversöhnung, Weltfrieden, Völkerbund und internationale Solidarität, befreien, diese Ideen zerstören. Es gibt nur ein Recht in der Welt, und dieses Recht liegt in der eigenen Stärke." (13) Q

Aus einer Informationsbroschüre über die Rassenlehre:

„Den ‚europäischen Rassen' stehen die ‚Fremdrassen' gegenüber, zu denen wir außer den farbigen die vorderasiatische und die orientalische Rasse rechnen.
Letztere beide zusammen bilden den Kern des jüdischen Volkes. Die europäischen Rassen werden vielfach unter der Bezeichnung ‚Arier' zusammengefaßt, denen man die Fremdrassen als ‚Nicht-Arier' gegenüberstellt. Nichtarische Anteile werden in allen europäischen Völkern vorwiegend von den Juden gebildet. Daneben enthalten die Russen reichlich mongolische (gelbe), Frankreich in steigendem Maße schwarze Rassenteile ... Die Bezeichnung ‚Arier' und ‚arisch' wird in Deutschland jetzt durch den Begriff ‚deutschen und artverwandten Blutes' ersetzt. Nordisches Blut, germanisches Wesen war einst in Europa viel stärker vertreten als jetzt. Wo es verloren ging, da

änderte sich der Volkscharakter, da versiegte der schöpferische Gestaltungswille." (14) Q

Hitler über den „Lebensraum" für das deutsche Volk:

„So wie unsere Vorfahren den Boden, auf dem wir heute leben, nicht vom Himmel geschenkt erhielten, sondern durch Lebenseinsatz erkämpfen mußten, so wird auch uns in Zukunft den Boden und damit das Leben für unser Volk keine göttliche Gnade zuweisen, sondern nur die Gewalt eines siegreichen Schwertes ... Wenn wir aber heute in Europa von neuem Grund und Boden reden, können wir in erster Linie nur an Rußland und die ihm untertanen Randstaaten denken." (15) Q

Heiratsannoncen aus dem „Völkischen Beobachter" (12. 8. 1934) und den „Münchner Neuesten Nachrichten" (25. 7. 1940):

„SA-Scharführer, Anfang 30, blonder Vollgermane, kernig und erbgesund, sucht auf diesem Wege die Mutter seiner kommenden Kinder und Wahrerin seines Hortes. Selbe muß Garantin rassischer Vollwertigkeit kommender Geschlechter sein. Stattliche Blondine bevorzugt, nachgedunkelte Schrumpfgermanin unerwünscht. Eigenes Heim vorhanden. Vermögen Nebensache."
„Deutsche Minne, blondes BDM-Mädel, gottgläubig aus bäuerlicher Sippe, artbewußt, kinderlieb, mit starken Hüften, möchte einem deutschen Jungmann Frohwalterin seines Stammes sein. (Niedere Absätze – kein Lippenstift.) Nur Neigungsehe mit zackigem Uniformträger." (16) Q

(a) Faßt die NS-Rassenlehre und Lehre vom „Lebensraum" in eigenen Worten zusammen.

(b) Wie dachte Hitler über Demokratie, Parlament, Frieden, Krieg? Wie denkt ihr darüber?

(c) Zeigt an der Abbildung unten, wie die NS-Ideologie sich in der Kunst ausdrückte.

(d) Auch solche Heiratsannoncen gab es im „Dritten Reich". Was soll man davon halten?

(5) Entrechtung und Verfolgung der Juden

Aus den Deutschlandberichten der „Sopade", August 1935:

„Die Judenverfolgungen finden in der Bevölkerung keinen aktiven Widerhall. Aber sie bleiben andererseits doch nicht ganz ohne Eindruck. Unmerklich hinterläßt die Rassenpropaganda doch ihre Spuren. Die Leute verlieren ihre Unbefangenheit gegenüber den Juden, und viele sagen sich: Eigentlich haben ja die Nazis mit ihrem Kampf gegen die Juden doch recht. Aber man ist gegen die Übertreibungen dieses Kampfes, und wenn man in jüdischen Warenhäusern kauft, dann tut man es in erster Linie nicht, um den Juden zu helfen, sondern um den Nazis eins auszuwischen."
„In allen Städten und Dörfern des Bezirks Hannover sind an den Zufahrtsstraßen von der Leitung der NSDAP und von den Behörden Schilder angebracht, welche folgende Inschriften haben: ‚In diesem Orte leben Juden auf eigene Gefahr' oder ‚Wir wollen keine Juden sehen'; ferner ‚Juden sind unerwünschte Gäste', ‚Deutscher Volksgenosse, denke daran, Juda ist dein Erbfeind', ‚Wer beim Juden kauft, ist ein Volksverräter.' ... In leerstehenden Läden wird ganz offiziell von der Parteileitung das Plakat ‚Die Juden sind unser Unglück!' ... angeklebt." (17) Q

Wie andere Diktatoren dokumentierte auch Hitler seine Macht durch monumentale Bauvorhaben. Vor allem in Berlin, München und Nürnberg entstanden solche Repräsentationsbauten in einem neuklassizistischen Stil. Ein Beispiel dafür ist das hier abgebildete Modell für ein Riesenstadion auf dem Nürnberger Parteigelände.

Ausgebrannte Synagoge in Berlin Fasanenstraße (1938).

Ein Augenzeuge über die „Reichskristallnacht", 1938:

„Am 10. November 1938 wurde ich schon am frühen Morgen durch telefonische Anrufe gewarnt. Ich sollte nicht aus dem Hause gehen, da Juden auf der Straße und in den Verkehrsmitteln verhaftet würden. Dies schien mir aber unwahrscheinlich, und außerdem hatte ich nicht zu befürchten, als Jude äußerlich erkannt zu werden. Ich fuhr also in der Stadt herum und sah mir alles an. Die Tauentzienstraße bot einen furchtbaren Anblick. Die meisten Geschäfte hatten keine Schaufensterscheiben mehr, und die Straße war mit Glasscherben übersät. Die Synagogen brannten noch immer. Die Feuerwehr war aufgefahren, griff aber nur ein, um die umliegenden Gebäude vor Funkenflug und Brandgefahr zu schützen ...

Ich hatte genug gesehen! Als ich nach Hause kam, lief mir auf der Straße mein Sohn entgegen und erzählte mir aufgeregt, daß bei uns ein Herr von der Gestapo säße, um mich abzuholen. Mutter ließe mir sagen, ich solle nicht nach Hause kommen. Nach kurzem Überlegen tat ich dies trotzdem. Der Beamte, der übrigens sehr höflich war, eröffnete mir, daß er den Befehl habe, mich zu verhaften und nach dem Alexanderplatz zu bringen. Einen Grund konnte er mir nicht angeben, meinte aber, ich würde am späten Abend wieder zurück sein ... Im Hof des Polizeipräsidiums standen Hunderte von Menschen, lauter Juden. Wir wurden bald auf Lastkraftwagen geladen und abtransportiert. Niemand wußte, wohin. Nach langer Fahrt über die nördlichen Vororte Berlins landeten wir im Konzentrationslager Sachsenhausen. Als wir in der Dunkelheit vom Wagen springen mußten, wurden wir von SS-Leuten mit Ohrfeigen, Fußtritten und Kolbenstößen empfangen ..." (18) Q

(a) Nennt, beschreibt und beurteilt einzelne Maßnahmen der Nazis gegen Juden.

(b) Wie hat die Judenhetze auf die Bevölkerung gewirkt? Woher wissen wir darüber?

(c) Wie begründete die NS-Ideologie die Entrechtung und Verfolgung der Juden?

(6) Kirche und Nationalsozialismus

Diktat in einer 3. Volksschulklasse, 1934:

„Wie Jesus die Menschen von der Sünde und Hölle befreite, so rettete Hitler das deutsche Volk vor dem Verderben. Jesus und Hitler wurden verfolgt, aber während Jesus gekreuzigt wurde, wurde Hitler zum Kanzler erhoben. Während die Jünger Jesu ihren Meister verleugneten und ihn im Stiche ließen, fielen die 16 Kameraden [beim Hitlerputsch 1923] für ihren Führer. Die Apostel vollendeten das Werk ihres Herrn. Wir hoffen, daß Hitler sein Werk selbst zu Ende führen darf. Jesus baute für den Himmel, Hitler für die deutsche Erde." (19) Q

Über die Reaktion auf eine Erklärung der „Bekennenden Kirche":

„In fast allen Teilen des Reiches wurden die Erklärungen der Bekenntnissynode von der Geheimen Staatspolizei beschlagnahmt, während Flugblätter der Gegenseite mit hemmungslosen Angriffen gegen die bekenntnistreuen Kreise in keinem Falle beanstandet wurden. Man veranstaltete Haussuchungen nach der Barmer Erklärung und stellte den Besitzern dieses Dokumentes das Konzentrationslager in Aussicht. Das Treiben der deutschchristlichen Hetzer wird immer schlimmer: Auf ihr Betreiben werden bekenntnistreue Besprechungen und Andachten in Privatwohnungen verboten; Pfarrer, die wider Recht und Gesetz ‚strafversetzt' sind, werden in Schutzhaft genommen, weil sie dem Versetzungsbefehl nicht nachkommen ... Hitlerjungen dürfen in ihren Versammlungen die Pastoren ungestraft als ‚Aasgeier der deutschen Nation' bezeichnen. Und was tun die Behörden der zu elender Knechtsrolle degradierten deutschen Länder gegen diesen und ähnlichen Unfug? Nichts!" (20) Q

Aus dem Rundschreiben des Papstes im Frühjahr 1937:

„Mit brennender Sorge und steigendem Befremden beobachten wir seit geraumer Zeit den Leidensweg der Kirche, die wachsende Bedrängnis der ihr in Gesinnung und Tat treubleibenden Bekenner und Bekennerinnen [in Deutschland] ...

Wer die Rasse oder das Volk oder den Staat oder die Staatsform, die Träger der Staatsgewalt oder andere

Grundwerte menschlicher Gemeinschaftsgestaltung aus ihrer irdischen Wertskala herauslöst, sie zur höchsten Norm aller, auch der religiösen Werte macht und sie mit Götzenkult vergöttert, der verkehrt und fälscht die gottgeschaffene und gottbefohlene Ordnung der Dinge.
Wer die biblische Geschichte und die Lehrweisheiten des Alten Bundes aus Kirche und Schule verbannt sehen will, lästert das Wort Gottes ...
Wer in gotteslästerlicher Verkennung der zwischen Gott und Geschöpf klaffenden Wesensunterschiede irgendeinen Sterblichen, und wäre er der größte aller Zeiten, neben Christus zu stellen wagt, oder gar über ihn und gegen ihn, der muß sich sagen lassen, daß er ein Wahnprophet ist ..." (21) Q

(a) Erläutert das Diktat nach den Regeln S. VII.

(b) Wie reagierten die Nationalsozialisten auf die Bildung der „Bekennenden Kirche"?

(c) Erörtert die Anklagen des Papstes in seinem Rundschreiben.

(7) Wem nützte der wirtschaftliche Aufstieg?

Reallöhne (Wochenlöhne) im Vergleich zu 1928:		Arbeitszeit in Stunden
1928	100	46,0
1929	102	–
1930	97	–
1931	94	–
1932	86	41,5
1933	91	42,9
1934	94	44,6
1935	95	44,4
1936	97	45,6
1937	101	46,1
1938	105	46,5
1939	108	47,0 (22)

Lebenshaltungskosten im Vergleich zu 1913/14 in %			
1929	154,0	1935	123,0
1932	120,6	1936	124,5
1933	118,0	1939	126,2 (23)

Oben: Propagandaplakat der DAF. Der „Arbeiter der Stirn" und der „Arbeiter der Faust" reichen sich die Hände. Die Vereinigung wird bekräftigt durch das gemeinsame Fronterlebnis des Ersten Weltkrieges. – Unten: „Das Dritte Reich" (1934), Holzschnitt von Gerd Arntz.

Verteilung des Volkseinkommens zwischen 1929 und 1939:

(in Milliarden RM)	1929	1932	1936	1939	1932–39	1929–39
Volkseinkommen	72,3	42,6	63,6	87,2	+ 105%	+ 36%
Unverteilte Gewinne (AG u. GmbH)	0,9	− 0,5	2,3	4,8	–	+ 533%
Unternehmer- u. Vermögenseinkünfte	21,4	12,8	20,2	29,2	+ 126%	+ 36%
Löhne, Gehälter (auch Manager)	43,0	25,7	35,3	46,5	+ 81%	+ 8%
Renten und Unterstützungen	9,2	9,4	7,8	10,2	+ 9%	+ 11%

(a) Übertragt die Angaben der Lohntabelle auf ein Schaubild und erklärt die Entwicklung.
(b) Prüft anhand der Angaben über Löhne, Arbeitszeit und Lebenshaltungskosten, ob es den Menschen im „Dritten Reich" besser ging als vorher. Wie stand es um die soziale „Gleichheit"?
(c) Vergleicht auch Kap. 6.3, Aufgabe 3, S. 167.

(8) „Volksgenossen und -genossinnen"

Die Verherrlichung der „Arbeiter der Stirn und der Faust" in der Propaganda blieb nicht ohne Wirkung. Ebenso nicht die Tatsache, daß im gesetzlich vorgeschriebenen einjährigen „Arbeitsdienst" Jugendliche aus allen Schichten einfache Handarbeit, vorwiegend in der Landwirtschaft, ausführen mußten. Wirkungsvoll war vor allem auch die Massenorganisation *„Kraft durch Freude" (KdF)**, deren Programm von Theatervorstellungen und „Bunten Abenden" bis zu den Anfängen des modernen Massentourismus reichte. Insgesamt haben bis Kriegsbeginn etwa 39 Millionen Menschen an KdF-Reisen, vorwiegend Wochenendfahrten, aber auch an Auslandsreisen auf KdF-Schiffen teilgenommen. Schließlich sollte auch der „Volkswagen" als „KdF-Wagen" gebaut werden.

Robert Ley, Reichsleiter der *Deutschen Arbeitsfront** (1938):

„Es gibt in Deutschland einfach keine Klassen mehr, und darum wird der Arbeiter mit den Jahren die letzten Schlacken eines Minderwertigkeitsgefühls, das er vielleicht noch aus der Vergangenheit besitzt, verlieren."
„Die Menschen sind Kinder und haben kindliche Wünsche. Der Staat muß dafür sorgen, daß sie immer Geschenke bekommen, wenn er erreichen will, daß sie glücklich sind und glücklich bleiben und mit Lust und Liebe alle ihre Kräfte der Arbeit widmen." (23) Q

(a) Zeigt an dem Plakat S. 160, womit und auf welche Weise die Nationalsozialisten Propaganda für die „Volksgemeinschaft" machten.
(b) Vergleicht das DAF-Plakat mit dem Holzschnitt von Gerd Arntz. Wie stellte er den Gesellschaftsaufbau unter der NS-Herrschaft dar?
(c) Was sollten, was konnten Ehrungen mit dem Mutterkreuz bewirken?

Links: Das Ehrenkreuz der deutschen Mutter, das ähnlich dem Eisernen Kreuz gestaltet war. Die Auszeichnung in Bronze, Silber oder Gold erhielten Mütter von 4, 6 und 8 Kindern. – Rechts: Verleihung des Mutterkreuzes 1941 in Berlin.

1. Äußere dich zu folgender Rede Hitlers vom 28. 4. 1939:

„Ich habe das Chaos in Deutschland überwunden, die Ordnung wiederhergestellt, die Produktion auf allen Gebieten unserer nationalen Wirtschaft ungeheuer gehoben ... Es ist mir gelungen, die uns allen so zu Herzen gehenden sieben Millionen Erwerbslosen restlos wieder in nützliche Produktionen einzubauen ... Ich habe das deutsche Volk nicht nur politisch geeint, sondern auch militärisch aufgerüstet ..." (24) Q

2. Aus Nürnberg wird folgende Episode berichtet:

Ein Gast witzelte in einer Wirtschaft über den Spielplan für das neue Stadttheater:
„Dienstag: Schauspiel von Göring: ‚Ach, wenn ich König wäre.'
Mittwoch: Stück von Goebbels: ‚Meine Lippen lügen nicht.' . . .
Nach wenigen Tagen war er verhaftet, wurde in der Gerichtsverhandlung freigesprochen, da er nach dem Wortlaut des Gesetzes keine strafbare Handlung begangen hatte. Der anwesende Gestapobeamte nahm ihn in ‚Schutzhaft' und sagte im Gerichtssaal: ‚Kommt nach Dachau'." (25)

Erläutere an diesem Beispiel die Rechtsverhältnisse im „Dritten Reich".

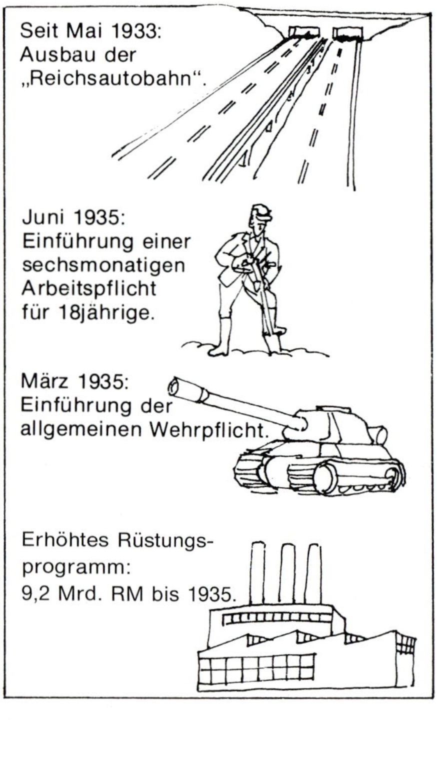

3. Berichte über NS-Maßnahmen zur Entrechtung und Verfolgung von Juden und nimm Stellung dazu.

4. Erkläre anhand der Skizze unten, wie Hitler die Arbeitslosigkeit bekämpfte.

5. Interpretiere das Bild (rechts oben).

Deutsche Arbeitsfront (DAF): 1933 an Stelle der aufgelösten Gewerkschaften als umfassende Organisation aller „Werktätigen" geschaffen und der NSDAP angeschlossen, unter Leitung von Robert Ley. Funktionäre der DAF ersetzten die Betriebsräte. Die Mitgliedschaft im DAF wurde praktisch zur Pflicht für die Beschäftigten. Mit der DAF wollte das NS-Regime die Idee der „Volksgemeinschaft" verwirklichen und den Arbeitsfrieden sicherstellen.

Kraft durch Freude (KdF): Von der DAF 1933 als Massenorganisation zur staatlich gelenkten Freizeitbetreuung geschaffen und rasch ausgebaut. An den kulturellen Veranstaltungen, Bildungskursen, an Breitensport, Reisen, Wanderungen und Urlaubsaktivitäten des KdF konnten breite Bevölkerungsschichten teilnehmen.

Totalitärer Staat: Herrschaftssystem, das alle öffentlichen und große Teile der privaten Lebensbereiche reglementiert, keine staatsfreie Räume gelten läßt, die Opposition sowie die Meinungs-, Presse- und Parteienvielfalt ausschaltet, die Bevölkerung durch Propaganda und Terror im Sinne der Ideologie zur Anpassung zwingt, die Grund- und Menschenrechte mißachtet und einheitlich über alle Gewalt verfügt.

Winterhilfswerk (WHW): Im Rahmen der „Nationalsozialistischen Volkswohlfahrt" (NSV) 1933 eingerichtete Hilfsorganisation zur Überwindung von materieller Not mit Hilfe von Spenden, Sammlungen (z. B. am „Eintopfsonntag") oder Lohn- und Gehaltsabtretungen. Zum Teil wurden Mittel des WHW zur Deckung von Kriegskosten verwendet.

Quellennachweis

(1) I. Scholl: Die weiße Rose. Fischer Tb. 88, S. 13ff.
(2) Golo Mann: Deutsche Geschichte des XX. Jahrhunderts. Frankfurt 1958, S. 375f.
(3) Deutschlandberichte der Sozialdemokratischen Partei Deutschlands (Sopade). Salzhausen/Frankfurt 1980, Bd. 1, S. 183.
(4) F.-J. Heynen: Nationalsozialismus im Alltag. Boppard 1967, S. 291.

Eine Propagandapostkarte aus dem Jahr 1938.

(5) Aus einer Rede Hitlers in Reichenberg. Zitiert aus: Krink: Die NS-Diktatur, a. a. O., S. 60 f.
(6) H. Focke/U. Reimer: Alltag unterm Hakenkreuz. rororo A 4431, S. 31 f.
(7) A. Klönne: Jugend im Dritten Reich. Köln 1982, S. 34.
(8) Lieder der Hitlerjugend. Köln 1934, S. 5 f.
(9) Zitiert aus: Focke/Reimer, a. a. O., S. 45.
(10) K. Winter: Leben im „Dritten Reich". Freiburg 1982, S. 48 f.
(11) Fibel für die Grundschule im Bezirk Düsseldorf. Gütersloh 1935, S. 67 f. Zitiert aus: G.L. Mosse: Der nationalsozialistische Alltag. Königstein/Ts. 1978, S. 303 f.
(12) J. Neuhäusler: Kreuz und Hakenkreuz. München 1946, S. 251. Zitiert aus: Mosse, a. a. O., S. 268.
(13) Aus einer Hitler-Rede von 1928. Zitiert aus: Hofer: Nationalsozialismus, a. a. O., S. 37.
(14) Prof. Dr. Staemmler: Deutsche Rassenpflege. Tornisterschrift des Oberkommandos der Wehrmacht, Heft 29, 1941. Mit Vermerk: Nur für den Gebrauch innerhalb der Wehrmacht. S. 21 f.
(15) A. Hitler: Mein Kampf, a. a. O., S. 741 ff.
(16) Zitiert aus: Geschichtliche Weltkunde, Quellenlesebuch, a. a.O., S. 151.
(17) Deutschlandberichte, a. a. O. (1935), S. 922, 925.
(18) Zitiert aus: W. Anger: Das Dritte Reich in Dokumenten. Frankfurt 1957, S. 56.
(19) Zit. nach: W. Hofer: Der Nationalsozialismus – Dokumente, S. 128.
(20) Geschichte in Quellen, Bd. V, a. a. O., S. 328.
(21) Ebenda, S. 328 (gekürzt)
(22) D. Petzina u. a.: Sozialgeschichtliches Arbeitsbuch,
(23) E. Aleff u. a.: Das Dritte Reich, Hannover 1970, S. 117, 120
(24) Robert Ley, zitiert aus: Geschichte in Quellen, Bd. V, a. a. O., S. 145 f.
(25) Zit. nach: S. Haffner: Anmerkungen zu Hitler, S. 44.
(26) Zit. aus: Berger: Lebenssituationen, a. a.O., S. 42 f.

1. 4. 1933	Boykott jüdischer Geschäfte
7. 4. 1933	Gesetz zur „Wiederherstellung des Berufsbeamtentums" (erlaubt Zwangspensionierung von Juden)
20. 7. 1933	Reichskonkordat mit der katholischen Kirche
1934	Beginn des Kirchenkampfes
15. 9. 1935	„Nürnberger Gesetze"
1. 12. 1936	Hitlerjugend zur Staatsjugend erklärt
9./10. 11. 1938	„Reichskristallnacht"
März 1939	Jugenddienstpflicht erklärt

Lesetip

H. Burger: Warum warst du in der Hitler-Jugend? Rotfuchs 194 (JB)
H. Focke/U. Reimers: Alltag unterm Hakenkreuz. Rowohlt Tb. 4431 (QS)
H. Focke/M. Strocka: Alltag der Gleichgeschalteten. Rowohlt Tb. 5256 (QS)
B. Gehrts: Nie wieder ein Wort davon. dtv 7813 (JB)
A. Grosser (Hrsg.): Wie war es möglich? Die Wirklichkeit des Nationalsozialismus. Fischer Tb. 3426 (WD)
M. v. d. Grün: Wie war das eigentlich? Kindheit und Jugend im Dritten Reich. Luchterhand Tb. 345 (JB)
M. v. Hellfeld/A. Klönne: „Und sie werden nicht mehr frei ..." Jugend im Dritten Reich. Köln 1985 (QS)
J. Kerr: Als Hitler das rosa Kaninchen stahl. Ravensburger Tb. 600 (JB)
K. Winter: Leben im „Dritten Reich". Deutschland unter nationalsozialistischer Herrschaft. Herder, Erlebte Geschichte, lebendige Vergangenheit. Freiburg 1982 (SB)

6.3 Außenpolitik der NS-Zeit

Amerikanische Karikatur zur „Friedensrede“ Hitlers vom 17. 5. 1933.

Ausländische Diplomaten als Ehrengäste bei einer Kundgebung im Berliner Lustgarten 1937.

Erklärung der Reichsregierung im März 1935:

„In dieser Stunde erneuert die deutsche Regierung vor dem deutschen Volke und vor der ganzen Welt die Versicherung ihrer Entschlossenheit, über die Wahrung der deutschen Ehre und der Freiheit des Reiches nie hinauszugehen, und insbesondere in der nationalen deutschen Rüstung kein Instrument kriegerischen Angriffs, als vielmehr ausschließlich der Verteidigung und damit der Erhaltung des Friedens bilden zu wollen.“ (1) Q

Hitler vor der deutschen Presse am 10. 11. 1938:

„Die Umstände haben mich gezwungen, jahrzehntelang fast nur vom Frieden zu reden. Nur unter der fortgesetzten Betonung des deutschen Friedenswillens und der Friedensabsichten war es mir möglich, dem deutschen Volk Stück für Stück die Freiheit zu erringen und ihm die Rüstung zu geben, die immer wieder für den nächsten Schritt als Voraussetzung notwendig war ...“ (2) Q

- Welchen Widerspruch verdeutlicht die Karikatur?
- Welche Erfolge konnte die NS-Regierung in der Außenpolitik verbuchen, und wie kamen sie zustande?
- Wie trieb Hitler die Aufrüstung Deutschlands voran?

Anfänge der NS-Außenpolitik. Nach Hitlers Machtergreifung fürchtete man in Europa, daß sich Deutschland an geschlossene Verträge nicht mehr halten würde. Doch Hitler versicherte der Welt seinen Friedenswillen. Er brauchte Zeit. Als allerdings Franzosen und Briten auf der Genfer Abrüstungskonferenz die Forderung nach voller Gleichberechtigung und begrenzter Aufrüstung Deutschlands ablehnten, verließ Deutschland im Oktober 1933 die Konferenz und zugleich den Völkerbund. Die deutsche Aufrüstung hatte nämlich bereits begonnen. Trotzdem beteuerte Hitler weiterhin seine friedlichen Absichten. Er verstand es, die Beteuerung mit Taten zu belegen. Im Januar 1934 überraschte er Europa durch den Abschluß eines Vertrages mit Polen, dessen Kern die Gewaltverzichtserklärung war. Eine Aussöhnung mit Polen! Verzicht auf die gewaltsame Revision der Ostgrenzen! Wer wollte da an Hitlers Friedenswillen zweifeln? Selbst die deutsch-italienischen Spannungen, die wegen Österreich auftraten, riefen nur vorübergehende Besorgnisse hervor. Im Sommer 1934 versuchten die österreichischen Nationalsozialisten vergeblich einen Putsch, wobei der österreichische Bundeskanzler Dollfuß ermordet wurde. Mussolini, einen deutschen Übergriff fürchtend, ließ Truppen am Brenner aufmarschieren. Italien, Frankreich und England erklärten, gemeinsam die Unabhängigkeit Österreichs zu schützen. Jetzt distanzierte sich Hitler von den Geschehnissen in Österreich. → (1)

Bruch der Versailler Abrüstungsbestimmungen. Im Januar 1935 fand im Saargebiet gemäß dem Versailler Vertrag die Volksabstimmung statt: Über 90% der Bevölkerung entschieden sich für Deutschland. Das machte im Ausland einen starken Eindruck. Die Nazipropaganda feierte das Ergebnis als einen großen außenpolitischen Sieg.

Hitler nutzte die nationale Begeisterung in Deutschland, um im März 1935 die allgemeine Wehrpflicht zu verkünden. Er ließ Göring erklären, daß Deutschland mit dem Aufbau einer Luftwaffe begonnen habe. Das war der erste offene Bruch des Vertrages von Versailles. Aber die Westmächte reagierten nicht ernsthaft. England und Frankreich zogen nicht mehr an einem Strang. → (3)

Noch im gleichen Jahr schlossen Deutschland und England ein Flottenabkommen, das für die deutsche und englische Flotte ein Verhältnis von 35 : 100 festlegte. Der Bau von U-Booten sollte keiner Beschränkung unterliegen. Das bedeutete die Gleichheit der deutschen und englischen Flottenstärke im Atlantik, da Großbritannien einen großen Teil seiner Flotte auf den übrigen Meeren benötigte. Die wichtigste Bedeutung des Abkommens lag aber darin, daß Großbritannien die Verletzung der Versailler Abrüstungsbestimmungen offiziell billigte.

Abessinienkrieg und Besetzung des Rheinlandes. Mussolini wollte ein neues Römisches Imperium errichten. Dazu gehörten nach seiner Meinung noch mehr Kolonien. In Afrika war nur noch Abessinien (Äthiopien) „frei". Aber die Eisenbahn dort gehörte den Franzosen, und so gab es auch französische Interessen. Nun verhandelten Italien und Frankreich. Ergebnis: Mussolini versprach, mit Frankreich die Unabhängigkeit Österreichs zu schützen und gegen die deutsche Aufrüstung zu wirken. Dafür bekam Italien „freie Hand" in Abessinien. Der Eroberungskrieg begann (1935). Die Welt war entrüstet, und der Völkerbund verurteilte Italien, um es außenpolitisch zu isolieren. Aber die USA, die dem Völkerbund nicht angehörten, lieferten Benzin. Auch Hitler bot wirtschaftliche Hilfe an. Aus Dankbarkeit versicherte Mussolini, daß Italien sich jetzt nicht mehr widersetzen werde, wenn Österreich „in die deutsche Einflußsphäre" käme und Deutschland den Pakt von Locarno (vgl. S. 116 f.) kündigen würde. Jetzt konnte Hitler den großen Schlag gegen Versailles führen. Im März 1936 kündigte er den Pakt von Locarno und gab der Wehrmacht den Befehl zum Einmarsch in das entmilitarisierte Rheinland. Es gab in der Welt nur Proteste, keinen Widerstand. Frankreich rief den Völkerbund an, der lediglich feststellte, daß Deutschland den Versailler Vertrag gebrochen hatte. Indessen konnte Italien die Eroberung Abessiniens abschließen. Die Politik der Aggression hatte sich durchgesetzt. Der Völkerbund konnte sie nicht verhindern. → (2)

Der Spanische Bürgerkrieg. Der Siegeslauf des Faschismus sollte sich bald in Spanien fortsetzen. Als Sozialisten und Republikaner 1931 die Kommunalwahlen gewannen, verließ der König das Land. Die Gruppen der Rechten schlossen sich zusammen, darunter die faschistische „Falange Española". Auf der anderen Seite bildeten Sozialisten und Republikaner eine Volksfront, die 1936 in den Februarwahlen 67% der Sitze erhielt. Die Rechte sah in der neuen Regierung eine „Wegbereiterin der Diktatur des Proletariats". Sie forderte den Einsatz der Armee zur Herstellung der Ordnung. Radikale Linke forderten die proletarische Revolution. In Andalusien teilten Kleinbauern das Land der Großgrundbesitzer unter sich auf. Die Rechte bereitete ihrerseits den Aufstand vor. Beide Seiten bekämpften sich mit Gewalttaten, Brandschatzungen und politischen Morden. Im Juli 1936 putschten die Generale, zuerst in Marokko, dann in Spanien selbst. General Franco übernahm den Oberbefehl.

Die „Nationalen“ – so nannten sich die Aufständischen – verkündeten, daß sie einen Kreuzzug gegen die „Roten“ führten. Mussolini und Hitler unterstützten General Franco und seine nationalen Verbände mit Waffen, später auch mit Truppen (deutsche „Legion Condor“). Die republikanische Regierung mußte ein Freiwilligenheer aufstellen, nur wenige Militärs blieben loyal. Und Freiwillige kamen aus vielen Ländern, Demokraten und Sozialisten, um gegen die „Faschisten“ zu kämpfen. Sie bildeten „internationale Brigaden“. Der fast dreijährige Krieg verlief grausam. Als sich Kommunisten an der Volksfrontregierung beteiligten, schickte die Sowjetunion verstärkt Waffen und Ausrüstung. Im März 1939 war der Krieg entschieden, Franco hatte gesiegt. Die Westmächte beeilten sich, das neue Regime anzuerkennen. Sie hofften, daß Spanien kein Bündnis mit Deutschland und Italien einginge. → (4)

Die „Achse“ Berlin – Rom. Die Unterstützung Francos im Spanischen Bürgerkrieg brachte Hitler und Mussolini endgültig zusammen. Im Oktober 1936 kam der italienische Außenminister Graf Ciano nach Berlin. Man vereinbarte eine enge politische Zusammenarbeit für die Zukunft. Italien durfte das Mittelmeer, Deutschland Osteuropa als sein Interessengebiet betrachten. Zudem anerkannte Deutschland die italienische Herrschaft in Abessinien. Nach Cianos Rückkehr erklärte Mussolini der Welt, daß eine „Achse Berlin–Rom“ entstanden sei.
Höhepunkt der deutsch-italienischen Freundschaft war Mussolinis Besuch in Deutschland im September 1937. Der Duce verließ Deutschland tief beeindruckt von dessen wirtschaftlicher und militärischer Stärke. Er hob jedoch hervor, daß die Gemeinsamkeit der *Achsenmächte** sich in erster Linie gegen die Kommunistische Internationale richte.
Im November 1936 schlossen Japan und Deutschland den *Antikominternpakt**. Der offizielle Vertragstext sprach nur von einer engen Zusammenarbeit in der Bekämpfung der Komintern. Doch das geheime Zusatzprotokoll sah eine gemeinsame, gegen die Sowjetunion gerichtete Politik vor. Italien trat 1937 dem Pakt bei und verließ zugleich den Völkerbund. Unter dem Vorwand des Kampfes gegen den Kommunismus hatten sich die drei Aggressorstaaten in einem Bündnis zusammengeschlossen.

(1) Die zwei Gesichter Hitlers

Aus Hitlers Reichstagsrede vom 17. 5. 1933

„Wir aber haben keinen sehnlicheren Wunsch, als dazu beizutragen, daß die Wunden des Krieges und des Versailler Vertrages endgültig geheilt werden. Deutschland will keinen anderen Weg dabei gehen als den, der durch die Verträge selbst als berechtigt anerkannt ist. Die Deutsche Regierung wünscht, sich über alle schwierigen Fragen mit den Nationen friedlich auseinanderzusetzen.“ (3) Q

Hitler zu führenden Generälen der Reichswehr am 3. 2. 1933

„Einstellung ... des ganzen Volkes auf den Gedanken, daß nur der Kampf uns retten kann und diesem Gedanken gegenüber alles zurückzutreten hat ... Stärkung des Wehrwillens mit allen Mitteln ... Wie soll politische Macht, wenn sie gewonnen ist, gebraucht werden? ... Vielleicht ... Eroberung neuen Lebensraums im Osten und dessen rücksichtslose Germanisierung.“ (4) Q

(a) Worin widersprechen sich die beiden Aussagen Hitlers?

(b) Erläutert die Karikatur S. 164.

(c) Besprecht, welche Äußerungen Hitlers bei bestimmten Gruppen in Deutschland (z. B. bei den Militärs, bei Konservativen, bei Arbeitern) Zustimmung finden konnten. Vgl. auch S. 164.

(2) Das Bündnis zwischen „Führer“ und „Duce“

Ein deutscher Historiker schreibt:

„Öffentlich trat Hitler nach Ausbruch des Krieges Ende 1935 an die Seite Italiens, gegen das der Völkerbund wirtschaftliche Sanktionen verhängte, während ihm Deutschland Kohle lieferte. Jedoch waren die deutschen Lieferungen an Italien nicht die einzige Durchbrechung der Völkerbundssanktionen, die nur halbherzig beschlossen und durchgeführt wurden. Auch Frankreich umging sie; es wollte Italien nicht in die Arme Hitlers treiben. England verzichtete aus dem gleichen Grund auf die Sperrung des Suezkanals und ein Ölembargo, das Italien empfindlich getroffen hätte. Die wenn auch noch zögernde Zusammenarbeit Hitlers und Mussolinis zu Beginn des Abessinienkonflikts und die gleichzeitige Entfremdung zwischen Italien und dem Völkerbund schufen die Voraussetzungen für engere Beziehungen zwischen den Diktatoren.“ (5)

(a) Lest auf S. 165 nach, um was es sich beim Abessinienkrieg handelte, wer ihn führte, wer ihn zuließ und wer davon profitierte.

(b) Nehmt Stellung zum Verhalten der Großmächte.

(3) Aufrüstung um jeden Preis

Hitler über den Vierjahresplan, August 1936:

„I. Ähnlich der militärischen und politischen Aufrüstung bzw. Mobilmachung unseres Volkes hat auch eine wirtschaftliche zu erfolgen, und zwar im selben Tempo, mit der gleichen Entschlossenheit und wenn nötig auch mit der gleichen Rücksichtslosigkeit. Interessen einzelner Herren dürfen in der Zukunft dabei keine Rolle mehr spielen. Es gibt nur ein Interesse, und das ist das Interesse der Nation, und eine einzige Auffassung, das ist die, daß Deutschland politisch und wirtschaftlich in die Lage der Selbsterhaltung gebracht werden muß.
II. Zu diesem Zwecke sind auf all den Gebieten, auf denen eine eigene Befriedigung durch deutsche Produktionen zu erreichen ist, Devisen einzusparen, um sie jenen Erfordernissen zuzulenken, die unter allen Umständen ihre Dekkung nur durch Import erfahren können.
III. In diesem Sinne ist die deutsche Brennstofferzeugung nunmehr im schnellsten Tempo vorwärtszutreiben und binnen 18 Monaten zum restlosen Abschluß zu bringen. Diese Aufgabe ist mit derselben Entschlossenheit wie die Führung eines Krieges anzufassen und durchzuführen; denn von ihrer Lösung hängt die kommende Kriegführung ab und nicht von einer Bevorratung des Benzins.
IV. Es ist ebenso augenscheinlich die Massenfabrikation von synthetischem Gummi zu organisieren und sicherzustellen ... Es ist weiter notwendig, die deutsche Eisenproduktion auf das außerordentlichste zu steigern ... Man hat nun Zeit genug gehabt, in 4 Jahren festzustellen, was wir nicht können. Es ist jetzt notwendig, auszuführen das, was wir können. Ich stelle damit folgende Aufgabe:
I. Die deutsche Armee muß in 4 Jahren einsatzfähig sein.
II. Die deutsche Wirtschaft muß in 4 Jahren kriegsfähig sein.“ (6) Q

Rüstungsproduktion der Großmächte: (7)

in Mrd. $; Preise von 1944		
Land:	1935 bis 1939	1939
USA	1,5	0,6
Großbritannien	2,5	1,0
Sowjetunion	8,0	3,3
Zusammen:	12,0	4,9
Deutschland	12,0	3,4

Produktion im Deutschen Reich (in Grenzen von 1937) – in 1000 Tonnen: (8)

	1928	1936	1939
Eisenerz	2089	2259	3928
Aluminium	33	95	194
Buna (synth. Kautschuk)	0	1	22
Zellwolle	0	43	192
Flugbenzin	0	43	302
Motorenbenzin	0	1214	1633

Panzerbau am Fließband.

Grad der Selbstversorgung im Deutschen Reich bei Nahrungsmitteln und Rohstoffen im Jahr 1938/39 (unter Einrechnung der Altmaterialverwendung):

Brotgetreide	115%	Textilrohstoffe	65%
Kartoffeln	100%	Eisenerze	55%
Zucker	101%	Blei	50%
Fleisch	97%	Mineralöl	33%
Fett	57%	Kupfer	30%
		Kautschuk	20%

(9)

(a) Arbeitet heraus, welche Ziele des Vierjahresplanes Hitler im einzelnen hervorhebt und welche allgemeinen Absichten er damit verfolgt.

(b) Untersucht anhand der Tabellen, inwieweit diese Ziele erreicht wurden.

(c) Besprecht, welche Bedeutung die Aufrüstung für die deutsche Wirtschaft und für die Staatsverschuldung hatte. Lest dazu auch den Text S. 153.

(4) Spanien als „Truppenübungsplatz“ der Diktatoren

In einer Darstellung zur Vorgeschichte des Zweiten Weltkriegs heißt es:

„Ausländische Eingriffe auf beiden Seiten verlängerten den blutigen Krieg. Mussolini schickte ein Expeditionskorps

Pablo Picasso, Guernica (1937).

von 50 000 Mann, später forderte er von Franco 7 1/2 Millionen Lire für seine Hilfe. Hitler lieferte umsonst. Er schickte ab Juli 1936 Kriegsmaterial im Wert von 500 Millionen Mark nach Spanien, vor allem aber die „Legion Condor“, Fliegertruppen und Panzerverbände aus „Freiwilligen“ ... Die republikanische Seite wurde vor allem von Sowjetrußland und Frankreich unterstützt ... Wie kompliziert die Verhältnisse in Wirklichkeit waren, zeigt gerade die Zusammensetzung der „Internationalen Brigaden“, die auf republikanischer Seite kämpften. Neben eindeutig sowjetrussisch gesteuerten Verbänden gab es in den „Internationalen Brigaden“ unpolitische Abenteurer und vor allem eine große Zahl von Idealisten aus allen demokratischen Ländern, die – wie die Angehörigen der amerikanischen „Washington“ – und „Lincoln“ – Brigaden – nach Spanien gekommen waren, um die Prinzipien der Demokratie gegen den Angriff einer Militärdiktatur zu verteidigen. Auf republikanischer Seite standen – um nur einige zu nennen – der englische Dichter Stephen Spender, der Amerikaner Ernest Hemingway, der über den spanischen Bürgerkrieg seinen berühmten Roman *Wem die Stunde schlägt* schrieb, die deutschen Schriftsteller Ludwig Renn und Egon Erwin Kisch, der spätere englische Premierminister Clement Attlee und der Franzose André Malraux, später Minister in der Regierung de Gaulle ... Über die Hoffnung und Enttäuschung all dieser Männer schrieb der Brigadekämpfer Arthur Koestler später: „Unsere Wahrheit war eine halbe Wahrheit, unser Kampf eine Schlacht im Nebel. Die in ihr litten und starben, waren Figuren in einem komplizierten Spiel zwischen den beiden totalitären Anwärtern auf die Weltherrschaft“ – Sowjetrußland und Hitlerdeutschland.“ (10) Q

Hitler in Berlin vor der „Legion Condor“ am 6. 6. 1939:

„Im Juli 1936 hatte ich mich nun kurz entschlossen, die Bitte um Hilfe, die dieser Mann an mich richtete, zu erfüllen und ihm in eben dem Ausmaß und so lange zu helfen, als die übrige Welt den inneren Feinden Spaniens ihre Unterstützung geben würde. Damit begann das nationalsozialistische Deutschland, am Kampf für die Wiederaufrichtung eines nationalen und unabhängigen Spaniens unter der Führung dieses Mannes aktiv teilzunehmen. Ich habe dies befohlen in der Erkenntnis, damit nicht nur Europa, sondern auch unser eigenes Vaterland vor einer späteren ähnlichen Katastrophe bewahren zu können.
Ich tat dies aber auch aus tiefem Mitgefühl für das Leiden eines Landes, das uns einst im Weltkrieg trotz aller erpresserischen Versuche von seiten Englands neutral befreundet geblieben war. Ich habe damit den Dank der deutschen Nation abgestattet.“ (11) Q

(a) Die „Legion Condor“ sollte mit der Bombardierung von Guernica die Wirkung solcher Luftangriffe auf die Zivilbevölkerung testen. Was bewirkte sie, und wie denkt ihr darüber?

(b) Versucht zu umschreiben, was Picasso mit seinem Gemälde „Guernica“ ausdrückt.

(c) Vergleicht die Darstellung im Text S. 165 f. mit Hitlers Erklärung der deutschen Beteiligung am Spanischen Bürgerkrieg.

(5) Psychologische Aufrüstung

Hitler vor der deutschen Presse am 10. 11. 1938:

„Es war nunmehr notwendig, das deutsche Volk psychologisch allmählich umzustellen und ihm langsam klarzumachen, daß es Dinge gibt, die, wenn sie nicht mit friedlichen Mitteln durchgesetzt werden können, mit Mitteln der Gewalt durchgesetzt werden müssen. Dazu war es notwendig, nicht etwa nun die Gewalt als solche zu propagieren, sondern es war notwendig, bestimmte außenpolitische Vorgänge so zu beleuchten, daß die innere

Stimme des Volkes selbst langsam nach der Gewalt zu schreien begann." (12) Q

Ein ehemaliger Hitlerjunge berichtet seine Empfindungen nach Ausbruch des Zweiten Weltkrieges:

„Viele der Lieder, die wir in der Schule und später in der Hitler-Jugend lernten, handelten von der Ehre, fürs Vaterland zu sterben: Die Fahnen wehten ins Morgenrot und leuchteten zum frühen Tod, heilig Vaterland war in Gefahren, mochten wir sterben, Deutschland stürbe nicht, und fern bei Narvik lag ein kühles Grab. Bei der ‚Flaggenparade' hörten wir ehrfürchtig den abgewandelten Spruch des preußischen Kriegsdichters Walter Flex: ‚Wer auf die Fahne Deutschlands schwört, hat nichts mehr, was ihm selber gehört!'" (13) Q

Der amerikanische Dichter Thomas Wolfe beobachtete bei der Berliner Olympiade 1936 u. a.:

„Viele marschierende Männer gab es zu sehen: Regimenter von Braunhemden marschierten schwungvoll durch die Straßen, nicht immer bewaffnet, aber in gleichem Schritt und Tritt. Täglich zur Mittagszeit nahmen diese Truppen an allen Hauptzufahrtsstraßen zum Stadion Aufstellung, an allen flaggengeschmückten Straßen und Alleen, die der Führer entlangzufahren pflegte. Die jungen Leute standen bequem, lachten und unterhielten sich: die Leibwache des Führers, die Einheiten der SS und der SA. Dann plötzlich ein scharfes Kommando und das Zusammenknallen von zehntausend schweren Stiefeln. Es klang nach Krieg." (14) Q

(a) Welche Ziele verfolgten Italien, Deutschland, die Sowjetunion mit den Interventionen im Spanischen Bürgerkrieg?

(b) In der Geschichtsschreibung hat sich lange die Auffassung gehalten, die Bombardierung von Guernica sei ein gezielter Terrorangriff gewesen, um die Wirkung auf die Zivilbevölkerung zu erproben. Nach neuester Forschung galten die Bomben einem militärischen Ziel, sind jedoch wegen schlechter Sichtverhältnisse auf die Stadt abgeworfen worden. Wie beurteilt ihr den Vorgang? Versucht zu umschreiben, was Picasso mit seinem Gemälde über Guernica ausdrückt.

(c) Wie hätte das Ausland auf die Olympiade reagieren können?.

Einen Höhepunkt der internationalen Anerkennung des nationalsozialistischen Deutschland bildeten 1936 die Olympischen Spiele in Berlin. Das Bild zeigt den Einmarsch der Nationen in das Olympia-Stadion. Im Vordergrund die Standarte Hitlers.

1. Erläutere eine der Abbildungen aus diesem Kapitel.

2. Stelle der folgenden Aussage Hitlers entgegengesetzte Äußerungen von ihm gegenüber:

„Das nationalsozialistische Deutschland will den Frieden aus tiefinnersten weltanschaulichen Überzeugungen ... Deutschland ist nun jederzeit bereit, auf Angriffswaffen zu verzichten, wenn auch die übrige Welt ihrer entsagt ..." (15) Q

3. Berichte über die Annäherung zwischen Hitler und Mussolini, z. B. mit einer Zeitleiste.

4. Nach dem Einmarsch deutscher Truppen im Rheinland hieß es in England: „Schließlich sind die Deutschen ja nur in ihren eigenen Vorgarten gegangen. Das kann man ihnen nicht verübeln." Nimm Stellung dazu und erläutere die Haltung des Auslands gegenüber Hitlers Politik der Revision des Versailler Vertrages.

5. Formuliere deine Meinung zur Rüstungspolitik der NS-Regierung. Denke dabei auch an die Interessen der Arbeiter, des Militärs, der Nachbarstaaten.

Achsenmächte: Begriff „Achse" von Mussolini 1936 für das enge Verhältnis zwischen Deutschem Reich und faschistischem Italien geprägt. Das Bündnis durch Beitritt Italiens zum Antikominternpakt vertieft. 1939 schlossen Hitler und Mussolini einen Beistandspakt („Stahlpakt", vgl. S. 173). Im Zweiten Weltkrieg wurden alle Bündnispartner Deutschlands als „Achsenmächte" bezeichnet.

Antikominternpakt: Abkommen zwischen dem Deutschen Reich und Japan von 1936 zur gemeinsamen Abwehr der Kommunistischen Internationale, bes. gegen die Sowjetunion gerichtet. In geheimen Zusatzabkommen garantierten sich die Mitgliedstaaten wohlwollende Neutralität im Falle eines Krieges. Dem Pakt traten Italien, später auch Ungarn, Spanien, Rumänien u. a. Staaten bei.

Quellennachweis

(1) Völkischer Beobachter, 16. 3. 1935.

(2) Geschichte in Quellen, Bd. V, a. a. O., S. 407.

(3) Domarus: Hitler, Reden und Proklamationen, Bd. 1, Würzburg 1962, S. 277.

(4) Zitiert aus: W. Hofer: Nationalsozialismus, a. a. O., S. 180 f.

(5) K. D. Erdmann, in: Gebhardt: Handbuch der deutschen Geschichte, Bd. 4, Stuttgart 1976, S. 460.

(6) Aus einer geheimen Denkschrift Hitlers. Zitiert aus: W. Conze: Der Nationalsozialismus II, Stuttgart 1962, S. 26 ff.

(7) H.-A. Jacobsen u. H. Dollinger: Der Zweite Weltkrieg in Bildern und Dokumenten. Bd. 1, München 1962, S. 473.

(8) F. Blaich: Wirtschaft und Rüstung in Deutschland 1933–1939. In: Bracher/Funke/Jacobsen (Hrsg.): Nationalsozialistische Diktatur 1933–1935. Bonn 1983, S. 304.

(9) Ebenda, S. 308 und 316.

(10) Das Dritte Reich. Seine Geschichte in Bildern und Dokumenten. Hrsg. von Heinz Huber und Artur Müller unter Mitwirkung von Prof. Dr. Waldemar Besson. München, Wien, Basel 1964, S. 333 f.

(11) Zitiert aus: E. Krautkrämer: Internationale Politik im 20. Jahrhundert, Band 1, a. a. O., S. 105.

(12) Zitiert aus: Geschichte in Quellen, Bd. V, a. a. O., S. 408.

(13) K.-H. Janßen: Eine Welt brach zusammen. Zitiert aus: H. Focke/U. Reimer: Alltag unterm Hakenkreuz. Reinbek bei Hamburg 1979, S. 51 f.

(14) Zitiert aus: C. Hagener: Deutschland unter der Diktatur 1933–1945. Braunschweig 1966, S. 80.

(15) Reichstagsrede Hitlers am 17. 5. 1935.

Lesetip

H. G. Dahms: Francisco Franco. Musterschmidt, Pers. u. Gesch. 70 (WD)

E. Hofer: Trostgasse 7. Ueberreuter, Wien 1982 (JB)

A. Kantorowicz: Spanisches Kriegstagebuch. Fischer Tb, 5165

W. Michalka (Hrsg.): Das Dritte Reich. Bd. 1 „Volksgemeinschaft" und Großmachtpolitik. dtv 2925 (QS)

J. Philips: Polen – Mai 1939. Ravensburg (JB)

19. 10. 1933	Deutschland verläßt den Völkerbund
26. 1. 1934	Nichtangriffspakt zwischen Deutschland und Polen
13. 1. 1935	Volksabstimmung im Saarland für Deutschland
16. 3. 1935	Wiedereinführung der allgemeinen Wehrpflicht
18. 6. 1935	Deutsch-englisches Flottenabkommen
3. 10. 1935	Beginn des Abessinienkrieges
7. 3. 1936	Einmarsch deutscher Truppen in die entmilitarisierte Zone am Rhein
25. 10. 1936	„Achse Berlin–Rom"
21. 11. 1936	Antikominternpakt Deutschland–Japan

7 Die Zerstörung der Welt-Ordnung: Der Zweite Weltkrieg

7.1 Hitler entfesselt den Krieg in Europa

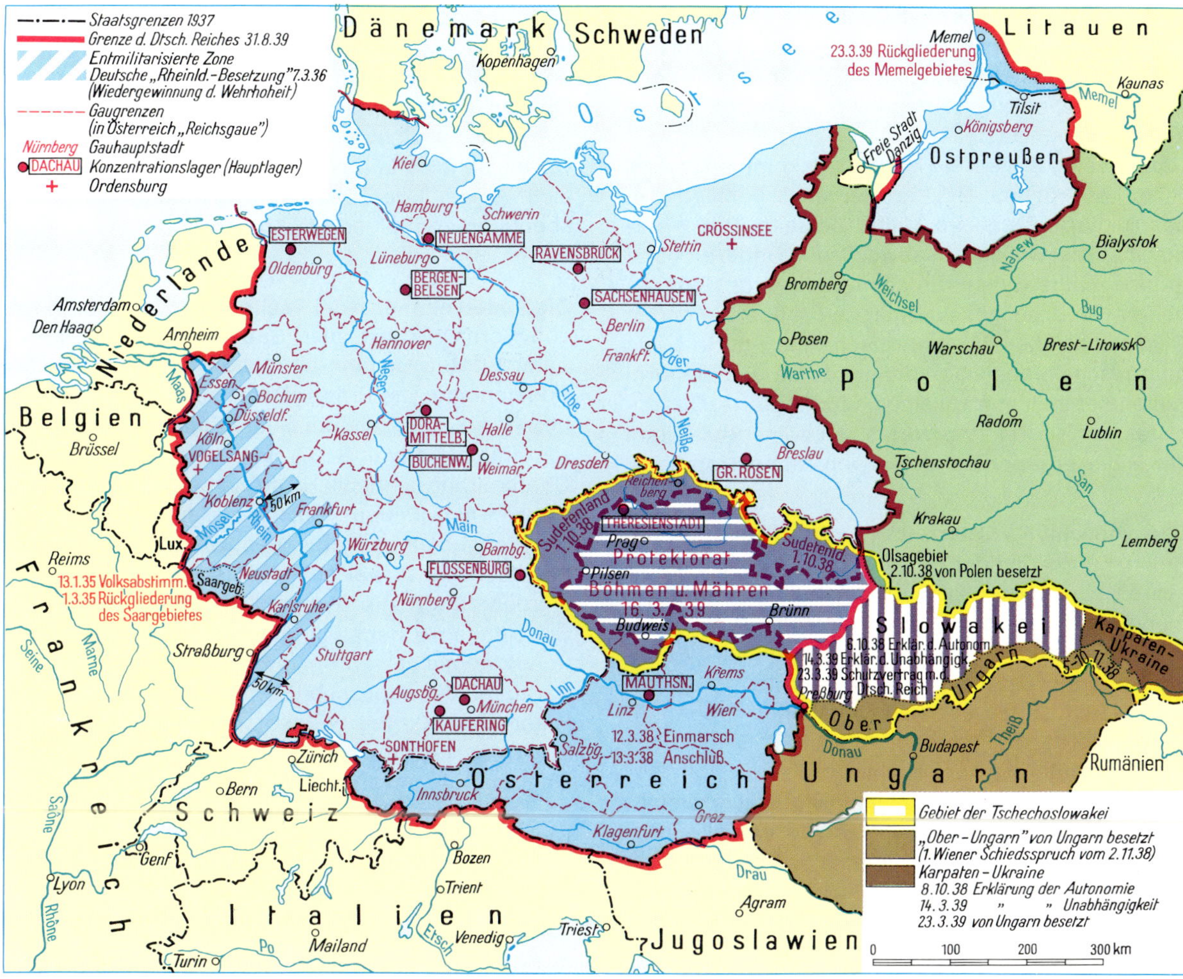

Die Expansion des Deutschen Reiches von 1933 bis 1939.

Hitler vor dem deutschen Reichstag am 1. September 1939:

„Seit 5.45 Uhr wird jetzt zurückgeschossen! Und von jetzt ab wird Bombe mit Bombe vergolten! ..." Q

Hitler vor dem deutschen Reichstag am 21. 5. 1935:

„Was könnte ich anders wünschen als Ruhe und Frieden? ... die Völker selbst haben sich noch nie den Krieg gewünscht! Deutschland braucht den Frieden und es will den Frieden! ..." Q

- Wie und warum hat Hitler den Krieg geplant und „entfesselt"?
- Wie verhielten sich die Deutschen, das deutsche Militär, die Regierungen der Nachbarstaaten zu Hitlers Politik?
- Wäre der Krieg zu verhindern gewesen?

Hitlers Ziele. Am 5. November 1937 trug Hitler einem engen Kreis seine Absicht vor, bis spätestens 1943/45 Deutschlands Grenzen gewaltsam zu erweitern. Er wollte nicht nur die Revision des Versailler Vertrags, sondern die Schaffung eines Großdeutschen Nationalstaates, der alle von Deutschen bewohnten Gebiete umschloß; mehr noch: das Großdeutsche Reich war die Voraussetzung für eine weitere Ausdehnung zur Gewinnung von „Lebensraum" im Osten und zur Errichtung einer rassisch begründeten Vorherrschaft Deutschlands in Europa. Hitler sah sich unter Zeitdruck, wenn er Deutschlands Rüstungsvorsprung halten wollte. Auch wollte er selbst lieber einen Krieg mit 50 als mit 60 Jahren führen, wie er sagte. → (1)
Um für seine Ziele freie Hand zu bekommen, schob Hitler im Frühjahr 1938 konservative Fachleute in der Regierung und im Militär beiseite. Die Wehrmachtspitze wurde ausgewechselt. Generaloberst Fritsch mußte gehen, an seine Stelle trat Generaloberst von Brauchitsch; Hitler selbst übernahm den Oberbefehl über die Wehrmacht und übertrug ein neu geschaffenes Oberkommando an den General Keitel, der sich ihm vollständig fügte. Der Außenminister von Neurath trat zurück, an seine Stelle kam der Hitler ergebene Joachim von Ribbentrop.

Der „Anschluß" Österreichs – das Großdeutsche Reich. Erstes Ziel der Expansionspolitik Hitlers war seine Heimat Österreich. Er konnte mit der Zustimmung vieler Deutscher und Österreicher rechnen, die wünschten, daß Österreich „heimgeholt" würde ins Reich. In Österreich selbst machten einheimische Nationalsozialisten entsprechende Propaganda. Nun forderte Hitler den „Anschluß" Österreichs an Deutschland. Der englische Premierminister Chamberlain und sein Außenminister Halifax schienen zur Nachgiebigkeit bereit (*Appeasement**). Halifax besuchte Hitler im November 1937 und erklärte, daß Deutschland „als Bollwerk des Westens gegen den Bolschewismus" ein Recht habe, die Revision des Vertrags von Versailles bezüglich Danzig, Österreich und dem Sudetenland zu verfolgen – allerdings auf friedlichem Weg. So wußte Hitler, daß Österreich ohne britischen Widerstand geschluckt werden konnte. Und Frankreich würde, wie seinerzeit bei der Rheinlandbesetzung, ohne England nicht handeln. Pläne für den Einmarsch in Österreich waren schon fertig.
Hitler bestellte den österreichischen Kanzler Schuschnigg im Februar 1938 in sein Haus auf dem Obersalzberg bei Berchtesgaden. Er diktierte ein Abkommen, das bestimmte: Amnestie für die in Österreich inhaftierten Nationalsozialisten, freie Betätigung für die nationalsozialistische Bewegung, Beteiligung der Nationalsozialisten an der Regierung, Besetzung des Innen- und Sicherheitsministeriums durch den Nationalsozialisten Seyß-Inquart. Schuschnigg versuchte noch einmal, sein Land dem deutschen Zugriff zu entwinden. Nach Wien zurückgekehrt, setzte er eine Volksabstimmung „für ein freies und deutsches, unabhängiges und soziales, für ein christliches und einiges Österreich" an. Doch Hitler verlangte Absetzung der Wahl, und Schuschnigg mußte nachgeben.
Nun forderte die Reichsregierung den sofortigen Rücktritt Schuschniggs zugunsten Seyß-Inquarts und drohte mit dem Einmarsch der Wehrmacht. Obwohl Wien wiederum nachgab, rückten am 12. März die deutschen Truppen in Österreich ein. Göring hatte dafür gesorgt, daß die Reichsregierung sich auf ein Telegramm von Seyß-Inquart berufen konnte, in dem dieser den deutschen Schutz erbat. → (2)

Die Sudetenkrise. In der Tschechoslowakei forderte, von Berlin gelenkt, die „Sudetendeutsche Partei" unter Konrad Henlein die volle Autonomie für das Sudetenland. Die Prager Regierung war dazu nicht bereit; sie erwartete die Unterstützung Frankreichs und Englands (vgl. S. 67). Doch die blieb aus.
Chamberlain besuchte Hitler auf dem Obersalzberg. Er war bereit, den deutschen Anspruch auf das Sudetengebiet anzuerkennen, wenn die Grenzen des tschechoslowakischen Reststaates garantiert würden. Doch die Prager Regierung wollte das Sudetengebiet behalten und ihm nur eine begrenzte Autonomie gewähren. In Bad Godesberg traf sich daraufhin der englische Premierminister erneut mit Hitler, der jetzt mit dem sofortigen Einmarsch der Wehrmacht in die Tschechoslowakei drohte, so daß Chamberlain unverrichteter Dinge zurückkehrte. Er bat Mussolini um Vermittlung. Dem konnte sich Hitler nicht widersetzen.
Chamberlain reiste ein drittes Mal nach Deutschland, um in München mit dem französischen Ministerpräsidenten Daladier, mit Mussolini und Hitler zusammenzutreffen. Man vereinbarte die Besetzung des Sudetenlandes durch deutsche Truppen innerhalb von zehn Tagen, beginnend am 1. Oktober (*Münchner Abkommen**). Großbritannien und Frankreich garantierten den Bestand des tschechoslowakischen Reststaates. Hitler und Mussolini versprachen, der Garantie beizutreten. Die Tschechen mußten die Vereinbarung, die ohne sie getroffen worden war, hinnehmen. Die Welt atmete erleichtert auf, der Friede schien gerettet. → (3)

Die Zerschlagung der Tschechoslowakei. Auch Polen konnte sich während der Besetzung des Sudetenlandes einen Brocken nehmen: das Gebiet um

Teschen. Wenig später mußte Prag einen Teil der Karpatho-Ukraine an Ungarn abtreten. Hitler verweigerte die in München versprochene Garantie und förderte die slowakische Unabhängigkeitsbewegung. Am 14. März 1939 mußte die Slowakei unter deutschem Druck ihre Selbständigkeit erklären und sich unter den Schutz des Deutschen Reiches stellen. Damit war der tschechoslowakische Staat auseinandergebrochen.
Der tschechische Staatspräsident Hacha wurde nach Berlin befohlen, wo Hitler mit der Bombardierung Prags drohte, wenn einem deutschen Einmarsch Widerstand geleistet würde. So konnte Hacha nicht anders, als das Schicksal seines Landes „vertrauensvoll in die Hand des Führers" zu legen. Hitler proklamierte am 16. März auf dem Prager Hradschin (Burg) die Errichtung des „Protektorates Böhmen und Mähren". Er hatte sein Wort und den feierlich in München unterzeichneten Vertrag gebrochen. Jetzt glaubten England und Frankreich seinen weiteren Friedensbeteuerungen nicht mehr.

Das Ende der Beschwichtigungspolitik. Eine Woche nach der Besetzung Prags mußte Litauen das Memelgebiet an das Reich abtreten. Mussolini wollte nicht zurückstehen: Italien besetzte im April Albanien und kontrollierte damit die Adria. Rumänien schloß mit Deutschland einen Handelsvertrag, der die Lieferung des kriegswichtigen Öls sicherstellte.
Nach der Besetzung Prags nahm auch der deutsche Druck auf Polen zu: Hitler forderte Danzig und eine exterritoriale Straße und Bahn durch den Korridor (vgl. S. 66). Warschau lehnte ab, und Großbritannien gab Polen eine Beistandsgarantie, der sich Frankreich anschloß. Auch Griechenland und Rumänien erhielten ähnliche Erklärungen. Die Westmächte zeigten sich entschlossen, keine weitere Expansion der Achsenmächte zuzulassen.
Deutschland und Italien schlossen im Mai 1939 den *„Stahlpakt"**. Sie versprachen einander, „auch in Zukunft Seite an Seite und mit vereinten Kräften für die Sicherung ihres Lebensraumes und für die Aufrechterhaltung des Friedens einzutreten". In einem zusätzlichen Schreiben an Hitler erklärte Mussolini ausdrücklich, daß er sich nicht vor Ende 1942 an einem Krieg beteiligen könne.

Der Hitler-Stalin-Pakt. Die Sowjetunion war durch die raschen Veränderungen in Mitteleuropa alarmiert. England wünschte, daß auch Stalin den Bestand Polens garantiere. Seit April 1939 fanden zwischen London, Paris und Moskau zunächst Verhandlungen und dann auch militärische Besprechungen statt. Die Sowjetunion verlangte freie Hand in den baltischen Staaten und das Durchmarschrecht durch Rumänien und Polen. Dies aber konnten die Westmächte nicht gegen deren Willen gewähren. So scheiterten die Verhandlungen.
Sie scheiterten auch, weil sich Hitler einmischte. Der bot Stalin, was den Westmächten nicht abzuhandeln war: Die Anerkennung der sowjetischen Interessen „auf der ganzen Linie von der Ostsee bis zum Schwarzen Meer". Am 23. August 1939 empfing Stalin den deutschen Außenminister von Ribbentrop in Moskau. Nach Verhandlungen, die nur wenige Stunden dauerten, wurde der Vertrag unterzeichnet, der als „Hitler-Stalin-Pakt" in die Geschichte einging. Der Vertrag enthielt in seinem geheimen Teil die „Vierte Teilung Polens". Beide Seiten versprachen wohlwollende Neutralität, wenn eine von ihnen in einen Krieg mit einer dritten Macht verwickelt würde. Dafür wurden Finnland, Estland, Lettland, Ostpolen bis unmittelbar vor Warschau und das rumänische Gebiet Bessarabien der sowjetischen Interessensphäre zugesprochen. Wenige Wochen später sollte Hitler auch auf Litauen verzichten, wofür Stalin ihm weitere Gebiete Polens überließ.
Der Krieg gegen Polen konnte beginnen. Hitler glaubte, die Gefahr des Zweifrontenkrieges beseitigt zu haben. Nach seiner Meinung konnten die Westmächte nicht wagen, Polen beizustehen. → (4)

Der deutsche Angriff auf Polen. In Polen verschärften sich die Gegensätze zwischen der polnischen Bevölkerung und der deutschen Minderheit. Im Spätsommer 1939 häuften sich Ausschreitungen gegen Deutsche. Das erzeugte in Deutschland eine antipolnische Stimmung, die von der nationalsozialistischen Propaganda ausgenutzt wurde.
Die Briten versuchten zunächst, zwischen Warschau und Berlin zu vermitteln. London schlug direkte deutsch-polnische Verhandlungen vor. Hitler nahm am 29. August den Vorschlag an, verlangte aber, daß bis zum Ablauf des nächsten Tages ein polnischer Unterhändler mit allen Vollmachten seiner Regierung nach Berlin komme. Das war unmöglich. Am nächsten Tag täuschte die SS einen Überfall auf den deutschen Sender Gleiwitz vor; sie ließ tote KZ-Häftlinge in polnischen Uniformen zurück. So konnte Hitler einen Kriegsgrund vortäuschen. Am frühen Morgen des 1. September 1939 fielen die deutschen Truppen in Polen ein. In den ersten Kriegstagen kam es zu Übergriffen auf die volksdeutsche Bevölkerung. Am 3. September wurden in Bromberg ca. 700 deutsche Männer, Frauen und Kinder von aufgebrachten Polen getötet, nachdem polnische Soldaten auf ihrem Rückzug von Angehörigen der deutschen Minderheit aus dem Hinterhalt beschossen worden waren. Von deutschen Sondergerichten wurden darauf Hunderte zum Tode verurteilt und hingerichtet, unter ihnen viele unschuldige Opfer. → (5)

Mussolini erklärte, daß er sich nicht am Krieg beteiligen könne. Er forderte kriegswichtige Rohstoffe, die Deutschland nicht liefern konnte. England und Frankreich verlangten von Deutschland die Einstellung der Kampfhandlungen. Mussolini bot noch einmal seine Vermittlung an, doch Hitler winkte ab. Am 3. September 1939 erklärten die Westmächte dem Deutschen Reich den Krieg, der sich – von Hitler entfesselt – über die ganze Welt ausbreitete.

(1) Wer wollte den Krieg?

Besprechung des „Führers" mit den Oberbefehlshabern von Heer, Marine, Luftwaffe, dem Kriegsminister und dem Außenminister am 5. 11. 1937 in der Reichskanzlei (*„Hoßbach-Niederschrift"**):

„Der Führer führte sodann aus: Das Ziel der deutschen Politik sei die Sicherung und die Erhaltung der Volksmasse und deren Vermehrung. Somit handle es sich um das Problem des Raumes ...
Es handele sich nicht um die Gewinnung von Menschen, sondern von landwirtschaftlich nutzbarem Raum. Auch die Rohstoffgebiete seien zweckmäßiger im unmittelbaren Anschluß an das Reich in Europa und nicht in Übersee zu suchen ..., das deutsche Volk mit seinem starken Rassekern finde hierfür die günstigsten Voraussetzungen inmitten des europäischen Kontinents. Daß jede Raumerweiterung nur durch Brechen von Widerstand und unter Risiko vor sich gehen könne, habe die Geschichte aller Zeiten – Römisches Weltreich, Englisches Empire – bewiesen ...
Stelle man an die Spitze der nachfolgenden Ausführungen den Entschluß zur Anwendung von Gewalt unter Risiko, dann bleibe noch die Beantwortung der Frage ‚wann' und ‚wie' ...
Zur Verbesserung unserer militär-politischen Lage müsse in jedem Fall einer kriegerischen Verwicklung unser 1. Ziel sein, die Tschechei und gleichzeitig Österreich niederzuwerfen, um die Flankenbedrohung eines etwaigen Vorgehens nach Westen auszuschalten ... An sich glaube der Führer, daß mit hoher Wahrscheinlichkeit England, voraussichtlich aber auch Frankreich die Tschechei bereits im Stillen abgeschrieben und sich damit abgefunden hätten, daß diese Frage eines Tages durch Deutschland bereinigt würde." (1) Q

Über die Einstellung der deutschen Bevölkerung zu Hitlers Kriegsplänen schreibt der amerikanische Historiker G. L. Weinberg:

„Gab es irgendwelche Möglichkeiten, diese Kriegsbesessenheit aufzuhalten? Innerhalb Deutschlands waren solche Möglichkeiten durch die Begeisterung der Mehrheit des Volkes für Hitler unendlich erschwert. Manche hatten ihre Zweifel, aber die überwältigende Mehrheit der Deutschen war entweder enthusiastisch oder verhielt sich passiv. Da es weder freie Meinungsäußerung noch freie Wahlen gab, kann man die Stimmung natürlich nicht quantifizieren, aber man braucht nur die Haltung der Bevölkerung gegenüber der Weimarer Republik mit der gegenüber der NS-Herrschaft zu vergleichen. Es tut der Achtung vor der Einsicht und Courage von Hitlers deutschen Gegnern keinen Abbruch – im Gegenteil, es erhellt ihren Weitblick –, wenn man heute festhält, daß sie damals eine sehr kleine Minderheit darstellten.
Es war auch von besonderer Bedeutung, daß, so groß auch der Bruch mit der deutschen Vergangenheit im Staate Hitlers war, die nationalsozialistische Regierung in ihren Anfängen vielfach an Vorstellungen und Ideen der vorherigen Zeit anknüpfte. Ob es sich um die Diskriminierung der Juden, um die Aufrüstung oder um die territoriale Ausweitung handelte, in den ersten Stadien fanden diese Linien der NS-Politik besonders in den sogenannten oberen Schichten große Zustimmung; und als diese merkten, wohin der Zug in rasender Fahrt wirklich ging, fanden die meisten es zu gefährlich, auszusteigen oder die Notbremse zu ziehen." (2)

(a) Interpretiert den Auszug aus dem „Hoßbach-Protokoll" nach den Regeln S. VII.

(b) Erörtert die Gründe für die Einstellung der Deutschen zu Hitlers außenpolitischen Zielen.

(2) Der „Anschluß" Österreichs

Hitler in „Mein Kampf", 1924:

„Deutsch-Österreich muß wieder zurück zum großen deutschen Mutterlande, und zwar nicht aus Gründen irgend welcher wirtschaftlicher Erwägungen heraus. Nein, nein: auch wenn diese Vereinigung, wirtschaftlich gedacht, gleichgültig, ja selbst wenn sie schädlich wäre, sie müßte dennoch stattfinden. Gleiches Blut gehört in ein gemeinsames Reich. Das deutsche Volk besitzt so lange kein moralisches Recht zu kolonialpolitischer Tätigkeit, solange es nicht einmal seine eigenen Söhne in einem gemeinsamen Staat zu fassen vermag. Erst wenn des Reiches Grenze auch den letzten Deutschen umschließt, ohne mehr die Sicherheit seiner Ernährung bieten zu können, ersteht aus der Not des eigenen Volkes das moralische Recht zur Erwerbung fremden Grund und Bodens. Der Pflug ist dann das Schwert, und aus den Tränen des Krieges erwächst für die Nachwelt das tägliche Brot." (3) Q

Aus dem Armeetagesbefehl Nr. 1 vom 11. 3. 1938 und den Armeeakten vom 12. 3. 1938:

„A.O.K. 8 Mühldorf, den 11. 3. 1938
Ich habe den Befehl über die Armee übernommen. Die Herstellung der Ordnung in Österreich soll nach dem Willen des Führers ohne Blutvergießen erfolgen, soweit es die Sicherheit der deutschen Truppen erlaubt. Allgemein ist zu versuchen, durch frühzeitige Fühlungnahme mit den gegenüberstehenden österreichischen Truppen deren Übertritt zu erreichen. Treten sie zu uns über, so ist mit ihnen gemäß Aufmarschanweisung zu verfahren.
General von Bock" Q

Der Einzug der deutschen Truppen in Salzburg.

Aus Armeeakten vom 12. 3. 1938:

„Der Aufmarsch zur Versammlung der ersten Welle der Armee dauert an. 5.30 Uhr werden die Grenzübergänge bei Lindau, Mittenwald, Kiefersfelden, die Grenzbrücken von Freilassing, Burghausen und Schärding ohne Widerstand besetzt und unversehrt vorgefunden; Brückenköpfe werden gebildet. Die deutsche Truppe wird von der österreichischen Bevölkerung jubelnd empfangen." (4) Q

Das Verhalten der Österreicher:

„Als Hitler von Linz aus Wien erreichte, läuteten die Glocken, und von manchen Kirchen wehten Hakenkreuzfahnen. Die österreichischen Bischöfe mit Kardinal Innitzer von Wien an der Spitze bekannten sich in einem Aufruf ‚als Deutsche zum Deutschen Reich' und forderten die Gläubigen auf, für den Anschluß an Deutschland zu stimmen, wobei sie hervorhoben: ‚Wir erkennen freudig an, daß die nationalsozialistische Bewegung auf dem Gebiet des völkischen und wirtschaftlichen Aufbaues sowie der Sozialpolitik für das Deutsche Reich und Volk namentlich für die ärmsten Schichten des Volkes Hervorragendes geleistet hat und leistet. Wir sind auch der Überzeugung, daß durch das Wirken der nationalsozialistischen Bewegung die Gefahr des alles zerstörenden gottlosen Bolschewismus abgewehrt wurde.' Die evangelische Kirche in Österreich reagierte in der gleichen Weise. Auch der Sozialist Renner, der als ehemaliger Staatskanzler später nach dem Zusammenbruch des Nationalsozialismus der erste Präsident der wiedererstandenen österreichischen Republik werden sollte, ließ seine Bedenken gegen Hitler hinter seine großdeutsche Überzeugung zurücktreten. Er erklärte: ‚Als Sozialdemokrat und somit als Verfechter des Selbstbestimmungsrechtes der Nationen, als erster Kanzler der Republik Deutschösterreich und als gewesener Präsident ihrer Friedensdelegation zu St. Germain werde ich mit Ja stimmen.' Wie er dachte die Mehrzahl der österreichischen Sozialisten. Am 10. April fand in Österreich und Deutschland die Volksabstimmung statt. Der Anschluß wurde mit 99,7% der Stimmen gutgeheißen." (5)

(a) Erklärt, wie Hitler in „Mein Kampf" die Forderung nach dem „Anschluß" Österreichs rechtfertigte und wie er damals die weitere Entwicklung sah.

(b) Besprecht das Verhalten der deutschen Armee anhand der Texte und des Bildes.

(c) Wie läßt sich das Verhalten der österreichischen Bevölkerung zum Anschluß an das Reich erklären? Wiederholt auch S. 66.

Die Münchner Konferenz 29. 9. 1938. Erste Reihe von links nach rechts: Chamberlain, der französische Ministerpräsident Daladier, Hitler, Mussolini und der italienische Außenminister Graf Ciano.

(3) War die britische Regierung gegen Hitler zu nachgiebig?

Der britische Außenminister Halifax im November 1937 zu Hitler:

„Er und andere Mitglieder der englischen Regierung [seien] davon durchdrungen, daß der Führer nicht nur in Deutschland selbst Großes geleistet habe, sondern daß er auch durch die Vernichtung des Kommunismus im eigenen Lande diesem den Weg nach Westeuropa versperrt habe und daß daher mit Recht Deutschland als Bollwerk des Westens gegen den Bolschewismus angesehen werden könne. Der englische Premierminister sei der Ansicht, daß es durchaus möglich sei, durch offenen Meinungsaustausch Lösungen zu finden." (6) Q

Am Tage nach der Konferenz gaben Hitler und Chamberlain eine gemeinsame Erklärung ab:

„Wir haben heute eine weitere Besprechung gehabt und sind uns in der Erkenntnis einig, daß die Frage der deutsch-englischen Beziehungen von allererster Bedeutung für beide Länder in Europa ist. Wir sehen das gestern abend unterzeichnete Abkommen und das deutsch-englische Flottenabkommen als symbolisch für den Wunsch unserer beiden Völker an, niemals wieder gegeneinander Krieg zu führen. Wir sind entschlossen, auch andere Fragen, die unsere beiden Länder angehen, nach der Methode der Konsultation zu behandeln und uns weiter zu bemühen, etwaige Ursachen von Meinungsverschiedenheiten aus dem Wege zu räumen, um auf diese Weise zur Sicherung des Friedens Europas beizutragen."(7) Q

Mit diesem Papier in der Hand verließ Chamberlain in England das Flugzeug und rief der jubelnden Menge zu: „Peace in our Time!"

Winston Churchill am 17. 11. 1938 über Chamberlain:

„Chamberlain ist davon überzeugt, daß dies zu einer umfassenden Verständigung führen werde, zur Besänftigung der unzufriedenen Mächte und zu dauerhaftem Frieden. Das alles aber liegt in den Gefilden der Hoffnung und der Spekulation. Übers Jahr zu dieser Zeit werden wir wissen, ob die Ansichten des Premierministers über Hitler und die deutsche Nazi-Partei richtig oder falsch sind. Übers Jahr zu dieser Zeit werden wir wissen, ob die Befriedungspolitik befriedet hat oder nur einen noch gierigeren Appetit anregte. Inzwischen können wir nichts anderes tun, als Widerstands- und Verteidigungskräfte sammeln, damit wir im schlimmsten Fall, wenn der Premierminister unglücklicherweise unrecht hätte oder getäuscht worden sein sollte, wenigstens Leib und Seele zusammenhalten können." (8) Q

(a) Arbeitet aus den beiden Texten von Halifax und Chamberlain heraus, wie die britische Regierung zu Hitler stand.

Einmarsch der deutschen Truppen in Prag am 15. März 1939.

(b) Erörtert die Stellungnahme Churchills.

(c) Was wißt ihr über das Münchner Abkommen? Warum konnte man in jüngster Zeit behaupten, es sei von Anfang an „null und nichtig“ gewesen? Beachtet, wer daran beteiligt war.

(d) Welche Folgen hatte das Münchner Abkommen? Was sagt das Bild über die Haltung der Menschen in Prag gegenüber dem deutschen Einmarsch? Vergleicht das Foto zum Einmarsch sowjetischer Truppen 1968 – Abbildung S. 286

(4) **Der „Hitler-Stalin-Pakt“**

Geheimes Zusatzprotokoll vom 23. 8. 1939:

„Aus Anlaß der Unterzeichnung des Nichtangriffsvertrages zwischen dem Deutschen Reich und der Union der Sozialistischen Sowjetrepubliken haben die unterzeichneten Bevollmächtigten der beiden Teile in streng vertraulicher Aussprache die Frage der Abgrenzung der beiderseitigen Interessensphären in Osteuropa erörtert. Diese Aussprache hat zu folgendem Ergebnis geführt:

1. Für den Fall einer territorial-politischen Umgestaltung in den zu den baltischen Staaten (Finnland, Estland, Lettland, Litauen) gehörenden Gebieten bildet die nördliche Grenze Litauens zugleich die Grenze der Interessensphäre Deutschlands und der UdSSR . . .

2. Für den Fall einer territorial-politischen Umgestaltung der zum polnischen Staate gehörenden Gebiete werden die Interessensphären Deutschlands und der UdSSR ungefähr durch die Linie der Flüsse Narew, Weichsel und San abgegrenzt.

Die Frage, ob die beiderseitigen Interessen die Erhaltung eines unabhängigen polnischen Staates erwünscht erscheinen lassen, und wie dieser Staat abzugrenzen wäre, kann endgültig erst im Laufe der weiteren politischen Entwicklung geklärt werden.

In jedem Falle werden beide Regierungen diese Frage im Wege einer freundschaftlichen Verständigung lösen.

3. Hinsichtlich des Südostens Europas wird von sowjetischer Seite das Interesse an Bessarabien betont. Von deutscher Seite wird das völlige politische Desinteressement an diesen Gebieten erklärt.

4. Dieses Protokoll wird von beiden Seiten streng geheim behandelt werden.“ (9) Q

Aus den Gesprächen zwischen Ribbentrop, Stalin und Molotow nach der Unterzeichnung des Paktes:

„Die Herren Stalin und Molotow äußerten sich in absprechender Weise über die englische Militärmission in Moskau, die der Sowjetregierung niemals gesagt habe, was sie eigentlich wolle . . .

Im Laufe der Unterhaltung brachte Herr Stalin spontan mit folgenden Worten einen Trinkspruch auf den Führer aus: ‚Ich weiß, wie sehr das deutsche Volk seinen Führer liebt, und möchte deshalb auf seine Gesundheit trinken.‘“ (10) Q

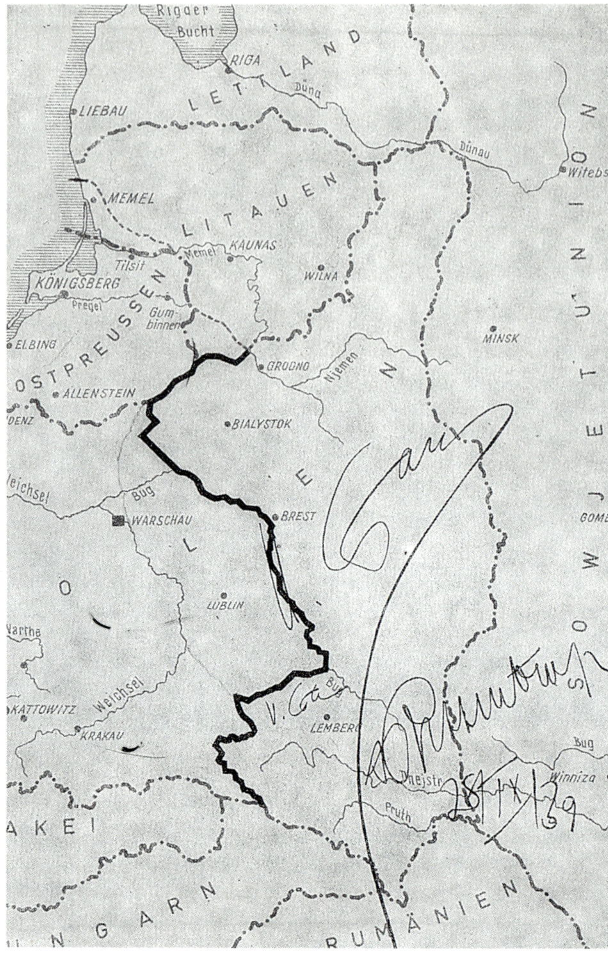

Links: Außenminister von Ribbentrop unterzeichnet den deutsch-russischen Nichtangriffspakt, hinter ihm Molotow und Stalin. – Rechts: Rekonstruktion der dem Geheimprotokoll vom 28. 9. 1939 beigefügten, im Original von Stalin und Ribbentrop abgezeichneten Karte. Aus Gründen der besseren Übersichtlichkeit wurde ein größerer Kartenausschnitt gewählt.

Hitler am 24. 8. 1939 vor den Armeeführern der deutschen Wehrmacht:

„Jetzt ist die Wahrscheinlichkeit noch groß, daß der Westen nicht angreift ... Der Gegner hatte noch die Hoffnung, daß Rußland als Gegner auftreten würde nach Eroberung Polens. Die Gegner haben nicht mit meiner großen Entschlußkraft gerechnet. Unsere Gegner sind kleine Würstchen. Ich sah sie in München ... Nun ist Polen in der Lage, in der ich es haben wollte ... Ich habe nur Angst, daß mir noch im letzten Moment irgendein Schweinehund einen Vermittlungsplan vorlegt." (12) Q

(a) Sammelt aus den Texten unterschiedliche Beurteilungen des deutsch-russischen Vertrags und erläutert sie.
(b) In der Sowjetunion wurde das Geheime Zusatzprotokoll des Vertrages erst 1989 als Folge der Reformpolitik Gorbatschows veröffentlicht. Warum wohl? Welche Bestimmungen enthält es?

(5) Der Überfall auf Polen

Hitler am 22. 8. 1939 an die Generäle:

„1. Rücksichtslose Entschlossenheit: Gegenzüge Englands – Frankreichs werden kommen. Es muß durchgehalten werden. West-Aufmarsch wird gefahren. ‚Eiserne unerschütterliche Haltung aller Verantwortlichen!'
2. Ziel: Vernichtung Polens = Beseitigung seiner lebendigen Kraft. Es handelt sich nicht um Erreichen einer bestimmten Linie oder einer neuen Grenze, sondern um Vernichtung des Feindes, die auf immer neuen Wegen angestrebt werden muß.
3. Auslösung: Mittel gleichgültig. Der Sieger wird nie interpelliert [nachgefragt], ob seine Gründe berechtigt waren. Es handelt sich nicht darum, das Recht auf unserer Seite zu haben, sondern ausschließlich um den Sieg.
4. Durchführung: Hart und rücksichtslos! Gegen alle Erwägungen des Mitleids hart machen!
5. Neue Grenzziehung: Neues Reichsgebiet: Vorgelager-

tes Protektoratsgebiet. Militärische Operationen haben keine Rücksicht zu nehmen auf spätere Grenzziehung." (13) Q

Hitler am 1. 9. 1939 vor dem Reichstag:

„Über sechs Jahre habe ich nun am Aufbau der deutschen Wehrmacht gearbeitet. In dieser Zeit sind über 90 Milliarden für den Aufbau unserer Wehrmacht aufgewendet worden. Sie ist heute die am besten ausgerüstete der Welt und steht weit über jedem Vergleich mit der des Jahres 1914! Mein Vertrauen auf sie ist unerschütterlich ...
Mein Leben gehört von jetzt an erst recht meinem Volke. Ich will jetzt nichts anderes sein, als der erste Soldat des Deutschen Reiches!
Ich habe damit wieder jenen Rock angezogen, der mir selbst der heiligste und teuerste war. Ich werde ihn nur ausziehen, nach dem Sieg – oder – ich werde dieses Ende nicht mehr erleben ...
Ein Wort habe ich nie kennen gelernt. Es heißt: Kapitulation! Wenn irgend jemand aber meint, daß wir vielleicht einer schweren Zeit entgegengehen, so möchte ich bitten, zu bedenken, daß einst ein Preußenkönig in einem lächerlichen kleinen Staat einer der größten Koalitionen gegenübertrat und in drei Kämpfen am Ende doch erfolgreich bestand, weil er jenes gläubige, starke Herz besaß, das auch wir in dieser Zeit benötigen. Der Umwelt aber möchte ich versichern: Ein November 1918 wird sich niemals mehr in der deutschen Geschichte wiederholen!" (14) Q

(a) Erläutert die Texte nach den Regeln S. VII.

(b) Welche Kriegsziele, welche Kriegstaktik verfolgte Hitler?

(c) Nehmt Stellung zu der Überschrift des Kapitels „Hitler entfesselt den Krieg in Europa".

1. Erkläre anhand des Plakates (unten) aus dem Jahr 1938, warum so viele Hitlers Außenpolitik zustimmten.
Gib dem Plakat eine andere Überschrift, die den wahren Charakter dieser Politik kennzeichnet.

2. Erkläre den Ausdruck „Heim ins Reich" in bezug auf Österreicher und Sudetendeutsche.

3. Zeige an der Karte die Gebiete, die 1933, 1936, Ende März 1939 zum Deutschen Reich gehörten.

4. Berichte über einzelne Schritte in der NS-Außenpolitik, die in den Krieg führten, und gliedere sie in drei Abschnitte
– Revision des Versailler Vertrages
– Schaffung eines Großdeutschen Nationalstaates
– Eroberung fremder Gebiete.

Appeasement: (englisch = Beschwichtigung). Britische Außenpolitik der Nachgiebigkeit gegenüber faschistischen Diktaturen; Zugeständnisse an das Deutsche Reich seit 1935 bis zur Besetzung Prags am 15. 3. 1939 mit dem Ziel der internationalen Entspannung.

Hoßbach-Niederschrift: Gedächtnisprotokoll des Wehrmachtsadjutanten Hitlers, Oberst Hoßbach, von der Besprechung des „Führers" mit dem Kriegsminister, dem Außenminister und den Oberbefehlshabern von Heer, Marine und Luftwaffe am 5. 11. 1937.

Münchner Abkommen: Vertrag zwischen dem Deutschen Reich, Großbritannien, Italien und Frankreich vom 29./30. 9. 1938, wonach die Tschechoslowakei die befestigten Grenzgebiete Böhmens an Deutschland abtreten mußte. Dort lebten 2,8 Mio. Deutsche und 0,8 Mio. Tschechen.

Stahlpakt: Beistandsvertrag zwischen Deutschland und Italien vom 22. 5. 1939 zur uneingeschränkten gegenseitigen militärischen Unterstützung und wirtschaftlichen Zusammenarbeit im Krieg. Brennergrenze von Hitler anerkannt (Umsiedlung der Südtiroler).

5. 11. 1937	Hitler gibt seine Expansionspläne bekannt („Hoßbach-Niederschrift“)
13. 3. 1938	„Anschluß“ Österreichs an das Deutsche Reich
29. 9. 1938	Münchner Konferenz. Sudetenland an das Deutsche Reich
15. 3. 1939	Deutscher Einmarsch in Prag
31. 3. 1939	Britisch-französische Garantieerklärung für Polen
23. 8. 1939	Hitler-Stalin-Pakt
1. 9. 1939	Deutscher Angriff auf Polen
3. 9. 1939	Kriegserklärung Englands und Frankreichs

Quellennachweis

(1) Aus der Hoßbach-Niederschrift. Zit. aus: W. Hofer: Der Nationalsozialismus, a. a. O., S. 193 ff.
(2) G. L. Weinberg: Deutschlands Wille zum Krieg. In: Bracher/Funke/Jacobsen (Hrsg.): Nationalsozialistische Diktatur 1933–1945. Eine Bilanz. Bonn 1983, S. 414.
(3) Hitler: Mein Kampf, a. a. O., S. 1.
(4) Zitiert aus: H.-A. Jacobsen u. H. Dollinger: Der Zweite Weltkrieg in Bildern und Dokumenten. 1. Band, München; Wien, Basel 1962, S. 43.
(5) K.-D. Erdmann, in: Gebhardt: Handbuch der deutschen Geschichte, Band 4, Stuttgart 1976, S. 473.
(6) Zitiert aus: Akten zur Deutschen Auswärtigen Politik, Serie D, Bd. 2, Nr. 31, Anlage.
(7) Dokumente der deutschen Politik und Geschichte, Bd. IV, S. 491.
(8) Diemer: Europa zwischen den Weltkriegen, Würzburg 1975, S. 91.
(9) Zitiert aus: E. Krautkrämer: Internationale Politik im 20. Jahrhundert, Band 1, a. a. O., S. 155 f.
(10) Ebenda, S. 156.
(11) Geschichte. Lehrbuch für Klasse 9. Volk und Wissen, Volkseigener Verlag, Berlin (Ost) 1972, S. 189.
(12) Zitiert aus: W. Jacobsen: 1939–1945. Der Zweite Weltkrieg in Chronik und Dokumenten. Darmstadt 1959, S. 99 ff.
(13) Kriegstagebuch des Generalstabschefs Halder zum 22. 8. 1939.
(14) Domarus: Hitler, Reden und Proklamationen, Bd. 3. Wiesbaden 1973, S. 1351 f.

Lesetip

R. Cartier: Der Zweite Weltkrieg. 3 Bde., Piper Tb. 280 (WD)
Liddel Hart: Geschichte des Zweiten Weltkriegs. 2 Bde., Bastei Lübbe Tb. 65021/22 (SB)
G. Ottwaska: „Wenn alles in Scherben fällt ...“ Entfesselung und Verlauf des Zweiten Weltkrieges. Herder, Erlebte Geschichte, lebendige Politik. Freiburg 1983 (SB)
D. Struss: Das war 1939. Fakten, Daten, Zahlen, Schicksale. Heyne Jahrgangsbuch (QS)
Zeit-Bild: Der Zweite Weltkrieg, 1939–1945. Ueberreuter, Wien 1979 (SB)

Das bei Kriegsende völlig zerstörte Warschau. Nach den schweren Beschädigungen, die die Hauptstadt Polens schon bei Kriegsbeginn erlitten hatte, wurde sie nach Niederschlagung des Aufstandes im Jahr 1944 praktisch dem Erdboden gleichgemacht (vgl. S. 196). Der Stadtkern wurde nach dem Krieg von den Polen im alten Stil wiederaufgebaut.

7.2 Von „Blitz-Feldzügen“ zum globalen Krieg

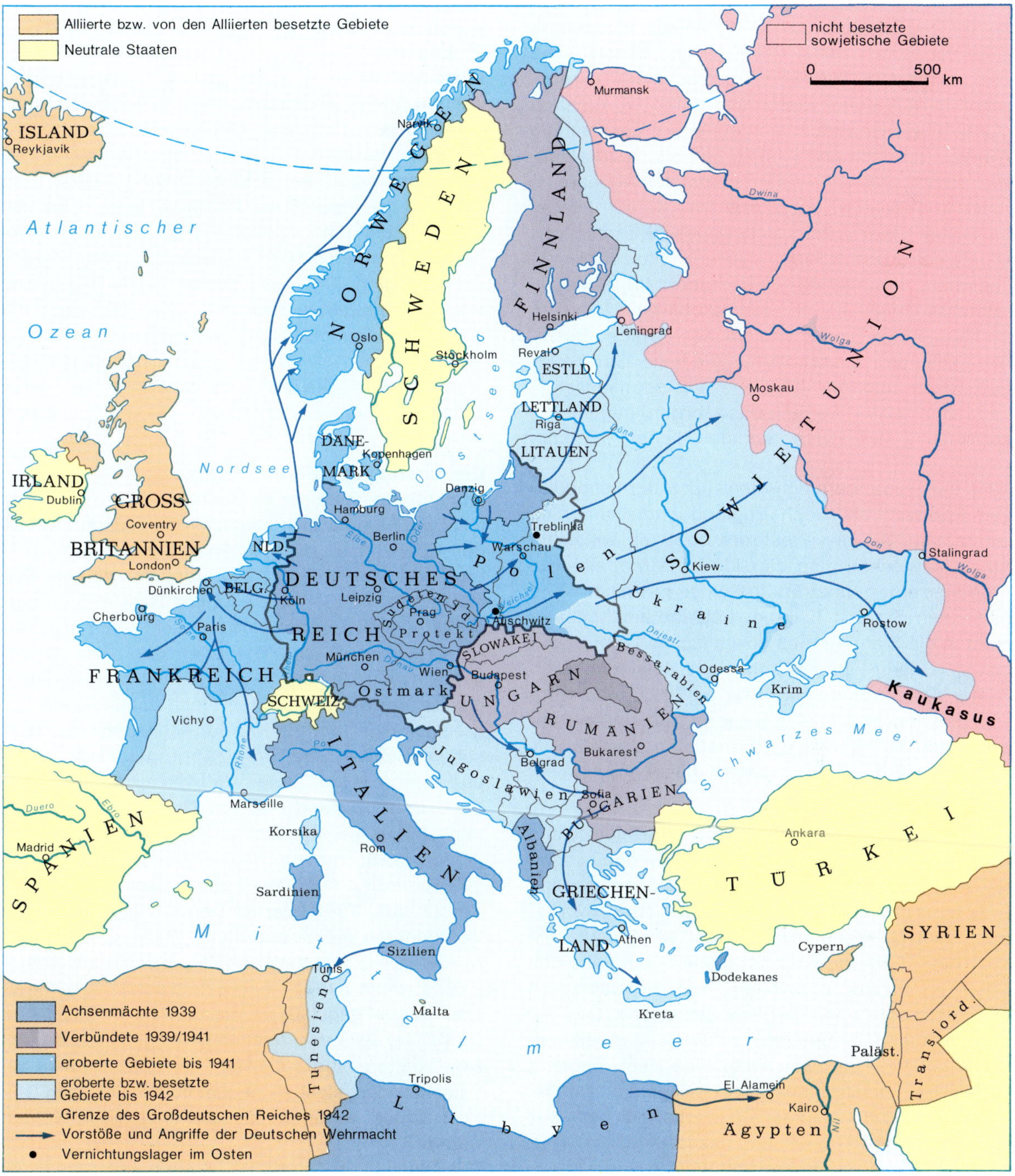

Die „Blitzkriege“ der deutschen Wehrmacht.

- Warum konnten die deutschen Truppen zunächst Sieg auf Sieg erkämpfen?
- Was bedeuteten Überfall und Vormarsch der Deutschen für die betroffenen Völker?
- Warum weitete sich der Krieg immer mehr aus?

Das Schicksal Polens. Am 1. September 1939 waren die deutschen Truppen in Polen einmarschiert. Die deutschen Panzer- und Luftwaffenverbände waren überlegen. Nach drei Wochen war Polen besiegt, wenn auch Warschau noch bis zum 27. September Widerstand leistete. Am 17. September marschierte auch die Rote Armee ins Land und besetzte die Gebiete mit vorwiegend weißrussischer und ukrainischer Bevölkerung. Ganz Westpolen wurde dem „Großdeutschen Reich" eingegliedert. Der Rest um Warschau, Lublin und Krakau galt als *Generalgouvernement** und war eine Art koloniales Nebenland. Hitler triumphierte, ein Schritt im „Kampf um Lebensraum" war erfolgreich abgeschlossen. Jetzt konnte getreu der NS-Ideologie der „Rassenkampf" beginnen. Himmler, der Reichsführer SS, sollte als „Reichskommissar" in den eroberten Gebieten „schädigenden Einfluß von solchen fremden Bevölkerungsteilen" ausschalten, „die eine Gefahr für das Reich und die deutsche Volksgemeinschaft bedeuten". Sofort begann das Morden, begann die Vertreibung der Polen aus den neuen „Reichsgauen". → (1)

Nach der Niederwerfung Polens bot Hitler „endgültigen Frieden" an. Doch England und Frankreich lehnten ab. An der Westfront blieb es weiterhin ruhig. Inzwischen ging die UdSSR daran, sich die Ergebnisse des Hitler-Stalin-Paktes zu sichern. Die baltischen Staaten Estland, Lettland und Litauen mußten die Stationierung sowjetischer Truppen zulassen. Gegen Finnland führte die Sowjetunion im Winter 1939/40 einen Angriffskrieg. Das Land wehrte sich und konnte schließlich gegen Gebietsabtretungen seine Selbständigkeit behaupten. Der Völkerbund schloß die UdSSR wegen dieser Aggression aus.

Blitzkriege. Im Jahr 1940 feierte NS-Deutschland seine größten Triumphe. Deutsche Truppen besetzten im Handstreich das neutrale Dänemark und Norwegen (9. April), wo sie den Engländern zuvorkamen. Dann überrannten sie Holland und Belgien, die auch neutral waren. Aber das kümmerte Hitler nicht. Deutsche Panzer überrollten, von Kampffliegern unterstützt, die französischen Stellungen. Das auf dem Festland eingesetzte britische Expeditionskorps konnte sich zwar retten und nach England einschiffen, mußte aber alles Kriegsmaterial bei Dünkirchen zurücklassen. In sechs Wochen war Frankreich geschlagen und akzeptierte die deutschen Waffenstillstandsbedingungen. Der Norden Frankreichs und die Atlantikküste blieben von deutschen Truppen besetzt. In Südfrankreich (*Vichy**) durfte Marschall Pétain, der „Sieger von Verdun", einen Reststaat verwalten. Elsaß-Lothringen wurde wie ein Teil des Deutschen Reiches behandelt. 10 Monate nach Kriegsbeginn war Hitler auf dem Höhepunkt seiner Macht. Die deutsche Vormachtstellung im nichtrussischen Europa schien unerschütterlich. Italien, das schnell noch in den Krieg eingetreten war, um an der Beute teilzuhaben, konnte nur noch eine Nebenrolle spielen. → (2)

In England löste Winston Churchill (1874–1965) Chamberlain als Regierungschef ab. Seine mitreißenden Reden, in denen er seine Landsleute aufforderte, „Blut, Schweiß, Mühsal und Tränen" zu ertragen, stärkten den englischen Widerstandswillen. Hitler mußte seine Pläne einer Invasion (Eindringen) der britischen Inseln aufgeben, als die „Luftschlacht um England" (September bis November 1940) unter großen Verlusten für Deutschland verloren ging. Trotz erheblicher Zerstörung in den englischen Städten war es weder gelungen, die Widerstandskraft Englands zu brechen, noch die für eine Landung notwendige Luftüberlegenheit zu gewinnen. Hitler wandte sich wieder seinen alten Plänen zu, den „Lebensraum" im Osten zu erweitern.

Der Überfall auf die UdSSR. Auch die Sowjetunion zementierte den eigenen Machtbereich. Im Sommer 1940 mußten die drei besetzten baltischen Staaten der UdSSR als „sozialistische Sowjetrepubliken" beitreten. Viele Einwohner wurden verschleppt. Rumänien mußte die Bukowina und Bessarabien hergeben. Durch Bündnisverträge schlossen sich Ungarn, Rumänien und Bulgarien der „Achse" an. Jugoslawien, das sich weigerte, und Griechenland, das sich erfolgreich gegen einen italienischen Aggressionskrieg wehrte, wurden schließlich von deutschen Truppen überrannt (April/Mai 1941). Hitler und – in zweiter Linie – Mussolini konnten nun Südosteuropa nach eigenen Wünschen „neu ordnen", indem sie Jugoslawien auflösten. Der Versuch jedoch, die Sowjetunion in Verhandlungen auf künftige Eroberungen in Indien abzulenken, mißlang.

Am 22. Juni 1941 überfiel Deutschland mit seinen Verbündeten die Sowjetunion. Stalin war gewarnt worden. Da er alle Verpflichtungen des Hitler-Stalin-Paktes erfüllt hatte, mochte er bis zuletzt nicht an einen Angriff geglaubt haben. Mit welchen Mitteln die UdSSR inzwischen ihre neuen Westgebiete „sowjetisiert" hatten, wurde deutlich, als 1943 in Katýn bei Smolensk die Leichen von über 4000 polnischen Offizieren entdeckt wurden, die 1940 umgebracht worden waren.

Das Deutsche Reich führte gegen die UdSSR einen Weltanschauungs- und Vernichtungskrieg. Bei seiner Vorbereitung hatte Hitler vor rund 200 Offizieren und Befehlshabern des Ostheeres erklärt, daß die russischen Soldaten nicht als Kameraden zu betrachten seien. Er ordnete bei dieser Versammlung die Vernich-

tung der „bolschewistischen Kommissare" der sowjetischen Armee und der „kommunistischen Intelligenz" an.
Wieder gelang den deutschen Truppen ein rasches Vordringen. Im Dezember 1941 hatten sie eine Reihe von Kesselschlachten gewonnen, Leningrad eingeschlossen, das Vorfeld von Moskau erreicht und den „neuen Lebensraum" Ukraine besetzt. Schon verkündete Hitler, der Gegner sei geschlagen und werde sich „nie wieder erheben". Doch sowjetische Gegenangriffe – tief in die deutsche Front – bewiesen, daß die UdSSR nicht geschlagen war. Wie schon zuvor der Widerstand Englands kündigte jetzt auch die deutsche Niederlage vor Moskau die Wende des Krieges an.

Hitlers Kriegsziele. Im Dezember 1941 übernahm Hitler selbst den Oberbefehl im „Oberkommando der Wehrmacht" (OKW). Er und seine Anhänger sahen 1941/42 die deutsche Vorherrschaft in Europa als gesichert an. Nun begannen die Nationalsozialisten mit der „Neuordnung" der Verhältnisse. Ein „Großgermanisches Reich deutscher Nation" sollte die „Großräume" Europas und Afrikas beherrschen. Für die „germanischen Völker" der Holländer, Flamen und Skandinavier war ein Anschluß an dieses Reich vorgesehen. Freiwillige dieser Völker, die in der „Germanischen SS" dienten, legten bereits ihren Eid auf Hitler als „germanischen Führer" ab. Die slawischen Völker Osteuropas aber sollten unterworfen werden: Sie galten im Sinne der nationalsozialistischen Rassenideologie als „Untermenschen", bestimmt für Ausbeutung, Verdrängung und physische Vernichtung. Ihre Gebiete sollten den Germanen, d. h. Deutschland, als Lebens- und Siedlungsraum zufallen. → (3)
Bereits 1941 wurden die „Reichskommissariate" „Ostland" und „Ukraine" errichtet, „Moskowien" und „Kaukasien" sollten folgen, die Städte Leningrad und Moskau völlig zerstört werden.
Eine ganze Reihe von neugegründeten „Ostgesellschaften", an denen sich auch große Privatfirmen beteiligten, dienten der wirtschaftlichen Ausbeutung. 7 Mio. Menschen aus den besetzten Gebieten wurden zur Zwangsarbeit nach Deutschland gebracht.

Vom europäischen Krieg zum Weltkrieg. Im Herbst 1940 schlossen die im „Antikominternpakt" verbündeten Mächte Deutschland, Italien und Japan einen *Dreimächtepakt**, in dem sie die Herrschaft über die Welt untereinander aufteilten. Japan strebte die Bildung einer *Großostasiatischen Wohlstandssphäre** an, die unter der Führung Japans neben Südostasien und Korea auch China umfassen sollte. Die USA sahen ihre Handelsinteressen und ihre eigene Sicherheit bedroht. Als die USA zusammen mit England und Niederländisch-Indien die Ölausfuhr nach Japan stoppten, das 90% seines Ölbedarfs importierte, versteifte sich die Haltung Japans: In Tokio setzten sich endgültig die kriegsbereiten Militärs durch. Am 7. Dezember 1941 überfielen japanische Torpedoflugzeuge, noch bevor die Kriegserklärung an die amerikanische Regierung überreicht war, die amerikanische Pazifikflotte im Hafen von Pearl Harbor auf Hawaii. Sie versenkten 8 Schlachtschiffe und 11 weitere Kriegsschiffe, zerstörten 120 Flugzeuge; 2400 Mann kamen ums Leben. Jetzt erklärten die USA und England den Japanern den Krieg. Vier Tage nach Pearl Harbor erfolgte die Kriegserklärung Deutschlands und Italiens an die USA. Den Achsenmächten standen jetzt drei Viertel der Erdbevölkerung und – noch wichtiger – der Weltwirtschaftsreserven gegenüber. Die materielle Überlegenheit der Anti-Hitler-Koalition sollte sich bald erweisen.

(1) Die „Vierte Teilung Polens"

Der Generalgouverneur Hans Frank am 19. 1. 1940:

„Am 15. September 1939 erhielt ich den Auftrag, die Verwaltung der eroberten Ostgebiete aufzunehmen, mit dem Sonderbefehl, diesen Bereich als Kriegsgebiet und Beuteland rücksichtslos auszupowern, es in seiner wirtschaftlichen, sozialen, kulturellen und politischen Struktur sozusagen zu einem Trümmerhaufen zu machen." (1) Q

Hitler in einer Besprechung mit dem Chef des Oberkommandos der Wehrmacht am 17. 10. 1939:

„... Es muß verhindert werden, daß eine polnische Intelligenz sich als Führerschicht aufmacht. In dem Lande soll ein niederer Lebensstandard bleiben; wir wollen dort nur Arbeitskräfte schöpfen ... Unsere Interessen bestehen in folgendem: Es ist Vorsorge zu treffen, daß das Gebiet als vorgeschobenes Glacis [Vorfeld einer Festung] für uns militärische Bedeutung hat und für einen Aufmarsch ausgenutzt werden kann. Dazu müssen die Bahnen, Straßen und Nachrichtenverbindungen für unsere Zwecke in Ordnung gehalten und ausgenutzt werden. Alle Ansätze einer Konsolidierung der Verhältnisse in Polen müssen beseitigt werden ..." (2) Q

Hellmuth Stieff (später Generalmajor) in einem Privatbrief aus Polen (31. 10. 1939):

„Die Masse der Millionenbevölkerung der Stadt [Warschau] vegetiert irgendwo und irgendwie, man kann nicht sagen wovon. Es ist eine unsagbare Tragödie, die sich dort abspielt ... Es ist eine Stadt und eine Bevölkerung, die dem Untergang geweiht ist. Es ist so grausam, daß man keinen Augenblick seines Lebens froh ist, wenn man in dieser Stadt weilt ... Man bewegt sich dort nicht als Sieger, sondern als Schuldbewußter! Mir geht es nicht allein so, – die Herren, die dort leben müssen, empfinden dasselbe. Dazu kommt noch all das Unglaubliche, was dort am Rande passiert und wo wir mit verschränkten Armen zusehen müssen! Die blühendste Phantasie einer Greuelpropaganda ist arm gegen die Dinge, die eine organisierte Mörder-, Räuber- und Plündererbande unter angeblich höchster Duldung dort verbricht. Da kann man nicht mehr von ‚berechtigter Empörung über an Volksdeutschen begangenen Verbrechen' sprechen. Diese Ausrottung ganzer Geschlechter mit Frauen und Kindern ist nur von einem Untermenschentum möglich, das den Namen Deutsch nicht mehr verdient. Ich schäme mich, ein Deutscher zu sein!" (3) Q

(a) Erklärt anhand der Informationen über den Hitler-Stalin-Pakt (S. 173 u. 177), wie es zur „Vierten Teilung Polens" kam; zeigt an der Karte, welche Gebiete unter deutsche, welche unter sowjetische Herrschaft kamen.

(b) Arbeitet die Ziele heraus, die Hitler in Polen verfolgte.

(c) Welche Bedeutung haben die damaligen Vorgänge für das heutige Verhältnis Polens zur Bundesrepublik Deutschland?

(d) Das Briefzitat von H. Stieff endet: „Ich schäme mich, ein Deutscher zu sein!" Diskutiert darüber.

(2) Hitler auf dem Höhepunkt der Macht

„Der Sichel-Schnitt entschied praktisch den gesamten Feldzug. Er war strategisch und taktisch eine revolutionäre Operation ... Die alliierten Verbände in Nordfrankreich wurden nach Belgien hineingelockt, während die deutschen Panzerverbände von Süden her völlig überraschend bis zur Kanalküste vorstießen und damit, wie mit einer Sichel, die nach Belgien gelangten Feind-Truppen von ihren Basen abschnitten. Die weiteren Vorstöße des Panzergenerals Guderian tief in das Gebiet des Gegners hinein sollten die Entscheidung bringen. Ehe die durchgebrochenen Panzer-Verbände von Gegenangriffen in der Flanke gefaßt werden konnten, waren sie schon wieder weiter, tief im unverteidigten Hinterland des Gegners ..." (4)

Frau B. K. erinnert sich:

„Das Schönste im Kino aber war die Wochenschau. Habe ich doch endlich den Führer gesehen, wie er vor Freude in den Boden stampft und ein herrliches Mienenspiel zeigt." (5) Q

(a) Wie ist der schnelle Sieg der deutschen Truppen im Westen zu erklären?

(b) Sprecht über Hitlers Verhalten.

(c) Prüft, warum nach dem Sieg über Frankreich kein Frieden geschlossen wurde und warum sich die Gegner Hitler-Deutschlands nicht geschlagen gaben.

Hitler erhält in seinem Hauptquartier die Nachricht von dem Waffenstillstandsangebot Frankreichs.

Die Reste der bei Dünkirchen eingeschlossenen britischen und französischen Truppen, die den Abtransport über See gedeckt haben, gehen in die Gefangenschaft. Unübersehbares Kriegsmaterial fiel in deutsche Hände. Die britische Expeditionsarmee hatte alle Waffen verloren, aber die Menschen waren gerettet.

(3) Kriegsziele im Osten

Hitler vor Oberbefehlshabern des Ostheeres im Frühsommer 1941:

„Seit Monaten nun beobachte ich mit großer Sorge, wie Rußland sich anschickt, in die Reihen unserer Gegner zu treten. Ich werde Rußland hinwegfegen und damit dem Bolschewismus den Todesstoß versetzen. England soll sich ja nicht einbilden, in die Ordnung der europäischen Verhältnisse führend eingreifen zu können.
Ich kämpfe diesen Kampf nicht für Deutschland allein, nein für ganz Europa, für die Zukunft der zivilisierten Welt, für die Erhaltung der europäischen Kultur! Das Schicksal hat uns zu dieser Aufgabe berufen. Und ich als verantwortlicher Führer des deutschen Volkes kann und werde dieser Entscheidung nicht ausweichen. Es gibt keine andere Möglichkeit!
Mit dem gleichen unbezähmbaren Siegeswillen wie in Polen, Frankreich und auf dem Balkan werden Sie mit Ihren Armeen den russischen Koloß zerschmettern. Wenn aber die roten Armeen geschlagen sind, dann wird dieser Staat zusammenbrechen und die Welt endgültig von der bolschewistischen Idee geheilt werden!" (6) Q

Aus Hitlers „Tischgesprächen" im Führerhauptquartier vom 22. 7. 1942:

„Das Impfen und was es sonst an vorbeugenden Gesundheitsmaßnahmen gebe, komme für die nichtdeutsche Bevölkerung keineswegs in Betracht. Man solle deshalb ruhig den Aberglauben unter ihnen verbreiten lassen, daß das Impfen usw. eine ganz gefährliche Sache sei ... Man müsse ihnen zwar Schulen geben, für die sie bezahlen müßten, wenn sie hineingingen. Man dürfe sie in ihnen nicht mehr lernen lassen als höchstens die Bedeutung der Verkehrszeichen. Inhalt des Geographieunterrichts dürfe im großen und ganzen nur sein, daß die Hauptstadt des Reiches Berlin heiße und jeder in seinem Leben einmal in Berlin gewesen sein müsse. Darüber hinaus genüge es vollkommen, wenn die nichtdeutsche Bevölkerung etwas Deutsch lesen und schreiben lerne. Unterricht im Rechnen und dergleichen sei überflüssig." (7) Q

Himmler in einer Denkschrift vom 25. 5. 1940:

„... Für die nichtdeutsche Bevölkerung des Ostens darf es keine höhere Schule geben als die vierklassige Volksschule. Das Ziel dieser Volksschule hat lediglich zu sein: Einfaches Rechnen bis höchstens 500, Schreiben des Namens, eine Lehre, daß es ein göttliches Gebot ist, den Deutschen gehorsam zu sein und ehrlich, fleißig und brav zu sein. Lesen halte ich nicht für erforderlich. Außer dieser Schule darf es im Osten überhaupt keine Schulen geben ..." (8) Q

Bericht über Hitlers Äußerungen vor den Reichs- und Gauleitern am 8. 5. 1943:

„Der Führer gibt seiner unumstößlichen Gewißheit Ausdruck, daß das Reich einmal ganz Europa beherrschen wird. Wir werden dafür noch sehr viele Kämpfe zu bestehen haben, aber sie werden zweifellos zu den herrlichsten Erfolgen führen. Von da ab ist praktisch der Weg zu einer Weltherrschaft vorgezeichnet. Wer Europa besitzt, der wird damit die Führung der Welt an sich reißen ..." (9) Q

Himmler vor den Reichs- und Gauleitern der NSDAP am 3. 8. 1944:

„Das ist unverrückbar, daß wir die Volkstumsgrenze um 500 km herausschieben, daß wir hier [im Osten] siedeln. Es ist unverrückbar, daß wir ein germanisches Reich gründen werden. Es ist unverrückbar, daß zu den 90 Mio. die 30 Mio. übriger Germanen dazukommen werden, so daß wir unsere Blutbasis auf 120 Mio. Germanen vermehren. Es ist unverrückbar, daß wir die Ordnungsmacht auf dem Balkan und sonst in Europa sein werden, so daß wir dieses ganze Volk wirtschaftlich, politisch und militärisch ausrichten und ordnen werden. Es ist unverrückbar, daß wir diesen Siedlungsraum erfüllen, daß wir den Pflanzgarten germanischen Blutes im Osten errichten, und es ist unverrückbar, daß wir eine Wehrgrenze weit nach dem Osten hinausschieben. Denn unsere Enkel und Urenkel hätten den nächsten Krieg verloren, der sicher kommen wird, sei es in einer oder in zwei Generationen, wenn nicht die Luftwaffe im Osten – sprechen wir es ruhig aus – am Ural stehen würde." (10) Q

(a) Arbeitet einzelne Ziele der NS-Führung gegen die Völker im Osten heraus und besprecht, wie sie erreicht werden sollten.

(b) Untersucht die Rede Hitlers vor den Oberbefehlshabern des Ostheeres nach den Regeln S. VII.

(c) Welche Einstellung zum Menschen kommt in den Äußerungen Hitlers und Himmlers zum Ausdruck? Nehmt Stellung dazu.

(4) Das wahre Gesicht des Krieges

Ein Soldatenbrief aus Rußland (20. 8. 1941):

„Gestern war ein Tag, so überschwemmt mit Blut, so voll von Verwundeten und Toten, so durchbraust vom Knattern der Salven, Splittern der Granaten, dem Stöhnen und Schreien der Verwundeten, daß ich noch nichts darüber schreiben kann. Erst muß ich das Ende dieses furchtbaren Kampfes abwarten, um nur zu sehen, was noch bleibt. Mich aber hat mein Glaube bisher nicht betrogen. Wie durch ein Wunder wurde ich am Nachmittag dem heftigsten Kampf entzogen und blieb so bisher unverletzt. Wer alles gefallen und verwundet ist, weiß ich noch nicht, da die Kompanie seit 24 Stunden abgeschnitten in einer von ihr eroberten Stadt sich hält. Jedenfalls ist mein alter Unteroffizier Grabke und viele andere Kameraden tot. Ich breche jetzt vom Gefechtstroß aus, zu dem ich Gefangene und Verwundete zurückschaffte, wieder auf und versuche zur Kompanie durchzustoßen, in der festen Zuversicht, auch diesmal ungekrümmten Haares hindurchzugehen. Vielleicht nur noch wenige Tage und wir sind am Ziel, alles ist überwunden! ––" (11) Q

Karl M. war Oberleutnant und Ordonnanzoffizier in einem Panzerkorps vor Moskau:

„Wir waren ja für einen solchen Winter mit minus 36 Grad in keiner Weise ausgerüstet. Zu dem Zeitpunkt gab es keinerlei Winterbekleidung. Wir hatten nur unsere ‚Mäntelchen' – kann ich wohl sagen – an, wer Glück hatte, einen Kradmantel [Motorradmantel]. Es gab nicht ausreichend Glysantin. Es gab keine Zusatzstoffe für den Dieselkraftstoff für unsere schweren LKWs, die ja dann bei solcher Kälte nicht starten konnten. Auch keine Winterstiefel. Die Filzstiefel, die gab es alle erst viel später. Während die Russen hervorragend ausgerüstet waren mit Tarnbekleidung und wattierten Anzügen." (12) Q

Sowjetisches Flugblatt an die deutschen Soldaten vom 26. 8. 1941 mit einem Aufruf des deutschen Kommunisten Erich Weinert:

„Für wen marschiert ihr eigentlich, Soldaten?
Für wen habt ihr die Welt in Blut getaucht?
Schämt ihr euch noch nicht eurer ‚Heldentaten'?
Und seht ihr nicht, zu was man euch mißbraucht?

‚Mehr Lebensraum'? Ja, mit dem Eisenbesen
habt ihr gehaust. Es war ein blutiger Traum!
Denn ringsumher, wo Lebensraum gewesen,
ist nur noch schauerlicher Todesraum!

Doch Hitler hat noch nicht genug geplündert;
er dachte: Machen wirs jetzt, wie gewohnt:
Nach Sowjetrußland! Wenn man uns nicht hindert,
wird das ein Einbruch, der sich endlich lohnt!

Sie haben sich verrechnet, die Banditen!
Sie sind in ihr Verhängnis selbst gerannt!
Hier ist kein Tummelplatz für Parasiten!
Hier ist ein Arbeiter- und Bauernland!

Einwohner von Kertsch (Krim) suchen auf dem Schlachtfeld nach Angehörigen unter den Toten (Winter 1941/42).

Marschierende deutsche Truppen im russischen Winterkrieg 1941/42.

Ihr deutsche Bauern, Arbeiter! Soldaten!
Wollt ihr in Schande denn zugrunde gehn,
mißbraucht, verhaßt, betrogen und verraten, –
wo doch der Freiheit Tore offenstehen?" (13) Q

(a) Besprecht die Briefe der Soldaten. Wie denkt ihr über die Verfasser?

(b) Versetzt euch in die Lage von Menschen, die Angehörige im Zweiten Weltkrieg verloren haben. Äußert euch zur Frage der Verantwortung für den Krieg.

(c) Untersucht die Aussagen des Flugblatts und nehmt Stellung dazu. Um was für eine „Quelle" handelte es sich?

1. Am 28. September 1939 legten der deutsche und der sowjetische Außenminister die deutsch-sowjetische Demarkationsgrenze in Polen fest. Drei Fünftel dessen, was vier Wochen zuvor noch Polen gewesen war, kam unter deutsche, zwei Fünftel unter sowjetische Herrschaft. Erkläre, wie es dazu gekommen war.

2. Erläutere die Bilder auf der nächsten Seite im geschichtlichen Zusammenhang.

3. Berichte anhand der Karte S. 181 über den Frankreich-Feldzug.

4. Nimm Stellung zu folgenden Äußerungen Himmlers in einer Rede vor SS-Führern im Oktober 1943:

„Wie es den Russen geht, wie es den Tschechen geht, ist mir total gleichgültig. Das, was in den Völkern an gutem Blut unserer Art vorhanden ist, werden wir uns holen, indem wir ihnen, wenn notwendig, die Kinder rauben und sie bei uns großziehen. Ob die anderen Völker im Wohlstand leben oder ob sie verrecken vor Hunger, das interessiert mich nur soweit, als wir sie als Sklaven für unsere Kultur brauchen, anders interessiert mich das nicht. Ob bei dem Bau eines Panzergrabens 10 000 russische Weiber an Entkräftung umfallen oder nicht, interessiert mich nur insoweit, als der Panzergraben für Deutschland fertig wird." (14) Q

Churchill bei der Besichtigung eines der von Bomben getroffenen Stadtteile Londons.

Rettungsaktion nach dem japanischen Bombardement auf die amerikanische Pazifikflotte im Hafen von Pearl Habor.

Dreimächtepakt: Militärbündnis zwischen „Drittem Reich“, Italien und Japan 1940–1945 mit dem Ziel gegenseitiger Hilfe gegen die USA und der Abgrenzung von „Großräumen“, in denen die drei Bündnispartner ihre Hegemonie ausüben sollten (Deutschland sollte die Vorherrschaft in Mitteleuropa und Zentralafrika, Italien im Mittelmeer, Japan in Großostasien bekommen).

Generalgouvernement: Bezeichnung für das Restgebiet Polens, das nicht von Deutschland oder der UdSSR annektiert wurde. Die völkerrechtliche Stellung war unklar: Es blieb vom Reichsgebiet getrennt, wurde aber als völlig abhängiges Gebiet (unter Generalgouverneur Hans Frank) wirtschaftlich ausgebeutet, politisch versklavt.

Großostasiatische Wohlstandssphäre: Japanische Vorstellung von einem asiatischen Weltreich unter japanischer Vorherrschaft mit dem Ziel, daß Japan, Mandschukuo und das nördliche China die industriellen Zentren in Ostasien bilden, während die übrigen Länder Rohstoffe liefern und als gewaltiger Markt dienen sollten.

Vichy-Regierung: Bezeichnung der Regierung von General Pétain über das beim Waffenstillstand am 22. 6. 1940 von Deutschen nicht besetzte Gebiet Frankreichs. Sie residierte in Vichy (Südfrankreich). Sie verlor ihre relative Selbständigkeit nach der Landung der Alliierten in Nordafrika und der deutschen Besetzung ganz Frankreichs im November 1942 und brach mit der Befreiung Frankreichs im Sommer 1944 zusammen.

Quellennachweis

(1) Zitiert aus: Jacobsen/Dollinger: Der Zweite Weltkrieg in Bildern und Dokumenten, a. a. O., S. 96.
(2) Ebenda, S. 100.
(3) Weltgeschichte im Aufriß 3/1, a. a. O., S. 457.
(4) Die Deutschen im Zweiten Weltkrieg, hrsg. von J. Hess und H. L. Wuermeling. München 1985, S. 56.
(5) Ebenda, S. 64.
(6) Zit. aus: Historisch-politisches Quellenbuch, Bd. 2, Diesterweg 7377, S. 269.
(7) Picker/Ritter: Hitlers Tischgespräche im Führerhauptquartier Bonn 1951, S. 116.

(8) Zitiert aus: Weltgeschichte im Aufriß 3/1, a. a. O., S. 453.
(9) Zitiert aus: W. Conze: Der Nationalsozialismus, Teil II. Klett 4243, S. 61.
(10) Zitiert aus: Vierteljahrshefte für Zeitgeschichte 1/1953, S. 357 f.
(11) H. Henry. Zitiert aus: W. Bähr (Hrsg.): Kriegsbriefe gefallener Studenten (1939–1945). Tübingen 1952, S. 75.
(12) Hess/Wuermeling: Die Deutschen im Zweiten Weltkrieg, a. a. O., S. 100.
(13) Jacobsen/Dollinger, a. a. O., S. 404.
(14) Weltgeschichte im Aufriß 3/1, a. a. O., S. 457.

Lesetip

F. Burda (Hrsg.): Der Zweite Weltkrieg im Bild. 2 Bde., Offenburg 1960 (SB)
J. t. Haar: Oleg oder: Die belagerte Stadt. Bitter, Recklinghausen 1983 (JB)
J. Reiss: Und im Fenster der Himmel. dtv 7807 (Q)
Die Wehrmachtsberichte 1939–1945. 3 Bde. dtv 5944 (QS)
K. Zentner: Illustrierte Geschichte des Zweiten Weltkrieges. München 1972 (SB)

1. 9. 1939	Deutscher Angriff auf Polen
3. 9. 1939	Kriegserklärung Großbritanniens und Frankreichs an Deutschland
17. 9. 1939	Sowjetischer Einmarsch in Ostpolen
6. 10. 1939	Generalgouvernement Polen
9. 4. 1940	Besetzung Dänemarks
9. 4.–8. 6. 1940	Eroberung Norwegens
10. 5. 1940	Deutscher Angriff im Westen
10. 6. 1940	Kriegseintritt Italiens
22. 6. 1940	Deutsch-französischer Waffenstillstand
27. 9. 1940	Dreimächtepakt zwischen Deutschland, Italien und Japan
31. 3. 1941	Offensive des deutschen Afrikakorps
11. 5. 1941	Griechenland erobert
22. 6. 1941	Deutscher Angriff auf UdSSR
6. 12. 1941	Sowjetische Gegenoffensive vor Moskau
7. 12. 1941	Japanischer Überfall auf Pearl Harbor
11. 12. 1941	Kriegserklärung Deutschlands und Italiens an USA

Der japanische Machtbereich 1941 bis 1945.

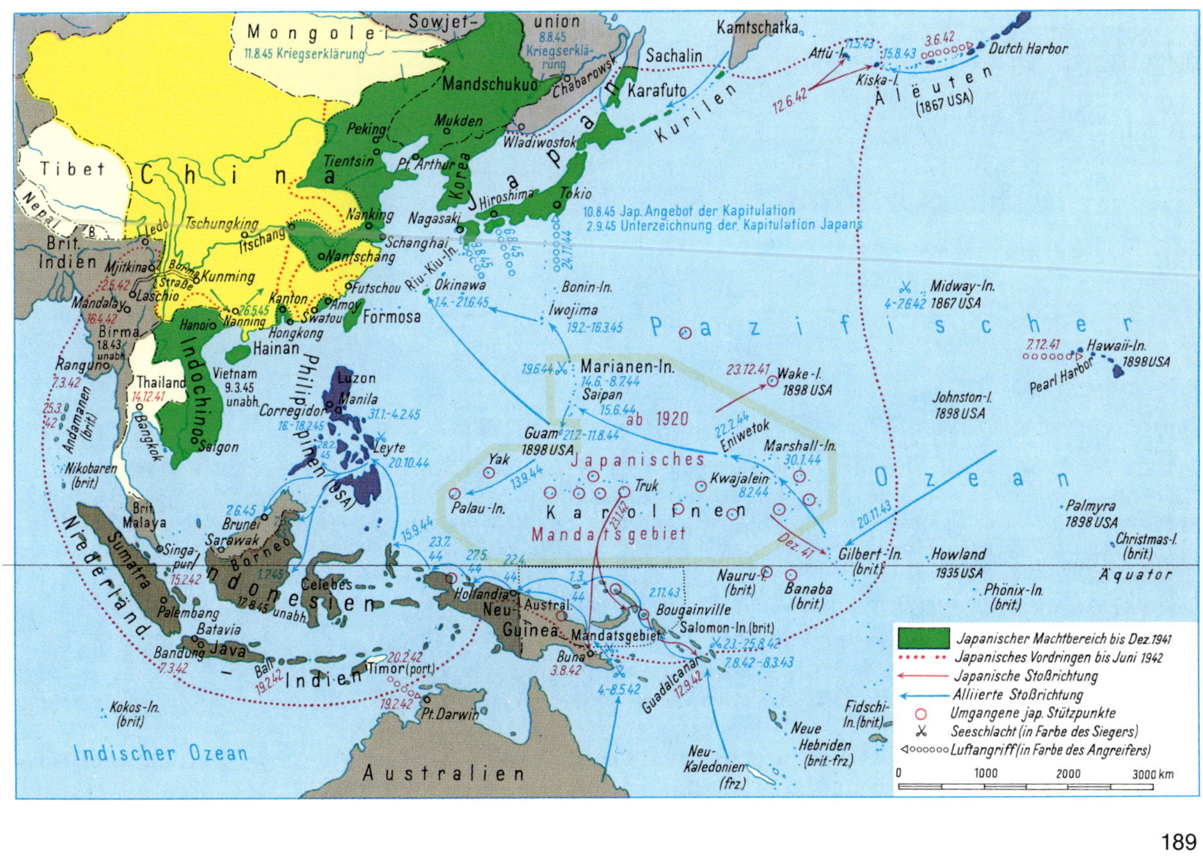

7.3 Völkermord und Widerstand

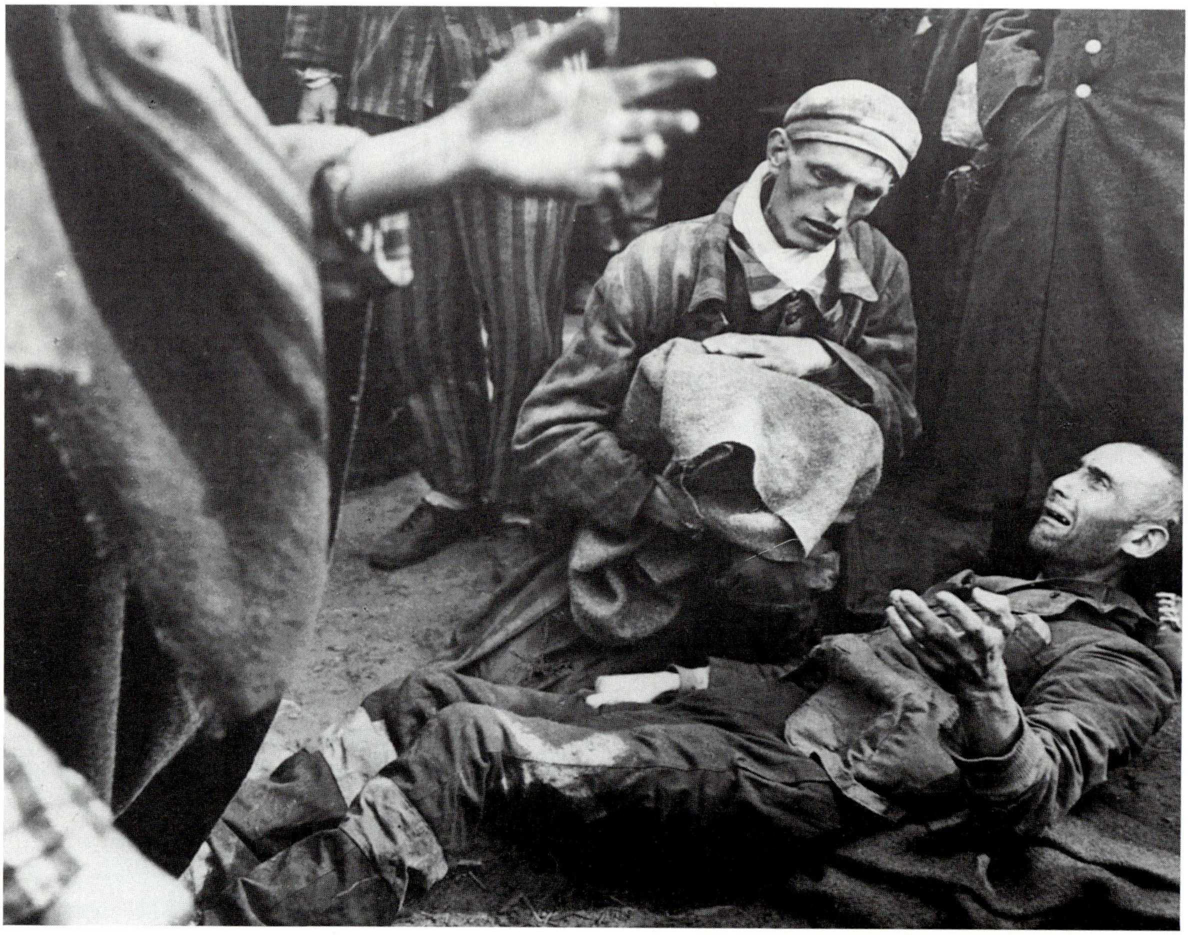

KZ-Häftlinge nach ihrer Befreiung.

Bundeskanzler Kohl beim Besuch von Bergen-Belsen im Mai 1985:

„Das nationalsozialistische Deutschland versetzte die Welt in Angst und Schrecken. Diese Zeit des Mordens, ja des Völkermordens ist das dunkelste, das schmerzlichste Kapitel in der deutschen Geschichte. Es gehört zu den vordringlichsten Aufgaben unseres Landes, Wissen darüber zu vermitteln und das Bewußtsein für das ganze Ausmaß, für die Dimension dieser geschichtlichen Erfahrung und Last wachzuhalten ... nicht zuletzt auch in der berechtigten Erwartung, daß wir das, was im deutschen Namen den Völkern angetan wurde, nicht verleugnen werden. Zu dieser historischen Haftung bekennen wir uns auch heute, 40 Jahre danach ..." (1) Q

- Wie groß ist das Ausmaß der Nazi-Verbrechen an Juden und anderen Völkern?
- Gab es *Widerstand** gegen die NS-Verbrechen, und wie verhielten sich die Widerstandsgruppen zum „Dritten Reich"?
- Was geht uns das heute noch an, was damals geschah? Tragen wir eine Mit-Verantwortung oder Mit-Schuld daran? Müssen wir für die NS-Verbrechen haften?

Der Mord an Kranken und Alten. Im Krieg trat der eigentliche Charakter des NS-Regimes immer deutlicher hervor: Schon in der Vorkriegszeit waren Gesetze zur „Verhütung erbkranken Nachwuchses" und zum Schutz der „Erbgesundheit" des deutschen Volkes erlassen worden. Nun, nach Beendigung des Polenfeldzuges, befahl Hitler, um das deutsche Volk von „lebensunwerten Elementen" zu befreien und zugleich die Kriegswirtschaft von „unnützen Essern" zu entlasten, eine Massentötung von Deutschen: den „Gnadentod" (Euthanasie) für die „nach menschlichem Ermessen unheilbar Kranken". Die Opfer wurden nicht nur nach Krankheitsmerkmalen, sondern auch nach Arbeitsleistung und „Rasse" ausgesucht, mit Blausäuregas getötet und eingeäschert, bis August 1941 über 70 000 Menschen.

Trotz strenger Geheimhaltung sprachen sich die furchtbaren Vorgänge herum und weckten bei Bevölkerung und Soldaten Unruhe und Empörung. Vertreter beider christlicher Kirchen und andere rechtlich denkende Menschen erhoben Protest und Anklage. Ende 1941 wurde die „Euthanasie"-Aktion offiziell angehalten. In einigen Anstalten und KZ ging sie aber trotzdem weiter.

Die „Endlösung". Jetzt, wo große Teile Europas in deutscher Hand waren, schien den Nazi-Führern die Zeit für eine *„Endlösung der Judenfrage"** gekommen. Man ließ Juden nicht mehr auswandern. Alle Juden im deutschen Machtbereich mußten seit 1941 einen handtellergroßen gelben Stern mit der Aufschrift „Jude" tragen. In Polen und in den besetzten sowjetischen Gebieten wüteten „Einsatzgruppen". Um den Massenmord zu organisieren, tagte am 20. Januar 1942 in Berlin die „Wannsee-Konferenz". Hohe Parteifunktionäre und Beamte beschlossen, alle europäischen Juden „nach dem Osten" zu verfrachten, Kinder, Alte, Schwache und Kranke sofort zu vernichten, Gesunde arbeiten zu lassen, bis sie „vernichtungsreif" waren. Bis zum Herbst 1944 rollten aus den von deutschen Truppen besetzten Gebieten die Züge mit jüdischen Männern, Frauen und Kindern in die *Vernichtungslager** von Sobibor, Treblinka, Majdanek (bei Lublin) und vor allem nach Auschwitz-Birkenau (bei Krakau). → (1)

Die Mordbilanz. Allein in Auschwitz wurden gegen 1 Mio. Juden umgebracht, insgesamt fielen dem Völkermord an den Juden nach niedrigen Schätzungen 4 Mio., nach anderen 6 Mio. Menschen zum Opfer. Von den 3 Mio. polnischen Juden des Jahres 1939 überlebten nur etwa 300 000 den Krieg. Etwa je 100 000 jüdische Bürger Frankreichs und der Niederlande mußten sterben. Die nationalsozialistische Mordbilanz ist damit nicht erschöpft. Mehr als 100 000 Angehörige der Wandervölker Sinti und Roma (früher als Zigeuner bezeichnet), die man ebenfalls für „rassisch minderwertig" erklärte, starben in den Konzentrationslagern. Am meisten hatten die Völker zu leiden, deren Land als „Lebensraum" für das deutsche Großreich vorgesehen war. Besonders betroffen waren die Polen. Unter den mehr als 5 Mio. Toten waren auch viele Kinder und Jugendliche. 2,5 Mio. Polen wurden als Zwangsarbeiter zur Sklavenarbeit nach Deutschland verschleppt. Von über 5,5 Mio. kriegsgefangenen Sowjetsoldaten haben in deutschen Lagern etwa 3,5 Mio. den Tod gefunden: Ein Teil mußte gewaltsam sterben, die meisten sind durch Hunger und Seuchen umgekommen. Viele der über 7 Mio. getöteten Zivilisten der UdSSR und der Toten anderer Länder sind nicht bei Kämpfen umgekommen, sondern nationalsozialistischen Verbrechen zum Opfer gefallen. Die Vernichtungsaktionen sind überwiegend von der SS-Polizeimacht durchgeführt worden. Die deutsche Bevölkerung sollte nichts davon erfahren. Aber die Wahrheit sickerte durch, viele Menschen wußten, daß schreckliche Dinge geschahen. → (2) (3)

Widerstand der überfallenen Völker. In manchen Ländern bildeten sich Widerstandsgruppen gegen die Deutschen. In Frankreich schlossen sich Männer und Frauen zur „résistance" zusammen (1942); sie standen in Verbindung zum Nationalkomitee des Generals de Gaulle, der seine Landsleute bereits 1940 von London aus zum Widerstand aufgerufen hatte. In Warschau verteidigten rund 60 000 Juden 1943 bis zum letzten Mann das Getto gegen die Räumung und Zerstörung. → (5)

Im besetzten Rußland, Jugoslawien und Griechenland kämpften *Partisanen**. In Jugoslawien konnte 1944 der Partisanenführer Tito die Regierungsgewalt übernehmen. Die Polen organisierten eine Heimatarmee, die sich 1944 im „Warschauer Aufstand" erhob. Nicht weit entfernt an der Weichsel standen die Russen. Sie warteten, bis der Aufstand nach wochenlangen Kämpfen von deutschen Einheiten niedergeschlagen und die polnische Hauptstadt fast völlig zerstört war.

Überall, wo Widerstandsgruppen die deutsche Besatzung überfielen, geschahen Grausamkeiten, weil deutsche Truppen, vor allem SS-Einheiten, sich daraufhin an der Zivilbevölkerung rächten. Zum Beispiel mußten Frauen und Kinder im französischen Dorf Oradour-sur-Glane sterben, weil ein Mitglied der „résistance" im Ort vermutet wurde.

Gruppen des deutschen Widerstandes. Auch Deutsche haben Hitler und das NS-Regime verabscheut. Aber es war schwer, etwas dagegen zu unternehmen. Der totalitäre Polizeistaat und die NS-Organisationen überwachten alle. Anders als im besetzten Ausland konnte ein Gegner des Regimes weder auf die Hilfe seiner Mitbürger noch auf ausländische Hilfe hoffen. Er mußte sogar die militärische Niederlage seines Vaterlandes wollen, weil ein Sieg die Befreiung nicht bringen konnte. Wer waren die Männer und Frauen, die trotzdem Widerstand leisteten? → (4)

Es gab kommunistische Gruppen im Untergrund, aber ebenso auch Christen, wie den katholischen Pater Delp oder den evangelischen Theologen Bonhoeffer und andere Mitglieder der „Bekennenden Kirche" (vgl. S. 153), die zum Widerstand bereit waren. Im Krieg entschlossen sich auch Offiziere der Wehrmacht zum Widerstand. Als Waffenträger konnten sie einen Putsch versuchen. Den Kern dieser national-konservativen Gruppe bildeten hohe Offiziere um den 1938 zurückgetretenen Generalstabschef Beck, der sich mit dem ehemaligen Leipziger Oberbürgermeister Carl Goerdeler verband.

Seit dem Sommer 1940 trafen sich oppositionelle Männer aller politischen Richtungen, die durch eine gemeinsame christliche und soziale Anschauung verbunden waren, auf dem Gut des Grafen James v. Moltke in Kreisau in Schlesien. Der „Kreisauer Kreis" entwickelte Reformpläne, vor allem für eine künftige übernationale und föderalistische Zusammenarbeit in Europa. An den Gesprächen nahmen entschiedene Sozialisten, wie der Pädagoge Reichwein, und Sozialdemokraten, wie der ehemalige Reichstagsabgeordnete Julius Leber, teil.

Eine Gruppe von Studenten und Hochschullehrern um die Geschwister Scholl, die 1942/43 in München Flugblätter gegen Regierung und Krieg verteilte, folgte wie andere dem Gewissen und opferte sich auf, ohne daß sie auf größere Erfolge gegen das Regime hoffen durfte. Hier opponierten Jugendliche, die bereits durch die HJ-Erziehung gegangen waren. Manche Jugendliche hatten den HJ-Dienst satt, sie sahen ein Leben in Uniform vor sich. Sie stiegen aus, sie machten nicht mehr mit. Im „Jugendbewahrungslager" Moringen, das als Jugend-KZ bezeichnet werden kann, befanden sich ab 1942 etwa 1600 Jungen von 16 bis 20 Jahren, darunter 200 als „politisch" eingestufte. → (6)

Das Attentat auf Hitler. Hans Scholl war zum Widerstand durch seine Erlebnisse im Osten gekommen. Wie andere junge Offiziere sah er, was Deutsche dort trieben. Mußte man Hitler nicht beseitigen? Nur so schien es möglich, die Nazi-Herrschaft zu brechen und das Leben unzähliger Menschen zu retten. Pläne zum Staatsstreich und Tyrannenmord arbeitete der Generalstabsoffizier Claus Graf Schenk von Stauffenberg aus, der, in Tunis schwer verwundet, Mitte 1944 Stabschef des Befehlshabers des Ersatzheeres wurde. Hier erhielt er die Möglichkeit, einen „legalen" Plan gegen „innere Unruhen" mit Ausnahmezustand und Übernahme der Staatsgewalt durch die Armee zu nutzen: das Unternehmen „Walküre". Stauffenberg nahm Verbindung zu aktiven Vertretern der politischen Linken auf, besonders zum ehemaligen Reichstagsabgeordneten Julius Leber. Er wollte – anders als der konservative Kreis um Goerdeler – einen deutschen „Sozialstaat".

Konnten die Verschwörer mit Unterstützung der Kriegsgegner rechnen? Nein. Der Abscheu vor den deutschen Untaten und gegenseitiges Mißtrauen bewogen die „Anti-Hitler-Koalition", von Deutschland die bedingungslose Kapitulation (vgl. S. 211) zu fordern. In klarer Erkenntnis dieser Lage ließ Generalmajor v. Tresckow, einer der Verschwörer, Stauffenberg mitteilen: „Das Attentat [auf Hitler] muß erfolgen . . . Sollte es nicht gelingen, so muß trotzdem in Berlin gehandelt werden. Denn es kommt nicht mehr auf den praktischen Zweck an, sondern darauf, daß die deutsche Widerstandsbewegung vor der Welt und vor der Geschichte den entscheidenen Wurf gewagt hat. Alles andere ist daneben gleichgültig."

Hitler besuchte während der Kriegszeit keine Städte mehr, auch kaum Truppeneinheiten. Er hielt sich zumeist in seinem „Führerhauptquartier" auf, das sich Mitte 1944 in der „Wolfsschanze" in Ostpreußen befand. Stauffenberg konnte als einziger vom engeren Verschwörerkreis an Hitlers Lagebesprechungen teilnehmen. So wurde er, der Planer des Umsturzes, auch mit dem Attentat beauftragt. Es gelang ihm am 20. Juli 1944, eine Aktentasche mit Sprengstoff in der Nähe Hitlers abzustellen und nach Berlin zurückzufliegen. Durch einen Zufall überlebte Hitler, kaum verletzt. Stauffenbergs entschlossener Versuch mißlang, den Plan „Walküre" und damit den Umsturz dennoch vom Armee-Oberkommando in der Berliner Bendlerstraße aus durchzusetzen. (7)

Am Abend des gleichen Tages wurde Stauffenberg mit seinen engsten Mitarbeitern erschossen. Eine neue Verhaftungswelle rollte über Deutschland, die außer den Verschwörern und ihren Familienangehörigen auch andere Gegner des Regimes erfaßte. Nach Verfahren vor dem „Volksgerichtshof", einem Sondergericht für Hoch- und Landesverrat, die schreckliche Schauprozesse waren, wurde ein Teil der Verschwörer in der Hinrichtungsstätte Plötzensee in Berlin an Fleischerhaken aufgehängt. Viele der Inhaftierten mußten noch Ende April 1945 sterben. Zu einer Massenbewegung gegen die NS-Diktatur kam es jedoch nicht. Im Toben des Krieges dachten viele nur an das eigene Überleben. → (7)

(1) Der Vernichtungsplan

Aus dem Protokoll der Wannsee-Konferenz am 20. 1. 1942:

. . . An Stelle der Auswanderung ist nunmehr als weitere Lösungsmöglichkeit nach entsprechender vorheriger Genehmigung durch den Führer die Evakuierung der Juden nach dem Osten getreten. Diese Aktionen sind jedoch lediglich als Ausweichmöglichkeiten anzusprechen, doch werden hier bereits jene praktischen Erfahrungen gesammelt, die im Hinblick auf die kommende Endlösung der Judenfrage von wichtiger Bedeutung sind . . .
Unter entsprechender Leitung sollen im Zuge der Endlösung die Juden in geeigneter Weise im Osten zum Arbeitseinsatz kommen. In großen Arbeitskolonnen, unter Trennung der Geschlechter, werden die arbeitsfähigen Juden straßenbauend in diese Gebiete geführt, wobei zweifellos ein Großteil durch natürliche Verminderung ausfallen wird.
Der allfällig endlich verbleibende Restbestand wird, da es sich bei diesen zweifellos um den widerstandsfähigsten Teil handelt, entsprechend behandelt werden müssen, da dieser, eine natürliche Auslese darstellend, bei Freilassung als Keimzelle eines neuen jüdischen Aufbaues anzusprechen ist. (Siehe die Erfahrung der Geschichte.)
Im Zuge der praktischen Durchführung der Endlösung wird Europa von Westen nach Osten durchgekämmt . . ." (2) Q

(2) Die Mordpraxis

Der Lagerkommandant von Auschwitz:

„Die ‚Endlösung' der jüdischen Frage bedeutete die vollständige Ausrottung der Juden in Europa. Ich hatte den Befehl, Ausrottungserleichterungen in Auschwitz im Juni 1942 zu schaffen ... Ich besuchte Treblinka, um festzustellen, wie die Vernichtungen ausgeführt wurden. Der Lagerkommandant von Treblinka sagte mir, daß er 80 000 im Laufe eines halben Jahres liquidiert hätte . . . Er wandte Monoxid-Gas an, und nach seiner Ansicht waren seine Methoden nicht sehr wirksam. Als ich das Vernichtungsgebäude in Auschwitz errichtete, gebrauchte ich also Zyklon B, eine kristallisierte Blausäure, die wir in die Todeskammer durch eine Öffnung einwarfen. Es dauerte 3–15 Minuten, je nach den klimatischen Verhältnissen, um die Menschen in der Todeskammer zu töten. Wir wußten, wann die Menschen tot waren, weil ihr Kreischen aufhörte. Wir warteten gewöhnlich eine halbe Stunde, bevor wir die Türen öffneten und die Leichen entfernten. Nachdem die Leichen fortgebracht waren, nahmen unsere Sonderkommandos die Ringe ab und zogen das Gold aus den Zähnen der Körper. Eine andere Verbesserung gegenüber Treblinka war, daß wir Gaskammern bauten, die 2000 Menschen auf einmal fassen konnten." (3) Q

„Die Juden mußten sich bei dem Bunker ausziehen, es wurde ihnen gesagt, daß sie zur Entlausung in die auch so

(a) Interpretiert das „Wannsee-Protokoll" und nehmt Stellung dazu.

(b) Faßt in Stichworten zusammen, wie in der NS-Ideologie die Vernichtung der Juden begründet wurde.

(c) Stellt anhand der Angaben in der Karte zusammen, wie viele Juden dem NS-Regime zum Opfer gefallen sind.

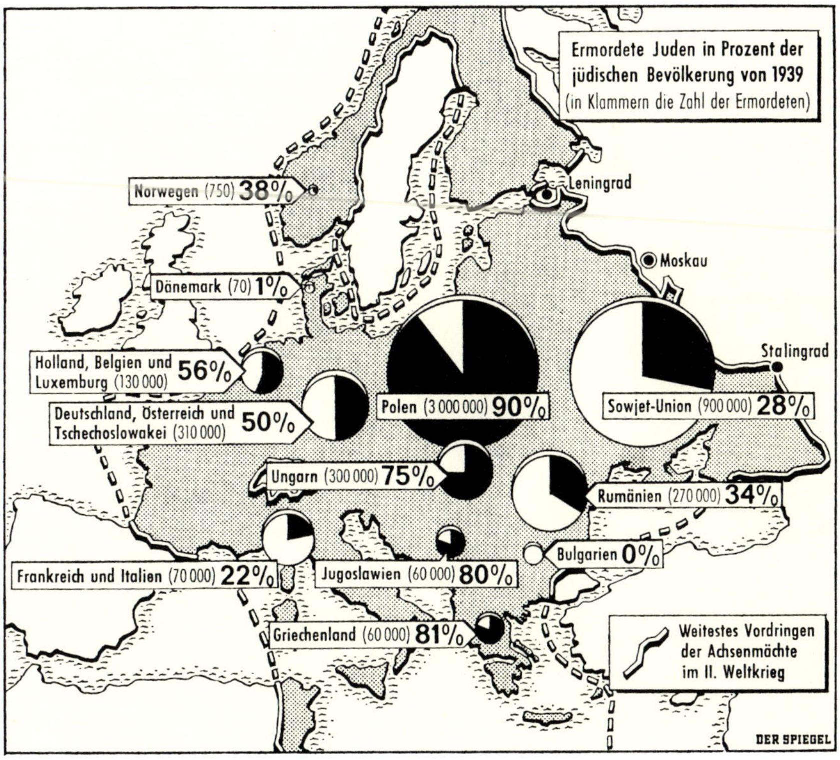

Die Vernichtung der Juden Europas.

Selektion (Auslese) auf der Rampe des Vernichtungslagers von Auschwitz. Die Neuankömmlinge tragen den Judenstern. Sie werden von einem SS-Offizier für den Arbeitseinsatz oder den Tod in der Gaskammer bestimmt.

bezeichneten Räume gehen müßten. Alle Räume, es handelte sich um fünf, wurden gleichzeitig gefüllt, die gasdicht gemachten Türen zugeschraubt und der Inhalt der Gasbüchsen durch besondere Luken in die Räume geschüttet.
Nach Verlauf einer halben Stunde wurden die Türen wieder geöffnet, in jedem Raum waren 2 Türen, die Toten herausgezogen und auf kleinen Feldbahnwagen auf einem Feldbahngeleis nach den Gruben gefahren. Die Kleidungsstücke wurden mit Lastwagen nach der Sortierstelle gebracht. Die ganze Arbeit, Behilflichsein beim Ausziehen, Füllen des Bunkers, Räumung des Bunkers, Beseitigung der Leichen sowie das Ausschachten und Zuschütten der Massengräber wurde durch ein besonderes Kommando von Juden durchgeführt, die gesondert untergebracht waren und laut Anordnung Eichmanns [Mitarbeiter Heydrichs] nach jeder größeren Aktion ebenfalls vernichtet werden sollten. . .
Die Aufsicht bei der Vernichtung hatte zu der Zeit jeweils der Schutzhaftlagerführer bzw. der Rapportführer. Kranke Personen, die man nicht in die Gasräume bringen konnte, wurden durch Genickschuß mit dem Kleinkalibergewehr getötet. Ein SS-Arzt mußte ebenfalls zugegen sein . . ." (4) Q

Ein deutscher Historiker:

„Die Zahl der Opfer läßt sich nicht genau bestimmen. Das Nürnberger Tribunal ging von der Zahl 5 721 800 aus, die vom World Jewish Council errechnet worden war. Nach einer Äußerung des SS-Obersturmbannführers Adolf Eichmann vom August 1944, der mit der Erfassung der Juden für ihre Vernichtung beauftragt war, betrug zu diesem Zeitpunkt die Zahl der Opfer der Vernichtungslager 4 Millionen, der auf andere Weise Getöteten 2 Millionen. Das gäbe eine Gesamtziffer, die noch über die der jüdischen Schätzung hinausginge . . . Spätere Untersuchungen kommen zu dem Ergebnis, daß die Zahl der Opfer auf alle Fälle über 4 Millionen beträgt. In der Welt lebten 1939 ca. 15 Millionen Juden, 1945 9 Millionen; in Europa 1939 9,2 Millionen, 1945 3,1 Millionen; in Deutschland (ohne Österreich) 1939 0,2 Millionen, 1945 0,012 Millionen." (5)

(a) Versucht aufzuschreiben, was ihr beim Lesen solcher Texte empfindet.

(b) „Die Geschichte der KZ ist eine einzige Geschichte menschlichen Leidens." Inwiefern?

(c) Wer hätte nach eurer Meinung etwas gegen diesen Völkermord tun sollen, tun können?

(3) Die Schuldfrage

Aus dem Kriegstagebuch eines Obergefreiten vom 5. 10. 1941:

„Gestern abend suchte unser Leutnant fünfzehn Mann mit starken Nerven. Habe mich selbstverständlich freiwillig gemeldet. Wir haben nicht gewußt, was es sollte. Heute früh um fünf sollten wir vor der Kompanie-Schreibstube antreten, mit Helm, und pro Mann dreihundert Patronen bekommen. Wir warteten mit großer Spannung auf den Morgen. Punkt fünf traten wir an, und der Leutnant erklärte uns, was wir zu tun hatten. Es gab ungefähr tausend Juden im Dorf Krupka, und die sollten heute alle erschossen werden. Ein Zug wurde uns als Wachmannschaft zugeteilt. Die hatten aufzupassen, daß niemand entwischte. Um punkt sieben hatten alle Juden auf dem Rapportplatz anzutreten – Männer, Frauen und Kinder. Die Liste wurde verlesen – und dann marschierte die ganze Formation ab, Richtung der nächste Sumpf. Das Hinrichtungskommando, zu dem ich gehörte, marschierte voran, und die Wachmannschaft marschierte rechts und links. Es war ein regnerischer Tag und der Himmel eine einzige schwere Wolke wie aus Blei. Man hatte den Juden gesagt, daß sie alle nach Deutschland geschickt werden sollten, damit sie dort arbeiteten. Aber als es quer über das Geleise von der Schmalspurbahn und weiter in Richtung auf den Sumpf zuging, ging den meisten ein Licht auf. Eine Panik brach aus, und die Wachmannschaft hatte alle Hände voll zu tun gehabt, daß sie den Haufen zusammenhielt. Wie wir bei dem Sumpf angekommen sind, haben sie sich alle hinsetzen müssen mit dem Gesicht in der Richtung, aus der wir gekommen sind. Fünfzig Meter davon war ein tiefer Graben voll Wasser. Die ersten zehn mußten sich neben diesen Graben stellen und sich bis zum Gürtel ausziehen, dann mußten sie ins Wasser hinuntergehen, und das Abschußkommando, also wir, sind über ihnen am Ufer gestanden. Einen Leutnant und einen Unteroffizier, die hatten wir bei uns. Zehn Schüsse, zehn Juden umgelegt. Das ist so weitergegangen, bis wir sie alle erledigt hatten. Nur wenige haben dabei ihre Haltung bewahrt. Frauen haben sich an ihre Männer geklammert und Kinder an ihre Mütter. Es war ein Schauspiel, das man nicht schnell vergißt ..." (6) Q

Tagesbefehl an die 6. Armee vom 10. 10. 1941:

„Der Soldat ist im Ostraum nicht nur ein Kämpfer nach den Regeln der Kriegskunst, sondern auch Träger einer unerbittlichen völkischen Idee ... Deshalb muß der Soldat für die Notwendigkeit der harten, aber gerechten Sühne am jüdischen Untermenschentum volles Verständnis haben." (7) Q

Armeebefehl an die Einheiten der Südarmee:

„Bekämpfung reichsfeindlicher Bestrebungen und Elemente (Kommunisten, Juden und dgl.) ... ist in den besetzten Gebieten allein Aufgabe der Sonderkommandos der Sicherheitspolizei und des SD, die in eigener Verantwortung die notwendigen Maßnahmen treffen und durchführen. Eigenmächtiges Vorgehen einzelner Wehrmachtsangehöriger oder Beteiligung von Wehrmachtsangehörigen ... ist verboten." (8) Q

(a) Besprecht anhand des Textes Möglichkeiten des Widerstands gegen die Verfolgung und Vernichtung der Juden durch die Nazis.

(b) Was sagen die Armeebefehle über die „Mitschuld" der Wehrmacht. Wer kann als Hauptschuldiger gelten?

(c) Untersucht die Sprache des Kriegstagebuches.

(4) Gab es Alternativen?

Eine Frau versucht zu helfen:

„Frau Dr. Gertrud Luckner baute im Auftrag des Deutschen Caritas-Verbandes in Freiburg in den Jahren nach 1940 ein über ganz Deutschland verzweigtes Netz von Informations- und Hilfsdiensten auf, die Juden vor drohender Verhaftung warnten, Paket- und Geldsendungen für Juden im KZ organisierten, bedrohten Juden Fluchtmöglichkeiten ins Ausland verschafften. Frau Luckner wurde von der Gestapo beschattet, 1943 verhaftet und in das Frauen-KZ Ravensbrück eingeliefert. Sie überlebte. Vom Staat Israel erhielt sie die ‚Medaille der Gerechtigkeit', die höchste Auszeichnung für Nicht-Juden." (9)

Erschießung von Partisanen.

Der Theologe Romano Guardini äußerte zur Frage der deutschen „Kollektivschuld“ am Völkermord der Nazis an den Juden:

„Wenn ein Glied meiner Familie ein Unrecht begangen hat, dann darf ich sagen: Ich bin daran unschuldig, nicht aber darf ich sagen: es geht mich nichts an!“

Wie denkt ihr darüber? Vgl. Text S. 190.

(5) Widerstand im Getto von Warschau, 1943

N. Szac-Wajnkranc berichtet in seinem Tagebuch über den Widerstandskampf, den die Juden aufnahmen, als das Getto geräumt werden sollte:

„Es begannen furchtbare Tage ... Zwei Monate währte der Kampf gegen einen starken Feind, gegen immer neue Abteilungen. Wir waren ohne Wasser und ohne Licht, denn die Deutschen hatten die Leitungen durchgeschnitten; die Waffenlieferung war sehr unzureichend; man hatte einen der Laufgräben im Bezirk Przebieg entdeckt. Das war ein großes Unglück, aber wir ließen nicht einen Augenblick im Kampf nach. Durch die ganze Welt ging das Echo: Das Warschauer Getto kämpft schon zwei Monate, und die Deutschen verlieren, ohne Erfolg zu haben, Waffen, Panzer und Menschen; eine Schande ... und da entschlossen sich die Deutschen, mit uns auf eine andere Weise Schluß zu machen, denn ein ehrlicher Kampf, ein Kampf Mann gegen Mann, selbst ein Kampf mit einem Schwächeren, war für sie allzu heldenhaft. Warum sollten sie kämpfen, da sie uns verbrennen konnten! ...
Haus um Haus, Straße um Straße wurden von Flammen ergriffen. Feuer! Die Menschen erstickten, aber sie kämpften noch, die Menschen brannten, aber sie verteidigten sich noch. Mauern stürzten ein. Mochte einen die Mauer begraben, wenn man nur nicht gefangen wurde! ... Ihr werdet fragen, auf welche Weise dennoch ein gewisser Prozentsatz von Juden dem Tode entrann? Man floh aus den in voller Fahrt dahineilenden Zügen, obwohl sie unter Bewachung fuhren und die bei jedem Wagen stehenden Litauer ohne Unterbrechung schossen. Man floh durch unterirdische Gänge und über Mauern, die immer von SS-Männern bewacht waren, durch Kanäle voll übelriechender Abwässer, die schwarz waren wie die Nacht, durch Kanalisationen, in denen man womöglich drei Tage lang umherirrte und dann halb tot, halb erstickt wieder dorthin geriet, wo man eingestiegen war oder in der Stadt herauskam und sich Auge in Auge mit dem Feinde sah. Dies waren die Fluchtmöglichkeiten für wenige. Ich würde sagen, daß sich auf diese Weise etwa ein Prozent Juden retten konnten. Nun war alles aus. Die letzten Flammen waren erloschen. Der Wind hatte die letzten Rauchschwaden verweht. Die Ruinen zeigten, wo das Warschauer Getto gestanden hatte ...“ (10) Q

(a) Berichtet anhand des Augenzeugenberichtes über den Aufstand im Warschauer Getto.

Bewohner des Warschauer Gettos werden von Angehörigen der Waffen-SS zusammengetrieben.

Die Münchener Studenten Hans Scholl, Sophie Scholl und ihr gemeinsamer Freund Christoph Probst (von links nach rechts).

(b) Die Nazis bezeichneten die Juden als feige und schwächlich. Was zeigt der Widerstand im Warschauer Getto?

(c) Erörtert Probleme des Widerstands im besetzten Gebiet und erklärt, was man unter „Partisanen" versteht.

(6) Was wollten die deutschen Widerstandsgruppen?

Das letzte (5.) Flugblatt der „Weißen Rose" vom 18. 2. 1943:

„Der Krieg geht seinem sicheren Ende entgegen ... Hitler kann den Krieg nicht gewinnen, nur noch verlängern! Seine und seiner Helfer Schuld hat jedes Maß unendlich überschritten ...
Deutsche! Wollt Ihr und Eure Kinder dasselbe Schicksal erleiden, das den Juden widerfahren ist? Wollt Ihr mit dem gleichen Maß gemessen werden wie Eure Verführer? Sollen wir auf ewig das von aller Welt gehaßte und ausgestoßene Volk sein? Nein! Darum trennt Euch von dem nationalsozialistischen Untermenschtum! Beweist durch die Tat, daß Ihr anders denkt! Ein neuer Befreiungskrieg bricht an. Der bessere Teil des Volkes kämpft auf unserer Seite. Zerreißt den Mantel der Gleichgültigkeit, den Ihr um Euer Herz gelegt! Entscheidet Euch, ehe es zu spät ist! Glaubt nicht der nationalsozialistischen Propaganda, die Euch den Bolschewistenschreck in die Glieder gejagt hat! Glaubt nicht, daß Deutschlands Heil mit dem Sieg des Nationalsozialismus auf Gedeih und Verderben verbunden sei! Ein Verbrechertum kann keinen deutschen Sieg erringen. Trennt euch rechtzeitig von allem, was mit dem Nationalsozialismus zusammenhängt! Nachher wird ein schreckliches, aber gerechtes Gericht kommen über die, so sich feig und unentschlossen verborgen hielten ...
Der imperialistische Machtgedanke muß, von welcher Seite er auch kommen möge, für alle Zeit unschädlich gemacht werden. Ein einseitiger preußischer Militarismus darf nie mehr zur Macht gelangen. Nur in großzügiger Zusammenarbeit der europäischen Völker kann der Boden geschaffen werden, auf welchem ein neuer Aufbau möglich sein wird. Jede zentralistische Gewalt, wie sie der preußische Staat in Deutschland und Europa auszuüben versucht hat, muß im Keime erstickt werden. Das kommende Deutschland kann nur föderalistisch sein. Nur eine gesunde föderalistische Staatenordnung vermag heute noch das geschwächte Europa mit neuem Leben zu erfüllen. Die Arbeiterschaft muß durch einen vernünftigen Sozialismus aus ihrem Zustand niedrigster Sklaverei befreit werden ...
Freiheit der Rede, Freiheit des Bekenntnisses, Schutz des einzelnen Bürgers vor der Willkür verbrecherischer Gewaltstaaten, das sind die Grundlagen des neuen Europa. Unterstützt die Widerstandsbewegung, verbreitet die Flugblätter!" (11) Q

Aus einer Tagebuch-Eintragung des Botschafters a. D. Ulrich von Hassell (Oktober 1939):

„Der Zustand in dem sich mitten in einem großen Kriege Deutschlands die Mehrzahl der politisch klardenkenden, einigermaßen unterrichteten Leute befinden, die ihr Vaterland lieben und sowohl national wie sozial denken, ist geradezu tragisch. Sie können einen Sieg nicht wünschen und noch weniger eine schwere Niederlage, sie müssen einen langen Krieg fürchten, und sie sehen keinen wirklich realen Ausweg. Letzteres deshalb, weil man nicht das Vertrauen haben kann, daß die Führung der Wehrmacht Einsicht und Willen genug besitzt, um sich im entscheidenden Augenblick einzusetzen." (12) Q

(a) Interpretiert das Flugblatt der Weißen Rose; arbeitet die Argumente und Zielvorstellungen heraus.

(b) Lest S. 151 nach, wie die Geschwister Scholl ursprünglich zum Nationalsozialismus standen.

(c) Befaßt euch mit einzelnen Widerstandsgruppen und erklärt, warum sie kein gemeinsames politisches Programm entwickelten.

(7) Das Attentat vom 20. Juli 1944

Hitler und Mussolini im Führerhauptquartier am Nachmittag des 20. Juli 1944:

[Der Verfasser dieses Berichts, Paul Schmidt, sollte Dolmetscherdienste leisten. Er begleitete Hitler und seinen Gast vom Bahnhof zur „Wolfsschanze".]

„Auf dem kurzen Wege von einigen hundert Metern, die den Bahnhof von den Bunkern und Baracken des Waldlagers trennten, erzählte Hitler Mussolini kurz, was vorgefallen war. Er tat es mit einer auffallend ruhigen, fast monotonen Stimme, während sich auf Mussolinis Gesicht deutlich das Entsetzen darüber abzeichnete, daß mitten im Hauptquartier auf den deutschen Diktator ein Attentat verübt werden konnte. Von diesem Entsetzen hatte sich Mussolini, der mit weit aufgerissenen Augen Hitler anstarrte, offensichtlich noch nicht erholt, als wir zu dritt die Baracke betraten, in der die Explosion während der Lagebesprechung stattgefunden hatte. Die Tür zum Kartenzimmer war geborsten und lehnte zerbrochen an der gegenüberliegenden Barackenwand. Der Raum selbst bot ein Bild toller Verwüstung, so wie ich es in Berlin nach Luftangriffen oft gesehen hatte, wenn eine schwere englische Mine neben einem Hause niedergegangen war und alle Räume ‚durchgepustet' hatte. Tische und Stühle lagen in wüstem Durcheinander zersplittert am Boden. Die Deckenbalken waren herabgestürzt und die Fenster mitsamt den Rahmen nach außen geflogen. Der große Kartentisch ... war nur noch ein Haufen geborstener Bretter und geknickter Tischbeine.

‚Hier ist es geschehen', sagte Hitler ruhig, während Mussolini vor Bestürzung fast die Augen aus dem Kopf zu fallen schienen. Er war leichenblaß geworden, denn er hatte die Nachricht von dem Attentat völlig unvorbereitet empfangen, als er den Zug verließ. ‚Hier an diesem Tisch

Claus Graf Schenk von Stauffenberg.

Hitler und Mussolini nach dem Attentat in der „Wolfsschanze".

habe ich gestanden', erklärte dann Hitler weiter, auffallend teilnahmslos und wie geistesabwesend. ‚So habe ich mich mit dem rechten Arm auf den Tisch gelehnt, um auf der Karte etwas nachzusehen, als mir plötzlich die Tischplatte entgegenflog und meinen Arm nach oben riß.' Er machte eine Pause. ‚Hier, unmittelbar vor meinen Füßen, ist die Bombe explodiert.' Voll ungläubigen Entsetzens schüttelte Mussolini nur den Kopf. Dann zeigte ihm Hitler die bei der Explosion anscheinend durch den Luftdruck völlig zerrissene Uniform, die er getragen hatte und die noch über einem demolierten Stuhl hing. Er drehte Mussolini seinen Hinterkopf zu, um ihm seine angesengten Haare zu zeigen ...
‚Wenn ich mir alles noch einmal vergegenwärtige', sagte dann Hitler, wieder mit einer auffallend leisen Stimme, ‚so ergibt sich für mich aus meiner wunderbaren Errettung, während andere im Raum Anwesende schwere Verletzungen davongetragen haben und einer sogar durch den Luftdruck zum Fenster hinausgeschleudert wurde, daß mir eben nichts passieren soll, besonders da es ja nicht das erste Mal ist, daß ich auf wunderbare Weise dem Tode entronnen bin.' " (13) Q

(a) Schildert anhand der Informationen S. 192 die Vorgänge am 20. Juli 1944 und vergleicht im Bericht von Paul Schmidt, wie Hitler sie erlebte und deutete.

(b) Nennt Ziele und Probleme der „Verschwörer" und besprecht sie. Lest dazu den Text S. 191.

(c) Wie denkt ihr über das Scheitern des Attentats?

---

1. Am 30. 1. 1939 „prophezeite" Hitler in einer Reichstagsrede:

„Wenn es dem internationalen Finanzjudentum innerhalb und außerhalb Europas gelingen sollte, die Völker noch einmal in einen Weltkrieg zu stürzen, dann wird das Ergebnis nicht die Bolschewisierung der Erde und damit der Sieg des Judentums sein, sondern die Vernichtung der jüdischen Rasse in Europa." (14)

Was sagt dieser Satz über Hitlers Ziele, und wie hat er sie verwirklicht?

2. Was sagt dir der Name „Auschwitz"?

3. Nimm Stellung zu dem Satz eines bedeutenden deutschen Pädagogen (Th. Litt): „Nicht Wegsehen, sondern Hinsehen macht frei." Beziehe ihn auf die Behandlung der nationalsozialistischen Verbrechen im Geschichtsunterricht.

4. Berichte über eine Widerstandsgruppe, z. B. die „Weiße Rose" oder die „Verschwörer vom 20. Juli 1944".

5. Vergleiche die Verfahren vor dem Volksgerichtshof mit den Schauprozessen in der Sowjetunion.

„Endlösung der Judenfrage": Deckname für die Pläne zur Ausrottung der Juden Europas (seit 1941 von Nazis benutzt). Nach Scheitern von Aussiedlungsplänen erfolgte die Deportation der Juden in Ostgebiete (in Dänemark verhindert) und systematische Ermordung in „Vernichtungslagern". Die Judenvernichtung wird auch als „Holocaust" (englisch: totale Verbrennung) oder Völkermord bezeichnet.

Partisan: (franz. Parteigänger), Bezeichnung für freiwillige, bewaffnete Widerstands- oder Befreiungskämpfer, die keiner regulären militärischen Einheit angehören und außerhalb des Kriegsvölkerrechts stehen. Im Zweiten Weltkrieg kämpften starke Partisanenverbände in Frankreich, auf dem Balkan und in Rußland, gegen Kriegsende auch in Italien.

Vernichtungslager: Seit 1941 in besetzten Ostgebieten geschaffene Sonderform der KZs zum planmäßigen Massenmord an Juden, vor allem durch Vergasung, und zwar in Chelmno, Belcec, Sobibor, Treblinka, Maidanek, Auschwitz-Birkenau. Gaskammern wurden aber auch in anderen KZs (z. B. in Grafeneck/Württemberg, Hadamar bei Limburg) verwendet.

Widerstand: Allgemeine Bezeichnung für unbedingte Opposition gegen ein als Willkürherrschaft (Tyrannei) betrachtetes Regime. Im Zweiten Weltkrieg durch bewaffnete Kampfeinheiten in den von deutschen Truppen besetzten Ländern; im „Dritten Reich" anfangs nach 1933 vor allem von Gruppen der Arbeiterbewegung (KPD, SPD, Gewerkschaften), Intellektuellen, dann von Angehörigen der Kirchen, des Militärs und des (konservativen) Bürgertums sowie von Jugend- und Studentengruppen. Über 1 Mio. politischer Gegner (darunter mehr als 100 000 Deutsche) kamen in KZs, fast 12 000 Todesurteile wurden im „Dritten Reich" wegen „politischer Delikte" verhängt.

20. 1. 1942	Wannsee-Konferenz
1942	Errichtung der Vernichtungslager
April/Mai 1943	Warschauer Getto-Aufstand
20. 7. 1944	Attentat auf Hitler
August 1944	Warschauer Aufstand

Quellennachweis

(1) Zitiert aus: Erinnerung, Trauer und Versöhnung. Hrsg. vom Presse- und Informationsamt der Bundesregierung. Bonn 1985, S. 14 ff.
(2) W. Hofer: Der Nationalsozialismus, a. a. O., S. 304 f.
(3) Aussage des Kommandanten von Auschwitz Rudolf Höss. Zitiert aus: W. Scheffler: Judenverfolgung im Dritten Reich. Berlin 1964, S. 77.
(4) R. Höss: Kommandant in Auschwitz. Zitiert aus: Geschichtliche Weltkunde, Quellenlesebuch 3, a. a. O., S. 197 f.
(5) K. D. Erdmann: Die Zeit der Weltkriege. Gebhardt, Handbuch der deutschen Geschichte, Bd. 4, a. a. O., S. 550.
(6) Zitiert aus: Geschichtliche Weltkunde, Quellenlesebuch 3, a. a. O., S. 196 f.
(7) Zitiert aus: G. Reitlinger: Die Endlösung. Berlin [4]1961, S. 222.
(8) Ebenda, S. 224.
(9) Nach: Fiedler/Reck/Minz (Hrsg.): Lernprozeß Christen-Juden. Ein Lesebuch. Freiburg 1984, S. 209 f.
(10) Zitiert aus: F. Bauer (Hrsg.): Widerstand gegen die Staatsgewalt. Frankfurt 1965, S. 246 ff.
(11) I. Scholl: Die weiße Rose, a. a. O., S. 147 ff.
(12) Zitiert aus: Der deutsche Widerstand 1933–1945. Informationen zur politischen Bildung 160, 1974, S. 26.
(13) P. Schmidt: Statist auf diplomatischer Bühne. Wiesbaden [11]1968, S. 580 ff.
(14) Weltgeschichte im Aufriß, Bd. 3/1, a. a. O., S. 466.

Lesetip

Auschwitz. Geschichte und Wirklichkeit des Vernichtungslagers. Rowohlt Tb. 7330 (WD)
R. Baumgärtner: Deutsche, die sich nicht beugten. Widerstand gegen den Nationalsozialismus in Deutschland. Herder, Erlebte Geschichte, lebendige Politik. Freiburg 1982 (SB)
E. Bethge: D. Bonhoeffer. Rowohlt Bildmonographie 236 (SB)
F. Fénélon: Das Mädchenorchester von Auschwitz. dtv 1706 (SB)
A. Frank: Das Tagebuch der Anne Frank. Fischer Tb. 77 (Q)
G. v. Roon: Widerstand im Dritten Reich. Ein Überblick. Beck Tb. BSR 191 (WD)
H. Graml (Hrsg.): Widerstand im Dritten Reich. Probleme, Ereignisse, Gestalten. Fischer Tb. 4319 (WD)
R. Hanser: Deutschland zuliebe. Leben und Sterben der Geschwister Scholl. Die weiße Rose. dtv 10040 (SB)
H. Vinke: Das kurze Leben der Sophie Scholl. Ravensburg 1983 (JB)
H. Wörner: Rassenwahn – Entrechtung – Mord. Der Leidensweg der Juden 1933–1945. Herder, Erlebte Geschichte, lebendige Politik. Freiburg 1981 (SB)

7.4 „Totaler Krieg“ – „bedingungslose Kapitulation“

Joseph Goebbels im Berliner Sportpalast am 18. 2. 1943:

„. . . Ihr also, meine Zuhörer, repräsentiert in diesem Augenblick die Nation . . .
Ich frage euch: Wollt ihr den totalen Krieg? Wollt ihr ihn, wenn nötig, totaler und radikaler, als wir ihn uns heute überhaupt noch vorstellen können? (Die Zuhörer schreien begeistert: ‚Ja‘).
Ich frage euch: Ist euer Vertrauen zum Führer heute größer, gläubiger und unerschütterlicher denn je? (Die Menge erhebt sich wie ein Mann. Sprechchöre: ‚Führer, befiehl, wir folgen!‘) . . .“ Q

Oben: Begeisterte Zuhörer bei der Proklamation des „totalen Krieges“ im Berliner Sportpalast. Rechts: Überlebende eines Luftangriffs auf Mannheim.

Roosevelt in einer Rundfunkansprache 12. 2. 1943:

„Unsere Antwort und die Antwort aller Vereinten Nationen auf die . . . Versuche, sich der Verantwortung begangener Verbrechen zu entziehen, ist dies: Die einzige Bedingung, unter der wir mit einer Regierung der Achsenmächte oder mit irgendeinem ihrer Mitläufer verhandeln, haben wir in Casablanca verkündet: Bedingungslose Kapitulation!“ Q

- Warum mußte Hitler den Krieg verlieren? Wie vollzog sich die Niederlage?
- Wie haben die Deutschen die letzten Kriegsjahre erlebt: Soldaten, Zivilisten, Jugendliche . . . ?
- Welche Ziele hatten die Alliierten? Worin lag ihre Überlegenheit?

Die Anti-Hitler-Koalition. Die Wende im Zweiten Weltkrieg bahnte sich im Dezember 1941 an. Die sowjetische Gegenoffensive vor Moskau ließ erkennen, daß die Rote Armee nicht durch einen Blitzkrieg zu schlagen war. Der Eintritt der USA in den Krieg verschob die Kräfteverhältnisse endgültig zugunsten der Alliierten. Schon seit Sommer 1941 lieferten die Amerikaner Rüstungsgüter an England. Roosevelt, zum dritten Mal zum Präsidenten gewählt, hatte ein *Leih- und Pachtgesetz** durchgesetzt, das ihn zu unbegrenzten Lieferungen ermächtigte, und er wollte die USA zum ,,Arsenal der Demokratie" gegen die faschistischen Diktaturen machen. Nach 1941 erhielt auch die Sowjetunion erhebliche Mengen von Kriegsmaterial. Die deutschen U-Boote bedrohten nur so lange die Transportflotten, bis die Briten über Radar verfügten und den deutschen Funk-Code geknackt hatten. 1943 mußte die deutsche Marine den U-Boot-Krieg wegen zu hoher Verluste zeitweise unterbrechen.

Warum gab Hitler den verlorenen Krieg nicht auf? Zeitweise erwog er einen Sonderfrieden mit dem Westen. Aber seine Judenpolitik der ,,Endlösung" verhärtete den Kriegs- und Durchhaltewillen der Briten und Amerikaner. ,,Also *wir* wollen nicht mit Stalin, Churchill will nicht mit *uns* sprechen. Darum Fortsetzung des Krieges", notierte der deutsche Staatssekretär von Weizsäcker am 1. 11. 1942. Anfang 1943 beschlossen Roosevelt und Churchill, den Krieg gegen die Achsenmächte bis zur *bedingungslosen Kapitulation** fortzuführen (Konferenz von Casablanca).

In der Konferenz von Teheran (28. 11.–1. 12. 1943) steckten die ,,Großen Drei" ihre Kriegsziele ab. Roosevelt und Churchill mußten Stalins Absicht zustimmen, der Sowjetunion die im Herbst 1939 von ihr besetzten polnischen Gebiete (vgl. S. 182) zu übertragen. Ferner beanspruchte Stalin einen Teil Ostpreußens (mit Königsberg). Polens Grenzen sollten nach Westen verschoben werden. Das besiegte Deutschland wollte man aufteilen. Wie, das war in späteren Verhandlungen festzulegen. Das nationalsozialistische Deutschland sollte nie mehr wiedererstehen können. Darin war sich die *Anti-Hitler-Koalition** einig. Durch eine weitere Konferenz der ,,Großen Drei" in Jalta im Februar 1945 wurden die Ergebnisse von Teheran weitgehend bestätigt.

Der Bombenkrieg. Die Überlegenheit der Alliierten an Kriegsmaterial, besonders an Flugzeugen und Treibstoff bekamen die Deutschen immer stärker im Luftkrieg zu spüren. 1940 hatte Hitler das ,,Ausradieren der englischen Städte" angekündigt – zu dieser Zeit mehr großsprecherische Propaganda als Realität. 1942 begann der gezielte Bombenkrieg englischer und amerikanischer Luftflotten gegen die Wohnviertel deutscher Städte, dem bis Kriegsende 593 000 Menschen zum Opfer fielen. Die Bomben zerstörten über 400 000 Gebäude bis auf die Grundmauern, insgesamt etwa ein Fünftel der Wohnräume. Fast alle größeren deutschen Städte boten bei Kriegsende ein Bild völliger Zerstörung. Für Millionen von Menschen war ,,Krieg" gleichbedeutend geworden mit ständigem Fliegeralarm, mit Bombeneinschlägen und Flächenbränden.

Aber nicht die Zerstörung von Wohnungen, nicht der Bombenkrieg gegen die Zivilbevölkerung schwächte die deutsche ,,Kampfkraft", sondern erst die gezielten Angriffe auf deutsche Industrieanlagen, besonders auf die Treibstoffproduktion und auf die Verkehrswege. Es gab ab 1944 nicht mehr genug Benzin und Dieselöl, und wichtige Eisenbahnstrekken waren ständig zerstört, so daß es immer schwieriger wurde, Truppen und Material zu transportieren. Aus Treibstoffmangel blieben Flugzeuge am Boden stehen, Panzerfahrzeuge konnten manchmal nicht mehr eingesetzt werden. → (1)

Die alliierten Offensiven. Die Wende des Krieges trat allen sichtbar 1942 ein. In der ersten Hälfte des Jahres erzielten die Achsenmächte noch Erfolge. Japan stand nach der Eroberung Südostasiens vor den Toren Indiens und Australiens. Das deutsche Afrikakorps konnte bis 100 km vor Alexandria vorstoßen; der Suezkanal und die Ölgebiete des Nahen Ostens schienen erreichbar. Die deutsche Sommeroffensive in Rußland schließlich führte deutsche Truppen bis nach Stalingrad an der Wolga und in den Kaukasus.

Die Hauptlast des Kampfes in Europa trug bei den Alliierten die Sowjetunion. Im November 1942 durchbrachen ihre Truppen die völlig überdehnten Frontlinien der Deutschen und ihrer Verbündeten bei Stalingrad und kesselten eine Armee von 220 000 Mann ein; sie mußte auf Befehl Hitlers um jeden Preis stehenbleiben. Am 2. Februar 1943 kapitulierten die deutschen Truppen im letzten Teil Stalingrads. Rund 100 000 Mann waren gefallen, 90 000 Mann gingen in sowjetische Gefangenschaft. Nur 35 000 Verwundete sind aus dem Einschließungsring ausgeflogen worden. Von nun an befanden sich die deutschen Armeen auf dem Rückzug; hinter sich zerstörten sie – nach der Taktik der ,,verbrannten Erde" – Häuser, Fabrikanlagen und Verkehrswege. Noch im Jahre 1943 konnten die sowjetischen Streitkräfte die Ukraine wiedererobern. → (2)

Im November 1942 brachten Amerikaner und Briten starke Truppenverbände nach Marokko und Algerien. Im Mai 1943 kapitulierte die deutsche „Heeresgruppe Afrika" mit 250 000 Mann in Tunesien.

Die „Festung Europa". Als die Alliierten im Juli in Sizilien landeten, brach das faschistische Regime in Italien zusammen. Mussolini mußte zurücktreten, er wurde verhaftet. Deutsche Fallschirmjäger befreiten den „Duce" zwar, aber seine „Italienische Sozialistische Republik", die er in Norditalien ausrief, konnte nur mit deutscher Hilfe bestehen. Als der König und seine Regierung in Rom mit den Alliierten am 8. September 1943 einen Waffenstillstand schlossen, übernahmen die in weiten Teilen des Landes stehenden deutschen Verbände sofort die ganze militärische Macht. Italien blieb Kampfgebiet bis 1945.
Auch im Fernen Osten brachte das Jahr 1942 eine Wende. Die Amerikaner eroberten trotz erbitterten Widerstands der Japaner wichtige Inseln, die nun der überlegenen Luftwaffe und Kriegsmarine als Stützpunkte dienten. Sie konnten Japan langsam einschnüren.
Hitlers „Festung Europa" ging 1944 weitgehend verloren. Am 6. Juni landeten amerikanisch-britische Armeen an der Küste der Normandie: Die große Invasion unter dem Oberbefehl des US-Generals Eisenhower begann; schon im September erreichten die Alliierten die Reichsgrenze. → (3)
Im Osten zerschlugen sowjetische Truppen im Juni die „Heeresgruppe Mitte" und erreichten die Reichsgrenze in Ostpreußen, gleichzeitig die Weichsel. Im August wechselte Rumänien angesichts der Überlegenheit sowjetischer Truppen die Front, im September folgte Bulgarien. Nun mußten auch Griechenland und Jugoslawien überstürzt von den deutschen Truppen geräumt werden.

Das Ende des Krieges. Die Forderung nach der „bedingungslosen Kapitulation" Deutschlands und die schrecklichen Bombenangriffe auf die deutschen Städte nutzte die nationalsozialistische Propaganda aus. Sie redete den Menschen ein, daß der Kampf der Feinde nicht dem NS-Regime, sondern dem deutschen Volk gelte. Jetzt müsse man Volk, Vaterland und Heimat vor dem Schlimmsten bewahren. Vergeblich schickte das untergehende NS-Regime jetzt 15jährige Jungen und 60jährige Männer als „Volkssturm" an die Front, vergeblich verlangte es die Verteidigung jedes Ortes als „Festung". Im Januar 1945 durchbrachen sowjetische Panzertruppen an der Weichsel die deutschen Linien und erreichten in 10 Tagen die Oder. Die deutschen Ostprovinzen waren verloren. Im März überschritten Amerikaner und Engländer den Rhein. Am 25. April 1945 trafen sich sowjetische und amerikanische Truppen bei Torgau an der Elbe. Drei Tage später wurde Mussolini von italienischen Partisanen erschossen. Am 30. April 1945 beging Hitler im zerstörten Berlin Selbstmord. Die bedingungslose Kapitulation der deutschen Wehrmacht erfolgte am 7. und 8. Mai in Reims und Berlin-Karlshorst. Der Krieg in Europa war vorbei, das NS-Regime beseitigt. → (4)
Der Krieg gegen Japan ging vier Monate später mit weltweitem Schrecken zu Ende. Nach jahrelangem erbitterten und verlustreichen „Inselspringen" standen die Amerikaner vor einer Invasion Japans. Am 6. August 1945 zündeten sie über Hiroshima die erste Atombombe, die mit einer riesigen Druck- und Feuerwelle den Stadtkern vernichtete und das umliegende Gebiet radioaktiv verseuchte. Von 320 000 Einwohnern starben 200 000, Zehntausende erlitten Verbrennungen, unzählige siechten dahin, noch heute sterben manche an den Folgen radioaktiver Strahlungen. → (5)
Als noch eine zweite Atombombe auf Nagasaki fiel, die 130 000 Tote forderte, kapitulierte Japan bedingungslos. Am 2. September unterzeichnete der US-General MacArthur als alliierter Oberbefehlshaber die japanische Kapitulationsurkunde. Er lehnte die Forderung der UdSSR ab, die noch am 8. August Japan den Krieg erklärt hatte, sich an der Besetzung des Landes zu beteiligen. In Japan blieben Monarchie und Zentralregierung erhalten. Korea wurde am 38. Breitengrad geteilt.

Die Opfer des Krieges. Nur schwer läßt sich sagen, wie viele Menschen im Zweiten Weltkrieg umgekommen sind. Der Umfang der Zerstörungen ist unabsehbar. Dem organisierten Völkermord, den Verschleppungen, dem Partisanen- und Bombenkrieg fielen Millionen Menschen zum Opfer, oft weder nach Namen noch an Zahl zu identifizieren, oft in Massengräbern verscharrt, deren Existenz die Mörder zu verheimlichen versuchten. Insgesamt wird mit 50 bis 60 Mio. Toten und Vermißten gerechnet. Über 11 Mio. deutsche Wehrmachtsangehörige (auch Frauen) gerieten in Gefangenschaft; über 1 Mio. starben, andere wurden z. T. erst nach vielen Jahren entlassen, viele von ihnen krank, invalide, arbeitsunfähig. Rund 10 Mio. zwangsverschleppte „Fremdarbeiter" wurden von den Alliierten bei Kriegsende in Deutschland befreit. Niemand weiß, wie viele dieser „displaced persons" nach Hause kamen.

Konferenz in Jalta auf der Krim. Von links nach rechts: Churchill, Roosevelt, Stalin; dahinter die Außenminister Eden, Hull und Molotow. Ganz rechts: Averell Harriman, Berater des amerikanischen Präsidenten Roosevelt.

(1) **Bomben auf deutsche Städte**

Offizieller Bericht über die Großangriffe auf Hamburg 1943:

„In den 10 Tagen und Nächten vom 25. Juli bis 3. August 1943 fanden 7 Angriffe auf Hamburg statt, davon 4 Großangriffe, die zusammen über 11 Stunden dauerten und über 40 000 Tote unter der Bevölkerung forderten. Planmäßig wurde ein Stadtteil nach dem anderen angegriffen ...

Das Feuer hatte sich zu einem Orkan entwickelt, der das Betreten des Freien meist unmöglich machte. Der über viele Quadratkilometer tobende Feuersturm hatte unzählige Menschen rettungslos eingeschlossen ... Die Schrekkensszenen, die sich im Feuersturmgebiet abgespielt haben, sind unbeschreiblich. Kinder wurden durch die Gewalt des Orkans von der Hand der Eltern gerissen und ins Feuer gewirbelt. Menschen, die sich gerettet glaubten, fielen vor der alles vernichtenden Gewalt der Hitze um und starben in Augenblicken. Flüchtende mußten sich ihren Weg über Sterbende und Tote bahnen. Kranke und Gebrechliche mußten von den Rettern zurückgelassen werden, da diese selbst in Gefahr gerieten, zu verbrennen." (1) Q

Schwedische Pressemeldungen, 14. 2. 1945:

„London, Mittwoch (TT von Reuter). Amtlich wird mitgeteilt, daß das britische Bomberkommando in der Nacht zum Mittwoch 1400 Maschinen gegen Deutschland einsetzte. Das Hauptziel war Dresden, das als große Industriestadt und Zentrum des deutschen Eisenbahnnetzes von größter Bedeutung für die Verteidigungsmaßnahmen der Deutschen gegen die Armeen des Marschalls Konjew war.

1. Panzerproduktion:

	Deutschl.	Großbr.	USA
1940	1 459	1 399	331
1941	3 256	4 841	4 052
1942	4 098	8 611	24 997
1943	6 083	7 476	29 497
1944	8 466	2 476	17 565

2. Flugzeugproduktion:

	Japan	Deutschl.	Großbrit.	USA
1940	4 467	10 826	15 049	6 086
1941	5 088	11 776	20 094	19 443
1942	8 861	15 556	23 672	47 836
1943	16 693	25 527	26 263	85 898
1944	21 180	26 461	26 461	96 318

(2)

Das von Bomben zerstörte Dresden im Februar 1945.

Ein anderes Ziel war das Werk zur Herstellung synthetischen Treibstoffes in Bohlen, südlich von Leipzig. Auch Magdeburg wurde bombardiert ...
Dresden steht nach dem gewaltigen britischen Fliegerangriff in der vergangenen Nacht in Flammen. Besonders schwer wurde die Stadtmitte mit dem Hauptbahnhof getroffen, über den in den letzten Tagen ein ununterbrochener Strom von Truppen- und Materialtransporten an die Ostfront geschleust worden war.
Der größere Teil des deutschen Nachschubs für die gesamte südliche Oderfront wurde jetzt durch Dresden geleitet, und der Angriff auf den Hauptbahnhof bedeutet deshalb für die Deutschen einen schweren Schlag, meldet Atlantic.
Hinzu kommt, daß der gesamte Flüchtlingsstrom von Schlesien über Dresden geleitet wurde, das gegenwärtig von Flüchtlingen überfüllt ist." (3) Q

(a) Was für Ziele griffen die englischen und amerikanischen Bomber an? Was wollten sie erreichen?

(b) Untersucht die Pressemeldung über Dresden: Die Stadt hatte kaum Rüstungsindustrie. Die Bahnverbindungen wurden schnell repariert.

(c) Versucht, ein Urteil über den Bombenkrieg unter militärischen, politischen und moralischen Gesichtspunkten zu formulieren. Berücksichtigt die Zahl der Opfer unter der Zivilbevölkerung (in Deutschland rund 600 000) und achtet auf die Angaben über die deutsche Rüstungsproduktion in der Tabelle S. 204. Wer hatte mit der Bombardierung von Städten begonnen?

(d) Informiert euch, ob und wann in eurem Heimatort bzw. Schulort Bomben fielen und was sie bewirkten.

(2) **Stalingrad**

Aus dem Kriegstagebuch des OKW zu Stalingrad:

„25. 12. 42: Luftversorgung infolge Schneesturms nicht möglich ...
10. 1. 43: ... Der augenblickliche tägliche Verpflegungssatz für die 6. Armee besteht aus 75 g Brot, 200 g Pferdefleisch einschließlich Knochen, 12 g Fett, 11 g Zucker und 1 Zigarette. Bis zum 20. Januar werden sämtliche Pferde geschlachtet sein.
15. 1. 43: ... In Stalingrad, wo die Truppe mangels Munition zum Teil mit der blanken Waffe kämpfen muß, wurde die Front ... zurückverlegt.
16. 1. 43: Die Massenangriffe in Stalingrad nahmen ihren Fortgang ...
19. 1. 43: In Stalingrad ist infolge unzureichender Versorgung die Verpflegungsausgabe lahmgelegt ...
23. 1. 43: In Stalingrad geht die Munition zu Ende ... Paulus [Armeebefehlshaber] funkt an Hitler: ‚Die durch Kälte, Hunger, Seuchen verursachten Leiden der Truppe sind nicht mehr zu ertragen. Eine Fortsetzung des Kampfes unter solchen Bedingungen geht über Menschenkraft hinaus.'

Links: Sowjetische Soldaten während der Kämpfe in Stalingrad.

Rechts: Landung amerikanischer Truppen an der Küste der Normandie am 6. Juni 1944.

Hitlers Antwortfunkspruch: ‚Verbiete Kapitulation. Die Armee hält ihre Position bis zum letzten Soldaten und zur letzten Patrone . . .‘
General Paulus antwortet: ‚Ihre Befehle werden ausgeführt. Es lebe Deutschland.‘
29. 1. 43: An Verwundete und Kranke kann keine Verpflegung mehr ausgegeben werden.
31. 1. 43: In Stalingrad brach trotz heldenmütiger Abwehr die bisherige Front im Südkessel zusammen.“ (4) Q

Über eine Rede des Reichsmarschalls Göring:

„Am 30. Januar 1943, als die Tragödie von Stalingrad ihrem Ende entgegenging, hielt Göring im Reichsluftfahrtministerium eine Rede zum 10. Jahrestag der nationalsozialistischen Machtergreifung. In dieser ‚Stalingrad-Rede‘ verglich der Reichsmarschall die Situation mit dem Kampf des Leonidas und seiner Spartiaten am Thermopylenpaß 480 v. Chr. und bezog die bekannte Grabschrift ‚Wanderer, kommst du nach Sparta . . .‘ auf die im Kessel Kämpfenden: ‚Wanderer, kommst du nach Deutschland, berichte, du habest uns hier sterben gesehen, wie das Gesetz es befahl!‘ Die Rede wurde von Sendern im noch deutsch besetzten Rußland nach Stalingrad gestrahlt und mußte dort von vielen deutschen Soldaten – auch auf den Verbandsplätzen – mitgehört werden. Wer bis jetzt noch an Rettung geglaubt hatte, wußte nun die volle Wahrheit.“ (5)

(a) Besprecht, was die Soldaten in Stalingrad erleiden mußten.

(b) Prüft, wer Verantwortung für den Untergang der 6. Armee trägt.

(3) Die Invasion der Westmächte in der Normandie

Churchill im britischen Unterhaus am 6. 6. 1944:

„Eine gewaltige Armada [Flotte] von 4000 Schiffen hat den Kanal überquert. Starke Luftlandeverbände sind hinter den deutschen Stellungen abgesetzt worden und dort tätig. Die deutschen Küstenbatterien wurden weitgehend zum Schweigen gebracht. Die alliierten Streitkräfte werden von über 11000 Flugzeugen aus der Luft unterstützt.“ (6) Q

Peter H., Kompanieführer bei der SS-Division „Hitlerjugend“, erlebte den 6. Juni an der Küste bei Bayeux:

„Jetzt merkten wir aus dem dunklen Grau noch mehr Aufblitzen, und ich erkannte einzelne Schiffskonturen, ja Masten, Kommandobrücken und beim weiteren Hinschauen nach rechts gehend weiße Striche aus dieser grauen Masse auf den Strand zukommen. Ich erkannte hier Landungsboote mit hoher Geschwindigkeit, hohen Bugwellen, die auf den Strand zufuhren. Das war ja ungeheuer, das waren ja Hunderte von Schiffen, die hier bis zum Horizont unübersehbar aufgereiht waren, und in ununterbrochener Folge schnelle Landungsboote, die auf den Strand zukamen. Es tauchen Flieger auf, wir hoffen, daß es endlich unsere Flieger sind – nein, es sind nicht unsere Flieger –, es sind Jagdbomber. Sie laden ihre Raketen in die Steilwand in unsere schweren Befestigungsanlagen. Hoffentlich erkennen sie uns nicht, selbst unsere Panzer sind gegen diese ‚Schmeißfliegen der Luft‘ machtlos. Das ist die Invasion: mehr Schiffe wie Wasser, das gibt

es nicht, das müßte man sehen, wer wird das glauben, wenn er dies nicht sieht.
Boote fuhren auf den Strand, und es kamen regelrecht braune Ballen aus diesen Schiffen heraus und wälzten sich an den Strand.“ (7) Q

(a) Wie erlebten die Verteidiger die Landung der alliierten Truppen?

(b) Versucht zu erklären, worauf der Erfolg der Alliierten zurückzuführen ist.

(c) Besprecht die Bedeutung der alliierten Invasion im größeren Zusammenhang. Berücksichtigt die Absicht Stalins, den 20. Juli 1944, die spätere deutsche Teilung.

(4) 1945: Zusammenbruch oder Befreiung?

Flucht vor der Roten Armee. Aus dem Tagebuch eines 15jährigen Mädchens:

„23./24. 1. Die Nacht vergeht unter Telephonieren. Wir kommen auf gute Art nicht fort. Ich höre alles wie durch dichte Nebel. Ich liege bei R. R. im Kabüs'chen und schwitze vor Angst, obwohl ich zittre durch den kalten Luftzug. Hin und wieder geht draußen eine Muni-Kiste hoch. Ich werde 15 Jahre alt.
Ich spiele mit dem Gedanken, daß Tiefflieger jetzt runterstoßen könnten. Ich empfinde keine Furcht dabei, vielleicht heute sterben zu müssen. An meinem Geburtstag. Haben Soldaten im Feuer auch solche ‚Abschiedsgedanken‘? 19.00. Wir versuchen, auf dem Bahnhof fortzukommen. Ich bin dagegen. Ich weiß, daß es keinen Zweck hat. Am Holländer Tor beschießen Panzer den Bahnhof. Wieder aus . . .
25. 1. Es geht weiter. Der Tag ist grau, wie verhangen hinter uns, vor uns. Wer weiß, woher wir kommen? Wohin geht es? . . . Mich friert. Ich gehe immer schneller, auf einmal um mich her nichts, kein Leben, nicht ein Spatz. Mein Gott, gibt es in dieser verfluchten Öde keine Farbe, nur schwarz und grau? Lerne ich beten?
26. 1. Wir laufen wie Maschinen. Tiegenhof liegt wie ausgestorben. Am Straßenrand sind Gefährte und Autos abgerutscht. Hinter Tiegenhof wird Leben. Ein Wagen hinter dem anderen, ein Treck und kein Ende. Der Weg zur Weichselfähre ist für Fahrzeuge gesperrt; wir kommen durch. Herrgott, war das Dein Wille?“ (8) Q

Hitler am 27. 11. 1941:

„Wenn das deutsche Volk einmal nicht mehr stark und opferbereit genug ist, sein eigenes Blut für seine Existenz einzusetzen, so soll es vergehen und von einer anderen, stärkeren Macht vernichtet werden . . . Ich werde dann dem deutschen Volk keine Träne nachweinen.“ (9) Q

Hitler am 19. 3. 1945 zu Rüstungsminister Speer:

„Wenn der Krieg verloren geht, wird auch das Volk verloren sein. Es ist nicht notwendig, auf die Grundlagen, die das deutsche Volk zu seinem primitivsten Weiterleben braucht, Rücksicht zu nehmen. Im Gegenteil ist es besser, selbst diese Dinge zu zerstören. Denn das Volk hat sich als das schwächere erwiesen . . .“. (10) Q

Flüchtlingstreck auf der Flucht vor der Roten Armee.

Das Ende aus der Sicht eines Siegers:

„Nach einer arbeitsreichen Nacht machte ich mich am 10. Mai 1945 morgens auf den Weg nach Prag. Die Straße war kaum passierbar. Auf ihr bewegten sich drei verschiedene Menschenströme. Die größte Gruppe bildeten die Kriegsgefangenen der Heeresgruppe Schörner. Während sich ihre Spitze bereits Dresden näherte, befand sich ihr Ende noch in Prag. Die zweite Kolonne bildeten die ausgewiesenen Deutschen. In der dritten zogen die aus den zahlreichen faschistischen Konzentrationslagern dieser Gegend befreiten Menschen in die Heimat zurück. Die Faschisten hatten in den zahlreichen umliegenden Rüstungsbetrieben Menschen aus ganz Europa zur Zwangsarbeit zusammengetrieben. Bei ihrem Anblick empfand ich gleichzeitig sowohl Freude über ihre Rückkehr ins Leben und in die Heimat als auch Schmerz über ihr abgezehrtes und elendes Aussehen." (11) Q

(a) Warum flohen so viele Menschen vor den Russen? Wohin flohen sie? Wie verlief die Flucht?

(b) Besprecht die zitierten Äußerungen Hitlers.

(c) Sucht Informationen über das Kriegsende in eurem Heimat- oder Schulort (Zeitungen, Bücher, Rathaus, Archiv usw.).

(5) **Die Atombombe**

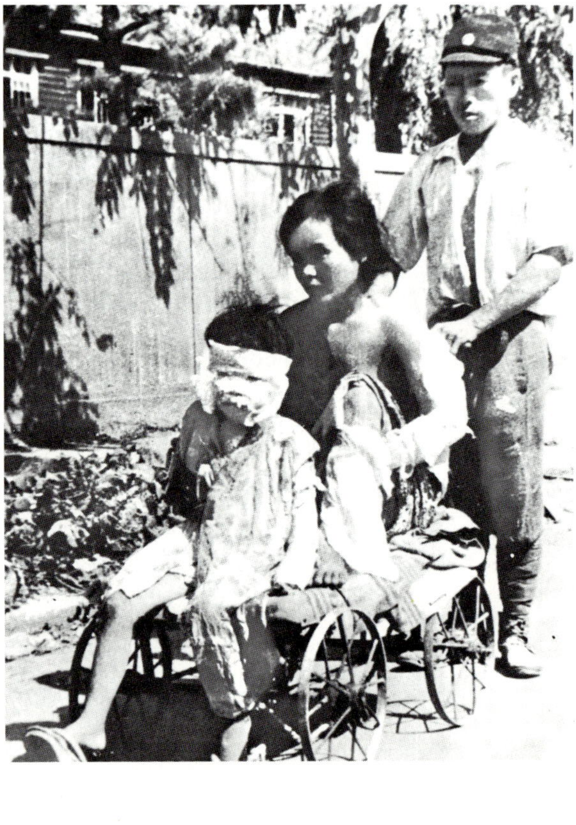

… den USA Wissenschaftler an
… er Bombe, die freiwerdende
… zur Zerstörung benutzen soll-
… r 1938 Otto Hahn und Lise
… ung erstmalig gelungen, und
… nschaftler in den USA, unter
… n aus den europäischen Dik-
… ständen in einem Wettlauf mit
dem nationalsozialistischen Deutschland. Das traf jedoch nicht zu, und die erst nach der Niederlage Deutschlands einsatzbereite Bombe wurde gegen Japan eingesetzt. Truman, der Vizepräsident Roosevelts und nach dessen plötzlichem Tod am 12. April 1945 Präsident der USA, fällte die Entscheidung. Ob er vor allem eine militärische Invasion Japans mit den zu erwartenden schweren Verlusten an amerikanischen Soldaten vermeiden oder eher gegenüber den Sowjets ein machtpolitisches Zeichen setzen wollte, blieb umstritten. Vergeblich versuchten einige der Physiker, die an der Herstellung der Atombombe beteiligt waren, den Abwurf zu verhindern.

Bericht eines japanischen Arztes:

„Die von uns aufgenommenen Verwundeten sahen grauenhaft aus. Ihre versengten Haare waren gekräuselt, die Kleidungsstücke in Fetzen gerissen, die Haut der unbedeckten Körperteile fast ganz verbrannt, die Wunden entsetzlich verschmutzt. Die meisten der Verwundeten waren durch zahllose Glassplitter, Holzstückchen oder Eisenteilchen, die sich in Gesicht und Rücken gebohrt hatten, derart entstellt, daß sie nicht leicht als Menschen zu erkennen waren ... Später stellten wir fest, daß manchen Patienten so viele Glasstückchen in die Lunge gepreßt worden waren, daß wir bei stethoskopischen Untersuchungen jedesmal ein Knirschen vernahmen, wenn sie atmeten ...
Ein 19jähriger Arbeiter war 1 km vom Explosionszentrum entfernt gewesen und wurde an beiden Händen verbrannt. Seine Brandwunden besserten sich zusehends. Nach 15 Tagen verließ er das Lazarett. Aber einen halben Monat später begann er zu fiebern. Er klagte über schlechten Appetit, allgemeines Müdigkeitsgefühl und Haarausfall. Unter der Haut tauchten blaue Flecken auf, unstillbare Darmblutungen kamen hinzu, und nach kurzer Zeit starb der Patient." (12) Q

(a) Zeigt an der Karte S. 189 den Kriegsverlauf im Fernen Osten.

(b) Tragt auf dem Stadtplan eures Schulortes – wie auf der Skizze von Hiroshima – die Zerstörungskreise der Atombombe ein. (Maßstab beachten.)

(c) Wissenschaft und Politik, Technik und Kriegführung: Wie hängen sie in der Gegenwart zusammen?

Links: Eine japanische Familie nach dem Atomangriff auf Hiroshima.

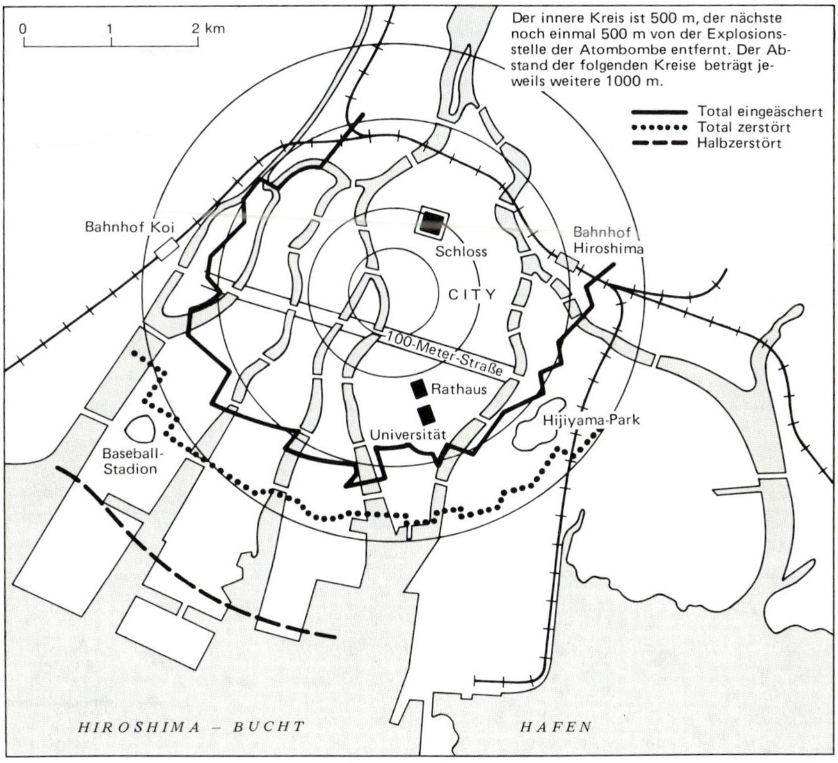

Rechts: Auswirkung der Atombombe in Hiroshima.

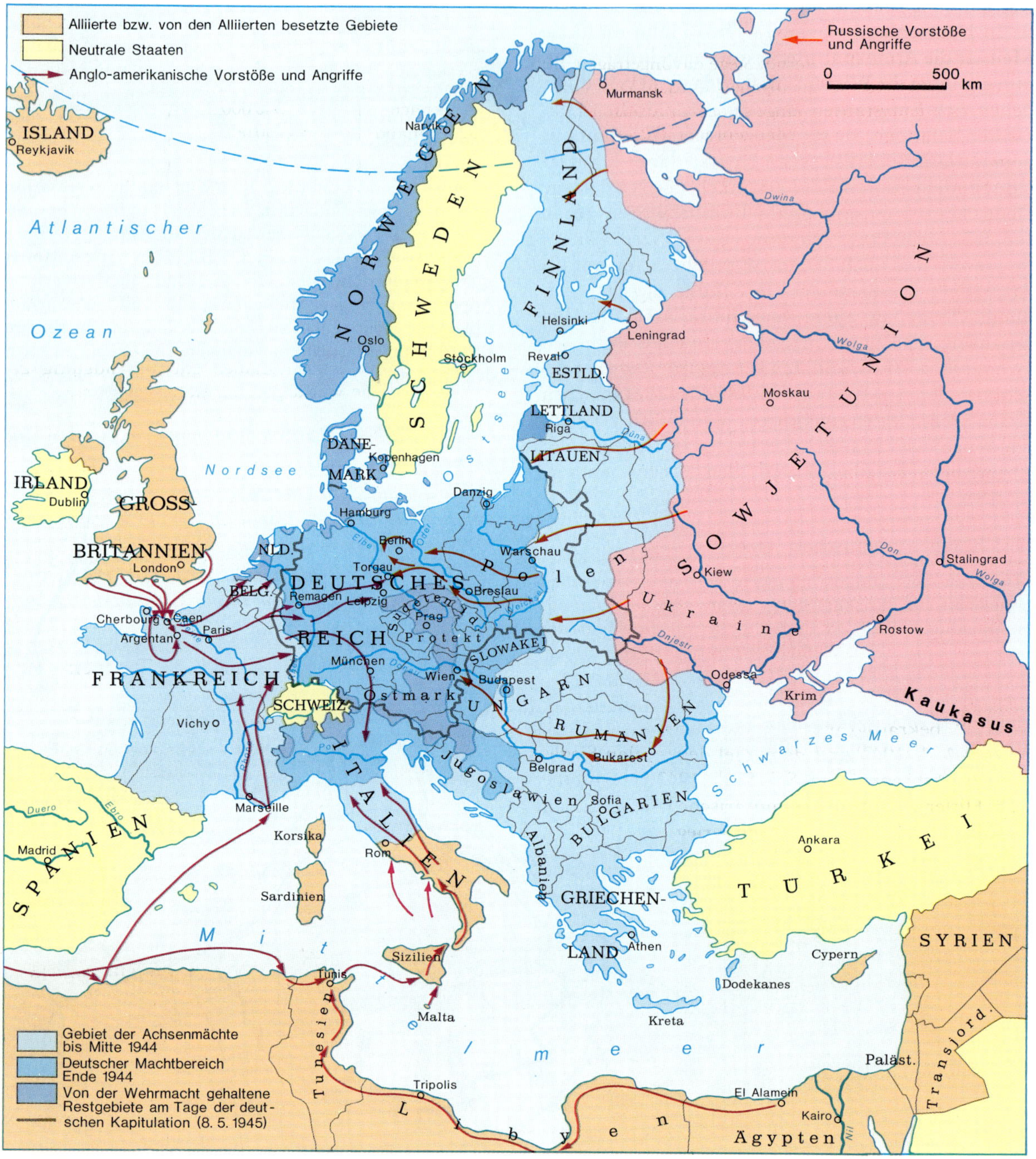

Der Zusammenbruch des Deutschen Reiches.

1. Sprich anhand der Zeittafel über die Entwicklung, die zur „bedingungslosen Kapitulation" führte.

2. Nimm Stellung zu der Rede von Goebbels S. 201.

3. Zeige anhand der Karte, von wo die alliierten Truppen nach Deutschland vordrangen und wo sie sich trafen.

4. Nimm Stellung zu folgenden Sätzen, die dem

letzten Wehrmachtsbericht vom 9. 5. 1945 entnommen sind:

„Der deutsche Soldat ist seinem Eide treu geblieben und hat, alles für sein Volk opfernd, Siege davongetragen, die für ewig in die Geschichte eingehen werden. Das Vaterland hat ihn unterstützt, solange seine Kräfte ausreichten. Es hat ebenfalls schwerste Opfer gebracht. Die Geschichte wird später einmal die hervorragende Zusammenarbeit zwischen Front und Hinterland gerecht zu würdigen wissen. Auch unsere Feinde konnten ihren Respekt für die Leistungen der deutschen Soldaten zu Lande, zur See und in der Luft nicht verhehlen. Jeder Soldat kann nun die Waffen niederlegen und in diesen schwersten Stunden unserer Geschichte stolz zu seiner Arbeit zurückkehren für das ewige Leben des deutschen Volkes. Wir verneigen uns heute ehrfürchtig vor den gefallenen Kameraden. Die Toten verpflichten uns zu stummem Gehorsam und zur Disziplin gegenüber dem Vaterlande, das aus unzähligen Wunden blutet." (13) Q

5. Sprich über die Opfer des Krieges anhand der folgenden Tabelle[1]:

	Getötete Soldaten	Getötete Zivilisten
Frankreich	340 000	470 000
Deutschland	3 750 000	3 000 000
Italien	330 000	80 000
Japan	1 200 000	600 000
Großbr.	440 000	62 000
Polen	320 000	über 5 000 000
Jugoslawien	41 000	1 280 000
USA	300 000	–
UdSSR	13 600 000	über 7 000 000

[1] Keine der genannten Zahlen gilt als endgültig gesichert. Manche Werke geben höhere, andere weit niedrigere Zahlen an.

Anti-Hitler-Koalition: Bündnis von Großbritannien, USA und UdSSR zur Überwindung der „Nazityrannei" (so bereits in der von Roosevelt und Churchill am 14. 8. 1941 vereinbarten „Atlantik-Charta", bekräftigt in der Erklärung von 26 Nationen am 1. 1. 1942) mit dem Ziel des totalen Sieges über die Achsenmächte. Seit Ende 1942 gewann die Anti-Hitler-Koalition die militärische Überlegenheit und Initiative im europäischen Krieg.

Bedingungslose Kapitulation: (englisch „Unconditional Surrender"), von Roosevelt und Churchill auf der Konferenz von Casablanca (14.–26. 1. 1943) beschlossen, bedeutet vollständige militärische Niederlage der Achsenmächte, Waffenniederlegung ohne politische Verpflichtungen der Sieger. Die deutsche Wehrmachtsführung unterzeichnete die bedingungslose Kapitulation am 7. 5. 1945 gegenüber den Westalliierten in Reims, am 9. 5. 1945 in Karlshorst gegenüber den Sowjets. Damit ging die Souveränität über Deutschland an die Siegermächte (Alliierter Kontrollrat) über.

Leih- und Pachtgesetz: (Lend-Lease-Act) am 11. 3. 1941 dem US-Präsidenten erteilte Vollmacht, Waffen, Kriegsmaterial und Lebensmittel an Länder zu liefern, deren Verteidigung gegen die Achsenmächte für die USA als lebenswichtig galt. Bis 1945 sind Güter im Wert von 43 Mrd. $, davon 30 Mrd. $ an Großbritannien, geliefert worden.

7./8. 11. 1942	Landung britisch-amerikanischer Truppen in Nordafrika
14.–26. 1. 1943	Konferenz von Casablanca
31. 1./2. 2. 1943	Kapitulation von Stalingrad
13. 5. 1943	Kapitulation der deutsch-italienischen Truppen in Nordafrika
10. 7. 1943	Landung der Alliierten in Sizilien
28. 11.–1. 12. 1943	Konferenz von Teheran
4. 6. 1944	Landung der Alliierten in der Normandie
12. 1. 1945	Durchbruch der Sowjets an der Weichsel
4.–11. 2. 1945	Konferenz von Jalta
7. 3. 1945	Übergang der Alliierten über den Rhein
30. 4. 1945	Selbstmord Hitlers
2. 5. 1945	Kapitulation von Berlin
7./9. 5. 1945	Bedingungslose Kapitulation Deutschlands
6. 8. 1945	Atombombe auf Hiroshima
2. 9. 1945	Bedingungslose Kapitulation Japans

Quellennachweis

(1) Zitiert aus: Klöss: Der Luftkrieg über Deutschland 1939–1945. München 1963, S. 55 f., 125.
(2) Zahlen nach: Parker: Das Zwanzigste Jahrhundert, I. Fischer Weltgeschichte Bd. 34. Frankfurt 1967, S. 341 f.
(3) Klöss, a. a. O., S. 264 f.
(4) Zitiert aus: G. Ottwaska: „Wenn alles in Scherben fällt ...". Freiburg 1983, S. 59 ff.
(5) Ebenda, S. 60.
(6) Ebenda, S. 70 f.
(7) J. Hess u. H.K. Wuermeling: Die Deutschen im Zweiten Weltkrieg, a. a. O., S. 191.
(8) Zitiert aus: K. Bergmann/G. Schneider (Hrsg.): 1945. Ein Lesebuch. Hannover 1985, S. 31.
(9) Zitiert aus: S. Haffner: Anmerkungen zu Hitler, a. a. O., S. 152.
(10) Ebenda, S. 197.
(11) Konjew: Das Jahr fünfundvierzig. Berlin-Ost 1969, S. 276.
(12) Der Zweite Weltkrieg in Bildern und Dokumenten, Bd. 10. München 1968, S. 118 f.
(13) Zitiert aus: Geschichte in Quellen. Die Welt seit 1945. München 1980, S. 18 f.

Lesetip

H. Erlinghagen: Hiroshima und wir. Augenzeugenberichte und Perspektiven. Fischer Tb. 4236 (QS)
W. Fährmann: Das Jahr der Wölfe. Arena, Würzburg 1983 (JB)
J. Kerr: Warten, bis der Frieden kommt. Ravensburger Tb. 753 (JB)
G. Pausewang: Auf einem langen Weg. Ravensburger Tb. 768 (JB)
S. Gräfin Schönfeld: Sonderappell 1945 – Ein Mädchen berichtet. dtv 7839 (Q)
P.E. Schramm (Hrsg.): Die Invasion 1944. Aus dem Kriegstagebuch des OKW. dtv 2942 (QS)
Ders.: Die Niederlage 1945. dtv 2947 (QS)
H. Vinke: Als die erste Atombombe fiel. Ravensburger Tb. 978 (JB)

US-Soldaten im eroberten Magdeburg. Die Bevölkerung hat weiße Fahnen gehißt.

8 Ost-West-Konflikt und Spaltung Deutschlands: Die „Nachkriegszeit“

8.1 Die Alliierten und das besiegte Deutschland

Die Verhandlungspartner der Potsdamer Konferenz. Von links nach rechts, erste Reihe: Der englische Premierminister Attlee, der amerikanische Präsident Truman und Stalin. Zweite Reihe: Der amerikanische Admiral Leahy, der englische Außenminister Bevin, der amerikanische Außenminister Byrnes und der russische Außenminister Molotow.

Aus dem Potsdamer Abkommen:

„Die Ziele der Besetzung Deutschlands, durch welche der Kontrollrat sich leiten lassen soll, sind:
(I) Völlige Abrüstung und Entmilitarisierung Deutschlands und die Ausschaltung der gesamten deutschen Industrie, welche für eine Kriegsproduktion benutzt werden kann, oder deren Überwachung . . .
(III) Die Nationalsozialistische Partei mit ihren angeschlossenen Gliederungen und Unterorganisationen ist zu vernichten; alle nationalsozialistischen Ämter sind aufzulösen; es sind Sicherheiten dafür zu schaffen, daß sie in keiner Form wieder auferstehen können; jeder nazistischen und militaristischen Betätigung und Propaganda ist vorzubeugen.
(IV) Die endgültige Umgestaltung des deutschen politischen Lebens auf demokratischer Grundlage und eine eventuelle friedliche Mitarbeit Deutschlands am internationalen Leben sind vorzubereiten.“ (1) Q

- Was sollte nach den Plänen der Alliierten mit dem besiegten Deutschland geschehen?
- Was geschah mit der Bevölkerung in den besetzten Ostgebieten?
- Wie verfuhr man mit den ehemaligen Nazis?
- Wie wurde Deutschland in der Besatzungszeit verwaltet, und wie lebten die Deutschen in den Nachkriegsjahren?

Friedenspläne der Anti-Hitler-Koalition. Auf der Konferenz von Jalta (vgl. S. 202) hatten sich die Staatsmänner der USA, Großbritanniens und der UdSSR auch darüber verständigt, was mit Deutschland nach dem Krieg geschehen sollte und wie man den Weltfrieden in Zukunft erhalten konnte. Man einigte sich, daß Deutschland nach der bedingungslosen Kapitulation besetzt und in bereits 1944 festgelegte Besatzungszonen aufgeteilt werden sollte, daß eine zentrale Kontrollkommission der Besatzungsmächte die oberste Kontrolle ausüben sollte. In allen befreiten Ländern Europas sollten freie Wahlen stattfinden. Eine Weltorganisation, die UNO, sollte wie nach dem Ersten Weltkrieg der Völkerbund den Frieden sichern.

Im Juni 1945 wurde von 50 Gründungsmitgliedern die Charta der Vereinten Nationen (United Nations Organization) einstimmig angenommen. Sie trat am 24. Oktober 1945 in Kraft. Die Mitgliedstaaten verpflichteten sich, für die Erhaltung des Weltfriedens zu sorgen, auf Gewalt zu verzichten und für die Achtung der Menschenrechte einzutreten (vgl. S. 340).

Jedes Mitglied erhielt eine Stimme in der jährlich tagenden Vollversammlung. Die politischen Entscheidungen sollten vor allem im Sicherheitsrat der UN getroffen werden. Ihm gehören als ständige Mitglieder die Großmächte USA, England, UdSSR, Frankreich und China an.

Die Potsdamer Konferenz. Eine Gipfelkonferenz der „Großen Drei" in Potsdam (17. 7. bis 2. 8. 1945), an der Truman (als Nachfolger Roosevelts), Stalin und zunächst Churchill, dann sein Nachfolger Attlee teilnahmen, brachte im „Potsdamer Abkommen" noch einmal gemeinsame Absichtserklärungen. Sie sind bald unterschiedlich ausgelegt und verwirklicht worden. Die Aufteilung Deutschlands in vier Besatzungszonen erfolgte reibungslos, auch die Schaffung des für alle Besatzungszonen zuständigen Alliierten *Kontrollrats** in Berlin sowie die Aufteilung der Stadt in vier Sektoren. Nicht zustande kam die Errichtung von zentralen deutschen Verwaltungsämtern, obwohl das Potsdamer Abkommen bestimmte, daß Deutschland „als einheitliches wirtschaftliches Ganzes betrachtet werden" sollte. Auch die vier allgemeinen Ziele des Abkommens („Denazifizierung, Demilitarisierung, *Demontage**, Demokratisierung") wurden von den Besatzungsmächten in den vier Zonen unterschiedlich verfolgt.

Einigkeit herrschte jedoch darüber, daß die UdSSR die infolge des Hitler-Stalin-Paktes erworbenen Gebiete behalten, Polen dafür im Westen entschädigt werden sollte. Die Westmächte erklärten sich bereit, die östlich von Oder und Neiße gelegenen „früheren deutschen Gebiete" unter polnische Verwaltung zu stellen, während das Gebiet um Königsberg der UdSSR überlassen blieb. Eine endgültige Regelung der deutsch-polnischen Grenze sollte erst auf einer Friedenskonferenz erfolgen. → (2)

Die Siegermächte vereinbarten ferner, daß die deutsche Bevölkerung, die „in Polen, Tschechoslowakei und Ungarn zurückgeblieben" war, nach Deutschland übersiedeln sollte. Man war sich einig, daß „diese Überführung auf eine geregelte und menschliche Weise erfolgen" mußte.

Die Vertreibung der Deutschen war jedoch bereits während der Potsdamer Konferenz im Gange. Viele waren schon vor „den Russen" geflohen. Manche Flüchtlingstrecks, besonders solche aus Ost- und Westpreußen, waren von sowjetischen Panzern überrollt worden. Die „Umsiedlung" war oft von schrecklichen Ereignissen begleitet: Es gab Morde, Vergewaltigungen und andere Verbrechen. Hunderttausende wurden von den Sowjets in die UdSSR verschleppt. Was Deutsche unter nationalsozialistischer Führung anderen Völkern zugefügt hatten, erlitten bei Kriegsende und nach der Kapitulation viele Deutsche, die im Machtbereich der vorher unterdrückten Völker lebten.

Allein die deutschen Provinzen östlich von Oder und Neiße umfaßten ein Viertel der Gesamtfläche des Deutschen Reiches in den Grenzen von 1937 mit 9,5 Mio. Einwohnern (1939). In den sudetendeutschen Randgebieten Böhmens waren 3,1 Mio. Menschen von der Vertreibung betroffen. Insgesamt sind über 14 Mio. Menschen aus deutschen Provinzen oder deutschen Siedlungsgebieten in Ost- und Südosteuropa geflohen oder vertrieben worden; über 2 Mio. sind dabei umgekommen.

Durch die „Westverschiebung" Polens dehnte die UdSSR nicht nur ihren unmittelbaren Machtbereich aus. Die neue Grenze an Oder und Neiße mußte Polen fest an die UdSSR binden; denn diese garantierte als einzige Großmacht die neue Grenze. Nicht abzuschätzen blieb allerdings die Belastung für die Friedensordnung der Nachkriegszeit. → (3)

Nürnberger Prozeß und Entnazifizierung. Ein Vier-Mächte-Abkommen, dem 19 Staaten beitraten, bestimmte, daß ein internationales Gericht die noch lebenden Hauptverantwortlichen für Kriegsverbrechen aburteilte. Als Kriegsverbrechen galten Verbrechen gegen den Frieden, Verbrechen gegen die Menschlichkeit, verbrecherische Kriegführung. Vom November 1945 bis September 1946 verhandelte ein „Internationaler Gerichtshof" in Nürnberg gegen 24 deutsche Hauptangeklagte. 12 wurden zum Tode verurteilt, darunter Göring, der jedoch vor der Hinrichtung Selbstmord beging. 7 Angeklagte erhielten langjährige Gefängnisstrafen, die sie im Spandauer Kriegs-

verbrechergefängnis (Berlin) verbüßten. Es folgten weitere Prozesse vor internationalen Gerichten und Gerichten einzelner Staaten gegen leitende Beamte des Auswärtigen Amtes, gegen Industrielle, gegen SS-Leute und SS-Ärzte sowie KZ-Aufseher. Viel später begannen auch deutsche Gerichte, NS-Verbrechen gegen die Menschlichkeit aufzugreifen und abzuurteilen.
Die großangelegte *Entnazifizierung** sollte nach dem Potsdamer Abkommen der „völligen Umgestaltung des politischen Lebens in Deutschland" dienen. Die Art, wie diese Maßnahmen – Verhaftungen und Einweisungen in Internierungslager, Überprüfungen der Ämter und Verwaltungen, Einleitung einer Schulreform, Beginn von Entflechtungen und Enteignungen in Großindustrie, Großbanken und Großgrundbesitz – in den einzelnen Zonen durchgeführt wurden, bewies jedoch bald, daß unterschiedliche gesellschafts- und machtpolitische Ziele durchgesetzt werden sollten (vgl. Kap. 8.3.). → (5)

Politisches Leben. Gleich nach dem Einmarsch der Alliierten bildeten vielerorts Sozialdemokraten, Kommunisten und Gewerkschafter, z. T. mit anderen Gruppen zusammen, „*Antifaschistische** Ausschüsse". Sie besetzten Verwaltungsposten, aus denen man Nazis entfernt hatte, und versuchten, die Versorgung sicherzustellen sowie die Arbeit in den Betrieben wieder in Gang zu bringen. Nach wenigen Monaten wurden auch politische Parteien wieder zugelassen, zuerst von der Sowjetischen Militäradministration (vgl. S. 220), dann von den Amerikanern und Briten, schließlich auch von den Franzosen. Sie konnten allerdings in den Westzonen anfangs nur auf der unteren Ebene arbeiten.
Im September 1945 bildeten die Amerikaner in ihrer Zone drei Länder: Bayern, Hessen und Württemberg-Baden. 1946 entstanden in der britischen Zone die Länder Schleswig-Holstein, Niedersachsen, Nordrhein-Westfalen und Hamburg, dann Bremen und in der französischen Zone (Süd)Württemberg-Hohenzollern, Baden und Rheinland-Pfalz. Die Besatzungsmächte setzten Regierungen ein. Sie genehmigten auch die Gründung von Zeitungen und Rundfunkanstalten. Eine zentrale Regierung für ganz Deutschland war jedoch von der Potsdamer Konferenz „bis auf weiteres" abgelehnt worden. In der *Sowjetischen Besatzungszone (SBZ*)* begann bereits eine besondere Entwicklung.
Erst im Lauf der Jahre 1946/47 fanden Landtagswahlen in den einzelnen Ländern statt (vgl. S. 231). Die gewählten Parlamente gaben den Ländern demokratische Verfassungen. In den vier Zonen entstanden darüber hinaus zentrale Behörden: Zuerst in der Sowjetischen Besatzungszone, dann in der britischen ein „Zonenbeirat" und in der amerikanischen Zone ein „Länderrat"; 1947 ließen auch die Franzosen in ihrer Zone gemeinsame Sitzungen der drei Ministerpräsidenten zu. Schon 1946 vereinbarten die britische und amerikanische Besatzungsmacht eine engere Zusammenarbeit und bildeten am 1. 1. 1947 eine „Bizone" mit einem gemeinsamen „Wirtschaftsrat", der seine Arbeit in Frankfurt aufnahm.
Anfang Juni 1947 kamen auf Initiative des bayerischen Ministerpräsidenten Ehard die Regierungschefs der Länder aller vier Besatzungszonen zu einer Konferenz in München zusammen. Die Ostzonenvertreter verlangten, daß zuerst über politische Probleme verhandelt werde. Die Ministerpräsidenten der Westzonen bestanden darauf, daß der Tagesordnung entsprechend Sachfragen diskutiert würden. Darauf lehnten die Ministerpräsidenten der Sowjetzone die weitere Teilnahme ab. Das bedeutete nach den Worten Ehards „die Spaltung Deutschlands."

Die Not der Bevölkerung. Die neue Verwaltung mußte vor allem gegen die wirtschaftliche Not angehen. Die Bevölkerung hungerte. In den Städten, von denen viele zerstört waren, gingen die Vorräte zu Ende; Flüchtlinge überfüllten die Dörfer und Kleinstädte. Nahrungsmittel und Kleidung gab es nur mit Lebensmittelkarten und Bezugsscheinen. Tauschhandel und Schwarzmarkt blühten. Geschenksendungen, vor allem die „CARE-Pakete" aus den USA, konnten vereinzelt die schlimmste Not lindern. Viele versuchten, bei Bauern etwas Mehl, Kartoffeln, Gemüse oder Obst zu erbetteln, manche im Tausch gegen Schmuck, Silberbesteck, Zigaretten. Es fehlten Wohnungen, Möbel, Brennmaterial. Im Hungerwinter 1946/47 sank die Tagesration an Nahrungsmitteln in vielen Städten unter 1000 Kalorien pro Person. → (4)
„Trägerinnen des zermürbenden Überlebenskampfes gegen den Hunger und die Entbehrungen aller Art waren die Frauen", so heißt es in einer Untersuchung (D. Schubert). Bereits während des Krieges hatten Frauen Arbeiten übernehmen müssen, die vorher den Männern vorbehalten waren. Jetzt, nach dem Kriege, leisteten viele als „Trümmerfrauen" schwere körperliche Arbeit bei der Beseitigung der Kriegsfolgen. Die Hauptarbeit der Frauen aber war die Sicherung des Überlebens der Familie:

„Daß die Menschen hier noch nicht ganz verhungert sind, haben sie den Familienmüttern zu verdanken, welche weite Reisen (Oldenburg, Ostfriesland, Weserland) unternehmen, um dort . . . Brot, Nährmittel und Kartoffeln zu holen. Die Strapazen, welchen die Frauen dabei ausgesetzt sind, bleiben nicht ohne Folgen. Wochenlang haben sie starkgeschwollene Füße und Beine . . . (2) Q

(1) Deutschland: besiegt oder befreit?

Aus einem Tagebuch zum 1. 5. 1945:

„Aus allen Fenstern des Dorfes hängen weiße Laken. Oberhaching hat kapituliert und erwartet die Besatzer. Gegen Mittag kommen sie; zwei, drei Kompanien, aber ein Heerwurm von Fahrzeugen, wie ich ihn in den besten Zeiten des Dritten Reiches bei keiner unserer Divisionen gesehen habe. Jeeps, Lastwagen jeder Größe, und auf jedem Wagen nur drei, vier Mann, z. T. in dicken Sesseln, die sie sich unterwegs organisiert haben, gut gerüstet und genährt …
Auf der Gemeindeverwaltung sind die ersten Proklamationen ausgehängt. Wir wurden besiegt, nicht befreit, heißt es darin. Dann folgen lange Verzeichnisse, was uns alles in Zukunft verboten ist. Und jeder Verstoß gegen ein solches Verbot kann mit der Todesstrafe geahndet werden.“ (3) Q

Aus einer Anordnung der US-Militärregierung vom 26. 5. 1945:

„Grundlegende Ziele der Militärregierung in Deutschland:
a) Es muß den Deutschen klargemacht werden, daß Deutschlands rücksichtslose Kriegführung und der fanatische Widerstand der Nazis die deutsche Wirtschaft zerstört und Chaos und Leiden unvermeidlich gemacht haben und daß sie nicht der Verantwortung für das entgehen können, was sie selbst auf sich geladen haben.
b) Deutschland wird nicht besetzt zum Zwecke seiner Befreiung, sondern als ein besiegter Feindstaat. Ihr [der amerikanischen Soldaten] Ziel ist nicht die Unterdrückung, sondern die Besetzung Deutschlands, um gewisse wichtige alliierte Absichten zu verwirklichen. Bei der Durchführung der Besetzung und Verwaltung müssen Sie gerecht, aber fest und unnahbar sein. Die Verbrüderung mit deutschen Beamten und der Bevölkerung werden Sie streng unterbinden.
c) Das Hauptziel der Alliierten ist es, Deutschland daran zu hindern, je wieder eine Bedrohung des Weltfriedens zu werden …“ (4) Q

Aus dem Potsdamer Abkommen:

„Es ist nicht die Absicht der Alliierten, das deutsche Volk zu vernichten oder zu versklaven. Die Alliierten wollen dem deutschen Volk die Möglichkeit geben, sein Leben auf einer demokratischen und friedlichen Grundlage von neuem wieder aufzubauen. Wenn die eigenen Anstrengungen des deutschen Volkes unablässig auf die Erreichung dieses Zieles gerichtet sein werden, wird es ihm möglich sein, zu gegebener Zeit einen Platz unter den freien und friedlichen Völkern der Welt einzunehmen.“ (5) Q

(a) Stellt zusammen, wie man in Deutschland das Kriegsende erlebte und einschätzte.

(b) Welche Widersprüche enthalten die Erklärungen der Alliierten? Wovon sollte Deutschland befreit werden?

(c) Nehmt Stellung zu der Frage: „Wurde Deutschland 1945 besiegt oder befreit?“

(2) Das Potsdamer Abkommen

Politische Grundsätze:

Entsprechend der Übereinkunft über das Kontrollsystem in Deutschland wird die höchste Regierungsgewalt in Deutschland durch die Oberbefehlshaber der Streitkräfte der USA, des Vereinigten Königreichs [England], der UdSSR und der Französischen Republik nach den Weisungen ihrer entsprechenden Regierungen ausgeübt, und zwar von jedem in seiner Besatzungszone, sowie gemeinsam in ihrer Eigenschaft als Mitglieder des Kontrollrates in den Deutschland als Ganzes betreffenden Fragen …

Die Besatzungszonen in Deutschland und Österreich.

Die „Westverschiebung“ Polens.

Wirtschaftliche Grundsätze:

In praktisch kürzester Frist ist das deutsche Wirtschaftsleben zu dezentralisieren mit dem Ziel der Vernichtung der bestehenden übermäßigen Konzentration der Wirtschaftskraft [Kartelle, Syndikate usw.] ... Die Bezahlung der Reparationen soll dem deutschen Volke genügend Mittel belassen, um ohne eine Hilfe von außen zu existieren. Die Reparationsansprüche der UdSSR sollen durch Entnahmen aus der von der UdSSR besetzten Zone in Deutschland und durch angemessene deutsche Auslandsguthaben befriedigt werden. In Ergänzung der Reparationen, die die UdSSR aus ihrer eigenen Besatzungszone erhält, wird die UdSSR zusätzlich aus den westlichen Zonen erhalten: 15% der industriellen Ausrüstung im Austausch für einen entsprechenden Wert an Nahrungsmitteln, Kohle usw.; 10% der industriellen Ausrüstung ohne Bezahlung oder Gegenleistung ...

Polen:

Die Häupter der drei Regierungen stimmen darin überein, daß bis zur endgültigen Festlegung der Westgrenze Polens die früher deutschen Gebiete östlich der Linie, die von der Ostsee unmittelbar westlich von Swinemünde und von dort der Oder entlang bis zur Einmündung der westlichen Neiße und die westliche Neiße entlang bis zur tschechoslowakischen Grenze verläuft, einschließlich des Teiles Ostpreußens, der nicht unter die Verwaltung der UdSSR gestellt wird, und einschließlich des Gebietes der früheren freien Stadt Danzig, unter die Verwaltung des polnischen Staates kommen und in dieser Hinsicht nicht als Teil der sowjetischen Besatzungszone in Deutschland betrachtet werden sollen.“ (6) Q

(a) Erläutert die Bestimmungen des Potsdamer Abkommens über die Behandlung Deutschlands. Weshalb dürften die Alliierten besondere Reparationsansprüche der UdSSR anerkannt haben?

(b) Zu welcher Besatzungszone gehörte euer Schulort?

(c) Erklärt anhand der Karte den Ausdruck „Westverschiebung Polens“. Sprecht über die Entstehung der „Oder-Neiße-Linie“.*

(3) Flucht und Vertreibung

Eine Frau aus Sorau in Brandenburg berichtet:

„Am 23. Juni 1945 wurden wir nun vollkommen überraschend binnen zehn Minuten vom Polen ausgewiesen. Ich lebte damals wieder in meinem Haus, das ging immer hin und her, mal wurde man herausgeschmissen, dann wagte man sich wieder hinein, schaffte den schlimmsten Schmutz heraus, um dann doch bald wieder herausgeworfen zu werden. Niemand von uns hatte mit einer Ausweisung gerechnet. Wohl kamen eine Woche vorher die Zivilpolen, und uns wurde gesagt, daß wir nun polnisch verwaltet würden. Die Zivilpolen benahmen sich anständig, sie plünderten wohl auch noch, aber viel hatte der Russe ja nicht übriggelassen. Aber Vergewaltigungen kamen da kaum vor. Bis dann am Morgen des 23. Juni 1945 die polnische Soldateska erschien, die sogenannten Lubliner Polen, und die gesamte Bevölkerung Soraus, gegen 29 000 Menschen, an diesem Tag auswies. Nur ganz wenige, die in den Fabriken für den Russen arbeiteten, durften bleiben.

Mir ließen sie wie allen genau zehn Minuten Zeit. Ich konnte nun bloß mein einjähriges Enkelkind die drei Treppen herunterschleppen, danach den Kinderwagen, den sie mir auch schon teilweise ausgeplündert hatten, dann für den Kleinen heimlich einige Lebensmittel aus den Verstecken holen, und als ich dann noch für mich aus meiner Wohnung meinen Mantel holen wollte, ließ mich der Pole nicht mehr herein mit dem Vermerk, die zehn Minuten wären herum.“ (7) Q

Ankunft eines Flüchtlingszuges aus dem Osten auf dem Bahnhof in München.

Auf der Potsdamer Konferenz wurde vereinbart:

„Die drei Regierungen haben die Frage unter allen Gesichtspunkten beraten und erkennen an, daß die Überführung der deutschen Bevölkerung oder Bestandteile derselben, die in Polen, Tschechoslowakei und Ungarn zurückgeblieben sind, nach Deutschland durchgeführt werden muß. Sie sind sich darüber einig, daß diese Überführung auf eine geregelte und menschliche Weise erfolgen muß." (8) Q

Ein Historiker schreibt dazu:

„Wie wir heute wissen, wurden diese Konditionen nicht eingehalten. Die Ausweisung ... verlief gewaltsam und chaotisch ... Vermutlich waren sich die drei Staatsmänner, die in Potsdam zusammentrafen, ungeachtet des formellen Wortlauts ihrer Vereinbarung, auch durchaus dessen bewußt, daß die von ihnen geplante Massenvertreibung keineswegs in ruhigen, geordneten Bahnen verlaufen würde. Denn es lagen bereits zuviele geschichtliche Erfahrungen vor, die einen solchen Beschluß Lügen straften." (9)

Deutsch-polnische Schulbuchempfehlungen:

„Der größte Teil der in den Oder-Neiße-Gebieten verbliebenen deutschen Bevölkerung wurde in den Jahren 1945 bis 1947 ausgewiesen bzw. im Rahmen des interalliierten Transferabkommens zwangsumgesiedelt ... In den von der deutschen Bevölkerung geräumten Gebieten wurde systematisch eine inzwischen dort ansässig gewordene polnische Bevölkerung angesiedelt." (10)

(a) Welche Eindrücke vermitteln die Bilder und Berichte über die Vertreibung der Deutschen aus den Ostgebieten?

(b) Besprecht das Problem der Verantwortung für die Vorgänge.

(c) Die polnische Vertretung in der deutsch-polnischen Schulbuchkommission legte ausgesprochenen Wert darauf, nicht von „Vertreibung", sondern von „Zwangsumsiedlung" zu sprechen. Kritiker in der Bundesrepublik sahen darin den Versuch, die Vorgänge zu verharmlosen. Äußert eure Ansicht hierzu und begründet sie.

(4) Leben in Trümmern

Alltag im Dezember 1945:

„Unsere Tagesverpflegung sieht etwa so aus. Morgens eine Tasse Kaffee oder auch nichts, Frühstück fällt aus. Mittags einen halben Liter Kaffee zu geröstetem Brot, abends 18–20 Uhr, je nachdem wie der Ofen brennt (Gas gibt es bei uns noch nicht und elektrischer Strom ist rationiert) zusammengefaßtes Mittag- und Abendessen: eine Mehltunke mit Kartoffel, Mehlklöße oder Brot, was man gerade so hat. Vielleicht dann um 22 Uhr noch eine Tasse Mehlsuppe, solange der Vorrat reicht. Im Monat einmal etwas Gemüse oder Zwiebeln und Essig. Als Brot gibt es herrliches Weißbrot aus kanadischem Weißmehl. Die Hausfrauen haben es sehr schwer. Gibt es mal Fleisch, hat man keine Kartoffeln, hat man Kartoffeln, ist kein Fett zu bekommen usw. Und wir haben ewig Hunger. Wir sind dünn geworden wie Gandhi und manchmal wird uns ganz schwindlig auf der Straße." (11) Q

Schulalltag in Köln (1945):

„28. 9. 45: Obwohl Lehrer und Schüler mit Fleiß und Hingabe bei der Sache sind, leidet der Unterricht sehr unter dem Mangel an Schulbüchern und Schreibmaterial. Die Schulleitung kaufte Restbestände von Tafeln und Griffeln, Heften und Bleistiften, Federn und Federhaltern auf und verteilte sie an die Kinder. Da die Schüler oft monate-, ja jahrelang keinen Unterricht erhielten, ist der Leistungsstand in den Klassen sehr schwach und unterschiedlich.
10. 10. 45: Das Schulgebäude ist noch immer in einem trostlosen Zustand: Die Fenster sind zum Teil notdürftig mit Kordelglas geflickt, einige Klassentüren werden durch alte Decken ersetzt, und der Fußboden ist fast überall schadhaft. Damit die notwendigsten Ausbesserungen vorgenommen werden können, bringen die Kinder Gips, Zement und alte Schlüssel mit, welche von den Lehrern zurechtgefeilt werden, um wenigstens einige Räume verschließen zu können. In den Jahren des Krieges hatten die Kinder unter Todesangst, Kummer, Sorgen und Entbehrungen aller Art eine freudlose Kindheit. Darum bemühen sich die Lehrer, in der Schule ein frohes Jugendreich zu schaffen: Musik, Sport, Spiel und Tanz haben neben der

„Trümmerfrauen" in Berlin.

Lernarbeit einen wichtigen Platz und lockern den Unterricht auf ...
13. 12. 45: Heute beginnt die sogenannte Schulspeisung: Jedes Kind erhält in der Schule einen halben Liter warme Suppe, dazu die Schüler vom 12. Lebensjahr ab ein Brötchen. Es soll abwechselnd Nudelsuppe, Erbsmehlsuppe und Biskuitsuppe geben, ferner zur Freude der Kinder zweimal wöchentlich Süßigkeiten: Bonbons, Fruchtstangen u. a.
Um dem Vitaminmangel zu begegnen, werden auch Cebiontabletten verteilt. Zu Weihnachten soll jedes Kind einen Gutschein zum Kauf von einem Pfund Äpfel erhalten. In den Familien fehlen Kartoffeln und Gemüse fast ganz, Hausbrand ist kaum vorhanden. Die Kinder sind froh, wenigstens in der Schule einige Stunden in geheizten Räumen zu sitzen.
21. 12. 45: Heute beginnen die Weihnachtsferien. Bei dem schlechten Wetter der letzten Wochen versäumten viele Kinder oft den Unterricht, weil sie keine Schuhe haben. Manche kommen trotz Regen und Kälte in Sandalen, zerrissenen oder geliehenen Schuhen zur Schule. Wenn Geschwister zu verschiedenen Zeiten Unterricht haben, wird oft das gleiche Paar Schuhe von ihnen abwechselnd getragen." (12) Q

(a) Faßt eure Eindrücke vom Leben im besiegten Deutschland (1945) in Schlagworten oder Überschriften zusammen.

(b) Erklärt den Ausdruck „Trümmerfrauen".

(c) Fragt Verwandte und Bekannte nach ihren Erinnerungen an jene Zeit.

(5) Die Deutschen nach der Katastrophe

Der letzte Lagerälteste des KZ Dachau Anfang Mai 1945 nach der Befreiung:

„Rücksichtslos werden wir den organisatorischen Apparat der Nazis zerbrechen! Rücksichtslos werden wir alle Verwaltungsorgane, Schulen, Kultureinrichtungen, Literatur von den Vertretern der Verbrecherpartei säubern! Ausrotten werden wir die faschistische Ideologie, gleichgültig, unter welchem Mantel sie auch immer auftreten mag ...
Wir wollen für uns und unsere Jugend ein neues Deutschland aufbauen, ein Deutschland des Antifaschismus, der Freiheit, der Demokratie! Durch unsere Tat wollen wir den deutschen Namen wieder reinwaschen, damit Deutschland als würdiges Glied in der Reihe aller antifaschistischen, demokratischen und freiheitlichen Nationen an den hehren Aufgaben der Menschheit mitarbeitet." (13) Q

Der Dichter Johannes R. Becher (später Kulturminister der DDR) in einer Rundfunkansprache am 4. Juli 1945 in Berlin:

„Eine solche Niederlage, wie wir Deutsche sie erlitten haben, stellt die Frage an die ganze Nation. Unsere gesamte geschichtliche Entwicklung ist in Frage gestellt, muß neu überprüft und neu beantwortet werden. Wie konnte das geschehen? Wie konnte das möglich werden? Wie ist es möglich geworden, daß Millionen Deutscher – und die meisten wider besseres Wissen – einem Hitler nachfolgten ins Verderben bis zuletzt? Es ist eine Lebensfrage, eine Frage auf Leben und Tod unseres Volkes. Jeder einzelne von uns, die ganze Nation muß über sich selbst Gerichtstag halten." (14) Q

Der bayerische Ministerpräsident Fritz Schäffer am 15. 6. 1945 in einer Rundfunkansprache:

„Keine nationalsozialistische Lüge, kein Massenterror darf mehr sein; auch der Zwillingsbruder des Nationalsozialismus, der Militarismus und Kadavergehorsam, muß verschwinden." (15) Q

Neuer Hannoverscher Kurier Nr. 12 vom 27. 7. 1945:

„Sag, kennst du schon den neusten Dreh?
‚Im Innern war ich nie Pg!'
Dies jetzt so mancher Nazi spricht
mit unschuldsvollem Angesicht ..." (16) Q

(a) Wie denkt ihr über die zitierten Stellungnahmen von Deutschen im Sommer 1945?

(b) Wie ist aus eurer Sicht der Nürnberger Kriegsverbrecherprozeß (vgl. Bild S. 221) einzuschätzen?

(c) Informiert euch über die Entnazifizierung, wie sie angewandt wurde und was sie bewirkte.

1. Manche Bücher handeln von der „Stunde Null“ in Deutschland 1945. Was ist damit gemeint? Trifft der Ausdruck überall zu? Begründe deine Meinung.

2. Erläutere die folgende Anzeige in den „Mitteilungen der Militärregierung Freiburg Stadt und Land“ vom 13. 6. 1945:

„Straßenumbenennungen – Dénominations des rues – Änderung der Straßennamen. Die Straßen, die an das nationalsozialistische System erinnern, erhalten mit sofortiger Wirkung die nachstehenden Bezeichnungen:

bisherige Bezeichnung	*neue Bezeichnung*
Adolf-Hitler-Straße	Kaiser-Joseph-Straße
Danziger Freiheit	Adalbert-Stifter-Straße
Hindenburgplatz	Holzmarkt
Kirchstraße	Turennestraße
Horst-Wessel-Straße	Jakob-Burckhardt-Straße

. . .“ (17) Q

3. Erkläre, was die „vier D's“ bedeuten, die die Alliierten in Potsdam als allgemeine Richtlinien für Deutschland bestimmten.

4. Eine 28jährige Frau in einer Heiratsanzeige 1946: „Biete 2-Zimmer-Wohnung und 2 Care-Pakete pro Monat.“ Sie erhielt 2 437 Zuschriften. Warum wohl?

5. Bundespräsident R. v. Weizsäcker erklärte aus Anlaß des 40. Jahrestages der deutschen Kapitulation am 8. Mai 1985:

„Es geht nicht darum, Vergangenheit zu bewältigen. Das kann man gar nicht. Sie läßt sich ja nicht nachträglich ändern oder ungeschehen machen. Wer aber vor der Vergangenheit die Augen verschließt, wird blind für die Gegenwart. Wer sich der Unmenschlichkeit nicht erinnern will, der wird wieder anfällig für neue Ansteckungsgefahren.“ (18)

Was für Konsequenzen ziehst du aus dieser Aufforderung?

Antifaschisten: Bezeichnung der Opposition gegen Faschismus und Nationalsozialismus; von den Kommunisten als Kampfbegriff verwendet. Nach 1945 Bündnis von Kommunisten mit anderen Gegnern des Nationalsozialismus mit dem Ziel, die eigene Macht durchzusetzen und Gegner (auch andersdenkende Demokraten) auszuschalten.

Demontage: Abbau von Fabriken und Maschinen, von den Alliierten zum Zweck von Reparationsleistungen von Deutschland gefordert, zugleich mit dem Ziel, die deutsche Rüstungsindustrie zu vernichten und die gesamte industrielle Produktion auf etwa 50% des Standes von 1938 zu reduzieren. Im Westen wurden Demontagen ab 1946 eingeschränkt, 1950 eingestellt. Der Verlust an Produktionskapazität wird in den Westzonen auf unter 10%, in der SBZ auf 50–60% geschätzt.

Entnazifizierung: Verfahren zur völligen Beseitigung des Nationalsozialismus und Bestrafung seiner Anhänger, in der Westzone durch politische Gerichte, sogenannte Spruchkammern, die zunächst durch Fragebogen die Schuld der einzelnen zu ermitteln suchten und die Betroffenen als Hauptschuldige, Belastete (Aktivisten), Minderbelastete, Mitläufer oder Entlastete einstuften und bestraften. Bei ca. 6 Millionen Verfahren in den Westzonen wurden 98% als Entlastete oder Mitläufer eingestuft.

Kontrollrat: Vom 8. 8. 1945 bis 20. 3. 1948 amtierendes oberstes Organ der Alliierten in Deutschland, bestehend aus den Oberbefehlshabern der vier Besatzungsmächte, mit Sitz in Berlin. Mußte seine Beschlüsse einstimmig fassen. Was nicht vom Alliierten Kontrollrat geregelt wurde, entschied jeder Oberbefehlshaber für seine Zone allein.

Oder-Neiße-Linie: Seit 1945 Grenze zwischen Deutschland und Polen, im Potsdamer Abkommen festgelegt, sollte endgültig durch einen Friedensvertrag geregelt werden; von der DDR im „Görlitzer Vertrag“ 1950 als endgültig (sog. „Friedensgrenze“), in den „Ostverträgen“ von der Bundesrepublik Deutschland als „unverletzlich“ anerkannt; im Rahmen der deutschen Vereinigung 1990 durch völkerrechtliche Verträge endgültig bestätigt.

SBZ: Abkürzung für „Sowjetische Besatzungszone“, deren oberste Gewalt die „Sowjetische Militäradministration“ (SMA) von 1945 bis 1949 ausübte. Eine andere Bezeichnung für SBZ im Westen war „Sowjetzone“ oder einfach „die Zone“.

7./9. 5. 1945	Unterzeichnung der bedingungslosen Kapitulation
26. 6. 1945	Gründung der Vereinten Nationen
17. 7.–2. 8. 1945	Potsdamer Konferenz
30. 8. 1945	Einrichtung des Alliierten Kontrollrats
30. 9./1. 10. 1946	Urteilsverkündung im „Nürnberger Prozeß“
1. 1. 1947	Bildung der „Bizone“

Quellennachweis

(1) Aus dem Potsdamer Abkommen. Zit. nach: E. Deuerlein (Hrsg.): Potsdam 1945. dtv dokumente 152/153, S. 354 f.
(2) Zitiert aus: D. Schubert: Frauen in der deutschen Nachkriegszeit, Bd. 1, 1984, S. 165.
(3) K. Jering: Überleben und Neubeginn: Aus dem Tagebuch eines Deutschen 1945/46. München/Wien 1979, S. 16.
(4) Zitiert aus: Informationen zur politischen Bildung 157, Die Entstehung der Bundesrepublik Deutschland. Bonn 1974, S. 3.
(5) Deuerlein: Potsdam 1945, a. a. O., S. 367.
(6) E. Krautkrämer: Internationale Politik. Band 2, a. a. O., S. 160 ff., leicht gekürzt.
(7) Dokumentation der Vertreibung, Bd. I, 2. Bonn 1954, S. 688 f.
(8) Deuerlein: Potsdam 1945, a. a. O., S. 367.
(9) P. Waldmann in: J. Becker u. a. (Hrsg.): Vorgeschichte der Bundesrepublik Deutschland. München 1979, S. 165.
(10) Empfehlungen der deutsch-polnischen Schulbuchkommission zur Darstellung der Nachkriegsgeschichte. Oktober 1975.
(11) Brief eines Gelehrten, in: Die Gegenwart 1, 1945/46, Nr. 6/7, S. 20.
(12) Zitiert aus: Bergmann/Schneider (Hrsg.): 1945, ein Lesebuch, a. a. O., S. 185 f.
(13) P. Altmann u. a. (Hrsg.): Das Jahr 1945. Frankfurt 1980, S. 21 ff.
(14) Zitiert aus: Bergmann/Schneider (Hrsg.): 1945, ein Lesebuch, a. a. O., S. 228.
(15) Ebenda, S. 122
(16) Zitiert aus: J. Weber: Auf dem Wege zur Republik 1945–1947. München 1978, S. 57.
(17) Der deutsche Südwesten zur Stunde Null. Karlsruhe 1975, Abb. 71.
(18) 40. Jahrestag der Beendigung des Krieges in Europa und der nationalsozialistischen Gewaltherrschaft, hrsg. v. Deutschen Bundestag 1985, S. 25.

Lesetip

F. Baer: Die Magermilchbande. Knaus, Hamburg 1979 (JB)
W. Benz (Hrsg.): Die Vertreibung der Deutschen aus dem Osten. Fischer Tb. 4329 (WD)
K. P. Creamer: Leberwurst aus Sägespänen. Beltz, Weinheim 1985 (JB)
G. Fuchs: Die Amis kommen. Ein Hitlerjunge erlebt das Kriegsende. Rotfuchs 359 (JB)
F. Grube/G. Richter: Die Schwarzmarktzeit. Deutschland zwischen 1945 und 1948. Hamburg 1979 (SB)
K. Kordon: Wir haben halt einfach zugepackt. Ravensburger Tb. 873 (JB)
Ch. L. Mee: Die Potsdamer Konferenz 1945. Heyne Tb. 6591 (QS)
H. v. d. Mehden: Der Friede sah ganz anders aus. Junge Menschen 1947. Herder Tb. 1125 (QS)
K.-J. Ruhl (Hrsg.): Deutschland 1945. Luchterhand Tb. 514 (QS)
S. Gräfin Schönfeld (Hrsg.): Der Krieg ist aus – und nun? Sommer 1945. Berichte, Erfahrungen, Bekenntnisse. dtv 7977 (QS)
A. Schwarz: Wir werden uns wiederfinden. Die Vertreibung einer Familie. dtv junior 7820 (JB)

Der Nürnberger Hauptprozeß. In der Anklagebank stehend: Göring, daneben Ribbentrop, Keitel (Chef des Oberkommandos der Wehrmacht), Kaltenbrunner (Chef des „Reichssicherheitshauptamtes" der SS), Rosenberg (Reichsminister für die besetzten Ostgebiete), Frank (Generalgouverneur in Polen), Frick, Streicher, Funk, Schacht. Zweite Reihe von links nach rechts: Dönitz, Raeder, von Schirach, Sauckel (Generalbevollmächtigter für den Arbeitseinsatz), Jodl, von Papen, Seyß-Inquart, Speer, von Neurath, Fritzsche. Die Angeklagten Funk, Dönitz, Raeder, Speer, v. Neurath und v. Schirach erhielten hohe Gefängnisstrafen. R. Heß, an diesem Verhandlungstag nicht anwesend, erhielt eine lebenslängliche Freiheitsstrafe; Schacht, v. Papen und Fritzsche wurden für nicht schuldig erklärt, die anderen „zum Tode durch den Strang" verurteilt.

8.2 Der Weg in den „Kalten Krieg"

Begegnung von Amerikanern und Sowjets an der Elbe bei Torgau am 26. April 1945.

Stalin im Frühjahr 1945 zu einer Delegation jugoslawischer Kommunisten:

„Dieser Krieg ist nicht wie in der Vergangenheit; wer immer ein Gebiet besetzt, erlegt ihm auch sein eigenes gesellschaftliches System auf. Jeder führt sein eigenes System ein, soweit seine Armee vordringen kann. Es kann gar nicht anders sein." (1) Q

Churchill in einer Rede im Frühjahr 1946:

„Von Stettin an der Ostsee bis hinunter nach Triest an der Adria ist ein ‚Eiserner Vorhang' über den Kontinent gezogen. Hinter jener Linie liegen alle Hauptstädte der alten Staaten Zentral- und Osteuropas ... und alle sind sie in dieser oder jener Form nicht nur dem sowjetrussischen Einfluß ausgesetzt, sondern auch in ständig zunehmendem Maße der Moskauer Kontrolle unterworfen." (2) Q

- Wann und wodurch zerbrach die Anti-Hitler-Koalition?
- Welche Gegensätze trennten nach 1945 West und Ost? Wie tief ging die Trennung? Wie tief geht sie heute?
- Wer trägt Schuld am Ausbruch des *„Kalten Krieges"**?

Die Anti-Hitler-Koalition zerbricht. Der Zweite Weltkrieg hatte die Machtverhältnisse in Europa und in der Welt völlig verändert. Das Deutsche Reich, ein Zentrum Europas, war zerschlagen. Die andern europäischen Staaten, auch England und Frankreich, waren abgekämpft und erschöpft. Zwei Weltmächte waren durch den Krieg und sein Ende über alle Staaten herausgehoben: Die Sowjetunion und die USA. Beide schwankten zunächst zwischen Zusammenarbeit und Konfrontation. Die Sowjetunion, jahrelang Kriegsschauplatz, hatte schwerste Verluste erlitten: Ihre Wirtschaft lag am Boden, Städte und Dörfer waren zerstört, über 20 Millionen Soldaten und Zivilisten waren im Krieg umgekommen. Aber die sowjetischen Truppen standen in Osteuropa und hielten Mitteldeutschland besetzt. Die USA stoppten die Lieferungen nach dem „Leih- und Pachtgesetz" sogleich bei Kriegsende. Sie sperrten sich gegen Demontagen aus ihrer Zone und ließen als Antwort auf die wirtschaftliche Abtrennung der sowjetischen Besatzungszone seit Mai 1946 keine demontierten Maschinen mehr in die Sowjetunion transportieren. Man fürchtete in den USA, daß ohne die Anwesenheit amerikanischer Truppen Europa unter sowjetische Vormacht geraten würde. Verfolgte die kommunistische Führungsmacht nicht die Ausbreitung der Weltrevolution?
→ (4)

„Volksdemokratien" in Ost- und Südosteuropa. Sowjetische Truppen standen nicht nur in Mitteldeutschland, sondern auch in Polen, der Tschechoslowakei, in Ungarn, Rumänien, Bulgarien und Jugoslawien. Diese Länder – und der östliche Teil von Österreich – waren in russischer Hand. Und überall, ausgenommen Österreich, errichteten nationale kommunistische Parteien mit Hilfe der sowjetischen „Befreier" sogenannte *„Volksdemokratien".** Das sind kommunistische Diktaturen. Der Weg dorthin vollzog sich in drei Etappen: Befreiung von deutscher Herrschaft, Kampfbündnis mit einem Teil des Bürgertums und den Bauern, Beseitigung des Kapitalismus, Diktatur des Proletariats, d. h. der kommunistischen Partei. 1948 war die Übergangsphase zu Ende. Die sozialdemokratischen Parteien wurden von den Kommunisten geschluckt, die bürgerlichen Parteien mit terroristischen Mitteln gleichgeschaltet. In Schauprozessen wurden widerspenstige Politiker abgeurteilt, viele hingerichtet. Alle „Volksdemokratien" schlossen Freundschaftsverträge mit der Sowjetunion. → (1)

Neuorientierung der Westmächte. Der amerikanische Gesandte in Moskau, Kennan, warnte schon während des Krieges seine Regierung vor den sowjetischen Absichten in Europa: „Die ganze sowjetische Politik in diesem Gebiet hat nur das eine Ziel: Macht." Kennan erklärte 1945 nach dem Krieg:

„Die Idee, Deutschland gemeinsam mit den Russen regieren zu wollen, ist ein Wahn. Ein ebensolcher Wahn ist es, zu glauben, die Russen und wir könnten uns eines schönen Tages höflich zurückziehen, und aus dem Vakuum werde ein gesundes und friedliches, stabiles und freundliches Deutschland steigen. Wir haben keine andere Wahl, als unseren Teil von Deutschland . . . zu einer Form von Unabhängigkeit zu führen, die so befriedigend, so gesichert, so überlegen ist, daß der Osten sie nicht gefährden kann . . ." (3) Q

Im September 1946 hielt US-Außenminister Byrnes in Stuttgart eine Rede, in der er dem Kontrollrat vorwarf, er regiere nicht, sondern verhindere nur; darum sollten die Deutschen bald eine Regierung aus eigenen Kräften bilden. Osteuropa gaben die USA wohl verloren. Als aber in Griechenland 1947 ein Bürgerkrieg tobte, bei dem die Kommunisten von Jugoslawien und Bulgarien aus unterstützt wurden, griffen die USA ein. Die freiheitliche Ordnung, die sie propagierten, sollte jetzt auch durchgesetzt werden. Präsident Truman begründete diese neue Politik im März 1947 in einer Rede vor dem Kongreß, in der er versprach, „den freien Völkern zu helfen, ihre freien Einrichtungen und ihre nationale Selbständigkeit zu erhalten." (*Truman-Doktrin**)

Der Marshall-Plan. In Europa, vor allem im besetzten Deutschland herrschten Hunger und Not. Der Kontrollrat hatte 1946 in einem Industrieplan bestimmt, daß die deutsche Industrie auf etwa die Hälfte des Standes von 1938 schrumpfen sollte. Aber nicht einmal so viel konnte infolge der Kriegszerstörung und Transportschwierigkeiten produziert werden. Man mußte Nahrungsmittel einführen, Großbritannien und die USA bezahlten. Dabei hatte England selbst große Schwierigkeiten. → (2)
Am 5. Juni 1947 entwarf der US-Außenminister Marshall in einer Rede die Grundzüge eines Hilfsprogramms für Europa: Die USA waren bereit, umfangreiche Geldmittel zur Verfügung zu stellen, falls die Europäer selbst sich vorher über einen gemeinsamen Aufbauplan und die Verteilung der Hilfsgelder geeinigt hätten. Die UdSSR lehnte die Teilnahme an der Vorkonferenz in Paris ab, mit ihr die anderen osteuropäischen Staaten. Die ČSR mußte ihre Zusage wieder zurückziehen. 16 europäische Staaten beschlossen einen gemeinsamen Aufbauplan und gründeten eine „Organisation für europäische wirtschaftliche Zusammenarbeit" (OEEC). Sie war zusammen mit der amerikanischen Marshallplanverwaltung für die Durchführung der Hilfsmaßnahmen verantwortlich. Für die deutschen Westzonen, die in das Aufbauprogramm einbezogen wurden, unterschrieben die Militärgouverneure.
Seit Kriegsende hatten die USA bereits für 2 Mrd.

Dollar Lebensmittel in die Bizone geschickt. Für die 1,5 Mrd. des *Marshall-Plans** wurden vorwiegend Rohstoffe und Maschinen gekauft. Nur knapp ein Drittel der amerikanischen Hilfsgelder mußte zurückgezahlt werden. Der Marshall-Plan bildete eine Grundlage des westeuropäischen und westdeutschen Nachkriegswohlstandes, von dem die osteuropäischen Völker ausgeschlossen blieben. → (3)

Die Ausweitung des sowjetischen Machtbereichs.

(1) Der Weg zur kommunistischen „Volksdemokratie“

Die deutschen Kommunisten formulierten unter Moskauer Leitung bereits 1944 ihre strategischen Ziele: Zunächst Hitlers Sturz, danach war für die zweite Etappe vorgesehen:

„Steigerung des Kampfes. Mobilisierung der Arbeiterklasse für das sozialistische Aktionsprogramm. Beginn der Arbeiterkontrolle über die Produktion durch die von den Proletariermassen gewählten Räte. Kampfbündnis mit einem Teile des Kleinbürgertums und den Bauernmassen. Die Errichtung der proletarischen Diktatur.
Die 3. Etappe, das ist die Periode der Diktatur des Proletariats. Die Arbeiterklasse hat die politische Macht erobert und hält sie fest in den Händen. Die Arbeiterklasse ist der alleinige Herrscher im proletarischen Staat, sie hat die Klassenherrschaft über die Bourgeoisie errichtet, sie ist zur unterdrückenden Masse geworden. Im Bündnis mit den Bauernmassen und den städtischen Mittelschichten – die unter ihrer Führung stehen – führt die Arbeiterklasse ihre Diktatur durch. Das Ziel dieser Etappe ist: Liquidation des Kapitalismus. Aufbau des Sozialismus ...
Wir haben davon gesprochen, daß der Hitlerfaschismus nicht direkt von den Organen der proletarischen Diktatur abgelöst werden kann, sondern an seine Stelle wird – infolge der antifaschistischen Volksrevolution – eine demokratische Übergangszeit treten . . .“ (4) Q

(a) Legt eine Liste der „Volksdemokratien“ an und schreibt das Jahr dazu, in dem sie „Volksrepubliken“ wurden.

(b) Vergleicht die kommunistischen Ziele zur Errichtung ihrer Herrschaft mit der tatsächlichen Entwicklung (S. 223).

(c) Wie beurteilt ihr die Lage der Sowjetunion 1945 und ihre Politik in den folgenden Jahren?

(2) Die wirtschaftliche Lage in Deutschland 1947

Eine amerikanische Studiengruppe, die unter Leitung von H. Hoover Anfang 1947 Deutschland bereiste, erklärte:

„Es gibt nur einen Weg, der zur Gesundung Europas führt, nämlich die Erhöhung der Produktion. Die gesamte Wirtschaft Europas ist mit der deutschen Wirtschaft durch den Austausch von Rohstoffen und Fertigwaren eng verkettet. Die Produktionsfähigkeit Europas kann nicht wiederhergestellt werden, ohne daß Deutschland in die Lage versetzt wird, zu dieser Produktivität beizutragen ... Es ist eine amerikanische Politik angekündigt worden, die die Grenzen der westlichen Zivilisation verteidigen soll. Die wichtigsten dieser Grenzen sind die deutschen und japanischen. Wenn diese verloren gehen, sind ganz Europa und der ganze Ferne Osten verloren.“ (5) Q

(a) Mit welchen Stichworten könnte man die wirtschaftlichen Verhältnisse in Deutschland 1947 kennzeichnen? Vgl. dazu S. 215.

(b) Entwickelt Vorschläge, wie man damals die Verhältnisse hätte ändern können.

(c) Prüft, welches Interesse die USA an einer Gesundung der Wirtschaft in Deutschland hatten.

(3) Der Marshall-Plan

Der US-Außenminister Marshall, 5. 6. 1947:

„Die Wiederherstellung einer funktionsfähigen Weltwirtschaft zur Schaffung von politischen und sozialen Verhältnissen, unter denen freiheitliche Einrichtungen gedeihen können, muß künftig die Aufgabe unserer Außenpolitik bilden. Doch dürfen wir nicht warten, bis eine Krise entsteht, und unsere Mittel planlos verzetteln. Jeder von der amerikanischen Regierung in Zukunft zu gewährende Beistand hat vielmehr das Übel an der Wurzel zu packen und nicht nur ein Linderungsmittel zu sein. Jede Regierung, die bereit ist, an diesem Heilungsprozeß mitzuwirken, wird seitens der amerikanischen Regierung volle Unterstützung finden. Regierungen, die die Gesundung anderer Länder zu verhindern trachten, können auf unsere Hilfe nicht rechnen. Darüber hinaus haben Regierungen, politische Parteien und Bewegungen, die das Elend zu verewigen suchen, um daraus politischen und sonstigen Nutzen zu ziehen, mit der entschlossenen Opposition der Vereinigten Staaten zu rechnen.“ (6) Q

Von 1948 bis 1952 erhielten aus dem Marshall-Plan:

Großbritannien	3,6 Mrd. Dollar
Frankreich	3,1 Mrd. Dollar
Italien	1,6 Mrd. Dollar
Deutschland (West)	1,5 Mrd. Dollar
Niederlande	1,0 Mrd. Dollar
Belgien/Luxemburg	0,6 Mrd. Dollar
Verschiedene	1,8 Mrd. Dollar
Österreich	0,7 Mrd. Dollar
Griechenland	0,8 Mrd. Dollar

John Foster Dulles, der spätere Außenminister der USA, 1948 über den Marshall-Plan:

„Das westliche Deutschland sollte so schnell wie möglich dem westlichen Wirtschaftssystem eingegliedert werden. Wenn ich dies sage, so denke ich nicht an eine permanente Teilung Deutschlands, aber der einzig mögliche Weg, auf dem man Deutschland einen kann, ist der, im Westen Europas einen Zustand zu schaffen, der so attraktiv ist und der für den Osten eine solche Anziehungskraft hat, daß die Sowjets nicht in der Lage sind, den Osten Deutschlands einzubehalten. Dann kann man Deutschland wieder zusammenbekommen. Mit anderen Worten: Ich finde mich nicht notwendigerweise mit einer permanenten Teilung Deutschlands ab, sondern sage, daß der einzige Weg, Deutschland unter Bedingungen zusammenzubringen, die für uns und die westlichen Staaten akzeptabel sind, der ist, mit der Eingliederung des westlichen Deutschlands in die so gesunde und kraftvolle Wirtschaft Westeuropas zu beginnen . . ." (7) Q

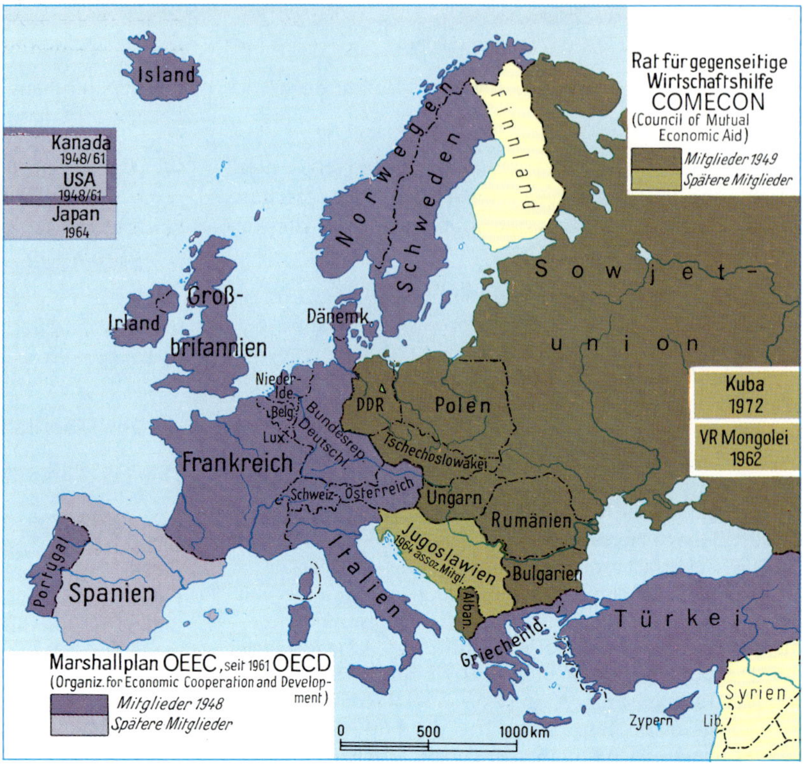

(a) Vergleicht auf der Karte S. 239 die Grenze zwischen Ostblock und den vom Marshall-Plan geförderten Staaten mit der Grenze zwischen NATO und Warschauer Pakt.

(b) Erläutert aus den Texten die Ziele des Marshall-Plans und zeigt, welche Länder am meisten gefördert wurden.

(c) Erklärt den Zusammenhang zwischen Marshall-Plan und Ost-West-Konflikt.

(4) Ursachen der „Teilung der Welt" aus westlicher und östlicher Sicht

US-Präsident Truman vor dem Kongreß, 12. 3. 1947:

„Im gegenwärtigen Abschnitt der Weltgeschichte muß fast jede Nation ihre Wahl in bezug auf ihre Lebensform treffen. Nur allzuoft ist es keine freie Wahl.
Die eine Lebensform gründet sich auf den Willen der Mehrheit und zeichnet sich durch freie Einrichtungen, freie Wahlen, Garantie der individuellen Freiheit, Rede- und Religionsfreiheit und Freiheit vor politischer Unterdrückung aus.
Die zweite Lebensform gründet sich auf den Willen einer Minderheit, der der Mehrheit aufgezwungen wird. Terror und Unterdrückung, kontrollierte Presse und Rundfunk, fingierte Wahlen und Unterdrückung der persönlichen Freiheit sind ihre Kennzeichen.
Ich bin der Ansicht, daß es die Politik der Vereinigten Staaten sein muß, die freien Völker zu unterstützen, die sich der Unterwerfung durch bewaffnete Minderheiten oder durch Druck von außen widersetzen ...
Ich bin der Ansicht, daß unsere Hilfe in erster Linie in Form wirtschaftlicher und finanzieller Unterstützung gegeben werden sollte, die für eine wirtschaftliche Stabilität und geordnete politische Vorgänge wesentlich ist ...
Die Saat der totalitären Regime gedeiht in Elend und Mangel. Sie verbreitet sich und wächst in dem schlechten Boden von Armut und Kampf. Sie wächst sich vollends aus, wenn in einem Volk die Hoffnung auf ein besseres Leben ganz erstirbt. Wir müssen diese Hoffnung am Leben erhalten. Die freien Völker der Erde blicken auf uns und erwarten, daß wir sie in der Erhaltung der Freiheit unterstützen . . ." (8) Q

Politbüromitglied Shdanow, engster Vertrauter Stalins, 30. 9. 1947:

„Das durch den Zweiten Weltkrieg veränderte Kräfteverhältnis zwischen der Welt des Kapitalismus und der Welt des Sozialismus hat die Bedeutung der Außenpolitik des Sowjetstaates noch erhöht und die Maßstäbe seiner außenpolitischen Aktivität erweitert. Die Aufgabe der Sicherung eines gerechten demokratischen Friedens faßte alle Kräfte des antiimperialistischen und antifaschistischen Lagers zusammen. Auf dieser Grundlage wuchs und erstarkte die freundschaftliche Zusammenarbeit der UdSSR und der demokratischen Länder in allen Fragen der Außenpolitik. Diese Länder und vor allem die Länder der neuen Demokratie, Jugoslawien, Polen, die Tschechoslowakei und Albanien, die eine große Rolle in dem Befreiungskrieg gegen den Faschismus gespielt haben, sowie Bulgarien, Rumänien, Ungarn und zum Teil auch Finnland, die sich der antifaschistischen Front in der Nachkriegsperiode angeschlossen haben, sie erwiesen sich als standhafte Kämpfer für den Frieden, für die Demokratie und für ihre Freiheit und Unabhängigkeit gegen alle

Versuche der USA und Englands, ihre Entwicklung zurückzudrehen und sie erneut unter das imperialistische Joch zu zwingen ...
Solange der Krieg andauerte, wagten die reaktionären Kreise Englands und der USA nicht, der Sowjetunion und den demokratischen Ländern mit offenem Visier entgegenzutreten, weil sie sich wohl bewußt waren, daß die Sympathien der Volksmassen in der ganzen Welt ungeteilt auf der Seite der Sowjetunion und der demokratischen Länder waren.
Aber bereits in den letzten, dem Kriegsende vorangehenden Monaten begann die Situation sich zu ändern. Bereits im Laufe der Besprechungen auf der Berliner Konferenz der drei Mächte im Juli 1945 zeigten die anglo-amerikanischen Imperialisten, daß sie nicht gewillt waren, die legitimen Interessen der Sowjetunion und der demokratischen Länder zu berücksichtigen." (9) Q

(a) Interpretiert die Rede Trumans und stellt die beiden „Lebensformen" gegenüber, von denen er spricht.

(b) Erklärt die Rede Shdanows und arbeitet heraus, wie er West und Ost einander gegenüberstellt.

(c) Welche der beiden Ansichten überzeugt euch? Welche hat sich – wo – durchgesetzt?

1. Erkläre, wie die Sowjetunion ihren Einflußbereich in Osteuropa ausdehnte.

2. Erläutere an Beispielen aus Deutschland in der Nachkriegszeit, was man unter „Schwarzmarkt" versteht.

3. demo – dok – kra – man – mar – plan – shall – tie – trin – tru – volks.

Bilde aus diesen Silben Begriffe mit folgender Bedeutung:

- *Hilfsprogramm der USA für (West)Europa,*
- *Nach einem amerikanischen Präsidenten benannte Lehre,*
- *Kommunistische Staatsform in Osteuropa.*

4. Nenne Entscheidungen in Ost und West, die zum „Kalten Krieg" führten.

„Kalter Krieg": Von amerikanischen Journalisten eingeführte Bezeichnung für die Spannungen zwischen USA und UdSSR in der Nachkriegspolitik; weltweite ideologische Auseinandersetzung ohne direkten militärischen Konflikt; dauerte von 1945/46 bis Ende der 50er Jahre und wurde allmählich von Entspannungspolitik abgelöst.

Marshall-Plan: Nach dem US-Außenminister benanntes Programm zur Wirtschaftshilfe der USA an Europa mit dem Ziel, Hunger und Elend zu überwinden, wirtschaftlich gesunde Handelspartner zu gewinnen, die Einigung Europas zu fördern. Es beschleunigte den wirtschaftlichen Wiederaufbau, verschärfte die Abgrenzung des Westens vom Osten.

Truman-Doktrin: Richtlinie für die Außenpolitik der USA seit 1947 mit dem Ziel, freie Staaten materiell zu unterstützen, wenn ihre Freiheit bedroht wird, um so die Ausdehnung des sowjetischen Herrschaftsbereiches einzudämmen.

Volksdemokratie: Von kommunistischer Seite geprägter Begriff zur Bezeichnung der bis 1989/90 bestehenden Staatsform in osteuropäischen Ländern, in denen die Parteien und Massenorganisationen unter Führung der Kommunisten zu einem Block zusammengeschlossen waren ohne Möglichkeit einer legalen Opposition.

Seit 1945	Volksdemokratien in Osteuropa
Sept. 1946	Byrnes-Rede in Stuttgart
12. 3. 1947	Truman-Doktrin
5. 6. 1947	Marshall-Plan
1947–1949	Bürgerkrieg in Griechenland
9. 5. 1948	Volksrepublik Tschechoslowakei (ab 1960: ČSSR)

Quellennachweis

(1) Djilas: Gespräche mit Stalin. Frankfurt 1962, S. 146.
(2) Churchill in einer Rede am 5. 3. 1946 in Fulton (USA).
(3) G. Kennan: Memoiren eines Diplomaten. Dt. Ausgabe Stuttgart 1968, S. 262 f.
(4) Zit. nach: Geschichte der deutschen Arbeiterbewegung. Berlin (Ost) 1966, Bd. 5, S. 594 f.
(5) Bericht der Hoover-Kommission an Truman. Zitiert aus: Thurich/Endlich: Zweimal Deutschland. Diesterweg 3331, S. 16.
(6) Zit. aus E. Krautkrämer: Die Bundesrepublik Deutschland. Diesterweg 7563, S. 42.
(7) Weltgeschichte im Aufriß, Themenheft: Deutschland im Spannungsfeld der Siegermächte. Diesterweg 7406, S. 178.
(8) Europa-Archiv, 2. Jg. 1947, S. 819
(9) H. J. Lieber u. K. H. Ruffmann (Hrsg.): Der Sowjetkommunismus. Dokumente. Band 2, Köln 1964, S. 603 f.

Lesetip

vgl. 8.1. und 8.4. (S. 221 u. 241).

8.3 Die Entstehung der beiden deutschen Staaten

Blick vom Reichstag in Berlin nach Süden entlang der Mauer zum Brandenburger Tor.

Präambel des Grundgesetzes für die Bundesrepublik Deutschland vom 23. 5. 1949:

„Im Bewußtsein seiner Verantwortung vor Gott und den Menschen, von dem Willen beseelt, seine nationale und staatliche Einheit zu wahren und als gleichberechtigtes Glied in einem vereinten Europa dem Frieden der Welt zu dienen, hat das deutsche Volk . . . dieses Grundgesetz der Bundesrepublik Deutschland beschlossen. Es hat auch für jene Deutschen gehandelt, denen mitzuwirken versagt war. Das gesamte deutsche Volk bleibt aufgefordert, in freier Selbstbestimmung die Einheit und Freiheit Deutschlands zu vollenden.“ Q

- Welche Maßnahmen der Besatzungsmächte führten zur Teilung Deutschlands und zur Entstehung der beiden deutschen Staaten?
- Was wollten und wie handelten die führenden deutschen Politiker damals?
- Wer war für die Spaltung Deutschlands verantwortlich?

Die Kluft zwischen Ostzone und Westzonen. In der Sowjetischen Besatzungszone (SBZ) entwickelten sich ganz andere gesellschaftliche Verhältnisse als in den Westzonen. In der SBZ wurden sämtliche Banken verstaatlicht, Privatkonten blieben bis auf geringfügige Summen gesperrt, Industriebetriebe wurden enteignet und verstaatlicht, zuerst (1945) solche von „Kriegs- und Naziverbrechern", dann bald auch andere. 1948 waren über 3800 Industriebetriebe verstaatlicht; sie erbrachten 45% der ganzen Industrieproduktion der SBZ. Eine „Bodenreform" enteignete im September 1945 die Großgrundbesitzer; das betraf alle landwirtschaftlichen Betriebe mit mehr als 100 ha. Der Boden wurde teils in „Volkseigenen Gütern", d. h. Staatsbetrieben bewirtschaftet, teils an landlose Bauern, Landarbeiter und Flüchtlinge verteilt. Ihre Besitzungen waren so klein (rund 5 ha) und unrentabel, daß man sie später in „Landwirtschaftlichen Produktionsgenossenschaften" zusammenfaßte, d. h. ebenfalls praktisch enteignete. So verlor in der SBZ das Privateigentum seine wirtschaftliche Bedeutung. Die Kommunisten, die alle wichtigen Posten in Justiz und Verwaltung innehatten, sorgten durch Gesetze, Verordnungen und Gerichtsurteile dafür, daß die „neue sozialistische Gesellschaft" entstand. Auch die Schule diente dem „Aufbau des Sozialismus". In Kurzlehrgängen wurden 40000 neue, möglichst „gesinnungstreue" Lehrer ausgebildet. Die „Einheitsschule" ersetzte das dreigliedrige Schulsystem.

Auch in Westdeutschland gab es Sozialisierungspläne, zumeist für die Grundstoffindustrie (Kohle, Stahl, Großchemie). Sie wurden jedoch aufgegeben, als sich seit dem Marshall-Plan und der Währungsreform (vgl. S. 230) die Wirtschaft hier rasch erholte und aufwärts entwickelte. In allen Bereichen – in Landwirtschaft, Industrie, Handel und Bankwesen – hielt man am Privateigentum fest. Der wirtschaftliche Vorsprung, den die Westzonen rasch gegenüber der SBZ erreichten, galt als Beweis für die Überlegenheit der westlichen, „bürgerlich-liberalen" Wirtschafts- und Gesellschaftsordnung. Druck und Zwang, mit denen in der SBZ die „Vergesellschaftung" betrieben wurde, verschärften die Ablehnung der Sozialisierung nach sowjetischem Muster und bestärkten die Bevölkerung in Westdeutschland, an der überlieferten Ordnung festzuhalten.

Die politischen Parteien waren in den ersten Monaten nach Kriegsende zugelassen worden (vgl. S. 215). Die Sowjetische Militäradministration wollte über die zentralen „Reichsleitungen" der Parteien in Berlin auch in den anderen Besatzungszonen Einfluß gewinnen. Die KPD in der SBZ wurde von ehemaligen Moskauer Emigranten geführt, an ihrer Spitze Wilhelm Pieck (1876–1960) und Walter Ulbricht (1893–1972). Die SPD besaß in Berlin einen Zentralausschuß unter Otto Grotewohl. Vorsitzender der SPD in den Westzonen wurde jedoch der ehemalige Reichstagsabgeordnete Kurt Schumacher (1895–1952) in Hannover, der von Erich Ollenhauer unterstützt wurde. Schumacher war 10 Jahre im KZ gewesen, Ollenhauer hatte die SPD während der NS-Zeit im Exil (zuletzt in London) geleitet. Sie lehnten Kapitalismus und Kommunismus ab und wollten einen dritten Weg: den demokratischen Sozialismus. Auch die KPD taktierte zunächst demokratisch und wollte alle „antifaschistischen" Kräfte zu einem Bündnis gewinnen. Im Herbst 1945 forderte die KPD in Berlin – auf Moskauer Geheiß – jedoch die Vereinigung von KPD und SPD. Schumacher und die Mehrheit im Berliner Zentralausschuß der SPD lehnten ab. Unter dem Druck der sowjetischen Besatzungsmacht mußte die SPD in der Ostzone der Vereinigung schließlich zustimmen: die Sozialistische Einheitspartei Deutschlands (SED) entstand. Nach vorsichtigen Schätzungen wurden danach in der SBZ mindestens 20000 SPD-Mitglieder gemaßregelt und für kürzere oder längere Zeit verhaftet. Anfangs waren die Führungsorgane der neuen SED je zur Hälfte mit ehemaligen SPD- und KPD-Mitgliedern besetzt, ab 1948 wurde die SED jedoch nach sowjetischem Muster in eine leninistische Partei „neuen Typs" mit straffer kommunistischer Führung umgewandelt. „Sozialdemokratismus" galt nunmehr als politisches Verbrechen. → (2)

Aus den ehemaligen liberalen Parteien der Weimarer Zeit bildete sich die „Freie Demokratische Partei" (FDP). Eine Neugründung ohne Vorbild war die Christlich-Demokratische-Union (CDU), die sich in Bayern Christlich-Soziale-Union (CSU) nannte. Sie wollte eine Politik auf christlicher Grundlage – überkonfessionell – machen und das gesellschaftliche Leben im Geist des Christentums erneuern. Ähnliche Parteien entstanden auch in anderen westeuropäischen Ländern. Die Berliner Leitung der CDU unter dem Gewerkschaftsführer Jakob Kaiser (1888–1961) bemühte sich um eine Brückenfunktion zwischen Ost und West. „Ein Ausgleich zwischen Sozialismus und Freiheit ist die Aufgabe der Welt. Er ist auch unsere Aufgabe", erklärte er im April 1947. Seine Vorstellung einer „Dritten Kraft" scheiterte an der sowjetischen Besatzungsmacht, die ihn im Dezember 1947 absetzte und ihm Redeverbot erteilte, aber auch an der Entwicklung der CDU der Westzonen, deren Politik zunehmend von dem ehemaligen Kölner Oberbürgermeister Konrad Adenauer (1876–1967) bestimmt wurde (vgl. S. 243). Dieser trat für eine konsequente Westorientierung der deutschen Außenpolitik ein. → (1) (3)

Die Währungsreform. Im Frühjahr 1948 einigten sich die Westmächte zusammen mit Belgien, Luxemburg und den Niederlanden während einer Sonderkonferenz auf eine gemeinsame Ruhrkontrolle und die Errichtung eines föderativen Staates aus den drei Westzonen. Am 20. März 1948 verließ daraufhin der sowjetische Vertreter, der den Vorsitz führte, den Alliierten Kontrollrat, ohne eine neue Sitzung einzuberufen. Damit war auch die gemeinsame Kontrollverwaltung zum Erliegen gekommen.
Die letzten Reste der Wirtschaftseinheit fielen der Währungsreform zum Opfer. Am Ende des Krieges betrug die Reichsschuld 400 Mrd. RM; das waren 95 v. H. des gesamten Geldvermögens, dem längst keine Sachwerte mehr entsprachen. Das umlaufende Geld war daher ohne eigentlichen Tauschwert. Der angestrebte Wirtschaftsaufbau verlangte einen geordneten Geldumlauf. Daher verkündeten nun die Westmächte für ihre Zonen am 18. Juni 1948 die *Währungsreform**. Fünf Tage später folgte die sowjetische Militärregierung für die SBZ und Groß-Berlin mit einer eigenen Währungsumstellung. Umgetauscht wurde die alte gegen die neue Währung in beiden Teilen Deutschlands etwa im Verhältnis 10 : 1; anfangs bekam jeder nur ein „Kopfgeld" von 40,– bzw. 70,– „Deutsche Mark". Es gab nunmehr eine „Deutsche Mark der Bank deutscher Länder" und eine „Deutsche Mark der Deutschen Notenbank" oder, wie es bald hieß, Westmark und Ostmark.

Die Berlin-Blockade. Als in den Westsektoren Berlins die DM-West als alleiniges Zahlungsmittel eingeführt wurde, verhängten die Sowjets eine Wirtschaftsblockade über den ganzen freien Teil der Stadt. Sie wollten damit die Bildung eines westdeutschen Staates verhindern. General Clay, der US-Militärgouverneur in Deutschland, telegrafierte nach Washington:

„Die Tschechoslowakei haben wir verloren. Norwegen schwebt in Gefahr. Wir geben Berlin auf. Wenn Berlin fällt, folgt Westdeutschland als nächstes. Wenn wir beabsichtigen, Europa gegen den Kommunismus zu halten, dürfen wir uns nicht von der Stelle rühren. Wir können Demütigungen und Druck, die nicht zum Kriege führen, in Berlin einstecken, ohne das Gesicht zu verlieren. Wenn wir fortgehen, gefährden wir unsere europäische Position." (1) Q

Amerikaner und Engländer versorgten über zehn Monate und einen Winter lang 2,2 Mio. Menschen über eine „Luftbrücke", über die Lebensmittel, Kohle, Rohstoffe und Maschinenteile und sogar ein komplettes Kraftwerk nach Berlin gelangten. Die technische Leistung der Westmächte und die politische Festigkeit der Westberliner unter ihrem gewählten Oberbürgermeister Ernst Reuter machten die sowjetischen Absichten zunichte, mit einer Massenhungersnot die Westmächte zu erpressen. Im Mai 1949 war die Blockade beendet. → (4)

Bundesrepublik Deutschland und DDR. Noch während der Berliner Blockade berieten in Westdeutschland die Ministerpräsidenten der Länder und vereinbarten schließlich die Einberufung eines „Parlamentarischen Rates"; er sollte den Entwurf eines „Grundgesetzes" ausarbeiten. Man vermied bewußt die Begriffe „Nationalversammlung" und „Verfassung". Die 11 Länderparlamente delegierten 65 Mitglieder in den Parlamentarischen Rat, der sich am 1. 9. 1948 in Bonn versammelte und Adenauer zu seinem Vorsitzenden wählte. In monatelanger Arbeit, bei der es manche Schwierigkeiten mit den Alliierten gab, wurde das *Grundgesetz** geschaffen. Alle Landtage – mit Ausnahme des bayerischen – stimmten zu. Dann, am 23. Mai 1949, konnte das Grundgesetz in Bonn feierlich verkündet werden. Am 14. 8. 1949 wählte das deutsche Volk in den westlichen Besatzungszonen mit einer Wahlbeteiligung von 78,5 v. H. den ersten Deutschen Bundestag. Der wählte am 15. 9. 1949 Konrad Adenauer zum Bundeskanzler der „Bundesrepublik Deutschland". Er bildete eine Regierung aus Vertretern der CDU/CSU, FDP und der konservativen Deutschen Partei (DP). Bundespräsident wurde Theodor Heuss (FDP). Die SPD ging in die Opposition. → (5)
Auch die SED in Ostberlin handelte. Am 30. November 1948 setzte sie einen Gegenmagistrat im sowjetisch besetzten Teil der Stadt ein. Damit war die einheitliche Berliner Stadtverwaltung gesprengt.
Die SBZ verwandelte sich zur gleichen Zeit in einen Separatstaat. Der „Deutsche Volkskongreß" und der von ihm bestimmte „Deutsche Volksrat", der die Verfassung einer „Deutschen Demokratischen Republik" auszuarbeiten hatte, kamen ohne freie Wahlen zustande. Im Mai 1949 durfte lediglich über eine Einheitsliste abgestimmt werden, wobei die Sitze schon vorher so verteilt waren, daß die SED und ihre Mitläufer in der Mehrheit waren. Als sich bei der Auszählung eine Ablehnung abzeichnete, erging die Anordnung, ungültige Stimmen als Ja-Stimmen zu werten. So wurde das Wahlergebnis manipuliert. Dennoch erhielt die Einheitsliste nur 61 v. H. Ja-Stimmen, in Ostberlin sogar nur 51 v. H. Aus dem so gewählten Volkskongreß ging ein neuer Volksrat hervor. Dieser trat am 7. Oktober 1949 zusammen, proklamierte die „Deutsche Demokratische Republik" und erklärte sich zur *Volkskammer** im Sinne der DDR-Verfassung. Staatspräsident wurde Wilhelm Pieck, Ministerpräsident Otto Grotewohl. Die wirkliche Macht hatten im Hintergrund SED-Chef Walter Ulbricht und sein Politbüro.

Wahlergebnisse der Landtagswahlen 1946/47 (in v. H. der gültigen Stimmen):

	SED/KPD	SPD	CDU	FDP/LDP	Sonstige
Westzonen	9,4	35,0	37,6	9,3	8,7
Groß-Berlin	19,8	48,7	22,2	9,3	–
Ostzone[1]	47,5	–	24,5	24,6	3,4[2]

[1] Wahlen in der SBZ und in Groß-Berlin am 20. Oktober 1946.
[2] sogenannte Massenorganisationen: Kulturbund, Freier Deutscher Gewerkschaftsbund usw.

(1) Welche Parteien setzen sich durch?

„Schlechthin entscheidend waren in dieser Hinsicht die Wahlen der Jahre 1946/47. Sie verwarfen den politischen Führungsanspruch der demokratischen Sozialisten unter Schumacher. Stärkste Partei wurde bei den Landtagswahlen zwischen Oktober 1946 und Oktober 1947 mit 6,55 Millionen Stimmen die CDU. 6,07 Millionen wählten die SPD, 2,04 Millionen die KPD und 1,62 Millionen die Liberalen. Man kann annehmen, daß die Wähler damit politische Richtungsentscheidungen zum Ausdruck bringen wollten. Die Konsequenzen dieser Wahlergebnisse der Jahre 1946 bis 1947 reichen bis heute . . . Die Bevölkerung wünschte in ihrer Mehrheit eine liberale Wirtschaft und Gesellschaft, die sich zum erstenmal in der deutschen Geschichte ohne Vorbehalt am Vorbild der westlichen Demokratien orientierte." (2)

(a) Erläutert die Tabelle der Wahlergebnisse.

(b) Inwiefern reicht die Bedeutung dieser Ergebnisse bis heute?

(c) Vergleicht die Parteien nach 1945 mit denen der Weimarer Zeit und den heutigen Bundestagsparteien.

(2) Die Gründung der SED

Der Vereinigungsparteitag:

„Am 21. April 1946 kamen die Delegierten des Vereinigungsparteitages im Berliner Admiralspalast zusammen. Man spielte die Fidelio-Ouvertüre von Ludwig van Beethoven. Als der letzte Ton verklungen war, betrat Wilhelm Pieck die Bühne von links. Otto Grotewohl kam von rechts. In der Mitte reichten sie einander die Hände. Grotewohl, feierlich:

‚Dreißig Jahre Bruderkampf finden in diesem Augenblick ihr Ende. An deinem 70. Geburtstag, Wilhelm Pieck, reichten wir uns die Hände für hunderttausende von Sozialdemokraten und Kommunisten. Ich wünschte den Tag herbei, an dem sich unsere Hände nicht mehr zu trennen brauchten. Dieser Tag ist heute da. Wer heute einen geschichtlichen Blick hat, der sieht heute Millionen von Sozialisten hinter uns stehen. Ein alter Traum ist Wirklichkeit geworden – die Einheit der deutschen Arbeiterklasse.‘

Die Antwort von Wilhelm Pieck:

‚Ja, lieber Otto Grotewohl, wir tragen beide, die wir zu Vorsitzenden der Sozialistischen Einheitspartei ausersehen sind, die besondere Verantwortung dafür, daß das Vertrauen der werktätigen Massen, das sie in die Sozialistische Einheitspartei setzen, gerechtfertigt wird. Es ist eine große Aufgabe, ein neues antifaschistisches, demokratisches Deutschland zu schaffen, unserem Volk aus seiner Not herauszuhelfen und Frieden und Demokratie in diesem Deutschland zu sichern. Wir werden es schaffen. Wir werden unsere Sozialistische Einheitspartei zu der Millionenpartei des deutschen werktätigen Volkes machen, um damit zu schlagen alle inneren Feinde und das große Werk zu vollenden, das wir uns gestellt haben – den Sozialismus!‘" (3)

(a) Arbeitet die Vorstellungen von Grotewohl und Pieck heraus. Inwiefern kann man sie als Träume oder bewußte Verschleierungen bezeichnen?

(b) Erklärt, was das Plakat ausdrücken will.

(c) Wodurch unterschied sich die SED von Parteien in der Bundesrepublik Deutschland?

Mit einem Händedruck hatten Wilhelm Pieck (links) für die KPD und Otto Grotewohl für die SPD den Zusammenschluß zur SED besiegelt.

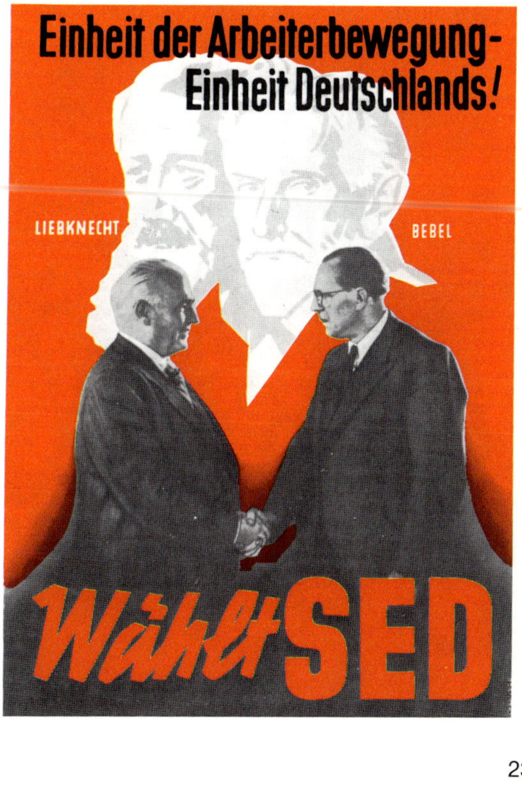

(3) Warum „Westintegration"?

Aus einem Brief Adenauers vom Oktober 1945:

„Rußland entzieht sich immer mehr der Zusammenarbeit mit den anderen Großmächten und schaltet in den von ihm beherrschten Ländern völlig nach eigenem Gutdünken. In den vom ihm beherrschten Ländern herrschen schon jetzt ganz andere wirtschaftliche und politische Grundsätze als im übrigen Teil Europas. Damit ist die Trennung in Osteuropa, das russische Gebiet, und Westeuropa eine Tatsache ... Der nicht von Rußland besetzte Teil Deutschlands ist ein integrierender Teil Westeuropas ... Es liegt im eigensten Interesse nicht nur des nicht von Rußland besetzten Teiles Deutschlands, sondern auch von England und Frankreich, Westeuropa unter ihrer Führung zusammenzuschließen, den nicht russisch besetzten Teil Deutschlands politisch und wirtschaftlich zu beruhigen und wieder gesund zu machen." (4) Q

Über Schumachers Haltung:

„Im Wunsch zur Abgrenzung nach Osten, gegen die Einflußsphäre der Sowjetunion und zur Bindung an den Westen waren sich maßgebende Politiker in den drei westlichen Besatzungszonen sehr früh einig ... Kurt Schumacher äußerte vor dem Parteivorstand und anderen Spitzenpolitikern der SPD: ‚Die Prosperität der Westzonen, die sich auf der Grundlage der Konzentrierung der bizonalen Wirtschaftspolitik erreichen läßt, kann den Westen zum ökonomischen Magnet machen. Es ist realpolitisch vom deutschen Gesichtspunkt aus kein anderer Weg zur Erringung der deutschen Einheit möglich, als diese ökonomische Magnetisierung des Westens' ..." (5)

(a) Arbeitet verschiedene Argumente für die Westintegration heraus. Vgl. auch S. 215 u. 225.*

(b) Versucht zu erklären, was man unter „Magnet-Theorie" verstand. Vgl. auch die Äußerung von Dulles S. 225 f.

(c) Äußert eure persönliche Meinung über die Entscheidung der Westzonen für einen eigenen westdeutschen Staat.

(4) Die Berlin-Blockade: Verlauf und Bedeutung

Ein Historiker aus der Bundesrepublik über die Vorgänge:

„Die Blockade traf die USA fast ohne Panzertruppen und Infanterie in Europa. General Lucius D. Clay hat zwar für kurze Zeit erwogen, eine gepanzerte Kolonne von Hannover in Richtung Osten über die Autobahn rollen zu lassen und die russische Entschlossenheit hart zu testen. Die USA besaßen damals das Atomwaffenmonopol, und daß ihre Luftwaffe auch mit konventionellen Waffen Städte auszuradieren vermochte, hatte der Zweite Weltkrieg erwiesen. Aber die Vereinigten Stabschefs in Washington winkten ab, zu hoch war das Kriegsrisiko, zu schwach die amerikanische Landmacht. Es gab damals militärische Studien der Amerikaner, wonach bei einem tatsächlichen bewaffneten Vordringen der Russen nichts bleiben würde als ein langer Rückzug auf die Pyrenäen. So kam es zur Luftbrücke, auf deren Höhepunkt alle 48 Sekunden ein ‚Rosinenbomber' auf den Berliner Flugfeldern landete. Es war, unerwartet für die Russen, eine technische Meister-

Kurt Schumacher im Sommer 1947 auf dem Römerberg in Frankfurt/Main bei einer Kundgebung der SPD.

Berliner Kinder begrüßen ein amerikanisches Transportflugzeug der „Luftbrücke". Alle 3 Minuten landete ein Flugzeug mit Versorgungsgütern in Westberlin. Scherzhaft sprachen die Berliner von den „Rosinenbombern".

leistung, für die es kein Vorbild gab. Stalin hat nicht damit gerechnet, daß die Moral der Berliner halten würde. Aber Ernst Reuter, der große Bürgermeister der Stadt, versammelte mehr als 300 000 Berliner vor dem Reichstag: ‚In Berlin ist es kalt, aber in Sibirien ist es kälter'. Die Moral der Berliner hielt, und die Luftbrücke hielt auch. Am wichtigsten aber war die Entschlossenheit der Amerikaner, im Poker nicht nachzugeben. Als sie zwei Geschwader B 29-Bomber nach England verlegten – potentielle Atombombenträger – und zugleich durch einen Flug rund um die Welt, mit Auftanken in der Luft, demonstrierten, daß dieser Bombertyp jeden Ort der Welt ohne Halt erreichen konnte, verhandelten die Russen. Stalin verstand eine Politik der Stärke." (6)

(a) Erklärt anhand des Textes auf S. 230, wie es zur Blockade der Berliner Westsektoren kam und warum die USA nicht nachgaben.

(b) Besprecht verschiedene Möglichkeiten, wie man im Westen auf die Blockade Berlins hätte reagieren können und was für Folgen das gehabt hätte.

(5) Die Gründung der Bundesrepublik Deutschland

Konrad Adenauer in seinen Erinnerungen:

„Meine Wahl zum Bundeskanzler und die Regierungskoalition, die sich aus den Fraktionen der CDU/CSU, FDP und der DP zusammensetzte, waren eine logische Konsequenz der politischen Verhältnisse. Ich begrüßte aus allgemeinen staatspolitischen Erwägungen heraus die eingetretene Entwicklung. Ich war nicht der Auffassung, daß es den Interessen der gesamten Bevölkerung, den Interessen Deutschlands besser gedient hätte, wenn man etwa eine Koalition zwischen der CDU/CSU und der Sozialdemokratischen Partei eingegangen wäre. Ich war und bin der Auffassung, daß die Opposition eine Staatsnotwendigkeit ist, daß sie eine staatspolitische Aufgabe zu erfüllen hat, daß nur dadurch, daß Regierungsmehrheit und Opposition einander gegenüberstehen, ein wirklicher Fortschritt und eine Gewöhnung an demokratisches Denken zu erzielen sind. Ich war weiter der Auffassung, daß es bei den labilen Verhältnissen, wie sie in Deutschland herrschen, viel richtiger war, wenn die stets vorhandene Opposition sich klar im Parlament zeigte." (7) Q

Ein westdeutscher Historiker über das „Wiedervereinigungsgebot" in der Präambel des Grundgesetzes:

„Es existierte doch immer noch ein ungebrochenes Nationalgefühl ... Die Vorstellung, die Nation könne dauernd oder auch nur längere Zeit getrennt bleiben, erschien unter dem Einfluß des Bewußtseins der Zusammengehörigkeit nach wie vor nahezu allen Westdeutschen nicht allein als unerträglich, sondern als absurd. Daher wurde die Bundesrepublik, obwohl und weil ihre Gründung die Spaltung der Nation gerade so recht sichtbar gemacht

Unterzeichnung des Grundgesetzes in Bonn. Links im Bild: Ernst Reuter; ganz rechts: Theodor Heuss.

hatte, notwendigerweise – auch von der Regierung und ihrem Kanzler – als Provisorium verstanden, ihre Wiedervereinigung mit der vorerst draußen gebliebenen SBZ zu einem mit Selbstverständlichkeit proklamierten Ziel deutscher Politik.“ (8)

Zur Bedeutung des Grundgesetzes:

„Obwohl das Grundgesetz im Auftrag der Besatzungsmächte erarbeitet wurde, ist es eine eigenständige deutsche Verfassungsleistung geworden, die in Rückbesinnung auf liberal-demokratische Traditionen und unter Auseinandersetzung mit den Erfahrungen der Weimarer Verfassung und dem Nationalsozialismus entstand ... Seine entscheidenden Grundprinzipien sind in Art. 20 zusammengefaßt: das rechtsstaatliche Prinzip, also die Bindung allen staatlichen Handelns an Recht und Gesetz; das demokratische Prinzip, also die Forderung nach durchgängiger Legitimation aller staatlichen Gewalt durch das Volk; das sozialstaatliche Prinzip, d. h. die Verpflichtung des Staates auf den Gedanken der Chancengleichheit und der sozialen Gerechtigkeit, und das föderalistische Prinzip, d. h. die Aufspaltung staatlicher Macht zwischen Bund und Ländern. Diese vier zentralen und richtungweisenden Grundsätze werden in Art. 79 ausdrücklich für unabänderlich erklärt. Dasselbe gilt auch für den ersten Artikel des Grundrechtskatalogs, der alle staatliche Gewalt auf den Schutz der Menschenwürde und damit zugleich der Menschenrechte insgesamt verpflichtet. Diese Menschenrechte sind im Grundrechtskatalog ausführlich niedergelegt. Er knüpft an die liberalen Traditionen der Paulskirchenverfassung an und ist inhaltlich weitgehend identisch mit dem entsprechenden Teil der Reichsverfassung von 1849.“ (9)

(a) Erörtert die Gesichtspunkte, auf die Adenauer in seinem Rückblick besonderen Wert legt.

(b) Erklärt die Grundprinzipien des Grundgesetzes und besprecht, worauf sie zurückgehen.

(c) Warum sollten Grundgesetz und Bundesrepublik nur provisorisch bestehen?

(d) Erläutert das Verfassungsschema S. 104.

1. Nimm Stellung zu folgendem Vorfall:

„Die Sowjets wollten den Vorsitzenden der CDU in der Ostzone, Andreas Hermes, dazu gewinnen, der Bodenreform zuzustimmen. Dafür stellten sie ihm die Rückkehr seines Sohnes, der sich in der Sowjetunion in Gefangenschaft befand, in Aussicht. Hermes lehnte die entschädigungslose Enteignung aller Grundbesitzer ab. Daraufhin schickten die Russen seinen Sohn, der bereits bis Potsdam gelangt war, zurück nach Sibirien, wo er noch einmal viele Jahre zubringen mußte. Andreas Hermes wurde als CDU-Vorsitzender von den Russen abgesetzt und mußte Berlin verlassen.“ (10)

2. Erläutere das obenstehende Bild im geschichtlichen Zusammenhang.

3. Informiere dich über folgende Politiker im Lexikon und berichte über sie: Adenauer, Heuss, Schumacher, Ulbricht.

4. Vergleiche das Grundgesetz mit der Weimarer Reichsverfassung (S. 104), und zwar in bezug auf das Staatsoberhaupt, die oberste Gerichtsbarkeit und die Stellung des Kanzlers.

Bonner Grundgesetz: Die von den Schöpfern als provisorisch betrachtete Verfassung der Bundesrepublik Deutschland, seit 23. Mai 1949 in Kraft. Ausgearbeitet auf Anregung der westlichen Besatzungsmächte durch den Parlamentarischen Rat, von den Landtagen angenommen (außer zunächst Bayern). Als Fundament der Verfassung gelten die Grundrechte, die in ihrem Wesensgehalt nicht aufzuheben sind.

Volkskammer: Bezeichnung für die Volksvertretung der DDR, die alle fünf Jahre über eine Einheitsliste der Nationalen Front gewählt wurde. Im Vergleich zu Parlamenten in westlichen Demokratien von geringer Bedeutung; politische Entscheidungen lagen beim Politbüro der SED.

Währungsreform: In den drei Westzonen des besetzten Deutschlands am 21. 6. 1948 durchgeführte Umstellung von Reichsmark auf Deutsche Mark im Verhältnis von 10 : 1. Sie trug wesentlich zur Entfaltung der Wirtschaft („Wirtschaftswunder") bei und war unentbehrlich für die Einbeziehung Westdeutschlands in den Marshall-Plan.

Westintegration: Enge Bindung der deutschen Politik an die Westmächte, besonders an deren Führungsmacht, die USA, bei gleichzeitiger Abgrenzung von der Sowjetunion und ihrem Einflußgebiet.

Volle Schaufenster nach der Währungsreform.

21./22. 4. 1946	Gründung der SED
1. 1. 1947	Bildung der Bizone
29. 5. 1947	Wirtschaftsrat für die Bizone in Frankfurt
6. 3. 1948	Konferenz der Westmächte in London
21. 6. 1948	Währungsreform
26. 6. 1948– 12. 5. 1949	Blockade der Westsektoren Berlins
1. 8. 1948	Parlamentarischer Rat
23. 5. 1949	Verkündung des Grundgesetzes
29. 5. 1949	Verkündung der DDR-Verfassung

Quellennachweis

(1) Lucius D. Clay: Entscheidung in Deutschland. Frankfurt 1950, S. 400.

(2) H.-P. Schwarz, Die freiwillige Westorientierung, in: R. Löwenthal und H.-P. Schwarz, Die zweite Republik. 25 Jahre Bundesrepublik Deutschland – eine Bilanz. Stuttgart 1974, S. 58 f.

(3) M. Rexin: Vereinigung zum Kadavergehorsam. Die Gründung der SED. In: Radiotext, hrsg. v. J. Besser u. a.: Zeitzeichen, Zeitgeschichte 1. Stuttgart 1977, S. 33 f.

(4) Zitiert nach: Adenauer: Erinnerungen 1945–1953. Frankfurt 1967, S. 39 f.

(5) W. Benz in: Die Bundesrepublik Deutschland. Geschichte in drei Bänden, hrsg. v. W. Benz. Frankfurt 1983, S. 31 f., leicht gekürzt.

(6) M. Stürmer: Die Sieger von 1945 und die deutsche Frage. In: Damals, Heft 5, 1985, S. 443 f.

(7) Adenauer: Erinnerungen, a. a. O., S. 222

(8) H. Graml in: Die Bundesrepublik Deutschland, hrsg. v. W. Benz, a. a. O., S. 349 f.

(9) Fragen an die deutsche Geschichte, hrsg. vom Dt. Bundestag. Bonn 1981, S. 377.

(10) Erzählt von Marion Gräfin Dönhoff: Von Gestern nach Übermorgen. dtv Zeitgeschichte 10316. München 1984, S. 52.

Lesetip

W. Benz: Die Gründung der Bundesrepublik. dtv 5423 (WD)

E. Krautkrämer: Besetzung – Teilung – Neubeginn. Das Schicksal Deutschlands 1945–1949. Herder, Erlebte Geschichte, lebendige Politik. Freiburg 1981 (SB)

Mein erstes Geld. Währungsreform 1948. Augenzeugenberichte. Herder Tb. 1169 (QS)

D. Staritz: Die Gründung der DDR. dtv 4524 (WD)

H. L. Wuermeling: Die Stunde Adenauers und Ulbrichts. Tagebuch der Teilung Deutschlands 1945–1949. Bastei Lübbe Tb. 65049 (SB)

8.4 NATO und Warschauer Pakt

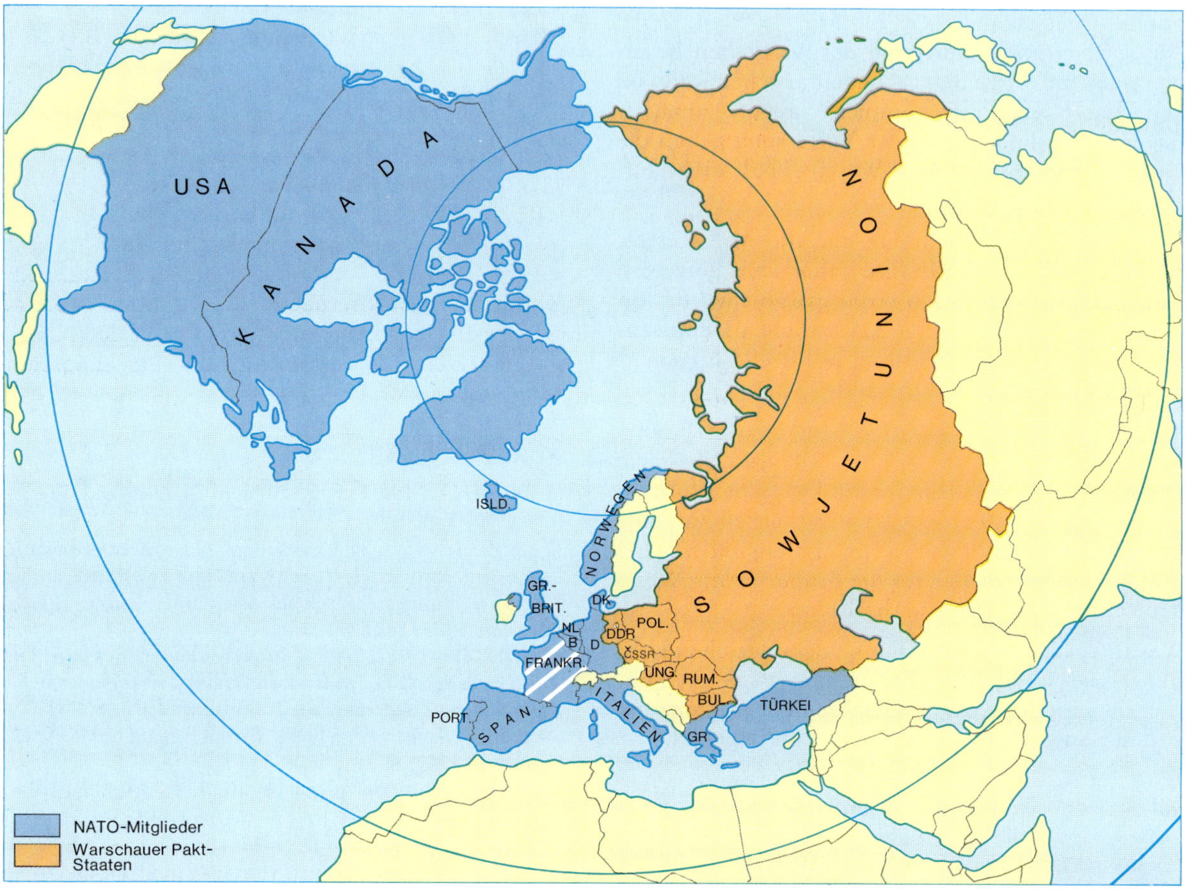

„Seit es Atomwaffen gibt, kann jeder Krieg zu einer Weltkatastrophe werden. Die Grenze zwischen den Bündnissen der NATO und des Warschauer Paktes ist gleichzeitig die Grenzlinie zwischen beiden deutschen Staaten. Im Falle eines Krieges in Europa wäre Deutschland der Brennpunkt – und das erste Opfer eines Nuklearschlages. Wie kann Deutschland vor einem solchen Schicksal bewahrt werden?" (1)

- Warum und wozu schufen die Westmächte das atlantische Verteidigungsbündnis der NATO, und warum wurde die Bundesrepublik Mitglied?
- Wie ist es zu erklären, daß Deutsche wenige Jahre nach dem von Hitler entfesselten Zweiten Weltkrieg wieder eine Armee aufstellen konnten?
- Wie reagierten die Sowjetunion und ihre Verbündeten auf den Beitritt der Bundesrepublik Deutschland zur NATO?

Die NATO, der Nordatlantikpakt. Die britische und französische Regierung hatten nach Kriegsende ein Bündnis vereinbart, dem sich 1948 auch die Beneluxstaaten (Belgien, Niederlande, Luxemburg) anschlossen. Dieser „Brüsseler Pakt" sollte die Sicherheit der Mitgliedstaaten durch eine gemeinsame Verteidigungspolitik garantieren, gleichzeitig wollte man auf politischem, wirtschaftlichem und kulturellem Gebiet zusammenarbeiten. Die USA waren mit den westeuropäischen Staaten vor allem wirtschaftlich (durch den Marshall-Plan) verbunden. Eine weithin übereinstimmende Außenpolitik mit Großbritannien ergab sich aus der gemeinsamen Besatzungspolitik in der Bizone. Die Berlin-Blockade hatte den Amerikanern bewußt gemacht, daß sie den Sowjets trotz ihres Atomwaffenmonopols keine ebenbürtige Armee entgegenstellen konnten. Und schon bald danach, im August 1949, erprobten die Sowjets eine eigene Atombombe.

Wenige Monate zuvor drängten die USA nun die Mitglieder des „Brüsseler Pakts" zur Bildung eines größeren Bündnisses, das den Nordatlantik umspannen sollte. Am 4. April 1949 unterzeichneten die Außenminister der USA, Kanadas, Großbritanniens, Frankreichs, Italiens, Belgiens, der Niederlande, Luxemburgs, Norwegens, Dänemarks, Islands und Portugals den Vertrag zur Gründung der *„North Atlantic Treaty Organization" (NATO)**. Die Vertragspartner vereinbarten, „daß ein bewaffneter Angriff gegen einen oder mehrere von ihnen in Europa oder Nordamerika als ein Angriff gegen sie alle angesehen werden wird; sie vereinbaren daher, daß im Falle eines solchen bewaffneten Angriffs jeder von ihnen ... dem Vertragsstaat oder den Vertragsstaaten, die angegriffen werden, Beistand leistet."

Das Bündnis diente also der gemeinsamen Verteidigung und schuf ein kollektives Sicherheitssystem, das die früheren zweiseitigen Bündnisse ablöste. Mit der NATO war ein Bündnis-Block entstanden. Neu an diesem Pakt war auch, daß eine umfangreiche militärische Zusammenarbeit in Friedenszeiten beschlossen wurde: Die Mitgliedsstaaten unterstellten ihre Truppen einem gemeinsamen Oberbefehl, der dem US-General Eisenhower übertragen wurde. Er errichtete sein Hauptquartier bei Paris (in Fontainebleau (bis 1966, seitdem in Brüssel). Die NATO-Mitgliedstaaten wollten nicht nur militärisch, sondern auch politisch (im Nordatlantikrat) sowie sozial und kulturell zusammenarbeiten. Die USA stellten die meisten Truppen und zahlten auch das meiste Geld für das Bündnis. Sie hatten (und haben) die unbestrittene Führung in diesem Verteidigungsbündnis des Westens. → (1)

Die Korea-Krise. Im Fernen Osten hielten die US-Truppen unter General Mac Arthur Japan besetzt und verwalteten auch die Südhälfte von Korea als Besatzungszone. Nach der Bildung einer südkoreanischen Republik 1948 zogen die USA ihre Truppen ab. Nun glaubten die Nordkoreaner offensichtlich, die USA hätten ihr Interesse an Südkorea verloren. Sie griffen am 25. Juni 1950 an und begannen damit einen dreijährigen Krieg, der bisher nur durch einen Waffenstillstand beendet ist und der allein in Südkorea 1 Mio. Tote und Verwundete forderte. Da die UdSSR dem Sicherheitsrat der Vereinten Nationen ferngeblieben war, konnten die USA eine Entschließung durchsetzen, die den Einsatz bewaffneter Streitkräfte der UN gegen die Angreifer vorsah. Neben Amerikanern kämpften in Korea auch Streitkräfte anderer UN-Mitgliedsländer. Das Eingreifen chinesischer Truppen, die als „Freiwillige" bezeichnet wurden, auf nordkoreanischer Seite führte schließlich 1953 zum unentschiedenen Ausgang des Korea-Krieges. Der von Mac Arthur vorgeschlagene Einsatz von Atombomben wurde von Präsident Truman nicht genehmigt, Mac Arthur sogar abgesetzt.

Streit um den westdeutschen Verteidigungsbeitrag. Angesichts der Ereignisse in Korea hielt der NATO-Rat einen deutschen Verteidigungsbeitrag für unerläßlich, um Westeuropa mit Aussicht auf Erfolg militärisch verteidigen zu können. Nur fünf Jahre nach dem Ende der Hitler-Armee begannen damit erneut Gespräche über deutsche Truppen, über zwei getrennte deutsche Armeen. In der SBZ war bereits 1948 mit der Aufstellung einer „Kasernierten Volkspolizei" begonnen worden. In der westdeutschen Öffentlichkeit und im deutschen Bundestag gab es stürmische Debatten. CDU und FDP waren für eine deutsche Wiederbewaffnung, die SPD war besorgt und mehrheitlich dagegen. Auch die öffentliche Meinung im Ausland war gespalten.

In den innerdeutschen und europäischen Streit schaltete sich die UdSSR ein. Zwischen März und August 1952 schlug sie den Westmächten überraschend in mehreren Noten einen Friedensvertrag mit einer gesamtdeutschen Regierung, freie Wahlen und Abzug aller Besatzungsstreitkräfte vor. Die Westmächte wünschten jedoch eine unparteiische Untersuchungskommission, um vorher in beiden Teilen Deutschlands die Voraussetzungen für freie Wahlen zu klären. Hinzu kamen begriffliche Unklarheiten. Der Entwurf für einen Friedensvertrag, der der sowjetischen Note vom 10. März 1952 beigegeben worden war, enthielt zwar alle Grundfreiheiten für das künftige Gesamtdeutschland, erwähnte jedoch in Punkt 5: „Auf dem Gebiet Deutschlands dürfen Organisationen, die der Demokratie und der

Sache des Friedens feindlich sind, nicht bestehen." Mit Adenauer sahen viele Bundesbürger diese Formulierung als zweideutig an. Die meisten westlichen Politiker erklärten die sowjetischen Noten lediglich als Versuch, die westeuropäischen Verhandlungen um den deutschen Verteidigungsbeitrag zu stören. Westmächte und Bundesregierung taten nichts, um die UdSSR beim Wort zu nehmen. → (3)
Die Verhandlungen um den deutschen Verteidigungsbeitrag zogen sich hin. Eine geplante *„Europäische Verteidigungsgemeinschaft" (EVG)** scheiterte am französischen Parlament, das ablehnte. So blieb nur die NATO. Die Bundesrepublik wurde Mitglied, besiegelt in den „Pariser Verträgen", die am 5. Mai 1955 in Kraft traten. Am gleichen Tage erhielt die Bundesrepublik die Souveränität, allerdings mit Einschränkungen (vgl. S. 243). Die Westmächte erklärten im „Deutschlandvertrag", daß sie die Bundesregierung als einzig rechtmäßige deutsche Regierung betrachteten und daß die Wiedervereinigung Deutschlands „wesentliches Ziel" ihrer Politik sei. Noch im gleichen Jahr wurden die ersten Freiwilligen der Bundeswehr vereidigt. 1956 beschloß der Bundestag das Gesetz über die allgemeine Wehrpflicht. → (2)

Der Warschauer Pakt. Stalin hatte die Beziehungen der Volksdemokratien zur UdSSR durch gegenseitige bilaterale (= zwischen zwei Ländern bestehende) Beistandspakte abgesichert, die alle Volksdemokratien Ende der 40er Jahre mit der UdSSR abschließen mußten. Erst nach Stalins Tod kam es zu einem allgemeinen gegenseitigen Paktsystem, dem Vertrag „Über Freundschaft, Zusammenarbeit und gegenseitigen Beistand", der am 14. Mai 1955 in Warschau von allen europäischen kommunistischen Staaten und der UdSSR unterzeichnet wurde (*Warschauer Pakt**).
Das Oberkommando kam nach Moskau, an die Spitze trat der sowjetische Marschall Konjew. Der Vertrag schränkte die Handlungsfreiheit der Ostblockstaaten ein, erleichterte die Anwesenheit und damit den politischen Einfluß der sowjetischen Truppen in den Paktländern. Als 1956 die DDR die „Kasernierte Volkspolizei" in die „Nationale Volksarmee" umgewandelt hatte, unterstellte auch sie ihre Truppen dem Paktsystem. Die allgemeine Wehrpflicht wurde in der DDR allerdings erst 1961 nach dem Mauerbau (vgl. S. 266) gesetzlich eingeführt.

Österreich wird frei. Der Weg in die Neutralität, der Deutschland verschlossen blieb, gelang Österreich 1955. Die Verhandlungen um einen Staatsvertrag hatten 1947 begonnen, doch erst Anfang der 50er Jahre zeigte sich die UdSSR zum Einlenken bereit. Der am 15. Mai 1955 unterzeichnete Staatsvertrag regelte den Abzug der Besatzungsmächte und Lieferungen an die UdSSR zur Ablösung des von den Sowjets beschlagnahmten deutschen Eigentums in Österreich. In einem Bundesverfassungsgesetz verpflichtete sich das Land zur Neutralität; die vier Siegermächte versprachen, sie zu achten. Nach dem Abzug aller ausländischen Soldaten feierte Österreich am 26. Oktober 1955 seine endgültige Befreiung.

(1) Nordatlantikpakt – wozu?

Aus dem Weißbuch der Bundesregierung „Zur Sicherheit der Bundesrepublik Deutschland", 1983:

„Die NATO ist ein Verteidigungsbündnis. Ihre Strategie und Streitkräfte dienen ausschließlich dazu, die Unabhängigkeit und territoriale Unversehrtheit der Mitgliedstaaten zu wahren. Oberstes Ziel der Strategie des Bündnisses ist Kriegsverhütung durch Abschreckung. Hierzu bedarf es der Fähigkeit und des Willens, sich gemeinsam zu verteidigen." (2) Q

Aus einer sowjetischen Erklärung zur NATO, 1949:

„Der Nordatlantikvertrag hat mit den Zielen der Selbstverteidigung der am Vertrag teilnehmenden Staaten, die niemand bedroht und niemand anzugreifen beabsichtigt, nichts gemein. Im Gegenteil, dieser Vertrag hat offensichtlich aggressiven Charakter und ist gegen die UdSSR gerichtet, was nicht einmal von den offiziellen Vertretern der am Vertrag teilnehmenden Staaten in ihren öffentlichen Erklärungen verheimlicht wird." (3) Q

Aus einem Arbeitsheft „Grundkurs Politik", 1982:

„Wir haben seit über 35 Jahren Frieden. Das verdanken wir vor allem zuverlässigen Bundesgenossen in der NATO und der eigenen Verteidigungsbereitschaft. Bündnisse machen den Frieden sicherer." (4)

Aus dem Text des NATO-Vertrags, 1949:

„Sie [die Partner des Vertrages] sind entschlossen, die Freiheit, das gemeinsame Erbe und die Zivilisation ihrer Völker, die auf den Grundsätzen der Demokratie, der Freiheit der Person und der Herrschaft des Rechts beruht, zu gewährleisten ... Sie sind entschlossen, ihre Bemühungen für die gemeinsame Verteidigung und für die Erhaltung des Friedens und der Sicherheit zu vereinigen ..." (5) Q

(a) Stellt Gründe zusammen, die zur Bildung der NATO führten (vgl. hierzu die Texte S. 223 und S. 237).

(b) Legt eine Liste der NATO-Mitgliedstaaten in der Reihenfolge ihres Beitritts an.

(c) Stellt die Argumente, die bei ihrer Gründung für und gegen die NATO sprachen, in einer Tabelle einander gegenüber.

(2) Für oder gegen einen deutschen Verteidigungsbeitrag?

Ein Gegner der Wiederbewaffnung Westdeutschlands war schon 1950 der damalige Innenminister Heinemann, der aus Protest aus der Regierung ausschied. Er wurde 1969 zum Bundespräsidenten gewählt (vgl. S. 253). Er erklärte:

„Die Aufstellung deutscher Truppen bedeutet eine schwere Belastung unserer sozialen Gestaltungsmöglichkeiten. Wenn es bisher nicht gelangt hat, den Ostvertriebenen und Kriegsbeschädigten, den Wohnungslosen und Sozialrentnern, der Jugend und manchen anderen Gruppen unseres Volkes zu geben, was ihnen zusteht, so werden Rüstungsausgaben ihre Situation nicht erleichtern ...

Die andere Belastung erwächst unserer jungen Demokratie. Die militärische Macht wird nahezu unvermeidlich wieder eine eigene politische Willensbildung entfalten ...

Besonders bedeutungsvoll ist die Frage, ob eine westdeutsche militärische Beteiligung auf Rußland provozierend wirken würde. Der Marxist glaubt ohnehin an kapitalistische Einkreisung ...

Ein europäischer Krieg unter unserer Beteiligung wird für uns nicht nur ein nationaler Krieg sein, wie für die anderen betroffenen Völker, sondern obendrein ein Krieg von Deutschen gegen Deutsche. Er wird sich, so wie die Dinge liegen, auf deutschem Boden abspielen. Wer auch immer die erste Schlacht gewinnt – der Stoß geht in deutsches Land, im Westen oder im Osten. Wenn der erste Stoß sich nicht zu einem endgültigen entwickelt, kann dasselbe deutsche Land im Westen oder im Osten abermals der Schauplatz des Krieges sein.

Angesichts der Situation haben wir wahrlich bis zum Äußersten ein Lebensinteresse daran, daß eine friedliche Lösung gefunden wird ...

Es kommt darauf an, daß die Chance für eine friedliche Lösung nicht verlorengeht. Unsere Beteiligung an der Aufrüstung würde das Aufkommen einer solchen Chance kaum mehr offenlassen." (6) Q

Aus der Bundestagsdebatte über die Aufstellung deutscher Truppen im Rahmen der geplanten EVG:

Adenauer: „Ich bin der Auffassung, daß diese die Weltlage beherrschenden Spannungen dringend von uns verlangen, aus dem Zustand der Schwebe, in dem wir uns jetzt befinden, herauszukommen. Wenn wir Mithandelnde werden, können wir auch unsere ganze Kraft dafür einsetzen, daß die bestehenden Spannungen auf friedlichem Wege gelöst werden ... Wir werden durch die Genehmigung der Verträge der Sache der Freiheit, der Schaffung eines neuen Europas, der Wiedervereinigung Deutschlands und dem Höchsten, dem Frieden und der Freiheit, dienen."

Carlo Schmid (SPD): „Glaubt man denn wirklich, mit diesen Verträgen die Russen zur politischen Kapitulation zwingen zu können? ... Werden die Russen nicht jeden

Demonstration gegen die Wiederbewaffnung auf dem Nürnberger Hauptmarkt 1950.

Machtzuwachs im Westen durch Schaffung eigener Machtmittel – vielleicht sogar in dem von ihnen besetzten Deutschland – kompensieren und überkompensieren? ... Ja, Deutschland will keinen Neutralismus und kann ihn nicht wollen! Es hat sich längst für ein Leben auf Grund von Ordnungen entschieden, die heute nur im Westen dieses Kontinents existieren können. Und daß es diesen Willen hat, hat dieses deutsche Volk auch dort bewiesen, wo der Osten lockte. Aber die Entscheidung für den Westen bedeutet doch nicht, daß man auf die Möglichkeit eigener deutscher Politik verzichten und eine Politik treiben müsse, deren machtpolitische Versuche mit Sicherheit durch Gegenmaßnahmen im anderen Teil Deutschlands kompensiert werden." (7) Q

(a) Erläutert die Abbildung. Mit welchen Argumenten wird die Wiederbewaffnung abgelehnt?

(b) Nehmt Stellung zu den Thesen Heinemanns.

(c) Welche Gemeinsamkeiten, welche Unterschiede sind in den Äußerungen von Adenauer und Carlo Schmid zu erkennen?

(3) Die Stalinnote von 1952, eine Chance zur Wiedervereinigung?

Die politischen Leitsätze der Stalinnote:

„Die ‚politischen Leitsätze', die die Note propagierte, waren: die Wiederherstellung der deutschen Einheit; Abzug aller Besatzungsmächte; Gewährung aller demokratischen Grundrechte einschließlich Pressefreiheit, Freiheit der politischen Überzeugung und der Versammlungsfreiheit; keinerlei wirtschaftliche Beschränkungen; eigene nationale Streitkräfte, soweit sie für die Selbstverteidigung notwendig sind; schließlich Leitsatz Nummer 7: ‚Deutschland verpflichtet sich, keinerlei Koalition oder Militärbündnisse einzugehen, die sich gegen irgendeinen Staat richten, der mit seinen Streitkräften am Krieg gegen Deutschland teilgenommen hat.'" (8)

Adenauer zur Stalinnote in seinen Erinnerungen, 1965:

„Die Sowjetunion hielt offenbar den Zeitpunkt für gekommen, noch einmal den Versuch zu machen, die Entwicklung des europäischen Zusammenschlusses aufzuhalten und, wenn möglich, zu zerstören. Denn, wohlgemerkt, die Verhandlungen über die Europäische Verteidigungsgemeinschaft und den Deutschlandvertrag standen kurz vor dem Abschluß. Sowjetrußland versuchte offensichtlich, die Integration Europas zu hemmen mit all den Konsequenzen, die sich daraus ergeben würden. Das beste Mittel, dies zu erreichen, war tatsächlich die von sowjetischer Seite geplante Neutralisierung Deutschlands. Ohne Deutschland war die Integration Europas von Anfang an zum Scheitern verurteilt." (9) Q

(a) Arbeitet die entscheidenden Bedingungen und Ziele für einen Friedensvertrag aus sowjetischer Sicht heraus.

(b) Weshalb lehnten Adenauer und die damalige Bundesregierung das Angebot ab?

1. Was bedeutete der Beitritt der Bundesrepublik zur NATO für die Deutschen 1955? Welche Bedeutung hat diese Mitgliedschaft heute?

2. Welche der folgenden Staaten gehörten dem Warschauer Pakt an: Afghanistan, Bulgarien, ČSSR, DDR, Finnland, Jugoslawien? Nenne weitere Mitgliedstaaten des Bündnisses.

3. Das folgende Plakat erschien kurz vor der Ratifizierung der Pariser Verträge. Es trägt die Unterschriften von Helmut Gollwitzer, Gustav Heinemann, J. Hessen, Ernst Lange, Erich Ollenhauer, Ernst Reuter und Alfred Weber. Erläutere es und nimm Stellung dazu.

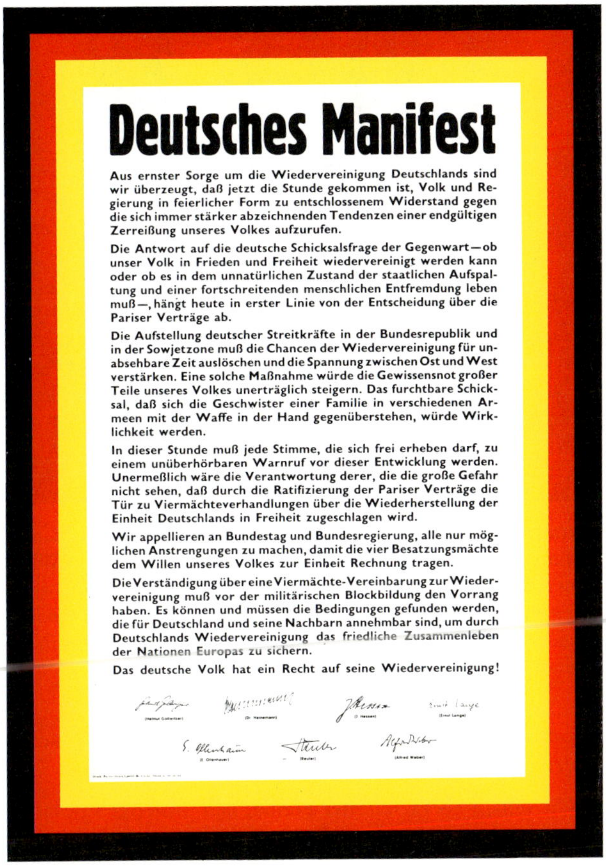
Deutsches Manifest

Aus ernster Sorge um die Wiedervereinigung Deutschlands sind wir überzeugt, daß jetzt die Stunde gekommen ist, Volk und Regierung in feierlicher Form zu entschlossenem Widerstand gegen die sich immer stärker abzeichnenden Tendenzen einer endgültigen Zerreißung unseres Volkes aufzurufen.

Die Antwort auf die deutsche Schicksalsfrage der Gegenwart – ob unser Volk in Frieden und Freiheit wiedervereinigt werden kann oder ob es in dem unnatürlichen Zustand der staatlichen Aufspaltung und einer fortschreitenden menschlichen Entfremdung leben muß –, hängt heute in erster Linie von der Entscheidung über die Pariser Verträge ab.

Die Aufstellung deutscher Streitkräfte in der Bundesrepublik und in der Sowjetzone muß die Chancen der Wiedervereinigung für unabsehbare Zeit auslöschen und die Spannung zwischen Ost und West verstärken. Eine solche Maßnahme würde die Gewissensnot großer Teile unseres Volkes unerträglich steigern. Das furchtbare Schicksal, daß sich die Geschwister einer Familie in verschiedenen Armeen mit der Waffe in der Hand gegenüberstehen, würde Wirklichkeit werden.

In dieser Stunde muß jede Stimme, die sich frei erheben darf, zu einem unüberhörbaren Warnruf vor dieser Entwicklung werden. Unermeßlich wäre die Verantwortung derer, die die große Gefahr nicht sehen, daß durch die Ratifizierung der Pariser Verträge die Tür zu Viermächteverhandlungen über die Wiederherstellung der Einheit Deutschlands in Freiheit zugeschlagen wird.

Wir appellieren an Bundestag und Bundesregierung, alle nur möglichen Anstrengungen zu machen, damit die vier Besatzungsmächte dem Willen unseres Volkes zur Einheit Rechnung tragen.

Die Verständigung über eine Viermächte-Vereinbarung zur Wiedervereinigung muß vor der militärischen Blockbildung den Vorrang haben. Es können und müssen die Bedingungen gefunden werden, die für Deutschland und seine Nachbarn annehmbar sind, um durch Deutschlands Wiedervereinigung das friedliche Zusammenleben der Nationen Europas zu sichern.

Das deutsche Volk hat ein Recht auf seine Wiedervereinigung!

(Helmut Gollwitzer) (Dr. Heinemann) (J. Hessen) (Ernst Lange)

(E. Ollenhauer) (Reuter) (Alfred Weber)

Europäische Verteidigungsgemeinschaft (EVG): Geplantes Bündnis westeuropäischer Staaten zum Zweck der Aufnahme westdeutscher Streitkräfte in eine „integrierte" europäische Armee. Der EVG-Vertrag wurde von der Bundesrepublik 1952/53 angenommen, von der französischen Nationalversammlung 1954 abgelehnt.

NATO: North Atlantic Treaty Organization = Nordatlantikpaktorganisation. Westliches Verteidigungsbündnis unter Führung der USA; gegründet am 4. 4. 1949; Beitritt der Bundesrepublik 1955. Das Bündnis ersetzt zweiseitige Verträge durch ein System „kollektiver Sicherheit", bei dem alle Partner gemeinsam den Schutz jedes einzelnen gewährleisten.

Warschauer Pakt: Freundschafts- und Beistandspakt des Ostblocks mit gemeinsamem Oberkommando über die Streitkräfte unter sowjetischer Führung. Gegründet am 14. 5. 1955 als Antwort auf den Beitritt der Bundesrepublik zur NATO, aufgelöst am 1. 7. 1991.

17. 3. 1948	Brüsseler Pakt
4. 4. 1949	Gründung der NATO
1950–1953	Koreakrieg
10. 3. 1952	Stalinnote zur Wiedervereinigung
Mai 1955	Pariser Verträge, Bundesrepublik wird NATO-Mitglied

Quellennachweis

(1) Nach: Grundkurs Politik, Heft 18, Weltpolitik, hrsg. von der Landeszentrale für politische Bildung Baden-Württemberg, Stuttgart, S. 24.

(2) Die Organisation des Nordatlantikvertrages. Paris 1958, S. 14.

(3) Sowjetisches Memorandum für die Westmächte vom 31. 3. 1949. Zitiert aus: Materialien für den Geschichtsunterricht, Band VI. Diesterweg 7335 S. 182.

(4) Grundkurs Politik a. a. O., S. 22.

(5) Weißbuch 1983 „Zur Sicherheit der Bundesrepublik Deutschland", hrsg. v. Bundesminister für Verteidigung. Bonn 1983, S. 139.

(6) Gustav Heinemann in einem Memorandum, dpa vom 13. 10. 1950.

(7) Aus der 1. Lesung des EVG-Vertrages im Deutschen Bundestag am 9./10. Juli 1952. Zitiert nach: H. Lilge (Hrsg.): Deutschland 1945–1963. Hannover [3]1967, S. 110 f.

(8) Marion Gräfin Dönhoff: Von Gestern nach Übermorgen, a. a. O., S. 69 f.

(9) Adenauer: Erinnerungen, Band 1. Stuttgart 1965.

Lesetip

G. Hartl: Frisches Gras auf verbrannter Erde. Styria, Graz (JB)

R. Stolze: Auf der Suche nach dem Frieden. München 1972 (JB)

9 Bundesrepublik Deutschland und DDR: Deutschland bis zur Einigung

9.1 Die Ära Adenauer

Antrittsbesuch Bundeskanzler Adenauers beim amerikanischen, französischen und englischen Hochkommissar am 21. 9. 1949. Die deutsche Delegation sollte – symbolisch bedeutsam – vor dem Teppich stehen bleiben. Adenauer berichtet: „Wir wurden in einen Raum geführt, in dem uns die drei Hohen Kommissare auf einem Teppich stehend empfingen. François-Poncet (Mitte) hatte an dem betreffenden Tage den Vorsitz inne. Er trat, während ich vor dem Teppich haltmachte, einen Schritt nach vorn, um mich zu begrüßen. Ich machte mir die Gelegenheit zunutze, ging ihm entgegen und stand somit gleichfalls auf dem Teppich. Keiner der Hohen Kommissare wendete sich dagegen." (1) Q

Aus dem „Deutschlandvertrag" in der Fassung vom 23. 10. 1954:

„Mit dem Inkrafttreten dieses Vertrages werden die USA, Großbritannien und Frankreich das Besatzungsregime in der Bundesrepublik beenden, das Besatzungsstatut aufheben und die Alliierte Hohe Kommission sowie die Dienststellen der Landeskommissare in der Bundesrepublik auflösen.
Die Bundesrepublik wird demgemäß die volle Macht eines souveränen Staates über ihre inneren und äußeren Angelegenheiten haben."

Konrad Adenauer zum Inkrafttreten der „Pariser Verträge" am 5. 5. 1955:

„Wir stehen als Freie unter Freien, den bisherigen Besatzungsmächten in echter Partnerschaft verbunden ... Freiheit verpflichtet. Es gibt für uns im Innern nur einen Weg: den Weg des Rechtsstaates, der Demokratie und der sozialen Gerechtigkeit. Es gibt für uns in der Welt nur einen Platz: an der Seite der freien Völker. Unser Ziel: in einem freien und geeinten Europa ein freies und geeintes Deutschland." (2) Q

- Wie hat sich die Bundesrepublik in den ersten 15 Jahren entwickelt? Wer hat ihre Entwicklung bestimmt?
- Das deutsche „Wirtschaftswunder": Wie kamen die Bundesbürger zu ihrem Wohlstand?
- Wie gestaltete die Bundesregierung die Beziehungen Westdeutschlands zum Ausland?

CDU/CSU an der Regierung. Die CDU/CSU gewann die erste Bundestagswahl 1949 mit knappem Vorsprung vor der SPD. Bei den folgenden Wahlen nahm die Stimmenzahl der CDU/CSU gewaltig zu, sie stieg von 7,4 Mio. 1949 auf 12,4 Mio. 1953 und auf 15 Mio. im Jahr 1957. Damit hatte die Partei schon 1953 mit 243 Abgeordneten die Hälfte der Sitze im Bundestag und erreichte 1957 die absolute Mehrheit. Die Wahlen bestätigten die CDU/CSU-Politik der Westintegration und des Wiederaufbaues. Sie waren auch ein Erfolg Konrad Adenauers, der als Regierungschef bis 1963 der Bundesrepublik seinen Stempel aufdrückte. Der Historiker Bracher schreibt über ihn:

„Das Gewicht des ungewöhnlich hohen Alters, das die Brücke nicht nur zur Weimarer Republik, sondern bis zur wilhelminischen Epoche schlug, half dem ersten Bundeskanzler, seinen Stil und seine Autorität in den Augen der Öffentlichkeit zu rechtfertigen und durchzusetzen. Einige wenige, klare Grundgedanken, an denen er stark und starr festhielt, machten die charakteristische Sicherheit aus, mit der Adenauer die politischen Möglichkeiten seines Amtes ergriff und festhielt . . . Es war die klare Frontstellung des ‚Kalten Krieges'. Aber nicht ein berüchtigter preußischer Militarist vom Schlage Wilhelms II. oder Hindenburgs repräsentierte sie, sondern ein bürgerlich-katholischer Zivilist, dessen Stärke im taktischen Geschick und in der Ausdauer lag, mit der er die Grundposition des Staates von 1949 gegenüber allen anderen Möglichkeiten behauptete und ausbaute: außenpolitisch die volle Westorientierung gegen Neutralismus und Wiedervereinigungsexperimente, innenpolitisch die Restaurierung des bürgerlichen Rechtsstaates gegenüber radikaldemokratischen und sozialistischen Ordnungsvorstellungen." (3) → (1)

Die SPD, die Westverträge und Wiederbewaffnung bekämpfte, hatte zu dieser Zeit keine Chance, die Regierungsverantwortung zu übernehmen. Adenauer bildete Koalitionsregierungen mit einem „Bürgerblock" von FDP und DP; von 1957 bis 1961 konnte die CDU/CSU allein regieren. Die KPD und rechte, z. T. extreme Splitterparteien waren seit dem 2. Bundestag nicht mehr vertreten; sie kamen nicht über die „Fünf-Prozent-Hürde". Auf Antrag der Bundesregierung verbot das Bundesverfassungsgericht 1952 die rechtsextreme „Sozialistische Reichspartei" und 1956 auch die KPD als „verfassungswidrig". So verfestigte sich für Jahrzehnte im Bundestag ein „Dreiparteiensystem" mit CDU/CSU, SPD und FDP.

Adenauers Außenpolitik. Sein Hauptziel war die Souveränität der Bundesrepublik bei gleichzeitiger Eingliederung in den Westen (NATO). Er wollte zunächst Freiheit und Frieden sichern, um so die deutsche Einheit vorzubereiten. Ausbau und Garantie der Sicherheit, Europäische Einigung, Aussöhnung mit Frankreich und Schutz durch die USA hatten Vorrang vor der Wiedervereinigung Deutschlands. Mit den „Pariser Verträgen" (vgl. S. 238) endete 1955 – 10 Jahre nach dem Krieg –, das, was von der Besatzungsherrschaft noch übrig geblieben war. Alliierte Vorbehalte gab es jedoch weiterhin in bezug auf die Truppenstationierung und gesamtdeutsche Fragen. Die Bundesrepublik wurde international gleichberechtigt mit eigenen Streitkräften, die sie der NATO eingliederte. Als „Staatsbürger in Uniform" behielten die Soldaten der Bundeswehr alle demokratischen Rechte und Pflichten.
1955 reiste Adenauer nach Moskau – ein unerwartetes Ereignis. Die Gespräche dort brachten die Heimkehr von zehntausend deutschen Kriegsgefangenen aus Rußland und die Aufnahme diplomatischer Beziehungen. Erstmalig gab es nun zwei deutsche Botschafter in einer Hauptstadt. Die Bundesregierung erklärte in einem Schreiben, daß sie allein Deutschland und alle Deutschen vertrete *(Alleinvertretungsanspruch*)*. Die Sowjetregierung veröffentlichte ihren gegenteiligen Standpunkt. → (2)
Besonders gute Beziehungen entwickelte Adenauer zu Frankreich. Trotz Montanunion und europäischer Partnerschaft (vgl. S. 277) blieb die Zukunft des Saargebietes, das Frankreich seinem Wirtschafts- und Währungsgebiet einzugliedern versucht hatte, zunächst ein belastendes Problem. Als jedoch die Saarbevölkerung durch Volksabstimmung eine „Europäisierung" ablehnte, wurde das Saarland 1957 als zehntes Bundesland Bestandteil der Bundesrepublik. Ein von Adenauer und de Gaulle unterzeichneter Vertrag über deutsch-französische Zusammenarbeit bindet die beiden Nachbarstaaten seit 1963 eng aneinander.

Das „Godesberger Programm" der SPD. Ende der 50er Jahre mußte die SPD erkennen, daß die Entwicklung die Erreichung ihrer Ziele auf dem bisherigen Weg ausschloß. Die Partei änderte ihre Politik: Im „Godesberger Programm" 1959 verzichtete sie auf die Verstaatlichung von Produktionsmitteln, ohne ihren Anspruch auf einen demokratischen Sozialismus und damit verbundene soziale und gesellschaftliche Reformen aufzugeben. Sie bekannte sich zum westlichen Bündnis und zur Westintegration der Bundesrepublik. Die SPD stand nicht mehr in grundsätzlicher Opposition zur CDU/CSU. → (4)
Man deutete diesen Vorgang als Anpassung an die CDU, aber auch als langfristige Taktik zur Gewinnung von Mehrheiten und zur Übernahme der Regierung. Die „neue" SPD konnte mit zusätzlichen Wählerstimmen rechnen. Sie erreichte mit ihrem neuen Kanzlerkandidaten, dem Berliner Regierenden Bürgermeister Brandt, bei den Wahlen zum 4.

Bundestag im September 1961 eine Steigerung von 31,8 auf 36,2 v.H. Die CDU verlor ihre absolute Mehrheit. Die FDP bildete wiederum eine Koalition mit der CDU, aber nur unter der Bedingung, daß Adenauer noch während der Legislaturperiode zurücktrete. Das geschah 1963. Neuer Bundeskanzler wurde Ludwig Erhard (1897–1977), der seit 1948 die Wirtschaftsverwaltung der Bizone und später das Bundeswirtschaftsministerium leitete und als „Vater des Wirtschaftswunders" gilt.

Wirtschaftliche und soziale Entwicklungen. Ludwig Erhard verkörperte die *„Soziale Marktwirtschaft"**, die der Bundesrepublik in der Nachkriegszeit große Erfolge brachte. Industrialisierung und Produktivität der Wirtschaft hatten zugenommen, der allgemeine Lebensstandard der Bevölkerung war erheblich gestiegen. Das Bruttosozialprodukt betrug 1962 etwa das Zweieinhalbfache von 1949. Der Export hatte sich vervielfacht. Besonders stark stiegen die Investitionen im Wohnungsbau und bei den öffentlichen Einrichtungen: bei Schulen, Krankenhäusern, Straßen und Versorgungsanlagen (Strom, Wasser, Abwasser usw.). Das durchschnittliche Einkommen verdoppelte sich von 1949 bis 1962, und zwar nach Abzug der Inflationsrate, der steigenden Steuern und Sozialabgaben. So konnten die meisten kaufen, was sie für Wohnung und Leben brauchten. Mitte der 60er Jahre besaßen schon die Hälfte aller Haushalte Waschmaschine, Kühlschrank und Fernsehgerät und knapp ein Drittel ein eigenes Auto.
Besonders zufrieden waren Geschäftsleute, Gewerbetreibende, vor allem Unternehmer. Nach der Währungsreform half amerikanisches Kapital, das über den Marshall-Plan zufloß. Danach konnten viele Investitionen über den Preis finanziert werden, die Gewinne stiegen. Auch Steuererleichterungen begünstigten Investitionen. So nahm die Vermögensbildung der Unternehmen zu, neuer Reichtum sammelte sich an. Zwar konnte der „kleine Mann" ebenfalls sparen, er bekam Sparprämien und Steuererleichterungen. Aber viele vermißten den sozialen Ausgleich. 1965 ergab eine Untersuchung, daß 40% des Gesamteinkommens von 10% der Bevölkerung verdient wurden, während für die Hälfte aller Einkommensempfänger nur 20% der Einkommenssumme zur Verfügung stand. 1960 verdienten knapp 5% mehr als 2000 DM im Monat, während ²/₃ aller Haushalte weniger als 1000 DM bekamen. → (3)
Ein besonderer Erfolg war die Eingliederung der Flüchtlinge und Vertriebenen: 7 Millionen zwischen 1945 und 1950, weitere 3 Millionen bis 1961. Sie haben maßgeblich zum wirtschaftlichen Aufstieg unseres Landes beigetragen. Unterstützt wurden sie durch einen „Lastenausgleich" derer, die ihr Vermögen nicht durch den Krieg verloren hatten. Dies wie auch die Einführung der *„dynamischen Rente"* war eine soziale Leistung; seit 1957 wird die Rente jeweils dem Lohnniveau entsprechend neu festgesetzt. Schon 1951 war die paritätische *Mitbestimmung** (d.h. die gleichberechtigte Vertretung der Aktionäre und Arbeitnehmer in der Betriebsführung) von CDU und SPD gemeinsam beschlossen worden; allerdings blieb das Mitbestimmungsgesetz auf die Betriebe des Bergbaus und der eisen- und stahlerzeugenden Industrie mit über 1000 Beschäftigten eingeschränkt.
Der soziale Fortschritt kam nicht ohne Druck der Gewerkschaften zustande. Rund 40% der Beschäftigten in der Bundesrepublik sind heute gewerkschaftlich organisiert, etwa 8 Mio. in der Einheitsgewerkschaft des DGB, weitere 1,5 Mio. gehören dem Deutschen Beamtenbund oder der Angestelltengewerkschaft (DAG) an. Bei Tarifabschlüssen erreichten die Gewerkschaften Lohnerhöhungen, kürzere Arbeitszeiten, mehr Urlaub und besseren Arbeitsschutz. Sie wirkten bei der Rentenreform und den Mitbestimmungsgesetzen entscheidend mit. Arbeitskämpfe blieben relativ selten.

Das Ende der Adenauer-Zeit brachte neue Probleme der Außen- und Innenpolitik. Die DDR errichtete 1961 in Berlin eine Sperrmauer; der Westen konnte sie nicht verhindern (vgl. S. 266). Die Westmächte garantierten zwar Westberlin die Anwesenheit ihrer Truppen, den freien Zugang zwischen der Bundesrepublik und Berlin sowie eine enge wirtschaftliche Verflechtung der Stadt mit dem Bundesgebiet. Aber die Spaltung zwischen der Bundesrepublik und der DDR hatte sich vertieft.
Nach dem Mauerbau blieb der Zustrom hochqualifizierter „Zonenflüchtlinge" aus. Bald fehlten Fachkräfte in gutgehenden Wirtschaftszweigen. „Gastarbeiter", die aus weniger entwickelten europäischen Ländern kamen, füllten als Hilfsarbeiter die Lücken bei Arbeitsplätzen, für die es keine deutschen Arbeiter gab. 1966 befanden sich bereits 1¼ Mio. ausländische Arbeitskräfte in der Bundesrepublik, deren Eingliederung – meist mit zahlreichen nachgeholten Familienangehörigen – neue Probleme schuf. Auch die Anpassung der deutschen Landwirtschaft an die veränderten Verhältnisse in der EWG blieb schwierig; immer mehr Bauern gaben ihren Betrieb auf. Im Kohlebergbau kam es zu Absatzproblemen, weil damals das billige Erdöl die Kohle verdrängte. Die Soziale Marktwirtschaft baute auf Vollbeschäftigung, Wirtschaftswachstum, Preisstabilität und ausgeglichenem Außenhandel. Dieses „magische Viereck" ließ sich schwer im Gleichgewicht halten.

(1) Adenauer und der Deutsche Bundestag

Ein britischer Historiker über Adenauer und den ersten Deutschen Bundestag:

„Bei dieser Regierung und im Parlament machte Adenauer seine Autorität geltend, eine Mischung aus väterlicher Fürsorge, schulmeisterlicher Strenge und klugem Menschenverstand, die ihm ohne offensichtliche Anstrengung gelang. Unterbrechungen tat er mit lässiger Ironie ab. Seine Reden waren knapp und stets sachlich. Nahezu unveränderlich bewahrte er Gemütsruhe, auch wenn er ungewohnterweise von Zorn überwältigt wurde. Er konnte böse werden oder bissig oder giftig; ein ‚falscher' Ton schien sich dann in seine Stimme zu schleichen. Er besaß die Gabe, seinem Zorn Luft zu machen, während er äußerlich ruhig blieb. Er war das genaue Gegenteil von einem Demagogen und gab so ein Beispiel, das dieses erste Parlament nach der Nazizeit ganz dringend brauchte." (4)

Auszug aus dem Protokoll der 18. Sitzung des 1. Deutschen Bundestags:

„*Bundeskanzler Dr. Adenauer:*
Das ist die Frage, um die es sich handelt,
(Zurufe bei der SPD: Nein!)
und, meine Damen und Herren, ich stelle fest – ich muß das nach den letzten Reden des Herrn Kollegen Ollenhauer leider feststellen –, daß die sozialdemokratische Fraktion bereit ist, eher die ganze Demontage bis zu Ende gehen zu lassen, – –
(Sehr gut! und Hört! Hört! und lebhafter Beifall bei den Regierungsparteien. – Zuruf links: Unerhört, so was! – Gegenruf rechts: Ihre englischen Freunde versagen! – Zuruf von der SPD: Eine politische Taktlosigkeit! – *Abg. Schoettle:* Das sind wir ja von denen gewohnt! – Unruhe.)
Zu dieser Frage muß die Opposition Stellung nehmen
(lebhafte Zustimmung bei den Regierungsparteien; Zurufe links)
– das ist die Frage, um die es sich handelt, und um keine andere Frage –: Ist sie bereit, einen Vertreter in die Ruhrbehörde zu schicken, oder nicht? Und wenn sie erklärt: nein, – dann weiß sie auf Grund der Erklärungen, die mir der General Robertson abgegeben hat, daß die Demontage bis zu Ende durchgeführt wird.
(*Abg. Dr. Schumacher:* Das ist nicht wahr!! – Hört! Hört! und Gegenrufe bei den Regierungsparteien. – Weitere erregte Zurufe von der SPD und KPD. – Glocke des Präsidenten. – *Abg. Renner:* Wo steht denn das? – Zurufe links: Sind Sie noch ein Deutscher? – Sprechen Sie als deutscher Kanzler? – *Abg. Dr. Schumacher:* Der Bundeskanzler der Alliierten!)
Präsident Dr. Köhler:
Herr Abgeordneter Schumacher, – – Herr Abgeordneter Dr. Schumacher! Für diese Bezeichnung des Bundeskanzlers als ‚Bundeskanzler der Alliierten' rufe ich Sie zur Ordnung!
(Stürmische Protestrufe in der Mitte und rechts. Großer Lärm und Klappen mit den Pultdeckeln. – Abgeordnete der SPD und der CDU/CSU erheben sich von den Plätzen und führen erregte Auseinandersetzungen. – Anhaltendes Glockenzeichen des Präsidenten. – Fortdauernder Lärm.)
Herr Abgeordneter Dr. Schumacher, – –
(Anhaltender Lärm und fortgesetzte Pfuirufe und Rufe in der Mitte und rechts: Unerhört! Raus! Raus!)
Herr Abgeordneter Dr. Schumacher, – –
(Andauernder Lärm. – Anhaltendes Glockenzeichen des Präsidenten. – Fortdauernder Lärm)." (5) Q

(a) Formuliert eure Meinung zum Stil der Auseinandersetzungen im Deutschen Bundestag. Warum löste der Zuruf „Kanzler der Alliierten" einen solchen Tumult aus?

(b) Erklärt, worin Adenauers Stärke lag.

(c) Stellt die Ziele von Adenauers Außenpolitik zusammen (vgl. S. 243) und nehmt dazu Stellung.

(2) Adenauer in Moskau, 1955

Felix von Eckardt, der Pressechef Adenauers, berichtet über die Verhandlungen:

„Plötzlich, so erzählte Adenauer, habe Bulganin gesagt: ‚Lassen Sie uns zu einer Einigung kommen. Schreiben Sie mir einen Brief über die Aufnahme der diplomatischen Beziehungen und Sie bekommen die Kriegsgefangenen alle! In einer Woche! Wir geben Ihnen unser Ehrenwort!' Adenauer fragte, ob damit auch die anderen, also die Verschleppten gemeint seien. Bulganin wiederholte noch einmal: ‚Jawohl alle, alle!' Dann zog Bulganin noch Chruschtschow dazu. Er bestätigte das Angebot: ‚Wir können keine schriftlichen Garantien geben, aber wir geben Ihnen unser Ehrenwort!' Der Kanzler zögerte nicht, den Herren zu sagen, daß ihn diese Worte wieder hoffnungsvoll stimmten." (6) Q

Aus dem Brief Adenauers an Ministerpräsident Bulganin vom 13. 9. 1955:

„Die Aufnahme diplomatischer Beziehungen mit der Regierung der Sowjetunion bedeutet keine Änderung des Rechtsstandpunktes der Bundesregierung in bezug auf ihre Befugnis zur Vertretung des deutschen Volkes in internationalen Angelegenheiten und in bezug auf die politischen Verhältnisse in denjenigen deutschen Gebieten, die gegenwärtig außerhalb ihrer effektiven Hoheitsgewalt liegen."(7) Q

Aus der TASS-Erklärung vom 15. 9. 1955:

„Die Sowjetregierung betrachtet die Deutsche Bundesrepublik als einen Teil Deutschlands. Ein anderer Teil Deutschlands ist die Deutsche Demokratische Republik. Im Zusammenhang mit der Herstellung diplomatischer

Beziehungen zwischen der Sowjetunion und der Deutschen Bundesrepublik hält es die Regierung der UdSSR für erforderlich zu erklären, daß die Frage der Grenzen Deutschlands durch das Potsdamer Abkommen gelöst worden ist und daß die Deutsche Bundesrepublik ihre Jurisdiktion auf dem Gebiet ausübt, das unter ihrer Hoheit steht." (8) Q

Neun Tage nach der Rückkehr Adenauers aus Moskau stimmte der Bundestag einstimmig der Aufnahme diplomatischer Beziehungen mit der Sowjetunion zu. Noch im gleichen Jahr, vier Tage vor Weihnachten 1955, traf der erste sowjetische Botschafter in Bonn ein. Die Entlassung der Kriegsgefangenen begann am 7. Oktober und war drei Monate später beendet.

(a) Schildert und kommentiert Verlauf und Ergebnis der Verhandlungen.

(b) Klärt, welche unterschiedlichen Standpunkte bestehen blieben.

(3) Soziale Marktwirtschaft

Aus den „Düsseldorfer Leitsätzen" der CDU von 1949:

„Wirtschaftliche Not kann man durch zwei Verfahren zu überwinden suchen: die Planwirtschaft will die Armut gerecht verwalten und verteilen, die Marktwirtschaft will durch den Leistungswettbewerb auf allen Stufen die Armut überwinden. Es ist würdiger und erfolgreicher, sich durch einen Notstand durchzuarbeiten als durchzuhungern ... Die ‚soziale Marktwirtschaft' verzichtet auf Planung und Lenkung von Produktion, Arbeitskraft und Absatz. Dadurch ist der Staat von der Sorge der zentralen Lenkung entlastet. Ihm bleibt die Aufgabe, das Recht zu setzen und zu hüten, den Wettbewerb zu fördern und das Geldwesen zu ordnen." (9) Q

(a) Erklärt anhand der „Düsseldorfer Leitsätze" und der Formel „Wohlstand für Alle", worauf es der sozialen Marktwirtschaft ankommt.

(b) Zeigt anhand des Schaubildes, wie die soziale Marktwirtschaft funktioniert und worin sie sich von der uneingeschränkten Marktwirtschaft sowie von der Zentralen Planwirtschaft unterscheidet.*

(c) Welchen Erfolg hatte die soziale Marktwirtschaft in der Bundesrepublik; welche Probleme brachte sie mit sich?

(4) Das Godesberger Programm der SPD

Aus den Grundforderungen des Programms:

„Im demokratischen Staat muß sich jede Macht öffentlicher Kontrolle fügen. Das Interesse der Gesamtheit muß über dem Einzelinteresse stehen. In der vom Gewinn- und Machtstreben bestimmten Wirtschaft und Gesellschaft sind Demokratie, soziale Sicherheit und freie Persönlichkeit gefährdet. Der demokratische Sozialismus erstrebt darum eine neue Wirtschafts- und Sozialordnung ...
Freie Konsumwahl und freie Arbeitsplatzwahl sind entscheidende Grundlagen, freier Wettbewerb und freie Unternehmerinitiative sind wichtige Elemente sozialdemokratischer Wirtschaftspolitik. Die Autonomie der Arbeitnehmer- und Arbeitgeberverbände beim Abschluß von Tarifverträgen ist ein wesentlicher Bestandteil freiheitlicher Ordnung. Totalitäre Zwangswirtschaft zerstört die

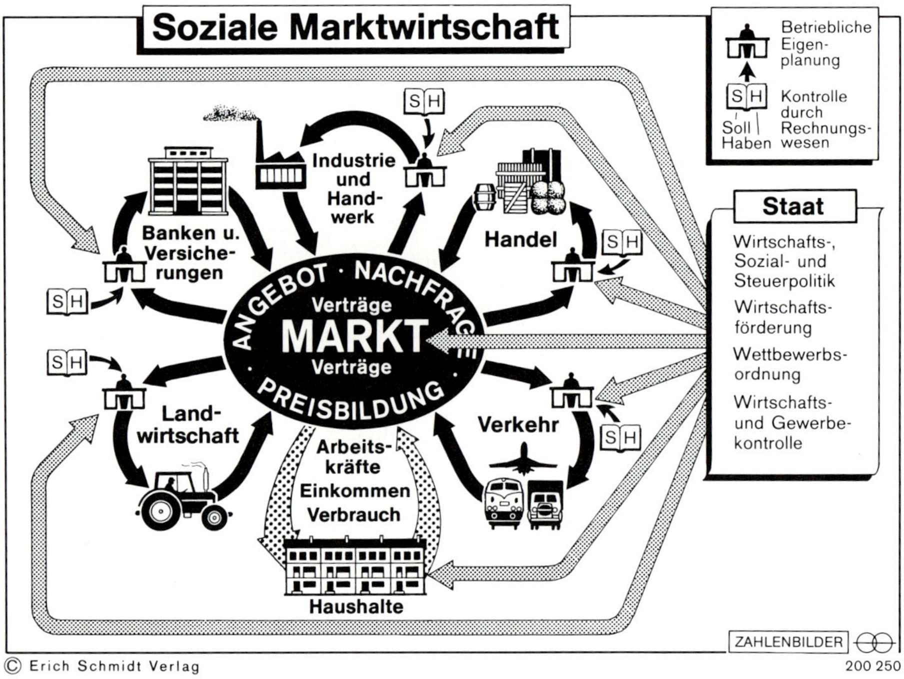

200 250

Außenpolitische Debatte im Bundestag am 30. Juni 1960. Am Rednerpult Herbert Wehner, SPD. Auf der Regierungsbank Konrad Adenauer und Wirtschaftsminister Ludwig Erhard.

Freiheit. Deshalb bejaht die Sozialdemokratische Partei den freien Markt, wo immer wirklich Wettbewerb herrscht. Wo aber Märkte unter die Vorherrschaft von einzelnen oder von Gruppen geraten, bedarf es vielfältiger Maßnahmen, um die Freiheit in der Wirtschaft zu erhalten. Wettbewerb soweit wie möglich – Planung soweit wie nötig!" (10) Q

(a) Diskutiert die Grundforderungen des Godesberger Programms.

(b) Erläutert die Entwicklung der SPD nach 1945.

(c) Prüft anhand der Wahlergebnisse S. 250, wie sich das neue Programm auf den Erfolg der SPD auswirkte.

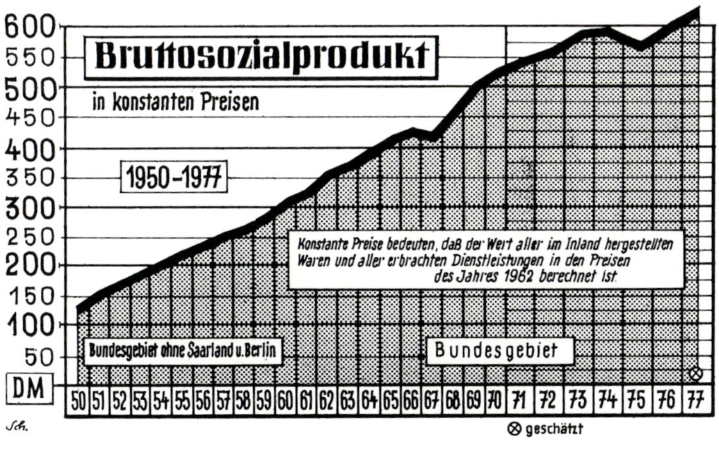

Schaubild aus der „Stuttgarter Zeitung" vom 5. 1. 1977.

(5) Wirtschaftswachstum = „Wirtschaftswunder"?

Rückblick auf das „Wirtschaftswunder" in: „Fragen an die deutsche Geschichte" (1981):

„Der wirtschaftliche Aufstieg prägt das Gesicht der Gesellschaft. Die Bevölkerung wächst nur langsam. Der Gegensatz zwischen Stadt und Land hat sich abgeschwächt. Die Erwerbstätigkeit verlagert sich mehr und mehr zur Industrie. Die Beschäftigtenzahl steigt jedoch am stärksten bei den Dienstleistungen und der öffentlichen Verwaltung.

Eine Fülle sozialpolitischer Probleme mußte nach dem Krieg neu in Angriff genommen werden. Heute lebt die Bevölkerung der Bundesrepublik in relativem Wohlstand. In der Zeit des wirtschaftlichen Wachstums kann das soziale Netz zur Sicherung des Bürgers dicht gespannt werden, wenngleich für manche soziale Gruppen der Gesellschaft noch viel zu tun bleibt. Auch das Wirtschaftswunder hat seine Stiefkinder . . .

Die Bundesrepublik bietet das Bild einer Wohlstands- und Konsumgesellschaft. Doch das Volksvermögen ist ungleichmäßig verteilt. Schon die Währungsreform hat die Sachwertbesitzer begünstigt. Die Wirtschaftsförderung und Steuergesetzgebung der Folgejahre verstärken jene ungleiche Vermögensbildung. Staatliche Vermögensförderung für breite Schichten soll dieser Entwicklung Einhalt gebieten." (11)

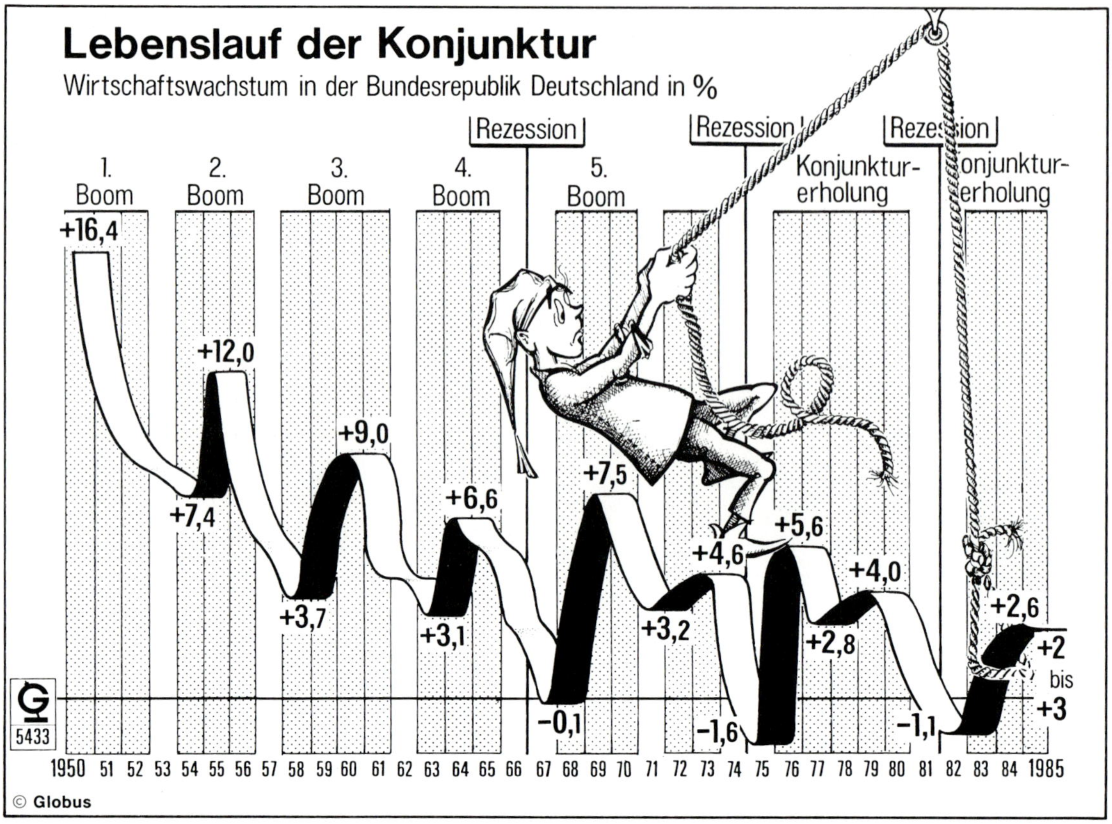

Schlagzeilen in Zeitungen des Jahres 1955:

„Unternehmer schenkt Wäsche für Heimkehrer"
„Wohnungen für 500 000 Familien"
„Verfeinerte Freßwelle"
„Kohlenvorräte knapp"
„Löhne und Gehälter erhöht"
„Ein Rekordjahr des Fremdenverkehrs"
„Heimkehrer frei ins Kino"

„Unterhaltung hieß für die Mehrzahl der Bürger Kino, Stammtisch und sonntäglicher Gang zum Fußballplatz (1948: Einführung des Fußballtotos). Aber die Theater waren überfüllt und boten neben der Auseinandersetzung mit der unmittelbaren Vergangenheit (Zuckmayer: ‚Des Teufels General', Borchert: ‚Draußen vor der Tür') die großen zeitgenössischen ausländischen Dramatiker Anouilh, Eliot, Giraudoux, O'Neill, Sartre und Tennessee Williams sowie das Wiedersehen mit den Klassikern des In- und Auslandes." (12)

(a) Tragt aus den Zeitungsmeldungen des Jahres 1955 zusammen, worin sich für die Menschen damals der wirtschaftliche Fortschritt zeigte.

(b) Diskutiert darüber, wie der Text aus „Fragen an die deutsche Geschichte" die Entwicklung einschätzt.

(c) Stellt Bilder über den Wiederaufbau eures Schulortes zusammen.

(d) Vergleicht die Wirtschaftsentwicklung damals mit derjenigen von heute.

Größenschichtung des Vermögens der privaten Haushalte 1960:

Zahl der Haushalte	Prozent der Haushalte	Vermögen/Haushalt	
460	0,0026	über 10	Mio. DM
13 540	0,0758	1 bis 10	Mio. DM
291 000	1,627	0,1 bis 1	Mio. DM
17 585 000	98,295	unter 0,1	Mio. DM

(14)

(6) Wie änderte sich der Lebensstandard?

Erwerbstätige nach Wirtschaftsbereichen (in v. H.):

Wirtschaftsbereich	1950	1960	1965	1970	1981
Land- und Forstwirtschaft	22,1	13,3	10,9	8,9	5,4
Prod. Gewerbe	44,7	48,4	48,1	48,6	43,5
Handel und Verkehr	15,9	19,9	17,5	17,2	19,0
Sonstige Bereiche (Dienstleistungen)	17,2	18,4	23,5	25,3	32,1

(13)

(a) Arbeitet anhand der ersten Tabelle heraus, welche Wirtschaftsbereiche zu- bzw. abnehmen.

(b) Stellt aus dem Text S. 244, den Tabellen und Schaubildern diejenigen Angaben zusammen, die einen steigenden Lebensstandard bezeugen. Wie kann man den „Trend" der Entwicklung kennzeichnen?

(c) Erörtert und ergänzt das Schaubild „Ursachen und Bedingungen des deutschen Wirtschaftswunders".

Köln nach dem Wiederaufbau um 1970.

1. Was hat Adenauer von den 1955 genannten Zielen (vgl. S. 242) erreicht, was nicht?

2. Nenne und erkläre anhand der Meinungsumfrage und der Plakate auf S. 250 einige Gründe für die Wahlerfolge der CDU/CSU.
Zur Frage: „Wenn Sie sich entscheiden müßten – was ist Ihnen zunächst wichtiger: die Einheit Deutschlands oder die Sicherheit vor den Russen?" äußerten sich:

	Sicherheit v. H.	Einheit v. H.	Unentschieden v. H.
1952	51	33	16
1953	52	36	12
1954	58	28	14
1958	53	34	13
1959	55	30	15

(15)

Wahlplakate der CDU und der CSU aus den Jahren 1953 und 1957.

3. Nenne Beispiele für wirtschaftliche Erfolge und soziale Leistungen der Ära Adenauer.

4. Fertige aus den folgenden Angaben Schaubilder mit den Ergebnissen der Bundestagswahlen:

5. Vergleiche damalige Wahlplakate mit solchen aus jüngster Zeit.

Die Ergebnisse der Wahlen zum Bundestag:

	1. Bundestag 14. 8. 1949		2. Bundestag 6. 9. 1953		3. Bundestag 15. 9. 1957		4. Bundestag 17. 9. 1961		5. Bundestag 19. 9. 1965	
Wahlbeteiligung in v. H.	78,5		85,8		87,8		87,7		86,8	
	1	**2**	**1**	**2**	**1**	**2**	**1**	**2**	**1**	**2**
CDU/CSU	31	139	45,2	243	50,2	270	45,3	242	47,6	245
SPD	29,2	131	28,8	151	31,8	169	36,2	190	39,3	202
FDP	11,9	52	9,5	48	7,7	41	12,8	67	9,5	49
KPD	5,7	15	2,2	–	–	–	–	–	–	–
DP (bis 1957); GDP (1961)	4	17	3,3	15	3,4	17	2,8	–	–	–
BHE	–	–	5,9	27	4,6	–	–	–	–	–

1 Stimmenanteil in v. H. (Zweitstimmen) **2** Mandate (ohne Berliner Abgeordnete) (16)

Alleinvertretungsanspruch (Hallstein-Doktrin): Grundsatz der Bonner Außenpolitik von 1955 bis etwa 1970, daß die Bundesrepublik als alleiniger demokratisch legitimierter deutscher Staat die diplomatischen Beziehungen zu Staaten abbricht, die die DDR anerkennen (ausgenommen die Sowjetunion). Benannt nach dem damaligen Staatssekretär im Auswärtigen Amt W. Hallstein.

Dynamische Rente: Nach der 1957 beschlossenen Rentenreform werden die Renten aus der Sozialversicherung jährlich der allgemeinen Einkommensentwicklung angeglichen. Dadurch sollen Rentner gegen Geldentwertung geschützt und am wirtschaftlichen Aufstieg beteiligt werden.

Mitbestimmung: In Unternehmen des Bergbaues und der Eisen- und Stahlindustrie sind Aufsichtsrat und Vorstand „paritätisch" mit Vertretern der Aktionäre und der Arbeiterschaft besetzt. In Privatbetrieben mit mindestens fünf Mitarbeitern ist aufgrund des Betriebsverfassungsgesetzes (1952) ein Betriebsrat zu bilden, der eine Mitsprache in sozialen und wirtschaftlichen Fragen (z. B. Arbeitszeit, Einstellung, Entlassung) hat.

Planwirtschaft: (auch Zentralverwaltungswirtschaft). Wirtschaftsordnung, in der nicht Verbraucher und Produzenten am Markt entscheiden, was und wieviel produziert wird, sondern zentrale Behörden des Staates. Sie stellen Bedürfnisse fest, entscheiden über ihre Rangfolge und steuern die Verteilung der Produkte durch festgesetzte Preise.

Soziale Marktwirtschaft: Wirtschaftsordnung, die auf freiem Wettbewerb, privatem Eigentum an Produktionsmitteln, freier Preisbildung und Lohnvereinbarung durch autonome Tarifpartner (Gewerkschaften und Arbeitgeberverbänden) beruht, in die der Staat aber zum Schutz von Schwachen und zum Ausgleich der Einkommen durch Steuern, Subventionen und Sozialleistungen eingreift.

15. 9. 1949	Konrad Adenauer zum Bundeskanzler gewählt
5. 5. 1955	Pariser Verträge in Kraft, Bundesrepublik souverän
Sept. 1955	Adenauer in Moskau, diplomatische Beziehungen zur Sowjetunion
1957	Rentenreform
1959	Godesberger Programm der SPD
13. 8. 1961	Berliner Mauerbau
1963	Vertrag über deutsch-französische Zusammenarbeit
16. 10. 1963	Ludwig Erhard wird Bundeskanzler

Quellennachweis

(1) K. Adenauer: Erinnerungen 1945–1953. Frankfurt 1967, S. 222.

(2) Zitiert aus: Materialien für den Geschichtsunterricht, a. a. O., S. 264 u. 271 f.

(3) K. D. Bracher: Die Kanzlerdemokratie. In: Löwenthal und Schwarz (Hrsg.): Die zweite Republik. 25 Jahre Bundesrepublik Deutschland – eine Bilanz. Stuttgart 1974, S. 189 f.

(4) Terence Prittie: Kanzler in Deutschland. Stuttgart 1981, S. 44 ff.

(5) Zitiert aus: H.-P. Schwarz: Die Ära Adenauer. Gründerjahre der Republik 1949–1957. Stuttgart und Wiesbaden 1981, S. 65.

(6) F. v. Eckhardt: Ein unordentliches Leben. Düsseldorf 1967. Zit. aus: Geschichtliche Weltkunde, Quellenlesebuch Bd 3, a. a. O., S. 242.

(7) Zitiert aus: E. Krautkrämer: Die Bundesrepublik Deutschland. Diesterweg 7563, S. 97 f.

(8) Ebenda, S. 98.

(9) Zit. aus: Th. Stammen (Hrsg.): Einigkeit und Recht und Freiheit. München 1965, S. 97.

(10) Grundsatzprogramm der SPD, hrsg. vom Vorstand der SPD. Bonn 1959, S. 7, 13 f.

(11) Fragen an die deutsche Geschichte, a. a. O., S. 235.

(12) Informationen zur pol. Bildung 168. Bonn 1976, S. 27 f.

(13) Statistisches Bundesamt: Bevölkerung und Wirtschaft 1872–1972. Stuttgart 1972, S. 142.

(14) A. Grosser: Konzentration ohne Kontrolle. Kritik Bd. 2. Köln 1970, S. 298.

(15) Neumann: Wiedervereinigung in der öffentlichen Meinung. In: Die politische Meinung, Heft 91, Januar 1964, S. 27.

(16) Aus: Spiegel der Zeiten, Band 4. Diesterweg 3324, S. 257.

Lesetip

P. Berglar: Konrad Adenauer. Musterschmidt, Pers. u. Gesch. 87/88 (WD)

H. Bott: Theodor Heuss in seiner Zeit. Musterschmidt, Pers. u. Gesch. 42 (WD)

M. Gräfin Dönhoff: Von Gestern nach Übermorgen. dtv 10316 (SB)

A. Grosser: Geschichte Deutschlands seit 1945. dtv 1007 (WD)

F. Hetmann: Konrad Adenauer. Dressler, Hamburg 1984 (JB)

K.-J. Ruhl (Hrsg.): „Mein Gott, was soll aus Deutschland werden? Die Adenauer-Ära 1949–1963. dtv 2941 (QS)

C. Schmid: Erinnerungen. Goldmann Tb. 11316 (Q)

G. v. Uexküll: Konrad Adenauer. Rowohlt Bildmonographie 234 (SB)

R. Wildermuth: Heute und die 30 Jahre davor. Ellermann, München 1979 (JB)

9.2 Große Koalition – Sozial-liberale Regierung – „Koalition der Mitte“

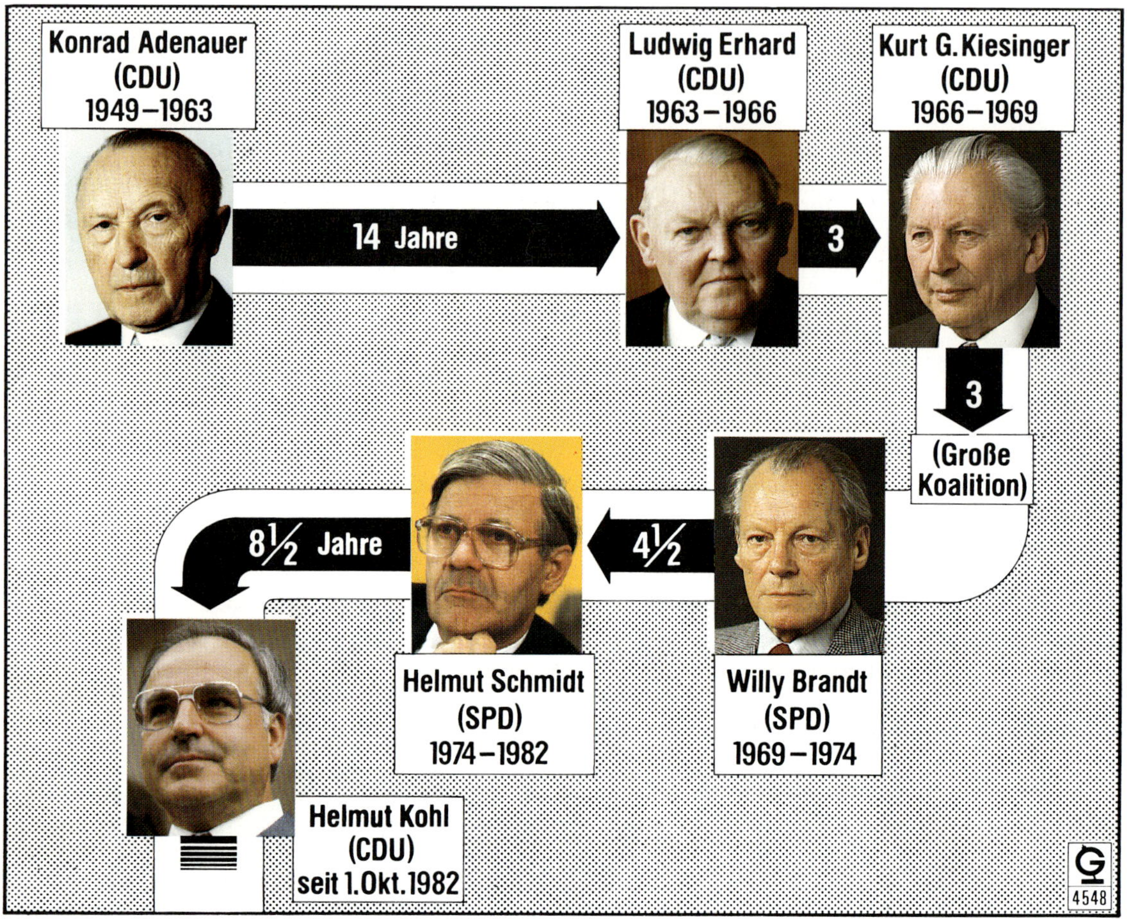

Die Kanzler der Bundesrepublik Deutschland.

Bundeskanzler Willy Brandt vor dem Deutschen Bundestag am 28. 10. 1969:

„Wir wollen mehr Demokratie wagen ... Wir wenden uns an die im Frieden nachgewachsenen Generationen, die nicht mit den Hypotheken der Älteren belastet sind und belastet werden dürfen; jene jungen Menschen, die uns beim Wort nehmen wollen – und sollen. Diese jungen Menschen müssen aber verstehen, daß auch sie gegenüber Staat und Gesellschaft Verpflichtungen haben. Mitbestimmung, Mitverantwortung in den verschiedenen Bereichen unserer Gesellschaft wird eine bewegende Kraft der kommenden Jahre sein. Wir können nicht die perfekte Demokratie schaffen. Wir wollen eine Gesellschaft, die mehr Freiheit bietet und mehr Mitverantwortung fordert ...
Unser nationales Interesse erlaubt es nicht, zwischen dem Westen und dem Osten zu stehen. Unser Land braucht die Zusammenarbeit und Abstimmung mit dem Westen und die Verständigung mit dem Osten. Aber auf diesem Hintergrund sage ich mit starker Betonung, daß das deutsche Volk Frieden braucht – den Frieden im vollen Sinn dieses Wortes – auch mit den Völkern der Sowjetunion und allen Völkern des europäischen Ostens ...“ (1) Q

- Wie oft und warum haben seit dem Ausscheiden Adenauers die Regierungen in Bonn gewechselt? Wer wurde Bundeskanzler, und welche Parteien schlossen Regierungsbündnisse?
- Wie ist es den Deutschen in der Bundesrepublik in den letzten Jahrzehnten gegangen? Womit konnten sie zufrieden sein, womit nicht? Wo gab und wo gibt es Probleme, Belastungen, Krisen?
- Wodurch war das Verhältnis zum Osten (besonders zur DDR, zu Polen, zur Sowjetunion) verbessert worden?

Regierung der „Großen Koalition“. Auch bei den Bundestagswahlen 1965 siegte die CDU, die sich im Wahlkampf auf Ludwig Erhard und die wirtschaftspolitischen Erfolge berief. Ein reichliches Jahr nach seinem Wahlsieg trat jedoch Erhard zurück. Die FDP-Minister hatten angesichts der beginnenden Krise sein Kabinett verlassen, auch die eigene Parteiführung unterstützte ihn nicht mehr. Am 1. Dezember 1966 übernahm der bisherige Ministerpräsident Baden-Württembergs, Kurt-Georg Kiesinger (CDU), die Leitung einer „Großen Koalition“ von CDU/CSU und SPD mit Willy Brandt, dem erfolglosen Kanzlerkandidaten von 1961 und 1965, als Außenminister und Vizekanzler. Erstmalig in der Geschichte der Bundesrepublik war die Produktion wesentlich zurückgegangen, vor allem in der Stahlerzeugung und im Bergbau, aber auch im Maschinenbau und in der Elektroindustrie. Die Arbeitslosenquote, die sich lange um 0,5 v. H. bewegt hatte, stieg auf 2,7 v. H. Im Winter 1966/67 gab es nahezu 700 000 Arbeitslose in der Bundesrepublik.
Bei den Landtagswahlen 1966/67 errang die rechtsradikale „Nationaldemokratische Partei“ (NPD) aufsehenerregende Erfolge. Sie überwand die 5-Prozent-Sperrklausel und zog in die Landtage von Bayern, Hessen, Rheinland-Pfalz, Schleswig-Holstein und Niedersachsen ein.
Der Wirtschaftspolitik der Großen Koalition (Wirtschaftsminister Schiller, SPD; Finanzminister Strauß, CSU) gelang es, mit Hilfe von staatlichen „Investitionsspritzen“ in Höhe von 7,8 Mrd. DM, mit Sonderausgaben und Krediten die Krise zu überwinden und das Wirtschaftswachstum für weitere Jahre zu sichern.

„Außerparlamentarische Opposition“ und Studentenbewegung. Die Große Koalition konnte die angestrebte „soziale Symmetrie“ in Einkommen und Besitz nur unvollkommen erreichen. Die staatliche Konjunkturpolitik begünstigte den Vermögenszuwachs der Unternehmen, die Löhne dagegen stiegen längere Zeit langsam. Notwendige Ausgaben für Gemeinschaftszwecke (z. B. Schulen und Krankenhäuser) wurden – wie viele Bürger meinten – vernachlässigt. Die Kritik an den wirtschaftlichen und sozialen Verhältnissen, die jetzt zunahm, richtete sich bald gegen das ganze parlamentarische System. Eine *Außerparlamentarische Opposition** (APO) entstand – gegen die herrschenden Parteien, gegen Zwang und bürokratische Obrigkeit, gegen alles „Autoritäre“. Die APO konzentrierte sich, ähnlich wie in anderen hochindustrialisierten Ländern, an den Hochschulen. Sie wollte die Gesellschaft verändern, direkt vom Volk gewählte Räte sollten das Parlament ersetzen. Ziel war eine freie Gesellschaft mit gleichen Chancen für alle. Die gewünschte Beteiligung der „Massen“ blieb jedoch aus.
Die im Juni 1968 von einer Zweidrittelmehrheit im Bundestag verabschiedeten *Notstandsgesetze** verschärften den Widerstand der APO gegen die bestehende Republik und die „etablierten“ Parteien. Die studentische Protestbewegung verlangte ein „allgemeines politisches Mandat“. → (1)

Radikale Bewegungen. Die beunruhigten Studenten, denen sich auch zahlreiche Schüler anschlossen, trugen ihre Forderungen auf die Straße, sie demonstrierten. Im Juni 1967 erschoß ein Polizist in Berlin den Studenten Benno Ohnesorg während einer Demonstration gegen den Besuch des Schahs von Persien. Ostern 1968 folgten einem Attentat auf den Studentenführer Dutschke tagelange Demonstrationen und Unruhen an vielen Orten der Bundesrepublik. Sie richteten sich vor allem gegen den konservativen Zeitungsverleger Axel Springer, dessen Zeitungen (u. a. BILD-Zeitung) durch ihre antistudentische Berichterstattung zu einer Verschärfung der Auseinandersetzungen beitrugen. 1968 gehörten zum Springer-Verlag 37 v. H. der verkauften Tageszeitungen, d. h.: Springer war eine „meinungsbildende“ Macht. Die APO, die eine überwiegend spontane Bewegung war, organisierte sich Ende der 60er Jahre in – zum Teil radikalen – Gruppen; manche propagierten den Umsturz. Es kam zu Gewalttaten. Der bewaffnete Terrorismus entstand.

Sozial-liberale Regierung. Im März 1969 wählte die Bundesversammlung in Berlin mit den Stimmen von SPD und FDP Gustav Heinemann zum Bundespräsidenten. Dies galt als Zeichen einer möglichen Veränderung der Machtverhältnisse. Heinemann war als Innenminister der 1. Regierung Adenauer 1950 aus Protest gegen Wiederbewaffnungspläne zurückgetreten (vgl. S. 239) und später SPD-Mitglied geworden. Nach den Wahlen zum 6. Bundestag im September 1969 bildeten SPD und FDP eine „sozialliberale Koalition“ mit Brandt als Bundeskanzler und dem FDP-Vorsitzenden Walter Scheel als Vizekanzler und Außenminister.
Das neue Kabinett bezeichnete sich als „Regierung der inneren Reformen“. Die betriebliche Mitbestimmung (vgl. S. 251) konnte erweitert werden. Eine Reform des Scheidungsrechts und des § 218 („Abtreibungsparagraph“) sollte die Stellung der Frau verbessern. Der Beginn der Volljährigkeit wurde auf das 18. Lebensjahr herabgesetzt. Reformen im Bildungswesen führten dazu, daß mehr Jugendliche das Gymnasium besuchen und studieren konnten. 1975 waren 18% der Studienanfänger Arbeiterkinder (um 1960 nur 5%). 78% der Studienanfänger hatten jetzt Eltern, die selbst nicht studiert hatten.

Die Zahl der Studenten war gleichzeitig von 111 500 im Jahr 1950 auf über 840 000 im Jahr 1975 (1,6 Mio. im Jahr 1990) gestiegen.

Neue Ostpolitik. Schon die Regierung der „Großen Koalition" hatte die Hallstein-Doktrin gelockert und 1967 diplomatische Beziehungen zu Rumänien aufgenommen. Ostberlin blockierte jedoch zusammen mit Moskau weitere Entspannungsansätze, und die CDU/CSU wollte an den Grundsätzen der Adenauer-Politik gegenüber der DDR und in der Grenzfrage festhalten. Die neue Bundesregierung vollzog eine Wende und schloß Verträge mit der UdSSR und Polen, die den Verzicht auf Gewalt und die Anerkennung der bestehenden Grenzen als „unverletzlich" beinhalten. Diese *„Ostverträge"** wurden am 12. August 1970 in Moskau und am 7. Dezember 1970 in Warschau unterzeichnet. → (2)

Nach der Vertragsunterzeichnung in Moskau wies die Bundesregierung in einem Brief darauf hin, daß es ihr politisches Ziel bleibe „auf einen Zustand des Friedens in Europa hinzuwirken, in dem das deutsche Volk in freier Selbstbestimmung seine Einheit wiedererlangt". Die Bundesregierung, die drei Westmächte und die UdSSR bekräftigten in Noten und Erklärungen, daß die Rechte der vier Mächte in Deutschland durch diesen Vertrag nicht berührt wurden. Das wurde auch in einem „Viermächteabkommen" über Berlin im September 1971 bestätigt, das die Transitwege nach West-Berlin vertraglich sicherte und damit einen gefährlichen Krisenherd entschärfte.

Um die Ratifizierung (Billigung durch das Parlament) der beiden Ostverträge begann sofort eine lebhafte innenpolitische Auseinandersetzung. Die Annahme der Ostverträge im Bundestag im Mai 1972 gelang schließlich nur, weil zahlreiche Abgeordnete der CDU sich der Stimme enthielten. → (4)

Die Regierungskoalition hatte inzwischen ihre Mehrheit verloren; eine Reihe von Abgeordneten der FDP und der SPD war zur CDU/CSU übergegangen. Schließlich bekam die Regierung auch für das Haushaltsgesetz keine Mehrheit zustande. Die Opposition machte den Versuch, durch ein konstruktives Mißtrauensvotum ihren Kandidaten Barzel zum Kanzler wählen zu lassen; sie scheiterte. So einigten sich beide Seiten darauf, erstmalig in der Geschichte der Bundesrepublik eine vorzeitige Auflösung des Bundestages und Neuwahlen herbeizuführen.

Noch in den Wahlkampf fiel die Fertigstellung des „Vertrages über die Grundlagen der Beziehungen zwischen der Bundesrepublik Deutschland und der Deutschen Demokratischen Republik" (*Grundlagenvertrag**). → (3)

Im September 1973 beschloß die Vollversammlung der UN die Aufnahme beider deutschen Staaten als Vollmitglieder. Die DDR war inzwischen von 87 Staaten anerkannt worden. Als nach langfristigen Verhandlungen im Dezember in Prag ein Vertrag unterzeichnet werden konnte, der die Beziehungen zwischen der Bundesrepublik und der ČSSR normalisierte und das Münchner Abkommen von 1938 für nichtig erklärte, war das ostpolitische Vertragssystem der Bundesrepublik zum Abschluß gekommen.

Wirtschaftliche und soziale Veränderungen. Bundeskanzler Brandt trat im Mai 1974 zurück, als die langjährige Tätigkeit eines DDR-Agenten im Bundeskanzleramt bekannt wurde. Im gleichen Monat wurde Walter Scheel als Nachfolger Heinemanns zum Bundespräsidenten gewählt. Das neue Kabinett führten der SPD-Politiker Helmut Schmidt als Bundeskanzler und der neue FDP-Vorsitzende Hans-Dietrich Genscher als Vizekanzler und Außenminister.

Die Stichworte der Regierungserklärung waren „Kontinuität und Konzentration". Tatsächlich war die Zeit des Reformoptimismus vorbei. Die Weltwirtschaft und mit ihr die hochindustrialisierte Bundesrepublik gingen schweren Zeiten entgegen. Wichtige Erdölförderländer organisierten sich in einem Kartell, der OPEC, und begannen, die Weltmarktpreise zu diktieren. Die drastischen Ölpreisschübe von 1973/74 (von 2,7 auf 9,8 Dollar je Barrel = 159 l) und von 1981/82 (von 17,0 auf 28 Dollar) führten zu weltweiten Konjunktureinbrüchen, die auch in der Bundesrepublik 1975 und 1981/82 zu einem Stillstand des Wirtschaftswachstums führten. Bereits in der zweiten Hälfte der 70er Jahre stiegen die Arbeitslosenzahlen auf rund 1 Million und konnten trotz verschiedener Konjunkturprogramme nur vorübergehend gesenkt werden.

Gemessen an den Verhältnissen in anderen Industrieländern erschien die wirtschaftliche Lage der Bundesrepublik Deutschland in den 70er und 80er Jahren als gut. Der Export deutscher Erzeugnisse brachte – auch hier mit Unterbrechung – erhebliche Überschüsse. Die Inflation konnte im Rahmen gehalten werden. Die Gewerkschaften sorgten mit ihrer Kampfbereitschaft (Höhepunkt 1978: über 4,3 Mio. ausgefallene Arbeitstage durch Streik und Aussperrung) dafür, daß auch die Arbeitnehmereinkommen stiegen. Der allgemeine Wohlstand wuchs weiter, auch wenn soziale Unterschiede blieben.

Hinter dem im allgemeinen günstigen Gesamtbild verbargen sich jedoch zunehmend unterschiedliche Entwicklungen in einzelnen Wirtschaftsbereichen und in einzelnen Regionen des Landes. Die klassischen Industrien der Rohstoffgewinnung und -verarbeitung, wie Kohlebergbau und Stahlerzeugung, verloren an Bedeutung und standen unter dem Druck billigerer Importe. Lohnintensive Zweige, vom Schiffbau bis zu Textilien und Bekleidung, verloren ihre Aufträge an sog.

,,Billiglohnländer", wenn diese in gleicher oder ähnlicher Qualität produzieren konnten. Um international wettbewerbsfähig zu bleiben, mußte modernisiert und rationalisiert werden. Dadurch wurden langfristig Arbeitsplätze gesichert. Andere jedoch fielen weg. Die Einführung der Mikroelektronik in der ,,dritten industriellen Revolution" wirkte sich aus. Die zukunftsorientierten Industriezweige siedelten sich vor allem im Süden der Bundesrepublik an.
Seit Anfang der 80er Jahre hatte die Bundesrepublik Deutschland einen ,,Sockel" von Arbeitslosen, der über 2 Mio. liegt. Das unter Adenauer ausgebaute und in den Jahren der sozialliberalen Regierungen verbesserte ,,soziale Netz" verhinderte, daß große Gruppen in ausweglose Not gerieten und daß daraus – wie Ende der 20er Jahre – eine Gefahr für den demokratischen Staat erwachsen konnte. Dennoch blieb die Last derer, die keine Arbeit hatten und sich vom Wirtschaftsleben ausgeschlossen fühlten. Bisweilen sprach man von einer Teilung der Gesellschaft: in Arbeitsplatzbesitzer und in Arbeitslose.

Bedrohung und Protest. Bedrohlich wuchs in der zweiten Hälfte der siebziger Jahre der organisierte Terrorismus. 1975 wurde der Spitzenkandidat der CDU bei den Berliner Wahlen entführt und ein blutiger Überfall auf die Botschaft der Bundesrepublik in Stockholm unternommen. Generalbundesanwalt Buback und Ponto, der Chef der Dresdner Bank, wurden ermordet. Mit der Entführung und Ermordung des führenden Unternehmer-Repräsentanten Hanns-Martin Schleyer, der Entführung und Befreiung einer Lufthansa-Maschine und dem Selbstmord inhaftierter Terroristen 1977 verschärfte sich der Konflikt entscheidend. Die Zusammenarbeit von Regierung und Opposition in den Krisenstäben bewies aber die Solidarität der Demokraten. Allerdings stritten sich die Parteien über die Ursachen des Terrorismus und über die geeignete Form seiner Bekämpfung.
Auch 1980 gewann die sozial-liberale Koalition die Wahlen zum Bundestag. Vornehmlich jüngere Wähler brachten die neue Protest-Partei der ,,Grünen", die sich als Teil einer ,,alternativen Bewegung" verstand, in mehrere Landtage. Die ,,Grünen" und zahlreiche Bürgerinitiativen kämpften gegen die zunehmende Belastung von Natur und Umwelt durch unkontrolliertes Wachstum der Wirtschaft. Der Widerstand richtete sich besonders gegen den Ausbau der Kernenergie und die Zerstörung des ökologischen Gleichgewichts durch Schadstoffe, Rohstoffverschwendung und Raubbau an der Natur. Ein verbreitetes ,,Waldsterben" alarmierte die Menschen. Wie Ökonomie und Ökologie künftig besser im Gleichgewicht zu halten seien, wurde zu einem zentralen Thema der politischen Auseinandersetzung. Gleichzeitig brach – ausgelöst durch die Krise der Entspannungspolitik – eine heftige Debatte um den richtigen Weg zur Friedenssicherung aus. Die ,,Friedensbewegung" formierte sich. → (5)

Regierungswechsel. Gegensätze zwischen SPD und FDP und innerhalb der SPD selbst belasteten die Koalition bis zur Handlungsunfähigkeit. Über die Fragen der Kernenergie, der äußeren Sicherheit und der Wirtschaftspolitik kam es zu größeren Auseinandersetzungen in der SPD, wo die Zahl derer zunahm, die Helmut Schmidts Regierung als zu konservativ empfanden. Der Koalitionsstreit entzündete sich an der Wirtschaftspolitik. Während die SPD, unterstützt von den Gewerkschaften, eher auf neue Konjunkturprogramme setzte, die – staatlich finanziert – die Nachfrage steigern und so die Wirtschaft beleben sollten, trat die FDP, unterstützt von der CDU/CSU und der Unternehmerseite, für eine deutliche Verminderung der Neuverschuldung, also für Sparmaßnahmen der öffentlichen Haushalte ein.
Im September 1982 zerbrach das Regierungsbündnis von Sozialdemokraten und Freien Demokraten. Helmut Kohl (CDU) wurde neuer Bundeskanzler und bildete mit der FDP eine ,,Koalition der Mitte". Sie wurde durch Neuwahlen im März 1983, die der CDU/CSU erhebliche Gewinne brachten, in ihrem Amt bestätigt. Auch nach der Wahl im Januar 1987 konnte die Koalition von CDU/CSU und FDP fortgesetzt werden. Seit 1983 waren die Grünen auch im Bundestag vertreten, wo sie sich als radikal-demokratische Opposition formierten. Außenpolitisch war die Regierung um Kontinuität bemüht. Die Ostverträge blieben unangetastet. Die Bundesrepublik erwies sich als verläßlicher Bündnispartner der USA und als treibende Kraft der europäischen Einigung. Allgemeine Anerkennung fand der 1984 gewählte Bundespräsident Richard von Weizsäcker, und zwar im Inland wie im Ausland.

Deutsche Einheit. Als die ,,friedliche Revolution" von 1989 das SED-Regime und die Mauer zu Fall brachte, war der Wunsch nach gleichen Verhältnissen wie in der Bundesrepublik übermächtig. Er führte in immer schnellerem Tempo zur Wirtschafts- und Sozialunion, d. h. zur Einführung der D-Mark und der sozialen Marktwirtschaft in der DDR, am 1. Juli 1990 und schließlich zum Beitritt der DDR zur Bundesrepublik nach Art. 23 Grundgesetz am 3. Oktober 1990.
Diese Vorgänge wären nicht möglich gewesen ohne die Zustimmung des Auslands, insbesondere der Nachbarn Deutschlands und der vier Siegermächte des Zweiten Weltkrieges. ,,2 + 4-Verhandlungen" der beiden deutschen Staaten und der vier Siegermächte über die außenpolitischen Aspekte der deutschen Einheit begannen. Den überraschenden Durchbruch brachte ein Gespräch Bundeskanzler Kohls mit dem

Demonstration in Berlin (West) im November 1968.

sowjetischen Staatspräsidenten Gorbatschow (vgl. S. 298 ff.) im Juli 1990 im Kaukasus. Die UdSSR war bereit, einer Mitgliedschaft des vereinigten Deutschlands in der NATO und seiner vollen Souveränität zuzustimmen. Damit waren auch westliche Befürchtungen einer Neutralisierung Deutschlands gegenstandslos geworden. Am 12. September 1990 wurde in Moskau der „Vertrag über die abschließende Regelung in bezug auf Deutschland" unterzeichnet, der den Interessen aller Seiten entsprach (vgl. S. 260). Bundeskanzler Kohl und Außenminister Genscher hatten einen großen Erfolg errungen. Er wurde allerdings von innenpolitischen Auseinandersetzungen um Tempo und Kosten der deutschen Einheit überschattet. Bei der Wahl zum ersten gesamtdeutschen Bundestag am 2. Dezember 1990 erreichte die christlich-liberale Koalition in den beiden Wahlgebieten der alten Bundesrepublik und der ehemaligen DDR eine sichere Mehrheit.

(1) Was wollte die „Außerparlamentarische Opposition?"

Studentische Theorien 1967/1969:

„Die Mehrzahl der Studenten steht den Verantwortlichen in Politik, Wirtschaft und Verwaltung skeptisch gegenüber, die, von einer scheinbar konfliktlos funktionierenden Wohlstandsgesellschaft ausgehend, die wesentlichen Strukturprobleme der modernen Demokratie und Industriegesellschaft nicht erkennen. In der Großen Koalition sehen Studenten die Gefahr, daß sich die Herrschaft der Parteioligarchien verstärkt, der direkte Einfluß des Volkes geschwächt wird ... Siebzig Prozent der Studenten halten die Universität für grundlegend reformbedürftig, aber die dafür Zuständigen haben ihre bisherige Unfähigkeit zur Durchführung dieser Reform bewiesen." (2) Q

„Die sozialistische Politik an der Hochschule kann ... nicht von der Notwendigkeit einer Reform des bürgerlichen Studiums ausgehen, sondern trägt die Bedürfnisse der Revolte nach grundsätzlicher Veränderung der Gesellschaft, die ihr eigentliches Feld nach wie vor außerhalb der Universität hat, in die Universität hinein. Sie benutzt die Universität, genauer sie gebraucht die Wissenschaft, um ihren Kampf zu stabilisieren und zu organisieren." (3) Q

(a) Stellt Argumente und Ziele der Studentenbewegung zusammen.

(b) Wie denkt ihr heute über die Rolle des Parlaments und der Parteien?

Die Unterzeichnung des deutsch-sowjetischen Vertrages in Moskau am 12. August 1970. Am Tisch (links) Willy Brandt, neben ihm der sowjetische Ministerpräsident Kossygin und Außenminister Gromyko. Hinter Brandt steht der sowjetische Parteichef Breschnew, rechts von ihm Staatssekretär Egon Bahr.

(2) Der „Moskauer Vertrag"

Aus dem „Moskauer Vertrag" vom 12. 8. 1970;

„Art. 1: Die Bundesrepublik Deutschland und die UdSSR betrachten es als wichtigstes Ziel ihrer Politik, den internationalen Frieden aufrechtzuerhalten und die Entspannung zu erreichen. Sie bekunden ihr Bestreben, die Normalisierung der Lage in Europa und die Entwicklung friedlicher Beziehungen zwischen allen europäischen Staaten zu fördern und gehen dabei von der in diesem Raum bestehenden wirklichen Lage aus.
Art. 2: Die Bundesrepublik Deutschland und die UdSSR werden sich . . . in ihren gegenseitigen Beziehungen gemäß Art. 2 der Charta der Vereinten Nationen der Drohung mit Gewalt oder der Anwendung von Gewalt enthalten.
Art. 3: . . . Sie verpflichten sich, die territoriale Integrität aller Staaten in Europa in ihren heutigen Grenzen uneingeschränkt zu achten; sie erklären, daß sie keine Gebietsansprüche gegen irgend jemand haben und solche in Zukunft auch nicht erheben werden; sie betrachten heute und künftig die Grenzen aller Staaten in Europa als unverletzlich, wie sie am Tage der Unterzeichnung dieses Vertrages verlaufen, einschließlich der Oder-Neiße-Linie, die die Westgrenze der Volksrepublik Polen bildet, und der Grenze zwischen der Bundesrepublik Deutschland und der DDR." (4) Q

(a) Arbeitet die einzelnen Punkte des „Moskauer Vertrages" heraus und gebt den Inhalt in Stichworten wieder.

(3) Der „Grundlagenvertrag" zwischen der Bundesrepublik Deutschland und der DDR

Aus dem Wortlaut des Vertrages:

„Artikel 1: Die Bundesrepublik Deutschland und die Deutsche Demokratische Republik entwickeln normale gutnachbarliche Beziehungen zueinander auf der Grundlage der Gleichberechtigung.
Artikel 2: Die Bundesrepublik Deutschland und die Deutsche Demokratische Republik werden sich von den Zielen und Prinzipien leiten lassen, die in der Charta der Vereinten Nationen niedergelegt sind, insbesondere der souveränen Gleichheit aller Staaten, der Achtung der Unabhängigkeit, Selbständigkeit und territorialen Integrität, dem Selbstbestimmungsrecht, der Wahrung der Menschenrechte und der Nichtdiskriminierung.
Artikel 3: Entsprechend der Charta der Vereinten Nationen werden die Bundesrepublik Deutschland und die Deutsche Demokratische Republik ihre Streitfragen ausschließlich mit friedlichen Mitteln lösen und sich der Drohung mit Gewalt oder der Anwendung von Gewalt enthalten. Sie bekräftigen die Unverletzlichkeit der zwischen ihnen bestehenden Grenze jetzt und in der Zukunft und verpflichten sich zur uneingeschränkten Achtung ihrer territorialen Integrität.
Artikel 4: Die Bundesrepublik Deutschland und die Deutsche Demokratische Republik gehen davon aus, daß keiner der beiden Staaten den anderen international vertreten oder in seinem Namen handeln kann.

Artikel 6: Die Bundesrepublik Deutschland und die Deutsche Demokratische Republik gehen von dem Grundsatz aus, daß die Hoheitsgewalt jedes der beiden Staaten sich auf sein Staatsgebiet beschränkt. Sie respektieren die Unabhängigkeit und Selbständigkeit jedes der beiden Staaten in seinen inneren und äußeren Angelegenheiten.
Artikel 7: Die Bundesrepublik Deutschland und die Deutsche Demokratische Republik erklären ihre Bereitschaft, im Zuge der Normalisierung ihrer Beziehungen praktische und humanitäre Fragen zu regeln. Sie werden Abkommen schließen, um auf der Grundlage dieses Vertrages und zum beiderseitigen Vorteil die Zusammenarbeit auf dem Gebiet der Wirtschaft, der Wissenschaft und Technik, des Verkehrs, des Rechtsverkehrs, des Post- und Fernmeldewesens, des Gesundheitswesens, der Kultur, des Sports, des Umweltschutzes und auf anderen Gebieten zu entwickeln und zu fördern. Einzelheiten sind in dem Zusatzprotokoll geregelt.
Artikel 8: Die Bundesrepublik Deutschland und die Deutsche Demokratische Republik werden ständige Vertretungen austauschen. Sie werden am Sitz der jeweiligen Regierung errichtet.
Die praktischen Fragen, die mit der Einrichtung der Vertretungen zusammenhängen, werden zusätzlich geregelt.
Artikel 9: Die Bundesrepublik Deutschland und die Deutsche Demokratische Republik stimmen darin überein, daß durch diesen Vertrag die von ihnen früher abgeschlossenen oder sie betreffenden zweiseitigen und mehrseitigen internationalen Verträge und Vereinbarungen nicht berührt werden." (5) Q

Der damalige Außenminister Walter Scheel über den Vertrag vor dem Bundestag:

„Der Grundlagenvertrag dient einem dreifachen Ziel:
Erstens: Er soll die Verbindung und das Gespräch zwischen den Menschen in Deutschland erleichtern. Er soll damit die Härte der Teilung mildern und das Bewußtsein der nationalen Zusammengehörigkeit aller Deutschen lebendig erhalten.
Zweitens: Er soll die Voraussetzung einer Zusammenarbeit zwischen den beiden deutschen Staaten auf vielen Gebieten schaffen. Kontakte, die in den vergangenen Jahren immer schwieriger und spärlicher wurden oder ganz abgerissen sind, sollen neu geknüpft werden.
Drittens: Er soll den gegenwärtigen Zustand der Teilung als Konfliktherd in der Mitte Europas entschärfen, ohne daß wir auf das Ziel der Überwindung der Teilung verzichten." (6) Q

(a) Formuliert Überschriften für die einzelnen Artikel des Vertrages.

(b) Welche Probleme sollten durch den Vertrag gelöst werden? Was sollte der Vertrag bewirken?

(4) Die Ostverträge im Meinungsstreit

Zwei Pressestimmen zum Warschauer Vertrag:

Abendzeitung, München, 8. 12. 1970:
„Mit aller Deutlichkeit und Eindringlichkeit muß gesagt werden: Willy Brandt hat nichts verschenkt, weil es nichts zu verschenken gab. Er hat keinen Ausverkauf betrieben, weil wir nichts zu verkaufen haben. Er hat schlicht und einfach politische und historische Realitäten anerkannt, wie sie nun einmal sind."
Die Tat, Zürich, 8. 12. 1970:
„Erstmals betrat ein Regierungschef der Bundesrepublik polnischen Boden. Die zu seiner Begrüßung angetretene Militärkapelle spielte die beiden Nationalhymnen. Die Gesichter der zum Empfang anwesenden Polen, von denen viele langjährige KZ-Häftlinge waren, verrieten während des ‚Deutschlandliedes' heftige Erregung ... Nach einer langen Kette von feindseligen Handlungen haben Deutsche und Polen einen Vertrag geschlossen, der den Teufelskreis von Rachsucht und Haß durchbrechen soll." (7)

Franz Josef Strauß im Bundestag am 24. 2. 1972:

„Diese Verträge dienen nicht der Versöhnung mit den Völkern, sondern der Befriedigung der Wünsche ihrer Machthaber.
Zweitens, sie bieten keine humanitären Erleichterungen, sondern bringen zunächst eine Verschärfung der Unterdrückung.
Drittens. Die Verträge dienen nicht der Entspannung, wenn man unter ‚Entspannung' die Beseitigung der Spannungsursachen versteht.
Viertens. Die Verträge bedeuten eine Festigung des sowjetischen Besitzstandes ...
Meine politischen Freunde und ich sind der Überzeugung, daß diese Verträge in der vorliegenden Fassung, die über den militärischen Gewaltverzicht und die Bereitschaft zur Zusammenarbeit hinausgeht, einen Bruchpunkt in der deutschen Nachkriegsgeschichte bedeuten auf der Straße, an deren Ende nur Unheil stehen kann." (8) Q

Der stellvertretende Vorsitzende der CSU, Friedrich Zimmermann:

„Das Bundesverfassungsgericht erklärte den Grundlagenvertrag für rechtens unter folgender Auflage: Beschreibung des Status quo, Erhaltung der einen deutschen Staatsbürgerschaft und der Verpflichtung der Bundesregierung, auf die deutsche Einheit hinzuwirken.
Dieses Urteil von Karlsruhe kann man als das historisch bedeutendste überhaupt bezeichnen: Die deutsche Nation bleibt bestehen. Dieses Urteil hat der Vorleistungspolitik, der Politik der kleinen Zugeständnisse, eine unüberwindliche Grenze gesetzt." (9) Q

(a) Ordnet die Texte in drei Gruppen (Zustimmung/Einschränkung/Ablehnung) und sammelt jeweils die Argumente, die euch überzeugen.

(b) Formuliert eure eigene Meinung zu den Ostverträgen. Wie haben sie sich auf unsere Beziehungen zur DDR, zu Polen, zur UdSSR in den 70er und 80er Jahren ausgewirkt?

(c) Beurteilt die Ostverträge aus der Sicht der Ereignisse von 1989/90.

(5) **Jugendprotest, Frauen- und Friedensbewegung: Gesellschaftlicher Wandel an drei Beispielen**

Jugend – Jugendprobleme – Jugendprotest:

„Jede Zeit hat ihre Probleme mit ihrer Jugend, auch wenn sie mal rebellischer, mal angepaßter ist. Natürlich hat die Jugend auch ihre eigenen Probleme, wovon die Schwierigkeit, einen als angemessen betrachteten Arbeitsplatz zu finden, heute wohl das hervorstechendste ist. Und die Jugend hat auch Probleme mit sich selbst, wovon jugendliche Gewalttätigkeit wohl das bedrückendste ist ... Die Zukunftserwartungen sind düster, und man ist nicht bereit, eine kaputte Welt als Erbe der Väter zu übernehmen. Gerade aber der sich hier besonders deutlich abzeichnende Wertwandel, der Hang zum ‚Alternativen' und die Lust zum ‚Aussteigen' sind es, die die älteren Generationen besonders verunsichern ..." (10)

Bundesfamilienministerin Rita Süssmuth: Frauen ... im Kampf um gleiche Chancen (1986):

„Frauen suchen nach einem neuen Rollenverständnis. Sie wollen eigenständiger denken und handeln, aber Lebensplanung von Frauen vollzieht sich in Auseinandersetzung mit widersprüchlichen Erwartungen. Das von ihnen erwartete Interesse an qualifizierter beruflicher Bildung und an beruflichem Engagement steht im Widerspruch zu jener anderen Erwartung, ihre Lebensführung mit der Geburt des ersten Kindes dem Familienzyklus anzupassen, sich für einen Lebensbereich zu entscheiden oder sich zwischen beiden aufzuteilen. Entscheidet sie sich für die Familie, muß sie damit rechnen, den Anschluß im Beruf nicht mehr oder nur unter sehr erschwerten Bedingungen zu finden. Entscheidet sie sich für Familie und Beruf, muß sie an sich selbst den Anspruch stellen, leistungsfähiger als der Mann zu sein. Für die Mehrheit der Frauen gibt es bisher keine zufriedenstellende Lösung des Problems. Mehr Frauen entscheiden sich für den Beruf, verzichten auf Ehe und Familie. Ohne ein Umdenken auf seiten des Mannes und ohne Veränderungen in der Arbeitswelt ist das Problem nicht zu lösen." (11)

(a) Wogegen protestieren Jugendliche in eurem Ort?

(b) Diskutiert, was alles zur Gleichberechtigung der Frau gehört.

Aus der Rede Erhard Epplers auf der Bonner Friedenskundgebung am 10. 10. 1981:

„[Die] Friedensbewegung weiß: Der Friede ist eine viel zu ernste Sache, als daß man ihn militärischer Strategie und politischer Taktik, den Raketenzählern und Lobbyisten überlassen dürfte.

Es kann doch kein Naturgesetz sein, daß Ost und West in gleicher Weise die eigene Rüstung immer als unvermeidliche Nachrüstung deklarieren, während die Rüstung des andern der größenwahnsinnige Versuch sein soll, ein ohnehin gewaltiges Übergewicht noch weiter auszubauen. Wir wollen diese Kette zerschlagen, wo wir sie zerschlagen können, hier in Westeuropa, in Deutschland. Und dies läßt sich verantworten, weil der Westen dem Osten in der atomaren Rüstung auch ohne neue Mittelstreckenraketen mehr als gewachsen ist ..." (12) Q

Aus der Rede des Bundespräsidenten v. Weizsäcker zum 30jährigen Bestehen der Bundeswehr am 12. 11. 1985:

Entspannung heißt gewiß nicht, einseitig die eigene Verteidigungsfähigkeit preiszugeben. Wer sich in ein Lamm verwandelt, ruft Wölfe auf den Plan. Der Rechtsstaat ist ein zivilisierter Staat, der kein Faustrecht zuläßt, sondern den Frieden des Bürgers im Innern schützt. Er würde seine eigenen Grundsätze verraten, wollte er nach außen dem Recht des Stärkeren weichen. Wer einseitige Abrüstung verlangt, verwechselt den Entscheidungsspielraum des einzelnen mit dem der gewählten politischen Führung. Der einzelne kann den Dienst mit der Waffe verweigern, wenn sein Gewissen es ihm vorschreibt. Wer aber für das Gemeinwesen im Ganzen politisch verantwortlich ist, darf den Bürgern den Schutz nicht verweigern. Er darf den Frieden nicht um jeden Preis suchen, sonst verwandelt sich Frieden in Unterwerfung. Er muß sich die Fähigkeit zur Verteidigung erhalten." (13) Q

(a) Setzt euch mit der Rede von Erhard Eppler auseinander.

Der Schriftsteller und Nobelpreisträger Heinrich Böll bei einer Friedenskundgebung.

(b) Wie sieht Bundespräsident v. Weizsäcker das Verhältnis von Verteidigung und Entspannung?

(c) Wie denkt ihr über das politische Engagement von Schriftstellern (z. B. H. Böll)? Vgl. mit Künstlern der Weimarer Republik (S. 127).

(6) Die Verträge zur Einheit Deutschlands

Die Präambel zum „Einigungsvertrag" vom 31. 8. 1990:

„Die Bundesrepublik Deutschland und die Deutsche Demokratische Republik –
ENTSCHLOSSEN, die Einheit Deutschlands in Frieden und Freiheit als gleichberechtigtes Glied der Völkergemeinschaft in freier Selbstbestimmung zu vollenden,
AUSGEHEND VON DEM WUNSCH der Menschen in beiden Teilen Deutschlands, gemeinsam in Frieden und Freiheit in einem rechtsstaatlich geordneten, demokratischen und sozialen Bundesstaat zu leben.
IN DANKBAREM RESPEKT vor denen, die auf friedliche Weise der Freiheit zum Durchbruch verholfen haben, die an der Aufgabe der Herstellung der Einheit Deutschlands unbeirrt festgehalten haben und sie vollenden,
IM BEWUSSTSEIN der Kontinuität deutscher Geschichte und eingedenk der sich aus unserer Vergangenheit ergebenden besonderen Verantwortung für eine demokratische Entwicklung in Deutschland, die der Achtung der Menschenrechte und dem Frieden verpflichtet bleibt,
IN DEM BESTREBEN, durch die deutsche Einheit einen Beitrag zur Einigung Europas und zum Aufbau einer europäischen Friedensordnung zu leisten, in der Grenzen nicht mehr trennen und die allen europäischen Völkern ein vertrauensvolles Zusammenleben gewährleistet,
IN DEM BEWUSSTSEIN, daß die Unverletzlichkeit der Grenzen und der territorialen Integrität und Souveränität aller Staaten in Europa in ihren Grenzen eine grundlegende Bedingung für den Frieden ist –
SIND ÜBEREINGEKOMMEN, einen Vertrag über die Herstellung der Einheit Deutschlands mit den nachfolgenden Bestimmungen zu schließen: . . ." (14) Q

Aus dem „2 + 4-Vertrag" vom 12. 9. 1990:

Artikel 1

„(1) Das vereinte Deutschland wird die Gebiete der Bundesrepublik Deutschland, der Deutschen Demokratischen Republik und ganz Berlins umfassen. Seine Außengrenzen werden die Grenzen der Deutschen Demokratischen Republik und der Bundesrepublik Deutschland sein und werden am Tage des Inkrafttretens dieses Vertrags endgültig sein. Die Bestätigung des endgültigen Charakters der Grenzen des vereinten Deutschland ist ein wesentlicher Bestandteil der Friedensordnung in Europa.
(2) Das vereinte Deutschland und die Republik Polen bestätigen die zwischen ihnen bestehende Grenze in einem völkerrechtlich verbindlichen Vertrag.
(3) Das vereinte Deutschland hat keinerlei Gebietsansprüche gegen andere Staaten und wird solche auch nicht in Zukunft erheben. . .

Artikel 2

Die Regierungen der Bundesrepublik Deutschland und der Deutschen Demokratischen Republik bekräftigen ihre Erklärungen, daß von deutschem Boden nur Frieden ausgehen wird. Nach der Verfassung des vereinten Deutschland sind Handlungen, die geeignet sind und in der Absicht vorgenommen werden, das friedliche Zusammenleben der Völker zu stören, insbesondere die Führung eines Angriffskrieges vorzubereiten, verfassungswidrig und strafbar. Die Regierungen der Bundesrepublik Deutschland und der Deutschen Demokratischen Republik erklären, daß das vereinte Deutschland keine seiner Waffen jemals einsetzen wird, es sei denn in Übereinstimmung mit seiner Verfassung und der Charta der Vereinten Nationen.

Artikel 3

(1) Die Regierungen der Bundesrepublik Deutschland und der Deutschen Demokratischen Republik bekräftigen ihren Verzicht auf Herstellung und Besitz von und auf Verfügungsgewalt über atomare, biologische und chemische Waffen. Sie erklären, daß auch das vereinte Deutschland sich an diese Verpflichtungen halten wird. . .
(2) Die Regierung der Bundesrepublik Deutschland hat in vollem Einvernehmen mit der Regierung der Deutschen Demokratischen Republik am 30. August 1990 in Wien bei den Verhandlungen über Konventionelle Streitkräfte in Europa folgende Erklärung abgegeben:
‚Die Regierung der Bundesrepublik Deutschland verpflichtet sich, die Streitkräfte des vereinten Deutschland innerhalb von drei bis vier Jahren auf eine Personalstärke von 370 000 Mann (Land-, Luft- und Seestreitkräfte) zu reduzieren. . .'

Artikel 4

(1) Die Regierungen der Bundesrepublik Deutschland, der Deutschen Demokratischen Republik und der Union der Sozialistischen Sowjetrepubliken erklären, daß das vereinte Deutschland und die Union der Sozialistischen Sowjetrepubliken in vertraglicher Form die Bedingungen und die Dauer des Aufenthalts der sowjetischen Streitkräfte auf dem Gebiet der heutigen Deutschen Demokratischen Republik und Berlins sowie die Abwicklung des Abzugs dieser Streitkräfte regeln werden, der bis zum Ende des Jahres 1994 im Zusammenhang mit der Verwirklichung der Verpflichtungen der Regierungen der Bundesrepublik Deutschland und der Deutschen Demokratischen Republik, auf die sich Absatz 2 des Artikels 3 dieses Vertrags bezieht, vollzogen sein wird. . .

Artikel 5

. . .

(3) Nach dem Abschluß des Abzugs der sowjetischen Streitkräfte vom Gebiet der heutigen Deutschen Demokratischen Republik und Berlins können in diesem Teil Deutschlands auch deutsche Streitkräfteverbände stationiert werden, die in gleicher Weise militärischen Bündnisstrukturen zugeordnet sind wie diejenigen auf dem

übrigen deutschen Hoheitsgebiet, allerdings ohne Kernwaffenträger. . . Ausländische Streitkräfte und Atomwaffen oder deren Träger werden in diesem Teil Deutschlands weder stationiert noch dorthin verlegt.

Artikel 6

Das Recht des vereinten Deutschland, Bündnissen mit allen sich daraus ergebenden Rechten und Pflichten anzugehören, wird von diesem Vertrag nicht berührt.

Artikel 7

(1) Die Französische Republik, das Vereinigte Königreich Großbritannien und Nordirland, die Union der Sozialistischen Sowjetrepubliken und die Vereinigten Staaten von Amerika beenden hiermit ihre Rechte und Verantwortlichkeiten in bezug auf Berlin und Deutschland als Ganzes. Als Ergebnis werden die entsprechenden, damit zusammenhängenden vierseitigen Vereinbarungen, Beschlüsse und Praktiken beendet und alle entsprechenden Einrichtungen der Vier Mächte aufgelöst.
(2) Das vereinte Deutschland hat demgemäß volle Souveränität über seine inneren und äußeren Angelegenheiten. . ." (15) Q

Aus der Erklärung des Außenministers Genscher anläßlich der Unterzeichnung des „2 + 4-Vertrages":

Am 3. Oktober werden wir, die Deutschen, wieder in einem demokratischen Staat leben – zum ersten Mal nach 57 Jahren.
Am 30. Januar 1933 brach die Nacht des Faschismus über Deutschland herein. Wir verloren zuerst unsere Freiheit, dann unseren Frieden und dann unsere staatliche Einheit. Der von Hitler begonnene Krieg setzte ganz Europa in Flammen. In seiner Rede vom 8. Mai 1985 hat sich Bundespräsident Richard von Weizsäcker zu unserer Verantwortung bekannt.
Wir gedenken in dieser Stunde aller Opfer des Krieges und der Gewaltherrschaft. Wir gedenken des unendlichen Leids der Völker, nicht nur derjenigen, deren Vertreter um diesen Tisch versammelt sind. Unsere Gedanken gelten dabei in besonderer Weise dem jüdischen Volk. Wir wollen, daß sich dies niemals wiederholen wird. (16) Q

(a) Was sagt die Präambel über Vorgeschichte und Absichten des Einigungsvertrages aus? Welche Aussagen wenden sich besonders an das deutsche Volk, welche an seine Nachbarn und an andere betroffene Staaten?

(b) Stelle zusammen, wie der „2 + 4-Vertrag" die jeweiligen Interessen der Vertragspartner berücksichtigt.

(c) Erläutere die von Außenminister Genscher angesprochenen historisch-politischen Zusammenhänge.

1. Erläutere anhand des Schaubildes die Entwicklung des Arbeitsmarktes in der Bundesrepublik.

2. Berichte anhand der Ergebnisse bei den Bundestagswahlen über die Bedeutung der einzelnen Parteien.

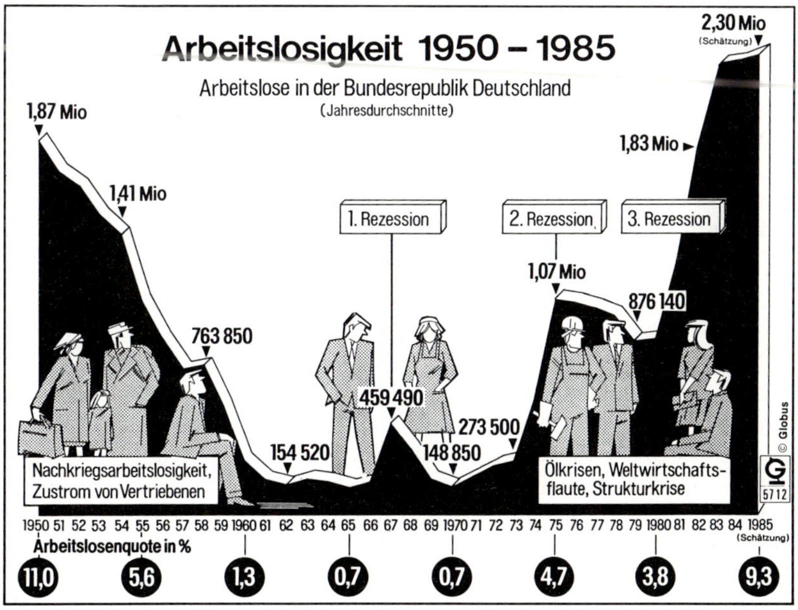

Die Ergebnisse der Wahlen zum Bundestag:

	6. Bundestag 28. 9. 1969		7. Bundestag 19. 9. 1972		8. Bundestag 3. 10. 1976		9. Bundestag 5. 10. 1980		10. Bundestag 6. 3. 1983		11. Bundestag 25. 1. 1987		12. Bundestag 2. 12. 1990			
Wahlbeteiligung in v. H.	86,7		91,1		90,7		88,7		89,1		84,5		77,8 (West: 78,6)[3] (Ost: 74,7)[4]			
	1	**2**	**1**	**2**	**1**	**2**	**1**	**2**	**1**	**2**	**1**	**2**	**1**	**2**	**3**	**4**
CDU/CSU	46,1	242	44,9	225	48,6	243	44,5	237	48,8	244	44,3	223	43,8	319	44,3	41,8
SPD	42,7	224	45,8	230	42,6	214	42,9	228	38,2	193	37	186	33,5	239	35,7	24,3
FDP	5,8	30	8,4	41	7,9	39	10,6	54	6,9	34	9,1	46	11,0	79	10,6	12,9
DKP	–	–	0,3	–	0,3	–	0,2	–	0,2	–	–	–	–	–	–	–
PDS	–	–	–	–	–	–	–	–	–	–	–	–	2,4	17	0,3	11,1
Grüne (5) (ab 1980)	–	–	–	–	–	–	1,5	–	5,6	27	8,3	42	3,9/1,2	8	4,8	6,1
Bayernpartei	0,2	–	–	–	–	–	–	–	–	–	–	–	–	–	–	–
DRP bzw. NPD	4,3	–	0,6	–	0,3	–	0,2	–	0,1	–	0,6	–	–	–	–	–
Sonstige	0,9	–	0,1	–	0,3	–	0,1	–	0,1	–	0,7	–	4,2	–	4,3	3,8

1 Stimmenanteil in v. H. (Zweitstimmen) 2 Mandate (ohne Berliner Abgeordnete, ab dem 12. Bundestag wieder mit vollem Stimmrecht vertreten!)
3/4 Das Bundesverfassungsgericht verlangte eine Aufteilung in Wahlgebiete, die den ehemaligen beiden deutschen Staaten entsprachen. In jedem galt getrennt die 5%-Klausel.
5 Im Wahlgebiet West traten die Grünen, im Wahlgebiet Ost die Listenverbindung Bündnis 90/Grüne – BürgerInnenbewegung an.

Außerparlamentarische Opposition (APO): Überwiegend linksorientierte, z. T. antiparlamentarische Protestbewegung seit 1967, im Kern von Studenten getragen, kämpfte u. a. gegen Vietnamkrieg und Notstandsgesetze mit Demonstrationen, Hausbesetzungen u. ä.; radikaler Flügel der APO bildete terroristische Vereinigungen (RAF, Rote Zellen u. a.), gewaltfreie Gruppen sammelten sich in Bürgerinitiativen.

Beitritt der DDR zur Bundesrepublik: Art. 23 des Grundgesetzes von 1949 zählte in seinem ersten Satz die (seinerzeit 12) Länder auf, in denen es „zunächst" galt. Satz 2 lautete: „In anderen Teilen Deutschlands ist es nach deren Beitritt in Kraft zu setzen." Die erste freigewählte Volkskammer der DDR entschied sich am 23. 8. 1990 für diesen Weg. Im Einigungsvertrag (s. u.) wurde der Art. 23 aufgehoben. Dazu verpflichtete sich das vereinte Deutschland auch im „2 + 4-Vertrag". Damit ist klargestellt, daß es jetzt und in Zukunft keine weiteren Gebietsansprüche gegen andere Staaten erhebt.

Einigungsvertrag: Am 6. 9. 1990 zwischen der Bundesrepublik Deutschland und der DDR abgeschlossen. Er regelt alle mit dem Beitritt zusammenhängenden rechtlichen Fragen, insbesondere die Änderungen des Grundgesetzes, die Übernahme des Rechtes der Bundesrepublik und der Europäischen Gemeinschaften sowie die begrenzte Fortgeltung von DDR-Recht und die Übernahme völkerrechtlicher Verträge und Vereinbarungen. Ihm ging am 18. 5. 1990 der „Vertrag über die Schaffung einer Währungs-, Wirtschafts- und Sozialunion" zwischen den beiden deutschen Staaten voraus.

Frauenbewegung: Wie die Umwelt- und Friedensbewegungen Teil der protestierenden neuen sozialen Bewegungen, die auf gesellschaftliche Veränderungen dringen. Seit Anfang der 70er Jahre schlossen sich Frauen verstärkt zu Gruppen zusammen, gründeten eigene Läden und Zeitschriften und begannen, ihre Interessen „in einer von Männern beherrschten Welt" – wie sie sagten, aktiver als bisher zu vertreten. Damit wurde die Aufmerksamkeit auf die Diskriminierung von Frauen in Betrieben, Verwaltungen, Hochschulen und in politischen Organisationen gelenkt. Die Ansicht gewann an Boden, eine grundlegende Verbesserung der Lage der Frauen sei nur zu erreichen, wenn sie feste Anteile („Frauenquoten") an gesellschaftlichen Positionen – von den Ausbildungsplätzen bis zu den politischen Mandaten – erhielten.

Grundlagenvertrag: Zwischen Bundesrepublik Deutschland und DDR 1972 abgeschlossen, trat am 21. 6. 1973 in Kraft. Strebte menschliche Erleichterungen an, diente der Normalisierung der Beziehungen und bedeutete faktisch die Anerkennung der DDR (Einrichtung „Ständiger Vertretungen"). Ergänzend wurde durch das Bundesverfassungsgericht das im Grundgesetz verankerte „Wiedervereinigungsgebot" bekräftigt.

Notstandsgesetze: Umfassende Verfassungsänderung von 1968 mit dem Ziel, alliierte Vorbehaltsrechte auszuräumen. Die Notstandsgesetze erlauben Beschränkung des Brief- und Fernmeldegeheimnisses, ermöglichen Zwangsverpflichtung der Bevölkerung und Einsatz der Bundeswehr als „Polizei" bei „innerem Notstand", sie übertragen Gesetzgebungsgewalt im Verteidigungsfall einem „Gemeinsamen Ausschuß".

Ostverträge: 1970 Moskauer Vertrag mit der UdSSR, 1970 Warschauer Vertrag mit der VR Polen, 1972/73 Grundlagenvertrag mit der DDR, 1973 Prager Vertrag mit der ČSSR. Sie dienen der Entspannung, beruhen auf „friedlicher Koexistenz", führen zum Verzicht auf Hallstein-Doktrin, zur Verbesserung des Handels- und Kulturaustausches.

Quellennachweis

(1) Regierungserklärung vom 28. 10. 1969.
(2) C. Schönbom, Bundesvorsitzender des „Ringes Christlich-Demokratischer Studenten" im Juli 1967. Zit. aus: Das Parlament B 44/1967, S. 4 f.
(3) Programm des „Sozialistischen Deutschen Studentenbundes" 1969, zit. aus: Das Parlament B 44/1969, S. 23.
(4) Zitiert aus: Presse- und Informationsamt der Bundesregierung (Hrsg.): Der Vertrag vom 12. August 1970, S. 7 ff.
(5) Verträge und Vereinbarungen zwischen der Bundesrepublik Deutschland und der DDR, hrsg. vom Presse- und Informationsamt der Bundesregierung. Bonn 1973, S. 18 ff.
(6) W. Scheel: Reden und Interviews. Bonn o. J., S. 225.
(7) Zitiert aus: R. Wildermuth: Heute und die 30 Jahre davor, München 1978, S. 220.
(8) Zitiert aus: Bundesminister für innerdeutsche Beziehungen, Texte zur Deutschlandpolitik, Band 10. Bonn 1972, S. 309 f.
(9) Zitiert aus: Informationen zur politischen Bildung 191, S. 30.
(10) H.-G. Wehling (Hrsg.): Jugend, Jugendprobleme, Jugendprotest. Stuttgart 1982, S. 8 und Umschlag.
(11) In: Rheinischer Merkur extra, 4. 1. 1986
(12) Frankfurter Rundschau Nr. 236/81 vom 12. 10. 1981.
(13) Zit. aus: Der Tagesspiegel, Berlin, 13. 11. 1985.
(14) Die Verträge zur Einheit Deutschlands. München (dtv 5564) 1990, S. 43 f.
(15) Ebd., S. 30 ff.
(16) Ebd., S. 39

Lesetip

W. Fährmann: Es geschah im Nachbarhaus. Arena Tb. 1242 (JB)
H.-G. Noack: Suche Lehrstelle, biete ... Ravensburger Tb. 619 (JB)
H. Ortner: Keiner fragt. Politiker antworten. Fischer Tb. 7562 (QS)
G. Pausewang: Etwas läßt sich bewirken. Beltz, Weinheim 1985 (JB)
K. Schnelting (Hrsg.): Zeugen des Jahrhunderts. Fischer Tb. 4601 (SB)
I. Wilharm (Hrsg.): Deutsche Geschichte 1962–1983. 2 Bde., Fischer Tb. 4317/18 (WD/QS)

1. 12. 1966	Regierung der „Großen Koalition"
29. 5. 1968	Notstandsgesetze verabschiedet
5. 3. 1969	Gustav Heinemann zum Bundespräsidenten gewählt
22. 10. 1969	Sozial-liberale Regierung Brandt-Scheel
12. 8. 1970	Moskauer Vertrag
7. 12. 1970	Warschauer Vertrag
3. 9. 1971	Viermächteabkommen über Berlin
21. 6. 1973	Grundlagenvertrag tritt in Kraft
18. 9. 1973	Bundesrepublik und DDR in UN aufgenommen
16. 5. 1974	Sozial-liberale Regierung Schmidt-Genscher
18. 10. 1977	H. M. Schleyer von Terroristen ermordet
Febr. 1981	2,5 Mio. Arbeitslose
4. 10. 1982	Regierung der „Koalition der Mitte" Kohl-Genscher
6. 3. 1983	Bundestagswahl, Regierung Kohl-Genscher bestätigt
1. 7. 1984	Richard von Weizsäcker zum Bundespräsidenten gewählt
25. 1. 1987	Bundestagswahl, Fortbestehen der bisherigen Koalition
9. 11. 1989	Öffnung der Berliner Mauer
1. 7. 1990	Inkrafttreten der Wirtschafts- und Sozialunion mit der DDR
6. 9. 1990	Einigungsvertrag
12. 9. 1990	2 + 4-Vertrag
3. 10. 1990	Beitritt der DDR zum Grundgesetz
14. 11. 1990	Grenzvertrag mit Polen

9.3 „Real existierender Sozialismus" in der DDR

Oben links: Proklamation der DDR in der Volkskammer am 7. 10. 1949. Oben rechts: Jugenddemonstration in Berlin (Ost). Unten links: NVA-Offiziere bei einem Lehrgang in der Sowjetunion. Unten rechts: Propaganda für Kollektivierung.

- Wie wurde die DDR regiert? Welche Krisen erschütterten den Staat?
- Worin unterschieden sich die politischen und wirtschaftlichen Verhältnisse in der DDR von denen in der Bundesrepublik?
- „Real existierender Sozialismus": Parteipropaganda oder Wirklichkeit für die Bevölkerung in der DDR? Wie lebten die Menschen im „sozialistischen" Deutschland?

Totalitärer Sozialismus. Die DDR war Anfang der 50er Jahre ein totalitär regierter Staat, ganz in den Händen der SED-Parteiführung um Walter Ulbricht. Damals säuberten Parteikontrollkommissionen die noch junge Partei (vgl. S. 229); allein 1950/51 wurden über 150 000 Mitglieder, meist ehemalige Sozialdemokraten, ausgeschlossen. Die „führende Rolle" der UdSSR und der Partei mußte allgemein anerkannt werden. Als politisches Glaubensbekenntnis galten die „Lehren von Marx-Engels-Lenin-Stalin". Wer andere Meinungen äußerte, wurde strafrechtlich verfolgt. Vor diesem Hintergrund beschloß die II. Parteikonferenz der SED im Juli 1952 den „Aufbau des Sozialismus". → (1)
Die wirtschaftlichen Voraussetzungen waren ungünstig. In Thüringen und Sachsen standen zwar hochwertige Verarbeitungsindustrien, aber die Grundstoff- und Schwerindustrie (Steinkohle, Eisen und Stahl) fehlte weitgehend. Viele Betriebe sind nach Kriegsende demontiert und als Reparationsleistungen in die UdSSR geliefert worden. Was blieb, wurde zum großen Teil enteignet und verstaatlicht. Bis 1954 waren 126 der größten und wichtigsten Betriebe im Besitz der Sowjetunion. Bereits 1950 umfaßte der staatliche Anteil über 77 v. H. der Produktion, im Handel über 50 v. H. des Umsatzes. Die staatlichen Planungsbehörden arbeiteten nach sowjetischem Vorbild. Sie waren mehr an der Menge der Produktion als an Qualität, Wirtschaftlichkeit und technischen Neuerungen interessiert. Im Mittelpunkt stand die Förderung der Schwerindustrie. Sozialistische Wettbewerbe, Erfüllung und Übererfüllung der Arbeitsnormen, Auszeichnung der Aktivisten und Neuerer – die als Vorbilder die Normleistungen übertrafen – sollten die „Werktätigen" antreiben. Noch mußten die Lebensmittel rationiert bleiben, in den Läden fehlten viele Konsumgüter. Die schlechte wirtschaftliche Lage und der verstärkte Druck von Partei und Staat trieben viele Einwohner zur Flucht in den Westen. → (3)

Der Arbeiteraufstand vom 17. Juni 1953. Die angestaute Wut und Enttäuschung brach in einem Augenblick aus, als die Führung der SED, offensichtlich auf sowjetischen Druck, zum Einlenken bereit war. Am 9. Juni 1953 gestand sie „ernste Fehler" ein und verkündete einen „Neuen Kurs", zu dem u. a. die Einstellung des „verschärften Klassenkampfes" gegen Gewerbetreibende, Bauern und Anhänger der Kirche sowie weitgehende Freizügigkeit im innerdeutschen Verkehr gehörten.
In diese veränderte Situation hinein platzte der *Arbeiteraufstand vom 16. und 17. Juni 1953**. Er begann als Demonstrationszug der Bauarbeiter des Ost-Berliner Propagandabauobjekts, der „Stalinallee". Er richtete sich gegen Normerhöhungen und endete mit Streiks und Demonstrationen in 270 Orten der Republik, neben Ost-Berlin vor allem in Bitterfeld, Halle, Leipzig, Merseburg, Jena und Görlitz. Jetzt forderten Streikende auch freie und geheime Wahlen.
Sowjetische Panzer walzten den Arbeiteraufstand nieder. Nach offiziellen Angaben wurden 4 Volkspolizisten und 21 Zivilpersonen getötet, wahrscheinlich lag jedoch die Zahl der Getöteten zwischen 300 und 400.

Ulbrichts scharfer Kurs. Auch in der SED bildeten sich nach 1953 oppositionelle Zirkel. Deren Ziel war „eine vom Stalinismus befreite SED, die in ihren Anschauungen und in ihrer Politik völlig unabhängig ist". Verhaftungen und Zuchthausstrafen zerschlugen die „nationalkommunistische" Opposition. Anfang 1958 konnte Ulbricht seine letzten Gegner aus der Parteiführung entfernen.
Inzwischen waren der innerdeutsche Reiseverkehr rigoros eingeschränkt und die Grenzsperren verschärft worden. Die SED verkündete in Überschätzung ihrer wirtschaftlichen Möglichkeiten, daß sie bis 1961 den Lebensstandard der Bundesrepublik erreichen und teilweise sogar überschreiten werde. Man startete eine Reihe großer Investitionsvorhaben: Großkraftwerke auf Braunkohlebasis südlich Berlin, den Überseehafen in Rostock, die Erweiterung der chemischen Werke in Mitteldeutschland und die 4200 km lange Erdölleitung vom Vor-Ural-Gebiet nach Schwedt an der Oder. Gleichzeitig wurde die Kollektivierung der Landwirtschaft vorangetrieben. Die Bauern hatten dabei die Wahl zwischen drei Grundtypen der *„Landwirtschaftlichen Produktionsgenossenschaften" (LPG)**. Im ersten Typ (Typ I, im DDR-Jargon: „Jeder macht Seins") brauchte der Genossenschaftsbauer nur sein Ackerland in die Genossenschaft einzubringen, in einem anderen Typ (Typ III: „Alles einerlei") alles Land und das gesamte Inventar. 1954 befanden sich noch 75,5 v. H. der landwirtschaftlichen Nutzfläche in privater Hand, 1958 waren es 62,2 v. H., Ende 1960 nur noch 7,6 v. H. Die gewaltsame Kollektivierung des Jahres 1960 brachte empfindliche Produktionsausfälle. Hinzu kamen Schwierigkeiten in der Industrie; schließlich mußte der ehrgeizige Siebenjahresplan abgebrochen werden. Erneut stieg die Zahl der Flüchtlinge in die Bundesrepublik.

Flüchtlingsbewegung und Mauerbau. Die meisten Flüchtlinge kamen über Berlin. Ende 1958 forderten die Sowjets den Abzug der alliierten Truppen aus dieser Stadt. West-Berlin sollte zu einer „Freien Stadt" werden. Es kam zu einer „Berlin-Krise", die

sich dadurch verschärfte, daß die Flüchtlingszahl weiterhin anstieg.
Nun begannen die Großmächte, ihre Positionen abzustecken. US-Präsident Kennedy erklärte am 15. Juli 1961:

„Wir müssen unser der freien Bevölkerung Westberlins gegebenes und oft wiederholtes Versprechen halten und unsere Rechte und ihre Sicherheit selbst angesichts von Gewalt wahren, um das Vertrauen der anderen freien Völker in unser Wort und unsere Entschlossenheit nicht zu verlieren."(1) Q

Chruschtschow (vgl. S. 297) erklärte gleichzeitig einem amerikanischen Politiker, daß er die „Menschenfalle in West-Berlin" zustopfen werde. Am 13. August 1961 riegelten bewaffnete Streitkräfte der DDR, abgesichert durch eine Erklärung der Staaten des Warschauer Paktes, die Grenze zwischen den westlichen Sektoren und dem Ostsektor in Berlin ab und begannen mit dem Aufbau umfangreicher Sperrbefestigungen, der Berliner Mauer. Die Rechte der Westmächte wurden ausdrücklich für „unberührt" erklärt, aber Ost-Berlin und die DDR waren nunmehr völlig vom Westen abgeschlossen. Da auf jeden Flüchtling, der die immer besser ausgebauten Sperranlagen überschreiten wollte, geschossen wurde, war künftig ein Verlassen der DDR so gut wie unmöglich und immer mit größter Lebensgefahr verbunden. Die Bewohner der DDR mußten sich mit dem Leben in ihrem Staat abfinden. → (4)

Die DDR nach dem Bau der Mauer. Noch fanden Schauprozesse statt, wurden Menschen an bestimmte Arbeitsplätze gezwungen, waren Konsumgüter zeitweise knapp. Aber Ulbricht verlangte 1962 von den Funktionären der SED, „jeden Bürger der DDR für unsere gute Sache zu gewinnen".
Die Parteiführung beschloß seit 1963 mehrere Wirtschaftsreformen – alle mit dem Ziel, mehr und bessere Waren herzustellen. Das „Neue ökonomische System" (1963) berücksichtigte materielle Interessen der Betriebe und der Belegschaft: Die „Vereinigungen *Volkseigener Betriebe** (VVB)" wurden als „sozialistische Konzerne" von „Generaldirektoren" geleitet, die einen Teil der Planung selbst übernehmen konnten, für den Absatz verantwortlich waren und Gewinne erwirtschaften sollten. Die Gewinne beeinflußten Löhne und Prämien der Mitarbeiter sowie Sozialleistungen des Betriebes. Nicht mehr die Schwerindustrie, sondern Chemie und Elektronik standen im Mittelpunkt. 1979 wurden viele VVB durch noch größere Einheiten, die Kombinate, abgelöst. Die zentrale Planung und Lenkung durch die Parteispitze blieb aber bestehen. Die Kombinate sollten sich innerhalb der staatlichen Pläne selbst erneuern und weiterentwickeln. Sie hatten eigene Zulieferer und eigene Baubetriebe sowie Forschungsstätten und Abteilungen für Außenhandel. Die einzelnen Betriebe innerhalb eines Kombinates konnten kaum etwas selbst entscheiden. → (5)

Die Macht der Parteiführung. 1971 wurde Ulbricht von Erich Honecker (geb. 1912) abgelöst. Auch unter seiner Führung bestimmte die Parteiführung weiterhin die Grenzen aller Reformen und Zugeständnisse an die Bevölkerung. Weiterhin mußte nach der Einheitsliste mit offener Stimmabgabe „gewählt" werden, gab es in der „Volkskammer" weder kontroverse Debatten noch andere Abstimmungsergebnisse als „einstimmig angenommen". Die meisten Gesetze wurden ohnehin auf dem Verordnungswege erlassen. Der Informationsapparat blieb zentral gesteuert. Die „Kulturschaffenden" wurden weiterhin streng beaufsichtigt. Der Versuch, toleranter über Gemälde, Bücher, Filme und Theateraufführungen zu diskutieren, wurde bald aufgegeben. Freiwillig oder gezwungen verließ eine Reihe von Schriftstellern und Künstlern das Land.
Aber mehr als bisher drängte die Parteiführung unter Honecker auf „die weitere Erhöhung des materiellen und kulturellen Lebensniveaus des Volkes". Das sollte „auf der Grundlage eines hohen Entwicklungstempos der sozialistischen Produktion, der Erhöhung der Effektivität, des wissenschaftlich-technischen Fortschritts und des Wachstums der Arbeitsproduktivität" erreicht werden. Die Mindestlöhne und Mindestrenten stiegen, es gab mehr Urlaub, und die Partei versprach mehr Konsumgüter und die Lösung des „Wohnungsproblems in der DDR bis 1990". Die Menschen sollten sehen: Ohne die SED geht nichts. Sie bedenkt alles, plant alles, kontrolliert und überwacht alles, sie gibt die Richtung an, sie sorgt für alles. → (2) (6)

Die DDR und die nationale Frage. Die offizielle Haltung der DDR zur Frage der deutschen Einheit änderte sich im Lauf der Zeit. In den 50er Jahren, insbesondere kurz nach dem 17. Juni 1953, propagierte die SED unter der Parole „Deutsche an einen Tisch" eine Politik der Wiedervereinigung. Dabei sollten die „sozialistischen Errungenschaften" erhalten bleiben. Nach dem Bau der Berliner Mauer erhob man die Forderung nach völkerrechtlicher Anerkennung der DDR, ohne zunächst das gesamtdeutsche Bewußtsein aufzugeben. Im Geschichtsbild der SED hatte „der Imperialismus" die Spaltung Deutschlands verursacht, deren Überwindung „auf der Grundlage von Demokratie und Sozialismus" weiterhin als historische Aufgabe galt. Noch die Präambel der „sozialistischen Verfassung" von 1968 wies der DDR die „Verantwortung" zu, „der ganzen deutschen Nation den Weg in eine Zukunft des Friedens und des Sozialismus zu weisen". Tatsächlich blieb jedoch die DDR nach dem Westen weitgehend abgeschlossen.

Die neue Ostpolitik der sozial-liberalen Bundesregierung (vgl. S. 254ff.) brachte der DDR den Grundlagenvertrag, die Aufnahme in die UN und die ersehnte internationale Anerkennung. Angesichts der internationalen Zustimmung zur Politik der Bundesregierung (auch z. T. in Osteuropa) mußte die SED das bisherige Feindbild vom „aggressiven und imperialistischen Staat" der Bundesrepublik Deutschland abschwächen. Dafür verstärkte die Partei- und Staatsführung unter Honecker die ideologische Abgrenzung zur Bundesrepublik. → (7)

Allerdings blieb die Haltung der DDR-Führung zur nationalen Frage doppeldeutig. In Ideologie und Praxis bestand die Abgrenzung weiter. Bereits in der vormilitärischen Ausbildung der Schuljugend wurde die Bundesrepublik als Feind geschildert. Reisen von DDR-Bürgern in den Westen wurden nach wie vor – von Ausnahmen bei „dringenden Familienangelegenheiten" abgesehen – erst im Rentenalter gestattet.

Andererseits bemühte sich die DDR-Führung um wirtschaftliche Absprachen mit der Bundesrepublik „zum gegenseitigen Vorteil" (Autobahnbau, Kredite) und betonte wie die Bundesregierung die gemeinsame Verantwortung, daß „vom deutschen Boden nie wieder ein Krieg ausgehen" dürfe. Sie bemühte sich auch verstärkt um das „nationale Erbe" und betonte die Stellung ihres Staates als Teil der „gesamten deutschen Geschichte".

Das Ende der DDR. Ende der 80er Jahre wurde deutlich, daß die DDR von der Substanz lebte. Die Wirtschaftsproduktivität erreichte trotz großer Anstrengungen nur die Hälfte der Bundesrepublik. Viele Produkte waren auf dem Weltmarkt kaum konkurrenzfähig. Notwendige Investitionen und Importe unterblieben. Viele Betriebe veralteten. Die Altbausubstanz der Städte zerfiel. Die Umwelt wurde schonungslos ausgebeutet. Dennoch sperrte sich die Parteiführung gegen Reformen, wie sie jetzt von immer größeren Teilen der Bevölkerung gefordert wurden. Das Beispiel von Perestroika und Glasnost in der UdSSR (vgl. S. 302) und der Demokratisierungsbewegungen in Polen und Ungarn (vgl. S. 385) zündete. Im Sommer 1989 flüchteten Tausende meist junger DDR-Bewohner in die Botschaften der Bundesrepublik Deutschland in Budapest, Prag und Warschau. Als zuerst Ungarn seine Grenzen öffnete und dann auch die anderen Botschaftsflüchtlinge ausreisen durften, war das Zwangsregime der SED schwer getroffen. Man konnte ihm jetzt auch ohne Lebensgefahr entkommen. Erstmalig seit 1953 kam es jetzt auch in der DDR verbreitet zu öffentlichen Unmutsäußerungen und Demonstrationen, deren Teilnehmerzahlen ständig wuchsen. Waren die Rufe erst „Wir wollen raus", so hieß es bald „Wir bleiben hier" und „Wir sind das Volk". Die SED-Führung versuchte anfangs nach alter Manier den Aufruhr niederzuschlagen. Verhaftete Demonstranten wurden entwürdigend behandelt.

Die Entscheidung fiel am 9. Oktober, als in Leipzig wieder Hunderttausende für ihre demokratischen Rechte auf die Straße gingen. Truppen, Blutkonserven und Krankenhausbetten standen bereit. Das SED-Regime wich jedoch zurück. Anders als 1953 (vgl. S. 265) waren diesmal die sowjetischen Truppen nicht bereit, die Parteidiktatur zu stützen. Unter dem Doppeldruck der Demonstrationen und der Ausreisen löste sie sich in immer schnellerem Tempo auf. Am 18. Oktober 1989 wurde in einer eilig einberufenen Sitzung des ZK Erich Honecker von allen Ämtern entbunden. Erstmalig war damit in der DDR ein Führungswechsel erfolgt, den die Bevölkerung erzwungen hatte.

Die Schwäche der SED-Führung nutzend, erzwang am 9. 11. 1990 die Bevölkerung Ost-Berlins die Öffnung der Grenzen. Die Mauer, von der Honecker noch vor kurzem gesagt hatte, sie werde, wenn nötig, „noch in hundert Jahren stehen", war gefallen. Ungläubig lagen sich Ost- und Westdeutsche in den Armen. Viele DDR-Bürger fuhren „in den Westen" und erkannten im Vergleich den offenkundigen Rückstand der ihnen auferlegten Zwangsgesellschaft auf vielen Gebieten. Viele äußerten das Gefühl, nicht nur eingesperrt, sondern auch um ihr Leben und um die Früchte ihrer Arbeit betrogen worden zu sein. Das Gefühl wurde verstärkt durch täglich neue Enthüllungen über die Korruption der bisherigen Führungsschicht. Besonders bedrückend waren die Enthüllungen über den „Staatssicherheitsdienst", der überall im Lande große Gebäudekomplexe und Abhöranlagen besaß und mit ca. 90 000 „hauptamtlichen Mitarbeitern" und der mehrfachen Zahl von Zuträgern und Spitzeln mit der SED-Herrschaft in allen Bereichen verquickt war. „Bürgerkomitees" drangen in bisher unzugängliche Gebäude und Gebiete ein. Oppositionelle Bewegungen wie das „Neue Forum", „Demokratischer Aufbruch" und „Demokratie jetzt" konnten nun offen arbeiten. Die bisherigen „Blockparteien" traten nacheinander aus dem Zwangsbündnis mit der SED aus. Die Staatspartei geriet selbst in eine schwere Krise. Bald befand sich die Mehrzahl der bisherigen Politbüromitglieder wegen krimineller Vergehen in Untersuchungshaft. Mehr getrieben als selbst handelnd versuchte die SED einen Neuanfang, verabschiedete sich von ihrem „Führungsanspruch" (vgl. S. 267) und nannte sich schließlich „Partei des demokratischen

Sozialismus" (PDS). Von rund 2,3 Mio. Mitgliedern waren weniger als ein Drittel übriggeblieben. Mit dieser Entwicklung wurde deutlich, daß die Vorstellung, die DDR könne sich ,,aus eigener Kraft sozialistisch erneuern", in der Bevölkerung zunehmend keine Mehrheit mehr hatte. In den Demonstrationen, die weiter mit großer Beteiligung stattfanden, hieß es jetzt: ,,Wir sind ein Volk." Die Frage der Vereinigung mit der Bundesrepublik kam auf die Tagesordnung.

Die SED-geführte Übergangsregierung mußte ihre Macht mit einem neuen Beratungsgremium, dem ,,Runden Tisch" teilen, an dem die sich verändernden alten Parteien und die neuen Oppositionsgruppen saßen. Eine wichtige Rolle spielte die in der DDR neu gegründete SPD, die einst 1946 von den Kommunisten durch die Zwangsvereinigung (vgl. S. 229) ausgeschaltet worden war. Für den 18. März 1990 wurden freie Wahlen angesetzt. Die Frage, wann und in welchen Formen die Vereinigung der beiden deutschen Staaten stattfinden sollte, wurde zum Hauptthema des Wahlkampfes. Noch immer wurde die Entwicklung vorangetrieben und begleitet von einer gleichbleibend hohen Zahl der Übersiedler in die Bundesrepublik. 344 000 waren es 1989 gewesen. In den ersten Monaten des Jahres 1990 verließen noch immer täglich rund 2 000 Menschen die DDR, von der sie sich trotz der Veränderungen noch keine gesicherten Chancen erhofften.

Sieger der Volkskammerwahlen vom 18. März 1990, der ersten freien Wahl auf dem Gebiet der DDR seit 1946, war die ,,Allianz für Deutschland". Das Wahlbündnis aus CDU, DSU (der bayerischen CSU nahestehend) und dem ,,Demokratischen Aufbruch" (DA) errang 48 Prozent der Stimmen. Offenbar wollte eine Mehrheit der DDR-Bevölkerung eine möglichst schnelle Übernahme der Wirtschafts- und Gesellschaftsordnung der Bundesrepublik und damit eine rasche Vereinigung der beiden deutschen Staaten. Mit 16,4 Prozent schnitt die SED-Nachfolgepartei PDS ab, die sich für eine langsamere Annäherung und für die Sicherung der sozialen ,,Errungenschaften" der DDR ausgesprochen hatte. Die SPD brachte es entgegen allen Voraussagen nur auf 21,9 Prozent der Stimmen. In der Volkskammer war die ,,Allianz" jedoch auf die Zusammenarbeit mit der SPD angewiesen, da viele der anstehenden Probleme nur mit einer verfassungsändernden Mehrheit (zwei Drittel) zu lösen waren. Die im ,,Bündnis 90" zusammengeschlossenen Gruppen, die zu den Wortführern der November-Revolution und zum ,,Runden Tisch" gehört hatten, erhielten nur 2,9 Prozent der Stimmen.

Letzter Ministerpräsident der DDR wurde der CDU-Politiker Lothar de Maiziere. Hauptaufgabe seiner Regierung war die Einleitung von Maßnahmen zur Herstellung der deutschen Einheit. Am 18. Mai 1990 wurde in Bonn von beiden deutschen Regierungen der Staatsvertrag zur Wirtschafts-, Währungs- und Sozialunion unterzeichnet, der mit der Einführung der D-Mark als offizielles Zahlungsmittel in der DDR zum 1. Juli in Kraft trat. Die Volkskammer beschloß am 23. 8. 1990 den Beitritt zur Bundesrepublik Deutschland (vgl. S. 256). In der Nacht zum 3. 10. 1990 endete die Geschichte der DDR, knapp 41 Jahre nach der Gründung des Staates.

(1) Parteien und Massenorganisationen in der DDR-Volksdemokratie

Mitgliederzahlen 1980/81:

SED	2 172 110
CDU	85 000
LDPD	85 000
NDPD	85 000
Dem. Bauernpartei DBD	92 000
Dem. Frauenbund Dtschl. DFD	1 400 000
FDGB	9 100 000
FDJ	2 300 000
Ges. für Deutsch-Sowj. Freundschaft	5 700 000

„Die Blockparteien – Christlich Demokratische Union Deutschlands (CDU), Liberal-Demokratische Partei Deutschlands (LDPD), National-Demokratische Partei Deutschlands (NDPD), Demokratische Bauernpartei Deutschlands (DBD) – sowie die Massenorganisationen – Freier Deutscher Gewerkschaftsbund (FDGB), Freie Deutsche Jugend (FDJ), Demokratischer Frauenbund Deutschlands (DFD) und Kulturbund (KB) – sind keine unabhängigen Interessenvertretungen, sondern haben sich in ihren Statuten und Programmen auf die Anerkennung der ‚objektiv begründeten führenden Rolle der Partei der Arbeiterklasse' festgelegt. Da die Nationale Front ‚das Bündnis aller Kräfte des Volkes' verkörpert, bleibt für ein demokratisches Konkurrenzsystem, das heißt, für unterschiedliche Listen und Wahlangebote, kein Raum.

Der Wähler hat somit keine Auswahlmöglichkeit, ihm bleibt weiterhin auch völlig im Dunkeln, wer in den Parteien bzw. Massenorganisationen über die Aufstellung der Kandidaten entscheidet. Klar erkennbar ist lediglich, daß die Einheitslisten der Nationalen Front stets einen festen Schlüssel an Kandidaten aus den beteiligten Parteien und Organisationen aufweisen, über die Aufstellung der Kandidatenliste gibt es hingegen keinerlei Veröffentlichungen. Dessen ungeachtet gilt als sicher, daß Nominierung wie Festlegung der Reihenfolge auf der Einheitsliste für die Kandidaten aller Parteien und Massenorganisationen durch das Zentralkomitee der SED erfolgen.“ (2)

Führende Rolle der Partei:

„Kernstück der politischen Organisation ist die politische Organisiertheit der Arbeiterklasse. Die Arbeiterklasse realisiert ihre Führungsfunktion innerhalb des Systems der politischen Organisation vor allem und hauptsächlich durch die marxistisch-leninistische Partei. Die Partei organisiert und inspiriert die Volksmassen, sie lenkt die gesellschaftlichen und staatlichen Organisationen, sie koordiniert deren Tätigkeit, und sie gewährleistet die den Interessen der Arbeiterklasse und der übrigen Werktätigen entsprechende wissenschaftliche Leitung der Gesellschaft. Die politische Führung der sozialistischen Gesellschaft durch die Partei ist die entscheidende Bedingung für die Entfaltung des Schöpfertums der Werktätigen zur Lösung aller Aufgaben des sozialistischen Aufbaus.“ (3) Q

SED

Politisches System

Hauptinstrument | Transmission | Verbindung zu den | Kommunikationsmittel

Staats- und Wirtschaftsapparat
Staatsrat
Ministerrat
Sicherheitsorgane
Justiz
Staatl. Plankommission
Industrieministerien

Massenorganisationen
Freier Deutscher Gewerkschaftsbund (FDGB)
Freie Deutsche Jugend (FDJ)
Demokratischer Frauenbund Deutschlands (DFD)
Kulturbund
u. a.

Volksvertretungen
Nationale Front
Volkskammer
Bezirkstage
Kreistage
Nationale Front
Demokratischer Block (SED, CDU, LDPD, DBD, NDPD, FDGB, FDJ u. a.)

Agitation und Propaganda
Massenkommunikationsmittel
Schulung (Parteischulung, Schulungsarbeit der Massenorganisationen)

Die Führungsrolle der SED im politischen System der DDR

Demonstranten bewerfen am 17. Juni 1953 in Berlin sowjetische Panzer mit Steinen.

Jugendweihe in Berlin (Ost).

Auszug aus dem „Lied der Partei", von Fürnberg zum III. Parteitag der SED 1950 verfaßt:

„Sie hat uns alles gegeben.
Sonne und Wind. Und sie geizte nie.
Wo sie war, war das Leben.
Was wir sind, sind wir durch sie! ...
Die Partei, die Partei, die hat immer recht.
Und, Genossen, es bleibt dabei,
wer da kämpft für das Recht, der hat immer recht.
Gegen Lüge und Ausbeuterei.
Wer das Leben beleidigt, ist dumm oder schlecht.
So, aus Leninschem Geist, wächst, von Stalin geschweißt,
die Partei, die Partei, die Partei." (4) Q

(a) War die DDR ein „Einparteienstaat"?

(b) Erklärt anhand der Informationen S. 268, wie in der DDR gewählt wurde.

(c) Vergleicht die Aussagen über „die Partei" im Lied mit der parteiamtlichen Definition der Rolle der Partei.

(2) Sozialistische Erziehung und Kontrolle

Gelöbnis zur Jugendweihe:

„*Frage:* Liebe junge Freunde! Seid Ihr bereit, als treue Söhne und Töchter unseres Arbeiter- und Bauernstaates für ein glückliches Leben des ganzen deutschen Volkes zu arbeiten und zu kämpfen, so antwortet mir!

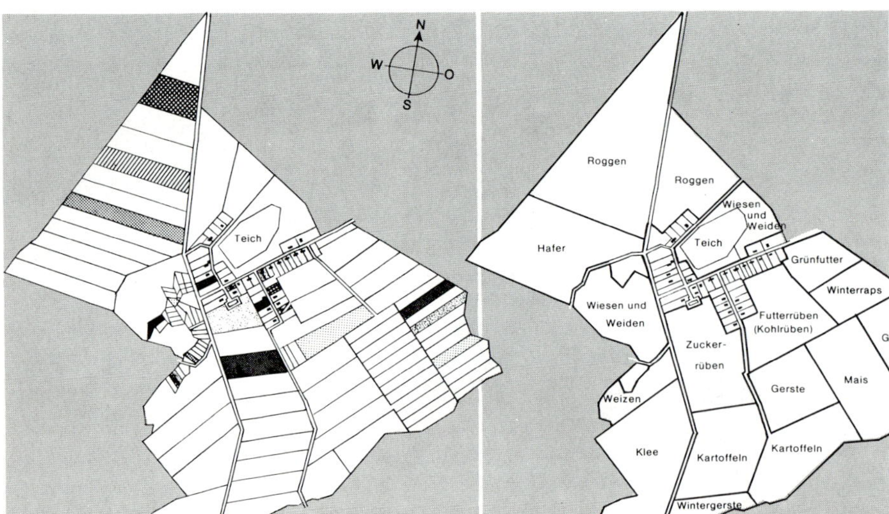

Das Dorf Stresow (Krs. Greifswald). Links: Neubauernflur 1945 (Aufteilung des Großgrundbesitzes an Neubauern). Betriebsgröße 5–7 ha.
Rechts: Vollgenossenschaftliches Dorf 1960/61 (Zusammenschluß von 32 landwirtschaftlichen Betrieben).

Antwort: Ja, das geloben wir!
Frage: Seid Ihr bereit, mit uns gemeinsam Eure ganze Kraft für die große und edle Sache des Sozialismus einzusetzen, so antwortet mir!
Antwort: Ja, das geloben wir!
Frage: Seid Ihr bereit, für die Freundschaft der Völker einzutreten und mit dem Sowjetvolk und allen friedliebenden Menschen der Welt den Frieden zu sichern und zu verteidigen, so antwortet mir!
Antwort: Ja, das geloben wir!

Wir haben Euer Gelöbnis vernommen, Ihr habt Euch ein hohes und edles Ziel gesetzt. Ihr habt Euch eingereiht in die Millionenschar der Menschen, die für Frieden und Sozialismus arbeiten und kämpfen. Feierlich nehmen wir Euch in die Gemeinschaft aller Werktätigen in unserer Deutschen Demokratischen Republik auf und versprechen Euch Unterstützung, Schutz und Hilfe.
Gemeinsam mit vereinten Kräften – vorwärts!" (5) Q

Ein politischer Witz:

Einem etwas aufsässigen Bürger in Dresden wird das Telefon entzogen. Er ist empört und beschwert sich bei der Post. „Was soll das? Aus welchem Grund wird mir das Telefon genommen?" Antwort: „Sie haben die Staatssicherheit verleumdet!" „Wieso das?" „Sie haben in einem Ferngespräch wider besseres Wissen behauptet, der Stasi (Staatssicherheitsdienst) würde ihr Telefon abhören."

(a) Besprecht die Formen der politischen Erziehung in der DDR. Wie wirken sie auf euch?

(b) Erklärt den Witz und die Rolle des „Stasi".

(c) Woran erinnert euch die „Jugendweihe"?

(3) Kollektivierung der Landwirtschaft

Aus dem Beschluß der 2. Parteikonferenz der SED vom 12. 7. 1952:

„Den Landarbeitern und werktätigen Bauern, die sich auf völlig freiwilliger Grundlage zu Produktionsgenossenschaften zusammenschließen, ist die notwendige Hilfe zu gewähren und dadurch zugleich das Bündnis der Arbeiterklasse mit den werktätigen Bauern zu festigen." (6) Q

(a) Informiert euch im Darstellungsteil S. 265 über die Kollektivierung der Landwirtschaft und erklärt ihre Bedeutung. Erklärt den Plan S. 270.

(b) Besprecht Vorteile/Nachteile der Kollektiv-Landwirtschaft.

(c) Wiederholt auf S. 58, wie Stalin die Kollektivierung in der Sowjetunion durchsetzte.

(4) Der Bau der Berliner Mauer

Der Berliner Journalist Matthias Walden über die Vorgänge:

„Die Ereignisse an den Sektorengrenzen überstürzten sich am Vormittag des 13. August. Stacheldraht wurde ausgerollt, Panzer fuhren auf, Postenketten verstellten den Weg, der am Tag zuvor noch passierbar gewesen war. Flüchtlinge kamen in letzter Minute durch verbliebene Schlupflöcher. Ein Soldat der SED-Armee sprang, in voller Montur, bewaffnet über eine Stacheldrahtrolle nach West-Berlin – ein Fotograf auf unserer Seite drückte auf den Auslöser; das Bild ging um die Welt.

Unter Bewachung wird die Mauer in Berlin gebaut.

Unsere Zeitungen reagierten mit einem Zorn, der heute – im Zeichen der sogenannten Entspannung – kaum noch nachzuempfinden ist. Die ‚Frankfurter Allgemeine Zeitung' schrieb:
‚Am Sonntagmorgen ist das Gefängnis Sowjetzone aus einer offenen in eine geschlossene Anstalt umgewandelt worden. Alle militärischen Vorkehrungen der Sowjetzonen-Machthaber im abgeriegelten östlichen Teil der Stadt sind allein dazu bestimmt, die Bevölkerung einzuschüchtern und ihr die nackte Gewalt der Waffen anzudrohen, sollte sie ihrer Empörung spontan Luft machen. Ulbricht, seine Kumpane und auch Chruschtschow wissen, daß sie mit der Abriegelung Ost-Berlin und die Zone in ein Gefängnis der Unterdrückten verwandelt haben.'
Auch die Grenzen in den Außenbezirken des 150-km-Ringes wurden bald nach dem 13. August befestigt. Bäume wurden gerodet, Schneisen in die Wälder geschlagen, breite Geländestreifen gepflügt und geeggt, Wachtürme errichtet. Auch Häuser wurden abgerissen – es entstand ein breites Band der Isolierung in der Landschaft . . .
Moskau und Ostberlin erklärten den Mauerbau vordergründig mit fadenscheinigen Parolen. Der Westen habe geplant, die ‚DDR' anzugreifen, es sei ein antifaschistischer Schutzwall notwendig geworden, um sich der drohenden Aggression zu erwehren. Aber die Militärposten an den Sektorengrenzen standen mit dem Rücken zum Westen, ihre Waffen richteten sich gegen die eigene Bevölkerung, und geschossen wurde nicht auf Eindringlinge aus dem Westen, sondern auf unbewaffnete Fliehende, die noch zu entkommen versuchten." (7)

(a) Versucht, anhand von Bild, Text und Tabelle die Begründung, die Durchführung und die Wirkung des Mauerbaues darzustellen.

(b) Wie beurteilt der Journalist Walden die Vorgänge? Nehmt Stellung dazu.

(c) Auf der einen Seite sprach man vom „antifaschistischen Schutzwall", auf der anderen von der „Schandmauer". Wer sprach so und warum?

Registrierte Flüchtlinge aus der DDR:

Jahr	Flüchtlinge	davon in v. H. Erwerbspersonen	Jugendliche unter 25 Jahre
1949	129 245		
1950	197 788		
1951	165 648		
1952	182 393	65,7	52,6
1953	331 390	60,2	48,3
1954	184 198	60,6	49,1
1955	252 870	62,9	52,4
1956	279 189	61,1	49,0
1957	261 622	64,6	52,2
1958	204 092	60,5	54,1
1959	143 917	60,7	54,1
1960	199 188	60,8	48,8
1961	207 026		
	2 738 566		(8)

(5) **Arbeit und Wirtschaft in der DDR**

Journalisten aus der Bundesrepublik berichten über die Arbeiter in der DDR:

„Das Selbstbewußtsein der Arbeiter gibt uns zu denken. Sie bewegen sich anders als bei uns, treten dem Meister, dem Brigadier gegenüber entschiedener auf. Die Arbeiter sprechen in der DDR noch die offenste Sprache, sie wissen, sie werden gebraucht. In den Betrieben wird der individuelle Konkurrenzkampf durch den sozialistischen Wettbewerb der Kollektive ersetzt, die für Erfüllung und Übererfüllung des Plans nach einem komplizierten System durch Prämien belohnt werden, aber auch durch Orden, Ehrentitel, Reisen in die Sowjetunion und Wandzeitungslob für die Besten. Höchste Ehre bedeutet der Staatstitel ‚Kollektiv der sozialistischen Arbeit', um den die Mitglieder einer Brigade – zwischen einem Dutzend und 40 Mann – ein Jahr lang kämpfen. Außer der Arbeit muß ein strammes Programm ‚gesellschaftlicher Aktivitäten' bewältigt werden. Es umfaßt politische und fachliche Schulungen und Lehrgänge, Besuch von Englisch- und Russischkursen, Mitgliedschaft im FDGB [Freier Deutscher Gewerkschaftsbund] und in der Gesellschaft für Deutsch-Sowjetische Freundschaft, regelmäßige sportliche Betätigung, Einsatz beim Deutschen Roten Kreuz und in den Betriebskampfgruppen, gemeinsame Theaterbesuche. Obwohl die Teilnahme an solchen Wettbewerben meist

Ausstattungsgrad der privaten Haushalte mit langlebigen technischen Konsumgütern

	1960	1970	1980	1987 (DDR)	1987 (BRD)
Personenkraftwagen	3,2	15,6	36,8	49,9	94,8
Fernsehempfangsgeräte	16,7	69,1	88,1	95,2	100
dar.: Farbfernsehgeräte	–	0,2	16,8	46,5	91,2
Haushaltskälteschränke	6,1	56,4	99	99	100
dar.: Gefrierschränke	–	0,5	12,5	38,2	76
Haushaltswaschmaschinen	6,2	53,6	80,4	96,9	98,2
Telefon		9,7	11,6	15,5	96,9

(Statistisches Jahrbuch der DDR, zitiert nach: W. Weidenfeld/H. Zimmermann (Hrsg.), Deutschland-Handbuch. Eine doppelte Bilanz 1949–1989. Bonn 1989, S. 300; BRD 1987 nach: Statist. Taschenbuch 1989, Arbeits- und Sozialstatistik, Bonn 1989, Tab. 6.3 und 6.4, mittlere Einkommen)

nur unter Druck von Betriebsparteileitung und Gewerkschaft zustande kommt, das Kollektiv spielt im Leben des DDR-Arbeiters eine große Rolle. Man feiert zusammen, man lernt die Ehepartner kennen, lahme Brüder werden ins Kreuz getreten, mitzuziehen, Streitigkeiten und strafwürdige Handlungen geringerer Größenordnung kommen vor die Konfliktkommission. Das Kollektiv kann Familienersatz sein. Eine Dreherin sagt uns: ‚Ohne die Brigade hätte ich meine Scheidung nicht durchgestanden.' DDR-Flüchtlinge, die in westdeutschen Betrieben anfangen, vermissen erst den Zusammenhalt am Arbeitsplatz." (9)

Der sozialistische Wettbewerb:

„Von sozialistischem Wettbewerb kündet eine große Tafel am Eingang zum Maschinensaal der Fabrik. Hier steht der Name jeder Arbeiterin und jedes Arbeiters fein säuberlich aufgelistet. Dahinter dann ist zu lesen, wie oft der oder diejenige krank gewesen ist. Wieviel Stunden sie oder er gearbeitet hat. Und zu wieviel Prozent sie oder er den Plan erfüllt hat. Und alle Faulenzer, die weniger als 110 Prozent Planerfüllung aufweisen können, sind in Rot gekennzeichnet." (10)

Aus: der „Frankfurter Rundschau" vom 18. 2. 1980:

„‚Aushalten' und ‚Durchstehen': daran haben sich die Bürger . . . in 30 Jahren DDR durchaus gewöhnt. Man weiß längst, daß die beste Qualitätsarbeit der Betriebe des Landes nie auf den heimischen Markt kommt. Beliefert wird in der Regel in dieser Reihenfolge: Armee, NSW (nichtsozialistisches Wirtschaftsgebiet, also westliche Länder), Sowjetunion, SW (sozialistisches Wirtschaftsgebiet), DDR. Mit anderen Worten: die DDR-Betriebe liefern ihre beste Qualitätsware . . . für den West-Export oder in die Sowjetunion, sieht man einmal von der Armee ab." (12)

(a) Was fanden Journalisten und Besucher aus der Bundesrepublik in den DDR-Betrieben anders als gewohnt?

(b) Beschreibt, erklärt und beurteilt die Entwicklung der Konsumgüterversorgung in der DDR im Vergleich mit der Bundesrepublik.

(c) Der Zeitungsartikel nennt einen Grund für den Versorgungsrückstand in der DDR. Welchen? Sucht weitere im Darstellungsteil S. 265.

(6) **Alltag in der DDR**

Ein Lebenslauf:

„Als er 9 Monate alt war, brachte ihn seine Mutter jeden Morgen um sechs in die Krippe. Da wurde er versorgt, bis sie ihn nach der Schicht wieder abholte. Mit 3 ging er in den Kindergarten. Er gewöhnte sich an das Spiel in der Gruppe und wusch sich regelmäßig die Hände. Mit 6 kam er in die Schule. Die Eltern waren stolz und hatten ihn fein gemacht. Er zeichnete sich durch Pflichteifer und gutes Wissen aus. Bald trug er das rote Halstuch der Thälmannpioniere. Einmal, am 1. Mai durfte er den Helden der Volksarmee Nelken überreichen. In der Pionierrepublik tat er sich im Geländespiel hervor. Mit 14, zur Jugendweihe, wußte er, worauf es ankommt: Liebe zum sozialistischen Vaterland, glühender Haß auf den Klassenfeind. Das Blauhemd der FDJ trug er mit Stolz, später wurde er Gruppenpionierleiter. Auf einem Solidaritätsbasar sammelte er über viertausend Mark für die chilenischen Patrioten. Nach der 10. Klasse wurde er mit Notendurchschnitt 1,3 zur Erweiterten Oberschule delegiert. Mit 16 trat er der ‚Gesellschaft für Sport und Technik' bei, lernte Kradfahren und war ein ordentlicher Kleinkaliberschütze." (13)

Bewußtseinserziehung – ein Arzt berichtet:

Als besonders infame Methode erwies sich die häufige Aufforderung, sich doch vertrauensvoll und ganz ehrlich mit allen Problemen an die Erziehenden zu wenden, und wer dem doch noch vertraute, hat dies in der Regel kein zweites Mal mehr getan, weil der Einladung stets eine Belehrung folgte und die Chance, mit einer kritischen, andersartigen, innovativen Idee Verständnis oder gar Anerkennung zu finden, gleich null war – der Lehrende, die Autorität behielt ausnahmslos recht, nur er allein verfügte über das richtige Wissen und die Wahrheit.

. . . Ein Mädchen wurde nach seiner ehrlichen Meinung zu einem Gemälde des „Sozialistischen Realismus" gefragt, das eine fettleibige, gedrungene Bäuerin auf einem Mähdrescher zeigte. Das Kind antwortete, es empfinde die dicke Frau als häßlich und abstoßend, worauf es getadelt und mit einer 5 bestraft wurde. Als Kinder im Biologieunterricht über die toten Fische sprachen, die sie eines Tages plötzlich im Dorfbach entdeckt hatten, und Industriegifte als Ursache vermuteten, wurden sie zum Direktor gerufen, bei dem ein unbekannter, sportlich und korrekt gekleideter junger Mann saß, und sie wurden darüber vernommen, wer das Gerücht vom Gift im Wasser aufgebracht hätte und mit wem sie darüber gesprochen hätten und überhaupt seien solche Verdächtigungen sehr gefährlich und müßten unterbunden werden, weil Regierung und Partei doch alles für den Umweltschutz tun würden. (14)

Anteil der Frauen im wirtschaftlichen und gesellschaftlichen Leben der DDR 1982 (in %):

Industrie	42,5
Handwerk (ohne Bau)	36,9
Bauwirtschaft	16,2
Landwirtschaft	40,4
Verkehr, Post, Fernmeldewesen	36,5
Handel	73,0
Dienstleistungen	73,0
Berufstätige insgesamt	49,6
Studierende an Hochschulen (in der Bundesrepublik 34,8)	49,2
Mitglieder der Volkskammer (im Deutschen Bundestag 7,5)	32,4
Im Zentralkomitee der SED	13,5
Im Politbüro der SED	0

(15)

(a) Arbeitet heraus, worin sich Alltag und Verhalten von Jugendlichen in der DDR von unserem Alltag unterschieden. Was war ähnlich, was anders?

(b) Sprecht über die Stellung der Frauen in der DDR und vergleicht sie mit der Lage der Frauen in der Bundesrepublik.

(c) Gebt in Stichworten wieder, was ihr über Verlauf und Bedeutung der Vorgänge am 17. Juni 1953 erfahren habt. Was war 1989 anders?

(d) Untersucht die Bitten der Kirchenleitung vom September 1989. Auf welche Veränderungen zielen sie?

(e) Kommentiert Honeckers Auffassung von der deutschen Nation.

(7) Das Ende der Teilung

Bittschrift der evangelischen Kirche an Honecker, September 1989:

„Wir bitten deshalb erneut und dringlich darum,
- offene und wirklichkeitsnahe Diskussionen über die Ursachen von Unzufriedenheit und Fehlentwicklungen in unserer Gesellschaft zu führen und sie nicht sogleich durch stereotype Belehrungen oder sogar Drohungen abzuweisen;
- kritische Einwände der Bürger aufzunehmen und so zu berücksichtigen, daß sie in erkennbaren Veränderungen wirksam werden, die allen zugute kommen;
- auf zutreffende Informationen in allen Bereichen von Politik und Wirtschaft und auf eine realistische Berichterstattung in unseren Medien hinzuarbeiten, die nicht im Widerspruch zu dem steht, was der Bürger Tag für Tag selbst sieht und erlebt;
- darauf hinzuwirken, daß alle Behörden jeden Bürger als mitverantwortlichen Partner respektieren und ihn nicht als Untergebenen bevormunden;
- für alle Bürger, unabhängig von verwandtschaftlichen Beziehungen, Reisemöglichkeiten in andere Länder zu eröffnen;
- allen ehemaligen DDR-Bürgern, die in ein anderes Land übergesiedelt sind, die Rückkehr offiziell zu ermöglichen." (16)

Erich Honecker über die „deutsche Nation" (1974):

„In der Deutschen Demokratischen Republik entwickelt sich die sozialistische Nation, die sich in allen entscheidenden Merkmalen von der bürgerlichen Nation der Bundesrepublik Deutschland unterscheidet.
Wir sind im Vergleich zur Bundesrepublik Deutschland schon eine historische Epoche weitergegangen. Wir repräsentieren, um es kurz auszudrücken, im Gegensatz zur Bundesrepublik Deutschland das sozialistische Deutschland.
Dieser Unterschied ist der entscheidende. Unser sozialistischer Staat heißt Deutsche Demokratische Republik, weil ihre Staatsbürger der Nationalität nach in der übergroßen Mehrheit Deutsche sind. Es gibt also keinen Platz für irgendwelche Unklarheiten beim Ausfüllen von Fragebogen, die hier und dort benötigt werden. Die Antwort auf diesbezügliche Fragen lautet schlicht und klar und ohne jede Zweideutigkeiten: Staatsbürgerschaft – DDR, Nationalität – deutsch. So liegen die Dinge." (17) Q

Die Mauer ist gefallen: Überglückliche Menschen feiern am 9. November vor dem Brandenburger Tor.

1. Berichte anhand der Zeittafel über die Entwicklung der DDR.

2. Erkläre am folgenden politischen Witz, wie die Bevölkerung in der DDR die Berliner Mauer einschätzte:

Zwei Vopos auf Patrouillengang an der Berliner Mauer. Nichts rührt sich. Gelangweilt stapfen sie weiter. „Was würdest du tun", fragt der eine, „wenn die Mauer plötzlich einstürzen würde?" – „Sofort auf den nächsten Baum klettern." – „Warum denn das?" – „Meinst du denn, ich möchte von denen, die dann hinüberlaufen, totgetrampelt werden?"

Wie die DDR-Führung selbst über die Wirkung des Mauerbaus dachte, sagen folgende Sätze aus einer offiziellen DDR-Darstellung:

„Für nicht wenige Bürger, besonders in der Hauptstadt der DDR, brachte die Sicherung der Staatsgrenzen der DDR gegenüber dem Imperialismus auch persönliche

Härten und Probleme mit sich. Viele von ihnen zeigten Einsicht und Verständnis, andere vermochten die politischen Zusammenhänge noch nicht zu begreifen." (18)

3. Diskutiert die Ursachen der Auflösung der SED-Herrschaft und des Endes der DDR. Welche Punkte haltet ihr für besonders wichtig?

Aufstand des 17. Juni: Arbeiteraufstand in der DDR nach Erhöhung von Arbeitsnormen; ausgeweitet zum Volksaufstand mit Forderungen nach freien Wahlen. Von sowjetischen Panzern und Volkspolizisten niedergeschlagen. In der DDR wurde der Aufstand als „Konterrevolution" verurteilt, in der Bundesrepublik bis 1990 als „Tag der deutschen Einheit" gefeiert.

Landwirtschaftliche Produktionsgenossenschaft (LPG): Zwangszusammenschlüsse von Bauern und Landarbeitern zu einem kollektiv geführten Großbetrieb mit einheitlichem Maschinenpark und großflächiger Bewirtschaftung des Bodens.

Volkseigener Betrieb (VEB): Staatliche Betriebe des Handwerks und der Industrie in der DDR; sie unterstehen der staatlichen Planung. Mehrere VEBs waren jeweils zusammengefaßt zu Vereinigungen Volkseigener Betriebe (VVB), seit den 70er Jahren zu Kombinaten (VEK, d.h. Staatskonzernen).

7. 10. 1949	Gründung der DDR
25. 7. 1950	Walter Ulbricht Generalsekretär der SED
Mai 1952	Sperrzonen entlang der Zonengrenze
17. 6. 1953	Arbeiteraufstand
18. 1. 1956	Nationale Volksarmee gegründet
13. 8. 1961	Bau der Berliner Mauer
24. 6. 1971	Erich Honecker löst Ulbricht ab
21. 12. 1972	Grundlagenvertrag unterzeichnet
18. 9. 1973	DDR in UNO aufgenommen
18. 10. 1989	Sturz Honeckers
9. 11. 1989	Öffnung der Grenzen
18. 3. 1990	Freie Wahlen zur Volkskammer
3. 10. 1990	Beitritt der DDR zur Bundesrepublik

Quellennachweis

(1) Zitiert aus: Thurich/Endlich: Zweimal Deutschland. Diesterweg 3331, S. 46.
(2) Informationen zur politischen Bildung 193: Bundesrepublik Deutschland–DDR, Bonn 1982, S. 6.
(3) Probleme des wissenschaftlichen Kommunismus. Die politische Organisation der sozialistischen Gesellschaft. Berlin (Ost) 1972, S. 28.
(4) Zitiert nach: H. Weber: Kleine Geschichte der DDR. Köln 1980, S. 57.
(5) Zitiert aus: Materialien für den Geschichtsunterricht, Bd. VI/1, a. a. O., S. 349.
(6) Aus: Thurich/Endlich: Zweimal Deutschland, S. 225.
(7) M. Walden in: Stationen einer Republik, hrsg. v. R. Klett und W. Pohl, a. a. O., S. 117 ff.
(8) Nach Thurich/Endlich: Zweimal Deutschland, a. a. O., S. 226.
(9) Aus E. Windmöller u. T. Höpker: Leben in der DDR. Hamburg, München 1980, S. 63.
(10) Zitiert aus: Informationen zur politischen Bildung 205: Die DDR. Bonn 1984, S. 28.
(11) 1962 nach: G. Leptin, Die deutsche Wirtschaft nach 1945. Opladen 1970, S. 77; 1972: DDR-Wirtschaft. Eine Bestandsaufnahme. Frankfurt am Main 1974, S. 261; 1981: Statistisches Jahrbuch für die Bundesrepublik Deutschland 1983, S. 454, 605.
(12) Zitiert aus: Grundkurs Politik, a. a. O., S. 22.
(13) Windmöller/Höpker: Leben in der DDR, a. a. O., S. 102.
(14) H. J. Maaz: Der Gefühlsstau. Ein Psychogramm der DDR. Berlin 1990, S. 28.
(15) Informationen zur politischen Bildung 205: Die DDR, a. a. O., S. 11.
(16) Zitiert aus: Der Tagesspiegel, Berlin 10. 9. 1989.
(17) Honecker auf der 13. Tagung des ZK der SED am 12. 12. 1974. Zitiert aus: H. Weber: Kleine Geschichte der DDR, a. a. O., S. 156.
(18) DDR, Werden und Wachsen, a. a. O., S. 402

Lesetip

J. Agee: Zwölf Jahre. Eine Jugend in Ostdeutschland. Fischer Tb. 5861
D. Borkowski: Für jeden kommt der Tag. Stationen einer Jugend in der DDR. Fischer Tb. 3496 (Q)
M. Hülsmann: Drüben bei uns. Eine Begegnung mit der DDR. Arena Würzburg 1984 (JB)
B. Klump: Die Freiheit hat keinen Preis. Ein deutsch-deutscher Report. Knaur Tb. 3717 (SB)
B. Pollmann: Daten zur Geschichte der DDR. Econ Tb. 22003 (SB)
H. Weber: Geschichte der DDR. dtv 4430 (WD)

10 Europa und die Weltmächte in West und Ost: Die Blocksysteme

10.1 Westeuropa auf dem Weg zur Einigung

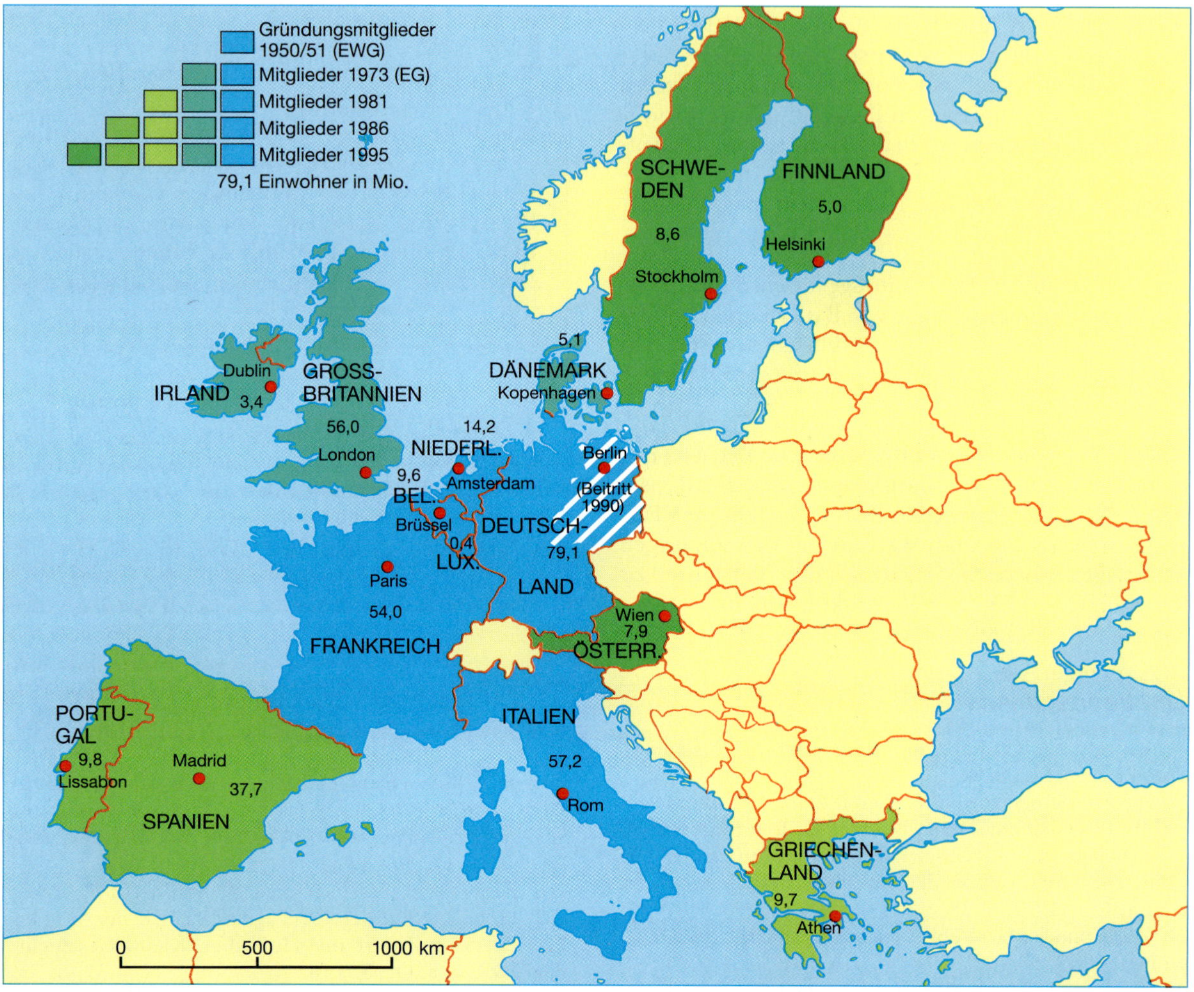

„Die Europapolitik hat seit Beginn der 70er Jahre Rückschläge hinnehmen müssen. Die wachsenden wirtschaftlichen Schwierigkeiten – Inflation, Ölpreisexplosion, Währungswirren und vor allem die hohe Arbeitslosigkeit – haben die Bereitschaft geschwächt, gemeinsam zu handeln. Die Regierungen aller Partnerstaaten stehen in solchen Zeiten unter großem innenpolitischen Druck. Kein Wunder, daß man das Ziel, bis 1980 eine Wirtschafts- und Währungsunion zu schaffen, nicht erreichte. Kein Wunder auch, daß bis zum Ende der 70er Jahre die ‚Gesamtheit der Beziehungen der Partnerstaaten' nicht in eine Europäische Union umwandeln ließ, obwohl die Staats- und Regierungschefs dies 1972 feierlich beschlossen hatten.
Doch die Bilanz der letzten Jahre ist nicht einfach negativ." (1) Q

- Welche Gründe und Erwartungen führten zum Zusammenschluß europäischer Staaten?
- Was für Vorteile brachte die europäische Einigung der Bevölkerung in den Mitgliedstaaten der EG?
- Welche Probleme gab und gibt es in der EG? Warum haben wir noch keine „Vereinigten Staaten von Europa"?

Europäischer Föderalismus. In verschiedenen Proklamationen forderten Widerstandskämpfer europäischer Länder bereits vor dem Ende des Zweiten Weltkrieges eine neue föderative Ordnung für das Nachkriegseuropa, damit Feindseligkeiten unmöglich würden. Nach dem Krieg bestimmte dann der Ost-West-Gegensatz alle Bemühungen, eine Zusammenarbeit der europäischen Staaten oder gar ihren Zusammenschluß zu erreichen. → (1)
1949 wurde der „Europarat" nach langwierigen Verhandlungen der westeuropäischen Regierungen gegründet. Er umfaßte schließlich 18 Mitglieder. Das Ziel steht in Artikel I seines Statuts: „Der Europarat erstrebt einen stärkeren Zusammenschluß seiner Mitglieder zum Schutz und zur Förderung der Ideale und Prinzipien, die ihr gemeinsames Erbe sind, und zum Besten ihres wirtschaftlichen und sozialen Fortschritts." Fragen der nationalen Verteidigung fallen nicht in die Zuständigkeit des Rates.
Der Europarat nahm seinen Sitz in Straßburg, wohin die Parlamente der Mitgliedstaaten Vertreter in eine „Beratende Versammlung" sandten. Deren Diskussionen erregten mehr Aufmerksamkeit als der „Ministerrat" der Außenminister. Die Beratungen führten zu verschiedenen Vereinbarungen, von denen die „Europäische Konvention zum Schutz der Menschenrechte" (seit 1953 in Kraft) die wichtigste ist. 10 Mitgliedstaaten lassen Beschwerden ihrer Staatsbürger beim 1958 geschaffenen „Europäischen Gerichtshof für Menschenrechte" zu.

Die Montanunion. Europa war, als der Europarat gegründet wurde, bereits in die beiden politischen und wirtschaftlichen Lager gespalten. Die dem Marshall-Plan angeschlossenen Staaten arbeiteten in der OEEC (vgl. S. 223) zusammen, die Ostblockstaaten seit 1949 im „Rat für gegenseitige Wirtschaftshilfe" (RGW, vgl. S. 283). An eine Zusammenarbeit dieser Blöcke war zur Zeit der Berliner Blockade und des Korea-Krieges nicht zu denken. Deshalb mußten die westeuropäischen Staaten zunächst entscheiden, wie sie mit dem neuen westdeutschen Staat, der Bundesrepublik, zusammenleben wollten. Der französische Außenminister Robert Schuman machte 1950 den Vorschlag, die deutsche und die französische Kohle- und Stahlproduktion unter einer gemeinsamen obersten Behörde zu vereinigen. Frankreich, die Bundesrepublik, Italien und die Benelux-Staaten schlossen daraufhin einen Vertrag über die „Europäische Gemeinschaft für Kohle und Stahl" (*Montanunion*)*, der 1952 in Kraft trat. Als Ziel forderte die Präambel, „durch die Errichtung einer wirtschaftlichen Gemeinschaft den ersten Grundstein für eine weitere und vertiefte Gemeinschaft unter Völkern zu legen, die lange Zeit durch blutige Auseinandersetzungen entzweit waren". Innerhalb der Sechsergemeinschaft fielen die Zölle für Kohle und Stahl, eine „Hohe Behörde" in Luxemburg bestimmte künftig „supranational" über Produktion, Verteilung und Firmenzusammenschlüsse.

Die Europäische Wirtschaftsgemeinschaft (EWG). Auf einer Konferenz in Messina 1955 beschlossen die Außenminister der Sechsergemeinschaft, „die Schaffung eines Vereinigten Europas . . . durch die schrittweise Fusion (=Vereinigung) der nationalen Wirtschaften, die Schaffung eines gemeinsamen Marktes . . . fortzusetzen". Gleichzeitig sollte der Versuch gemacht werden, auch andere Staaten West-Europas, vor allem Großbritannien, einzubeziehen. Großbritannien lehnte jedoch ab; die politischen und wirtschaftlichen Bindungen an das neu organisierte Commonwealth waren ihm wichtiger; zudem hielt es die Frage der parlamentarischen Kontrolle der vorgesehenen supranationalen Behörden für ungeklärt. Die skandinavischen Staaten schlossen sich England an, so daß wiederum nur die sechs Staaten 1957 die „Römischen Verträge" unterzeichneten und damit eine „Europäische Wirtschaftsgemeinschaft" (EWG) und eine „Europäische Atomgemeinschaft" (Euratom) gründeten. → (2)

Fortschritte der Europäischen Gemeinschaft. 1968 konnten die Organe von Montanunion, EWG und Euratom in Brüssel vereinigt werden. Sie bildeten die „Europäische Kommission", die sich gern als „Motor der Integration" bezeichnet. Aber die Kommission blieb weiterhin vom Ministerrat und dessen einstimmigen Beschlüssen abhängig. Das „Europäische Parlament" in Straßburg, in dem Parlamentarier aus allen Ländern der *„Europäischen Gemeinschaft" (EG)** sitzen, erhielt keine erweiterten Befugnisse. Es berät und kontrolliert die Kommission jedoch kritisch. Und seit 1979 werden die Abgeordneten direkt in das Europäische Parlament gewählt.
In einigen Bereichen war der wirtschaftliche Erfolg eindrucksvoll: Bis 1968 war es gelungen, alle Binnenzölle innerhalb der EWG zu beseitigen; in nur 12 Jahren hatte sich das Bruttosozialprodukt jedes Mitgliedstaates nahezu verdoppelt. Der Anteil der EG am Welthandel stieg ständig. Die wirtschaftlichen Verbindungen in den EG-Ländern haben erheblich zugenommen. Seit Anfang der 70er Jahre betreiben diese Länder mehr als 50 v. H. ihres Außenhandels unter sich. → (3)

Neue Probleme – neue Impulse. Die gemeinsame Marktordnung für landwirtschaftliche Produkte regelte die Preise, die den Bauern und Winzern für ihre Erzeugnisse garantiert wurden. Sie waren recht hoch und reizten zur Überproduktion. Eine Folge davon war der sogenannte „Butterberg". Auch Rindfleisch, Getreide und Wein wurden subventioniert. Anfang der 80er Jahre beanspruchte der Agrarhaushalt zwei Drittel des Gesamthaushaltes der EG.

Am 1. Januar 1973 waren England, Irland und Dänemark Mitglieder der EG geworden. Seit der zweiten Hälfte der 70er Jahre bemühten sich Griechenland, Portugal und Spanien um Aufnahme in die Gemeinschaft. Alle diese Länder hatten sich gerade erst aus Diktaturen befreit, zuletzt Spanien nach dem Tod Francos im Jahre 1976. Eine Aufnahme in die EG bedeutete eine Stärkung der jungen Demokratie. 1981 wurde Griechenland 10. Mitgliedstaat der EG, 1986 folgten Spanien und Portugal, 1995 Schweden, Finnland und Österreich. → (4)

Europäische Perspektiven. Seit 1979 gab es ein Europäisches Währungssystem mit garantierten Wechselkursen. Eine Stärkung der Gemeinschaft brachte 1992 den freien Binnenmarkt. Damit wurden die letzten Schranken beseitigt, die noch die freie Bewegung von Kapital, Gütern und Menschen zwischen den 12 Staaten behinderten. Im Vertrag von Maastricht wurde für 1999 die Einführung einer einheitlichen europäischen Währung für jene EU-Staaten beschlossen, die bestimmte ökonomische Mindestanforderungen erfüllen. Diese Wirtschafts- und Währungsunion ist jedoch umstritten, da neben Vorteilen (Exportchancen usw.) auch Nachteile wie Inflation und Sozialabbau erwartet werden.

Die Einigung Deutschlands und die gesellschaftspolitischen Umwälzungen in Ost- und Südosteuropa 1989/90 haben der europäischen Entwicklung weitere Impulse gegeben. Der Warschauer Pakt und der Rat für gegenseitige Wirtschaftshilfe (RGW) existieren nicht mehr, die ehemaligen Satellitenstaaten der UdSSR können über ihre Zukunft frei entscheiden. Einige Staaten, wie z. B. Polen, Ungarn und die ČSR, haben bereits ihre Integration in die EG beantragt.

(1) Warum europäische Einigung?

Churchill in einer Rede in Zürich 1946:

„Wenn Europa einmal einträchtig sein gemeinsames Erbe verwalten würde, dann könnten seine drei- oder vierhundert Millionen Einwohner ein Glück, einen Wohlstand und einen Ruhm ohne Grenzen genießen . . . Wir müssen eine Art Vereinigter Staaten von Europa schaffen . . . Der Weg dahin ist einfach. Es ist nichts weiter dazu nötig, als daß Hunderte von Millionen Männern und Frauen Recht statt Unrecht tun und Segen statt Fluch ernten". (2) Q

Begeisterung für ein vereintes Europa beim Besuch de Gaulles in der Bundesrepublik (September 1962). Neben de Gaulle (links) Bundeskanzler Konrad Adenauer.

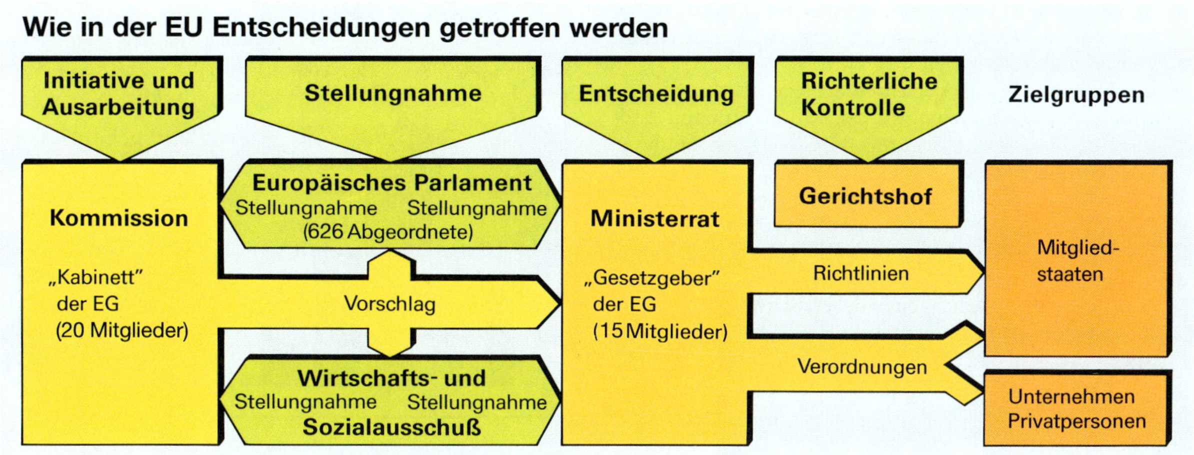

(3)

Walter Hallstein, Präsident der Kommission der Europäischen Wirtschaftsgemeinschaft (EWG), 1969:

„Im Jahre 1880 konnten sich ein französischer und ein amerikanischer Arbeiter für den Lohn einer Arbeitsstunde 3,3 kg Brot kaufen. Im Jahre 1954 war der französische Arbeiter immer noch in der gleichen Lage, während sich sein amerikanischer Kollege 18 kg Brot kaufen konnte, also mehr als das Fünffache. Nehmen wir hinzu, daß noch heute in Kontinentaleuropa bei der Herstellung von Kraftfahrzeugen keine einzige Fabrik Fabrikationsmaschinen von der Art der amerikanischen einsetzen kann, daß es in Kontinentaleuropa keine Produktion von Verkehrsflugzeugen gibt, ganz zu schweigen von dem Rückstand in der Atomwirtschaft, so wird das Bild jener Schwäche vollständig.
Kein Wunder, daß die Europäer sich gefragt haben, woran das liegt. Sind wir weniger intelligent, weniger arbeitsam, weniger phantasiebegabt, weniger mutig als die andern? Die Antwortet lautet: Der entscheidende Grund für die Überlegenheit anderer Wirtschaftsräume, die nach Menschenzahl und Produktionskapazität mit Kontinentaleuropa vergleichbar sind, zeigt, daß das, was uns mangelt, ein großer einheitlicher Binnenmarkt ist, wie er bei den Amerikanern und den Sowjetrussen vorhanden ist ...
Die Größe eines solchen Marktraumes tut es freilich nicht allein. Das Wirtschaften der Menschen in ihm muß so organisiert sein, daß die Produktivkräfte darin mächtig angeregt werden. In einem System der Freiheit wie dem unsrigen gibt es dafür ein einziges Mittel ..., das ist der Wettbewerb." (4) Q

(a) Stellt zusammen, welche Gründe Churchill und Hallstein für die europäische Integration nannten.

(b) Welche Erwartungen der Bevölkerung wurden beim Besuch de Gaulles in der Bundesrepublik – dem Bild zufolge – geweckt?

(c) Wie denkt ihr selbst über den Nutzen einer weiteren Integration Europas? Was könnte/sollte geschehen, um sie zu fördern?

(2) Aufbau und Funktion der Europäischen Union

Artikel 2 und 3 der „Römischen Verträge" von 1957:

„*Artikel 2:* Aufgabe der Gemeinschaft ist es, durch die Errichtung eines Gemeinsamen Marktes und die schrittweise Annäherung der Wirtschaftspolitik der Mitgliedstaaten eine harmonische Entwicklung des Wirtschaftslebens innerhalb der Gemeinschaft, eine beständige und ausgewogene Wirtschaftsausweitung, eine größere Stabilität, eine beschleunigte Hebung der Lebenshaltung und engere Beziehungen zwischen den Staaten zu fördern, die in dieser Gemeinschaft zusammengeschlossen sind.
Artikel 3: Die Tätigkeit der Gemeinschaft im Sinne des Artikels 2 umfaßt nach Maßgabe dieses Vertrages und der darin vorgesehenen Zeitfolge

a) die Abschaffung der Zölle und mengenmäßigen Beschränkungen bei der Ein- und Ausfuhr von Waren sowie aller sonstigen Maßnahmen gleicher Wirkung zwischen den Mitgliedstaaten;
b) die Einführung eines Gemeinsamen Zolltarifs und einer gemeinsamen Handelspolitik gegenüber dritten Ländern;
c) die Beseitigung der Hindernisse für den freien Personen-, Dienstleistungs- und Kapitalverkehr zwischen den Mitgliedstaaten;
d) die Einführung einer gemeinsamen Politik auf dem Gebiet der Landwirtschaft;
e) die Einführung einer gemeinsamen Politik auf dem Gebiet des Verkehrs;

f) die Errichtung eines Systems, das den Wettbewerb innerhalb des Gemeinsamen Marktes vor Verfälschungen schützt;
g) die Anwendung von Verfahren, welche die Koordinierung der Wirtschaftspolitik der Mitgliedstaaten und die Behebung von Störungen im Gleichgewicht ihrer Zahlungsbilanzen ermöglichen;
h) die Angleichung der innerstaatlichen Rechtsvorschriften, soweit dies für das ordnungsmäßige Funktionieren des Gemeinsamen Marktes erforderlich ist;
i) die Schaffung eines Europäischen Sozialfonds, um die Beschäftigungsmöglichkeiten der Arbeitnehmer zu verbessern und zur Hebung ihrer Lebenshaltung beizutragen;
j) die Errichtung einer Europäischen Investitionsbank, um durch Erschließung neuer Hilfsquellen die wirtschaftliche Ausweitung in der Gemeinschaft zu erleichtern;
k) die Assoziierung der überseeischen Länder und Hoheitsgebiete, um den Handelsverkehr zu steigern und die wirtschaftliche und soziale Entwicklung durch gemeinsame Bemühungen zu fördern." (5) Q

(a) Erklärt, am Schaubild (S. 279) den Aufbau und die Entscheidungsfindung der EG. Informiert euch über diejenigen Organe, die ihr nicht kennt, im Gemeinschaftskundebuch oder beim Lehrer.

(b) Macht Vorschläge, wie einzelne Punkte der Römischen Verträge besser zu verwirklichen wären. Welche Ziele sind bereits erreicht?

(3) Erfolge der Europäischen Gemeinschaft

Anteile am Welthandel in Milliarden Dollar (1989)

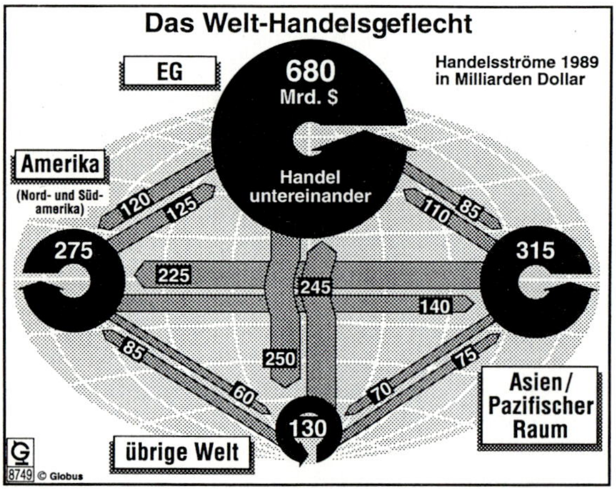

Anteile an der Weltproduktion von Rohstahl in v. H.:

Jahre	Weltproduktion	EG	USA	Japan	RGW	übr. Staaten
1970	595 Mio. t = 100	23	21	16	26	14
1980	719 Mio. t = 100	18	14	16	29	23

(6)

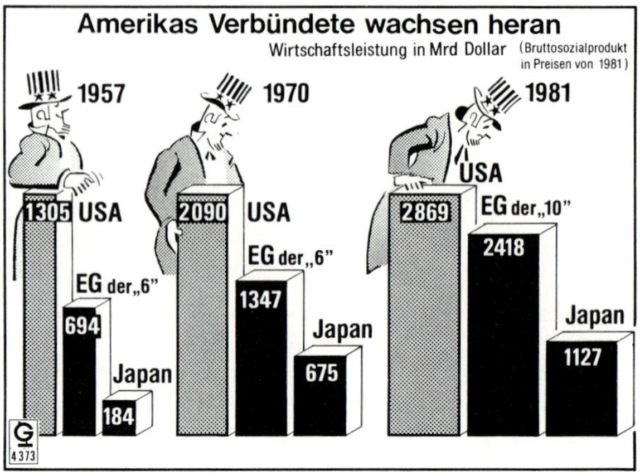

„Die wirtschaftliche Verflechtung innerhalb der EG ist in vielen Bereichen so eng geworden, daß ein Europa ohne die Gemeinschaft heute kaum mehr vorstellbar ist. Alle Mitgliedstaaten haben davon profitiert. Das gilt insbesondere beim Handel. Der deutsche Export in die Europäische Gemeinschaft stieg zwischen 1958 und 1982 um das 28fache. Fast die Hälfte davon – Waren im Werte von etwa 200 Mrd. DM – gingen 1982 in die EG. Das trägt entscheidend zum Wirtschaftswachstum bei, das sichert Arbeitsplätze und Einkommen. Aber: Andere Mitgliedsländer erreichen beim Export in die EG noch größere Zuwachsraten und Anteile." (7)

(a) Erläutert die Angaben in Texten, Tabelle und Schaubildern. Beurteilt die Informationen aus der Sicht von Unternehmern, Arbeitern, Politikern.

(b) Beschreibt, wie Europa auf anderen Gebieten (z. B. Reisen, Kultur) zusammenwächst. Welchen Anteil daran hat die Osthälfte?

(4) Probleme der Europäischen Gemeinschaft

Pro und contra Agrarpolitik der EG:

Argumente der Kritiker:

„1. Die Verbraucherpreise für Nahrungsmittel liegen höher, als es bei freiem Welthandel der Fall wäre.

2. Die Lagerung, Vernichtung und Subventionierung von Agrarprodukten führt zur Verschwendung ebenso wie zur Produktion von Überschüssen ...

Argumente der Befürworter:

1. Die Agrarpreispolitik hat einer Abwanderung von Arbeitskräften aus der Landwirtschaft entgegengewirkt und damit eine weitere Verschärfung der Arbeitslosigkeit verhindert ...

2. Der Selbstversorgungsgrad der EG und damit die Unabhängigkeit von Weltmarktkrisen wurde in den letzten Jahren bei den meisten Agrarprodukten erhöht und liegt schon größtenteils über 100 Prozent.

3. Die Agrarpolitik hat dazu beigetragen, daß die Preise für Nahrungsmittel im Vergleich zu den gesamten Verbrauchsausgaben in den letzten Jahren unterdurchschnittlich gestiegen sind.

4. Die Förderung der Landwirtschaft hat zur Erhaltung natürlicher Umweltbedingungen und zur Landschaftspflege beigetragen." (8)

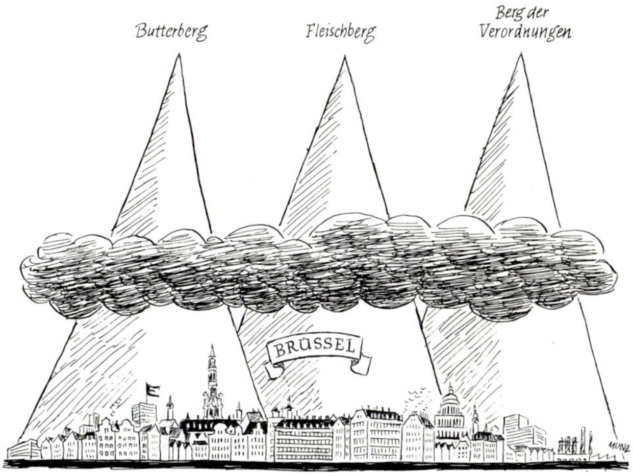

Brüsseler Spitzen.

(a) Diskutiert die Argumente zur Agrarpolitik der EG.

(b) Von welchen Problemen handelt die Karikatur? Bestehen sie noch heute?

1. Sprich über folgende These des französischen Staatspräsidenten de Gaulle (1965):

„Europa, Mutter der modernen Zivilisation, muß vom Atlantik bis zum Ural entstehen, in Eintracht zusammenarbeiten, um seine gewaltigen Hilfsmittel zu entwickeln und damit es gemeinsam mit Amerika, seiner Tochter, die Rolle spielt, die ihm zukommt, um 2 Mrd. Menschen zu dem dringend benötigten Fortschritt zu verhelfen." (8)
Q

2. Kritiker sprechen von einem „Europa der Technokraten" oder einem „Europa des Kapitals". Von wem dürfte die erste, von wem die zweite Kritik stammen?

3. Stelle gegenüber: Fortschritte und Probleme der europäischen Integration.

Europäische Gemeinschaft (EG): Bezeichnung für die Gesamtheit der 1967 in Brüssel zusammengefaßten gemeinsamen Einrichtungen (west)europäischer Staaten (Montanunion, Europäische Wirtschaftsgemeinschaft und Europäische Atomgemeinschaft), begründet durch Römische Verträge von 6 Mitgliedstaaten 1957, bis 1986 auf 12 Mitgliedstaaten erweitert. Seit 1970 Zollunion (Verzicht auf Binnenzölle, aber gemeinsame Außenzölle), seit 1979 direkt gewähltes Europaparlament.

Montanunion: Kurzbezeichnung für Europäische Gemeinschaft für Kohle und Stahl (EGKS), 1951 auf Anregung des französischen Außenministers Schuman gegründet, ersetzte die alliierte Kontrolle über das Ruhrgebiet und übertrug Hoheitsrechte in bezug auf Kohle- und Stahlproduktion auf übernationale Behörden und Organe (Ministerrat, Gerichtshof u. a.).

1949	Gründung des Europarates
1951	Gründung der Montanunion (EGKS)
1957	Römische Verträge: EWG und Euratom gegründet
1967	Europäische Gemeinschaft
1970	Zollunion verwirklicht
1973	Beitritt von England, Irland und Dänemark
1981	Beitritt von Griechenland
1986	Beitritt von Portugal und Spanien

Quellennachweis

(1) Europa. Politik-Information, hrsg. vom Bundespresse- und Informationsamt. Bonn 1984, S. 34.
(2) Zitiert aus: Europa. Politik-Information, a. a. O., S. 8.
(3) Nach: Europa in Zahlen, hrsg. vom Amt für amtliche Veröffentlichungen der EG, Luxemburg 1988, Abschnitt 3
(4) Zitiert aus: Gesch. Weltkunde, Quellenlesebuch, a. a. O., S. 272 f.
(5) Zitiert aus: EWG. Vertragstext, hrsg. von „europäisches forum", Sonderdruck Nr. 2, Bonn o. J., S. 19 f.
(6) H. Uterwedde: Die Europäische Gemeinschaft. Fortschritt oder Krise, hrsg. v. d. Landeszentrale für politische Bildungsarbeit. Berlin 1983, S. 56.
(7) Europa. Politik-Information, a. a. O., S. 18.
(8) Nach: Frankfurter Rundschau 21. 2. 1981.
(9) K. Hänsch (Hrsg.): Frankreich. Eine Länderkunde. Hamburg 1978, S. 25 ff.

Lesetip

M. Albert: Herausforderung Europa. Die europäische Gemeinschaft als Chance. Piper Tb. 384 (WD)
A. Jüttner: Die europäische Einigung. Entwicklung und Stand. Olzog, Geschichte und Staat 120 (SB)
G.-K. Kaltenbrunner: Europa – Weltmacht oder Kolonie? Herder Tb. 9525 (SB)
E. Weisenfeld: Geschichte Frankreichs seit dem Krieg. Beck Tb. BSR 218 (WD/SB)

10.2 Reformen und Konflikte in Osteuropa

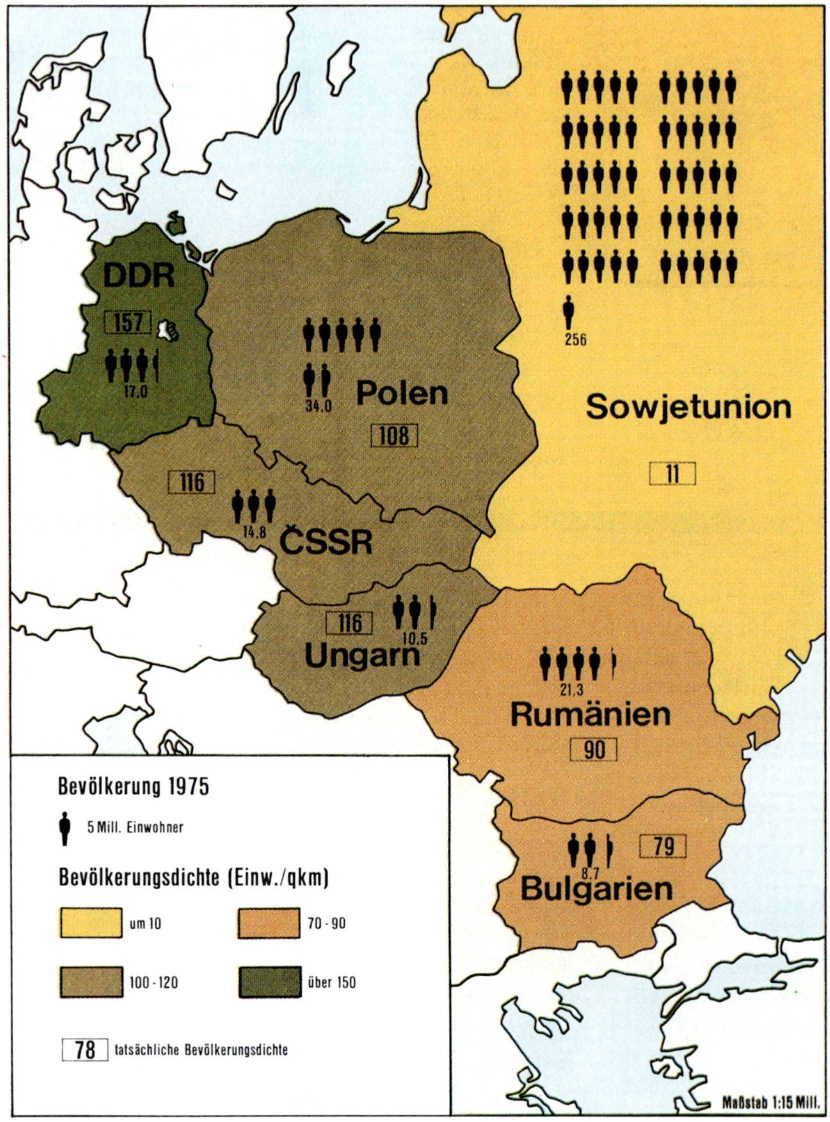

Bevölkerung und Bevölkerungsdichte in Osteuropa.

- Woran liegt es, daß es den Menschen im Ostblock wirtschaftlich schlechter ging als uns im Westen?
- Warum und in welcher Weise waren politische Freiheiten in den „Volksdemokratien" Osteuropas eingeschränkt?
- Welche Bemühungen um Reformen und Fortschritte gab es in Osteuropa in den letzten Jahrzehnten?

Der Rat für gegenseitige Wirtschaftshilfe (RGW). Das Gegenstück zur westeuropäischen Wirtschaftsgemeinschaft bildet im Osten der *Rat für gegenseitige Wirtschaftshilfe (RGW)**. Mitgliedstaaten sind die UdSSR, ČSSR, DDR, Kuba (seit 1972), Mongolische VR (seit 1962), Polen, Rumänien, Bulgarien und Ungarn sowie Vietnam. Jugoslawien ist in einigen Kommissionen vertreten.

Der RWG versucht, die Wirtschaft der Mitgliedstaaten aufeinander abzustimmen. Das sollte besonders durch gemeinsame Projekte und durch eine Arbeitsteilung geschehen. Bekannt sind nur wenige Erfolge, z. B. die Ölleitung aus dem sowjetischen Vor-Ural-Gebiet („Trasse der Freundschaft") und die Arbeitsteilung im PKW-, LKW- und Omnibusbau zwischen DDR, ČSSR und Ungarn. Es gibt nicht einmal den freien Geldverkehr zwischen den RGW-Ländern. Die einzelnen Volkswirtschaften waren lange Zeit völlig an der sowjetischen Wirtschaft orientiert, überwiegend sind sie es noch immer. → (1)

Die Ereignisse in Polen. Im Februar 1956 fand in Moskau der XX. Parteitag der KPdSU statt. In seinem Hauptreferat nannte Chruschtschow die Verbrechen Stalins (vgl. S. 64 u. 297). Das alarmierte den gesamten Ostblock und führte zu Erschütterungen in anderen kommunistischen Parteien. Der eingestandene Machtmißbrauch ließ Zweifel am Führungsanspruch des Sowjetkommunismus aufkommen. Ende Juni 1956 protestierten Arbeiter in Posen (Westpolen) gegen Normerhöhungen und für bessere Löhne. Der Protest wurde brutal niedergeschlagen, es gab 50 Tote. Nun schlossen sich Arbeiter an vielen Orten zu Arbeiterräten zusammen. Im Oktober gab die bisherige Parteiführung auf. Nach achtjähriger politischer Verbannung wurde Gomulka wieder zum Generalsekretär der polnischen KP gewählt. Er sollte Ruhe und Ordnung wiederherstellen. In Polen stationierte sowjetische Panzer standen zum Eingreifen bereit.

Gomulka lockerte die Diktatur von Partei und Staat. Es gab – für kurze Zeit – mehr Freiheiten, z. B. in der Presse, für Künstler, an den Universitäten. Landwirtschaftliche Genossenschaften durften sich auflösen; bald befanden sich 87 v. H. aller Felder wieder in Privatbesitz. Kardinal Wyszynski und andere verhaftete Priester wurden freigelassen. Der sowjetische Marschall Rokossowski, den Stalin 1949 zum Oberbefehlshaber der polnischen Armee bestellt hatte, dankte ab. Aber schon 1957 griff die Parteiführung wieder härter zu: Die Zensur wurde verschärft, die Arbeiterräte mußten verschwinden. Gomulka lehnte notwendige Wirtschaftsreformen ab. Im Dezember 1970 stürzte er selbst über Arbeiteraufstände in Danzig und Stettin, die sich gegen plötzliche Preiserhöhungen richteten. Nachfolger wurde Gierek, der vor und während des Zweiten Weltkrieges viele Jahre in Frankreich und Belgien gelebt hatte. Trotz aller wirtschaftlichen Schwierigkeiten versuchte er, durch neue umfangreiche Investitionen einen „Wohlstandssozialismus" zu erreichen.

Der Aufstand in Ungarn. In Ungarn kam es am 23. Oktober 1956 zu Studentenunruhen, die sich rasch zu einem Volksaufstand ausweiteten. Einheiten der Armee schlossen sich an. Die sowjetischen Truppen zogen sich daraufhin aus Budapest zurück, und am 29./30. Oktober sah es so aus, als würde die UdSSR der neuen ungarischen Regierung unter der Leitung des Reformkommunisten Imre Nagy die weitere Entwicklung des Landes überlassen. Nationale Unabhängigkeit und demokratischer Sozialismus waren das Ziel.

Am 4. November begann jedoch der Angriff sowjetischer Panzer auf Budapest. Nach wenigen Tagen endete der verzweifelte ungarische Widerstand. Während sich 200 000 Flüchtlinge nach dem Westen retteten, setzten die Sowjets János Kádár, einen Reformkommunisten, als neuen Regierungschef ein. Kádár hatte sich rechtzeitig von Nagy gelöst. Das neue Regime zerschlug Arbeiterräte und Schriftstellerverbände und verfolgte Verdächtige. Nach einem Geheimprozeß wurden Imre Nagy und drei Mitkämpfer hingerichtet. Anfang der 60er Jahre änderte Kádár seine Politik. Er prägte die Devise: „Wer nicht gegen uns ist, ist für uns." Nichtparteigebundene Fachleute bekamen größeren Einfluß, in der Kunst und in der Wirtschaftspolitik gewährte das Regime mehr Freiheiten. Einige Reformziele von 1956 konnten so langfristig durchgesetzt werden.

Die ČSSR: „Sozialismus mit menschlichem Antlitz". Die Reform des kommunistischen Systems schien am besten in der ČSSR zu gelingen, dem Staat mit dem höchsten Industrialisierungsgrad nach der DDR im Ostblock. Die ČSSR besaß eine lebendige demokratische Tradition aus der Zeit vor 1948 und 1938. Die Menschen wollten wie in Polen und Ungarn mehr nationale Freiheit und Selbständigkeit. Nach einigen Jahren gebremster Wirtschaftsreformen stürzte im Januar 1968 das ZK der KPČ den stalinistischen Generalsekretär Nowotny und wählte, erstmals in geheimer Abstimmung, den bisherigen Chef der slowakischen Parteiorganisation Alexander Dubček zum Nachfolger. Dubček nannte als Ziel der Reformen einen „Sozialismus mit menschlichem Antlitz". Die kommunistischen Partei- und Staatsführer der UdSSR, Polens, Ungarns, Bulgariens und der DDR fürchteten die Ausstrahlungskraft des tschechoslowakischen Modells. Sie legten im Juli die gemeinsame

Politik gegenüber der ČSSR fest, verlangten das Ende der Reformen und drohten mit ihrem Eingreifen.
Am 21. August 1968 marschierten Truppen dieser fünf Mächte des Warschauer Paktes in die ČSSR ein und beendeten die Reformpolitik. Die tschechoslowakische Führung verzichtete auf militärischen Widerstand. In den folgenden Monaten mußten alle Reformpolitiker aus ihren Ämtern ausscheiden; sie wurden schließlich aus der KPČ ausgeschlossen. Eine rigorose Säuberung des Partei- und Staatsapparates folgte. Neuer Regierungschef wurde Gustav Husák. → (2)
Wieder hatte die UdSSR ihren ideologischen und machtpolitischen Führungsanspruch innerhalb des Ostblocks mit militärischer Gewalt durchgesetzt. Die im ,,Warschauer Brief" ausgesprochene These von der ,,begrenzten Souveranität der sozialistischen Länder" (*Breschnew-Doktrin**) stieß jedoch auf den Widerspruch westeuropäischer kommunistischer Parteien und auf die entschiedene Ablehnung durch die rumänische und jugoslawische Führung.

Polen 1980: Arbeiter gegen „Arbeiterpartei". Im Sommer 1980 zeigte sich, daß die polnische Wirtschaft nicht funktionierte; sie steckte in einer Krise. Und diese Krise erfaßte das gesamte System. In Polen war spät aus einer weitgehend agrarischen eine überwiegend industrielle Gesellschaft geworden: Erst seit 1965/66 gibt es mehr Städter als Landbewohner, und erst 1975/76 arbeiteten mehr Menschen in der Industrie als in der Landwirtschaft. In den ersten Jahren von Gierek (vgl. S. 283), also von 1970 bis 1975, kam es zu einem beträchtlichen wirtschaftlichen Aufschwung. Das Geld dafür wurde allerdings aus dem Ausland geborgt. Um die Bevölkerung zu gewinnen, ließ die Regierung die Löhne stärker steigen, als die Warenproduktion zunahm. Und sie verhinderte nicht, daß sich Korruption und Cliquenwirtschaft ausbreiteten.
Seit 1965 gab es eine Art Koexistenz von katholischer Kirche und kommunistischem Staat. Vielen Polen galt die Kirche als ein Symbol der Dauer und der Eigenständigkeit der polnischen Nation. Durch ihr vorsichtiges, aber bestimmtes Eintreten für die Menschenrechte gewann sie viele Sympathien.
Im Sommer 1980 brachen Streiks und Arbeiterunruhen an vielen Orten aus. Die Streikkomitees von Danzig und Stettin übernahmen die Führung der ganzen Bewegung. Die Arbeiter wollten nicht nur Korruption und Cliquenwirtschaft beseitigen, sondern soziale und demokratische Rechte erkämpfen. Aus den vielen Streikkomitees entstand spontan die unabhängige Arbeitergewerkschaft ,,Solidarność" (*Solidarität**), geführt von dem Werftarbeiter und gläubigen Katholiken Lech Walesa. Nach dramatischen Streikwochen mußten Partei und Staat Ende August 1980 offiziell die unabhängige Gewerkschaft ,,Solidarität" anerkennen. Sie erreichte in wenigen Monaten eine Mitgliederzahl von rund 10 Millionen (bei rund 17 Millionen Beschäftigten).
Wieder stand die UdSSR vor der Frage, ob sie und ihre Verbündeten wie 1956 in Ungarn und 1968 in der ČSSR eine Krise durch militärische Intervention lösen sollte. Als im Oktober 1981 Regierungschef und Verteidigungsminister General Jaruzelski auch die Führung der Partei übernahm, betrachtete man diesen Vorgang allgemein als einen Versuch, die Kapitulation vor der Arbeiterbewegung und die Invasion von außen zu vermeiden. Am 13. Dezember 1981 verhängte ein ,,Militärrat" unter Führung Jaruzelskis den Kriegszustand über Polen. Die Gewerkschaft ,,Solidarität" wurde verboten. 1983 wurde das Kriegsrecht wieder aufgehoben; an seine Stelle traten neue einschneidende Gesetze. Der Führer der verbotenen Solidarność, Walesa, erhielt den Friedensnobelpreis, durfte ihn aber nicht persönlich entgegennehmen. → (3)

Der ,,Ostblock" löst sich auf. Der Wandel kam 1989. Die Veränderungen in der Sowjetunion führen zu einem Ende der seit vierzig Jahren bestehenden strikten Ost-West-Teilung Europas. Der sowjetische Präsident Gorbatschow sprach von einem ,,gemeinsamen europäischen Haus" und vom ,,Ende der Uniformität" in seinem östlichen Teil. Die Breschnew-Doktrin war hinfällig geworden. In Polen, in Ungarn und in der Tschechoslowakei setzten sich Reformkräfte durch. Sie begriffen die Veränderungen in ihren Ländern als ,,Rückkehr nach Europa". Zuerst wurde im August 1989 in Polen mit dem katholischen Journalisten Mazowiecki ein ehemaliger Oppositioneller Ministerpräsident. Er war noch während des Kriegsrechts interniert gewesen. Im Dezember 1990 setzte sich nach internen ,,Flügelkämpfen" in der ,,Solidarität" deren Vorsitzender Lech Walesa bei der Wahl zum Staatspräsidenten der Republik Polen durch.
In Ungarn galt die von sowjetischen Truppen niedergeschlagene Erhebung von 1956 jetzt als Volksaufstand. Aus freien Wahlen ging eine nichtkommunistische Regierung hervor. In der Tschechoslowakei stellte ein ,,Bürgerkomitee" die Mehrzahl der Regierungsmitglieder. Einige von ihnen, so der Außen- und der Innenminister, waren ebenso wie der neue Staatspräsident, der Schriftsteller Váçlav Havel, noch kurz zuvor politische Häftlinge gewesen. Alexander Dubček, Symbolfigur des ,,Prager Frühlings", wurde Parlamentspräsident. Im Gegensatz zu 1986 war jedoch nicht mehr von einem erneuerten ,,Sozialismus mit menschlichem Antlitz" die Rede, sondern von parlamentarischer Demokratie und Marktwirtschaft nach westlichem Vorbild, wie sie in der Tschechoslowakei bereits in der Zwischenkriegszeit bestanden hatten.

(1) Wirtschaft im Ostblock

Versorgungsprobleme in Polen (1976):

„Hauptmangelprodukte sind Fleisch und Fleischwaren, ohne die sich ein Pole eigentlich keine Mahlzeit vorstellen kann. Rindfleisch ist zur Zeit eher zu bekommen als das von der Bevölkerung bevorzugte Schweinefleisch; viele sind aber nicht bereit, ihre Verbrauchsgewohnheit der jeweiligen Angebotslage anzupassen. Einigermaßen gutes Fleisch, zumal vom Schwein, ist allenfalls nur durch zeitraubendes Schlangestehen zu erhalten. Da sich das Berufstätige meist nicht leisten können, wird dafür vielfach die Oma eingesetzt.

Technische Erzeugnisse sind häufig in großer Hast gefertigt und haben dementsprechend Mängel. Diese wären relativ leicht zu beheben, wenn die entsprechenden Ersatzteile vorhanden wären. Aber die Industrie steht oft so unter Druck, eine hohe Stückzahl des Gesamtprodukts herzustellen, daß sie die Ersatzteilfertigung weitgehend auf später verschieben muß. Das kann dann dazu führen, daß eigentlich neue Geräte mit kleinen Fehlern längere Zeit nutzlos herumstehen. Gehobene, langlebige Industriegüter wie Autos oder automatische Waschmaschinen sind, wenn nicht aus zweiter Hand (was bedeuten kann: teurer), praktisch nur im umgekehrten Ratenzahlungssystem zu bekommen: Man spart an und bekommt später.“ (1)

(a) Nennt und erklärt anhand der Beispiele im Text oben Probleme der Wirtschaft im Ostblock.

(b) Welche Stellung nimmt der RGW im Welthandel ein (vgl. S. 280)?

(c) Vergleicht den Aufbau von EG und RGW.

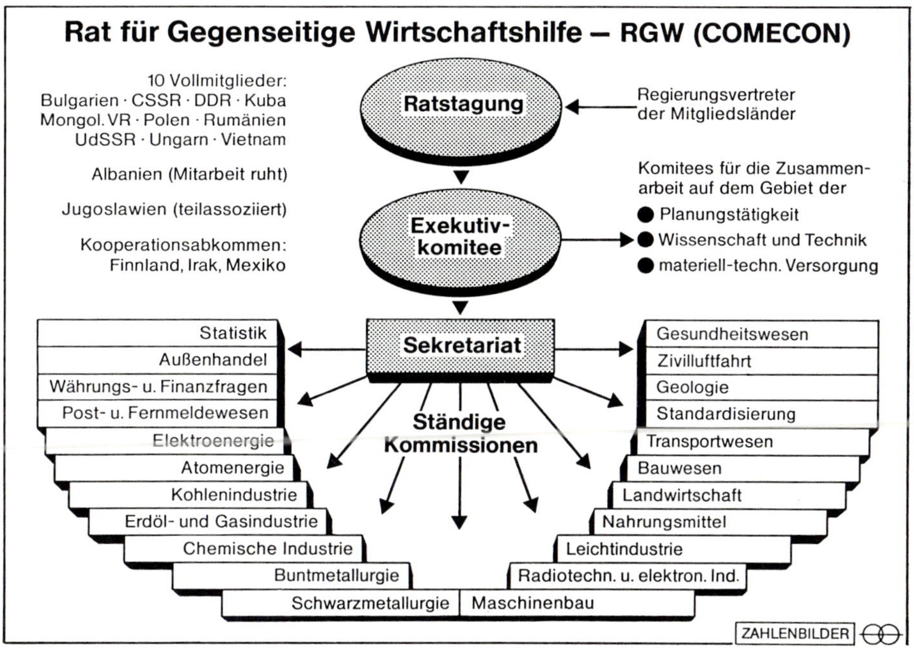

(2) „Prager Frühling“ – und was daraus wurde

Aus den Forderungen des Reformprogramms der KPČ:

„Ein größeres Maß an Freiheit des Wortes, der Kundgebung, der Versammlung und des Zusammenschlusses sowie der Bewegung und der Freizügigkeit ... mehr Rechte auf persönliche und völkische Selbstbestimmung, auf Bildung, auf Beschäftigung und Anwendung von Fähigkeiten, auf persönliches Eigentum, auf demokratische Repräsentanz sowie auf Teilnahme an der Entscheidung und Leitung [von Betrieben und staatlichen Einrichtungen] ...
Die Gesetze müssen auch die Redefreiheit von Minderheiten nachhaltiger garantieren. Die verfassungsrechtliche Freizügigkeit, insbesondere die Reisen von Bürgern ins Ausland, müssen durch Gesetze garantiert werden ...
Das Programm der Demokratisierung der Wirtschaft umfaßt insbesondere die Herbeiführung der Unabhängigkeit von Unternehmen und Unternehmensgruppen, deren relative Unabhängigkeit von den Staatsorganen, die volle und wirkliche Geltendmachung des Rechts des Verbrauchers auf Bestimmung seines Konsums und seines Lebensstils, das Recht auf freie Berufswahl sowie das Recht, die echte Möglichkeit von werktätigen und gesellschaftlichen Gruppen, bei der Gestaltung der Wirtschaftspolitik ihre eigenen wirtschaftlichen Interessen zu formulieren und zu verfechten.“ (2) Q

Aus dem „Warschauer Brief“ der Parteiführer der übrigen Warschauer-Pakt-Staaten:

„... Wir können jedoch nicht damit einverstanden sein, daß feindliche Kräfte ihr Land vom Weg des Sozialismus stoßen und die Gefahr einer Lostrennung der Tschechoslowakei von der sozialistischen Gemeinschaft heraufbeschwören. Das sind nicht mehr nur ihre Angelegenheiten. Das sind die gemeinsamen Angelegenheiten aller Kommunisten und Arbeiterparteien und aller durch Bündnis, durch Zusammenarbeit und Freundschaft vereinten Staaten. Das sind die gemeinsamen Angelegenheiten unserer Staaten, die sich im Warschauer Pakt vereinigt haben ... Die Grenzen der sozialistischen Gemeinschaft haben sich bis in das Herz Europas, bis zur Elbe und bis zum Böhmerwald vorgeschoben. Und wir werden niemals damit einverstanden sein, daß diese historischen Errungenschaften des Sozialismus, die Unabhängigkeit und Sicherheit aller unserer Völker in Gefahr geraten. Wir werden niemals zulassen, daß der Imperialismus auf friedlichem oder unfriedlichem Wege, von innen oder von außen, eine Bresche in das sozialistische System schlägt und das Kräfteverhältnis in Europa zu seinen Gunsten verändert ...“ (3) Q

Charta 77 gegen die Verletzung von Menschenrechten:

„Im März 1976 trat die Tschechoslowakei den Menschenrechtspakten der Vereinten Nationen bei. Auf die darin verbürgten Rechte beruft sich die Charta 77, die am 1. Januar 1977 von zahlreichen Wissenschaftlern und Künstlern des Landes unterzeichnet und veröffentlicht wurde. Die Charta 77 klagt die ČSSR an, in zahlreichen Fällen die Freiheiten und Rechte der Menschen verletzt zu haben. Die Verfasser der Charta erklären u. a.:

- Das Recht auf freie Meinungsäußerung wird Zehntausenden von Bürgern verwehrt. Sie werden benachteiligt und schikaniert, nur weil sie Ansichten vertreten, die sich von der offiziellen Meinung unterscheiden.
- Hunderttausenden wird die Freiheit von Furcht verweigert, weil sie gezwungen werden, in beständiger Gefahr zu leben, Arbeitsplatz und Verdienst zu verlieren, falls sie ihre Meinung äußern.
- Unzählige Bürger müssen in Furcht leben, daß sie selbst oder ihre Kinder das Recht auf Bildung verlieren und die Schule oder die Hochschule verlassen müssen, falls sie ihre Überzeugung offen aussprechen.
- Arbeitern und anderen Berufstätigen ist es nicht erlaubt, zum Schutz ihrer wirtschaftlichen und sozialen Interessen ohne Einschränkung gewerkschaftliche und andere Organisationen zu gründen und das Streikrecht frei auszuüben.“ (4) Q

(a) Erklärt anhand der Auszüge aus dem Reformprogramm der KPČ, was ein „Sozialismus mit menschlichem Antlitz“ sein sollte.

(b) Nehmt Stellung zu der Antwort im „Warschauer Brief“. Erläutert in diesem Zusammenhang die „Breschnew-Doktrin“.

(c) Sprecht über die „Charta 77“ und ihren Kampf für die Menschenrechte.

(3) Die „Solidarität“ in Polen

Was will die „Solidarität“?

„Die neuen Gewerkschaften sollen die reale Möglichkeit haben, wesentliche Entscheidungen über die Lebensbedingungen der Berufstätigen in die öffentliche Meinungsbildung einzubeziehen ... Das Streikrecht wird im Gesetz über die Gewerkschaften garantiert. Das Gesetz sollte die Bedingungen für die Ausrufung und die Organisation von

Sowjetische Panzer bei der Besetzung Prags im August 1968.

Streikende Arbeiter der Lenin-Werft in Danzig bei einer katholischen Meßfeier am 26. August 1980.

Streiks näher umreißen, die Methoden für die Entscheidung strittiger Fragen und die Verantwortlichkeit für die Beeinträchtigung dieses Rechtes …

Die Tätigkeit von Rundfunk und Fernsehen sowie von Presse und Verlagen sollte dazu dienen, unterschiedliche Ansichten und Meinungen auszudrücken. Alle diese Aktivitäten sollten der gesellschaftlichen Kontrolle unterliegen …

Wir halten es für notwendig, die Arbeiten an der Wirtschaftsreform zu beschleunigen. Im Verlaufe der nächsten Monate werden die Führungsgremien die Grundvoraussetzungen dieser Reform umreißen und veröffentlichen. Ermöglicht werden soll eine umfassende Teilnahme an der öffentlichen Diskussion dieser Reform. Die Gewerkschaften sollten insbesondere an Gesetzen über die sozialistischen Wirtschaftsorganisationen und die Arbeiterselbstverwaltung mitwirken. Orientieren sollte sich die Wirtschaftsreform an einer grundsätzlich größeren Selbständigkeit der Unternehmen und an einer wirklichen Teilhabe der Arbeiterselbstverwaltung an der Leitung der Betriebe …" (5) Q

Der polnische Staatschef Jaruzelski zur Begründung des über Polen verhängten Kriegsrechts am 13. 12. 1981:

„Wir achten die Vielfalt der Weltanschauungen. Wir wissen die patriotische Haltung der Kirche vollauf zu würdigen. Es gibt ein übergeordnetes Ziel, das alle denkenden, verantwortungsbewußten Polen vereint: die Vaterlandsliebe, die Notwendigkeit, die so schwer erkämpfte Unabhängigkeit zu festigen, die Achtung vor dem eigenen Staat. Das ist das stärkste Fundament für eine wirkliche Verständigung.

Bürgerinnen und Bürger! So wie es keine Abkehr vom Sozialismus gibt, gibt es auch keine Rückkehr zu den fehlerhaften Methoden und Praktiken vor dem August 1980. Die heute unternommenen Schritte dienen der Aufrechterhaltung der grundsätzlichen Voraussetzungen der sozialistischen Erneuerung. Alle bedeutsamen Reformen werden unter den Bedingungen Ordnung, der sachlichen Diskussion und Disziplin fortgesetzt. Das bezieht sich ebenfalls auf die Wirtschaftsreform. Ich will keine Versprechungen machen. Es steht uns eine schwierige Zeit bevor. Damit es morgen besser wird, müssen heute die harten Realitäten anerkannt und die Notwendigkeit von Entbehrungen verstanden werden. Eines möchte ich erreichen: Ruhe. Das ist die Grundbedingung, von der eine bessere Zukunft anfangen sollte." (6) Q

(a) Zeigt anhand der Statistik die Veränderungen in den Wirtschaftsbereichen Polens und versucht zu erklären, welche Ursachen und welche Auswirkungen die Entwicklung hatte.

(b) Schildert Entwicklung und Bedeutung der „Solidarität" in Polen; lest dazu auch den Text im Darstellungsteil S. 284.

(c) Interpretiert die Rede Jaruzelskis und zeigt, inwiefern sich die Vorgänge in Polen von denen in Ungarn 1956 und in der ČSSR 1968 unterscheiden.

(d) Informiert euch über die gegenwärtige Entwicklung im ehemaligen „Ostblock".

1. Erkläre, vergleiche und beurteile anhand der folgenden Gegenüberstellung die Ziele von EG und RGW.

Europäische Gemeinschaft	*Rat für gegenseitige Wirtschaftshilfe*
Schaffung eines gemeinsamen Marktes (Zollunion); Harmonisierung (Angleichung der verschiedenen Bereiche der nationalen Wirtschaftspolitik: Agrarpolitik, Wettbewerbspolitik, Sozialpolitik, Verkehrspolitik, Energiepolitik und andere);	Schaffung eines „sozialistischen Weltmarktes" mit eigenem Preissystem; Produktionsspezialisierung (erfolgt durch: Absprachen und Plankoordination); enge Zusammenarbeit in Forschung und Technik; Angleichung der Plansysteme der Mitgliedstaaten;

Europäische Gemeinschaft	*Rat für gegenseitige Wirtschaftshilfe*
freie Arbeitsplatzwahl mit freiem Niederlassungsrecht in allen Ländern der Gemeinschaft für deren Bürger; freier Kapitalverkehr innerhalb der Gemeinschaft; Schaffung einer Währungsunion.	Angleichung von Teilbereichen der Wirtschaftspolitik (zum Beispiel Investitionspolitik, Handelspolitik, Verkehrspolitik); Beseitigung des unterschiedlichen Entwicklungsstandes der Mitgliedsländer; Aufbau eines multilateralen (mehrseitigen) Verrechnungssystems.

(7)

2. *Ordne die folgenden Politiker den Staaten zu, in denen sie wirkten oder wirken:*
Alexander Dubček, Wladislaw Gomulka, Gustav Husák, Wojciech Jaruzelski, János Kádár, Imre Nagy, Lech Walesa.

3. *Berichte über Reformbemühungen in Polen 1956 und 1980.*

4. *Welche Rolle spielte die Sowjetunion in Ungarn 1956 und in der ČSSR 1968?*

5. *Was führte zum Ende der „Volksdemokratien"?*

Breschnew-Doktrin: Westliche Bezeichnung der Rechtfertigung Breschnews für das militärische Eingreifen des Warschauer Pakts in der ČSSR 1968 mit dem Argument, daß Mitgliedstaaten des Ostblocks nur eine „beschränkte Souveranität" gegenüber der „sozialistischen Gemeinschaft" besitzen, weil die Einheit der sozialistischen Arbeiterklasse Vorrang vor der nationalstaatlichen Hoheitsgewalt besitze.

Rat für Gegenseitige Wirtschaftshilfe (RGW): Englische Abkürzung Comecon. Im Gegenzug zur Marshall-Plan-Hilfe der USA von der Sowjetunion 1949 gegründet zur wirtschaftlichen und technischen Zusammenarbeit im Ostblock. Vollmitglieder waren UdSSR, Bulgarien, DDR, Kuba, Mongolische Volksrepublik, Polen, CSSR, Rumänien, Ungarn, Vietnam. Die „sozialistische Arbeitsteilung" unter den Staaten des RGW diente faktisch der wirtschaftlichen Vorherrschaft der Sowjetunion.

„Solidarität": Unabhängige Gewerkschaft in Polen, in Danzig unter L. Walesa 1980 gegründet, zunächst offiziell zugelassen, erreichte 10 Mio. Mitglieder, wurde 1981 aufgehoben, dann verboten; ihre Führer zum Großteil mehrere Jahre lang interniert. Seit 1982 versuchte die „Solidarität", Widerstand im polnischen Untergrund zu leisten. 1989 übernahm sie die Regierung der Republik Polen.

1949	RGW gegründet
1955	Warschauer Pakt gegründet
1956	Gomulka Parteichef in Polen Volksaufstand in Ungarn
1968	„Prager Frühling" – Militärische Intervention des Warschauer Pakts
1980	„Solidarität" in Polen gegründet
1981–1983	Kriegsrecht in Polen
1989	Beginn der Demokratisierung, Auflösung des Ostblocks

Quellennachweis

(1) Informationen zur politischen Bildung 170. Bonn 1977, S. 22.
(2) Zitiert nach: Pritzel: Die ČSSR und der sozialistische Internationalismus in Aktion, in: Das Parlament B 37/1978, S. 6.
(3) Zitiert aus: Informationen zur politischen Bildung 190: Frieden und Sicherheit 2. Bonn 1981, S. 19.
(4) Zeitlupe 8: Menschenrechte. Hrsg. von der Bundeszentrale für politische Bildung. Bonn 1978, S. 9.
(5) Aus der Vereinbarung zwischen der Regierungskommission und dem überbetrieblichen Streikkomitee am 31. 8. 1980. Zitiert aus: A. T. Dross (Hrsg.): Freie Gewerkschaften im Kommunismus? Reinbek bei Hamburg 1980, S. 40 ff.
(6) Europa Archiv 1982, D 125 ff.
(7) Informationen zur politischen Bildung 170: Comecon. Bonn 1977, S. 7.

Lesetip

P. Gatter: Der weiß-rote Traum. Polens Weg zwischen Freiheit und Fremdherrschaft. Knaur Tb. 3724 (SB)
P. Gosztony (Hrsg.): Der Ungarische Volksaufstand in Augenzeugenberichten. dtv 2712 (QS)
G. Prunkl u. A. Rühle: Josip Tito. Rowohlt Bildmonographie 199 (SB)
P. Schürer: Flucht im Tretboot. Bitter, Recklinghausen 1982 (JB)

10.3 Die USA als westliche Führungsmacht

Rechts: Das Kongreßgebäude (Kapitol) in Washington, das in den Jahren 1792 bis 1862 in klassizistischen Formen erbaut wurde. Im Innern des Kuppelbaus befinden sich historische Reliefs und Fresken, die die Geschichte der USA verherrlichen. Gekrönt wird die Kuppel von einer Freiheitsstatue.
Unten: Mondlandung des Raumschiffes Apollo 15 am 30. 7. 1971. Der Astronaut James Irvin hat die Mondlandefähre verlassen, um mit Hilfe eines Mond-Jeeps Untersuchungen und Messungen vorzunehmen.

„Daß die USA zur westlichen Führungsmacht haben aufsteigen können, verdanken sie nicht nur der Zersplitterung des einst führenden Europa, sondern auch ihrer günstigen geographischen Lage, ihrer Größe und Ausstattung mit Rohstoffen . . . und der Art und Weise, wie Generationen von Amerikanern ihre Probleme gesehen und angepackt haben.“ (1)

- Worauf beruhte die Stärke der USA als westliche Führungsmacht in den letzten Jahrzehnten?
- Welche Probleme hatten die Amerikaner im Innern, und wie sind sie damit fertig geworden?
- Wie ist die Politik der Regierung Reagan einzuschätzen?

„Den Weltkommunismus zurückdrängen". 1952 endete in den USA eine 20jährige Vorherrschaft der Partei der Demokraten: General Eisenhower, der Präsidentschaftskandidat der Republikaner, gewann den Wahlkampf. Viele Wähler glaubten, die Demokraten hätten Schuld daran, daß China kommunistisch geworden war (vgl. S. 305), daß der Korea-Krieg für die USA unentschieden endete, daß die Wirtschaft nicht recht florierte. Eine neue Politik sollte Amerika stärken. John Foster Dulles, der republikanische Außenminister, begann, einen Gürtel von Militärstützpunkten rund um die UdSSR anzulegen. Er schloß mit befreundeten Staaten entsprechende Verträge. Die Stützpunkte sollten jederzeit einen atomaren Vernichtungsschlag durch die damals allein verfügbaren Langstreckenbomber und Mittelstreckenraketen ermöglichen. Die NATO wurde 1954 durch die SEATO ergänzt. Dieser südostasiatischen Verteidigungsorganisation gehören an: USA, Großbritannien, Frankreich, Australien, Pakistan, die Philippinen und Thailand. Dem 1955 abgeschlossenen „Bagdad-Pakt" gehörten Großbritannien, die Türkei, der Irak, Pakistan und der Iran an. Alle Pakte waren ineinander verzweigt. 1955 hatten die USA mit 43 Nationen Sicherheitsverträge abgeschlossen, darunter Stützpunktverträge mit Marokko, Saudi-Arabien und Libyen. Neutralität galt Dulles als moralisch verdächtig. Diese Haltung belastete lange Zeit das Verhältnis der USA zur „Dritten Welt", besonders zu Indien und Ägypten.
Ereignisse im Jahre 1956 stellten Dulles' Politik in Frage: Den aufständischen Ungarn konnte nicht geholfen werden, und der Versuch, den ägyptischen Präsidenten Nasser durch den Abzug bereits zugesagter US-Kredite unter Druck zu setzen, endete mit der Verstaatlichung des Suezkanals. Nasser errang einen politischen Sieg mit Hilfe der UdSSR (vgl. S. 326). In den folgenden Jahren nahmen die Schwierigkeiten im bisher vernachlässigten Lateinamerika zu. 1959 besiegte nach einem längeren Partisanenkampf der Rechtsanwalt Fidel Castro (geb. 1927) den kubanischen Diktator Batista und begann mit Boden- und Wirtschaftsreformen. Diese Reformen schädigten Amerikaner, die Kapital auf der Insel investiert hatten. Wirtschaftlicher und diplomatischer Druck gegen Kuba, das infolge seiner Monokultur auf den Zuckerabsatz in den USA angewiesen war, trieben Castro gänzlich ins kommunistische Lager.

Kennedy und die Kuba-Krise. US-Präsident John F. Kennedy (1960 gewählt, Demokratische Partei) wollte die von Dulles betriebene Außenpolitik ändern. Entspannung war sein Ziel, Verzicht der beiden Supermächte auf Erweiterung des eigenen Machtbereichs, friedliches Nebeneinander. Aber da begann die UdSSR mit dem Bau von Raketenstellungen auf Kuba, der strategisch wichtigen Insel vor der amerikanischen Ostküste. Kennedy verkündete eine Blockade gegen sowjetische Nachschubschiffe und verlangte den Abzug der Raketen. Die Welt erlebte die gefährlichste Krise der Nachkriegszeit, die Kuba-Krise. Ein Briefwechsel zwischen Kennedy und Chruschtschow brachte die Verständigung. Die UdSSR zog die Raketen zurück, die USA verzichteten auf eine Invasion Kubas. In Vietnam glaubte Kennedy, dem Vordringen der Kommunisten gewaltsam entgegentreten zu müssen. So war seine Entspannungspolitik bereits schwer belastet, als er im November 1963 in Dallas (Texas) ermordet wurde. → (1)

Wirtschaft und Gesellschaft in den USA. Nach dem Zweiten Weltkrieg stieg das Einkommen vieler Amerikaner, besonders der Mittelschicht, die zahlenmäßig zunahm. Viele lebten in Wohlstand, aber eine große Minderheit blieb arm. Zu den Armen zählten vor allem Schwarze. So blieben die alten sozialen und rassisch bedingten Spannungen bestehen. Viele Schwarze zogen in die großen Städte des Nordens und der pazifischen Küste, weil sie dort hofften, Arbeit in den alten und neuen Industriezentren zu finden. Die amerikanische Verfassung garantierte ihnen gleiche Rechte mit den Weißen, aber die Chancen waren ungleich. Ein großer Teil der weißen Bevölkerung hielt an alten Vorrechten und überhaupt an der Rassentrennung fest. Es kam zu Gewalttaten.
Ende der 50er Jahre mußten Bundestruppen bei Rassenkrawallen in den Südstaaten eingreifen. Aber es gab auch Erfolge der gewaltlosen *Bürgerrechtsbewegung**, deren Anhänger, Schwarze wie Weiße, durch „go-ins" und „sit-ins" die Rassenschranken durchbrachen; sie nahmen Gefängnisstrafen in Kauf. Pfarrer Martin Luther King, der 1964 den Friedensnobelpreis erhielt, war der bekannteste Sprecher dieser Gruppen. Die Bürgerrechtsbewegung erreichte, daß in den 60er Jahren die Rassentrennung im gesamten öffentlichen Leben beseitigt wurde. Ein Gesetz zum Schutz von Minderheiten sicherte auch Schwarzen den Zugang zu Fach- und Hochschulen und zu Führungsposten in Wirtschaft und Verwaltung. Bereits 1954 hatte der Oberste Gerichtshof die Rassentrennung in den Schulen aufgehoben. Einer militanten Gruppe, den „Black Power", ging die Rassenintegration zu langsam. Sie rief zum Boykott aller weißen Einrichtungen auf. 1968 kam es zu Unruhen und Zerstörungen in den von Schwarzen bewohnten Vierteln der großen Städte.
Gleichzeitig führten Auseinandersetzungen über

den Vietnam-Krieg zu Studentenunruhen. Seit 1964/65 kämpften Truppen der USA in Südvietnam (vgl. S. 313). Die brutale Art der Kriegführung, durch das Fernsehen allabendlich den amerikanischen Bürgern „ins Haus gebracht", weckte Widerstand gegen den Truppeneinsatz in Vietnam. 1968/69 drohten die innenpolitischen Auseinandersetzungen die Nation in eine schwere Krise zu stürzen. Vor allem die Jugend der Universitäten wandte sich gegen den Krieg; es kam zu großen Demonstrationen in Washington. Eine Atmosphäre der Gewalt verbreitete sich, die an verschiedenen Orten zeitweilig bürgerkriegsähnliche Zustände annahm. Die Ermordung von Martin Luther King und des Präsidentschaftskandidaten Robert F. Kennedy sind bezeichnende Beispiele. Die Unruhen zeigten, daß der Weg einer völligen Angleichung der schwarzen Bevölkerung an die weiße Mehrheit nicht möglich war. In den 70er Jahren sahen schwarze Politiker ihre Aufgabe vor allem in der Verminderung des wirtschaftlichen und sozialen Abstandes zwischen den Rassen. → (2) (3)

Von Nixon zu Carter. Der Vietnam-Konflikt und die Rassenunruhen störten die „schweigende Mehrheit" der Amerikaner, d. h. den Mittelstand und die organisierte Arbeiterschaft. Ihre soziale Stellung schien bedroht. Eine konservative Gegenströmung entstand, sie trug 1968 den republikanischen Präsidentschaftskandidaten Nixon ins Weiße Haus. Er wollte den „Gesetzen wieder Achtung" verschaffen und die Sozialprogramme kürzen. Im November 1972 wurde Nixon mit über 61 v. H. der Stimmen wiedergewählt. Er reiste nach Moskau und Peking und brach das Eis zwischen den USA und China; beide Staaten vereinbarten diplomatische Beziehungen und wirtschaftliche Zusammenarbeit. Auch mit der UdSSR suchte Nixon einen Ausgleich. 1972 schloß er mit der UdSSR den wichtigen *SALT-Vertrag** ab. Dieser begrenzte die Zahl der atomaren Interkontinentalraketen. Aber bereits im folgenden Jahr befanden sich die USA und ihr Präsident in einer Verfassungskrise: Ein Skandal enthüllte, daß Mitarbeiter des Präsidenten in einen Einbruch verwickelt waren, der während des Wahlkampfes im „Watergate"-Haus, dem Hauptquartier der gegnerischen demokratischen Partei, stattgefunden hatte. Er führte im August 1974 zum Rücktritt Nixons.
Die Mehrheit der Bevölkerung in den USA betrachtete die Möglichkeit, einen mächtigen Präsidenten zum Rücktritt zu zwingen, als Beispiel für das Funktionieren der Demokratie. In den Präsidentschaftswahlen 1976 siegte die Demokratische Partei. Vier Jahre regierte Präsident Carter. Seine Außenpolitik war unsicher. Inzwischen hatte die UdSSR die Schwäche der USA nach Watergate in Asien und Afrika (vgl. S. 297) ausgenutzt. Gegen Ende seiner Amtszeit geriet Carters Politik durch die sowjetische Invasion Afghanistans (vgl. S. 298 f.) in eine schwere Krise.

Reagans konservative Wende. Die Wahlen 1980 gewann Ronald Reagan, der Kandidat des rechten Flügels der Republikaner. Sein erdrutschartiger Sieg bestätigte die angekündigte konservative Wende: Er senkte die Sozialausgaben – schlecht für die Armen, die Arbeitslosen. Er senkte die Steuern – gut für die Industrie und diejenigen, die einen Arbeitsplatz hatten. Er steigerte die Rüstungsausgaben, die er vor allem mit Geld aus der ganzen Welt finanzierte. Das bedeutete eine große Auslandsverschuldung der USA. Aber die Wirtschaft kam in Schwung. Amerika gewann sein Selbstbewußtsein wieder. Die Entspannungspolitik war einem erneuten Rüstungswettlauf der Großmächte gewichen.
Als Sieger der Wahlen von 1984 setzte Präsident Reagan seine Politik der militärischen Stärke fort, begann aber gleichzeitig Verhandlungen mit dem neuen Sowjetführer Gorbatschow (vgl. S. 300 ff.) über den Abbau atomarer Lang- und Mittelstreckenraketen. 1987 konnten Reagan und Gorbatschow ein Abkommen über die Vernichtung aller Mittelstreckenraketen unterzeichnen.
Innenpolitisch bekam Reagan Schwierigkeiten durch die Aufdeckung der „Iran-Contra-Affäre", bei der Mitarbeiter des Präsidenten gegen den Willen des Kongresses Waffenlieferungen an die nicaraguanischen Contra-Rebellen veranlaßt und diese durch Waffenverkäufe an den Iran geheim finanziert hatten.

Von Reagan zu Clinton. Auch die Präsidentschaftswahlen 1988 konnten die Republikaner mit George Bush überlegen gewinnen. Bush setzte die Entspannungspolitik fort. 1990 wurden weitere Abrüstungsschritte bei den Chemie- und Atomwaffenarsenalen erreicht (vgl. S. 342). Seinen größten Erfolg erreichte Bush als Führer der UN-Allianz im Krieg gegen den Irak (vgl. S. 328). Der schnelle Sieg brachte dem Präsidenten hohe Popularität und der amerikanischen Nation das Gefühl, endlich vom „Vietnam-Trauma" befreit zu sein.
Die Wahl 1992 gewann jedoch nicht Bush, sondern der Kandidat der Demokraten, Clinton. Das wies auf innenpolitische Probleme in den USA hin. Die Republikaner hatten die Sozialprobleme nicht gelöst: Drogenabhängigkeit, Kriminalität und eine wachsende Kluft zwischen Reichen, meist gutverdienenden Weißen, und Armen, überwiegend Afro-Amerikanern. Auch die Mittelschichten fühlten sich durch die schnellen Veränderungen bedroht und fürchteten um ihre Zukunft. Clinton versprach neue Lösungen. Staatliche Hilfe und Eigeninitiative der Bürger sollten sich besser als bisher verbinden.

(1) Kubakrise 1962: Knapp am Krieg vorbei

Aus einem Bericht des amerikanischen Nachrichtenmagazins „Newsweek“ vom Oktober 1963:

„‚Als ich zum Kommandoposten [des *Pentagon**] hinunterstieg‘, erinnert sich ein Luftwaffenhauptmann, ‚hatte ich ein Gefühl wie nie zuvor. Ich fragte mich, ob ich je meine Frau und meine Kinder wiedersehen würde. Ich fühlte, daß wir dem Krieg nahe waren‘ . . .

Unten auf dem Boden des Raumes kontrollierten sieben Offiziere und Sergeanten den Druckknopf zum Kriege – die Leitungen, die das weltweite Überwachungssystem mit dem Präsidenten, dem Verteidigungsminister und den Vereinigten Stabschefs verbanden.

Ein Offizier und ein Sergeant trugen Pistolen vom Kaliber 38, gefährlich aussehende Dinger, mit abgeschnittenem, stupsnasigem Lauf und knöchernem Griff – Waffen, die ausschließlich dazu bestimmt waren, jedes Mitglied des Teams zu erschießen, das unter dem seelischen Druck zusammenzubrechen oder den Krieg in einer hysterischen Panik vom Zaune zu brechen drohte. Zwei Offiziere trugen Schlüssel mit Plastikschildern um den Hals.

Sollte Präsident Kennedy das Sirenensignal für Defcon 1 [Verteidigungsfall] geben, dann würden sie die Schlüssel von ihren Hälsen lösen, getrennte Schlösser von einem roten 60 mal 15 cm großen Kasten öffnen, 12,5 cm^2 große Plastikbeutel herausnehmen, sie öffnen und an alle strategischen Luftstreitkräfte von Alaska bis Guam, von Spanien bis England einen gleichlautenden Befehl erteilen: ‚Kriegsausbruch‘ [‚Go to war!‘].

‚Wir kamen ungemütlich nahe daran, die Sirenen zu hören‘, sagte letzte Woche ein Offizier, der in jenen Tagen im Kriegssaal saß. ‚Wenn Chruschtschow den falschen Zug gemacht und eine seiner Mittelstreckenraketen auf unser Land gefeuert hätte, würden die strategischen Luftstreitkräfte sofort losgeschlagen haben.‘

Die Meldeschirme im Kriegssaal zeigten in jener Woche, daß 90 B-52-Bomber, beladen mit 25- bis 50-Megatonnen-Bomben, ununterbrochen über dem Atlantik kreisten und auf den Angriffsbefehl warteten. Auf dem Boden standen 550 weitere beladene B-52, 800 leichte B-47 und 70 modernste B-58 Hustlers startklar. Acht Polaris-U-Boote im Nordatlantik hatten ihre 128 Raketen auf Rußland gerichtet. Im Mittelmeer und im Gelben Meer standen an Deck der Flugzeugträger der 6. und 7. Flotte nukleare Bomber bereit. Und in den USA standen 102 Atlas, 54 Titan und zwölf Minuteman (interkontinentale Raketen) auf ihren Startrampen.

Dann zuckte Chruschtschow zurück. Die Männer im Kriegssaal atmeten tief durch: die Welt konnte eine Weile weiterleben.“ (2)

Aus einem Briefwechsel zwischen Kennedy und Chruschtschow Ende Oktober 1962:

„Ich bewundere die staatsmännische Entscheidung des Vorsitzenden Chruschtschow, den Ausbau der Basen auf Kuba einzustellen, die Offensiv-Waffen zu demontieren und sie unter Kontrolle der Vereinten Nationen in die Sowjetunion zurückzutransportieren. Dies ist ein wichtiger Beitrag zum Frieden. Wir würden – unter der Voraussetzung, daß die UNO die Erfüllung dieser Verpflichtungen gewährleistet – damit einverstanden sein, die Quarantäne aufzuheben und Garantien gegen eine Invasion Kubas zu geben. Ich glaube, daß andere Nationen der westlichen Hemisphäre dazu ebenfalls bereit sein würden.“

„Ich bewundere Ihren Sinn für das rechte Maß, das von Ihnen gezeigte Verständnis für die Verantwortung, die Sie gegenwärtig für die Erhaltung des Friedens in aller Welt gezeigt haben. Ich betrachte mit Achtung und Vertrauen Ihre Erklärung, daß kein Angriff auf Kuba unternommen und keine Invasion stattfinden wird, nicht nur von seiten der USA, sondern auch von seiten anderer Länder der westlichen Hemisphäre.“ (3) Q

(a) Was erfährt man aus dem Zeitungsbericht über den „Mechanismus“ der Auslösung eines Atomkrieges?

(b) Erklärt die Karikatur und äußert eure Meinung zur Lösung des Kuba-Konflikts.

„Einverstanden, Herr Präsident, wir wollen verhandeln . . .“. Englische Karikatur.

(2) Gegen Rassendiskriminierung in den USA

Präsident Johnson zum Bürgerrechtsgesetz 1964:

„Das Ziel dieses Gesetzes ist klar und einfach. Die Freiheit keines Amerikaners wird eingeschränkt, solange er die Rechte anderer respektiert. Keiner unserer Mitbürger erfährt durch dieses Gesetz eine besondere Behandlung. Es bestimmt, daß jene, die vor Gott gleich sind, nun auch an der Wahlurne, in den Klassenzimmern und in den Fabriken sowie in Hotels, Restaurants, Lichtspieltheatern und anderen Plätzen, die der Öffentlichkeit dienen, gleich sind.“ (4) Q

Dr. Martin Luther King, einer der Führer der amerikanischen Bürgerrechtsbewegung, bei einem Protestmarsch durch Memphis, wo er im April 1968 ermordet wurde. Neben King sein Nachfolger Ralph Abernathy (rechts).

(3) Reiche und Arme in den USA

Durchschnittl. Haushaltseinkommen einer 4köpfigen Familie

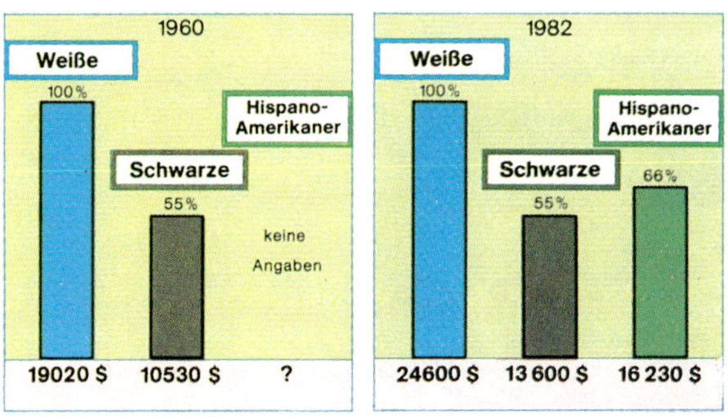

(5)

(a) Was besagen die Angaben in den beiden Schaubildern über die Höhe des Lebensstandards und die sozialen Unterschiede in den USA? Die Kaufkraft von 1 Dollar entspricht etwa dem Gegenwert von 2 DM.

(b) Sammelt Informationen über die Entstehung und Entwicklung des Rassenproblems in den USA (Lexikon, Schulbücher, Zeitschriften).

(c) Vergleicht die Ziele Martin Luther Kings, des Bürgerrechtsgesetzes und der Black Power.

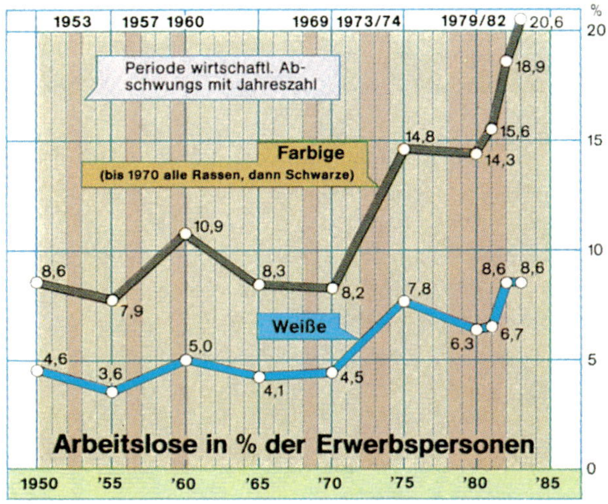

(6)

Kinderelend in Harlem.

„Bei generell sehr hohen Arbeitslöhnen erreicht eine breite Mittelschicht einen ungewöhnlich hohen Lebensstandard. Auch nach dem 2. Weltkrieg Unsicherheit und zeitweilig beträchtliche Arbeitslosigkeit (1972 rd. 5 Mio.). Die Einkommensstruktur entwickelte sich ungünstig: $^1/_8$ der Bevölkerung gilt als ‚arm', 7–8% sind durch Unterernährung bedroht." (7)

(a) Zeigt an Beispielen, worin sich Unterschiede und Gegensätze zwischen Reichen und Armen in den USA erkennen lassen.

(b) Sprecht über den Zusammenhang von sozialer Ungleichheit, sozialer Unzufriedenheit und sozialen Konflikten – in den USA, bei uns.

(c) Die USA: eine „kapitalistische Gesellschaft", eine „Klassengesellschaft", eine „Leistungsgesellschaft", eine „Wohlstandsgesellschaft". Was trifft nach eurer Meinung zu? Begründet euren Standpunkt.

(4) Das Programm der Reagan-Regierung

Reagan am Vorabend der Wahl, 1980:

„Ich glaube, daß wir in diesem Land in ein neues Zeitalter der Reformen eintreten können, in eine Ära nationaler Erneuerung. Eine Ära, welche das Verhältnis Staatsbürger-Regierung wieder in Ordnung bringt, eine Ära, welche die Regierung wieder auf die Bürger eingehen läßt, eine Ära, welche die Werte der Familie, Arbeit und Nachbarschaft wieder mit neuem Leben erfüllt, und eine Ära, welche unsere privaten und unabhängigen sozialen Einrichtungen wiederherstellen wird . . . Daher habe ich den ganzen Wahlkampf über gesagt, daß wir das Anwachsen der Bundesausgaben kontrollieren und beschränken müssen. Ich habe gesagt, daß wir die Steuern senken müssen, um die Arbeitsmoral, den Sparwillen sowie die Investitionsbereitschaft anzuregen. Daher habe ich gesagt, daß wir Industrie und Wirtschaft von belastenden und unnötigen Vorschriften befreien und immer noch einen hohen Grad an Umweltsicherheit wie auch an Sicherheit für den Arbeitsplatz aufrechterhalten können." (8) Q

Fernsehansprache Reagans vom 29. 9. 1981:

„Ich habe die Absicht, dem Kongreß in diesem Herbst ein neues Paket von Maßnahmen zur Reform der Versorgungsansprüche und Wohlfahrt – außer der Sozialversicherung – vorzulegen, um während der nächsten drei Jahre fast 27 Milliarden Dollar einzusparen. In den letzten 20 Jahren haben wir Hunderte von neuen Programmen geschaffen, um persönliche Hilfe zu leisten. Viele dieser Programme sind aus gutem Herzen entstanden, aber nicht alle kamen vom kühlen Verstand. Und die Kosten haben sich überschlagen. Im Jahr 1955 kosteten diese Programme acht Milliarden Dollar; 1965 waren sie auf 79 Milliarden Dollar angestiegen, und im nächsten Jahr werden sie 188 Milliarden Dollar kosten.
Möge hier keine Verwirrung entstehen: Die Fürsorge für die, die sie brauchen, wird gewährleistet. Aber der Schwarzmarkt mit Lebensmittelkarten muß aufhören. Der Mißbrauch des Gesundheitsdienstes und der Betrug durch Empfänger und Ausübende können nicht länger geduldet werden. Die Zuwendungen und die Essenssubventionen an Schulen für im Wohlstand Lebende können wir uns nicht mehr leisten . . . Wir können Mitgefühl für menschliche Nöte haben, ohne selbstgefällig über extravagante Haushaltsausgaben zu sein." (9) Q

(a) Erläutert, welche „Reformen" Reagan beabsichtigte und wie sie sich auswirken sollten.

(b) Welche Tendenzen und Probleme könnt ihr aus dem Bild erkennen?

(c) Vergleicht Reagens Wirtschaftspolitik mit derjenigen Roosevelts (vgl. S. 83).

Präsident Ronald Reagan demonstriert vor dem Presse-Club in Washington an einer Karte den Stand der sowjetischen Rüstung (18. November 1981).

1. Gib an, welche Außenpolitik die USA jeweils unter den folgenden Präsidenten betrieben haben: Eisenhower – Kennedy – Nixon – Carter – Reagan.

2. Erkläre den Ausdruck „Atomares Gleichgewicht" und erläutere daran die Beziehungen zwischen den USA und der Sowjetunion.

3. Welche Ursachen, Ziele, Methoden, Erfolge hatte die Bürgerrechtsbewegung in den USA?

4. Nimm Stellung zum „Watergate-Skandal" und dazu, wie er bereinigt wurde.

5. Was konnte man in der Zeitung oder in den Fernsehnachrichten dieser Woche über die USA erfahren?

Bürgerrechtsbewegung: Zusammenschluß von Weißen und Farbigen in den USA im Kampf um politische und soziale Gleichstellung der Schwarzen. Protestaktionen und Gerichtsurteile, besonders seit 1954 (nach Aufhebung der Rassentrennung in Schulen durch Obersten Gerichtshof).

Pentagon: Bezeichnung für das in Form eines Fünfecks 1941/42 in Washington errichtete Gebäude des US-Verteidigungsministeriums. Im übertragenen Sinn Name für das Verteidigungsministerium.

SALT: Strategic Arms Limitation Talks (Gespräche über Begrenzung strategischer Rüstungen) zwischen den USA und der UdSSR seit 1969.

1953	Dwight D. Eisenhower Präsident (bis 1960)
1954	SEATO gegründet
1957	Bürgerrechtsgesetz zur Aufhebung der Rassentrennung
1958	Erster US-Satellit
1961	John F. Kennedy Präsident (bis 1963)
1962	Kuba-Krise
1963	Beginn des Vietnam-Krieges
1964–68	Rassenunruhen. Martin Luther King ermordet (1968)
1969	Richard Nixon Präsident (bis 1974)
1972	SALT I ratifiziert
	Nixon besucht China
1973	Vietnam-Krieg beendet
1974	Watergate-Skandal
1977	Jimmy Carter Präsident (bis 1980)
1980–88	Ronald Reagan Präsident
1989	George Bush Präsident
1991	Zweiter Golfkrieg
1992	Bill Clinton Präsident

Quellennachweis

(1) Informationen zur politischen Bildung 211: Die Vereinigten Staaten von Amerika. Bonn 1986, S. 1.
(2) H. Krieger: Die Welt seit 1945, Teil 1, a. a. O., S. 405 f.
(3) In dieser Fassung zitiert aus: Die Reise in die Vergangenheit, Bd. 4. Braunschweig 1973, S. 176
(4) Zitiert nach: H. Rausch: E pluribus unum. Zum Verständnis und Selbstverständnis der USA. Stuttgart 1982, S. 49.
(5) Informationen zur politischen Bildung 211, S. XIV.
(6) Ebenda.
(7) E. Angermann: Vereinigte Staaten von Amerika, in: dtv-Lexikon, a. a. O., Bd. 3, S. 824.
(8) Zitiert nach: H. Smith: Ronald Reagan. Weltmacht am Wendepunkt. S. 251 f.
(9) Zitiert nach: Amerika-Dienst. Dokumentation. Bonn 30. 9. 1981

Lesetip

H. Borch: John F. Kennedy. Piper Tb. 5203 (WD)
K. Harpprecht: Der fremde Freund. Amerika – eine erlebte Geschichte. Bastei Lübbe Tb. 60115 (SB)
P. Merseburger: Die unberechenbare Vormacht. Wohin steuern die USA? dtv 10433 (SB)
C. King: Mein Leben mit Martin Luther King. Goldmann Siebenstern Tb. 243 (Q)
J. Schwelien: John F. Kennedy. Dressler, Hamburg 1976 (JB)
USA-Ploetz. Geschichte der Vereinigten Staaten zum Nachschlagen. Freiburg-Würzburg 1985 (SB)

10.4 Die Sowjetunion – Supermacht in der Krise

Militärparade auf dem Roten Platz in Moskau.

Aus einem Kommentar zur Verfassung der UdSSR:

„In der UdSSR wurde die entwickelte sozialistische Gesellschaft aufgebaut. Das ist eine Gesellschaft, in der mächtige Produktivkräfte, eine hochentwickelte Wissenschaft und Kultur geschaffen wurden, in der der Wohlstand des Volkes ständig wächst und sich immer günstigere Bedingungen für die allseitige Entwicklung der Persönlichkeit herausbilden ... Die entwickelte sozialistische Gesellschaft – das ist eine gesetzmäßige Etappe auf dem Wege zum Kommunismus. Das höchste Ziel des Sowjetstaates ist der Aufbau der klassenlosen kommunistischen Gesellschaft." (1) Q

Der Systemkritiker Sacharow über den Sowjetstaat:

„Ich kann nicht finden, daß der Sozialismus zu irgendwelchen neuen wissenschaftlichen Erkenntnissen oder zu einer besseren Gesellschaftsordnung geführt hat. Wir haben es bei uns mit den gleichen Problemen zu tun wie die kapitalistische Welt, mit Kriminalität und allgemeiner Unzufriedenheit. Der Unterschied besteht lediglich darin, daß unser Staat einen extremen Fall darstellt mit seiner radikalen Verweigerung von Freiheit, einem Höchstmaß an ideologischer Starrheit sowie – und das ist am typischsten – mit einer nicht zu übertreffenden Selbstgefälligkeit, mit der er als die beste denkbare Gesellschaft gelten will, was zweifellos nicht der Fall ist." (2) Q

- Wie stand es um die „sozialistische Gesellschaft" in der Sowjetunion wirklich? Worin lagen die Ursachen für die Krise der Supermacht?
- Wie versuchte die Sowjetführung die Probleme zu lösen?
- Welche Außenpolitik hatte die Sowjetregierung in den 1980er Jahren betrieben?

Stalins Erben. Als der „große Diktator" im März 1953 starb, atmeten die Menschen in der Sowjetunion auf. Die Nachfolger teilten sich zunächst die Herrschaft, bis 1958 Nikita Chruschtschow (1953–1964) das Amt des Partei- und Regierungschefs in einer Hand zusammenfaßte. Er hatte als Generalsekretär der KPdSU auf dem XX. Parteitag 1956 Stalin scharf kritisiert und die „Entstalinisierung" des Landes vorangetrieben. Die Macht der Geheimpolizei wurde eingeschränkt, ein Teil der politischen Gefangenen freigelassen. Stalindenkmäler, Symbole des „Personenkultes", wurden entfernt. Man kurbelte die Konsumgüterindustrie an. Der Kommunismus „als lichte Zukunft der Menschheit" sollte aufgebaut werden, wie es im Parteiprogramm der KPdSU von 1961 hieß. Die „Diktatur des Proletariats" sei zu Ende, erklärte Chruschtschow, die Sowjetunion befinde sich im Zustand des „entwickelten Sozialismus" und werde den Lebensstandard der USA bald einholen oder gar überflügeln.

Dem „Tauwetter" im Innern entsprach ein Abbau des „Kalten Krieges". Seit den 60er Jahren verfolgte die Sowjetunion eine „Politik der *friedlichen Koexistenz**", d.h. Staaten verschiedener Gesellschaftsordnung sollten friedlich nebeneinander bestehen und miteinander konkurrieren. Aber die UdSSR ließ nie Zweifel daran, daß sie trotzdem alle „fortschrittlichen Kräfte" in der Welt unterstützen werde, d.h. die „Befreiungsbewegungen" und sozialrevolutionären Kräfte. Solche „Unterstützung" und „brüderliche Hilfe" mußten Ungarn (1956) und die ČSSR (1968) auch gegen ihren Willen annehmen (vgl. S. 283f.).

Als Chruschtschow in der Kuba-Krise zurückstecken mußte und Schwierigkeiten in den Beziehungen zu China bekam, wurde er 1964 abgesetzt. Seine Nachfolger Leonid Breschnew als Parteichef (gest. 1982) und Alexej Kossygin als Regierungschef (gest. 1980) versuchten einen Mittelweg zwischen Entspannung und klarem Führungsanspruch. Als die USA nach der Niederlage in Vietnam und nach Watergate wenig handlungsfähig waren (vgl. S. 291), intervenierte die UdSSR – indirekt – auch außerhalb ihres unmittelbaren Machtbereichs mit militärischen Mitteln: Sie ließ Kubaner in Angola und Äthiopien auf der Seite der „fortschrittlichen Kräfte", d.h. der linksorientierten bzw. marxistischen Gruppen kämpfen. Im Innern der UdSSR sicherte Breschnew die uneingeschränkte Macht des Parteiapparates sowie der Staats- und Wirtschaftsbürokratie. → (2)

Wirtschaftliche Entwicklungen. Die Sowjetunion war flächenmäßig der bei weitem größte Staat der Erde, 100mal so groß wie die alte Bundesrepublik. Sie verfügte über schier unerschöpfliche Bodenschätze und Energiereserven. Das Land war extrem ungleich besiedelt; gewaltige Entfernungen und Klimaunterschiede stellten die Wirtschaft vor schwerste Probleme. Viele sind mit staunenswerter Energie bewältigt worden; das zeigen z.B. der Bau der Baikal-Amur-Magistrale sowie der Erdgasleitung von Sibirien bis in die Bundesrepublik. In Teilen der Schwerindustrie oder in der Waffentechnik konnte die Sowjetunion mit den USA konkurrieren. Sie galt als größter Waffenexporteur der Erde. Bei der Weltraumfahrt gab es ein „ Kopf-an-Kopfrennen": 1957 startete die UdSSR den ersten „Sputnik", ein Jahr vor den USA, 1961 umkreiste Gagarin als erster Mensch die Erde, 1969 überholten die USA die Sowjets mit der ersten Mondlandung.

Aber die Landwirtschaft, die Konsumgüterindustrie und die Elektronik blieben rückständig. Die Bevölkerung lebte schlechter als im „kapitalistischen" Westen. Die UdSSR importierte jährlich 10–20 Mio t Weizen, das waren etwa 10% des gesamten Bedarfs. Ackerland gab es genug, allerdings hat nur das „Agrardreieck" (zwischen Finnischem Meerbusen, Ukraine und Donaumündung) geeignete Temperaturen und genügend Niederschläge. Andere Gebiete mußten künstlich bewässert werden. Auf Neuland ging die Ernte (z.B. in Kasachstan) durch Dürreperioden und Sandstürme wieder verloren. Zum Teil fehlte es an landwirtschaftlichen Maschinen. Ersatzteile waren schwer zu beschaffen; das Reparaturgewerbe war unterentwickelt. Mißwirtschaft – nicht nur im Agrarbereich – beeinträchtigte den Ertrag. Fachleute meinen, die bürokratische Planwirtschaft war daran schuld. Sie aber gehörte zum sozialistischen Wirtschaftssystem, das kaum Privateigentum an Produktionsmitteln zuließ und deshalb die private Initiative lähmte. Die Partei- und Staatsführung versuchte, mit Fünfjahresplänen die Wirtschaft zentral zu steuern und zugleich den einzelnen Betrieben mehr Verantwortung zu übertragen, ein Reformziel, an dem die Sowjetregierungen gescheitert sind. → (1)

Gesellschaftlicher Wandel. Die Sowjetunion war ein Vielvölkerstaat. Nur gut die Hälfte der 270 Mio. Einwohner waren Russen. Sie nahmen z.T. auch in Unionsrepubliken mit anderer Nationalität Führungsstellen ein. Dem Anspruch nach war „die Gleichberechtigung der Bürger in der UdSSR auf allen Gebieten des wirtschaftlichen, politischen, sozialen und kulturellen Lebens gewährleistet". (Verfassung der UdSSR, Art. 34.) Dennoch gab es in der „klassenlosen Gesellschaft" beträchtliche Unterschiede und Ungleichheiten. Sowjetische Quellen unterschieden zwischen Arbeitern (59,8% der Gesamtbevölkerung), Angestellten (20,9%) und Kolchosbauern (19,3%), die Angaben galten für 1972. Nach westlichen Untersuchungen stand eine Oberschicht von 2–3% der Bevölkerung aufgrund ihres Einkommens und ihrer Privilegien (Haus bzw. ,,Datscha", Reise-, Urlaubs- und Einkaufsmöglichkeiten außerhalb des Normalangebotes) weit über den anderen. Es folgte eine Schicht von ,,Aufsteigern", meist Technikern, Spezialisten, Künstlern und Gebildeten, mit ca. 11%, die gehobene Ansprüche stellten. Am meisten benachteiligt waren ca. 60 Mio. Kolchosbauern mit ihren Angehörigen, die auf dem Land in meist rückständigen Gegenden lebten, wo sie schlechter mit Gütern versorgt wurden und wo es kaum kulturelle Angebote gab. Das Stadt-Land-Gefälle war sehr ausgeprägt. Wer es sich leisten konnte, zog in die Städte; für die 10-Millionen-Stadt Moskau mußte man eine absolute Zuzugssperre erlassen. Nur in den Städten gab es ein differenziertes Schulsystem, das besondere Begabungen fördert. Alle Schüler besuchten in der Sowjetunion nach der Grundschule eine zehnjährige Mittelschule, die zur Hochschulreife führte. Die Universitäten und Fachhochschulen verlangten jedoch noch eine Aufnahmeprüfung. Bevorzugt wurden Jugendliche, die bei den Komsomolzen, der Jugendorganisation der Partei, mitgewirkt hatten. Mehr als die Hälfte aller ,,Spezialisten" mit abgeschlossener Hochschulbildung waren Frauen. Sie waren im Berufsleben den Männern gleichberechtigt, haben allerdings, wenn sie verheiratet waren, auch den Haushalt zu versorgen.

Kritisiert wurde in der Sowjetunion, vor allem von Schriftstellern und Wissenschaftlern, das Fehlen von Grundfreiheiten. Manche Kritiker wurden in Arbeitslager gesteckt, manche konnten oder mußten ins Ausland gehen, manche wurden in psychiatrische Kliniken eingewiesen, indem man ihre Kritik als Geisteskrankheit abstempelte. Die bekanntesten Kritiker, auch *Dissidenten (Abweichler)** genannt, waren Sacharow, der Erfinder der sowjetischen Wasserstoffbombe und Friedensnobelpreisträger, und Solschenizyn, ein Schriftsteller und Nobelpreisträger für Literatur. → (3)

Afghanistan. Ende 1979 schritt die Sowjetunion zu einer offenen militärischen Intervention: Sie besetzte Afghanistan. Dies arme rückständige Land diente seit langem als Puffer zwischen den Großmächten: im 19. Jh. zwischen Rußland und der britischen Kolonialmacht, nach dem Zweiten Weltkrieg zwischen der UdSSR und den USA, vertreten durch Pakistan. Nach dem Sturz der Monarchie (1973) und einem weiteren Putsch des Militärs übernahm 1978 die ,,Volksdemokratische Partei Afghanistans" die Regierung; sie galt als kommunistisch. Die neue Regierung schloß mit der UdSSR einen Freundschaftspakt, der auch militärischen Beistand umfaßte. Eine Landreform und verschiedene ,,Modernisierungen" sollten die Rückständigkeit beseitigen und den Lebensstandard heben. Einige Stämme des Landes wehrten sich, die Wirtschaftslage war schlecht. Nun versuchte der Staats- und Parteiführer Amin, sich von Moskau zu lösen. Da besetzten sowjetische Truppen die Hauptstadt Kabul und andere Städte. Amin wurde ermordet. Ein langer Bürgerkrieg und Kampf gegen die sowjetischen Besatzungstruppen begann. Die religiös und national motivierten Widerstandskämpfer, die Mudschahedin, kontrollierten vor allem Bergregionen und die hochgelegenen Täler nach Pakistan, von wo auch der Nachschub kam. Etwa 3 Mio. waren dorthin geflohen, insgesamt hatten 4 Mio. Afghanen ihr Land verlassen. Die Kampfführung in Afghanistan zeigte in ihrer Grausamkeit viele Ähnlichkeiten mit dem Vietnamkrieg. Jedoch durften diesmal internationale Fernsehteams nicht in das Land, und so blieb der Weltöffentlichkeit viel verborgen.

Diese Intervention hat der Sowjetunion in der ,,Dritten Welt", insbesondere in den islamischen Ländern, schwer geschadet. Mehrmals verurteilte die Vollversammlung der UN den Einmarsch und forderte den Rückzug der sowjetischen Truppen. Der Westen verlor für Jahre das Vertrauen in die sowjetischen Entspannungsabsichten. Die USA unterstützten nun ihrerseits die Mudschahedin mit Waffenlieferungen.

Im Dezember 1988 führte die UdSSR zum erstenmal Gespräche mit den Mudschahedin. Bis zum Februar 1989 verließen dann die sowjetischen Truppen, streng nach dem Zeitplan eines in Genf geschlossenen Abkommens, das Land, in dem sie während der neunjährigen Intervention 15 000 Mann verloren hatten. Viele sahen in dem Rückzug einen ,,Befreiungsschlag" Gorbatschows, der der Sowjetunion gleichzeitig innere und äußere Lasten abnahm. In Afghanistan gingen die Kämpfe zwischen den Truppen der Kabuler Regierung und den Mudschahedin weiter.

Von Breschnew zu Gorbatschow. Nach längerer Krankheit starb Breschnew 1982. Seine beiden Nachfolger Andropow und Tschernenko starben alt und krank nach kurzer Amtszeit.

Mit Michail Gorbatschow folgte 1985 ein jüngerer Funktionär, von dem man die Lösung der sowjetischen Probleme erwartete. Sein Ziel war es, die Sowjetunion durch wirtschaftlich-politische Reformen zu modernisieren. → (4)

Die Begriffe ,,Glasnost" (Offenheit) und ,,Perestroika" (Umgestaltung) wurden auch im Westen populär. Tatsächlich gab es eine Reihe von Belegen für Gorbatschows neuen flexiblen Regierungsstil: umgehende Berichterstattung sowjetischer Medien über Mißstände und Unruhen im Land; Aufhebung von Verboten im kulturellen Bereich; Begnadigung von Regimekritikern.

Opfer Stalins, wie Nikolaj Bucharin, wurden rehabilitiert. Bücher, Filme und Theaterstücke über die Verbrechen der Stalin-Zeit erschienen. Erstmalig wurde die Existenz des Geheimen Zusatzprotokolls zum Hitler-Stalin-Pakt vom 28. 9. 1939 zugegeben, um den Pakt selbst und seine politische Berechtigung gab es eine offene Diskussion (vgl. S. 173 u. 177 f.).

1988/89 setzte Gorbatschow, nach einschneidenden Personalveränderungen im ZK und im Politbüro, eine Verfassungsänderung und ein neues Wahlgesetz durch. Erstmals gab es gewählte parlamentarische Gremien von einigem Einfluß.

Gorbatschow und die neuen Gremien sahen sich vor schweren Aufgaben. Die Wirtschaftsreform wurde drängend, denn die große Umgestaltung hatte auf Dauer nur dann Chancen, akzeptiert zu werden, wenn ihre Folgen im Alltag segensreich bemerkbar waren. Der alte Apparat leistete Widerstand, und viele Fragen, wie das angestrebte ,,Nebeneinander von Plan und Markt" zu erreichen sei, waren noch ungelöst. Große Hoffnungen setzte man auf eine Verminderung der Rüstungsausgaben.

Historische und gegenwärtige Probleme verbanden sich in den Nationalitätenkonflikten, die vorher unterdrückt waren und jetzt aufbrachen. In den Baltischen Republiken begehrte die Mehrheit gegen die Annektion von 1940 (als Folge des ,,Hitler-Stalin-Paktes") auf und erreichte 1991 Unabhängigkeit.

Im Kaukasus führten Unabhängigkeitsbestrebungen der Republiken und nationale Ansprüche gegeneinander zu schweren, z. T. gewaltsamen Konflikten. Auch die asiatischen Republiken und die Ukraine blieben nicht ruhig. Vielen im Westen wurde erst jetzt offenbar, daß die Sowjetunion als Erbe des imperialistischen Rußlands ein Vielvölkerstaat war, in dem die Russen zwar bisher die meisten führenden Positionen innehatten, jedoch nur rund die Hälfte der Bevölkerung stellten, und das mit abnehmender Tendenz.

Die größten Erfolge hatte Gorbatschows ,,Neues Denken" in der Außenpolitik. Der Verzicht auf die Breschnew-Doktrin und auf die Vorbildrolle der KPdSU, die Beendigung der Invasion in Afghanistan und die Bereitschaft, mit dem Westen zusammenzuarbeiten und auf Konfrontation zu verzichten, verschafften ihm und der Sowjetunion großes Ansehen.

Die Auflösung der UdSSR war jedoch nicht zu verhindern. An ihre Stelle trat 1991 die ,,Gemeinschaft unabhängiger Staaten" (GUS).

(1) Die Wirtschaftskraft der UdSSR

Produktion ausgewählter Schlüsselprodukte in führenden Industrieländern (1986)

	USA	UdSSR	Japan	Bundesrepublik Deutschland
Bevölk. in Mio	238,7	281,7	120,0	61,1
Steinkohle (Mio. t)	722,9	512,9	16,0	80,8
Elektrizitätserzeugung (Mrd. kWh)	2545,0	1599,0	557,0	408,0
davon in Kernkraftwerken	439,0	161,0	167,0	120,0
Erdöl (Mio. t)	428,2	614,7	–	4,0
Erdgas (Tsd. Pétajoule)	15,9	23,7	–	0,5
Zement (Mio. t)	71,1	135,0	71,3	26,6
Rohstahl (Mio. t)	74,8	160,5	98,3	37,5
Schwefelsäure (berechnet auf H_2SO_4, Mio. t)	33,4	27,9	6,1	4,1
Synthetische Fasern und Fäden (Mio. t)	2,9	0,7	1,4	0,8
Schnittholz (Mio. m^3)	95,1	102,1	28,7	9,7
Lastkraftwagen und Omnibusse (Mio. Stück)	3,5	0,9[1]	4,5	0,3
Personenkraftwagen (Mio. Stück)	7,5	1,3	7,8	4,3
Fernsehgeräte (Mio. Stück)	12,3	9,4	13,8	3,9
Straßenschuhe (Mio. Paar)	241,0	801,0	52,0	454,0
Weizen (Mio. t)	56,9	92,3	0,9	10,4
Fleisch (Mio. t)	26,4	18,1	3,5	4,8

(3)

Eine sowjetische Wissenschaftlerin zur Frage, warum die Sowjetunion keine Privatwirtschaft zuließ:

„Ohne Privateigentum gibt es keinen Kapitalismus. Ohne gesellschaftliches Eigentum gibt es keinen Sozialismus. Dieser grundlegende Unterschied bestimmt alles andere. Die Verfassung der UdSSR von 1977 bestimmt das gesellschaftliche Eigentum auf den Grund und Boden, auf die Bodenschätze, auf die Hauptproduktionsmittel und negiert somit das Recht von Einzelpersonen darauf. Sie macht einen jeden zum Herrn seines Landes und gibt niemandem das Recht, über andere zu herrschen und sich die Ergebnisse fremder Arbeit anzueignen.

Wenn man uns fragt: Und das nennen Sie Freiheit? Darf man denn einem Menschen die Möglichkeit nehmen, einen Industriebetrieb, ein Geschäft oder eine Bank zu besitzen? so antworten wir: Das darf und das muß man. Wenn jemand zum Besitzer eines Unternehmens wird, so muß ein anderer für ihn arbeiten. Das Recht des einen bedeutet in diesem Fall die Rechtlosigkeit des anderen, selbst wenn beide nach der Verfassung die gleichen Rechte haben." (4)

Arm und Reich in der Sowjetunion

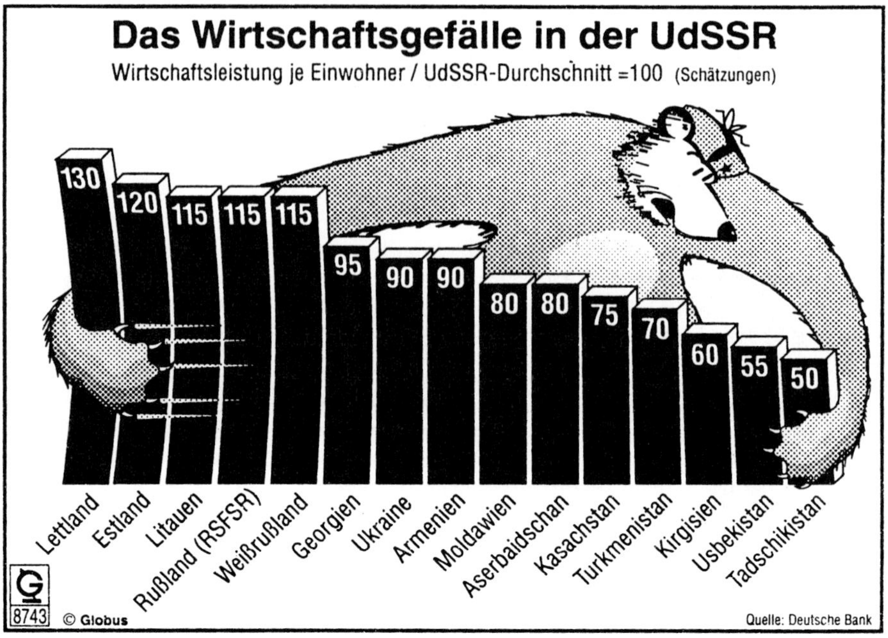

(a) Untersucht anhand der Tabelle die wirtschaftliche Stellung der Sowjetunion im Vergleich mit den führenden westlichen Industrienationen.

(b) Vergleicht die Wirtschaftsleistung der Sowjet-Republiken. Diskutiert den Zusammenhang mit den Unabhängigkeitsbestrebungen und den Nationalitätskonflikten.

(2) **Breschnew und Gorbatschow**

Leonid Breschnew, geb. 1906, Sohn eines Arbeiters. Stahlarbeiter, TH-Studium, Polit-Offizier (1941–45), Mitglied des Obersten Sowjet (seit 1950), Mitglied des Politbüros der KPdSU (1957); 1960 Staatspräsident, 1964 1. Sekretär des ZK der KPdSU und Parteichef, gest. 1982.

Michail Gorbatschow, geb. 1931, Bauernsohn. Jurastudium, dann Dipl. Agraringenieur. Seit 1970 Mitglied des Obersten Sowjet, 1978 ZK-Sekretär für Landwirtschaft, 1980 Mitglied im Politbüro, 1984 Vorsitzender des Außenpolitischen Ausschusses des Obersten Sowjet; 13. 3. 1985 Parteichef der KPdSU.

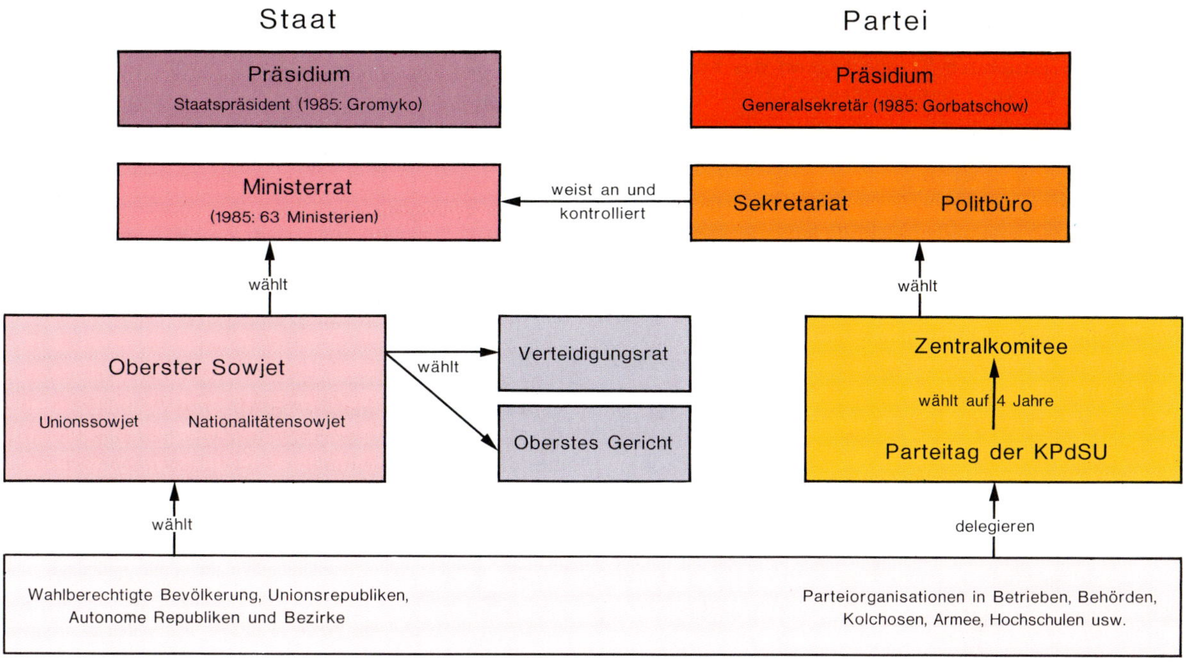

Lenin: „Die Partei führt, der Staat verwaltet". – Die Verteilung der Macht im Sowjetstaat bis 1989.

(a) Vergleicht die „Karrieren" von Breschnew und Gorbatschow.

(b) Besprecht das Verhältnis von Partei und Staat in der Sowjetunion; vergleicht mit der DDR (S. 268).

(c) Informiert euch über die Führungsmethoden unter Breschnew und Gorbatschow.

(3) Recht auf Kritik?

Verfassung der UdSSR von 1979, Art. 49:

„Jeder Bürger der UdSSR hat das Recht, den staatlichen Organen und gesellschaftlichen Organisationen Vorschläge für die Verbesserung ihrer Tätigkeit zu unterbreiten und Mängel in der Arbeit zu kritisieren."

Der russische Wissenschaftler und Nobelpreisträger Sacharow veröffentlichte folgende Forderungen:

„1. Erweiterung der Wirtschaftsreform, völlige Selbständigkeit der Betriebe in Fragen der Wirtschaft, der Produktion und in Personal- und Sozialfragen. 2. Teilweise Entstaatlichung aller Arten wirtschaftlicher und sozialer Tätigkeit mit Ausnahme vielleicht der Schwerindustrie, des Schwertransports und des Verkehrs ... In der Landwirtschaft ist eine teilweise Entkollektivierung und eine staatliche Unterstützung des privaten Sektors als des produktivsten erforderlich ... 3. Völlige Amnestie für alle politischen Gefangenen, einschließlich der Gefangenen in psychiatrischen Spezialkliniken ... 4. Ein Gesetz, das das Streikrecht, die Freiheit, die Arbeit niederzulegen, wirksam garantiert. 5. Eine Reihe legislativer Maßnahmen, die wirkliche Freiheit der Weltanschauung, des Gewissens, der Information gewährleisten ... 6. Gesetzliche Sicherstellung der Öffentlichkeit und der öffentlichen Kontrolle der wichtigsten Regierungsbeschlüsse ... 7. Ein Gesetz, das die Freiheit des Aufenthaltsortes und des Arbeitsplatzes innerhalb der Grenzen des Landes sichert. 8. Gesetzliche Garantien für die Freiheit der Ausreise aus dem Land ... 9. Gleichberechtigung aller Bürger als grundlegendes Staatsprinzip. 10. Gesetzliche Bestätigung des Rechts der Unionsrepubliken auf Loslösung ... 11. Ein Mehrparteiensystem. 12. Freier Austausch des Rubels gegen ausländische Währung ..." (5) Q

Ein sowjetischer Hochschullehrer auf die Frage, ob das Verbot, gegen die sozialistische Ordnung aufzutreten, eine Einschränkung der Demokratie bedeute:

„Nein. Das Wesen der Demokratie besteht in der Achtung des frei zum Ausdruck gebrachten Willens der Mehrheit der Bevölkerung. Wir sind ein sozialistischer Staat, in dem sich praktisch die gesamte Bevölkerung zum Sozialismus bekennt. Aktionen gegen den Sozialismus zuzulassen, hieße dem Willen und den Interessen dieser Millionen Menschen zu widersprechen." (6)

(a) Stellt zusammen, was Sacharow in der Sowjetunion vermißt. Informiert euch über Sacharows Lebenslauf.

(b) Welches „Recht auf Kritik" meint die – inzwischen geänderte – Verfassung der UdSSR? Vergleicht mit dem Grundrecht auf freie Meinungsäußerung?

(4) Gorbatschow: Glasnost und Perestroika

„Auf einer bestimmten Etappe begann das Land [die UdSSR], an Entwicklungstempo zu verlieren, es begannen sich Schwierigkeiten und ungelöste Probleme zu häufen, es kam zu Stagnations- und anderen, dem Sozialismus fremden Erscheinungen. Das alles wirkte sich ernsthaft auf die Wirtschaft sowie auf die sozialen und geistigen Sphären aus. Die Hauptursache – und das Politbüro hält es für notwendig, darüber in aller Offenheit vor dem Plenum zu sprechen – bestand darin, daß das Zentralkomitee der KPdSU, die Führung des Landes, vor allem aus subjektiven Gründen nicht rechtzeitig und in vollem Umfang die Notwendigkeit von Veränderungen und die Gefahr des Anwachsens von Krisenerscheinungen in der Gesellschaft einzuschätzen sowie eine klare Linie zu ihrer Überwindung, zu einer umfassenderen Nutzung der Möglichkeiten, die im sozialistischen System liegen, erarbeiten konnte . . ." (7) Q

Wir brauchen die Demokratie wie die Luft. Wenn wir dies nicht begreifen, und selbst wenn wir es begreifen, aber keine wirklichen, ernsthaften Schritte zu ihrer Erweiterung, ihrer Weiterentwicklung sowie zur breiten Einbeziehung der Werktätigen des Landes in den Prozeß der Umgestaltung unternehmen, dann wird unsere Politik versagen, dann wird die Umgestaltung ersticken, Genossen . . .

Offenheit, Kritik und Selbstkritik brauchen wir nicht nur, es sind die wichtigsten Merkmale der sozialistischen Lebensweise, und wenn irgendeiner meint, daß wir das nur deshalb brauchen, um die Unzulänglichkeiten der Vergangenheit zu kritisieren, so irrt er gewaltig. Das Wichtigste besteht darin, daß Offenheit, Kritik und Selbstkritik sowie Demokratie für unsere Vorwärtsbewegung, für die Lösung der großen Aufgaben erforderlich sind. Ohne die aktive Teilnahme des Volkes werden wir diese Aufgaben nicht lösen. Und eben dafür brauchen wir das alles . . . Wir sind unbeirrt in unserem Streben, die Beschlüsse des XXVII. Parteitages zu erfüllen. Wir streben nach einem qualitativ neuen Zustand der sowjetischen Gesellschaft. Wir sind davon überzeugt, daß die Sache der Umgestaltung unumkehrbar ist." (8) Q

(a) Arbeitet heraus, was Gorbatschow kritisiert und was für Ziele er verfolgt.

(b) Erläutert die Begriffe „Glasnost" und „Perestroika" an Beispielen.

(5) Kritik an bisherigen ideologischen Grundlagen

Der Abteilungsleiter für Internationale Angelegenheiten an der Akademie der Wissenschaften der UdSSR, Prof. Daschitschew, gab einem westdeutschen Journalisten das folgende Interview:

„Was ist denn für Sie Sozialismus heute?
Sozialismus wollte die Ausbeutung des Menschen beseitigen. Aber sie wurde nicht liquidiert, sondern hat nur andere Formen angenommen. Schlecht arbeitende Belegschaften beispielsweise lebten bei uns auf Kosten gut arbeitender Belegschaften. Und die zentrale Planung hat sich nicht bewährt, weil sie die ganze Wirtschaft lähmt und fesselt. Eine moderne Volkswirtschaft kann man nicht aus einem Zentrum lenken.

Und die Alternative?
Es wird bei uns Marktwirtschaft geben, Dezentralität und gemischte Formen des Eigentums. Betriebe, die den Belegschaften gehören, aber auch etwa Aktiengesellschaften. Die sind schon gesetzlich erlaubt.

Und im politischen Bereich: Kommen auch in der Sowjetunion Wahlen mit nichtsozialistischen Parteien?
Ja, das ist nicht auszuschließen. Zwischen dem Pluralismus der Ideen, den wir bereits akzeptiert haben, und dem politischen Pluralismus, der sich in Parteien und Organisationen ausdrückt, gibt es eigentlich keinen Unterschied. Jede Gesellschaft ist ihrer Natur nach pluralistisch.

Es stört Sie nicht, wenn in Warschau ein Nichtsozialist Regierungschef ist?
Nein, auf keinen Fall. Man kann sich den Sozialismus auch als Mehrparteiensystem vorstellen. Jedes Machtmonopol führt letzten Endes zur Verfaulung, das hat schon Lenin gesagt.

Noch einmal: Was ist an einem System nach Ihren Konzeptionen sozialistisch?
Die konkreten Grenzen zwischen Sozialismus und Kapitalismus im alten Sinne des Wortes verschwinden. Die Konvergenz wird uns zu einer neuen Gesellschaft führen. Die Vorstellungen von Sozialismus ändern sich gründlich. Man weiß nicht, wie die Gesellschaft beispielsweise in der Sowjetunion aussehen wird, wenn wir die Perestroika erfolgreich durchgeführt haben. Man muß sich von naiven, illusorischen Vorstellungen von Kommunismus und Sozialismus befreien. Wir brauchen mehr Pragmatismus. Man hat den Menschen vergessen, das war der schwerste Fehler. Stalin hat gesagt: Man muß erst die Gesellschaft und dann den Menschen befreien. Aber das gehört zusammen.
Verstehen Sie die Sorgen in der westeuropäischen Linken, daß ihre eigene Analyse des Kapitalismus unter dem Eindruck der Vorgänge in Osteuropa begraben wird?
Die Linke im Westen kennt unsere Verhältnisse sehr schlecht. Das ist eine der Ursachen dafür, warum sie Illusionen hat. Wir werden auf Freiheit, Gleichheit und Gerechtigkeit nicht mehr verzichten. Mit Vorstellungen aus dem 19. Jahrhundert ist nichts mehr zu machen." (9) Q

(c) Vergleicht die Aussagen Daschitschews mit den euch bekannten Grundsätzen der parteioffiziellen marxistisch-leninistischen Ideologie. Welche Vorstellungen von der neuen Gesellschaft hat er, wie verhalten sie sich zu Vorstellungen bei uns?

1. *Berichte über Chruschtschows Politik.*
2. *Erkläre anhand einer Grafik, wie in der Planwirtschaft Produktion und Preise gesteuert werden.*
3. *Ein Sowjetbürger fragt einen Landsmann: „An wen grenzt die Sowjetunion?“ Antwort: „An wen sie will.“ Wie verstehst du diesen Witz?*
4. *In China verurteilte man zu Beginn der 60er Jahre die sowjetische Innenpolitik als „Gulaschkommunismus“, die sowjetische Außenpolitik als „Sozialimperialismus“. Erkläre die Ausdrücke und sage, ob sie nach deiner Meinung zutreffen.*
5. *Stelle zusammen, vor welchen Problemen die GUS steht.*

Reagan und Gorbatschow in Washington (Dezember 1987).

Dissidenten: (Lat. Getrennte) Abweichler, etwa seit 1965 Bezeichnung für solche Intellektuelle in der Sowjetunion und in anderen sozialistischen Staaten, die das politische und wirtschaftliche System ihres Landes kritisieren und vor allem die Beachtung der Menschenrechte fordern. Viele Dissidenten wurden verhaftet oder ausgebürgert.

Friedliche Koexistenz: Strategie der sowjetischen Außenpolitik seit 1956 mit dem erklärten Ziel, mit nicht-kommunistischen Ländern wirtschaftlich zu konkurrieren, auf direkte Konfrontation zu verzichten, ohne die ideologischen Gegensätze zu verwischen und die entsprechenden Ziele aufzugeben.

1953	Tod Stalins, Chruschtschow Parteichef
1956	Entstalinisierung
1964	Sturz Chruschtschows, Breschnew Parteichef
1968	Intervention in der ČSSR, „Breschnew-Doktrin“
1985	Gorbatschow wird Parteichef
1987	Raketenabrüstungs-Abkommen zwischen der UdSSR und den USA
1989	Gorbatschows Reformen
1991	Ablösung der UdSSR durch die GUS

Quellennachweis

(1) Zitiert aus: Die Verfassung der UdSSR garantiert. Moskau 1984, S. 4 f.
(2) Zitiert aus: Die Russen. PZ 35/1983, hrsg. von der Bundeszentrale für politische Bildung. Bonn 1983, S. 21.
(3) Aus: Sowjetunion 1988/89. Perestrojka in der Krise? München 1989, S. 317 (Bevölkerungszahlen nach Fischer-Weltalmanach 1988, Sp. 183, 324, 502, 573.
(4) Zitiert aus: Die Verfassung der UdSSR garantiert a. a. O., S. 132.
(5) A. D. Sacharow: Mein Land und die Welt. Wien 1975, S. 110 ff.
(6) Die Verfassung der UdSSR garantiert, a. a. O., S. 98.
(7) Gorbatschow vor dem ZK der KPdSU am 27. 1. 1987, zitiert nach: FAZ, 3. 2. 1987.
(8) Schlußwort Gorbatschows vor dem ZK der KPdSU am 28. 1. 1987, zitiert nach: Neues Deutschland, Berlin-Ost, 30. 1. 1987.
(9) Zitiert nach: Frankfurter Rundschau, 16. 10. 1989.

Lesetip

L. Kopelew: Einer von uns. Lehr- und Wanderjahre eines Kommunisten. Autobiographie in 3 Bde., dtv 5934 (Q)
J. Koronetz: Das ganze Leben und ein Tag. Beltz, Weinheim 1980 (JB)
K. Mehnert: Über die Russen heute. Was sie lesen, wie sie sind. Bastei Lübbe Tb. 60130 (SB)
A. Sacharow: Wie ich mir die Zukunft vorstelle. Diogenes Tb. 20116 (Q)
C. Schmidt-Häuer: Michail Gorbatschow. Moskau im Aufbruch. Piper Tb. 467 (SB)

10.5 Die Volksrepublik China

Oben: Mao Tse-tung auf dem „langen Marsch".
Unten: Zum 20. Jahrestag des Sieges im Bürgerkrieg am 1. Oktober 1969 demonstrieren in Peking Millionen mit den Bildern Maos.

Aus dem Fischer Weltalmanach 1986:

„China, Volksrepublik. Fläche: 9 560 779 km^2; Einwohner: 1 024 000 000 (1984) = 107 je km^2; Verfassung (1982): enthält die 4 Grundprinzipien ‚Sozialismus, demokratische Diktatur des Volkes, Marxismus-Leninismus-Mao-Ideen und Führung durch die Kommunistische Partei'; Staatsoberhaupt: Li Xiannian; Regierungschef: Zhao Ziyang; Generalsekretär der KPCh: Hu Yaobang. Städte: Peking (Hauptstadt, 9 230 000 Einwohner), Shanghai (11 800 000) ..." (1)

- Wie und wann kamen die Kommunisten in China an die Macht?
- Welche wirtschaftlichen und sozialen Probleme hatte und hat die Volksrepublik China und wie sollten sie gelöst werden?
- Wie entwickelte die Volksrepublik China ihre Beziehungen zu anderen Ländern, besonders zur Sowjetunion, zum Westen, zur Dritten Welt?

Mao Tse-tung und die erste Sowjetrepublik in China. Mao Tse-tung[1] (vgl. S. 91) vertrat die Auffassung, daß in China die Revolution von den Bauern ausgehen müsse, nicht vom Industrieproletariat, wie Stalin damals glaubte. Im Herbst 1927 entfesselte Mao in Hunan einen großen Bauernaufstand, der aber von Tschiang Kai-scheks Truppen niedergeschlagen wurde. Mit etwa 1000 Anhängern floh Mao in die Berge von Hunan. Im folgenden Jahr liefen viele Soldaten der Armee von Tschiang zu Mao über; bewaffnete Banden schlossen sich an, so daß er bald über einige Zehntausend Mann, den Kern seiner „Roten Armee", verfügte. → (1)

1931 entstand im Süden der Provinz Kiangsi eine chinesische Sowjetrepublik mit Mao als „Vorsitzendem". Die Bildung weiterer kleiner Stützpunkte in den verschiedenen Provinzen folgte. Sie alle standen mit Maos Zentrale in Verbindung, die über ein Gebiet mit 2,5 Mio. Menschen herrschte. Tschiang sah in Maos Republik einen gefährlichen Gegner. Wiederholte Feldzüge blieben ohne Erfolg, denn Maos Bastion hielt stand. Da ließ Tschiang das Gebiet durch ein Befestigungssystem umzingeln.

Der „lange Marsch". Mao erkannte, daß er sich nicht mehr lange halten konnte. 1934 brach seine Armee eine Lücke in die Umzingelung. Der *lange Marsch** der chinesischen Kommunisten begann. Demontierte Fabriken, Regierungsakten, Büroeinrichtungen, Geld, Nahrungsmittel, Saatgut, Druckerpressen, alles Brauchbare und Bewegliche wurde mitgenommen. Der Zug legte durchschnittlich pro Tag 38 km zurück. Bewegliche Textil- und Schuhfabriken kleideten Armee und Zivilisten. Unterwegs schlossen sich Soldaten und Bewohner aus den verstreuten Stützpunkten an. Oft mußten Angriffe der KMT-Truppen abgewehrt werden. Gelegentlich griff die Rote Armee selbst an, um ihre Vorräte und Ausrüstung zu ergänzen. Nach großen Opfern erreichten 10 000 Zivilisten und Soldaten – über 100 000 waren aufgebrochen – Ende 1935 das Bergland von Nordschensi. Hier errichtete Mao eine neue Machtbasis, die Ausgangspunkt für die Eroberung ganz Chinas wurde.

Schensi grenzte an die Innere Mongolei, war also nicht allzuweit von der Sowjetunion entfernt. Mao konnte die Sympathie der ländlichen Bevölkerung gewinnen. Seine Soldaten halfen den Bauern bei der Arbeit, die Ernährung war sichergestellt. Die kleine Soldaten- und Bauernrepublik wirkte auf die umliegenden Gebiete vorbildlich.

1 Im Schulbuch verwenden wir die bis 1980 gebräuchliche Schreibweise chinesischer Namen.

Der Krieg mit Japan 1937 zwang Tschiang Kai-schek, erneut mit den Kommunisten zusammenzugehen. Diese behielten, anders als im ersten Bündnis, eigene Truppen und ein eigenes Hoheitsgebiet. Sie konnten im Krieg ihre Macht und ihren Einfluß ausdehnen. Ihre Truppen kämpften tapfer gegen die Japaner. Tschiangs Armeen dagegen, von den Amerikanern im Zweiten Weltkrieg bewaffnet (vgl. S. 203), führten nur halbherzig Krieg; manche Einheit unterstellte sich Maos Befehl. Die Kommunistische Partei bekam massenhaft neue Mitglieder. Maos Taktik des Guerillakrieges brachte weitere Gebiete unter kommunistische Kontrolle.

Der Siegeszug der Kommunisten. Als der Zweite Weltkrieg zu Ende ging, versuchte Tschiang Kai-schek, in den befreiten Gebieten eigene Verwaltungen einzurichten. Die Amerikaner stellten Transportmittel, vor allem Flugzeuge, zur Verfügung. An vielen Orten kam es zu Kämpfen, weil die Kommunisten früher zur Stelle waren. Noch verfügte Tschiang über mehr Soldaten und Waffen als Mao, aber die Korruption nahm zu, und immer mehr Truppenteile schlossen sich den Kommunisten an. Sie erhielten – neben erbeutetem Kriegsgerät – Waffen von der Sowjetunion. So konnten die kommunistischen Streitkräfte in einem einzigartigen Siegeszug von der Mandschurei bis in den äußersten Südwesten ganz China in ihre Gewalt bringen.

Am 1. Oktober 1949 wurde die Volksrepublik China ausgerufen. Tschiang Kai-schek zog sich mit den Resten seiner Armee und mit seinen Anhängern auf die Insel Formosa (Taiwan) zurück. Die Vereinigten Staaten stellten seine Regierung unter ihren Schutz und verhinderten so eine Vereinigung der Insel mit dem Festland.

Chinas Weg zum Sozialismus. Die Kommunisten bezeichneten ihre Herrschaft anfangs als „Neue Demokratie", die nicht durch eine Diktatur des Proletariats gekennzeichnet sei, sondern von den vier „revolutionären Klassen" – Arbeiter, Bauern, Kleinbürger und „nationale Bourgeoisie" – gebildet werde. Aber die nunmehr im ganzen Land durchgeführte Agrarreform und die großen Kampagnen in den Städten „gegen Korruption, Verschwendung und Bürokratentum" und „für die Reform des Gedankens" zeigten bereits die Besonderheiten des chinesischen Kommunismus: Öffentliche „Darstellungen der Bitternisse" in den Dörfern, Massenprozesse und öffentliche „Selbstreinigung" in den Städten dienten der Vernichtung möglicher Gegner und gleichzeitig der Stärkung des Klassenbewußtseins, verbunden mit kollektiver Umerziehung. Vorsichtige Schätzungen rechnen mit mindestens 5 Mio. Todesopfern der Bodenreformbewegung und mit ca. 1 Mio. Todesopfern der „Kampagnen gegen die Konterrevolution" in diesen Jahren.

Die Kollektivierung der Landwirtschaft wurde anfangs ebenso vorsichtig betrieben wie die Sozialisierung der Industrie. Von 1955 bis 1956 stieg aber die Zahl der Bauernfamilien, die Produktionsgenossenschaften angehörten, von 15 auf 90 v. H. Zur gleichen Zeit wurden die letzten Privatbetriebe verstaatlicht, wobei viele ehemalige Inhaber vorübergehend als Direktoren oder Sachverständige gegen Gehalt und Gewinnbeteiligung in den Betrieben verbleiben konnten.

1952 war die Vorkriegsproduktion wieder erreicht und der Verkehr durch Eisenbahnbauten verbessert. Der 1. Fünfjahresplan (1953–1957) bevorzugte die Schwerindustrie; die Landwirtschaft, die 1953 fast die Hälfte der Gesamtproduktion lieferte, hatte das Kapital für die Industrialisierung aufzubringen. Dazu kam sowjetische Hilfe durch Kapital und Fachleute. Und die Industrie entwickelte sich überdurchschnittlich. Die Wachstumsrate (14–19 v. H.) übertraf alle Länder der Welt, ausgenommen Japan. So erhöhte sich die Elektrizitätserzeugung von 7,3 auf 19,3 Mrd. KWh, die Stahlproduktion von 1,3 auf 5,3 Mio. t. Erstmalig war China imstande, größere Mengen von Lastwagen, Schiffen und Traktoren selbst herzustellen.

Wirtschaftliche Schwierigkeiten. Die Vernachlässigung der Landwirtschaft, verbunden mit schlechten Ernten und einer zunehmenden Landflucht der Bevölkerung in die Städte, führte jedoch zu neuen Schwierigkeiten. Hinzu kamen ideologische Probleme: 1956 hielt Mao eine Rede mit dem Thema: „Laßt hundert Blumen blühen und hundert Schulen miteinander wetteifern!" Mao wollte offensichtlich die Intelligenz enger an die Partei binden, indem er geistige Freiheiten versprach. Aber „frei" Denken bringt auch Unzufriedenheit und Opposition ans Tageslicht. Die Parteiführung änderte den Kurs. Sie bestrafte die „Rechtsabweichler" und proklamierte den „Großen Sprung nach vorn". Im bewußten Gegensatz zur UdSSR sollten die Landwirtschaft und die Industrie gleich schnell und unter revolutionären Bedingungen aufgebaut werden. Dabei sollte die Arbeitskraft der chinesischen Bauernmassen genutzt werden. Wenn auf den Feldern wenig zu tun war, mußten sie mit Handarbeit und wenig Werkzeug die großen Vorhaben vorantreiben. Sie bauten Bewässerungsanlagen, kultivierten neuen Ackerboden und errichteten sogar „kleine Hochöfen" auf dem Lande. Zwei Wirtschaftsformen sollten nebeneinander bestehen: Die moderne Industrie der Städte und die Landwirtschaft, die mit ihren Produkten die Städte und gleichzeitig sich selbst auch industriell versorgt. Auf dem Land schuf man dazu *Volkskommunen**, die jeweils 10–20 000 Menschen umfaßten. Die Kommunen betrieben nicht nur Landwirtschaft, Industrie und Handel, sondern richteten auch Schulen ein und bildeten Milizangehörige aus. Gemeinschaftsküchen, große Speisesäle, Kinderkrippen, medizinische Zentren – das „Kollektiv" versorgte alle, erzog die Kinder, sollte die Familie ersetzen. Die Frauen waren „frei" für die kollektive Arbeit. So sollten wirtschaftlicher Aufschwung und Übergang zur kommunistischen Gesellschaft gleichzeitig erreicht werden. Ende 1958 umfaßten 26 000 Kommunen neun Zehntel der Landbevölkerung. Damals erfolgte jedoch bereits der Umschlag. Immer mehr erwies sich der „Große Sprung" aus wirtschaftlichen und politischen Gründen als Mißerfolg. →(3)

1960 ergab die Getreideernte nur 160 Mio. t gegenüber 200 Mio. t 1958. Um eine Hungersnot zu vermeiden, mußte Getreide aus Kanada und Australien importiert werden. Die Industrieproduktion soll damals um rund 70 v. H. gefallen sein. Ursachen werden in der schlechten Organisation, in der Frustration der Menschen, aber auch im plötzlichen Abzug sowjetischer Spezialisten gesehen und in der Einstellung sowjetischer Lieferungen für halbfertige Projekte. Der ideologische Konflikt Moskau – Peking, der 1956 mit unterschiedlichen Ansichten über die Entstalinisierung (vgl. S. 298) begonnen hatte, war offen ausgebrochen.

Die Kulturrevolution. Mao war 1958 als Staatspräsident zurückgetreten, jedoch Parteivorsitzender geblieben. Jetzt sah er mit den Bemühungen um wirtschaftliche Stabilität auch seine Vorherrschaft in der Partei gefährdet. 1965 begann sein Gegenangriff, die „Große proletarische *Kulturrevolution*"*. Kampagnen und Massenaufmärsche richteten sich anfangs gegen Künstler und Universitätslehrer, bald aber auch gegen Partei- und Staatsfunktionäre aller Grade. Wurden anfangs „Revisionisten" und „Bürokraten" in improvisierten Wandzeitungen gebrandmarkt, so wurden sie bald aus Hörsälen und Amtsstellen vertrieben, beschimpft und durch die Straßen gejagt. Die Säuberungs- und Verhaftungswelle trug alle Anzeichen öffentlichen Terrors. Die politische Führung sprach später von 400 000 Todesopfern allein unter den Parteimitgliedern, die Gesamtzahl wird auf über 2 Millionen geschätzt. Mao stützte sich auf die Armee unter Lin Piao, der mit der Herausgabe des „roten Buches" der „Worte des Vorsitzenden", einer Zusammenstellung von Mao-Zitaten, den Kult um den „größten Marxisten-Leninisten unserer Zeit" und seine „genialen und schöpferi-

schen" Ideen auf den Höhepunkt trieb. Ausführende der Kulturrevolution aber waren die ,,Roten Garden" Jugendlicher. → (2)
1969 wurde die Kulturrevolution für beendet erklärt. Viele Angehörige der ,,Roten Garden" mußten aus den Städten zur Arbeit auf das Land. In diesen Jahren war die Armee mächtiger geworden, obgleich Lin Piao, ihr Führer während der Kulturrevolution, inzwischen als ,,Verräter" galt. 1972 kam er unter ungeklärten Umständen um, als er versuchte, China im Flugzeug zu verlassen. Die ,,Große proletarische Kulturrevolution" war offensichtlich mehr als ein Machtkampf. Der alte Mao versuchte wohl, durch Mobilisierung der begeisterungsfähigen Jugend seine Vision des neuen, uneigennützigen Menschen in einer klassenlosen Gesellschaft zu verwirklichen. Er wollte damit die Zukunft der Revolution retten. Noch einmal sollte revolutionäre Tugend mehr gelten als Sachverstand und Effektivität, sollte vor allem verhindert werden, daß sich eine ,,neue Klasse" der Bürokraten und Technokraten bildet, die Macht, Besitz und Einfluß festschreibt.

Maos Tod und das Ende der „Viererbande". Mao starb 1976. Knapp vier Wochen nach seinem Tode wurden seine Witwe und drei weitere führende Mitglieder der kulturrevolutionären Fraktion in der chinesischen KP, die alle als die engsten Vertrauten der letzten Lebensjahre Maos galten, unter dramatischen Umständen verhaftet. Dieser ,,Viererbande" wurde vorgeworfen, für alle Fehler und Schwächen der chinesischen Politik der letzten zehn Jahre verantwortlich zu sein. Ein Gericht verurteilte sie später zu Haftstrafen.
Maos Nachfolger, der aus dem Apparat der Partei und der Geheimpolizei hervorgegangene Hua Guofeng, setzte auf dem 11. Parteitag im Jahre 1977 gegen die kulturrevolutionäre ,,Große Unruhe" seines Vorgängers den Ruf nach der ,,Großen Ordnung", die China jetzt brauche. Landwirtschaft, Industrie, Landesverteidigung sowie Wissenschaft und Technologie müßten umfassend modernisiert werden, wenn China bis zum Jahre 2000 eine moderne sozialistische Großmacht werden wolle.
Die folgenden Jahre zeigten, daß in China der maoistische kulturrevolutionäre Weg zum Kommunismus wirklich zu Ende war. Die neue Führung propagierte bisher verketzerte Grundsätze wie Leistung, Gewinn, Rentabilität, Wettbewerb, Konsum. An den Oberschulen und Hochschulen sorgten Prüfungen für ernsthaftes Lernen. In der Landwirtschaft blieb umstritten, ob die Volkskommunen gestärkt oder private Nebentätigkeiten gefördert werden sollten. Die Betriebe bekamen größere Selbständigkeit. Lohnerhöhungen und ein besseres Warenangebot sollten die Menschen motivieren. → (3)
Grundlegende Reformen sollten China verändern. Die Volkskommunen wurden aufgelöst. Bauernfamilien oder Gruppen von ihnen erhielten Pachtland zur eigenverantwortlichen Bewirtschaftung. Industrie- und Gewerbebetriebe sollen ebenfalls selbständig arbeiten und mit anderen konkurrieren. Der Staat setzt Richtlinien und Rahmenpläne.
Als sich aus den Reformen eine vorwiegend von Studenten getragene ,,Demokratiebewegung" entwickelte, fürchtete die Parteiführung um ihre Macht. Sie ließ am 4. 6. 1989 den ,,Platz des himmlischen Friedens", den zentralen Platz der Hauptstadt, der wochenlang besetzt gewesen war, mit Panzern und Maschinengewehren räumen. Die Zahl der Opfer ging in die Tausende (vgl. Abb., S. 311).

Chinas Außenpolitik. Das kommunistische China beanspruchte nach Stalins Tod eine Führungsrolle im internationalen Kommunismus. Es wollte vor allem der ,,Dritten Welt" den wahren Weg zum Kommunismus weisen. Die Industriemächte, voran die UdSSR und die USA, galten als ein ,,Papiertiger", dem alle Entwicklungsländer mutig entgegentreten müßten, um eine neue Gesellschaftsordnung zu errichten. Der Sowjetimperialismus schien China am gefährlichsten. Darum warnten chinesische Politiker bis Ende der 70er Jahre vor der sowjetischen Gefahr. Westeuropa sollte zusammen mit Ländern der ,,Dritten Welt" dem Sowjetimperialismus entgegentreten. Praktische Entwicklungshilfe leisteten Chinesen in afrikanischen und asiatischen Ländern (Guinea, Sambia, Tansania, Sri Lanka, Pakistan).
Ein Streitpunkt zwischen China und den USA war die Insel Taiwan; sie gehörte zum alten China (vgl. S. 305). 1971 schloß die Vollversammlung der UN – gegen die Stimmen der USA – das nationalchinesische Taiwan aus und nahm die Volksrepublik auf: Sie vertrat nun China auch im Sicherheitsrat der UN.
Um so mehr war die Weltöffentlichkeit überrascht, als US-Präsident Nixon im Februar 1972 Mao in China besuchte und Fernsehbilder ausgestrahlt wurden, die trotz Kulturrevolution und Vietnam-Krieg die beiden Staatsmänner im freundschaftlichen Gespräch zeigten. Die USA und China begannen, ihre Beziehungen zu normalisieren. Dieser Besuch und das abschließende Kommuniqué zeigten auch, daß ähnlich wie im 19. Jahrhundert wieder mehrere Machtzentren das ,,Gleichgewicht der Kräfte" bestimmten.
Nach Mao Tse-tung normalisierte China seine Beziehungen zu allen Industrieländern, auch zu Japan. Nun entspannten sich selbst die Beziehungen zur Sowjetunion. China war ein nach außen ,,offenes" Land geworden.

(1) Mao und die Bauern

Besitzverhältnisse auf dem Land in China vor der Revolution:

Bevölkerungsgruppe	Anzahl der Familien in Mio.	%	Land in Mio. ha	%	durchschn. Betriebsgröße in ha
Grundherren	2,4	4	44	50	18,2
Großbauern	3,6	6	16	18	4,4
Mittelbauern	12,0	20	13	15	1,1
arme Bauern, Landarbeiter	42,0	70	15	17	0,4
zusammen:	60,0	100	88	100	– (2)

Aus den Beschlüssen der KPCh im Mai 1927:

„Ein Wechsel des Systems der Bodenverteilung auf dem Land ist eine Hauptforderung der nationalen Revolution, und ohne einen solchen Wechsel können wir auf keine demokratische Entwicklung hoffen ...
Das Agrarproblem bedarf im gegenwärtigen Stadium unserer Revolution zu seiner Lösung folgender Maßnahmen: a) Aller Landbesitz der Dorfgemeinden, der Schulen, der Tempel, der christlichen Kirche und einzelner Gruppen soll in vollem Umfang beschlagnahmt und den Bauern zugeteilt werden, die den Boden tatsächlich bebauen. b) Das Land der kleinen Gutsbesitzer soll nicht beschlagnahmt werden. c) Das beschlagnahmte Land soll nur einer einzigen graduellen Grundsteuer unterliegen, die an den Staat zu zahlen ist. Zusatzsteuern irgendwelcher Art dürfen nicht erhoben werden.“ (3) Q

Mao über die Anfänge der kommunistischen Revolution in China, 1927:

„Die Revolution ist keine Einladung zum Essen, kein literarischer Aufsatz, keine Malerei oder Stickerei; sie kann nicht so vornehm, so gelassen und maßvoll sein, schönes Äußeres und inneren Gehalt in gleicher Weise vereinend, nicht so ‚milde, freundlich, ehrerbietig, mäßig und bescheiden‘. Revolution ist Aufruhr, sie ist ein gewalttätiger Akt der Überwältigung einer Klasse durch eine andere. Die Agrarrevolution ist die Revolution der Bauernklasse zur Überwältigung der Macht der feudalen Grundeigentümer-Klasse. Wenn die Bauern nicht ihre äußerste Kraft anwenden, können sie keinesfalls die seit mehreren Jahrtausenden fest verankerte Macht der Grundeigentümer überwältigen. Auf dem Lande muß eine große revolutionäre Flut sein, um die Massen von Tausenden und Zehntausenden in Bewegung zu bringen und eine gewaltige Kraft zu bilden ... Die Macht der Gentry [besitzende Klasse] muß ganz und gar überwältigt werden, die Gentry muß zu Boden geschlagen und sogar noch zertrampelt werden.“ (4) Q

(a) Gegen wen richtete sich die kommunistische Revolution in China?

(b) Besprecht die Bedeutung einer „Bodenreform“ in China; berücksichtigt wirtschaftliche und politische Gesichtspunkte.

(c) Vergleicht die Lage der Landbevölkerung in China und Rußland, und zwar jeweils vor und nach der Revolution.

(2) Die „Roten Garden“ in der Kulturrevolution

Beschluß des Zentralkomitees der KPCh vom 8. 8. 1966:

„Die große proletarische Kulturrevolution, die sich jetzt entfaltet, ist eine große Revolution, die die Menschen im Innersten bewegt und in der Entwicklung der sozialistischen Revolution unseres Landes ein neues Stadium darstellt, das noch tiefer und weiter als das vorangegangene ist ... Obwohl die Bourgeoisie gestürzt worden ist, versuchte sie immer noch, die alten Ideen, die alte Kultur, die alten Sitten und Gebräuche der Ausbeuterklasse zu verwenden, um die Massen zu korrumpieren, ihre Herzen zu gewinnen und sich anzustrengen, ein Comeback zu inszenieren. Das Proletariat muß genau das Gegenteil tun: es muß jeder Herausforderung der Bourgeoisie im ideologischen Gebiet hartnäckig begegnen und neue Ideen, eine neue Kultur, neue Sitten und Gebräuche des Proletariats anwenden, um das geistige Antlitz der gesamten Gesellschaft zu ändern ...“ (5) Q

Programm der Pekinger Roten Garden vom 23. 8. 1966:

„1. Jeder Bürger soll manuelle Arbeit verrichten.
2. In allen Kinos, Theatern, Buchhandlungen, Omnibussen usw. müssen Bilder Mao Tse-tungs aufgehängt werden.
3. Überall müssen Zitate Mao Tse-tungs an Stelle der bisherigen Neonreklamen angebracht werden.
4. Die alten Gewohnheiten müssen verschwinden ...
5. Eine eventuelle Opposition muß rücksichtslos beseitigt werden.
6. Luxusrestaurants und Taxis haben zu verschwinden.
7. Die privaten finanziellen Gewinne sowie die Mieten müssen dem Staat abgegeben werden.
8. Die Politik hat vor allem den Vorrang ...
9. In allen Straßen sollen Lautsprecher aufgestellt werden, um der Bevölkerung Verhaltensmaßregeln zu vermitteln.
10. Die Lehre Mao Tse-tungs muß schon im Kindergarten verbreitet werden.
11. Die Intellektuellen sollen in Dörfern arbeiten.
12. Die Bankzinsen müssen abgeschafft werden.
13. Die Mahlzeiten sollen gemeinsam eingenommen wer-

Szene aus der Kulturrevolution 1966/67: Halbwüchsige Rote Garden schleppen einen Funktionär mit einem hohen Papierhut (ein Zeichen der Schande) durch die Straßen von Peking.

den, und es soll zu den Sitten der ersten Volkskommunen im Jahr 1958 zurückgekehrt werden.

14. Auf Parfüms, Schmuckstücke, Kosmetik und nichtproletarische Kleidungsstücke und Schuhe muß verzichtet werden.
15. Die Erste Klasse bei den Eisenbahnen und luxuriöse Autos müssen verschwinden.
16. Die Verbreitung von Photographien von sogenannten hübschen Mädchen soll eingestellt werden.
17. Die Namen von Straßen und Monumenten müssen geändert werden.
18. Die alte Malerei, die nicht politische Themen zum Gegenstand hat, muß verschwinden ..." (6) Q

(a) Arbeitet konkrete Ziele der Kulturrevolution heraus. Welche Richtung wollte Mao der Revolution durch die Roten Garden geben?

(b) Überlegt, wie die Methoden der Roten Garden auf die Jugend und wie sie auf die Erwachsenen wirkten.

(c) Worin bestanden die negativen Auswirkungen der Kulturrevolution?

(3) Wirtschaftsprobleme und Reformen in China

Nach Aussagen der politischen Führung verfolgt die Volksrepublik China folgende Leitziele:

- Die Überwindung der drei großen Ungleichheiten, nämlich zwischen Industrie und Landwirtschaft, zwischen Stadt und Land, zwischen geistiger und körperlicher Arbeit;
- die umfassende Modernisierung von Landwirtschaft, Industrie, Landesverteidigung sowie Wissenschaft und Technik, damit die chinesische Volkswirtschaft bis zum Ende des Jahrhunderts die fortschrittlichsten Länder der Welt erreicht hat.

Bruttosozialprodukt (BSP) pro Kopf (in US-Dollar):

BR Deutschland (1979)	11730	
USA (1979)	10820	
Japan (1979)	8800	
UdSSR (1979)	4110	* Wechselkurs
VR China (1981)	250*–500**	** Kaufkraft

Anteil der Wirtschaftssektoren am BSP in % (Preise von 1979):

Jahr	Industrie	Landwirtschaft	Tertiärsektor
1957	29	47	24
1977	44	31	25
1980	47	29	24 (7)

Problembereiche:

„Chinas größte Herausforderung besteht, vereinfacht ausgedrückt, in dem krassen Ungleichgewicht zwischen einer ständig wachsenden Bevölkerung und den immer enger werdenden Möglichkeiten, diese Menschenlawine auch zu verkraften ...

Mit nur 7% der Weltanbaufläche muß China ein Viertel der Menschheit versorgen, wobei in Rechnung zu stellen ist, daß die Einwohnerzahl wächst, während gleichzeitig die Anbaufläche abnimmt ...

Sowohl der Eisenbahn- als auch der Straßentransport sind schon heute extrem überlastet. Rund zwei Drittel des gesamten Eisenbahntransportvolumens entfallen allein auf Kohle, Zement und Kunstdünger. Von den rund 1,5

Mio. LKWs ist fast ein Drittel wegen Überlastung und schlechten Straßenzustands ständig außer Betrieb. Rund 15% aller ländlichen Volkskommunen, also Einheiten, die immerhin 10–20 000 Menschen umfassen, sind überdies bis heute ohne jeglichen Verkehrsanschluß." (8)

Reformansätze:

„Eine straffe und systematische Geburtenkontroll- und Familienplanungspolitik, ohne deren Gelingen jedes volkswirtschaftliche Wachstum im wahrsten Sinne des Wortes ‚aufgezehrt' wird.
Die Entwicklung arbeitsintensiver Betriebe, die als einzige sicherstellen können, daß für die über die Milliardengrenze hinausgewachsene Bevölkerung auch künftig genügend Arbeitsplätze zur Verfügung stehen.
Soll dieses Ziel erreicht werden, so ist die Landwirtschaft und die Leichtindustrie stärker als bisher zu fördern. Die staatliche Planbürokratie darf nicht länger an dem Motto festhalten, daß ‚die Schwerindustrie unsere Wirtschaft, die Landwirtschaft aber die der Bauern' ist." (9)

(a) Interpretiert die Angaben der Schaubilder und Tabellen.

(b) Vergleicht die wirtschaftlichen Probleme Chinas mit denen der Sowjetunion und denen der Bundesrepublik Deutschland.

(c) Diskutiert die wirtschaftlichen Leitziele und die Reformvorstellungen der politischen Führung Chinas.

(d) Vergleicht die chinesische Reformpolitik mit dem Reformprogramm Gorbatschows (S. 302). Berücksichtigt dabei die Unterdrückung der Demokratiebewegung seit dem 4. Juni 1989.

---

1. Tschiang Kai-schek meinte einmal, die Japaner seien für China „eine Hautkrankheit, die Kommunisten aber ein Herzleiden". Erkläre, was damit gemeint war.

2. Erläutere anhand der beiden Karten, wie China kommunistisch wurde.

3. Ein Historiker begründete den Sieg der Kommunisten in China folgendermaßen:

„Den Bürgerkrieg gewannen die Kommunisten trotz der anfangs vielfachen zahlenmäßigen Unterlegenheit und der schlechten Bewaffnung durch ihre unbestechliche und fähige Führungsschicht und durch den besser gepflegten

Links: China 1918 bis 1941. – Rechts: Der Sieg der Kommunisten.

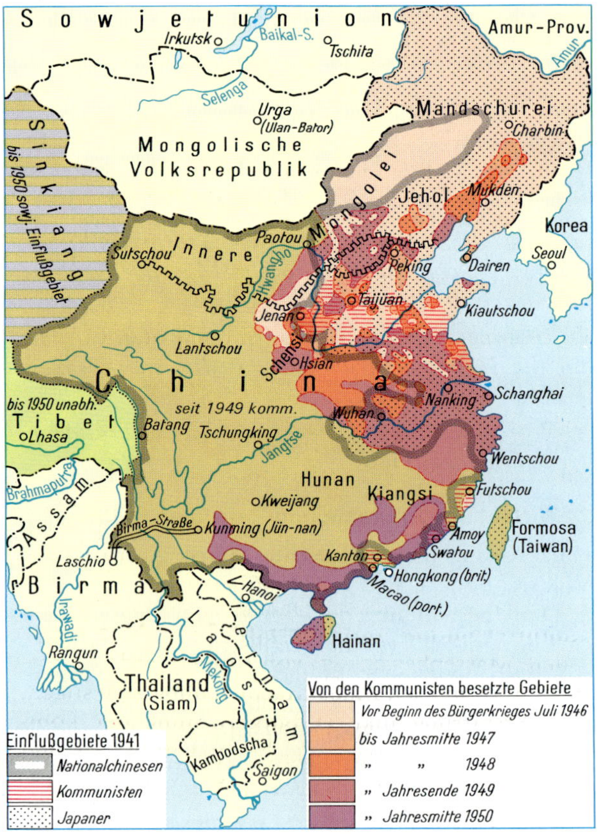

Peking im Juni 1989: Demonstranten setzen einen Panzer in Brand.

Kontakt zum Volk, vor allem zur Bauernschaft, deren Vertrauen sie durch eine gemäßigte, aber durchgreifende Landreform gewonnen hatte," (10)

Was meinst du dazu?

4. Es heißt, die Kulturrevolution habe die Entwicklung in China um mindestens 10 Jahre zurückgeworfen. Was heißt das?

5. Berichte über Maos Aufstieg, seine Leistungen, seine heutige Bedeutung.

6. Nenne Beispiele, die zeigen, wie die chinesische Regierung Maos Politik nach seinem Tod fortführte, und andere, die einen Wandel erkennen lassen.

Langer Marsch: Um der Einkreisung durch die Truppen Tschiang Kai-scheks zu entgehen, brachen im Herbst 1934 rund 100 000 Mann unter Maos Führung zu einem Marsch auf, der durch 11 Provinzen über 12 500 km unter schwersten Verlusten nach einem Jahr in die Provinz Shensi in Nordchina führte.

Kulturrevolution: Im Herbst 1965 von Mao eingeleitete Massenbewegung, von Roten Garden getragen, mit dem Ziel, Maos Machtstellung zu festigen, eine Erstarrung und Verbürgerlichung der kommunistischen Führungsschicht zu verhindern und für die Revolution hinderliche Traditionen zu beseitigen.

Volkskommune: Zusammenfassung landwirtschaftlicher Produktionsgenossenschaften seit 1958 („Großer Sprung") in China mit dem Ziel, die Produktion durch Masseneinsatz zu steigern und die Selbstversorgung durch Kleinindustrie und Handwerk zu ermöglichen – inzwischen aufgelöst.

1927	Kommunistische Bauernrevolution in Hunan
1934/35	„Langer Marsch" nach Shensi
1949	Gründung der Volksrepublik China
1958	„Großer Sprung", Schaffung der Volkskommunen
um 1960	Konflikt mit der UdSSR
1965	Beginn der Kulturrevolution
1972	Verständigung mit den USA
1976	Tod Mao Tse-tungs Verurteilung der „Viererbande"
seit 1981	Beginn der Reformpolitik
1989	Blutige Niederschlagung der Demokratiebewegung

Quellennachweis

(1) Der Fischer Weltalmanach '86. Frankfurt 1985, S. 270.
(2) B. Großmann: Die wirtschaftliche Entwicklung der Volksrepublik China. Stuttgart 1960, S. 24.
(3) Brandt-Schwartz-Fairbank: Der Kommunismus in China. München 1955, S. 73 f.
(4) Mao Tse-tung: Berichte über die Untersuchung der Bauernbewegung in Hunan. Zitiert nach: Propyläen-Weltgeschichte, Bd. 10, a. a. O., S. 88.
(5) K. Mehnert: Maos zweite Revolution. Stuttgart 1966, S. 56.
(6) Europa Archiv 1966, D 504 f.
(7) Informationen zur politischen Bildung 198: Die Volksrepublik China. Bonn 1983, S. 26.
(8) Ebenda, S. 17 ff.
(9) Ebenda, S. 28.
(10) W. Bauer: China. Vom Kaiserstaat zum Kommunismus, a. a. O., S. 64.

Lesetip

L. Fisher-Ruge: Alltag in Peking. Fischer Tb. 3061 (Q)
T. Grimm: Mao Tse-tung. Rowohlt Bildmonographie 141 (SB)
K.-H. Janßen: Das Zeitalter Maos. Heyne Tb. Gesch. 29 (SB)
P. Kuntze: Mao Tse-tung. Dressler, Hamburg 1977 (JB)
K. Mehnert: Maos Erben machens anders. Knaur Tb. 3633 (SB)
F. Meyer: China. Aufstieg und Fall der Viererbande. rororo Sachbuch 9 (SB)
R. Wagner: Durch China. Rotfuchs 181 (JB)

11 Entkolonialisierung und „Dritte Welt“: Die Entwicklungsländer

11.1 Die Auflösung der Kolonialreiche

Kwame Nkrumah, der Führer der Befreiungsbewegung in Ghana, am 10. 7. 1953:

„Wir fordern nur das Recht, als freie Menschen in der Gemeinschaft der Nationen zu leben. Wenn jemand behauptet, nur gewisse Völker seien fähig, sich selbst zu regieren, andere hingegen seien dazu noch nicht ‚reif‘, wie man so gemeinhin sagt, so scheint mir das mehr nach Imperialismus als nach Vernunft zu schmecken ... Wir sind reif für die Freiheit. Unser Volk ist sich der Tatsache bewußt, daß das Recht auf seiner Seite ist, und es weiß auch, daß die Freiheit keine Sache ist, die ein Volk dem anderen etwa als Geschenk überreichen könnte. Unser Volk beansprucht sie als etwas, das ihm gebührt und das ihm niemand vorenthalten kann.“ Q

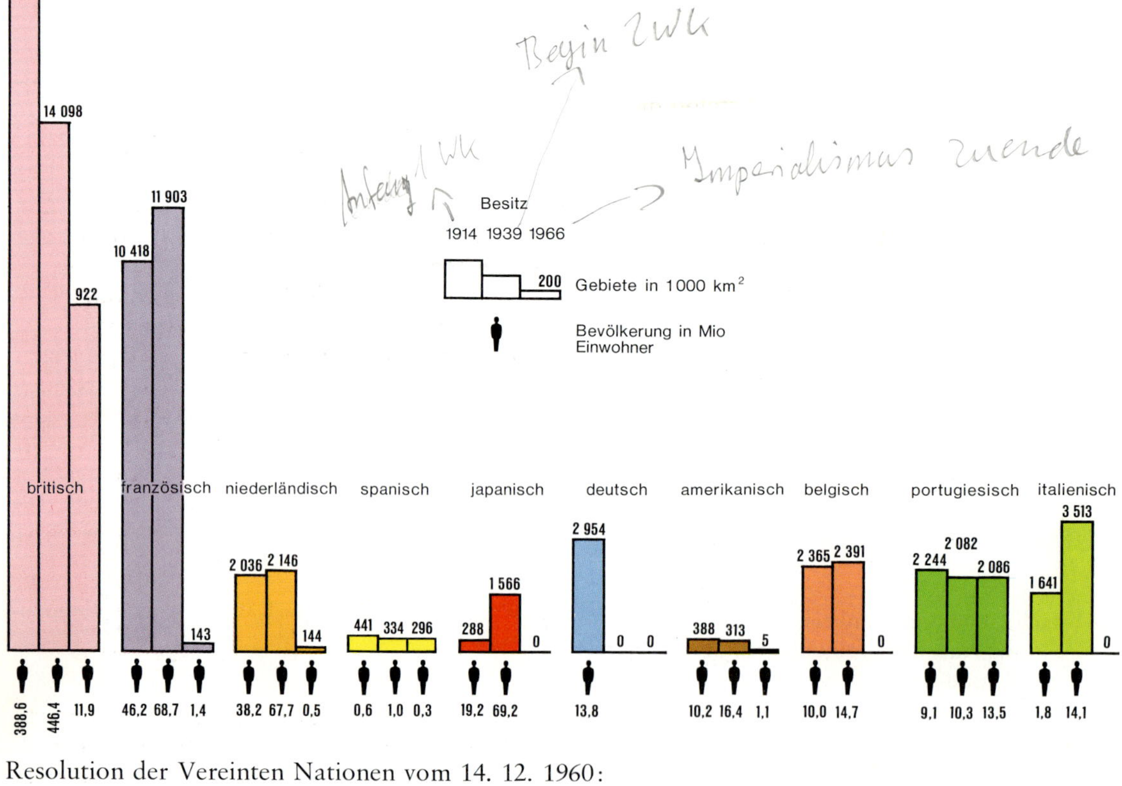

Resolution der Vereinten Nationen vom 14. 12. 1960:

„Im Glauben, daß der Befreiungsprozeß unwiderstehlich und unwiderruflich ist, und daß, um ernste Krisen zu vermeiden, dem Kolonialismus und allen Praktiken der Rassentrennung und Diskriminierung, die mit ihm verbunden sind, ein Ende gesetzt werden muß ... verkündet die Vollversammlung feierlich die Notwendigkeit, den Kolonialismus in allen seinen Formen und Ausdrucksweisen zu einem raschen, bedingungslosen Ende zu bringen ...“ Q

- Welcher Weg führte die Kolonien zur Unabhängigkeit? Wie verliefen die Befreiungskämpfe?
- Was für Probleme entstanden mit der Unabhängigkeit – und wie wurden die jungen Staaten damit fertig?
- Wo gibt es noch Formen des Kolonialismus?

Die Folgen des Zweiten Weltkrieges. 1939 beherrschten die europäischen Staaten fast 710 Mio. Menschen in ihren Kolonien, ein knappes Drittel der damaligen Weltbevölkerung. Der Zweite Weltkrieg erschütterte jedoch das Kolonialsystem: Japans zeitweilige Siege, die Schwäche der europäischen Mächte infolge des Krieges, in dem auch Truppen aus den Kolonien eingesetzt waren, der mehr oder weniger betonte Antikolonialismus der USA und der UdSSR und die Gründung der Vereinten Nationen trugen dazu bei, daß in knapp zwei Jahrzehnten ein System zusammenstürzte, das vor dem Ersten Weltkrieg noch als gottgewollte und natürliche Weltordnung galt (vgl. S. 3ff.).

Die Entwicklung in Asien. In Südostasien entstanden zuerst neue unabhängige Staaten: Sukarno, Führer der Unabhängigkeitsbewegung im zeitweilig von Japan besetzten niederländischen Insel-Kolonialreich, rief 1945 die „Republik Indonesien" aus. Die neue Republik befand sich sofort im Kampf mit den zurückkehrenden niederländischen Kolonialherren. Erst 1949, nachdem die USA die Marshallplan-Hilfe eingestellt und der UN-Sicherheitsrat sofortigen Waffenstillstand angeordnet hatte, verzichteten die Niederlande.
Inzwischen hatte Großbritannien 1947 bereits Britisch-Indien, seinem wichtigsten Kolonialbesitz, sowie Birma und Ceylon die volle Selbstregierung gewähren müssen. Hier hatte „Mahatma" („große Seele") Gandhi die Massen zum gewaltlosen Widerstand gegen die Kolonialverwaltung geführt und als Führer der Kongreßpartei Indiens solange mit London verhandelt, bis Indien seine Freiheit erhielt, allerdings geteilt in einen Hindu- und einen Moslemstaat (Pakistan, vgl. S. 75).

Der Vietnam-Konflikt. 1954 ging die Kolonialherrschaft der Franzosen in Indochina zu Ende. Die französischen Truppen kapitulierten in Dien Bien Phu vor einer kommunistischen Befreiungsarmee. Die Internationale Indochina-Konferenz in Genf (1954), an der neben den vier Großmächten auch die Volksrepublik China teilnahm, teilte Vietnam längs des 17. Breitengrades in zwei Zonen; Wahlen innerhalb von zwei Jahren sollten eine gemeinsame Regierung ermöglichen. Dem Abzug der Franzosen aus dem Norden folgten knapp 1 Mio., meist katholische Flüchtlinge, in den Süden.
In Nordvietnam errichtete Ho Chi Minh (1890–1969), eng angelehnt an Moskau und Peking, ein kommunistisches Regime. In Südvietnam regierte in den folgenden Jahren der katholische Diktator Ngo Dinh Diem. Er stützte sich auf die USA, die zunehmend zivile und militärische „Berater" ins Land schickte. Diem benachteiligte Angehörige anderer Religionen und lehnte gesamtvietnamesische Wahlen unter Hinweis auf die kommunistische Diktatur im Norden ab. Landreformen unterblieben weitgehend. Die Folge war, daß sich ein großer Teil der Bevölkerung gegen Diem wandte. 1960 wurde die *„Nationale Befreiungsfront Südvietnams" (FNL)* gegründet, die den Guerilla-Krieg organisierte.
Jetzt verlor Diem auch die Unterstützung der USA. Er wurde 1963 vom südvietnamesischen Militär gestürzt und ermordet. Die Nordvietnamesen verstärkten ihre Hilfe für die FNL-Guerilla. Die Einigung Vietnams unter kommunistischer Herrschaft schien bevorzustehen.
Nun griff Amerika mit Truppen ein. Den Vorwand lieferte 1964 der sogenannte „Tonking-Zwischenfall": Zwei US-Zerstörer wurden vor der nordvietnamesischen Küste ohne Erfolg von Patrouillenbooten beschossen. Der Kongreß der USA bevollmächtigte daraufhin den Präsidenten Johnson, „alle notwendigen Maßnahmen zu treffen, um jedweden bewaffneten Angriff gegen die Streitkräfte der USA zurückschlagen und weitere Aggressionen zu verhindern". Die Zahl der in Süd-Vietnam kämpfenden US-Soldaten erhöhte sich schnell: 54 000 im Juni 1965, 380 000 Ende 1966, 545 000 im September 1968. Der Krieg wurde auf beiden Seiten immer brutaler geführt. Dem Terror der FNL mit Morden an politischen Gegnern und Granatwerferüberfällen auf Militärstützpunkte und Städte standen Bombenangriffe und „Vergeltungsaktionen" der US-Armee gegenüber. Gebiete, die von der FNL kontrolliert wurden, galten als „freie Tötungszonen", die systematisch mit „Bombenteppichen" und chemischen Vernichtungsmitteln zerstört wurden. Von 1965 bis 1969 bombardierten die US-Luftwaffe auch Nord-Vietnam, um den Nachschub nach Süden unmöglich zu machen, auch um die Nordvietnamesen „an den Verhandlungstisch zu bomben". Die „Domino-Theorie", derzufolge der Fall des „Steines" Südvietnam den Fall anderer „Steine" nach sich ziehen müsse, blieb in den USA nicht unwidersprochen. Die erregte öffentliche Meinung zwang die Regierung, sich aus dem Vietnam-Engagement zu lösen (vgl. S. 290 f.) → (1)

„Friede" in Südostasien. 1973 kam es nach vierjährigen Friedensverhandlungen zum Waffenstillstand. Die USA zogen alle Truppen ab, freie Wahlen sollten in Südvietnam stattfinden. Aber statt dessen eroberten FNL und Nordvietnamesen im folgenden Jahr trotz südvietnamesischen Widerstands eine Provinz nach der anderen. Sie übernahmen schließlich auch in Südvietnam die Regierung.
Auch Laos und Kambodscha wurden kommunistisch. Das Regime der Roten Khmer in Kambodscha versuchte, mit brutaler Gewalt eine Primitiv-

form der kommunistischen Gesellschaft zu erzwingen, deren Kennzeichen die Schaffung von Arbeitskommunen auf dem Lande war. Dabei wurden Millionen Menschen ermordet. Jetzt unterstützte auch die Sowjetunion eine vietnamesische Invasion (1979), die wiederum von China als „imperialistischer Angriff" verurteilt wurde und auch das Mißtrauen anderer südostasiatischer Staaten hervorrief.

Die Entkolonialisierung Afrikas. Seit dem Ende des Ersten Weltkrieges kontrollierte England 34% des afrikanischen Territoriums, Frankreich 38%. Die beiden Kolonialmächte begannen nach dem Zweiten Weltkrieg mit Reformen, die bald zur Entstehung von Parteien und Gewerkschaften in den Kolonien führten. Diese organisierten den Kampf um die Unabhängigkeit, geführt von Männern wie Nkrumah in der Goldküste, Kenyatta in Kenia, Kaunde in Sambia, Sekou Touré in Guinea, Lumumba in Belgisch-Kongo. → (2)

Frankreich hatte 1946 seine Kolonien südlich der Sahara in die Republik integriert. Afrikanische Politiker saßen – allerdings erheblich unterrepräsentiert – im Pariser Parlament und versuchten, die Autonomie ihrer Heimatgebiete zu fördern. In Nordafrika hatte Frankreich seine „Schutzherrschaft" über Tunesien und Marokko bereits 1956 aufgegeben. Algerien dagegen, in dem 1954 ein bewaffneter Aufstand begonnen hatte, galt als untrennbarer Bestandteil Frankreichs. Hier wohnten knapp 1 Mio. Europäer neben mehr als 8 Mio. Arabern. In einem mehr als 7jährigen Kolonialkrieg setzte Frankreich fast sein gesamtes Heer mit über 500000 Soldaten ein. Dabei wurden 1,6 Mio. Araber zwangsweise umgesiedelt. Terror, Gegenterror und Folterungen gehörten zum Kriegsalltag. Schließlich brachte der Algerien-Krieg auch das Ende der IV. Republik. Der Putsch der Offiziere in Algerien vom Mai 1958 gegen die Regierung in Paris, der man vorwarf, sie wolle Algerien „verramschen", führte de Gaulle in das Amt des Präsidenten der Republik. Aber de Gaulle beendete den Algerien-Krieg. 1962 erhielt Algerien seine Unabhängigkeit. Viele Franzosen, die dort lebten, kehrten nach Frankreich zurück.

Portugal verteidigte seit 1961 seine „Überseeprovinzen" Angola, Mozambique und Guinea gegen Partisanen. Der lang andauernde Krieg führte jedoch zu Veränderungen im Mutterland: 1974 stürzten linksorientierte Offiziere in der unblutigen sog. „Nelkenrevolution" die seit 1926 herrschende Rechtsdiktatur in Portugal und nahmen Verhandlungen mit den Befreiungsbewegungen auf. Mozambique erhielt 1975 die volle Unabhängigkeit im gleichen Jahr wie Angola. Dabei unterstützte Kuba mit Truppen die kommunistisch orientierte Seite in Angola, Südafrika die westlich orientierte Untergrundbewegung UNITA.

1988 kam es unter Vermittlung der USA zu Verhandlungen zwischen Angola, Kuba und Südafrika mit dem Ziel, Namibia in die Unabhängigkeit zu entlassen. Gleichzeitig begann der Rückzug südafrikanischer und kubanischer Soldaten aus Angola. Nach 14 Jahren Bürgerkrieg schlossen die angolanische Regierung und die UNITA einen Waffenstillstand. Im November 1989 fanden unter UN-Kontrolle die ersten freien Wahlen nach 23 Jahren Buschkrieg statt, bei denen die *südwestafrikanische Unabhängigkeitsbewegung* SWAPO unter der Führung Sam Nujomas eine deutliche Mehrheit errang.

Die Republik Südafrika war 1961 aus dem Commonwealth (vgl. S. 75) ausgetreten. Sie verfolgte seit dem Sieg der Nationalen Partei (1948) die Politik der *Apartheid**, der Trennung von „Weiß" (1970: 3,7 Mio.) und „Nicht-Weiß" (15 Mio. Schwarze; 2 Mio. Mischlinge, sog. „Farbige"; 0,6 Mio. Inder). 46,5 v. H. der Schwarzen lebten in sog. „Heimatländern" („homelands") auf knapp 14 v. H. der Bodenfläche der Republik, 100000 weiße Farmer bewirtschafteten 65 v. H. der Bodenfläche.

Anfang der 80er Jahre gab es fünf „unabhängige" homelands, die jedoch international nicht anerkannt wurden. Diese Gebiete, klein und unzusammenhängend, waren für sich nicht lebensfähig. Aber Südafrika brauchte für seine sich ständig ausweitende Wirtschaft die Schwarzen als Arbeitskräfte. In den „weißen Städten" durften sie nicht übernachten; so wurden daneben „schwarze" Schlafstädte gegründet, z. B. Soweto (ca. 2 Mio. Einwohner) bei Johannesburg.

Die Apartheid-Politik konnte die Probleme Südafrikas nicht lösen. Es wurde zunehmend international isoliert, die Wirtschaft litt seit Jahren unter den Sanktionen der großen Industriestaaten. Die UN hatten mehrmals die Apartheid als Verletzung der Menschenrechte verurteilt. Im Land kam es immer wieder zu Unruhen der Unterdrückten, die blutig niedergeschlagen wurden, so 1976 beim Schüleraufstand in Soweto. Seit 1986 wurde mit dem Ausnahmezustand regiert. Die Widerstandsformen waren vielfältig. Der *(African National Congress)* ANC* befürwortete auch ein „militärisches" Vorgehen mit Bombenanschlägen, andere Gruppen, darunter multirassische, arbeiteten gewaltfrei. Die Mehrheit der Weißen befürchtete, bei einer Machtübernahme durch die schwarze Mehrheit nicht nur ihre Vorrechte, sondern auch ihre Lebensgrundlage zu verlieren.

Nach der Entmachtung des langjährigen Staatspräsidenten Botha leitete die neue Regierung unter Frederik de Klerk 1989 Reformmaßnahmen ein. 1990 wurde der ANC-Führer Nelson Mandela nach fast 28 Jahren Haft freigelassen. In Verhandlungen vereinbarten de Klerk und Mandela einen Verzicht auf Waffengewalt und das vollständige Ende der Apartheid. Eine Übergangsverfassung legte die Gleichberechtigung aller Rassen und die Auflösung der Homelands fest. Doch die Übergangszeit war nicht einfach. Erst kurz vor den allgemeinen Wahlen 1994 gelang es, rivalisierende schwarze Kräfte und weit rechtsstehende Weiße zur Teilnahme zu bewegen. Die Wahl gewann der ANC mit großer Mehrheit, Mandela wurde der erste schwarze Staatspräsident. 1996 erhielt Südafrika eine neue Verfassung. (3)

In Süd-Rhodesien gelang es der weißen Siedler-Oberschicht, der schwarzen Mehrheit gleiche politische Rechte vorerst zu verwehren. Sie erklärte „Rhodesien" 1965 einseitig für unabhängig. Die UN verhängten wirtschaftliche Sanktionen. Diese und der sich verschärfende Guerillakrieg der schwarzen „Patriotischen Front" erzwangen ein Ende der weißen Vorherrschaft. 1980 siegte in Wahlen, die von einer Commonwealth-Beobachtergruppe überwacht wurde, der sozialistische Politiker Mugabe. Er rief zur Versöhnung zwischen Schwarz und Weiß im neuen Staat Simbabwe auf: Eine Politik, die in den folgenden Jahren gelang.

(1) Die Leiden der Völker Indochinas

Eine Journalistin über ein vietnamesisches Dorf nach einem Angriff:

„Die Menge floh, schob Kühe, Fahrräder, Schweine vor sich her, balancierte Hausrat auf Bambusstangen, gebeugt vor Müdigkeit und Angst unter ihren spitzen Hüten, fort wie ein reißender Fluß, der über die Dämme getreten ist und nicht weiß, wo er haltmachen soll. Fliehen, aber wohin? Das halbe Dorf existierte nicht mehr. Es existierten nur noch rauchgeschwärzte Trümmer, und aus ihnen ragte hier und dort der Rest einer Mauer, das Gerippe einer Tür, ein zu Asche gewordenes Möbelstück. Ringsum verkohlte Taxis, umgestürzte Autobusse, verbogene Nähmaschinen. Stalingrad oder Berlin im Zweiten Weltkrieg. Besonders die Leichen. Man kann sie nicht alle einsammeln. Viele verwesen unter der Sonne, nur gerade von einer Strohmatte oder einer Zeitung bedeckt, die Luft ist gesättigt von einem Gestank, daß einem übel wird." (1)

Über Pol Pot, den Führer des revolutionären Kambodscha:

„Pol Pot war in erster Linie Revolutionär. Wie andere Revolutionäre auch wollte er eine neue Gesellschaft

Die Entkolonialisierung Südostasiens zwischen 1945 bis 1965.

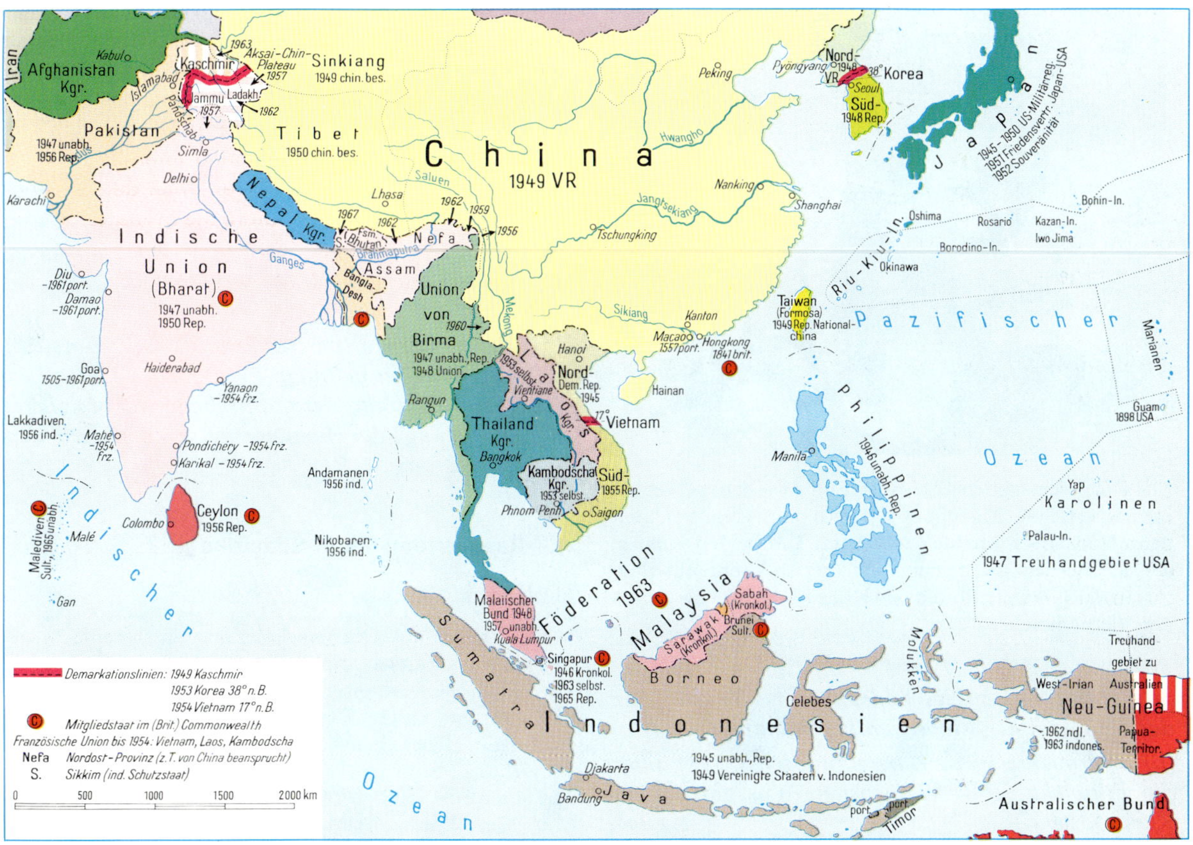

aufbauen und glaubte, dieses Ziel nur erreichen zu können, wenn es der Roten Khmer gelang, einen ‚neuen Menschen' zu schaffen. Der kürzeste Weg dieses in der kommunistischen Welt schon mehrfach beschworenen Zieles war in den Augen der Roten Khmer die sofortige Ausrottung alles Alten ... Daher wurden sämtliche Schulen geschlossen, Kirchen und Pagoden wie auch alle Bibliotheken zerstört, Bücher verbrannt, Lehrer, Mönche und Intellektuelle hingerichtet; theoretisch jeder, der lesen und schreiben konnte und dadurch Träger der ansteckenden Krankheit war, die Vergangenheit hieß ... Wieviel dieses perverse Experiment an Menschenleben gekostet hat, wird nie bekannt werden ... [doch] scheint die Zahl von drei Millionen zwischen 1975 und 1978 getöteten oder verhungerten Kambodschanern [von sieben bis acht Millionen Einwohnern 1975] kaum übertrieben zu sein." (2)

Mit seiner verwundeten Schwester im Arm beobachtet ein vietnamesisches Mädchen südvietnamesische Soldaten beim Vormarsch im Mekong-Delta. Die beiden Kinder, die sich aus dem brennenden Haus retten konnten, teilten fortan das Los vieler durch den Krieg obdachlos gewordener Vietnamesen.

(a) Sprecht anhand des Bildes und des Textes über das Schicksal der Menschen in Vietnam.

(b) Informiert euch im Darstellungsteil S. 313 f. über die Entwicklung in Südostasien. Was geschah in Kambodscha?

(2) Unabhängigkeit – und was dann?

Sekou Touré, geb. 1922, führender Gewerkschafter, seit der Unabhängigkeit Guineas (1958) Präsident der Republik bis zu seinem Tod 1985. In einer Rede vor der Vollversammlung der UN sagte er am 10. 10. 1960:

„Isoliert genommen, bedeutet die politische Unabhängigkeit keineswegs völlige nationale Befreiung. Sie ist gewiß eine entscheidende und notwendige Etappe. Dennoch sind wir gezwungen zu erkennen, daß die nationale Unabhängigkeit nicht nur politische Befreiung, sondern auch und vor allem eine totale wirtschaftliche Befreiung voraussetzt. Ohne diese beiden Forderungen ist kein sozialer Fortschritt möglich. Wenn Afrika sich aber wirtschaftlich befreien soll, darf es nicht länger als Rostoff-Reservoir gelten.

Wir müssen den gegenwärtigen Zustand der Unterentwicklung fast des ganzen Erdteils Afrika betonen. Sie ist eine direkte Folge des Fehlens jeder typisch afrikanischen Wirtschaft. Die neuen Staaten stehen, wenn sie sich von der Knechtschaft befreien, dem schwerwiegenden Tatbestand gegenüber, daß die afrikanische Wirtschaft zerstückelt und den Wirtschaftsbereichen der jeweiligen ehemaligen Kolonialmächte integriert ist ...

Die falsche koloniale Vorstellung, daß es unmöglich sei, Afrika zu industrialisieren, muß aufgegeben werden zugunsten neuer Ideen, die auf die unausweichliche Entwicklung aller Kontinente eingehen – darunter des Erdteils Afrika – und die absolute Notwendigkeit einer Industrialisierung der Länder Afrikas einschließen. Wir sind davon überzeugt, daß die Industrialisierung Afrikas keineswegs die Entwicklungschancen anderer Erdteile beeinträchtigt, sondern sie im Gegenteil beträchtlich erhöht. Die Bedürfnisse Afrikas auf allen Gebieten werden wachsen. Umstellen müssen sich also nur jene, die heute die Weltwirtschaft in der Hand halten; sie müssen sich nicht nur mit der politischen, sondern auch mit der wirtschaftlichen Emanzipation Afrikas abfinden: Sie gehört zur Harmonie und zum neuen Gleichgewicht der Welt." (3) Q

(a) Welche Position vertritt Sekou Touré? Versucht, dazu Stellung zu nehmen.

(b) Warum war mit der politischen Unabhängigkeit die „Befreiung" der ehemaligen Kolonien noch nicht abgeschlossen?

(3) Rassentrennung in Südafrika

Folgen der Apartheid (1978):

„Das Prinzip der Apartheid, der Rassentrennung, wurde von den Vereinten Nationen mehrfach als unvereinbar mit den Menschenrechten erklärt. Dennoch wird es in Südafrika aufrechterhalten. Es benachteiligt die schwarze Bevölkerung in allen Lebensbereichen, z. B. auch im Bereich der Erziehung. Schwarze und weiße Kinder werden in getrennten Schulen unterrichtet. In den staatlichen Schulen für Weiße kommen auf einen Lehrer im Durchschnitt 22

Die Entkolonialisierung Afrikas.

verlust der Kolonie

Schüler, in den Schulen für Schwarze ist das Verhältnis eins zu 53. Die wenigsten Lehrer besitzen eine Ausbildung wie ihre Kollegen in den Schulen für Weiße, und selbst wenn sie sie haben, erhalten sie nur 60% von deren Gehalt. Eine Schulpflicht für schwarze Kinder gibt es nicht. Ihre Eltern müssen Schulgeld und Schulbücher selbst bezahlen. Für die Schulbildung eines weißen Kindes gibt die Regierung im Jahr rund 2.000 DM aus, für ein schwarzes Kind lediglich 120 Mark. Nur 0,5 Prozent der schwarzen Schüler erreichen das Abitur." (4)

Realeinkommen der Rassengruppen in Südafrika:

	In Rand pro Kopf/Jahr 1970	1976	Steigerung in v. H.
Weiße	3244	3368	3,8
Farbige	931	1077	11,6
Inder	1044	1351	29,4
Schwarze	476	720	51,3

(5)

(a) Nennt einzelne Ungerechtigkeiten des Apartheid-Systems. Vgl. auch das Bild S. 318.

(b) Formuliert ein Streitgespräch zwischen je einem Vertreter der Weißen und der Schwarzen in Südafrika zum Thema Rassentrennung.

1. Erkläre, weshalb der Zweite Weltkrieg die Stellung der Kolonialmächte geschwächt und die der abhängigen Völker gestärkt hat.

2. Ordne die folgenden Führer von Unabhängigkeitsbewegungen den entsprechenden Ländern zu:

(1) Nujoma	(a) Ghana
(2) Nehru	(b) Guinea
(3) Nkrumah	(c) Indien
(4) Sekou Touré	(d) Indonesien
(5) Sukarno	(e) Namibia

3. Berichte über den „Algerien-Krieg".

ANC: African National Congress. 1912 gegründete Partei der schwarzen Bevölkerungsmehrheit in Südafrika; seit 1960 dort verboten. Ziele des ANC: Sturz der weißen Minderheitsregierung, Abschaffung der Apartheid, Errichtung eines demokratischen Sozialismus.

Apartheid: (aus der Burensprache Afrikaans: apart = getrennt). Vollständige Rassentrennung, in Südafrika seit 1948 konsequent angewandt, mit Sonderrechten für Farbige, eigenen Wohngebieten, Schulen, Verkehrsmitteln usw.; Umsiedlung von Schwarzen in „Reservate". Seit 1975 offene Konflikte zwischen Schwarzen und Regierung der weißen Minderheit. Von internationalen Organisationen (z. B. der UN) ist Apartheid wiederholt verurteilt worden. 1992 Abschaffung der Apartheid.

Bandung-Konferenz: Internationale Konferenz vom 18. bis 24. 4. 1955 in Bandung. 29 unabhängige Staaten Asiens und Afrikas wenden sich gegen Kolonialismus und treten für Neutralität und Abrüstung ein. Beginn einer Organisation der „blockfreien" Staaten.

Quellennachweis

(1) O. Fallaci: Brief an ein nie geborenes Kind. Frankfurt 1977, S. 147.
(2) A. Barth/T. Terzani: Holocaust in Kambodscha. Hamburg 1980, S. 40 ff.

1945	Indonesien unabhängig
1947	Indien, Pakistan unabhängig
1954	Vietnam unabhängig
1957	Ghana unabhängig
1960	Viele Staaten Afrikas unabhängig
1962	Algerien unabhängig
1963	Beginn des Vietnam-Krieges
1965	Rhodesien unabhängig
1973	Vietnam-Krieg beendet
1975	Angola unabhängig
1990	Namibia unabhängig
1992	Abschaffung der Apartheid (Südafrika)

(3) Zitiert aus: F. Ansprenger: Politik im Schwarzen Afrika. Köln und Opladen 1961, S. 481 ff.
(4) Zeitlupe 8: Menschenrechte. Bonn 1978, S. 8.
(5) E. Ehl: Südliches Afrika. Ende des Kolonialismus? Hannover 1979, S. 177.

Lesetip

F. Ansprenger: Die Auflösung der Kolonialreiche. dtv 4013 (WD)
H.-M. Große-Oetringhaus: Wird Feuer ausbrechen? Rotfuchs 261 (JB)
Schultze-Kraft u. a. (Hrsg.): Lesebuch Dritte Welt, 2 Bde., Hammer Tb., Wuppertal 1981/84 (JB)
K.-L. Svarre: Joseph lebt in Soweto. Hammer, Wuppertal (SB/JB)

Johannesburg im Februar 1990:
Der 72jährige ANC-Führer Nelson Mandela wird nach fast 28jähriger Haft freigelassen. Nach dieser weltweit begrüßten Entscheidung werden Mandela und seine Frau Winnie von einer jubelnden Menschenmenge gefeiert.

11.2 Der Nord-Süd-Konflikt

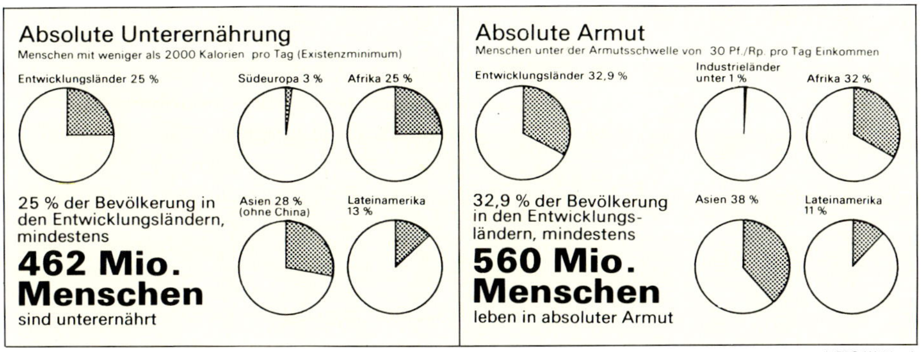

nach FAO/Weltbank

„Entwicklung" aus der Sicht einer afrikanischen Schülerin (um 1975):

„Unser Dorf lag tief im Urwald. Wir waren von allen großen Städten weit entfernt. Unser Leben war einfach. Unser Essen kam nur aus unserer Ernte. Wir aßen Maniok oder Makabo. Es gab keinen Lärm. Nur die Gesänge der Vögel und das Brüllen einiger wilder Tiere waren zu hören.
Ein Pfad führte bis zum Bahnhof, der 10 km von unserem Dorf entfernt war. Um Petroleum oder Seife zu kaufen, mußten wir dorthin gehen. Der Hexenmeister war unser Arzt.
Aber es ist einiges anders seit ein paar Jahren, nämlich seitdem eine Straße durch unser Dorf führt. Der dicke Wald ist verschwunden. Die Landschaft verändert. Viele große Bäume sind gefällt worden. Das Dorf wurde größer durch die neuen Häuser, die am Rand der Straße liegen. Man kann einige Läden da finden. Jeden Tag kommen große Wagen von der Stadt. Wir können jetzt ein Taxi nehmen und zum Bahnhof fahren. Das schwere Gepäck wird von dem Wagen getragen. Jeden Morgen können wir Brot essen. Ein Spital ist gebaut worden. Es gibt einen Arzt und einige Gehilfen. Ab und zu hören wir das Hupen der Autos. Aus Stille wurde Lärm.
Das Leben wird anders. Die Menschen werden auch anders. Sie haben nicht mehr dieselben Sitten. Sie legen keinen Wert mehr auf den Hexenmeister. Sie gehen gern zum Arzt. Jedermann will genug Geld haben, um gut zu leben. Der Mensch wird allmählich selbstsüchtig.
Man fühlt einen großen Unterschied zwischen der Vergangenheit und der Gegenwart. Die Maschinen ersetzen die Menschen. In einiger Zeit werden die Hände des Menschen nicht mehr wichtig sein. Aber wir fragen uns, ob die Maschinen die Menschen in allen Fällen werden ersetzen können. Das ist ein Problem, das eine eilige Lösung will." (1) Q

„Entwicklung" aus der Sicht eines afrikanischen Historikers (1978):

„Sich zu entwickeln kann nicht heißen, die vorhandenen Bodenschätze des Landes auszuplündern, nur um Kapital zu erwirtschaften, das wiederum nicht für Entwicklungsinvestitionen, sondern zum Aufbau eines bürokratischen Apparates genutzt wird. Die Entwicklung hängt weniger von der Kapitalmenge ab, sondern von der Arbeitskraft des Menschen. Der deutsche Wiederaufbau nach dem zweiten Weltkrieg hat dies sehr deutlich gemacht. Der Marshall-Plan wäre ohne die Arbeitsleistung des deutschen Volkes wirkungslos geblieben. Wenn ein Land, nur um die Wachstumsraten einzuhalten, von fremdem Kapital abhängig ist, so kann das nicht Entwicklung, sondern nur Unterentwicklung bewirken. Wenn der Kapitalfluß noch dazu dem Export von Rohstoffen zu ‚danken' ist, dann baut man in die Volkswirtschaft einen verderblichen Mechanismus ein, der die künftigen Generationen in dauernde Abhängigkeit führen wird ...
Sich entwickeln heißt, alle verfügbaren Kräfte zu mobilisieren, zunächst auf der Ebene der politischen Bildung, danach bei der Umsetzung der Pläne in konkrete Vorhaben. Mobilisierung aller Kräfte – das bedeutet vor allem die Einbeziehung der Massen in die Verantwortung, denn die Massen sind es, die über lange Zeit die für die Entwicklung notwendigen Opfer bringen müssen. Die Massen müssen interessiert werden und sich von der Entwicklung einen wirklichen Vorteil versprechen können. Die Annahme, daß Ideale und Enthusiasmus als Motoren der Entwicklung fungieren können, ist oft genug widerlegt worden.
Worin kann das Interesse der Massen bestehen? Doch wohl nur in der Befriedigung ihrer Grundbedürfnisse. Dies ist eine Grundeinsicht aller Entwicklungskonzepte. Man sollte sich allerdings hüten, die Grundbedürfnisse auf das zum Überleben notwendige Existenzminimum zu reduzieren ..." (2) Q

- Welche Länder der „Dritten Welt" haben eine Chance, sich zu entwickeln? Worin besteht sie?
- Was erschwert den Fortschritt in der „Dritten Welt"? Worunter leiden die Entwicklungsländer?
- Was ist Entwicklungspolitik? Was will, was kann sie leisten?

Die große Ungleichheit. Die meisten ehemaligen Kolonien gelten, gemessen am Entwicklungsstand in Europa, in den USA, in Japan oder in der Sowjetunion, als rückständig. Das gilt auch für die lateinamerikanischen Staaten, die schon im 19. Jh. unabhängig wurden. Sie gehören wie fast alle Länder Afrikas und Asiens zur „Dritten Welt", zu den Entwicklungsländern. Ihr Merkmal: Sie sind arm, im Verhältnis zu den reichen Industrieländern bettelarm. Rund ein Zehntel der Weltbevölkerung verfügt über nahezu die Hälfte aller Einkommen, die andere Hälfte muß für die übrigen 90% der Menschen ausreichen. Das Pro-Kopf-Einkommen in Industrieländern ist etwa zwölfmal so hoch wie in Entwicklungsländern. Diese Ungleichheit setzt sich innerhalb der „Dritten Welt" fort: Auch in den Entwicklungsländern verdient eine dünne Oberschicht fast die Hälfte aller privaten Einkommen; und rund ein Drittel der Haushalte bekommt täglich pro Person (umgerechnet) knapp 25 Pfennige. Von diesen rund 800 Mio. Menschen müssen die meisten hungern. Die Bevölkerung in vielen Entwicklungsländern muß mit der Hälfte der Nahrungskalorien auskommen, die wir täglich verzehren. Noch schlimmer wirkt sich der Mangel an tierischem Eiweiß und an Vitaminen aus. Jährlich erblinden über 100 000 Kinder in der „Dritten Welt" wegen Vitamin-A-Mangel. 70% der Dritte-Welt-Bevölkerung haben kein sauberes Wasser zum Trinken und Waschen. Noch heute beträgt die durchschnittliche Lebenserwartung in den Entwicklungsländern nur 40 bis 60 Jahre, bei uns liegt sie zwischen 70 und 75 Jahren. → (1)

Ursache oder Wirkung? Die Armut in der „Dritten Welt" hängt mit wirtschaftlichen und sozialen Verhältnissen zusammen, die man zugleich als Ursache und Wirkung betrachten kann. Die Produktionsweisen sind zum Großteil rückständig. Pro Arbeitskraft wird nur ein Bruchteil der Güter, die in Industrieländern produziert werden, erzeugt. Das Wirtschaftswachstum betrug zwar seit 1960 im Durchschnitt in der „Dritten Welt" 6% pro Jahr; bezogen auf die wachsende Bevölkerung waren es jedoch nur noch 3,4%: Der Fortschritt wird durch das Bevölkerungswachstum aufgezehrt. Um durchschnittlich 2–3% nimmt die Bevölkerung in den Entwicklungsländern jährlich zu; das bedeutet jeweils eine Verdoppelung in rund 35 Jahren. → (2)

Fast zwei Drittel der Beschäftigten arbeiten in der Landwirtschaft. Klima und Bodenverhältnisse erlauben in vielen tropischen Regionen nur den Anbau weniger Pflanzen und halten die Erträge gering. Die Besitzverhältnisse (überwiegend Großgrundbesitz) lähmen die Arbeitshaltung. Durch starre Gesellschaftsordnungen (z. B. Kastenwesen) werden Leistungsfähigkeit und Leistungswille gebremst. Viele Leute auf dem Land sind zumindest zeitweise arbeitslos. Insgesamt wird die Arbeitslosigkeit in der „Dritten Welt" auf 40% aller Erwachsenen geschätzt. Andererseits fehlt es an ausgebildeten Fachkräften im Handwerk und in der Industrie. Fast die Hälfte aller Erwachsenen in der „Dritten Welt" kann nicht lesen und schreiben. Zwar nimmt der Anteil der Analphabeten prozentual ab, absolut gerechnet steigt ihre Zahl jedoch weiter, auf rund 900 Mio. im Jahr 1990.

Die Industrie wirtschaftet oft unproduktiv. Das zeigt z.B. der Energieverbrauch: Er liegt bei 10 bis 20% des Energieeinsatzes in Industrieländern. Erzeugnisse der chemischen Industrie, des Werkzeug- und Maschinenbaus, Produkte der Elektrotechnik und der Mikroelektronik müssen in der Regel eingeführt werden. Die meisten Entwicklungsländer können nur Agrarprodukte und Bodenschätze exportieren. 85 bis 90% ihrer Exporte sind Rohstoffe. Die einzelnen Länder liefern jeweils nur wenige Produkte und sind so vom Weltmarkt abhängig. Die Rohstoffpreise stiegen in den letzten Jahrzehnten langsamer als die Preise für Fabrikerzeugnisse, ausgenommen der Rohölpreis, der von 1970 bis 1980 auf das Zwanzigfache stieg. Der Zuckerpreis fiel z. B. 1985 auf den Stand von 1970 zurück. Steigende Energiekosten und sinkende Erlöse aus den Rohstoffverkäufen belasten vor allem die Länder, die kein eigenes Erdöl haben. Insgesamt ging wertmäßig der Anteil der Entwicklungsländer am Welthandel zurück: Er betrug 1950 noch 30% und macht heute nur noch ein Viertel am Welt-Güterumschlag aus.

Für Investitionen und oft auch zur Versorgung der Bevölkerung sind die Länder der „Dritten Welt" auf Importe angewiesen. Da sie auf Kredit kaufen, haben sie sich verschuldet. Die hohen Zinsen der letzten Jahre ließen den Schuldenberg der „Dritten Welt" bis Ende 1985 auf 970 Mrd. Dollar anwachsen. 1984 zahlten die Entwicklungsländer 92 Mrd. Dollar an Zinsen und Tilgungen zurück, während sie nur 85 Mrd. Dollar an Krediten und Geldern aus staatlicher Entwicklungshilfe bekamen.

Wie kann die Abhängigkeit überwunden werden? Die Frage, wie Abhilfe möglich sei, wurde unterschiedlich beantwortet. In den 60er Jahren galt unbestritten, daß alles getan werden müsse, um die „zurückgebliebenen" Länder nach dem Vorbild der Industrieländer zu entwickeln.

Entwicklungshilfe, aber auch direkte Investitionen sollten die Entwicklung ankurbeln. Die Menschen sollten gleichzeitig „lernen", sich qualifizieren. Tatsächlich gelang es, die landwirtschaftliche Produk-

tion in der „Dritten Welt“ zu steigern, einmal durch Neulandgewinnung, dann durch Verbesserungen im Bewässerungssystem und in der Pflanzenzucht. Aber die Steigerungsraten wurden bald in vielen Ländern vom Bevölkerungswachstum überholt.
Auch die Industrieproduktion stieg in einzelnen Ländern der „Dritten Welt“, in einigen sogar stürmisch, z. B. in Südkorea, Taiwan, Singapur, Hongkong, Indien, Brasilien, Argentinien und Mexiko. Diese Länder, die heute als „Schwellenländer“ gelten, haben in einigen Produktionsbereichen das Niveau der Industrieländer erreicht.
Meist besteht ihr Vorteil aber darin, daß sie durch billige Löhne die Produktionskosten niedrig halten. Oft hatte die moderne Technik auch unerwünschte soziale Folgen: Das einheimische Handwerk wurde ruiniert, die modernen Fertigungsstätten vergrößerten die Abhängigkeit und blieben Fremdkörper in einer vorindustriellen Umgebung.
Der Modernisierungsschock, erlebt als kulturelle Überfremdung, konnte zu Katastrophen führen wie im Iran (vgl. S. 327). Aber auch in anderen Ländern wurde der führende Einfluß der Industriestaaten kritisch beurteilt. So gab es z. B. auf der Weltbevölkerungskonferenz der UN 1974 Auseinandersetzungen über die Frage der Geburtenkontrolle. Eine Reihe von Ländern widersetzte sich allgemeinen Regelungen, in denen sie einen Akt der Fremdbestimmung sahen.
Ende der 70er Jahre zeigte sich, daß die Industrieländer den meisten Ländern der „Dritten Welt“ davonliefen. Neue Technologien, voran die Computertechnik, vergrößerten den Abstand und verstärkten die Abhängigkeit der „Zurückgebliebenen“. Man spricht von einer neuen „strukturellen Abhängigkeit“. Sie dürfte lang anhalten. Die „Dritte Welt“ liefert in der Regel Rohstoffe und verrichtet billige Arbeiten, während Reichtum und Macht sich in hochtechnisierten Zentren ballten.

Entwicklungshilfe und internationale Zusammenarbeit. Seit den 60er Jahren hilft die Bundesrepublik – wie andere Industriestaaten – vielen Entwicklungsländern, in der Regel durch Kredite mit verbilligten Zinsen. 1984 waren es rund 5 Mrd. DM. Die Empfängerländer verwenden das Geld vorwiegend zum Kauf deutscher Industriegüter, die sie brauchen. Fast 4500 deutsche Fachkräfte sind als Entwicklungshelfer tätig. Neben dem Staat fördert die private Wirtschaft die Entwicklungsländer durch Investitionen, die Gewinne versprechen. Kirchen und private Hilfsorganisationen leisten Hilfe, ohne Gegenleistungen zu erwarten. Bei Hungersnot (wie zuletzt in den Dürregebieten Afrikas seit 1984) oder Naturkatastrophen werden Nahrungsmittel, Zelte, Medikamente geliefert. Wichtiger ist jedoch die langfristige „Hilfe zur Selbsthilfe“, die Ausbildung von Handwerkern und Technikern, der Bau von Brunnen, Krankenstationen, Verkehrswegen, die Beratung von Genossenschaften, Planungsstäben oder wissenschaftlichen Instituten. Mehr und mehr mißtraut man den Großvorhaben (Bau von Staudämmen u. ä.) und hält „Millionen von Kleinprojekten für besser als Millionenprojekte“. → (3)
Der Streit um den richtigen Weg zur Entwicklungsförderung reißt nicht ab. Mit Blick auf die negativen Folgen der Abhängigkeit der „Dritten Welt“ vom Weltmarkt vertreten manche den Grundsatz, die Entwicklungsländer sollten sich „abkoppeln“ und ihre eigene Wirtschaft aufbauen. Im allgemeinen setzt man jedoch größere Hoffnungen auf die internationale Zusammenarbeit. Eine Nord-Süd-Kommission unter dem ehemaligen deutschen Bundeskanzler Brandt erarbeitete 1977–80 Grundsätze zur internationalen Entwicklungsförderung. Die Industriestaaten sollten 0,7% ihres Bruttosozialproduktes als Hilfe leisten (in der Bundesrepublik waren es 1984 0,45%). Die Welthandelskonferenz *UNCTAD** forderte den Abbau von Zöllen, damit die Entwicklungsländer ihre Waren leichter auf den Märkten der Reichen verkaufen können. Seit 1975 berät man auf internationalen Konferenzen eine *Neue Weltwirtschaftsordnung** mit dem Ziel, die Benachteiligung der „Dritten Welt“ zu vermindern, ihr bessere Rohstoffpreise zu sichern und sie an internationalen Entscheidungen (z. B. über Währung, Preisbildung, Aufteilung der Weltmeere) stärker zu beteiligen. Außerdem sollen die „Multinationalen Konzerne“ (Multis) besser kontrolliert und so in ihrer Macht beschränkt werden. Die Neue Weltwirtschaftsordnung nützt allerdings den ärmsten Ländern der sogenannten „Vierten Welt“ wenig, d. h. jenen 28 Staaten, deren Bevölkerung höchstens 100 Dollar pro Kopf im Jahr erwirtschaftet.

Der Teufelskreis der Armut.

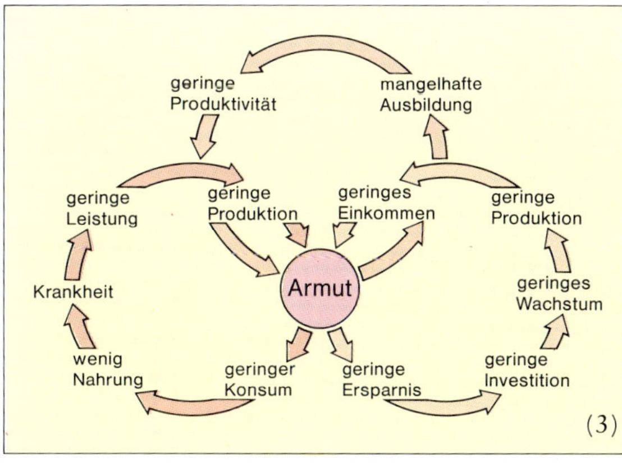

(3)

(1) Die Dritte Welt – statistisch und konkret

Bruttosozialprodukt je Einwohner in US-$ (nach „Weltbankatlas 1994“) jeweils linke Spalte: 1992, rechte Spalte: durchschn. jährliche Veränderung 1985–92

Schweiz	36230	+ 1,1 %	Hongkong	15380	+ 5,6 %
Japan	28220	+ 4,0 %	Spanien	14020	+ 3,8 %
Schweden	26780	+ 0,4 %			
Dänemark	25930	+ 1,2 %	Die geringsten Werte weisen auf:		
Finnland	22980	+ 0,7 %	Bangladesch	220	+ 1,7 %
USA	23120	+ 1,1 %	Tschad	220	– 1,3 %
Deutschland	23030	+ 2,2 %	Guinea-Bissau	210	+ 0,4 %
Frankreich	22300	+ 2,2 %	Burundi	210	+ 1,0 %
Ver. Arab. Emirate	22220	+ 0,0 %	Kambodscha	200	–
Österreich	22110	+ 2,4 %	Bhutan	180	+ 5,2 %
Belgien	20880	+ 2,8 %	Sierra Leone	170	+ 0,0 %
Niederlande	20590	+ 2,1 %	Nepal	170	+ 2,1
Italien	20510	+ 2,3 %	Uganda	170	+ 1,8 %
Kanada	20320	+ 0,3 %	Äthiopien	110	– 2,0 %
Großbritannien	17760	+ 1,5 %	Tansania	110	+ 1,4 %
Singapur	15750	+ 5,9 %	Mosambik	60	– 1,3 %

(Aus: Fischer-Weltalmanach 1995. Frankfurt am Main 1994, S. 898 f.)

Ein Journalist aus Jakarta, Indonesien (1985):

„Die Bilder sind austauschbar. In Abidjan, Rio oder Jakarta beispielsweise. Draußen die Bettler, die Schuhputzer, die zerlumpten Kinder, diese millionenfach personifizierte Entschlossenheit zu überleben; drinnen die Fremden, die Kellner, die aufgeputzten Ladies, dieser grenzenlose Luxus aus der Tiefkühltruhe. Glasscheiben und uniformierte Türhüter trennen die Welten, die zu überfliegen im Zeitalter des Wohlstandstourismus so einfach geworden ist, wenn man zu denen gehört, die drinnen sind und Ferien machen in jener Welt, die deklassierend die Dritte genannt wird.

Beim Lunch im ‚Borobudur‘ mitten in Jakarta prüfte der deutsche Freund zwischen zwei Gängen seine Hotelrechnung der vergangenen Tage nach. Was im Restaurant für den Touristen ein Mittagessen kostet, reicht aus, um draußen eine ganze Familie eine Woche lang zu ernähren. So spiegelt es die Statistik wider. Ein Zerrspiegel. Das monatliche Durchschnittseinkommen in Indonesien beispielsweise wird mit 40 Franken angegeben. Diese Summe würde nicht einmal ausreichen, um eine halbe Nacht im ‚Borobudur‘ zu bezahlen. Aber sogar diese bescheidenen 40 Franken in der Statistik schließen ja alle Einkünfte der Indonesier ein; darin stecken die Millionen der Wenigen und das Wenige der Millionen. Die meisten von ihnen haben nicht einmal 40 Franken monatlich zur Verfügung.“ (5)

(a) Arbeitet die „Ungleichheiten“ heraus, die der Tabelle und dem Schaubild S. 321 zu entnehmen sind.

(b) Der Journalist nennt eine Schwäche statistischer Vergleiche. Worin besteht sie?

(2) Bevölkerungswachstum – „Keule der Menschheit“?

Das Bundesministerium für wirtschaftliche Zusammenarbeit zum Problem „Bevölkerungswachstum“:

„Eine Lawine rollt auf die Menschheit zu. Eine Lawine von Menschenmassen. In 20 Jahren wird sich die Weltbe-

Bevölkerungswachstum der Industrie- bzw. Entwicklungsländer (in Mio.)

Jahr	Industrieländer	Entwicklungsländer	Welt
1750	201	390	791
1800	248	730	978
1850	347	915	1262
1900	573	1077	1650
1950	832	1684	2516
1975	1095	2983	4077
1990	1211	4084	5295
2000	1278	4950	6228[1]
2025	1403	7069	8472[1]

[1] UN-Schätzungen, mittlere Variante

(Zahlen bis 1900 nach: R. v. Albertini, Probleme der Entwicklungsländer . . ., in: Fischer-Weltgeschichte, Bd. 36. Frankfurt 1981, S. 400. Zahlen ab 1950 nach: Statistisches Bundesamt, Vierteljahrshefte zur Auslandsstatistik 4/1994, S. 87)

völkerung nahezu verdoppelt haben: heute vier Milliarden, im Jahr 2000 über sechs Milliarden. Sie alle werden Nahrung, Kleidung, ein Dach über dem Kopf brauchen. Wird die Welt das schaffen?
Eine Chance besteht. Ein Ansatz ist die Familienplanung. Erste Erfolge zeigen sich in Asien, dem dichtestbesiedelten Erdteil. Ohne Familienplanung gäbe es dort heute fast 100 Millionen mehr Menschen.
Aber Geburtenkontrolle allein hilft nicht. Kinder sind für viele in der Dritten Welt die einzige Alterssicherung. Häufig müssen sie arbeiten, um zum Unterhalt der Familie beizutragen. Deshalb kann man kaum erwarten, daß wesentlich weniger Kinder geboren werden.
Die Erfahrung hat gezeigt: je höher der Lebensstandard, desto weniger Kinder. Wirtschaftliche Sicherheit und gute Zukunftschancen sind die Grundlage dafür, sein Leben und damit auch die Kinderzahl zu planen. Wir helfen den Ländern der Dritten Welt, den Weg des wirtschaftlichen und sozialen Fortschritts zu gehen. Entwicklungshilfe – damit wir alle eine Zukunft haben." (6)

(a) Diskutiert eure Meinung(en) zum Problem „Weltbevölkerung".

(b) Nehmt Stellung zur Auffassung des BMZ über das Bevölkerungswachstum.

(c) Vergleicht die Entwicklung in der Dritten Welt mit derjenigen bei uns, und zwar im 19. Jh. und heute.

(3) Entwicklungspolitik der Bundesregierung

Erhard Eppler, von 1968 bis 1974 Bundesminister für wirtschaftliche Zusammenarbeit, im Rückblick auf das erste Jahrzehnt deutscher Entwicklungshilfe:

„Die Neigung zu spektakulären Stahlwerken ließ rasch nach, weil das Risiko zu groß war. Und die Glanzidee, mit veralteten, abgeschriebenen deutschen Textilmaschinen Fabriken in Afrika zu errichten, hat einigen deutschen Unternehmern sehr viel weniger Nutzen als dem Steuerzahler Schaden verursacht, so daß man auch davon rasch wieder abkam ...
Auch die Zeiten, wo ein afrikanisches Staatsoberhaupt beim Staatsbesuch so von unseren ‚weißen Mäusen' begeistert war, daß er solche als Entwicklungshilfe beantragte und dann erhielt, dauerten nicht allzu lange, zumal die Motorräder, aus politischen Gründen gewährt, dann doch einen DDR-Minister eskortieren durften.
Schließlich dürfte es kaum noch vorkommen, daß angehende Elektroingenieure in einer von uns errichteten Ingenieurfakultät an deutschen Schukosteckern ausgebildet werden, die in ihrem Land nur einmal, nämlich in der Hochschule, vorkommen ...
Was bei allen Verbesserungen unbefriedigend blieb, war die Tatsache, daß auch gute Projekte keine große Wirkung hatten, wenn sie nicht in eine Gesamtplanung eingefügt waren. Straßen, auf denen nur selten ein Lastwagen fuhr, weil die erwarteten Fabriken nicht gebaut wurden, technische Schulen, deren Abgänger keine adäquate Arbeit fanden, Landwirtschaftsprojekte, deren Überschußproduktion keine kaufkräftigen Abnehmer oder keine Transportmittel zum Markt fanden, mögen als Beispiel dafür dienen." (7) Q

Ziele und Grundsätze der deutschen Entwicklungspolitik:

„Entwicklungspolitik
- ist globale Friedenspolitik; sie will Nord-Süd-Spannungen abbauen in einer Welt, in der die wirtschaftliche Verflechtung aller Länder zunimmt;
- unterstützt die wirtschaftliche und politische Eigenständigkeit der Entwicklungsländer; die Bundesregierung ist gegen die Errichtung von Einflußzonen auswärtiger Mächte in der Dritten Welt.
- bedeutet partnerschaftliche Zusammenarbeit mit den Entwicklungsländern, anderen Geberländern sowie internationalen Institutionen und Organisationen;
- ist mehr als Entwicklungshilfe; sie bemüht sich um die Förderung des sozialen und wirtschaftlichen Fortschritts der Entwicklungsländer, um Chancengleichheit auf dem Weltmarkt für die Entwicklungsländer sowie um Gleichberechtigung und Gerechtigkeit für alle Menschen;
- bekämpft die Massenarmut in den Entwicklungsländern, um so die Grundbedürfnisse der Menschen zu befriedigen;
- ist sich angesichts der Tatsache, daß die öffentlichen Leistungen aller Geberländer nicht mehr als rund 10 Prozent der Brutto-Investitionen der Entwicklungsländer ausmachen, bewußt, daß sie nur einen kleinen, wenn auch wichtigen Beitrag zur Eigenanstrengung der Entwicklungsländer leisten kann; sie ist in erster Linie Unterstützung zur Selbsthilfe; wichtig sind wirtschaftliche und soziale Reformen in den Entwicklungsländern;
- respektiert die Souveränität jedes Landes, dessen Eigenverantwortung für seine innere Ordnung und Bemühungen, die kulturelle Identität zu finden und zu wahren;
- vertritt in diesem Rahmen auch deutsche Interessen."

(8) Q

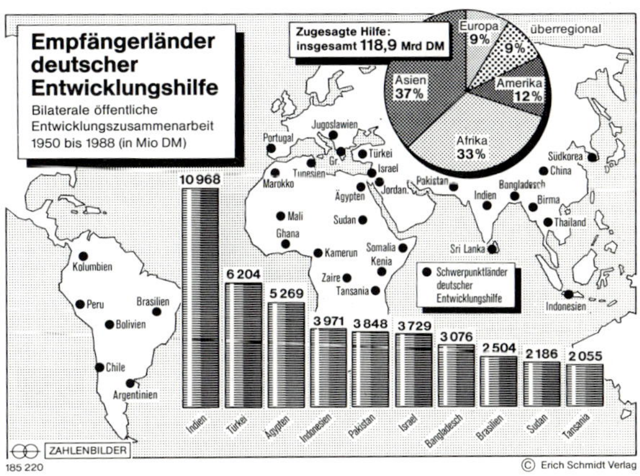

(9)

(a) Versucht zu erklären, weshalb man Fehler bei der Entwicklungshilfe machte, und prüft, was man daraus gelernt hat.

(b) Setzt euch mit den „Grundsätzen der deutschen Entwicklungspolitik“ auseinander, indem ihr mögliche Fragen an einen Abgeordneten oder an den zuständigen Minister formuliert.

(c) Informiert euch im Gemeinschaftskundebuch über die Leistungen anderer Länder für die Dritte Welt und vergleicht mit denen der Bundesrepublik.

(4) **Kritik am Nord-Süd-Verhältnis**

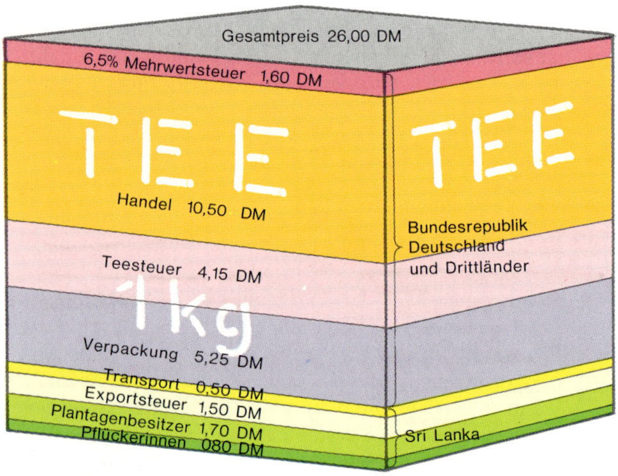

(a) Erklärt die Verteilung der Preisanteile bei Tee. Sucht weitere „Ungerechtigkeiten“ in den Handelsbeziehungen zwischen Industriestaaten und Dritter Welt.

(b) Fertigt eine Grafik oder eine Fotomontage zum Thema „Nord-Süd-Konflikt“ an.

1. Erkläre anhand von Beispielen, wie Bedingungen und Folgen der Unterentwicklung zusammenhängen.

2. Inwiefern kann man von einer „Viergeteilten Welt“ sprechen?

3. Wie wäre folgende Forderung eines Bischofs aus Afrika zu verwirklichen?

„Die Menschen in Afrika brauchen nicht nur technische und finanzielle Hilfe. Diese Art der Zusammenarbeit läßt sich nach rein ökonomischen Prinzipien abwickeln. Was sie darüber hinaus benötigen, sind Freunde und Partner, mit denen sie Hand in Hand gegen Hunger und Elend kämpfen können.“

Neue Weltwirtschaftsordnung: In mehreren UN-Resolutionen seit 1974 entwickeltes Aktionsprogramm, das – z. B. durch stabile Rohstoffpreise – den Ländern der Dritten Welt besseren Zugang zu den Weltmärkten gewährleisten soll.

UNCTAD: Welthandelskonferenz, findet etwa alle vier Jahre (seit 1964) statt. Ihre Beschlüsse dienen den Interessen der Entwicklungsländer, die zahlenmäßig überlegen sind, sind jedoch für Industrieländer nicht verbindlich.

1961	Bundesministerium für wirtschaftl. Zusammenarbeit errichtet
1964	UNCTAD I
1974	Neue Weltwirtschaftsordnung
1972/74	Hungerkatastrophe in der Sahelzone
1984	Dürrekatastrophe in Afrika

Quellennachweis

(1) Esther Nyom, Schülerin der 13. Klasse des „Collège évangelique de Libamba, Kamerun. Zitiert aus: Geschichtliche Weltkunde, Quellenlesebuch Bd. 3, a. a. O., S. 353 f.
(2) Ki-Zerbo: Was heißt, die Dritte Welt wirklich kennen? Zitiert aus: Geschichtliche Weltkunde, Quellenlesebuch, a. a. O., S. 358 ff.
(3) Nach: Informationen zur politischen Bildung 221: Entwicklungsländer, Bonn 1988, S. 10.
(4) Nach: Diercke-Weltstatistik 1982/83. München und Braunschweig 1982, S. 207.
(5) Zitiert aus: Contacts. AGEH 2/1985, S. 17.
(6) Entwicklungshilfe trägt Früchte. Bonn o. J., S. 13.
(7) E. Eppler: Wenig Zeit für die Dritte Welt. Stuttgart 1971, S. 74 f.
(8) BMZ: Journalisten-Handbuch Entwicklungspolitik. Bonn 1985, S. 56.
(9) Informationen zur politischen Bildung 221, S. 30.

Lesetip

Th. Dams: Auch 10 Milliarden werden satt. Herder Tb. 1227 (SB)
H.-M. Große-Oetringhaus: Makoko. Abenteuer in Kenia. Hammer Tb., Wuppertal (JB)
Ders.: Wenn Leila Wasser holt. Kinder in der Dritten Welt. Rotfuchs 363 (JB)
P. Keckeis (Hrsg.): Die Welt ist groß und gehört den andern. Ein Lesebuch der Dritten Welt. Ravensburger Tb. 795 (JB)
K. Kordon: Monsun oder der weiße Tiger. Beltz, Weinheim 1980 (JB)
M. Muggeridge: Mutter Teresa. Herder Tb. 628 (SB)
N. Rauprich: Ich heiße Sokhom. Ravensburg 1981 (JB)
Zeit der Dürre. Zeit des Regens. Entwicklungspolitisches (Vor)Lesebuch. Hammer. Wuppertal 1983 (JB)

12 Konflikte und Friedensbemühungen heute: Probleme unserer Zeit

12.1 Krisenherde im Nahen und Mittleren Osten

Bürgerkrieg im Libanon 1977.

- Wann wird es im Nahen Osten endlich Frieden geben?
- Warum herrscht in diesem Gebiet seit Jahrzehnten eine „Dauerkrise"? Welche Gegensätze stoßen aufeinander? Welche Lösungen bieten sich an?
- Wieso entstand durch die „Islamische Revolution" im Iran ein neuer Krisenherd?
- Welche Ursachen hatten die beiden Golfkriege? Welche Rolle spielten dabei die Supermächte USA und UdSSR einerseits und die Vereinten Nationen andererseits?

Die Entstehung des Staates Israel. Im Zweiten Weltkrieg, als die Nationalsozialisten die Juden verfolgten, wanderten Tausende nach Palästina ein. Sie verstärkten die jüdischen Siedlungen, die es dort seit der Zeit vor dem Ersten Weltkrieg gab (vgl. S. 71). 1947 beschlossen die UN die Teilung des Landes zwischen Arabern und Juden. Die Araber erkannten aber den Teilungsplan nicht an. Im Mai 1948 verließ die britische Armeeverwaltung das Land. Sofort mußte sich der eben gegründete Staat Israel gegen Truppen seiner arabischen Nachbarn wehren. Erst 1949 konnten die UN einen Waffenstillstand vermitteln. Israel hatte dank seiner militärischen Erfolge mehr Territorium in der Hand, als es nach dem ursprünglichen Teilungsplan besitzen sollte. Die genauen Grenzlinien sollten jedoch erst in einem Friedensvertrag festgelegt werden.

In den Kämpfen hatten über 800 000 Palästina-Araber, nahezu 70 v. H. der alteingesessenen Bevölkerung, ihre Heimat in einer Massenflucht verlassen. Sie lebten nunmehr in Flüchtlingslagern in den umliegenden arabischen Ländern, von UN-Organisationen betreut, aber kaum in die Aufnahmeländer integriert. Einerseits sollte ihr Flüchtlingsstatus erhalten bleiben, um den Anspruch auf Rückkehr in die Heimat zu sichern, andererseits waren die armen, selbst unter Bevölkerungsdruck stehenden Aufnahmeländer zu einer echten Eingliederung der Flüchtlinge auch wirtschaftlich nicht in der Lage.

Der arabisch-israelische Konflikt. Viele Araber sahen in der Niederlage von 1948/49 ein Versagen der alten Feudalordnung. In mehreren Ländern folgten Militärputschs und soziale Revolutionen. 1952 stürzte eine Gruppe von jungen Offizieren den ägyptischen König Faruk. Der Oberst und spätere Staatspräsident Nasser (1918–1970) wurde zum anerkannten Führer der arabischen Revolution, als er Sozialreformen mit wirtschaftlichen Aufbauplänen (Assuan-Staudamm, Industriewerke um Heluan) verband und die nationale Unabhängigkeit betonte. 1956 verstaatlichte er den Suezkanal, der als Symbol imperialistischer Herrschaft galt. Frankreich und Großbritannien landeten Truppen im alten Stil der imperialistischen „Kanonenboot-Politik"; Israel nutzte die Gelegenheit zu einem vorbeugenden Feldzug auf der Sinai-Halbinsel. Aber erstmalig übten die UdSSR und die USA Druck auf die westeuropäischen Mächte aus, die abziehen mußten. Nassers militärische Niederlage wirkte als politischer Sieg.

Israel war nun mit seiner 1200 km langen Grenze und der schmalen Landmitte einem dauernden Belagerungszustand der arabischen Welt ausgesetzt. Durch Einwanderungen erhöhte sich seine Bevölkerungszahl schnell. Von 1948 bis 1951 stieg die Zahl der jüdischen Bewohner von 650 000 auf über 1,3 Mio., 1971 auf 3 Mio. Damit ergaben sich für das Land neue Probleme: vertriebene und verfolgte Juden aus den arabischen Ländern wanderten ein, an vorindustrielle Verhältnisse gewohnt. Es bedurfte großer Anstrengungen im Erziehungs- und Bildungssystem, um das Entstehen einer einheitlichen Nation zu sichern.

Für Israel, damals selbst ein Entwicklungsland, ergaben sich große wirtschaftliche Schwierigkeiten durch die arabische Wirtschaftsblockade. Unter der ausländischen Hilfe spielten die Leistungen der Bundesrepublik eine besondere Rolle. Sie erfolgten im Rahmen eines 1952 abgeschlossenen Abkommens, um „in den Grenzen der deutschen Leistungsfähigkeit die materiellen Schadensfolgen der [während der NS-Gewaltherrschaft gegen das jüdische Volk] verübten Taten wiedergutzumachen". Israel erhielt Leistungen in Höhe von 3,45 Mrd. DM.

Den arabischen Ländern erschien das wirtschaftlich und militärisch starke Israel als „Vorposten des westlichen Imperialismus", besonders seit die Sowjetunion die arabischen Länder unterstützte. Israel fand Unterstützung bei den Westmächten, insbesondere bei den USA. So waren auch die beiden Weltmächte in den Nahostkonflikt verstrickt. Für ständige Unruhe und Kriegsgefahr sorgten die Palästinenser, deren politisch-militärische Organisation *(PLO*)* die Beseitigung des Judenstaates forderte. Sie kämpften mit Terroranschlägen und provozierten israelischen Gegenterror. Ihr Führer Arafat fand nicht nur Hilfe bei den „arabischen Brüdern", sondern Anerkennung durch den Ostblock und viele Staaten der „Dritten Welt". 1967 entschloß sich Israel zu einem Präventivkrieg, der in 6 Tagen israelische Truppen an den Suezkanal und an den Jordan sowie auf die syrischen Golan-Höhen führte. Die politischen Probleme nahmen jedoch zu. Israel war zur Besatzungsmacht über etwa 1 Millionen Araber geworden. Im Weltsicherheitsrat der UN einigten sich die Großmächte über eine Resolution, die den Rückzug der israelischen Streitkräfte aus den besetzten Gebieten und eine gerechte Regelung des Flüchtlingsproblems verlangte. Sie konnte längere Zeit nicht verwirklicht werden, ist jedoch bis heute Grundlage der Friedensbemühungen im Nahen Osten. →(1)

Isolierung Israels? 1973 griffen am Yom-Kippur-Tag, dem höchsten Feiertag Israels, syrische und ägyptische Truppen die israelischen Linien auf den Golan-Höhen und am Suezkanal an; sie erzielten beachtliche Anfangserfolge. Nach einigen Tagen zeigte sich aber wieder Israels militärische Überlegenheit. Die Angreifer mußten einen Waffenstillstand schließen, unterstützt von den arabischen Ölstaaten, die Druck auf Westeuropa und die USA – Israels Freunde – ausübten, indem sie westliche Ölgesellschaften enteigneten und Öllieferungen stoppten. Israel hatte sich behauptet, aber die ,,Ölwaffe“ in der Hand der Araber blieb drohend erhoben. In den Gremien der UN stimmten jetzt viele Länder gegen Israel. Vor allem die Staaten der ,,Dritten Welt“ verurteilten Israel als ,,imperialistisches Land“, das den Palästinensern die Heimat raubte und vorenthielt. Vertreter der PLO konnten in der Vollversammlung und im Sicherheitsrat der UN auftreten.

Die Vermittlungsbemühungen der USA brachten Ägypten und Israel nach Jahren an einen Tisch. Der ägyptische Staatschef Anwar el Sadat wollte sein Land aus der Abhängigkeit von der Sowjetunion lösen und gleichzeitig durch den Friedensschluß dessen wirtschaftliche Lage verbessern. 1977 reiste er sogar nach Jerusalem und leitete zusammen mit dem israelischen Ministerpräsidenten Begin Friedensverhandlungen ein, die 1979 erfolgreich abgeschlossen wurden. Israel räumte Gebiete auf der Sinai-Halbinsel und verpflichtete sich zu Autonomie-Verhandlungen über die besetzten palästinensischen Gebiete. Von palästinensischer Seite wurde dieser ,,Separatfrieden“ sofort erbittert bekämpft. 1978 erhielt Sadat zusammen mit Begin den Friedensnobelpreis. 1981 wurde er als ,,Verräter an der arabischen Sache“ von fanatischen Moslems ermordet. Die Autonomieverhandlungen waren ohne Erfolg geblieben. → (2)

Unversöhnlich standen sich die Standpunkte Israels und der PLO gegenüber. Die israelische Führung berief sich auf biblisch-historische Rechte auf das Land, auf ,,Erez Israel“ bis zum Jordan, und förderte israelische Siedlungen auf arabischem Boden im besetzten Gebiet. Die PLO, die in den Kommunalwahlen im besetzten Gebiet siegte und sich als Vertreter der über 3 Mio. in verschiedenen Ländern lebenden Palästinenser fühlte, beharrte auf ihrem Heimatrecht und vermied eine Anerkennung Israels. → (3)
Ohne Erfolg griffen die Israelis in den Bürgerkrieg im Libanon ein. Gewalttätige Demonstrationen der Palästinenser gegen die Besatzungsmacht („Intifada“) blieben letztlich wirkungslos. Umso mehr überraschte im November 1993 das „Gaza-Jericho-Abkommen“ zwischen Israel und der PLO. Die PLO erkannte das bisher von ihr bestrittene Existenzrecht Israels an und verzichtete auf Gewalt. Israel wiederum erkannte die bisher als Terrororganisation bezeichnete PLO als Vertreterin des palästinensischen Volkes an und stimmte einem allmählichen Rückzug aus besetzten Gebieten zu. Der Friedensprozeß stieß auf große Schwierigkeiten: Rabin wurde 1995 von einem israelischen Fanatiker ermordet, die Arbeiterpartei, der Rabin angehört hatte, verlor die Wahlen 1996. Unter dem neuen Präsidenten Netanjahu war die Zukunft des Friedensprozesses ungewiß geworden.

Die ,,Islamische Revolution“ im Iran. Gestützt auf die steigenden Erdölpreise (vgl. S. 321), versuchte der Schah des Iran, Reza Pahlewi, in kürzester Zeit einen modernen Industriestaat zu schaffen. Eine starke Armee sollte seine Macht sichern. Die Wirtschaft erlebte ein hektisches Wachstum. Die überstürzt ausgeweitete industrielle Planung überforderte bald die Möglichkeiten des Landes. Hohe Inflationsraten, eine immer stärker werdende Landflucht und eine sich ständig erweiternde soziale Kluft zwischen der alten und neuen Oberschicht einerseits und den Massen der Bevölkerung auf dem Lande oder in den städtischen Elendsquartieren andererseits war die Folge.

Die jähe Überflutung des geistigen und gesellschaftlichen Lebens durch westliche Zivilisation und Technik rief auch den Widerstand der islamischen Geistlichkeit hervor. Der prunkvolle Lebensstil des Schah und seiner Umgebung, die despotische Herrschaft mit ihrer Mißachtung und Verfolgung jeder Opposition, die Übergriffe des staatlichen Geheimdienstes verstärkten den Gegensatz. Schließlich wurden die ,,Mullahs“, die vor allem auf dem Lande einflußreichen Ortsgeistlichen, und die ,,Ajatollahs“, die höchsten geistlichen Führer, zur prägenden Kraft des vielfältigen Anti-Schah-Widerstandes. Vor allem Ajatollah Khomeini, wegen seiner kompromißlosen Opposition bereits 1964 ins Exil getrieben und seit 1978 in Paris, fand in seinen Aufrufen zur islamischen Revolution immer größeren Widerhall. Khomeinis Haß galt gleichermaßen dem Schah und den USA als Verkörperungen aller islamfremden Elemente. Aber auch die Entwicklung im Ostblock wurde als „materialistisch“ abgelehnt.
1978 wurde die Krise des Regimes auch äußerlich sichtbar: Protestmärsche gewaltigen Ausmaßes ließen sich trotz der Härte der Armee und Polizei nicht mehr unterdrücken. Zögernd eingeleitete Reformen blieben ohne Wirkung. Im Januar 1979 verließ der Schah das Land, am 1. Februar landete Khomeini, von Millionen begeistert begrüßt, auf dem Teheraner Flughafen. Binnen weniger Tage zerfielen die Reste der Schah-Herrschaft.

Die ,,Islamische Republik“, die Khomeini errichtete, zeigte bald alle Züge einer ,,Diktatur der Mullahs“. So kamen Gesetze heraus, die z. B. Diebstahl mit Handabhacken bestrafen. Frauen wurden gezwungen, westliche Kleidung abzulegen, den Schleier zu tragen und sich aus dem öffentlichen Leben zurückzuziehen. In Kultur und Bildungswesen wurde ein erbitterter Kampf gegen alles „Westliche" geführt. Grundsätze des Korans sollten in Zukunft auch die wirtschaftliche Entwicklung und die Verteilung des Sozialprodukts bestimmen. Ein Agrarreformgesetz sah die Verteilung des Großgrundbesitzes an Genossenschaften vor. Jedoch blieben die Sozialreformen in einem wirtschaftlichen Chaos stecken. Die zahlreichen, gemeinsam mit ausländischen Fachleuten betriebenen oder im Bau befindlichen Großprojekte wurden zumeist eingestellt. Die ausländischen und viele iranische Fachleute verließen das Land. Mit den Minderheiten, insbesondere den Kurden, brachen neue Kämpfe aus.

Bald richtete sich das Vorgehen der „Revolutionsgerichte" und der „Revolutionsgarden" mit einer immer steigenden Zahl von Hinrichtungen nicht nur gegen Repräsentanten und Mitläufer des Schah-Regimes, sondern zunehmend gegen die neue Opposition. → (4)

Vorübergehend wurden die inneren Gegensätze überdeckt, als nach der Erstürmung der US-Botschaft in Teheran im November 1979 über 4 Monate 52 Botschaftsangehörige als „Geiseln" festgehalten wurden, um – allerdings vergeblich – die Auslieferung des Schah zu erzwingen. Erst nach langwierigen Verhandlungen, in denen Algerien vermittelte, erhielten die Geiseln im Austausch gegen bisher gesperrte iranische Guthaben in den USA die Freiheit.

Eine verstärkte „Renaissance des Islams", d. h. der Versuch, in einer Rückbesinnung auf islamische Religion, Tradition und Kultur ein Gegengewicht gegen die moderne Industriegesellschaft und die von ihr geprägten Großmächte zu gewinnen, war zunehmend in vielen Ländern mit Einwohnern muslimischen Glaubens bemerkbar. Ob jedoch eine Re-Islamisierung tatsächlich eine Alternative zur Überwindung vor Unterentwicklung und Überfremdung bieten konnte, blieb zweifelhaft.

Krisen am Golf. Als stabilisierend für das Regime der Mullahs erwies sich offensichtlich trotz großer Menschenverluste der Krieg gegen den Irak. Er war 1980 von der irakischen Führung unter Saddam Hussein begonnen worden, die ein umstrittenes Grenzgebiet erobern wollte und die sich von der religiösen Ideologie Khomeinis bedroht sah. Sie hoffte, den Ajatollah über eine militärische Niederlage stürzen zu können.

Der Irak wurde mit Waffenlieferungen aus Ost und West unterstützt und hochgerüstet. Westdeutsche Firmen gerieten in Verdacht, die Grundstoffe und Anlagen zum Bau von Giftgasfabriken geliefert zu haben. Dieser „erste Golfkrieg" wurde mit beispielloser Grausamkeit geführt: Die Iraner ließen Kinderbrigaden in die irakischen Minenfelder laufen, die Iraker wandten Giftgas an. Er endete schließlich 1988 nach allgemeiner Erschöpfung in einem Waffenstillstand.

1990 kam es jedoch in dem Gebiet, auf das 30 v. H. der Erdölproduktion und über 50 v. H. der Erdölreserven der Welt entfielen, zu einer neuen, diesmal den Weltfrieden bedrohenden Krise: Irak besetzte das Ölscheichtum Kuwait, annektierte es und plünderte es aus. Erstmals seit dem Korea-Krieg (vgl. S. 290) kündigte der UN-Sicherheitsrat gewaltsame Gegenmaßnahmen an. Bei diesem „zweiten Golfkrieg" arbeiteten die USA und die UdSSR zusammen. Unter amerikanischer Führung und mit Beteiligung anderer westlicher und arabischer Staaten kam es zu einem umfangreichen Truppenaufmarsch in Saudi-Arabien. Gleichzeitig wurden von der UNO Wirtschaftssanktionen beschlossen.

Bevor diese Sanktionsmaßnahmen Erfolge zeigten, wurde der Irak auf Betreiben der USA von der UN-Allianz ultimativ zum Rückzug aus Kuwait aufgefordert. Die irakische Führung ließ das Ultimatum verstreichen. Daraufhin begannen am 17. 1. 1991 massive alliierte Bombenangriffe auf den Irak, die tausende Opfer unter der Zivilbevölkerung forderten. Nach einem mehrwöchigen Luft- und einem kurzen Landkrieg war Anfang März 1991 der Irak besiegt, die Souveränität Kuwaits wiederhergestellt.

Nach dem Waffenstillstand brachen im Irak Aufstände der kurdischen und schiitischen Minderheiten aus, die von Hussein blutig unterdrückt wurden und zu einer Flüchtlingswelle mit Tausenden von Opfern führten. Die Chancen für eine dauerhafte Friedensregelung in der Golf-Region und eine Lösung des Palästinenser-Problems schienen weiterhin gering. → (5)

(1) Israels militärische Erfolge

Golda Meïr (1969–1974 Ministerpräsidentin Israels) über den „Sechstagekrieg" 1967:

„Syrien glaubte, seine Geschütze auf den Golan-Höhen, die auf unsere Dörfer im Tal gerichtet waren, würden ihm den Sieg garantieren. Die Syrer irrten. Nicht nur die Soldaten der israelischen Armee sind Helden. Helden sind auch die Männer und Frauen und Kinder im Tal, die in Ein Gev, in al-Magor, Tel Katzir, Gadot, Lahavot Habashan und Dan ausharrten. In keinem dieser gefährdeten Dörfer nahm eine Mutter ihr Kind und brachte sich in Sicherheit. Sie blieben, obwohl Tonnen von syrischen Granaten auf sie herabregneten; sie blieben im Süden, im Negev, in der

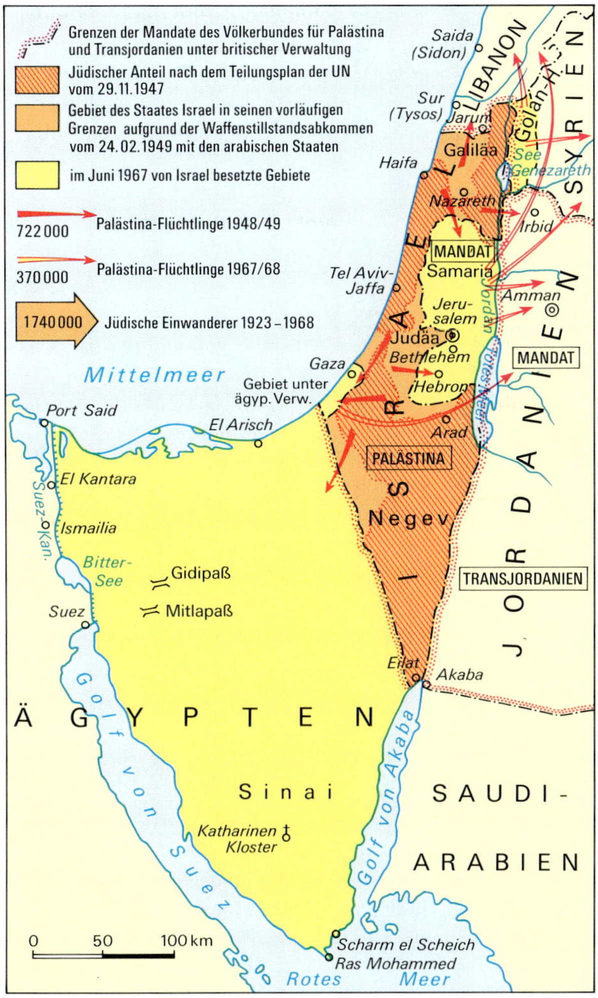

Links: Israel vom britischen Mandat bis nach dem Ende des Krieges 1967.

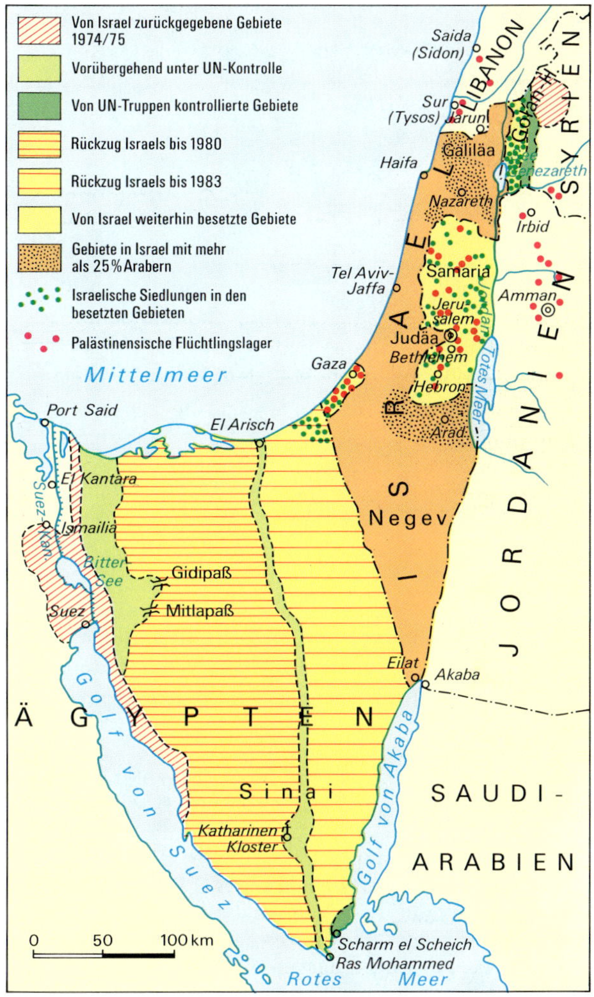

Rechts: Israel nach dem Friedensvertrag mit Ägypten (1979).

Nähe des Gazastreifens. Dabei waren viele dieser Mütter erst kürzlich ins Land gekommen. Viele von denen, die nach dem Zweiten Weltkrieg eingewandert waren, hatten ihre Kinder in den Gaskammern der Nazi-Todeslager verloren; heute haben sie Kinder, die in Israel aufgewachsen sind. Diese Mütter ließen ihre Söhne in die Schlacht ziehen, ohne daß auch nur eine versucht hätte, sie zurückzuhalten. Sie sahen sie einrücken nicht nur mit der festen Überzeugung, daß dies die einzige Hoffnung für die zwei Millionen Juden Israels war, sondern auch mit dem Wissen, daß kein Jude in der Welt sich frei fühlen würde, wenn wir in Israel nicht unsere Freiheit bewahren, koste es, was es wolle." (1) Q

(a) Diskutiert Golda Meirs Bericht.

(b) Beschreibt mit Hilfe der beiden Karten die territorialen Veränderungen Israels.

(2) Hoffnung auf Frieden

Anwar el Sadat (Staatspräsident Ägyptens 1970–1981) vor der Knesset in Jerusalem, 1977:

Denken Sie mit mir über ein Friedensabkommen in Genf nach, das wir einer friedensdurstigen Welt verkünden, ein Friedensabkommen, das auf folgendem beruht:

1. Beendigung der israelischen Besetzung der arabischen Gebiete, die 1967 besetzt wurden.
2. Erfüllung der Grundrechte des palästinensischen Volkes und seines Rechts auf Selbstbestimmung einschließlich des Rechts auf Errichtung seines eigenen Staates.
3. Das Recht eines jeden Landes in dem Gebiet, in Frieden innerhalb sicherer Grenzen zu leben, die durch vereinbarte Maßnahmen garantiert werden, die zusätzlich zu entsprechenden internationalen Garantien die Sicherheit der internationalen Grenzen gewährleistet . . ."(2) Q

Sprecht über Sadats Rede anhand der Regeln S. VII.

Der amerikanische Präsident Carter mit dem ägyptischen Staatschef Sadat (rechts) und dem israelischen Ministerpräsidenten Begin (links) bei Besprechungen in Camp David (1978).

(3) Die Palästinenser und ihre Organisation

Beschluß des Palästinensischen Nationalrates der PLO, 1968:

„Art. 1) Palästina ist das Vaterland des palästinensisch-arabischen Volkes und ein integraler Bestandteil des Großen Vaterlandes, und das Volk Palästinas ist ein Teil der Arabischen Nation ...
Art. 3) Das palästinensisch-arabische Volk besitzt ein legales Recht auf sein Vaterland, und sobald dessen Befreiung vollendet ist, wird es das Selbstbestimmungsrecht allein nach seinem eigenen Willen und seiner eigenen Wahl ausüben . . .
Art. 15) Die Befreiung Palästinas ist aus arabischer Sicht eine nationale Pflicht, um die zionistische imperialistische Invasion des Großen Arabischen Vaterlandes zurückzuschlagen und um Palästina von der zionistischen Präsenz zu reinigen . . ." (3) Q

Aus einem Interview mit G. Habash, dem Führer der „Volksfront zur Befreiung Palästinas", 1970:

„*Spiegel:* Warum bekämpfen sie Israel außerhalb des von Israelis beherrschten Gebietes?
Habasch: Weil unser Feind nicht nur Israel ist. Dieser Staat Israel wird vom Weltzionismus unterstützt – mit Dollars und mit allen anderen Arten der Hilfe.
Spiegel: Wenn Sie unbeteiligte Menschen dabei töten, treffen Sie nicht den Weltzionismus . . . Uns scheint, Sie schaden Ihrer Sache mit den Terroranschlägen mehr, als sie ihr nützen. Die Weltöffentlichkeit hat kein Verständnis für Attentate auf Flugzeuge und für Flugzeugentführungen weitab vom Kriegsschauplatz.
Habasch: . . . Der Kampf außerhalb Israels ist nicht unsere Hauptaufgabe. Aber vergessen Sie nicht, daß Israel eine Insel ist . . . Die einzigen Verbindungswege führen über die See und durch die Luft. Und darauf müssen wir unsere militärische Strategie einrichten." (4) Q

Yassir Arafat, der Führer der PLO, vor der UN-Vollversammlung, 1974:

„Ich bin gekommen mit einem Ölzweig in der einen und der Waffe des Freiheitskämpfers in der anderen Hand: Wir bieten ihnen die großzügigste Lösung, eine Lösung, in deren Rahmen wir zusammen in einem gerechten Frieden in einem demokratischen Staat in Palästina leben können, wo Christen, Juden und Mohammedaner in Gerechtigkeit, Gleichheit, Brüderlichkeit und Fortschritt leben können. Als Vorsitzender der PLO erkläre ich hier, daß wir nicht wünschen, auch nur einen einzigen Blutstropfen zu vergießen, sei er arabisch oder jüdisch . . ." (5) Q

(a) Arbeitet Ziele und Methoden der Palästinenser-Organisationen heraus.

(b) Untersucht die Ziele auf Übereinstimmungen und Widersprüche und nehmt Stellung dazu.

(4) Der Religionsstaat Khomeinis

Khomeini am 28. 5. 1964:

„Das Elend der islamischen Völker beruht auf der Einmischung von Fremden in ihre Angelegenheiten. Es sind Fremde, die unsere wertvollen Bodenschätze ausgeplündert haben und immer noch ausplündern . . . Es ist Amerika, das den Islam und den Koran als für seine Interessen schädlich betrachtet und zu beseitigen versucht . . . Es ist Amerika, das unser islamisches Volk wie Untermenschen und schlimmer behandelt. Das iranische Volk ist verpflichtet, diese Ketten zu sprengen . . . Das Ziel aller geistlichen Führer und islamischen Gelehrten ist eins: Und das ist absolute Bejahung der heiligen Gesetze des Islams und Korans sowie uneingeschränktes Engagement für die Sache aller Moslems." (6) Q

Verhältnisse im Iran 1979:

„Bikinis sind verboten. Knöchellange Gewänder werden zur vorgeschriebenen Badekleidung für die iranischen Frauen, Alkoholgenuß ist verboten.
Drakonische Strafen machen Schlagzeilen in westlichen Zeitungen. Prostituierte, Homosexuelle und Ehebrecher werden ausgepeitscht. Trotz nachdrücklicher Proteste der Weltöffentlichkeit werden immer mehr Todesurteile gefällt und vollstreckt. All dies sind äußere Zeichen eines radikalen Systemwandels, für den Ayatollah Khomeini in Interviews selbst immer wieder die ideologische Begründung liefert.
Seine Diagnose: ‚Wir haben unsere eigene Identität verloren und sie durch eine westliche ersetzt.'
Sein Rezept: ‚Wir werden siegreich sein, wenn es uns gelingt, uns in echte Muslime zu verwandeln, indem wir strikt nach islamischen Prinzipien handeln.'
Sein therapeutisches Ziel: ‚Was ich glaube, muß ich überall, auch in Gesellschaft und Staat, verwirklichen.'" (7)

(a) Informiert euch im Darstellungsteil auf S. 327, wie Khomeini an die Macht kam.

(b) Setzt euch mit den Zielen der Mullahs auseinander und sprecht über die Verwirklichung der „Islamischen Republik" im Iran.

(5) Der Golfkrieg von 1991

Der Hamburger Orientexperte Prof. Dr. Udo Steinbach am 12. 2. 1991:

Sehen Sie nach dem Krieg Chancen für eine umfassende Friedensregelung, bei der auch die Rechte der Palästinenser berücksichtigt werden könnten?

Nein. Ich denke, daß die Chancen einer gerechten Lösung des israelisch-palästinensischen Problems nach dem Krieg schlechter sind als sie es vor dem Krieg waren. Es zeichnen sich zwei Probleme ab: Erstens werden es die Israelis den Amerikanern durch ihre Loyalität in dieser Krise sehr schwer machen, Druck auf die Führung auszuüben. Ministerpräsident Schamir hat klar gesagt, daß es eine internationale Konferenz nicht geben wird.
Das andere Problem liegt in der Frage, wer die palästinensische Seite vertreten wird. Die PLO hat ihren Status als legitime Vertretung der Palästinenser immer betont und es gab international zahlreiche Freunde dieser Position, nicht zuletzt die Europäer. Mit der Nähe der PLO zu Saddam in diesem Konflikt sehe ich wenig Chancen, diese PLO am Verhandlungsprozeß zu beteiligen.

Werden die durch Öl reich gewordenen Emire und Scheichs die Region nach dem Krieg so autokratisch weiterregieren können wie bisher?

Ich glaube, eines ist deutlich zutage getreten in dieser Krise: Es geht nicht länger an, daß einige wenige Familien, Emire und gekrönte oder ungekrönte Häupter auf den Ölblasen sitzen, die Einnahmen für sich behalten und Millionen von anderen Angehörigen der „arabischen Nation" immer weiter in Armut versinken. Hier ist ein Bewußtsein davon entstanden, daß Stabilität nur hergestellt werden kann durch eine Umverteilung der Erdöleinnahmen in allergrößtem Maße. (8) Q

(a) Welche Chancen sieht Steinbach für eine dauerhafte Friedensregelung und mehr soziale Gerechtigkeit in der Golf-Region?

(b) Informiert euch über die Ursachen und den Verlauf des „zweiten Golfkrieges". Diskutiert seine Folgen.

links: Ein Junge mit Gasmaske blickt über durch irakische Scud-Raketen zerstörte Häuser in Tel-Aviv.
rechts: Eine von rd. 600 brennenden Ölquellen in Kuwait – zusammen mit der Ölpest an der Golfküste eine Umweltkatastrophe mit weltweit unübersehbaren Folgen.

1. Wiederhole, was S. 71 über die Araber bei der Auflösung des Osmanenreiches und S. 191 über die Juden unter der NS-Herrschaft berichtet wurde.

2. Skizziere anhand der Zeitleiste und der Karte S. 329, wie die einzelnen „Nahostkriege“ ausgelöst wurden und welche Folgen sie für Israel, für die Palästinenser und für die Nachbarstaaten hatten.

Arafat

Saddam Hussein

Khomeini

3. Berichte über Friedensbemühungen im Nahen Osten, möglichst unter Berücksichtigung der jüngsten Entwicklung.

4. Welche Politik vertreten bzw. vertraten die hier abgebildeten Männer?

Islamische Republik: 1979 nach Sturz des Schah im Iran durch Revolution geschaffene Staatsform, Religionsstaat („Theokratie“) nach dem Willen islamischer Fundamentalisten (strenggläubige Schiiten). Im Parlament („Versammlung des Islamischen Rates“) hat die „Islamisch Republikanische Partei“ eine Dreiviertelmehrheit (1985); die Macht liegt beim 12köpfigen Verfassungsrat („Wächterrat“), dem 6 Geistliche („Mullahs“) angehören, und beim Staatsoberhaupt Ayatollah Khomeini und seinen Nachfolgern.

PLO: Palestine Liberation Organization, Zusammenschluß der (meist militärischen) Befreiungsgruppen der nach Gründung des Staates Israel in arabische Nachbarstaaten emigrierten Palästinenser. Die PLO wird von Israel als Terrororganisation bekämpft und bisher nicht als Verhandlungspartner anerkannt.

1948	Staat Israel gegründet
1956	Suezkrise, Israel besetzt Sinai und Gaza-Streifen
1967	Sechstagekrieg, Westbank und Golanhöhen besetzt
1973	Yom Kippur-Krieg
1979	Islamische Revolution im Iran
1980–88	1. Golfkrieg: Iran – Irak
1982–85	Libanonkrieg Israels
1987	Beginn der „Intifada“
1990–91	2. Golfkrieg: Irak – UN-Allianz
1993	„Gaza-Jericho-Abkommen“

Quellennachweis

(1) G. Meïr: Leben für mein Land. Bern und München, 1973, S. 1.

(2) Anwar el Sadat in der Knesset am 20. 11. 1977, zitiert aus: Europa-Archiv 1978, D 103 ff.

(3) Informationen zur politischen Bildung 141: Der Staat Israel. Bonn 1981, S. 20 f.

(4) Der Spiegel, Hamburg 16. 2. 1970.

(5) Zitiert aus: Materialien für den Geschichtsunterricht, Bd. VII, a. a. O., S. 419.

(6) Zitiert aus: U. Tilgner: Umbruch im Iran. Reinbeck bei Hamburg 1979, S. 87.

(7) Im Namen Allahs. Der Islam – eine Religion im Aufbruch? Ullstein Tb. 34509. Frankfurt 1979, S. 5.

(8) Zitiert aus: Frankfurter Rundschau, vom 12. 2. 1991

Lesetip

E. Gysling: Arabiens Uhren gehen anders. Fromm Tb. 149 (SB)

G. Konzelmann: Die islamische Herausforderung. Moewig Tb. 3159 (SB)

M. Krupp: Zionismus und Staat Israel. Ein geschichtlicher Abriß. Siebenstern Tb. 1070 (SB)

G. Raphael: Der umkämpfte Frieden. Die Außenpolitik Israels. Ullstein Tb. 33043 (SB)

H. Perol: Mit Maske und Schleier. Signal Vl. Baden-Baden 1981 (JB)

R. Wright: Die Schiiten. Allahs fanatische Krieger. Spiegel-Buch 66 (SB)

12.2 Entwicklung und Revolution in Lateinamerika

Oben: Elendsviertel über der Stadt Caracas (Venezuela).
Unten: Fidel Castro bei einer Rede in Havanna (1959).

„Die Demokraten Lateinamerikas sind häufig genug in einer lebensbedrohenden Situation, von Kuba bis Haiti und von Chile bis Nicaragua. Sie erwarten deshalb zu Recht die Hilfe des Westens und nicht nur Verständnis. Verständnis setzt aber Kenntnis der Tatsachen voraus und auch die Kenntnis der verschiedenartigen Ausgangslagen ..." (1)

- Was führte in Mittel- und Südamerika zu so vielen Revolutionen?
- Welche wirtschaftlichen, sozialen und politischen Verhältnisse herrschen dort?
- Welche Bedeutung hat Lateinamerika für die USA und für den Westen?

Probleme des Subkontinents. Die Staaten Lateinamerikas waren zwar im 19. Jh. unabhängig geworden, hatten aber die soziale und wirtschaftliche Struktur der Kolonialzeit nicht überwunden: Großgrundbesitzer herrschen weiterhin über Land und Leute; die Industrialisierung blieb von ausländischem Kapital abhängig. Man produziert auf Plantagen und in Bergwerken vorwiegend Rohstoffe für den Weltmarkt, die Landwirtschaft behielt einen übermäßig hohen Anteil am wirtschaftlichen Ertrag. In den meisten Ländern Mittel- und Südamerikas herrschen die für Entwicklungsländer typischen Verhältnisse (vgl. S. 320). Die Probleme werden durch drei Faktoren verschärft: Extrem starker Einfluß des Auslands (besonders der USA), beschleunigtes Bevölkerungswachstum, schärfste gesellschaftliche Gegensätze zwischen Reich und Arm. Die verstärkte Industrialisierung in Teilbereichen mit ausländischer Kapitalhilfe hat viele Länder des Subkontinents völlig verschuldet, es fehlt an Devisen, die Währung zerfällt bei anhaltender Inflation; die Wohlhabenden bringen ihr Geld ins Ausland. Die Bevölkerung wächst bedrohlich und damit die Arbeitslosigkeit, zumal auf dem Land. Viele flüchten in die rapid wachsenden Großstädte und füllen die Elendsviertel. Man schätzt, daß die Hälfte der Bevölkerung Lateinamerikas unterernährt ist, 40–50 Mio. wohnen in Slums, ebenso viele sind Analphabeten. In Stadtvillen und vornehmen Landhäusern stellen die Oberschichtfamilien ihren Reichtum zur Schau. Sie verteilen Posten und Ämter untereinander. Die Unterschicht bleibt von politischer Mitbestimmung weitgehend ausgeschlossen. Die Mittelschicht der Angestellten und Facharbeiter ist meist noch schmal und grenzt sich scharf nach unten ab, ohne mit der Macht der Reichen konkurrieren zu können. → (2)

Die gesellschaftlichen Gegensätze bilden einen Nährboden für die Revolution. Kuba, wo Fidel Castro mit seinen ,,Guerilleros" langsam vom Land aus die Städte eroberte, gilt manchen als Modell. In den bereits stärker industrialisierten Staaten Brasilien und Argentinien organisierten sich auch ,,Stadt-Guerillas". Doch meist blieben die linken Bewegungen untereinander zerstritten. So erwiesen sich die Militärs als ,,Stützen der Ordnung". Die Offiziere besaßen hohes Ansehen, zählten zu den am besten Gebildeten im Land und besaßen z. T. auch den Willen zur sozialen Reform. Trotzdem regierten sie in vielen Ländern, wo sie durch einen Militärputsch zur Macht kamen, in der Form einer Diktatur, solange sie nicht von (meist linksgerichteten) demokratischen Bewegungen gestürzt wurden. Unterstützung fanden Befreiungsbewegungen oft bei der Kirche, die sich seit den 60er Jahren vermehrt der Armen annahm und zu sozialen Reformen drängte.

Reform und Reaktion in Chile. Jedes Land hat in Lateinamerika seine besondere Entwicklung. Ein Beispiel ist Chile, wo seit 1964 die christlichen Demokraten unter Eduardo Frei eine Reformpolitik mit dem Ziel verfolgten, den Kupferbergbau vom Ausland unabhängig zu machen und das Land an Genossenschaften zu verteilen.

Die Präsidentschaftswahlen im Jahr 1970 brachten Salvador Allende, Mitglied der marxistischen ,,Partido Socialista" und Kandidat der ,,Unidad Popular" (Volksfront), die relative Mehrheit. Das Parlament, in dem sich die Parteien der Volksfront in der Minderheit befanden, bestätigte Allende erst, als er versprach, sich strikt an Verfassung und Gesetze zu halten und auf die Bildung von Volksmilizen zu verzichten. Dem neuen Präsidenten und der Opposition galt die Armee als Hüter der Rechtsordnung.

Die Regierung Allende verstaatlichte in kurzer Zeit die Kupferindustrie, die anderen Grundstoffindustrien, Banken und größere Betriebe der verarbeitenden Industrie. Das geschah zum Teil gegen die Mehrheit der Abgeordneten im Parlament, die bürgerlichen Parteien angehörten. Die Opposition protestierte, und mittelständische Vereinigungen, wie die Organisation der Lastwagenbesitzer, streikten. 3,5 Mio. Hektar Land wurden enteignet. Revolutionäre Gruppen trieben Fabrik- und Landarbeiter zu illegalen Besetzungen, die Gerichte erklärten solche Besetzungen und auch Enteignungen für unrechtmäßig. Ausländische Investitionen gingen zurück, ab 1972 sanken die industrielle und die landwirtschaftliche Produktion erheblich, die Devisenreserven waren ausgegeben. Bei den Parlamentswahlen 1973 erreichte die Opposition 56 v. H. der Stimmen. Allende versuchte, dem drohenden Bürgerkrieg durch die Aufnahme von Militärs in die Regierung zu entgehen. Im September 1973 putschte das Militär und stürzte die Regierung, wobei Allende ums Leben kam. Viele seiner Anhänger kamen in Konzentrationslager und Gefängnisse. Die neuen Machthaber unter General Augusto Pinochet verboten die Betätigung aller politischen Parteien.

Damit war deutlich, daß die Militärs, die anfangs die Unterstützung breiter Bevölkerungskreise hatten, die chilenische Demokratie nicht wiederherstellen wollten. Ihre Regierungsform, die sie 1980 in einer umstrittenen Volksabstimmung bestätigen ließen, nannten sie ,,autoritäre und geschützte Demokratie". In der Wirtschaftspolitik setzten sie auf eine rigorose Öffnung gegenüber dem Weltmarkt und dem Auslandskapital. Seit 1983 äußerte sich der Protest der Bevölkerung in ,,nationalen Protesttagen". Bei ihrem Bemühen, die Macht zu erhalten, scheute die Diktatur wiederum vor Folterungen und anderen Menschenrechtsverletzungen nicht zurück. Der Wandel kam, als sich die Oppositionsparteien unter Führung der Christdemokraten und der gemäßigten Sozialisten zu einer Reformfront zusammenschlossen, die dem Regime Zugeständnisse abtrotzte. 1988 verlor Pinochet zu seiner Überraschung eine weitere Volksabstimmung. Nach einigem Zögern akzeptierte das Militärregime das Ergebnis. Damit war der Weg frei zur Wiederherstellung der Demokratie. Ende 1989 siegte in freien Wahlen der christdemokratische Kandidat der Opposition. → (1)

Kuba und Mittelamerika. Die Region der Kleinstaaten Mittelamerikas galt schon lange als „Hinterhof der USA", die dort vor allem wirtschaftliche und strategische Interessen hatten. US-Kapital wurde investiert, vor allem in Plantagen für Kaffee, Bananen und Baumwolle, sowie in die verarbeitende Industrie. Dieses Kapital sollte ebenso geschützt bleiben wie die Karibik selbst und der Panamakanal, durch die wichtigen Transportströme zwischen den beiden Küsten der USA liefen. Die USA stützten Regierungen, von denen sie sich Ruhe und Ordnung in ihrem Sinne versprachen. Bis in die 30er Jahre standen US-Truppen in Nicaragua.

Anfang der 60er Jahre entwickelte sich Kuba unter Fidel Castro zu einem sozialistischen Staat. Hunderttausende flüchteten vor Enteignung und Unterdrückung jeglicher politischer Opposition. Aber der revolutionäre soziale Ausgleich, die Sicherung der Existenzgrundlagen, der Ausbau von medizinischer Versorgung und Volksbildung konnten für die benachteiligten Bevölkerungsschichten in Mittel- und Südamerika anziehend wirken und einen „Export der Revolution" möglich machen. Die UdSSR garantierte die Existenz des Castro-Regimes politisch (vgl. Kuba-Krise, S. 290) und wirtschaftlich. Anfang der 80er Jahre unterstützte sie Kuba mit jährlichen Subventionsleistungen in Höhe von 2 bis 4 Mrd. US-Dollar.

Für die USA war deutlich geworden, daß ein dauerhafter Schutz ihrer Interessen in Mittelamerika nur möglich wäre, wenn soziale und politische Stabilität gleichzeitig erreicht würden. Soziale Reformen schienen unerläßlich, sie sollten aber die antikommunistischen Regime dieser Staaten nicht gefährden. Das Problem, beide Ziele gleichzeitig zu erreichen, erwies sich als fast unlösbar.

Mit Unterstützung der USA wurde Anfang der 60er Jahre ein Gemeinsamer Markt (MCCA) der zentralamerikanischen Staaten El Salvador, Guatemala, Nicaragua, Honduras und Puerto Rico gegründet. Anfangs gab es erhebliche Erfolge. Es entstand ein breiterer Mittelstand. Aber der Einkommenszuwachs kam vor allem in der Landwirtschaft nur den Großgrundbesitzern zugute. Die Modernisierung verringerte zudem die Zahl der Arbeitsplätze. Die Industrie blieb vom Ausland abhängig, war aber in vielen Bereichen nicht international wettbewerbsfähig. So blieben die sozialen Probleme ungelöst. Nach Berechnungen der UN lebten Anfang der 80er Jahre 65 v. H. der Bevölkerung der Kleinstaaten im Zustand der Armut, d. h. sie konnten ihre Grundbedürfnisse nicht regelmäßig befriedigen. Weitere innenpolitische Auseinandersetzungen waren die Folge.

Nicaragua. 1979 stürzte die *Sandinistische Befreiungsfront**, unterstützt von der bürgerlichen Opposition, nach jahrelangen Guerillakämpfen die seit 1936 bestehende Familiendiktatur der Somozas.

Von den 5 Mitgliedern der regierenden Junta waren 3 Sandinisten. Die Junta erklärte, sie strebe einen „pluralistischen Staat" mit „gemischter Wirtschaft" an, in dem verschiedene politische Parteien sowie staatliche und private Betriebe und Genossenschaften bestehen sollten. Als erstes wurde der Besitz der Familie Somozas und ihrer Anhänger enteignet. Verstaatlichungen von Banken und Versicherungen, des Bergbaus, wichtiger Industriezweige und großer Teile des Handels folgten. Etwa drei Viertel der Landwirtschaft und der Industrie blieben vorerst in privaten Händen. Nach 1981 begann, unter sich verschärfenden innenpolitischen Konflikten, eine neue Enteignungswelle.

Die Staatsbetriebe sollten das Rückgrat der zukünftigen Landwirtschaft bilden. In sie wurde vor allem investiert. Die später enteigneten Ländereien wurden an Kleinbauern und Landarbeiter verteilt, die zur Bildung von Genossenschaften aufgefordert wurden. Bis 1983 entstanden 4000 Genossenschaften mit unterschiedlichen Formen der Zusammenarbeit. In der Produktion gab es Erfolge bei den Grundnahrungsmitteln. Mit Unterstützung zahlreicher kubanischer Ärzte und Lehrer wurde vor allem auf dem Lande ein kostenloses Bildungs- und Gesundheitswesen aufgebaut. Die Analphabetenrate konnte auf 13 v. H. (1980) gesenkt werden.

Gleichzeitig verstärkten sich jedoch die Zweifel am pluralistischen Charakter des Regimes der Sandinisten. Gestützt auf Berater aus dem Ostblock stellten sie eine neue Armee auf, die bald die stärkste der Region war. Sie übten eine strenge Zensur über Presse und Rundfunk aus und organisierten ihre Macht bis hinunter zu Basiskomitees, die jeweils in einem Häuserblock zuständig waren für öffentliche Sicherheit, politische Schulung, Gesundheit, Lebensmittelverteilung und Probleme der Anwohner. Das konnte den notwendigen sozialen Reformen dienen, aber auch die Vorstufe eines Regimes marxistisch-leninistischer Prägung sein. Jedenfalls schieden 1981 die nichtsandinistischen Mitglieder aus Junta und Staatsrat aus. Damit war das Bündnis mit dem nationalen Bürgertum zerbrochen. Das gegenseitige Mißtrauen, die Einstellung der Wirtschaftshilfe durch die USA und eine Mißernte führten 1981/82 zu einer schweren Wirtschaftskrise. Die Sandinisten riefen den wirtschaftlichen und sozialen Notstand aus, dazu gehörte ein Streikverbot. Das schuf neue Gegner unter den Gewerkschaften. Eine Politik der Zwangsumsiedlung führte zu Konflikten mit der indianischen Bevölkerung.

Die Sandinisten standen bereits unter Druck von verschiedenen Seiten. Guerillatruppen, unter denen sich viele ehemalige Somoza-Anhänger befanden, operierten mit Unterstützung der USA vom benachbarten Honduras aus. Gleichzeitig verstärkten die USA den wirtschaftlichen und militärischen Druck auf Nicaragua. Viele Staaten und internationale Organisationen versuchten zu vermitteln, um eine Verhandlungslösung zu erreichen. Die Frage war, ob die Sandinisten bereit sein würden, die Forderungen des nationalen Bürgertums nach freien parlamentarischen Wahlen, Pressefreiheit und Rechtssicherheit und somit nach einer pluralistischen Entwicklung zu erfüllen. In dieser Lage erwiesen sich die Sandinisten als flexibel. Bei der Landvergabe wurden jetzt Familienbetriebe und nicht mehr die Genossenschaften bevorzugt. 1984 konnten Wahlen durchgeführt werden, aus denen die Sandinisten als Sieger hervorgingen, während sich einige Oppositionsgruppen mit Hinweis auf ihre Behinderungen nicht beteiligten.

Die internationale Entwicklung trug zur weiteren Beruhigung bei. Die mittelamerikanischen Staaten wandten sich gegen fremde Militärstützpunkte und Militärhilfe. Die UdSSR unter Gorbatschow war bereit, dem Rechnung zu tragen. Der US-Kongreß sperrte die weitere Unterstützung der Contras. Große Hoffnungen richteten sich auf den Friedensplan für Mittelamerika, den der Präsident Costa Ricas, Arias, 1987 vorlegte. Er wurde überraschend von allen 5 Regierungen der Region angenommen. → (3)

Die Sandinisten ließen Gefangene frei und erlaubten das Wiedererscheinen der wichtigsten Oppositionszeitung. 1988 wurde ein Waffenstillstand mit den Contras abgeschlossen. Der Ausnahmezustand wurde aufgehoben. 1990 fanden in Anwesenheit zahlreicher internationaler Beobachter „freie und faire Wahlen" (US-Präsident Bush) statt. Aus diesen ging mit einem Stimmenanteil von mehr als 50 v. H. das Oppositionsbündnis UNO als Überraschungssieger hervor. Die USA stellten die Aufhebung der Wirtschaftssanktionen, die Bundesrepublik und andere westliche Länder die Wiederaufnahme der Entwicklungshilfe in Aussicht. Die Sandinisten erklärten sich zur „nationalen Aussöhnung" bereit.

(1) Wie soll Chile regiert werden?

Aus einer Rede Salvador Allendes (1971):

„Wir haben auf legalem Wege gesiegt. Wir haben auf dem Wege gesiegt, der uns von den Gesetzen der bürgerlichen Demokratie vorgeschrieben ist, und auf dieser Grundlage werden wir auch die großen und tiefgreifenden Veränderungen durchführen, die Chile verlangt und braucht. Im Rahmen der Verfassung werden wir eben diese Verfassung ändern, um eine Volksverfassung einzuführen, die die Beteiligung des Volkes an der Eroberung und Ausübung der Macht real gewährleistet ...

Ich möchte erneut feststellen: Wer die marxistische Lehre wirklich kennt, kann nicht im Zweifel sein über den revolutionären Charakter der chilenischen Volksregierung und den Weg, den sie gewählt hat und beschreitet. Es gibt keine Revolution ohne eine Umgestaltung der gesellschaftlichen Struktur. Es gibt keine revolutionäre Regierung, die nicht die Aufgabe hätte, die öffentliche Ordnung zu wahren. Beiden Aufgaben wird die Regierung gerecht ... Wenn die bewußten Arbeiter die Macht in ihre Hände nehmen wollen, müssen sie die Mehrheit gewinnen. Das wird aber nicht erreicht, wenn eine Atmosphäre der Unsicherheit, vielleicht sogar des Chaos oder der Gewalt geschaffen wird." (2) Q

Ein politisches Lexikon über den Machtwechsel:

„Die Regierung Allende wollte durch eine Verstaatlichung nationaler und ausländischer Industrien und die Liquidierung des Großgrundbesitzes die Produktionsstruktur des Landes von Grund auf verändern. Diese als „sozialistisch und antiimperialistisch" bezeichnete Politik rief nach Anfangserfolgen erhebliche wirtschaftliche Probleme (Rückgang der Investitionen, Produktionsengpässe, Versorgungsmängel, Inflation) sowie interne und externe Widerstände hervor.

Das Militärregime vollzog eine radikale Schwenkung. Es führte die freie Marktwirtschaft ein, hob jede Beschränkung für ausländische Kapitalinvestitionen auf (was konsequenterweise Chiles Austritt aus dem Andenpakt nach sich zog) und reprivatisierte große Teile der seit den 40er Jahren vom Staat verwalteten Wirtschaftsunternehmen mit Ausnahme der Dienstleistungsbetriebe. Die Folge dieser Wirtschaftspolitik war ein Ansteigen der Arbeitslosigkeit, eine Konzentration der Reichtümer in wenigen Händen und damit eine Vertiefung der sozialen Ungerechtigkeit, die in den letzten vierzig Jahren chilenischer Geschichte ohne Beispiel ist. Die gegen Ende der 70er Jahre erreichte Stabilität war nur von kurzer Dauer ... (3)

Landbesitz und Einkommensverteilung der Agrarbevölkerung in Kleinstaaten Zentralamerikas um 1970:

Sozio-ökonomische Schichten	Zentralamerika				El Salvador		Nicaragua	
	Betriebszahl %	Betriebsfläche %	Agrarbevölkerung %	Agrareinkommen %	Agrarbevölkerung %	Agrareinkommen %	Agrarbevölkerung %	Agrareinkommen %
Schicht der Landarbeiter und Kleinbauern < 4 ha	69	7	76	30	86	24	58	42
Schicht der Klein- und Mittelbauern 4–35 ha	25	20	18	25	11	29	25	25
Schicht der Mittel- und Großbauern > 35 ha	6	73	6	45	3	47	17	32

Westdeutsche Politikwissenschaftler über die Chancen einer dauerhaften Demokratie in Chile:

„In der Wählerschaft und den Parteien gibt es Indizien für einen der Demokratie förderlichen Lernprozeß, der sich nicht nur auf die Herrschaft des Militärs, sondern auch auf die Allende-Jahre und den Zusammenbruch der Demokratie bezieht. Nachdem sowohl Schwächen des Sozialismus (unter Allende) als auch des rohen Privatkapitalismus (unter den Militärs) hervorgetreten sind, dürfte es kein Zufall sein, daß die Mehrheit der Chilenen ein gemischtwirtschaftliches System, eine soziale Marktwirtschaft und zentristisch-reformistische Parteien bevorzugt. In den Parteien scheint die Einsicht gewachsen zu sein, daß ein starres Verharren im traditionellen politischen Lagerdenken und das Ablehnen von Kompromissen und Koalitionen die Demokratie gefährden können. Die negative Erfahrung, daß sich das Militär, von einigen zivilen Kräften als Krisenhelfer herbeigerufen, nicht schnell von der Macht zurückzog, sondern versuchte, sich auf lange Dauer in der Herrschaft einzurichten, wird das Handeln der Parteieliten in Zukunft beeinflussen.“ (4)

(a) Versucht zu erklären, was die „Volksfront-Regierung“ wollte und warum sie scheiterte.

(b) Militärregime: Was bedeutet das für die Demokratie?

(c) Untersucht, welche Einsichten Chiles Rückkehr zur Demokratie förderten.

(2) **Landbesitz und Landreform**

Ziele und Ergebnisse der Landreform in Peru von 1969:

„Obwohl in Peru die umfangreichste Landumverteilung, die jemals in Südamerika im Rahmen einer Agrarreform vorgenommen wurde, erfolgte und der private Großgrundbesitz weitgehend verschwunden ist (in jüngster Zeit wurden allerdings in einigen Fällen enteignete Flächen an die ehemaligen Eigentümer zurückgegeben!), konnten die mit der Reform verfolgten Ziele vielfach nicht erreicht werden:

- Nur bei einem kleinen Teil der ländlichen Bevölkerung führten die Reformmaßnahmen zu deutlichen Einkommenssteigerungen, wobei die Einkommensunterschiede zwischen Hochlandbauern und den Mitgliedern der landwirtschaftlichen Genossenschaften in der Küstenregion weiter zugenommen haben.
- Die Nahrungsmittelproduktion hält nach wie vor nicht mit dem Bevölkerungswachstum Schritt, so daß Hunger und steigende Nahrungsmittelimporte kennzeichnend für die heutige Situation sind.
- Das Beschäftigungsproblem auf dem Land und die dadurch ausgelöste Landflucht konnte aufgrund des hohen Bevölkerungsdrucks nicht entscheidend verringert werden.“ (5)

Aus der Enzyklika von Papst Johannes Paul II. vom September 1981 über die „Würde der Landarbeit“:

„In manchen Entwicklungsländern sind Millionen von Menschen gezwungen, die Felder anderer zu bebauen, und werden dabei von den Großgrundbesitzern ausgenützt, ohne jede Hoffnung, einmal auch nur ein kleines Stück Erde ihr eigen nennen zu können. Es fehlt an Formen eines gesetzlichen Schutzes für die Person des Landarbeiters und für seine Familie im Fall von Alter, Krankheit oder Arbeitslosigkeit. Lange Tagewerke harter Arbeit werden armselig bezahlt. Nutzbare Bodenflächen werden von den Besitzern brach liegengelassen. Rechtstitel für den Besitz eines kleinen Grundstückes, das der Landarbeiter seit Jahren für sich bebaute, werden übergangen oder sind schutzlos mächtigeren Personen oder Gruppen und ihrem ‚Hunger nach Boden‘ ausgesetzt.“ (6) Q

(a) Erklärt anhand der Zahlen in der Tabelle die Forderung nach „Bodenreform“. Vergleicht mit dem Großgrundbesitz in Rußland und China vor der Revolution.

(b) Versucht zu begründen, warum die Aufteilung von Großgrundbesitz allein noch keinen Erfolg brachte.

(c) Was meint ihr zu den Aussagen des Papstes? Wie verhält sich die Kirche in Lateinamerika?

(3) Costa Ricas Friedensplan

Mit der Unterzeichnung:
Aufforderung zur Einstellung der Militärhilfe für Guerillagruppen an außerregionaleRegierungen; Verzicht auf Destabilisierung anderer Regierungen.

Nach der Unterzeichnung:
Aufnahme des Dialogs mit der unbewaffneten Opposition; Beginn des Demokratisierungsprozesses; Feuereinstellung durch alle kriegführenden Parteien.

Innerhalb von dreißig Tagen:
Bildung einer internationalen Überwachungskommission.

Innerhalb von sechzig Tagen:
Erlaß einer politischen Amnestie; Bildung einer nationalen Versöhnungskommission; volle Pressefreiheit und uneingeschränkte politische Freiheiten; Beginn der Verhandlungen über Rüstungskontrolle und -reduktion.

Innerhalb von sechs Monaten:
Amnestie durchgeführt; Präsidententreffen zur Prüfung des bisher Erreichten.

Im ersten Halbjahr 1988:
Freie Wahlen zum Zentralamerikanischen Parlament.

Gemäß Verfassungsfristen:
Gemeinde-, Parlaments- und Präsidentschaftswahlen. (10)

(a) Informiert euch mit Hilfe eines politischen Lexikons über Ursachen und Folgen der Konflikte in Mittelamerika. Vergleicht mit anderen „Krisenherden" der „Dritten Welt".

(b) Diskutiert die Regelungen des „Arias-Plans". Kann er ein Modell für Lösungen von Konflikten dieser Art sein?

1. Sprich über Chiles Entwicklung unter Eduardo Frei – Salvador Allende – Augusto Pinochet.

2. Wiederhole S. 290 und erkläre, wieso die Kuba-Krise eine Wende im Ost-West-Verhältnis brachte.

3. Erläutere die folgende Tabelle und sage, welche Angaben für Lateinamerika typisch sind.

Anteil des staatlichen, privaten und Kleinbauernsektors an der Landwirtschaft 1980 in v. H. in Nicaragua:

Anteil	staatlich	privat	Kleinbauern u. Genossenschaften
des Landes	23,2	62,9	13,9
der Arbeitskräfte	12,0	38,1	49,9
am Produktionsvolumen	19,0	61,0	20,0

Arias-Plan. Benannt nach dem Präsidenten Costa Ricas, der dafür den Friedensnobelpreis erhielt. Er wurde 1987 von den fünf Staaten Costa Rica, El Salvador, Guatemala, Honduras, Nicaragua unterzeichnet. Sie legten sich darin auf Demokratisierungsmaßnahmen wie Informationsfreiheit und freie Wahlen fest, sowie auf Dialoge mit Oppositionsgruppen und Verzicht auf die Unterstützung von Guerilla-Gruppen in Nachbarländern.

Sandinisten: Befreiungsfront in Nicaragua, nach dem von der Nationalgarde des Diktators Somoza ermordeten Revolutionär Sandino genannt, am kubanischen Vorbild orientiert. Strebte eine sozialistische Staats- und Gesellschaftsordnung an, wobei anfangs garantierte freiheitliche Elemente immer stärker zurückgedrängt wurden – 1990 akzeptierten sie ihre Wahlniederlage.

1948	Gründung der Organisation Amerikanischer Staaten (OAS)
1961	„Allianz für den Fortschritt"
1964	Militärregierung in Bolivien, in Brasilien
1968	Militärregierung in Peru
1970	Linksregierung in Chile
1973	Militärregierung in Chile
1976	Militärregierung in Argentinien
1979	Militärregierung in El Salvador Sandinisten in Nicaragua
1983	Rückkehr zur Demokratie in Argentinien
1984	Zivilregierung in El Salvador
1985	Rückkehr zur Demokratie in Brasilien
1990	Rückkehr zur Demokratie in Chile und Nicaragua

Quellennachweis

(1) Hennig in: J. Aretz/J. May: Zentralamerika in der Krise. München 1985, S. 43.
(2) Zitiert nach: Chile. Volkskampf gegen Reaktion und Imperialismus. Aus Reden Salvador Allende Gossens. Berlin (Ost) 1973, S. 31, 110, 114.
(3) Politisches Lexikon Lateinamerika. Hrsg. v. P. Waldmann. München [2]1982, S. 86 f.
(4) H.-W. Krumwiede/D. Nolte, Probleme der Demokratisierung: Chile und Nicaragua in vergleichender Perspektive, in: Das Parlament, Beilage 4/89, S. 3.
(5) Geographische Rundschau 10/1983, S. 496.
(6) V. Lüpertz: Peru. In: Politik und Unterricht 4/1980, S. 24.
(7) Zitiert aus: Contacts 1/1985, S. 8.
(8) Nach Auszügen aus: Wireless Bulletin from Washington vom 12. 1. 1984, S. 19.
(9) Zitiert aus: Blätter des iz3w 122, Dez. 1984, S. 46.
(10) Zitiert aus: Neue Züricher Zeitung vom 21. 2. 1987

12.3 Das System der internationalen Beziehungen

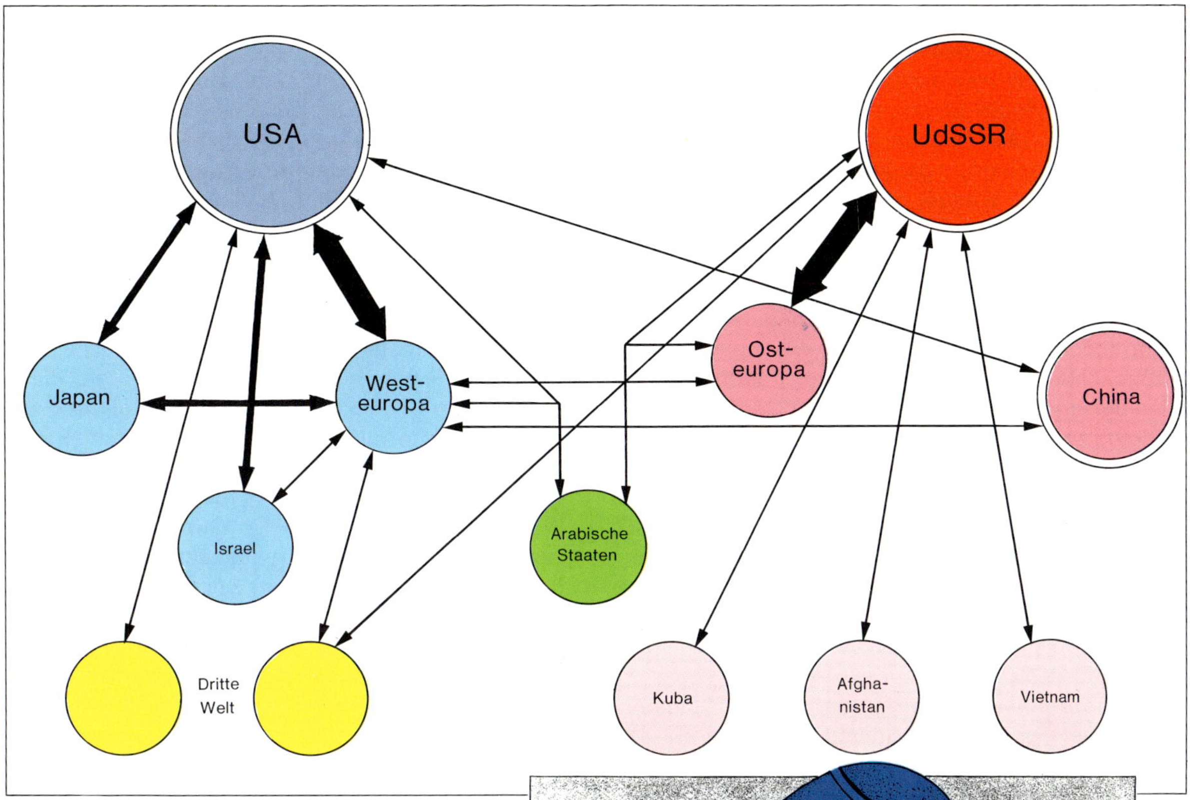

System der internationalen Beziehungen in der Zeit des „Kalten Krieges“ bis 1989. (Nach: A. Calamaros: Internationale Beziehungen. Stuttgart 1974, S. 83).

Das Veto der Bombe

„Es wird hier dauernd vom Frieden gesprochen – meine Herren, der Friede bin ich!“ Karikatur von H. M. Brockmann im „Simplicissimus“ (1956).

- Was können die internationalen Organisationen für den Frieden tun?
- Wo steht Europa, wo steht die Bundesrepublik Deutschland im internationalen Spannungsfeld?
- Wie sind die Zukunftsaussichten für den Frieden in der Welt?

Die Entwicklung der Vereinten Nationen. Der Zweite Weltkrieg hatte viel stärker als der Erste den ganzen Erdball erfaßt und sich auch auf Völker ausgewirkt, die nicht am Krieg beteiligt waren. Die neuen Machtverhältnisse bestimmten die Politik weltweit, global. Die Einflüsse der Staaten aufeinander nahmen unaufhaltsam zu, und zwar auch wirtschaftlich und kulturell. Man begann, die Erde jetzt als „Eine Welt" zu betrachten, in der kein Land isoliert bleiben konnte. Diesem Wandel der internationalen Beziehungen entsprach die Gründung der Weltorganisation der Vereinten Nationen (UN) 1945 (vgl. S. 214). Die UN sollten den Völkern Frieden auf der Grundlage von Freiheit und Gleichberechtigung bringen. Aber schon bald brach der „Kalte Krieg" aus. Die Weltmächte USA und Sowjetunion traten in einen ideologischen wie machtpolitischen Gegensatz und bildeten zwei Weltblöcke. Der Ost-West-Konflikt teilte die Welt in zwei Lager. Unter den damals 50 bis 60 Mitgliedstaaten der Vereinten Nationen gab es bis 1955 eine pro-westliche Mehrheit. Aber im Sicherheitsrat der UN gaben die Großmächte den Ausschlag, d. h. sie blockierten sich gegenseitig. Nur im Korea-Konflikt unterstützten die UN einseitig den Westen, weil die UdSSR zeitweilig den Sitzungen des Sicherheitsrates ferngeblieben war.
Seit dem Unabhängigwerden ehemaliger Kolonien wuchs die Zahl der UN-Mitglieder schnell; sie beträgt heute 185. Die überwiegende Mehrzahl gehört zur „Dritten Welt" und möchte politisch neutral oder „blockfrei" bleiben. So ergaben sich in der Vollversammlung der Vereinten Nationen wechselnde Mehrheitsverhältnisse zwischen Ost und West. Der Eintritt der Entwicklungsländer in die UN veränderte indes auch ihre Aufgaben und Ziele. Die Vereinten Nationen sollten nicht nur den Frieden wahren, indem sie versuchten, Krieg zu verhindern oder Konflikte beizulegen. Sie mußten sich auch aktiv an der Herstellung von Friedensbedingungen beteiligen, d. h. an der Sicherung von Freiheit und sozialer Gerechtigkeit vor allem in den Ländern mitwirken, die bis vor kurzem oder noch immer in kolonialer Abhängigkeit waren. Aus einer Weltfriedenspolizei wurden die UN immer mehr zur Weltentwicklungszentrale. Friedenssicherung und Entwicklungsförderung sind durch die UN zu einer kollektiven Aufgabe der Völkergemeinschaft geworden. →(1)

Probleme der UN. Seit Bestehen der Vereinten Nationen fanden in der Welt schon mehr als 150 bewaffnete Konflikte statt: Kriege, Bürgerkriege, Befreiungskriege. Bei den meisten wurden die UN angerufen, bei den wenigsten konnten sie eingreifen. Nur der Sicherheitsrat kann verbindliche Beschlüsse fassen; sie müssen einstimmig erfolgen. Keine Großmacht soll überstimmt werden können.
Immerhin konnten die UN internationale Friedenstruppen in manchen Krisengebieten (z. B. im Kongo, im Libanon) einsetzen, die als Beobachter oder Puffer zwischen den Fronten wirkten. Sie konnten Hilfsgüter in Katastrophengebiete bringen oder Verhandlungen einleiten. Um Südafrika zum Verzicht auf die Apartheid-Politik zu veranlassen, vereinbarten die Vereinten Nationen wirtschaftliche Boykottmaßnahmen. Vor allem haben die UN mit ihren Sonderorganisationen ein weltweites Netz von „Agenturen" zur internationalen Zusammenarbeit auf wirtschaftlichem und sozialem, technischem, wissenschaftlichem und kulturellem Gebiet geschaffen. Sie erleichtern den Austausch von Informationen, planen Hilfsprogramme und ermöglichen, daß sie mit Sondermitteln aus reichen Staaten auch finanziert werden. So leistet z. B. das Weltkinderhilfswerk UNICEF zur Zeit in 113 Ländern der Dritten Welt praktische Hilfe auf den Gebieten der Ernährung, Gesundheitsversorgung, Schule und Ausbildung von Kindern und in der Beratung von Müttern. Das Geld kommt aus Spenden, Staatszuschüssen und Mitgliedsbeiträgen. Die Größe der Weltorganisation macht sie bei den Entscheidungen schwerfällig. Die Vollversammlungen erleben oft Propaganda-Reden und schleppende Debatten. Dennoch gelten die Vereinten Nationen als Forum, wo man drängende Fragen der Menschheit vor der Weltöffentlichkeit diskutiert und gemeinsam nach einem Ausgleich der Interessen sucht.

Das „atomare Gleichgewicht". Die Rivalität zwischen den Supermächten verhinderte eine Verständigung über eine bessere Weltordnung, wie sie den Gründern der UN vorschwebte. Dennoch konnte ein Dritter Weltkrieg vermieden werden. Weil beide Seiten von einem militärischen Gleichgewicht ausgingen, das durch Atomwaffen und ihre Träger garantiert wurde, mußte jeder nach einem Atomschlag damit rechnen, daß der Gegner einen vernichtenden Gegenschlag führen würde. Sicherheit glaubte man dadurch gewährleistet, daß keiner einen Atomkrieg gewinnen konnte und sich vom nuklearen Potential des Gegners abschrecken ließ. Das atomare Gleichgewicht, so sagte man, diente dazu, den großen Krieg zu verhindern. →(4)
Für den Fall eines Angriffs durch den Warschauer Pakt plante die NATO einen massiven atomaren Vergeltungsschlag. Als die US-Regierung nach der Kuba-Krise zu einer Politik der „Entspannung" mit der Sowjetunion überging, änderte sich auch die Strategie der NATO. An die Stelle der massiven Vergeltung trat das Prinzip der „abgestuften Reak-

tion", d. h. die Stärke eines Angriffs sollte auch über den Einsatz von konventionellen oder nuklearen Waffen entscheiden.
Zwar führte die Entspannungspolitik nicht zum Rüstungsstillstand oder zur Abrüstung. Immerhin gelang eine Reihe wichtiger Verträge und Absprachen über Rüstungsbegrenzungen und Verhinderung von Zwischenfällen. 1963 einigten sich die USA und die UdSSR auf ein Verbot von Kernwaffenversuchen in der Atmosphäre, 1969 auf einen Vertrag über das Verbot der Weitergabe von Atomwaffen an andere Länder. Frankreich und China, selbst im Besitz der Wasserstoffatombombe, traten den Verträgen nicht bei, die nach ihrer Ansicht nur das Atomwaffenmonopol der Supermächte sichern sollten.
Nach langwierigen Verhandlungen in den SALT-Gesprächen (vgl. S. 291) unterzeichneten Nixon und Breschnew im Mai 1972 in Moskau (ein Vierteljahr nach Nixons Besuch in Peking) zwei Abkommen: einen Vertrag über die „Einschränkung der Raketenabwehrsysteme" und ein „Zeitweiliges Abkommen über die Begrenzung der strategischen Offensivwaffen" (SALT I). Diese Verträge sicherten das atomare Kräftegleichgewicht. Hinzu kamen 1971–73 weitere Vereinbarungen zwischen den USA und der UdSSR, um Zwischenfälle auf dem Meer und den ungewollten Ausbruch eines Atomkrieges zu verhindern. Der „heiße Draht" wurde mit Hilfe von Satelliten modernisiert.

Die Lage in Europa. Die Jahre der Entspannung waren allen europäischen Ländern willkommen. Die Beziehungen zwischen Ost und West konnten sich normalisieren. Das kam besonders dem Handel zugute. Die Grenzen waren durchlässiger geworden, es gab mehr Kulturaustausch und Reisen. Der Westen fühlte sich in der NATO sicher, geschützt vom atomaren Schirm der USA. Das gleiche galt für die osteuropäischen Regierungen im Warschauer Pakt. 1973 begann eine „Konferenz über gegenseitige Verminderung von Streitkräften und damit zusammenhängende Maßnahmen in Mitteleuropa" in Wien. Teilnehmer waren die Staaten der NATO und des Warschauer Pakts. Die Verhandlungen schleppten sich hin. Manche NATO-Staaten äußerten wiederholt die Besorgnis, eine gleichmäßige Truppenverminderung auf beiden Seiten könne einseitig der UdSSR zugute kommen, da Truppen der USA über den Atlantik, die der UdSSR jedoch lediglich hinter den Ural zurückgezogen werden müßten. Außerdem seien die Ausgangsbedingungen ungleich, da die Landstreitkräfte des Warschauer Pakts denen der NATO überlegen seien. Die UdSSR wies dagegen auf den strategischen Gesamtzusammenhang und auf die Bomberflotte und Raketen der USA hin. Es zeigte sich nach Jahren, daß eine europäische Entspannung von der Politik der Supermächte und deren Bemühen um Rüstungsbeschränkungen abhing.

Die „Konferenz über Sicherheit und Zusammenarbeit in Europa (KSZE)", die im Juli 1973 in Helsinki begann, weckte große Hoffnungen. An der Konferenz nahmen die Außenminister von 35 Staaten teil; es waren alle europäischen Staaten (einschließlich der Kleinstaaten und des Vatikans, jedoch mit Ausnahme Albaniens) sowie die USA und Kanada vertreten. Man regelte vor allem die weitere Verfahrensweise.
1973 und 1974 fand in Genf die zweite Runde der KSZE statt. 300 Delegierte aus den 35 Teilnehmerstaaten bemühten sich um konkrete Vereinbarungen. Dazu wurden drei Kommissionen für folgende Themenbereiche gebildet: 1. Sicherheit, 2. Zusammenarbeit in Wirtschaft, Wissenschaft, Technik und Umweltfragen, 3. Humanitäre und Informationsfragen. Es erwies sich bald, daß an einen schnellen Abschluß nicht zu denken war. Die NATO-Staaten und auch neutrale Staaten erklärten z. B., daß die Freizügigkeit von Personen und der freie Austausch von Informationen echte humanitäre Fragen seien, während die Staaten des Warschauer Paktes darin eine Einmischung in innere Angelegenheiten und eine Gefährdung ihrer Sicherheit sahen. Bis zuletzt wurde an jedem Wort der „Schlußakte", dem abschließenden Dokument der KSZE, gefeilt. Die feierliche Unterzeichnung am 1. August 1975 in Helsinki wurde ein spektakuläres diplomatisches Ereignis: Die Teilnehmerstaaten waren durch ihre Staatsoberhäupter oder Regierungschefs, die Ostblockstaaten durch ihre Parteichefs vertreten. Neben offiziellen Ansprachen kam es zu einer ganzen Reihe von Gesprächen am Rande der Konferenz. Kritische Stimmen und bald beginnende Streitigkeiten um die Auslegung der Texte zeigten, daß die Ergebnisse der KSZE abhängig blieben vom jeweiligen Stand der internationalen Lage, insbesondere vom Verhältnis der Supermächte. →(3)

Rüstungswettlauf oder Abrüstung? Ende der 70er Jahre besaßen die beiden Supermächte etwa gleich viel Interkontinental-Raketen. In Europa änderte sich aber die Lage. Die UdSSR begann mit der Einführung neuer Mittelstreckenraketen (SS 20). Die NATO sah eine Lücke in der „Abschreckung" in Europa: Ihre eigenen Waffen einschließlich der Flugzeuge konnten durch die SS 20 leicht ausgeschaltet werden. Da die UdSSR ihre Rüstung nicht stoppte, faßte die NATO im Dezember 1979 einen *„Doppelbeschluß"*: Man bot den Sowjets Verhandlungen zur Abrüstung an. Falls sie nicht zum Abbau ihrer SS 20 bereit wären, werde man eine begrenzte Zahl amerikanischer

Raketen und Marschflugkörper in Europa, auch in der Bundesrepublik, aufstellen. Die NATO wollte also über ihre neuen Waffensysteme verhandeln, bevor sie überhaupt produziert und stationiert waren. Eine neue Aufrüstung sollte damit, wenn irgend möglich, vermieden werden.
Die UdSSR verwies auf das Raketenpotential Frankreichs und Großbritanniens sowie auf die amerikanischen U-Boote und Flugzeugträger. Breschnew und sein Nachfolger Andropow boten ein „Moratorium" an, keine Seite sollte neue Mittelstreckenraketen aufstellen. Dem Westen erschien das unannehmbar, da die sowjetische Überlegenheit in diesem Bereich bestehen bleiben würde.
Als die Verhandlungen der USA und der UdSSR zu keinem Ergebnis führten, begann die NATO Ende 1983 mit der Aufstellung der neuen Raketen. Die UdSSR brach alle Rüstungsbegrenzungsgespräche ab und erklärte ihrerseits, sie stelle jetzt neue Raketen in der DDR und in der ČSSR auf. Der drohende neue Rüstungswettlauf führte zu einer tiefen Beunruhigung in Westeuropa. Angesichts der eigenen wirtschaftlichen Lage und der katastrophalen Verhältnisse in Ländern der Dritten Welt erschien es vielen als unsinnig, noch mehr Geld in Vernichtungswaffen zu stecken. Andere waren überzeugt, daß die Politik einer glaubwürdigen „Abschreckung" dazu beigetragen hatte, einen Krieg in und um Europa zu verhindern und die Freiheit des westlichen Teils zu wahren (vgl. S. 255).

Das Ende der Ost-West-Konfrontation. Der Wandel in den Beziehungen der beiden Supermächte trat überraschend schnell ein. Ende 1985, im ersten Amtsjahr des Generalsekretärs Gorbatschow, kam es zum Gipfeltreffen mit Reagan. Beide Seiten versicherten, daß sie keine militärische Überlegenheit anstrebten. Nach zähen Verhandlungen konnte im Dezember 1987 ein Vertrag abgeschlossen werden, der erstmals eine echte Abrüstung, die Vernichtung aller landgestützten Mittelstreckenraketen, zum Inhalt hatte. Zur Kontrolle wurden gegenseitige Inspektionen vereinbart, wie sie vorher nicht denkbar waren. Damit war ein Muster vorgegeben, das weitere Verträge ermöglichen sollte. 1990 wurde eine deutliche Verminderung der Chemiewaffen der USA und der UdSSR vereinbart. In „START"-Verhandlungen, die sich mit den strategischen Offensivwaffen (Langstreckenraketen, Bomber) beider Seiten beschäftigten, wurde deren Verminderung um bis zu 50 v. H. angestrebt.
1990 kamen auch die Wiener Verhandlungen über die Abrüstung konventioneller Streitkräfte in Europa (vgl. S. 341), die 1973 begonnen hatten, zu einem glücklichen Ergebnis. Man einigte sich über eine Verringerung der Waffenarsenale zwischen Atlantik und Ural um mehr als 100 000 Kampfpanzer, Artilleriegeschütze, gepanzerte Fahrzeuge, Hubschrauber und Kampfflugzeuge. Entsprechend der bisherigen Überlegenheit in der konventionellen Bewaffnung hatte die östliche Seite erheblich mehr abzurüsten, so z. B. 21 000 Kampfpanzer, der Westen dagegen nur 3000. Künftig galten Höchstgrenzen, die auch für die Truppenstärke des vereinigten Deutschlands vereinbart wurden (vgl. S. 260). Wieder wurde ein umfangreiches System breitgefächerter Kontrollen beschlossen.
Mit der neuen Politik der UdSSR unter Gorbatschow (vgl. S. 298 ff.) und mit den revolutionären Veränderungen im ehemaligen ,,Ostblock" 1989/90 (vgl. S. 284) schien das Ende der jahrzehntelangen Konfrontation der beiden großen Blöcke gekommen. Die Kritik in der UdSSR an der eigenen Vergangenheit bezog sich auch auf deren Außenpolitik. Sie wurde nachträglich als aggressiv bezeichnet. Sowjetische Kritiker sprachen von ,,hegemonistischen (d. h. auf Vorherrschaft gerichteten) Großmachtambitionen des Stalinismus", die ,,mehrmals das politische Gleichgewicht zwischen den Staaten" bedroht hätten. Im Westen setzte sich die Überzeugung durch, daß es die UdSSR mit ihrer neuen Politik ernst meine und daß ihr zu trauen sei. Das Bild der ,,sowjetischen Bedrohung" verblaßte zusehends. Jetzt, so die allgemeine Ansicht, war die Periode des ,,Kalten Krieges" endgültig beendet. Der Weg zur radikalen Verringerung der Militärausgaben, zur allgemeinen Abrüstung und zur weiteren Zusammenarbeit schien frei zu sein.
Es galt als hoffnungsvolles Zeichen, als im November 1990 die Mitgliedstaaten der NATO und des Warschauer Paktes eine Erklärung über das Ende ihrer Gegnerschaft und über gegenseitigen Gewaltverzicht unterzeichneten und gleichzeitig die 34 KSZE-Staaten eine „Charta für ein neues Europa" veröffentlichten.

Neue Konflikte. Die Konfrontation der Supermächte war beendet. Die Welt atmete auf, sah sich aber bald neuen lokalen Konflikten gegenüber. Sie einzudämmen und zu befrieden, blieb als ständige Aufgabe. Die UN, jetzt wieder handlungsfähig, halfen mit ihren Friedenstruppen, den „Blauhelmen", und mit ihren humanitären Organisationen. Für „friedenserzwingende Maßnahmen" beim Kampf gegen Aggressoren waren jedoch ihre Kräfte allein zu schwach. So konnte der nach dem Zerfall Jugoslawiens ausgebrochene Krieg um Bosnien-Herzegowina erst beendet werden, als USA und NATO – im Auftrag der UN – eingriffen. Aus der KSZE war inzwischen ein neues Instrument kollektiver Sicherheit entstanden, die „Organisation für Sicherheit und Zusammenarbeit in Europa" (OSZE), die in Europa Abrüstungsmaßnahmen koordiniert und vorbeugend zur friedlichen Lösung von Konflikten beitragen soll.

(1) **Wie arbeiten die Vereinten Nationen?**

(a) Zeigt anhand des Schemas, wo die wichtigen Entscheidungen in der UN getroffen werden.

(b) Informiert euch über eine der Sonderorganisationen, z. B. UNDP oder UNICEF.

(c) Nehmt Stellung zur Frage des Vetorechts im Sicherheitsrat (vgl. S. 344).

(d) Erläutert die Karrikatur S. 339.

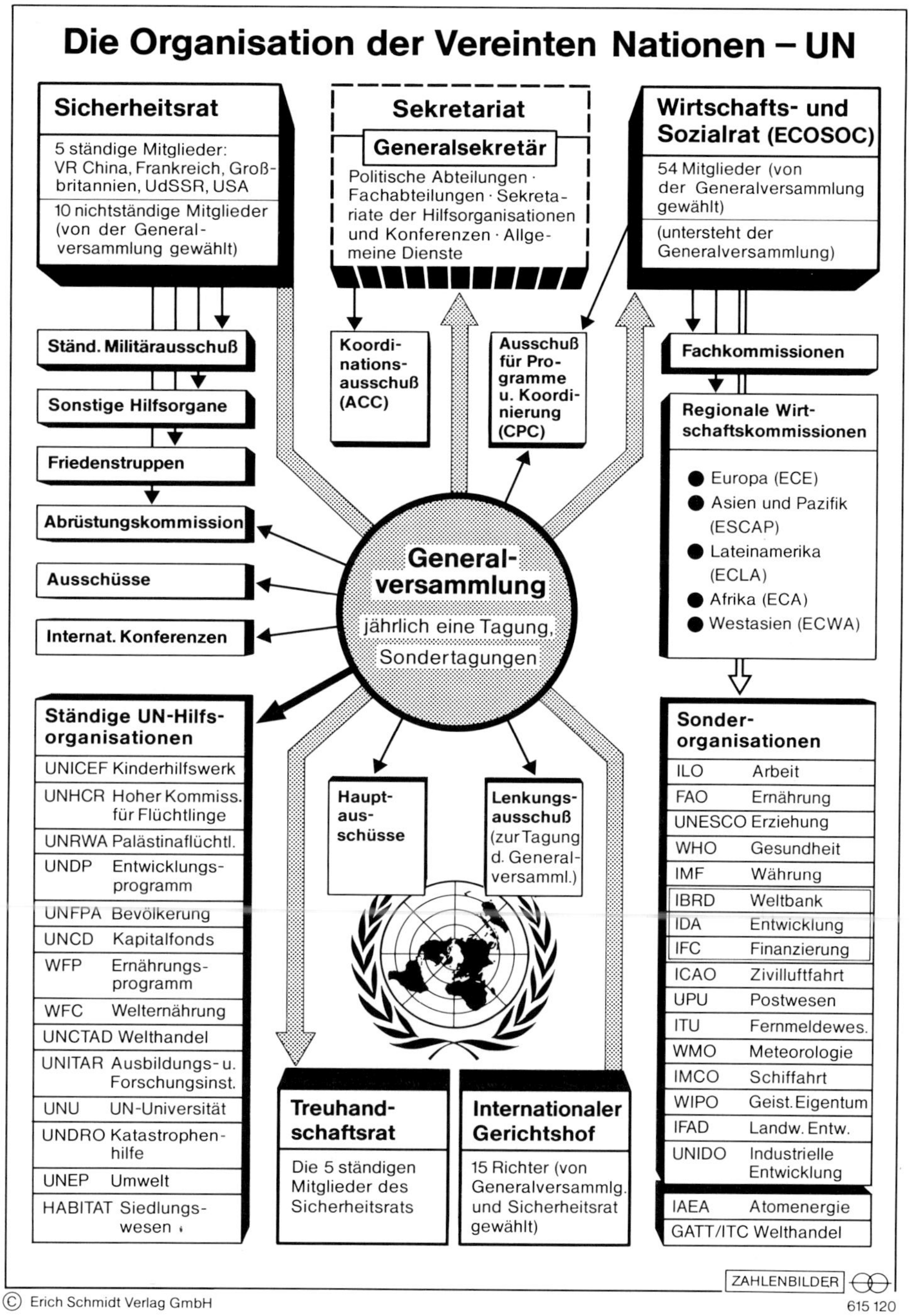

(2) Aus der Charta der Vereinten Nationen:

„*Artikel 17:*
(1) Die Generalversammlung prüft und genehmigt den Haushaltsplan der Organisation.
(2) Die Ausgaben der Organisation werden von den Mitgliedern nach einem von der Generalversammlung festzusetzenden Verteilungsschlüssel getragen.

Artikel 18:
(1) Jedes Mitglied der Generalversammlung hat eine Stimme.
(2) Beschlüsse der Generalversammlung über wichtige Fragen bedürfen einer Zweidrittelmehrheit der anwesenden und abstimmenden Mitglieder . . .

Artikel 23:
(1) Der Sicherheitsrat besteht aus fünfzehn Mitgliedern der Vereinten Nationen. Die Republik China, Frankreich, die Union der Sozialistischen Sowjetrepubliken, das Vereinigte Königreich Großbritannien und Nordirland sowie die Vereinigten Staaten von Amerika sind ständige Mitglieder des Sicherheitsrats. Die Generalversammlung wählt zehn weitere Mitglieder der Vereinten Nationen zu nichtständigen Mitgliedern des Sicherheitsrats.

Artikel 24:
(1) Um ein schnelles und wirksames Handeln der Vereinten Nationen zu gewährleisten; übertragen ihre Mitglieder dem Sicherheitsrat die Hauptverantwortung für die Wahrung des Weltfriedens und der internationalen Sicherheit und erkennen an, daß der Sicherheitsrat bei der Wahrnehmung der sich aus dieser Verantwortung ergebenden Pflichten in ihrem namen handelt . . .

Artikel 25:
Die Mitglieder der Vereinten Nationen kommen überein, die Beschlüsse des Sicherheitsrats im Einklang mit dieser Charta anzunehmen und durchzuführen . . .

Artikel 27:
(1) Jedes Mitglied des Sicherheitsrats hat eine Stimme.
(2) Beschlüsse des Sicherheitsrats über Verfahrensfragen bedürfen der Zustimmung von neun Mitgliedern.
(3) Beschlüsse des Sicherheitsrats über alle sonstigen Fragen bedürfen der Zustimmung von neun Mitgliedern einschließlich sämtlicher ständigen Mitglieder.“ (1) Q

Das Vetorecht der Großmächte:

„Angesichts des weiten Gebrauches, den die Sowjetunion, mit ihrer in den 50er Jahren noch ausgeprägten Minderheitsposition in der Generalversammlung, von diesem Vetorecht zeitweise gemacht hat, hat diese Herausstellung der großen Mächte manche Kritik erfahren. Dies ist indes unberechtigt. Gegenüber der Stimmgewichtung in der Generalversammlung, die der Mehrheit der mittleren und kleineren Länder das Übergewicht gibt, besteht hier ein . . . Gegengewicht zugunsten derjenigen Staaten, von denen die internationale Politik bestimmt wird, und die bei Aktionen der UN auch tatsächlich die entscheidende Last, sowohl finanziell wie militärisch, zu tragen hätten.“ (2)

(3) KSZE und „Vertrauensbildende Maßnahmen“

Aus der „Schlußakte“ der KSZE:

„Aufzählung der ‚Prinzipien, die die Beziehungen der Teilnehmerstaaten leiten‘:

I. Souveräne Gleichheit, Achtung der der Souveränität innewohnenden Rechte.
II. Enthaltung von der Androhung oder Anwendung von Gewalt.
III. Unverletzlichkeit der Grenzen.
IV. Territoriale Integrität der Staaten.
V. Friedliche Regelung von Streitfällen.
VI. Nichteinmischung in innere Angelegenheiten.
. . . [Die Teilnehmerstaaten] werden sich . . . jeder Form der bewaffneten Intervention oder der Androhung einer solchen Intervention gegen einen anderen Teilnehmerstaat enthalten . . . Dementsprechend werden sie sich u. a. der direkten oder indirekten Unterstützung terroristischer Tätigkeiten oder subversiver oder anderer Tätigkeiten enthalten, die auf den gewaltsamen Umsturz des Regimes eines anderen Teilnehmerstaates gerichtet sind.
VII. Achtung der Menschenrechte und Grundfreiheiten, insbesondere der Gedanken-, Gewissens-, Religions- oder Überzeugungsfreiheit.
VIII. Gleichberechtigung und Selbstbestimmungsrecht der Völker.
IX. Zusammenarbeit zwischen den Staaten.
X. Erfüllung völkerrechtlicher Verpflichtungen nach Treu und Glauben.

‚Zusammenarbeit in humanitären und anderen Bereichen‘ (Auszug):
Die Teilnehmerstaaten beabsichtigen, Möglichkeiten für umfassendes Reisen ihrer Bürger aus persönlichen oder beruflichen Gründen zu entwickeln; zu diesem Zweck beabsichtigen sie insbesondere
– schrittweise die Verfahren für die Aus- und Einreise zu vereinfachen und flexibel zu handhaben,
– die Vorschriften für Ortsveränderungen von Bürgern aus anderen Teilnehmerstaaten auf ihrem Territorium flexibler zu gestalten, unter gebührender Berücksichtigung von Sicherheitserfordernissen.“ (3) Q

Kommentar in einer Wochenzeitung zum 10. Jahrestag der Verkündigung der KSZE-Schlußakte:

„Europas Sicherheit, um die es doch ging, war sie nun wirklich größer geworden? Mit jeder Rede in der hell ausgeleuchteten Halle schienen sich die Schatten tiefer zu senken. Die Bilanz, die man eigentlich erst im nächsten Jahr in Wien ziehen wollte, geriet schon hier reichlich düster. Zu deutlich waren die Rückschläge der letzten Jahre, die das Unternehmen mehr als einmal an den Rand des Abbruchs gebracht hatten, in aller Erinnerung: der sowjetische Einmarsch in Afghanistan Ende 1979, das Kriegsrecht in Polen Ende 1981, das Abwürgen der Menschenrechtsbewegungen in der Sowjetunion und Polen, Auseinandersetzungen über Nachrüstung in Europa. Unter dem drohenden Übergewicht der Großen machten sich die Kleinen Mut. ‚Sicherheit ist mehr als das Schützen von Grenzen und Gesellschaftsordnungen‘, mahnte Finnlands Staatspräsident Mauno Koivisto ganz im Geiste seines legendären Vorgängers Urho Kekkonen. ‚Die Sicherheit und das Vertrauen, das die einzelnen Menschen vor- und füreinander empfinden, sind zugleich ein wichtiger Bestandteil der staatlichen Sicherheit.‘ Das ließ aufhorchen. Haben doch die kleinen Staaten Europas, ob nun in einen der beiden Blöcke integriert oder nicht paktgebunden, die Moral für sich. Und sie haben, mag ihnen die Macht auch fehlen, doch eine Stimme, die im ganzen KSZE-Prozeß immer wieder vernommen worden ist und an das eigentliche Ziel erinnert hat: Frieden durch gesichertes Vertrauen.“ (4)

Aus der KSZE – „Charta für ein neues Europa“ vom 20. 11. 1990:

„Europa befreit sich vom Erbe der Vergangenheit. Durch den Mut von Männern und Frauen, die Willensstärke der Völker und die Kraft der Ideen der Schlußakte von Helsinki bricht in Europa ein neues Zeitalter der Demokratie, des Friedens und der Einheit an.
Nun ist die Zeit gekommen, in der sich die jahrzehntelang gehegten Hoffnungen und Erwartungen unserer Völker erfüllen: unerschütterliches Bekenntnis zu einer auf Menschenrechten und Grundfreiheiten beruhenden Demokratie. Wohlstand durch wirtschaftliche Freiheit und soziale Gerechtigkeit und gleiche Sicherheit für alle unsere Länder.
Die zehn Prinzipien der Schlußakte werden uns in diese im Zeichen hoher Aufgaben stehende Zukunft leiten, so wie sie uns in den vergangenen fünfzehn Jahren den Weg zu besseren Beziehungen gewiesen haben. Die volle Verwirklichung aller KSZE-Verpflichtungen muß die Grundlage für die Initiativen bilden, die wir nun ergreifen, um unseren Nationen ein Leben zu ermöglichen, das ihren Wünschen gerecht wird.“ (5)

(a) Versucht, Bedeutung und Nutzen der „Konferenz für Sicherheit und Zusammenarbeit in Europa“ in Vergangenheit und Zukunft einzuschätzen.

(b) Wozu sollten die „vertrauensbildenden Maßnahmen“ dienen?

(c) Nehmt Stellung zur Meinung des Journalisten über die KSZE.

(d) Welchen Prinzipien fühlt sich die KSZE in ihrer „Charta“ von 1990 verpflichtet, welche Perspektiven eröffnet sie?

(e) Untersucht, vor welchen Problemen die KSZE gegenwärtig bei ihren Bemühungen, der „Charta“ gemäß zu handeln, steht.

Ein Symbol der Auseinandersetzungen um die „Nachrüstung“, die Pershing-Atomrakete

(4) Gleichgewicht des Schreckens“?

Atompotential 1979/80:

Interkontinental	USA	UdSSR
Raketen, landgestützt	1054	1398
Raketen, seegestützt	656	1028
U-Boote	41	72
Schwere Bomber	431	156
Zahl der Sprengköpfe	9200	5000
Kontinental (Europa)	**NATO + FR**	**UdSSR**
Raketen, landgestützt	18	690
Raketen, seegestützt	208	21
Bomber	190	430
Zahl der Sprengköpfe	1238	1646
Megatonnen	331	1391

(6)

Aus der Gemeinsamen Erklärung der 22 Staaten der NATO und des Warschauer Paktes vom 19. 11. 1990:

Hocherfreut über den historischen Wandel in Europa, befriedigt über die in ganz Europa zunehmende Verwirklichung der gemeinsamen Verpflichtung zu pluralistischer Demokratie, Rechtsstaatlichkeit und Menschen-

rechten, die für den Fortbestand der Sicherheit auf dem Kontinent wesentlich sind,
in Bekräftigung der Feststellung, daß das Zeitalter der Teilung und Konfrontation, das mehr als vier Jahrzehnte gedauert hat, zu Ende ist, daß sich die Beziehungen zwischen ihren Ländern verbessert haben und daß dies zur Sicherheit aller beiträgt,
im Vertrauen darauf, daß die Unterzeichnung des Vertrages über konventionelle Streitkräfte in Europa einen bedeutenden Beitrag zum gemeinsamen Ziel erhöhter Sicherheit und Stabilität in Europa darstellt, und
überzeugt, daß diese Entwicklung Teil eines fortwährenden Prozesses der Zusammenarbeit sein muß, um die Strukturen für einen zusammenwachsenden Kontinent zu schaffen,
geben (wir) folgende Erklärung ab:

1. Die Unterzeichnerstaaten erklären feierlich, daß sie in dem anbrechenden neuen Zeitalter europäischer Beziehungen nicht mehr Gegner sind, sondern neue Partnerschaften aufbauen und einander die Hand zur Freundschaft reichen wollen.

. . .

4. Sie verpflichten sich, nur solche militärischen Potentiale aufrechtzuerhalten, die zur Kriegsverhütung und für eine wirksame Verteidigung notwendig sind. Sie werden die Beziehung zwischen Militärpotentialen und Doktrin im Auge behalten.

5. Sie bekräftigen erneut das Recht jedes Staates, Vertragspartei eines Bündnisses zu sein oder nicht zu sein.

. . .

10. Sie sind der Auffassung, daß die vorhergehenden Punkte die tiefe Sehnsucht ihrer Völker nach enger Zusammenarbeit und gegenseitigem Verständnis widerspiegeln. Sie erklären, sich stetig für die Weiterentwicklung ihrer Beziehungen im Einklang sowohl mit der vorliegenden Erklärung als auch mit den in der Schlußakte von Helsinki niedergelegten Prinzipien einsetzen zu wollen. (7)

(a) Warum mußten die Europäer befürchten, ein Atomkrieg werde vor allem Europa zerstören?

(b) Die Angaben über die Militärpotentiale waren zwischen West und Ost umstritten. Ihr könnt erklären, warum.

(c) Diskutiert eure Meinung zum sog. NATO-Doppelbeschluß (vgl. S. 341 f.) und zur Aufstellung neuer Mittelstreckenraketen in Ost und West. Berücksichtigt dabei die Positionen, die von der Bundesregierung und die von der Friedensbewegung vertreten wurden (vgl. S. 259 f.).

(d) Stellt zusammen, welche Veränderungen in der „Gemeinsamen Erklärung“ deutlich werden.

1. Berichte anhand des Schaubildes über Entwicklung und Wandel der Vereinten Nationen.

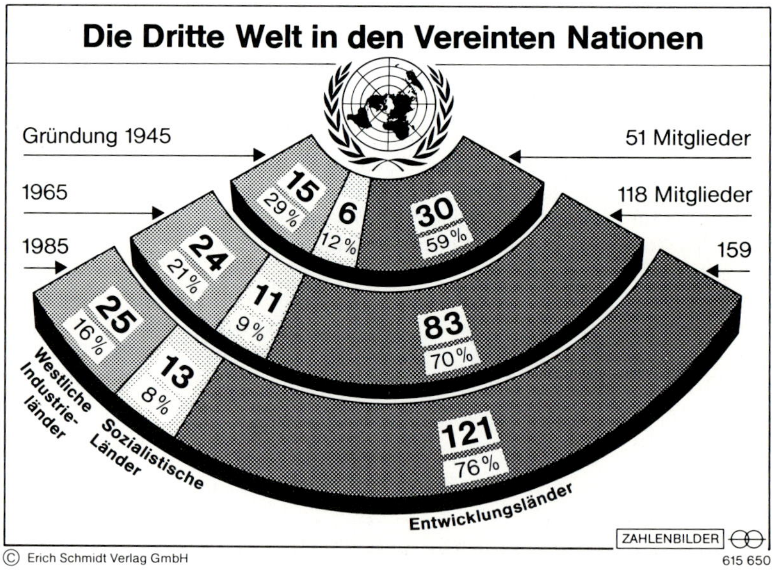

2. Äußere dich zur Karikatur.

3. Gib in Form eines Schaubildes einen Überblick über die Entwicklung der Beziehungen zwischen den Blocksystemen.

Die Feuerwehr im Einsatz.

Europa (KSZE): Konferenz aller Staaten Europas sowie der UdSSR, USA und Kanadas zur Entspannung, Abrüstung, Sicherung der Menschenrechte. Erstmals 1973–75; Schlußakte von Helsinki 1. 8. 1975. Seit 1995 als „Organisation für Sicherheit und Zusammenarbeit in Europa" (OSZE; 54 Mitgliedsstaaten) wichtiges Gremium für Abrüstung konventioneller Waffen, für Konfliktvermeidung und für Vermittlung in Spannungsfällen.

NATO – Partnerschaft für den Frieden: Angebot an die Reformstaaten und die „Neutralen" für eine Zusammenarbeit in militärischen und sicherheitspolitischen Fragen mit der Perspektive einer späteren Aufnahme in die NATO. 27 Mitglieder, darunter auch Rußland mit einem Sonderstatus, der ihm Konsulationen bei politischen Entscheidungen zur Ost-Erweiterung der NATO sichert.

1945	Vereinte Nationen gegründet
1950	UN-Intervention in Korea
1957	UN-Intervention im Nahostkonflikt
1963	Beginn der Entspannungspolitik
1964	UNCTAD I
1967	NATO-Strategie der „flexible response"
1968	Atomwaffensperrvertrag
1972	SALT I
1975	KSZE-Schlußakte von Helsinki
1979	NATO-Doppelbeschluß
1985	Gipfeltreffen in Genf
1987	Raketenabrüstungs-Abkommen zwischen der UdSSR und den USA
1990	Weitere Abrüstungsvereinbarungen, Gemeinsame Erklärung von NATO und Warschauer Pakt, KSZE-„Charta für ein neues Europa"

Quellennachweis

(1) Internationale Verträge – Europarecht. München 1983. Zitiert aus: Politik und Unterricht 1/1985, S. 13 ff.

(2) U. Scheuner: Die Vereinten Nationen als Faktor der internationalen Politik. Opladen 1976, S. 33.

(3) Schlußakte der KSZE. Beilage zum „Parlament" 1975, S. 4 f., 26.

(4) Rheinischer Merkur 32/1985 vom 3. 8. 1985.

(5) Zitiert nach: Frankfurter Allgemeine Zeitung vom 21. 11. 1990.

(6) Statistiken des Londoner Internationalen Instituts für Strategische Studien. Zitiert nach: Riklin: Audiatur et altera pars. Dreifache militärische Lagebeurteilung, in: Das „Parlament", Beilage 3/1981, S. 14 f.

(7) Zitiert nach: Der Tagesspiegel vom 20. 11. 1990.

Lesetip

F. Alt: Frieden ist möglich. Piper Tb. 284 (SB)

M. Eckardt: Die Regenbogenkämpfer. Signal Vl., Baden-Baden 1984 (JB)

F. Hetmann/H. Tondern: Zeitsprung. Eine Geschichte von morgen. Klett, Stuttgart 1984 (JB)

P. Keckeis (Hrsg.): Aus erster Hand. Lesebuch des 20. Jahrhunderts. Reportagen und Berichte. Huber, Frauenfeld 1981 (JB)

A. Peccei (Hrsg.): Club of Rome. Zukunftschance Lernen. Bericht für die achtziger Jahre. Goldmann Tb. 11289 (SB)

Das Überleben sichern. Der Brandt-Report. Ullstein Tb. 34102 (SB)

Register der Begriffserläuterungen[1]

[1] sowie der im Text erklärten Begriffe

Register der Länder- und Personennamen

Hinweis: Die beiden Karten – am Anfang und am Ende des Buches – zeigen:

(1) **Veränderungen in Ost- und Südosteuropa**

(2) **Staatenbildungen auf dem Gebiet der ehemaligen UdSSR**

Am Rand werden zusätzliche Informationen bereitgestellt, die die wichtigsten Ereignisse und Veränderungen seit den späten achtziger Jahren zusammenfassen.

Lexikon zur Geschichte und Gegenwart der neuen Republiken:

Republik Armenien: Nur 200 Jahre lang besaßen die Armenier ein unabhängiges Königreich, ansonsten waren sie fremden Herrschern unterworfen. Ihre eigenständige Kultur bewahrte sie vor der Assimilation. 1828/29 kamen zentrale armenische Gebiete unter die Herrschaft des russischen Zaren. Zu dieser Zeit begannen die blutigen Auseinandersetzungen mit dem Nachbarn Aserbaidschan. Der Genozid an Hunderttausenden von Armeniern im türkischen Reich 1915 stärkte die Bindungen Armeniens an Rußland. 1920 wurde die Sozialistische Republik Armenien proklamiert. 1923 und 1924 wurden die seitdem umstrittenen Gebiete Nachitschewan und Nagorny-Karabach Aserbaidschan zugeschlagen. Am 21. 9. 1991 erklärte Armenien seine Unabhängigkeit.

Republik Aserbaidschan: Die Aserbaidschaner, ein Konglomerat verschiedener Völker, gerieten um die Mitte des 18. Jhs. unter russische Herrschaft. Bei Baku entstand aufgrund der reichen Erdölvorkommen später ein industrielles Zentrum. 1918 wurde eine unabhängige Republik A. ausgerufen, die unter die Herrschaft europäischer Interventionstruppen geriet. 1936 wurde A. SSR, nachdem ihm bereits 1923/24 Nachitschewan und Nagorny-Karabach zugefallen waren. Am 30. 8. 1991 erklärte sich A. für unabhängig. In der Folge kam es zu kriegerischen Auseinandersetzungen mit Armenien um Nagorny-Karabach.

Republik Belorußland (Weißrußland): Die Weißrussen sind ein slawisches Volk, das im 9. Jh. ein blühendes Reich am mittleren Dnjepr bildete. Dieses Reich wurde im 13. Jh. von den Mongolen zerstört und kam später unter die Herrschaft des Großfürstentums Litauen. Nach der Teilung Polens kam W. zu Rußland. 1920 wurde die weißrussische SSR mit der Hauptstadt Minsk gegründet. Der nationalsozialistischen Okkupationspolitik fielen in W. etwa 2 Mio. Menschen zum Opfer. Aufgrund der Veränderungen der polnischen Westgrenze kam es nach dem Krieg zu erheblichen Bevölkerungsverschiebungen. W. erklärte am 25. 8. 1991 seine Unabhängigkeit. Wegen seiner Rohstoffarmut besteht weiterhin eine starke Abhängigkeit von Rußland.

Republik Estland: Die Bevölkerung ist finnischen Ursprungs. Sie stand im 7. Jh. unter schwedischer, ab dem 13. Jh. unter dänischer und dann unter der Herrschaft des Deutschen Ordens. 1710 kam das Land an Rußland. Im 19. Jh. verstärkten sich nationale Bewegungen in E. und im Verlauf der Oktoberrevolution gelang es Estland 1918, seine Unabhängigkeit zu proklamieren. Infolge des Hitler-Stalin-Paktes verlor E. seine Unabhängigkeit und wurde 1940 der Sowjetunion angegliedert. Unter Stalin kam es zu Deportationen und zu einer gezielten Russifizierung. Seit dem 20. 8. 1991 ist E. wieder unabhängig.

Republik Georgien: Die Georgier, im 4. Jh. von Armenien aus christianisiert, gründeten nach der Überwindung der osmanischen Herrschaft im 12. Jh. ein eigenes Reich, das sich bis ins 15. Jh. behaupten konnte. Sein Niedergang führte zur russischen Oberherrschaft seit Ende des 16. Jhs. und 1878 zur Annexion. 1917 erklärte sich G. für unabhängig. 1921 wurde G. jedoch von den Bolschewiki erobert und 1936 zur SSR erklärt. 1989 kam es zu bürgerkriegsähnlichen Konflikten der Minderheiten der Abchasen und Osseten. Am 9. 4. 1991 rief G. seine Unabhängigkeit aus.

Republik Kasachstan: Türkische und mongolische Nomadenstämme verschmolzen bis ins 15. Jh. zu einem mächtigen Reich der Kasachen, das im Verlauf des 16. Jhs. in drei Teile zerbrach. Das kasachische Gebiet wurde ab 1822 systematisch erobert und war ab 1873 vollständig in russischer Hand. Das Gebiet blieb aber ein Unruheherd, und 1916 kam es zum Aufstand. Nach der Oktoberrevolution wurde K. zum Schauplatz des russischen Bürgerkriegs und nach dem Sieg der Bolschewiken 1936 SSR. K. ist ethnisch überaus vielfältig, verfügt über hervorragende Rohstoffvorkommen und war eines der bedeutendsten Getreideanbaugebiete der ehemaligen UdSSR.

Republik Kyrgysstan: Die Kirgisen standen unter mongolischer, kasachischer und schließlich unter der Herrschaft des chinesischen Mandschu-Reiches, konnten sich aber eine weitgehende Autonomie bewahren. 1876 wurden sie dem russischen Zarenreich einverleibt. Russifizierungsdruck und Autonomiebestrebungen führten immer wieder zu Unruhen. Nach harten Kämpfen der Bolschewiki gegen die Basmatschi-Rebellen wurde K. 1916 zur ASSR. Der letzte nationale Widerstand der K. wurde in den 30er Jahren erstickt. Am 31. 8. 1991 erklärte sich K. für autonom.

Republik Lettland: Die Letten standen fast 700 Jahre unter Vorherrschaft des Deutschen Ordens, 1621 bis 1710 dann unter schwedischer Herrschaft. Mit der 1. Polnischen Teilung gelangte L. 1772 unter russische Oberhoheit. Gegen die doppelte Unterdrückung durch deutschbaltischen Großgrundbesitz und Russifizierung kam es 1905 zur Revolution. 1917 proklamierte man die lettische Räterepublik und arbeitete eng mit den Bolschewiki zusammen. Deren Terrorherrschaft führte 1918 zur Ausrufung der lettischen Republik und zum Befreiungskampf. 1920 bis 1939 konnte L. diese Selbständigkeit bewahren, bis es durch den Hitler-Stalin-Pakt 1940 der Sowjetunion zugesprochen wurde. Es folgte eine brutale Russifizierung. Am 21. 8. 1991 erklärte sich L. für unabhängig. Industrie und Landwirtschaft sind hochentwickelt, die L. hatten das höchste Pro-Kopf-Einkommen der ehemaligen UdSSR. Das Land ist aber auf Rohstoffe aus Rußland angewiesen.

Republik Litauen: Im 13. und 14. Jh. schufen sich die Litauer ein Großreich, das vom Baltikum bis zum Schwarzen Meer reichte. 1385 begaben sie sich in eine 400jährige Union mit Polen. In der Folge geriet das Großfürstentum zunehmend unter polnischen und russischen Druck und wurde in der 2. Polnischen Teilung Rußland zugeschlagen. Die brutale Russifizierung führte zur Emigration, aber auch zur Entstehung eines Nationalbewußtseins im 19. Jh. Im Ersten Weltkrieg entstand unter deutscher Besatzung ein unabhängiges Königtum, das sich gegen die Rote Armee 1918 verteidigte und unabhängige Republik wurde. Der Hitler-Stalin-Pakt markierte das Ende der ersten Freiheit. Mit der sowjetischen Herrschaft begannen Massendeportationen und erneute Russifizierung. Am 11. 3. 1990 erfolgte die Unabhängigkeitserklärung. Die nationale Identität der L. beruht auf ihrer eigenen Kultur und einer starken katholischen Kirche. Landwirtschaft und Industrie sind vergleichsweise hochentwickelt.

Republik Moldowa: Das Gebiet der einstigen Moldauischen SSR war bis 1812 Teil des Fürstentums Moldau, das zusammen mit der benachbarten Walachei unter Oberherrschaft des Osmanischen Reiches stand, das dieses Gebiet, nun Bessarabien genannt, an Rußland abtrat. B. erklärte 1918 seinen Anschluß an Rumänien, den die SU zwar nicht anerkannte, aber auch nicht verhindern konnte. Durch den Hitler-Stalin-Pakt kam Bessarabien 1940 wieder an die SU. Die Moldawier gehören zur romanischen Sprachfamilie und sind orthodoxe Christen. Ungeklärt ist, ob die rumänischen Ansprüche auf M. zu Recht bestehen oder sich eine eigene m. nationale Identität nachweisen läßt. Am 27. 8. 1991 erklärte M. seine Unabhängigkeit. Eine Vereinigung mit Rumänien gilt als Fernziel.

Russische Föderation (Rußland): Die Russen sind Teil der ostslawischen Völkerfamilie und beherrschten seit dem 9. Jh. ein Großreich, das erst im 13. Jh. unter dem Ansturm der Mongolen zerbrach. Im 14. Jh. fiel das Gebiet an Polen und Litauen. Damit begann die Auseinanderentwicklung der ukrainischen, weißrussischen und russischen Völker. Ein bis ins 16. Jh. sich hinziehender Zentralisierungsprozeß führte zur ,,Sammlung der russischen Erde'' unter den Großfürsten von Moskau. 1547 nahm Iwan IV. die Zarenwürde an. Ab Mitte des 16. Jhs. begann dann der russische Expansionsprozeß, vor allem auch nach Sibirien. Mit dem Sieg im Nordischen Krieg 1710 über Schweden etablierte sich R. endgültig als europäische Großmacht. Die Verluste im Ersten Weltkrieg und die Reformunfähigkeit der Zaren führten 1917 zum Sturz durch die Februar- und Oktoberrevolution. Um dem nun aufbrechenden Unabhängigkeitsstreben der zahllosen nichtrussischen Völker Rechnung zu tragen, schufen die Bolschewiki zunächst die föderative RSFR, 1922 wurde dann die UdSSR proklamiert, die die formal unabhängigen nichtrussischen Sowjetrepubliken mit der RSFR zusammenschloß. Die RSFR war die größte Republik innerhalb der UdSSR und mit enormen Bodenschätzen gesegnet. In ihr lebte die Hälfte der sowjetischen Bevölkerung. Auf ihrem Gebiet befinden sich 16 Autonome Republiken.

Republik Tadshikistan: Die Tadshiken gerieten nach der Herrschaft der Perser, Griechen und Hunnen unter die der Araber, wurden islamisiert und anschließend Teil des mongolischen Großreiches. Im Verlauf ihrer Geschichte assimilierten sie sich fast vollständig an die Usbeken und kamen im 19. Jh. zu Rußland. 1929 wurde mit der Tadshikischen SSR zum ersten Mal ein selbständiges t. Staatswesen proklamiert. Stark an die islamische Religion angelehnt, begann sich erst im 20. Jh. ein eigenes t. Nationalbewußtsein zu entwickeln. Das Hochgebirgsland, seit dem 9. 9. 1991 unabhängig, ist eine der ärmsten der neuen Republiken.

Turkmenistan: Nach dem Untergang ihres und des mongolischen Reiches wurden die Turkmenen Untertanen des persischen Schahs. Im ausgehenden 19. Jh. wurden sie von Rußland unterworfen, das den Zugang nach Afghanistan anstrebte. Nach dem Sieg der Bolschewiki wurde 1924 die selbständige turkmenische SSR gebildet. Die anschließende Kollektivierung und Alphabetisierung kam gegen die tiefverwurzelten islamischen Traditionen nur langsam voran. T. erklärte im Oktober 1991 seine Unabhängigkeit.

Ukraine: Wie Russen und Weißrussen sind die Ukrainer Ostslawen und lebten gemeinsam mit diesen bis ins 12. Jh. im Reich des Kiewer Rus und dann unter polnischer und litauischer Herrschaft. Durch die Teilungen Polens im 18. Jh. fiel dann die U. z. T. an Rußland, z. T. an Österreich. Im Schnittpunkt polnischer, russischer, türkischer und österreichischer Interessen gelang es den U. nicht, einen dauerhaften eigenen Staat durchzusetzen. Erst 1919 entstand gegen den Widerstand der Bolschewiki ein autonomer ukrainischer Staat im Rahmen einer föderativen russischen Republik. Dieser schloß sich 1922 mit anderen Sowjetrepubliken zur UdSSR zusammen. Zunächst erfreute sich die U. einer weitgehenden Autonomie, die unter Stalin in den 30er Jahren brutal unterdrückt wurde. Nach 1941 wurde die U. eines der Hauptziele der nationalsozialistischen Lebensraumpolitik, die auf erheblichen Widerstand ukrainischer Partisanen stieß. Am 24. 8. 1991 erklärte die U. ihre Unabhängigkeit. Hochindustrialisiert und rohstoffreich scheint sie mit am ehesten für die Unabhängigkeit gerüstet zu sein.

Republik Usbekistan: Als Nachkommen türksprachiger Völker unterstanden die Usbeken bis ins 15. Jh. der mongolischen Herrschaft. Bis zum Ende des 19. Jhs. konnten die U. dann in Zentralasien eine selbständige Herrschaft etablieren, die bis 1876 von den Russen erobert wurde. Im Gegenzug entwickelte sich ein türkisch-usbekischer Nationalismus, der Ende des 19. Jhs. zu antirussischen Rebellionen führte. Nach Bürgerkrieg, Aufständen und Intervention von außen waren 1919 die Bolschewiki Herr der Lage und proklamierten 1924 die Usbekische SSR. Das karge Land lebt hauptsächlich vom Baumwollanbau und ist auf Rohstoffeinfuhren angewiesen. U. erklärte im August 1991 seine Unabhängigkeit.

Chronik des Endes der Sowjetunion

3/1985 Beginn der Reformpolitik unter Michail Gorbatschow
1/1988 erste Wirtschaftsreformen
11/1988 Estland erklärt seine Unabhängigkeit
5/1989 Reformdiskussionen im Kongreß, Massendemonstrationen, blutige Nationalitätenkonflikte
3/1990 M. Gorbatschow wird zum Präsidenten der UdSSR gewählt; Litauen erklärt seine Unabhängigkeit
5/1990 Lettland erklärt seine Unabhängigkeit; B. Jelzin zum Parlamentspräsidenten der Russ. Republik gewählt
bis 12/1990 Unabhängigkeitserklärungen von 15 sow. Republiken
1/1991 Kämpfe in Litauen und Lettland
6/1991 B. Jelzin wird Präsident der RSFSR; 9 der 15 SSR einigen sich mit der Zentralregierung in Moskau auf einen neuen Unionsvertrag der UdSSR
8/1991 Putsch gegen Gorbatschow scheitert; Rücktritt Gorbatschows als Generalsekretär der KPdSU; Ukraine erklärt ihre Unabhängigkeit; Verbot der KPdSU
9/1991 UdSSR erkennt die Unabhängigkeit von Lettland, Estland und Litauen an
11/1991 Die neugegründete Dnjestr-Republik erklärt sich unabhängig von Moldowa
12/1991 die RSFR erkennt die Ukraine an; Belorußland, RSFR und Ukraine erklären als deren Mitbegründer die UdSSR für aufgelöst; M. Gorbatschow lehnt die Auflösung der UdSSR ab; 11 ehemalige Sowjetrepubliken gründen in Alma Ata die GUS; M. Gorbatschow erklärt seinen Rücktritt als Präsident der UdSSR; der oberste Sowjet der Republiken bestätigt die Auflösung der UdSSR

Autonome Republiken innerhalb neugebildeter Staaten auf dem Gebiet der ehemaligen UdSSR

(1) Abchasische Republik (Suchumi)
(2) Adcharische Republik (Batumi)
(3) Kabardinisch-Balkarische Republik (Naltschik)
(4) Nordossetische Republik (Ordschonikidze)
(4 a) Südossetisches Autonom. Geb. (Zchinwali)
(5) Tschetscheno-Inguschische Republik (Grosnyi)
(6) Dagestanische Republik (Machatschkala)
(7) Kalmückische Republik (Elista)
(8) Mordwinische Republik (Saranks)
(9) Tschuwaschische Republik (Tscheboksary)
(10) Republik der Mari (Joschkar-Ola)